Le Prince d'Angkor

Paul Brunon

Le Prince d'Angkor

Le Pommier

LE ROMAN
ET L'HISTOIRE

ISBN 2-746-50009-4

LISTE DES PERSONNAGES
(par ordre d'apparition)

JAYA : l'héritier présumé du trône d'Angkor
SHIKÉSA : le précepteur de Jaya
DHARANVARMAN : le roi, père de Jaya
INJIT : un prince, ami de Jaya
DEVI : l'épouse de Jaya, sœur d'Injit
SANTANU : le Premier ministre de Dharanvarman
PARIKSIT : un ambassadeur cham
PUROCANA : un général
DHARI et KÉO : les filles d'Angsha
ANGSHA : un chasseur et dresseur d'éléphants
INDRA : la sœur de Devi et d'Injit
YASHO : un prince, cousin de la famille royale
KAKO : l'éléphant de Jaya
CHUDAMANI : la reine, mère de Jaya
YAKSA : la femme-serpent
PISNOKAR : l'architecte des dieux

Prononciation des mots sanscrits :

Pour faciliter la lecture, la transcription des mots sanscrits a été simplifiée et les signes diacritiques supprimés.

ch	se prononce comme *tch*
j	comme *dj*
sh	comme *ch*
u	comme *ou*
an	comme *ane*

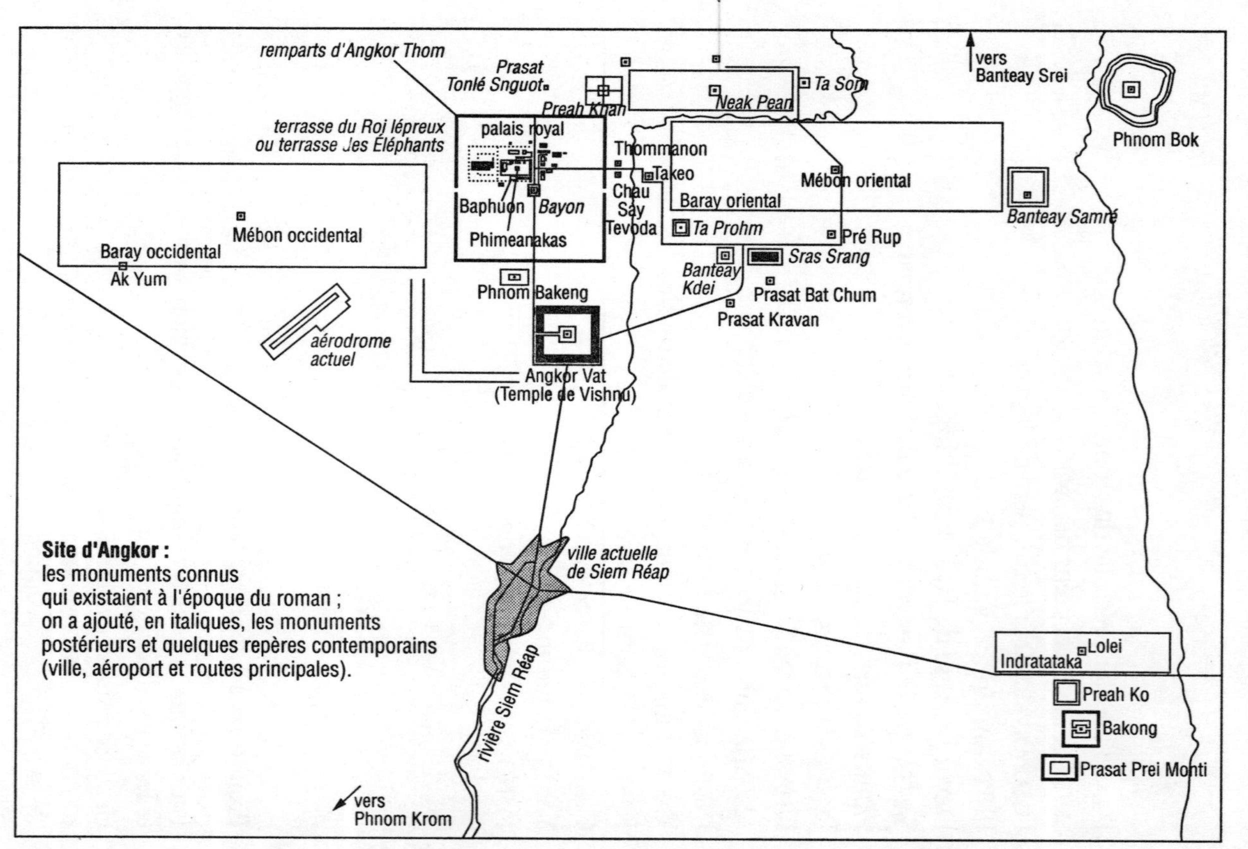

Site d'Angkor :
les monuments connus
qui existaient à l'époque du roman ;
on a ajouté, en italiques, les monuments
postérieurs et quelques repères contemporains
(ville, aéroport et routes principales).

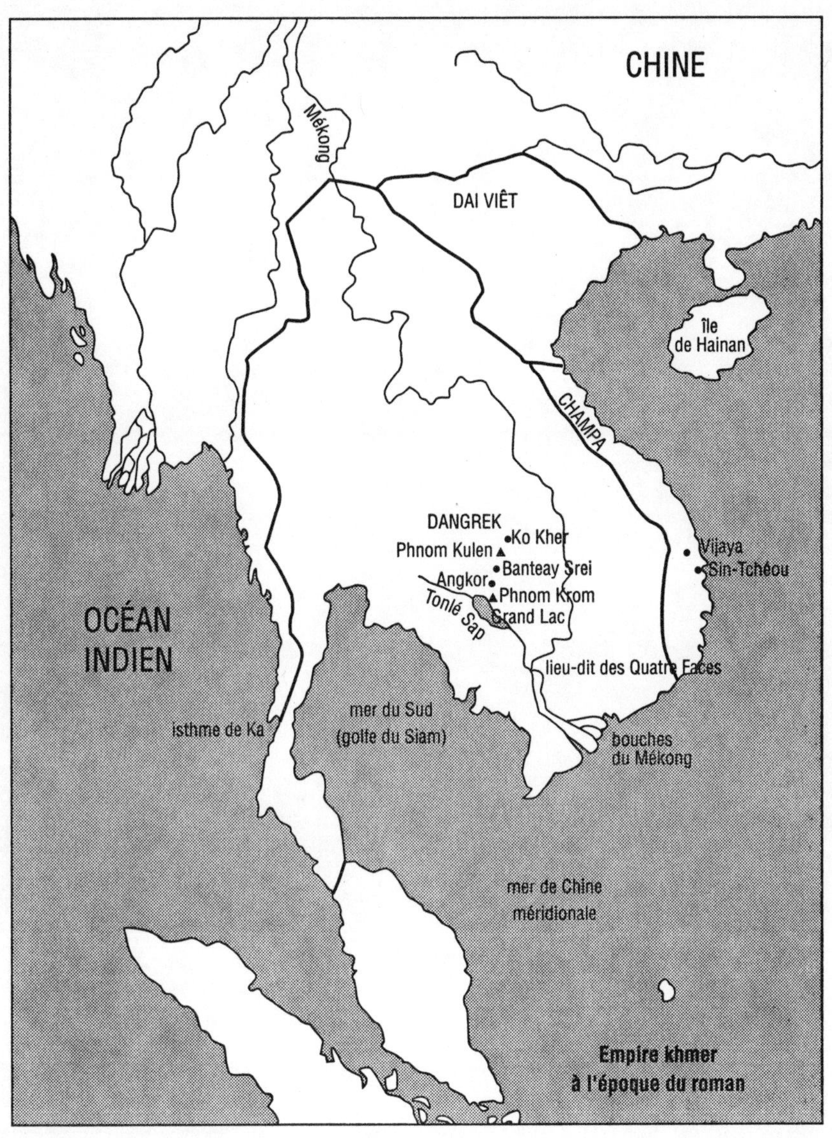
CHINE
Mékong
DAI VIÊT
île
de Hainan
CHAMPA
DANGREK
Ko Kher
Phnom Kulen
Banteay Srei
Angkor
Phnom Krom
Tonlé Sap
Grand Lac
Vijaya
Sin-Tchéou
OCÉAN
INDIEN
lieu-dit des Quatre Faces
mer du Sud
(golfe du Siam)
isthme de Ka
bouches
du Mékong
mer de Chine
méridionale
Empire khmer
à l'époque du roman

CHAPITRE 1

La flèche traversa l'air en sifflant, manqua la cible, se cassa sur le tronc lisse d'un fromager et vint se perdre en ricochant dans la forêt d'Angkor. Les princes applaudirent l'exploit et esquissèrent quelques pas de danse pour célébrer les louanges de l'archer. Jaya resta de marbre. Des rires fusèrent. On chansonnait. Depuis six mois déjà le prince héritier ne montrait aucun progrès dans la science des armes. Objet de moquerie pour ses camarades d'études, il faisait le désespoir secret de son précepteur. Secret car celui-ci n'en montrait rien, attendant avec patience que se révèlent enfin les talents cachés de son élève. Mais rien ne venait. Maladroit aux armes, mauvais en écriture comme en lecture, de mémoire brouillée que l'on prenait trop souvent en défaut, d'intelligence médiocre qui ne brillait qu'en de rares instants d'un éclat indécis, le prince Jaya contemplait le monde, un sourire immobile aux lèvres. Son œil, dissimulé sous une paupière mi-close, semblait s'éteindre à la moindre sollicitation de l'extérieur. Il était un peu comme ces miroirs qui absorbent plus de lumière qu'ils n'en reflètent.

« Allons, cela viendra, se dit le précepteur qu'une estafette venait de prévenir de l'incident. Il arrive qu'on attende la fleur longtemps, mais le bourgeon est là. Le prince a encore fait des siennes. Mais je le connais. Un rayon de soleil, quelques gouttes de pluie… Et voilà l'éclosion. »

Shikésa était un brahmane fort savant venu du nord de l'Inde. Il avait enseigné quelque temps en Birmanie. Rien ne lui était étranger des sciences et des arts qui constituaient alors la civilisation par excellence. Rompu aux arts martiaux, il pouvait réciter des livres entiers du *Mahabharata* ou du *Ramayana*, les deux épopées indiennes qui inspiraient depuis des siècles lettrés et artistes des royaumes du Sud-Est asiatique, à la limite de la mouvance chinoise. Le roi Dharan, Dharanvarman, souverain d'Angkor, lui avait confié l'instruction de son fils. Vieille tradition qui voulait que les princes khmers fussent instruits par ces lettrés venus de terres et de climats lointains, et dont la présence, de génération en génération, avait fait du pays khmer un royaume prospère et puissant. Puissant par les armes, puisque les armées khmères avaient progressivement affermi le royaume dans des frontières de plus en plus éloignées. Prospère surtout grâce aux techniques agricoles que le peuple khmer avait su adapter de la science indienne et qui faisaient du pays l'un des plus riches de la région. Jaya semblait se désintéresser des grands bassins et des systèmes d'irrigation comme du reste. C'était là le reproche principal que lui adressait son maître ; car, dans les cours royales comme dans la vie quotidienne du plus petit des Khmers, tout reposait dans le royaume sur la domestication de l'eau.

« Au reste, poursuivait le brahmane au fil de sa réflexion intérieure, tout cela est la faute du roi. Je le soupçonne de préférer pour fils un garçon d'aspect stupide à un sujet trop brillant. Un idiot est moins vulnérable. Le palais est rempli de traîtres et de conspirateurs, et c'est souvent le prince héritier qui est visé... Et puis Jaya, quoi qu'on dise, est plus instruit qu'il n'y paraît. Sur les irrigations il est moins ignorant qu'on ne croit. Il a ses connaissances... »

Le pas de tir était encore loin. Shikésa hâta le pas.

« Et puis ce bouddhisme ! se dit-il soudain, réfrénant un mouvement de fureur, craignant qu'on vît qu'il parlait seul. Le roi se veut bouddhiste ! Le bouddhisme ! Avec cette philosophie, le roi tourne la tête de son fils... Chacun se moque. La méditation ne fut jamais un moyen de gouvernement. La méditation ? Elle n'est ici que maladresse... »

On approchait. Le champ de manœuvres était situé à la lisière de la forêt, au-delà des cantonnements militaires dont les baraques sur pilotis bordaient au sud les hautes digues de retenue du grand réservoir ouest d'irrigation, le Baray occidental, immense nappe d'eau de vingt milles de long sur cinq de large. Plus loin s'étendaient les rizières. Plusieurs régiments étaient à l'exercice : lancer du javelot, entraînement à la lutte, escrime à l'épée, maniement de la hache de guerre, course et parcours de combat, voltige à cheval, manœuvres à éléphant, techniques de repli et de fuite... Shikésa supervisait l'ensemble.

Il venait d'être appelé pour régler une querelle entre deux officiers, assez loin dans le camp, sur les espaces où se déroulaient les combats au corps à corps. Il s'était mis en route, mais, alerté par la rumeur et les rires qui lui parvenaient du pas de tir à l'arc, il avait aussitôt compris qu'un incident s'était produit : son prince, une fois de plus, s'était rendu ridicule. Ayant rebroussé chemin, il se dirigea vers la lisière de la forêt, hâtant encore le pas et se retenant pour ne pas courir.

Jaya était assis, son arc sur les genoux. Cet exercice décidément l'ennuyait au dernier point. Les archers s'étaient assis à leur tour. Le protocole imposait que l'on suspendît tout exercice qu'avait interrompu le noble du plus haut rang. On ne pouvait continuer sans lui.

Le prince Injit posa son arc et s'approcha.

— Eh bien, mon frère, essaie encore.

— Laisse-le donc, interrompit le précepteur, il réfléchit.

— Le meilleur coup peut être le prochain.

— Laisse-le donc, te dis-je, et reprends ton arc.

— Sans Jaya, nous ne pouvons poursuivre l'exercice.

Le prince Injit entoura de son bras les épaules de Jaya comme pour le consoler ou plus simplement lui rappeler sa présence. Ils étaient amis d'enfance. Depuis toujours ils partageaient les mêmes jeux, les mêmes maîtres. Mais, contrairement à Jaya, Injit était un colosse rompu aux arts martiaux, féru de la geste héroïque des épopées indiennes que lui enseignait Shikésa. Cette différence de stature et de caractère expliquait peut-être l'amitié qui les liait. Injit prenait des airs protecteurs, le verbe haut, le geste large, parfois encombrant.

Jaya ne s'en offusquait pas. Cet ami, ce frère était peut-être le seul à pouvoir amener un vrai sourire sur son visage. Ces liens avaient été resserrés par un mariage récent : Jaya venait d'épouser la princesse Devi, sœur du prince Injit, âgée de quatorze ans. Devi serait la première épouse du prince, héritier présumé du trône d'Angkor.

*

Un officier s'approcha de Shikésa et demanda l'autorisation de reprendre l'exercice. On ne pouvait attendre ainsi. Le précepteur devait intervenir auprès de son élève et l'engager à reprendre sa place.

— Que Votre Grâce demande au moins au prince de donner l'instruction nécessaire pour que le tir reprenne en son absence.

— Combien de flèches reste-t-il dans les carquois ?

— Quinze.

— Très bien, le prince est dispensé. Il ira inspecter les éléphants. Terminons l'exercice sans lui.

Aidé de l'officier, Shikésa s'efforça de remettre en ligne ses élèves. Il y avait là tout ce que la cour comptait de jeunesse dorée. Le précepteur en assurait éventuellement l'instruction lorsque son élève participait à un exercice collectif ou à une compétition. Il donnait des conseils, rectifiait les positions, rappelait surtout les principes théoriques contenus dans les traités d'arts martiaux. Car en ce domaine sa science était inestimable : personne n'expliquait aussi bien que lui comment la valeur d'une arme dépendait avant tout de la concentration du guerrier qui la maniait et combien l'exercice physique ne pouvait découler que d'un exercice psychique préalable. Lancer du javelot, tir à l'arc, maniement de l'épée ou de la hache de guerre étaient assortis d'incantations d'ordre poétique qui faisaient du combat un poème où la valeur littéraire l'emportait sur celle de l'arme. Il instruisait dans l'art d'incanter une flèche avant de la tirer et celui de faire appel à des moyens magiques dont les formules rigoureuses devaient être apprises par cœur. La guerre possédait un langage divin dont le vocabulaire très particulier ne pouvait être enseigné que par un brahmane. L'incantation devenait alors plus meurtrière que le fil de l'acier. Toutes les ressources des épopées et des traités indiens étaient mises à contribution. Le tir à l'arc reprit.

— A mon commandement... incantez les cordes... reprenez... tirez... Aux résultats!

L'officier notait avec soin les performances de chacun. Son rôle se limitait aux aspects purement techniques : vérification des positions, vérification du cercle plus ou moins parfait que devait composer avec sa corde la tension de l'arme, notation des temps d'exécution, la rapidité étant l'un des points essentiels de l'exercice. Au commandement, chaque archer devait se montrer capable de tirer un certain nombre de flèches. Il arrivait que l'on recherchât le tir en rafale plus que la précision; la combinaison des deux entraînait une très bonne note, ce qui était rare; seuls les champions confirmés y parvenaient. Le brahmane répétait à haute voix les incantations nécessaires. La troupe reprenait en chœur, puis chacun en particulier dans l'exercice renouvelé.

— Attention... concentration! A mon commandement... Incantation!

— Annulez... reprenez... annulez. Cordes de réserve!... Changez les cordes. Trois reprises!

Aucun guerrier ne devait être pris au dépourvu lorsque la corde de son arc cassait. Il fallait en un temps donné remplacer plusieurs fois la corde de l'arme. C'était l'un des exercices les plus difficiles, car on avait tôt fait de s'embrouiller entre une arme brusquement détendue et une réserve de cordes neuves qui s'étaient immanquablement emmêlées. Ici plus qu'ailleurs, tout reposait sur la concentration du guerrier.

Mais l'un des points essentiels du maniement de l'arc était le son qu'il émettait en se détendant. Les épopées indiennes ne parlaient-elles pas du bruit de tonnerre, comparable à celui du foudre d'Indra, que faisaient les héros et les dieux lorsqu'ils tiraient à l'arc? La voix d'un arc apportait sa contribution à la musique de la bataille; elle était aussi importante que l'arme elle-même car elle exprimait la qualité du guerrier en action. Shikésa pouvait juger de la réussite d'un tir au seul bruit dont il emplissait l'atmosphère. Certains officiers de très vieille expérience savaient noter les concurrents en conséquence : cela demandait un très long apprentissage. Seul le brahmane semblait infaillible.

— Ton tir ne sonne pas bien… Change de corde ou applique-toi…

— La corde est trop vieille.

— Incante-la!… Mieux! Recommence… Autant de fois que nécessaire…

L'exercice se poursuivait, implacable et rythmé. Il fallait se montrer rapide, intense, l'esprit entièrement absorbé dans une geste épique dont Shikésa chantait l'action. Rares étaient les incidents qui, comme celui dont Jaya venait de se montrer coupable, cassaient le rituel. Le brahmane semblait vouloir rattraper le temps perdu. Il intensifiait le mouvement.

— Pour une seule flèche… Tir d'attention! Précision!

*

Jaya et Injit avaient observé l'exercice pendant quelques minutes. Ils se dirigeaient maintenant vers les éléphants de guerre que les cornacs laissaient paître un peu plus loin dans la clairière. Les harnachements luisaient au soleil de novembre qui annonçait la fin de la saison des pluies. C'était un jour de grande manœuvre et les princes, au terme de l'exercice de tir, devaient s'affronter à dos d'éléphant. La joute promettait beaucoup de bruit et de poussière. Les éléphants en connaissaient parfaitement le jeu et commençaient à manifester leur impatience; certains couchaient et relevaient leurs oreilles en amorçant de faux départs, d'autres affectaient de se saisir par la trompe.

— Ton nouvel éléphant n'est pas là, constata le prince Injit. Où en est son dressage? Son instruction si tu préfères. Je sais que tu n'aimes guère qu'on parle de dressage, mais plutôt d'éducation… Je connais bien ton respect pour les animaux…

Jaya ne répondit pas. Son ami s'était retourné brusquement.

— Eh bien, mes princes, on fuit déjà le combat!

— Que fais-tu là, Devi? Il n'y a point de femme ici. Rentre au palais.

La jeune épouse du prince héritier éclata de rire. La réaction de son frère ne la troublait nullement. Elle avait réussi à franchir les barrières de protection du champ de manœuvres et se réjouissait de la surprise des deux amis. Une joute d'éléphants pouvait être dangereuse pour les spectateurs et il ne fallait pas qu'une personne étrangère à l'exercice vînt en troubler le déroulement. On avait donc placé une ligne de gardes pour fermer la clairière; sinon tout le peuple d'Angkor se serait retrouvé au milieu du combat comme à une fête. Ayant le goût du risque, bravant les interdits, curieuse de tout, la princesse avait voulu voir comment se comportait le prince Jaya.

Devi était ravissante. Rieuse et spontanée, elle enleva son époux au prince Injit, laissant entendre qu'elle avait à lui parler. Commença alors un long entretien : Jaya ne répondait que quelques mots, perdu sous le flot de paroles que lui adressait une épouse aimante, d'un ton que l'on sentait complice et attentif.

— Que peut-elle bien lui raconter? pensait le prince Injit, un peu vexé d'être tenu à l'écart, lui le confident fidèle. Les femmes d'Angkor ont toujours quelque chose à dire. Même dans les cas où elles devraient se taire... Ici c'est un espace réservé aux guerriers, c'est notre domaine à nous, les hommes. Le combat n'est pas affaire de femmes.

Mais Jaya paraissait heureux. Il opinait de la tête, semblait dire oui à tout. Sa femme était si belle, vêtue d'un simple pagne que retenaient des hanches mouvantes. La noblesse de ce buste donnait peut-être au prince le seul bonheur qui l'animât. Devi esquissa trois pas de danse; ainsi avait-elle coutume de conclure ses discours pour indiquer qu'on l'avait comprise. Tout était harmonie et mouvement. Ses seins fermes d'une rondeur parfaite, le galbe de son ventre au nombril bien centré, la grâce de ses gestes et son sourire évoquaient ces sculptures divines que l'on voyait dans les temples. Devi était une déesse. Le soleil matinal joua d'un rayon neuf sur cette peau ambrée, faisant briller les bijoux d'or. Jaya semblait transformé.

« En fera-t-on jamais un guerrier ? » s'interrogea le prince Injit.

Mais un grand barrissement annonça le début de la joute. Les conques résonnèrent. L'orchestre se mettait en place. Le prince n'avait pas remarqué un palefrenier, accroupi derrière une charrette chargée d'armes et de harnachements, à trois pas de Jaya et de son épouse.

CHAPITRE 2

Le roi Dharan était plongé dans une méditation que trahissait par instants un mouvement imperceptible des lèvres. Il fallait prendre une décision. Que faire ? A quel parti se résoudre ? Devant lui s'étalaient les restes du repas. Il se leva lentement, renoua le pli de son sampot, lissa d'une main inquiète le chignon de sa coiffure. D'un geste il congédia les femmes. L'une d'elles cependant lui présenta la cuvette d'or où il devait se rincer les doigts de la main droite. D'un regard il signifia à nouveau qu'il voulait être seul.

L'âge commençait à peser sur ce souverain qu'éprouvait depuis longtemps la charge d'un royaume devenu trop grand. Il se dirigea vers la galerie qui menait au bassin nord et descendit l'escalier avec peine. Là, au milieu des discours et des rires, quelques esclaves procédaient à l'entretien quotidien des jardins. L'intrusion royale les surprit ; chacun se prosterna, front à terre, dans l'attente d'un ordre.

Soudain le roi se retrouva en plein soleil, sous l'éblouissement des murs d'enceinte et d'un dallage de grès fraîchement poli. Les porte-parasols étaient accourus, inquiets de cette entorse à l'étiquette, et se montraient hésitants devant l'ordre qui leur intimait de se retirer. Le roi décidément était porté ce matin-là à des humeurs solitaires. Un silence se fit : seule bruissait l'eau qui alimentait le bassin, et dont le murmure était ponctué dans le lointain par le cri constant des perruches et le caquètement des singes. Puis venait la rumeur étouffée de la ville.

Il n'y avait autour du bassin qu'un seul pan d'ombre, le long du mur qui le bordait, à l'est. Dharanvarman vint s'asseoir sur un bloc de grès laissé là par les tailleurs : dans le palais royal les travaux n'étaient jamais achevés; à quelle besogne inutile l'intendance prétendait-elle encore? Combien de temps restait-il avant la grande audience quotidienne qui dans quelques instants peut-être — le soleil était déjà haut — le retiendrait dans toute la pompe de sa fonction? Le roi s'efforçait de penser : « Voyons, quelles affaires? Que ne puis-je sortir librement de ce lieu, de ce palais! Au-delà de ce mur, la joie et le bonheur. Ici, la servitude... » Il se sentait l'esprit confus.

Une lueur oblique venue du ciel le frappa tout à coup : le dôme de bronze du temple de Suryavarman Ier, le Baphuon, immense temple-pyramide construit au siècle précédent, reflétait avec une vigueur insoutenable les rayons du soleil matinal. Tout alentour était splendeur, blancheur et flamboiement. Le roi mit sa main en visière. Les esclaves, qui étaient jusque-là restés prostrés, se levèrent pour se regrouper de l'autre côté du bassin, en plein soleil. Assis sur leurs talons, serrés les uns contre les autres, tête baissée, ils semblaient ressentir sur leurs épaules tout le poids du regard royal.

*

— Sire, le prince Jaya, votre fils bien-aimé, vient de quitter l'exercice. Les nobles se moquent.

Santanu, le Premier ministre, se tenait à trois pas, dans l'ombre, lui aussi, du mur d'enceinte. C'était un homme jeune, au visage agréable, dont le sourire constant exprimait la bienveillance et la joie de vivre. D'emblée il inspirait confiance et attirait la confidence. Complice de chacun et au courant des affaires bien avant tout le monde, rien ne semblait lui échapper. Apparemment sans contrainte, il se pliait à l'étiquette avec un retard joyeux qui appelait aussitôt le pardon. Le roi jouait le jeu. Mais il savait combien les airs de courtisan pouvaient parfois cacher de félonie. Il y avait là trop d'aisance et de gaieté affectée. Quelques minutes passèrent.

Enfin Dharanvarman leva les yeux. Alors seulement Santanu se prosterna devant les Pieds sacrés. Un signe de la main l'invita à s'asseoir sur une pierre voisine.

— Sire, Votre Majesté va-t-elle prendre un bain? Dois-je appeler vos femmes?

— Donne-moi plutôt les nouvelles.

— Le prince Jaya…

— Je sais. Que se passe-t-il aux frontières?

— Sire, je crains que le royaume ne soit bientôt envahi par une surabondance de ronces.

— Que veux-tu dire?

— Les Chams sont partout. Ils s'infiltrent ici et là. Je crains qu'ils ne préparent une nouvelle guerre. Le grand Suryavarman…

— Laissons là les rois d'antan.

Suryavarman II, oncle du roi Dharan, était mort depuis plus de quinze ans. Roi terrible, aimant la guerre, il avait repoussé au plus loin les frontières du Cambodge. C'est à lui que le royaume devait son actuelle puissance. Des bouches du Grand Fleuve et du royaume du Champa à la péninsule malaise, et de la mer du Sud aux territoires s'étendant au nord des monts Dangrek, le roi d'Angkor régnait. Il avait subjugué tous les rois, ses rivaux, roitelets ou souverains puissants. La monarchie angkorienne avait ceci de particulier qu'on ne savait jamais, de tous les prétendants à une succession royale, qui pouvait s'arroger la légitimité. Seul le succès comptait, et le bonheur des armes. Suryavarman avait su s'imposer et, dans l'élan des guerres civiles, agrandir le royaume.

Mais demeurait la menace du royaume cham, à l'est, qui avait continué longtemps les escarmouches et les coups de main. Suryavarman n'avait pu en venir à bout : plusieurs de ses armées avaient été mises en déroute. Dharanvarman n'aimait pas la guerre; il préférait la compassion bouddhique à la fureur des armes. Sa grande crainte était ce jeu continuel d'usurpations successives qui animaient depuis toujours les chroniques de la nation khmère et ne se résolvaient jamais qu'en turbulences intestines menant à terme à des guerres lointaines. Il songeait, dans le secret de ses réflexions, à donner enfin au royaume des règles de succession qui assurassent la paix. Il instruisait son fils dans cet esprit.

— Que veux-tu faire ?

— Il faut envoyer des troupes pour les contenir, ou du moins les observer, se montrer, couper court à ce grignotage.

— N'attendons-nous pas une ambassade ?

— Oui, les Chams s'annoncent. Le prince Pariksit avec sa suite. Il n'y aura que tromperie.

Le roi jeta un regard distrait sur la feuille de latanier que lui présentait son ministre. C'était la liste des émissaires chams. Dharan avait appris de ses années de règne et de la succession difficile de Suryavarman qu'il fallait affecter de savoir déjà ce qu'on venait lui apprendre. Il se plaisait à ponctuer d'un « je sais » souverain toute nouvelle fraîche. Le document fut parcouru rapidement, comme s'il s'agissait d'une évidence. Santanu n'était pas dupe.

— Je propose à Sa Majesté l'envoi rapide d'un corps de mille hommes armés à la légère, avec une cinquantaine d'éléphants et un peu de cavalerie. Suffisant pour une mission d'observation. Et pour le commander, le général Purocana, dont la valeur n'est plus à démontrer. Le général est rompu à l'art militaire, on lui doit...

— Certes, il est excellent... Dis-moi tout.

L'ombre rétrécissait. Le roi semblait s'assoupir. On obtiendrait de lui un agrément rapide. Santanu engagea un long plaidoyer : Purocana était habile à l'arc comme à l'épée, capable de combattre debout sur un éléphant en plein mouvement de bataille, capable aussi d'anticiper les intentions de l'adversaire et de contourner ses actions, connaisseur de la cour chame où il s'était rendu souvent, dévoué au trône, tout pétri de dharma et nourri d'observances. Le ministre remerciait le roi pour son bon choix. Mais il était venu lui parler d'autre chose. On résoudrait la question chame plus tard, le soir même, au conseil.

Il était venu là, au bord de ce bassin, saisissant l'occasion de la solitude royale pour l'entretenir de son fils Jaya qui devenait la risée de la cour et faisait le désespoir de son précepteur, le brahmane Shikésa — peut-être n'était-il pas l'homme qu'il fallait, insistait-il, un savant certes fort lettré, épris de la geste des épopées indiennes et des vertus du brahmanisme, des Védas, des Upanishads et de leurs annexes, mais incapable d'imposer la moindre autorité à son élève. Celui-ci négligeait l'exercice des armes comme les usages de la cour. Il s'intéressait peu à la lecture, encore moins à l'écriture. Le prince, murmurait-on, avait à peine regardé l'éléphant de guerre que son père venait de lui offrir. Il refusait de le monter. Peut-être, ajoutait-on, en avait-il tout simplement peur. Peur ! La médisance ne ferait que croître.

Il était nécessaire d'y mettre un terme. Les grandes déclamations de ce maître sur les exploits de guerriers indiens, grands kshatriyas des épopées, Arjuna, Bhima ou autres, ne servaient de rien... Le prince n'était pas mûr. Son éducation était loin d'être terminée. Sans doute un autre précepteur...

Soudain le dignitaire craignit d'avoir exagéré. Son verbe l'entraînait. Le portrait qu'il dressait du prince tournait à la caricature. Et le procès du brahmane risquait d'être pris en mauvaise part. Dharanvarman était-il vraiment dupe ? Le silence royal l'inquiétait. Le souverain avait-il des soupçons ?

Une brise légère animait les ramures des arbres. Le palais était quelque peu excentré par rapport aux principaux édifices de la ville. Certes, on apercevait, juste à côté, le dôme de bronze du grand temple-pyramide, le Baphuon. Mais les temples des rois d'antan se trouvaient bien au-delà, parfois à plusieurs milles, vers le sud, en direction du Grand Lac, ou vers l'est, le long du grand réservoir d'irrigation, le Baray oriental. Hormis le sanctuaire de pierre couvert d'or et serti de pierreries situé en son centre, le palais était un ensemble de bâtiments de bois d'une ordonnance compliquée et au luxe défraîchi : l'or, les miroirs et les fines sculptures des innombrables colonnades subissaient l'usure du temps.

Cette résidence royale était située loin des cantonnements militaires, dont les troupes étaient censées accourir en cas de conspiration ou d'attentat, toujours possibles, voire probables si l'on se fiait aux annales du royaume, si riches en relations d'usurpations successives. Parfois aussi il valait mieux se trouver loin de ces mêmes troupes qui, à l'occasion, savaient trahir.

Le silence s'éternisait... Le ministre cherchait à se donner une contenance dans la contemplation des bâtiments du palais dont les grands toits se profilaient sur le ciel en excroissances multiples. L'ensemble constituait un enchevêtrement harmonieux de corridors ou de vérandas imbriquées les unes dans les autres. Les salles de conseil, de fête ou d'audience étaient couvertes de tuiles jaunes vernissées qui rivalisaient de luxe avec les tuiles de plomb des appartements privés dont l'éclat moins soutenu n'en affirmait pas moins le privilège royal. Plus loin le palais se prolongeait dans une succession de cours carrées que bordaient les magasins et les ateliers.

— Que faire, Majesté? conclut-il enfin dans un murmure. Le prince est votre fils. Il peut avoir des vertus cachées. Mais la succession au trône...

Le roi dormait, vieux procédé qu'il aimait opposer aux discours trop longs de conseillers zélés. Santanu sentit qu'il était allé trop loin. Mais c'était un risque qu'il savait pratiquer au plus près. Fils d'un noble khmer et d'une concubine chinoise, il tenait de sa mère le doigté ancestral des mandarins de l'Empire et se permettait d'engager ses avis au-delà de ce que les autres osaient. Car il comprenait tout avant que l'on s'en avisât et connaissait d'avance à la perfection les réactions qu'allait susciter une franchise calculée. Il se doutait que le roi ne répondrait pas et, dans ce but, il avait parlé trop longuement, affectant de s'embrouiller ou de se laisser emporter. Mais il savait aussi que ses dires, dans leur outrecuidance, feraient leur chemin dans la conscience royale. Dharanvarman sentirait bien qu'on n'avait tenu là, à l'égard du prince son fils, qu'un rôle de grand frère : le feu de ce discours était dû à une affection trop vive; c'était une expression de camaraderie.

Cependant Santanu revint soudain au ton qui donnait à ses propos un bonheur et une conviction qu'il rendait communicatifs.

L'ombre avait presque disparu ; le soleil atteignait maintenant les pieds de Sa Majesté.

— Voici nos femmes. Allons, Sire, il faut régner.

*

Les conques avaient retenti, prélude à l'ouverture de l'audience. La garde privée approchait, composée de filles du palais choisies parmi les plus belles, le chignon mêlé de fleurs, le torse luisant d'onguents odoriférants, chacune tenant en main lance et bouclier. Au loin, dans une rumeur croissante, se précisaient des accords de musique légère annonçant l'arrivée des dignitaires et des dames du palais, en grand nombre. Le roi avait pris du retard, il devait maintenant au plus vite faire une toilette, recevoir et revêtir les attributs de la puissance royale. La garde s'était rangée le long du corridor menant à la salle d'audience. Précédée d'un orchestre de harpes et de hautbois, la cour venait chercher son souverain. Un instant suspendue, la vie du palais reprenait. A l'extérieur les conques répétaient leurs appels, avertissant le peuple de l'imminence de l'apparition royale. Le roi se leva d'un bond :

— Où est l'épée ?

Santanu s'inclina et fit signe à une grande femme au teint de jade d'approcher. Front au sol, elle présenta au souverain l'épée d'or dont la possession garantissait la puissance et le trône, attribut de la monarchie khmère sans lequel aucun roi ne pouvait prétendre à la dignité suprême. Elle était l'expression même de la légitimité. Le monarque ne devait jamais, officiellement, s'en séparer. Dharanvarman se saisit de l'arme sacrée et la présenta au soleil. Mille reflets jaillirent de la lame d'or. Le souverain s'amusait à éblouir tour à tour tel ou tel de ses courtisans. Les visages devinrent graves. Ce jeu n'appartenait pas au rituel. Santanu fit mine de s'esquiver. Brusquement le roi lui remit l'épée et, d'un geste, lui ordonna de le suivre ; puis, l'attirant à lui et le prenant à part, dans un murmure :

— Combien d'affaires ce jour ?

— Des plaideurs, Sire, comme à l'ordinaire, mais en petit nombre.

Tout à coup le ministre sentit que l'ambiance se faisait lourde. Avait-il laissé échapper une occasion propice ? L'ordre résonna à ses oreilles :

— Le prince Jaya prendra le commandement de l'armée et se portera à la prochaine lune aux frontières du Champa.

Le roi reprit alors l'épée d'or et se dirigea d'un pas ferme vers l'escalier menant aux galeries.

CHAPITRE 3

En ce début d'après-midi il y avait encore beaucoup de monde sur la place du marché, le long du canal. Les coqs s'affrontaient. L'œil fixe, le bec rapide, l'ergot brandi, sautant sur place de fureur, chacun attendait le moment propice pour bondir. L'engagement, soudain, se faisait : les deux adversaires tourbillonnaient quelques secondes, dans des gerbes de plumes, puis reprenaient leur position d'attaque. Les parieurs encourageaient de la voix et du geste leur champion.

— Vois, ne dirait-on pas des Aryens au combat ?

— Oui, Maître.

— Ni peur ni pitié. Ils sont tout à l'action. Rien n'existe alentour.

— Oui, Maître, vous me l'avez dit.

— Ne dirait-on pas un combat des grands guerriers à char de Kurukshetra, le champ de bataille où s'affrontèrent Pandava et Kaurava ?

— Lequel serait Bhima ? Lequel serait Drona ? Ou Arjuna ? Ou Karna ? Dites-le, Maître. Le coq noir ? Le coq blanc ?

Shikésa se demandait parfois si son élève ne se moquait pas de lui.

— Chacun, mon prince, combat pour la défense de son droit. Mais lequel des deux lutte pour le dharma, la vertu, le bien, le bon droit sans lequel le monde n'a point d'équilibre ?

— Ils pensent surtout à leurs femelles.

— Qui donc ? Bhima ? Drona ? Les guerriers au grand cœur ?

— Non, les coqs. Et peut-être bien aussi vos héros !

Le précepteur ne savait plus quel parti prendre pour engager enfin l'éducation de son élève. Il lui arrivait de tomber dans la niaiserie. Jaya n'était plus un enfant de sept ans, mais un jeune homme bien bâti, mûr et marié. Comment lui donner le sens de l'héroïsme, cette vertu indispensable à tout prince khmer ? Il se promit de reprendre l'avantage et chercha dans sa tête un extrait d'épopée à citer, *Mahabharata*, *Ramayana* ou autre, flambant d'action et bien rythmé.

*

Le coq blanc était mort. Les parieurs se disputaient sur les sommes engagées. Le maître et l'élève reprirent leur promenade. L'air se chargeait de l'odeur lourde du poisson séché dont on ferait bientôt le prahoc, cette pâte odorante dont les Khmers agrémentaient leurs repas. Le jour baissait. L'animation commençait à faiblir : le long du canal les commerçants embarquaient sur leurs pirogues les denrées non vendues. Sur l'autre berge se trouvaient alignées les résidences princières dont les toits de tuiles vernissées tranchaient sur les couvertures de feuilles des paillotes environnantes. Ici et là un grand arbre balançait sa palme.

Shikésa avait appris qu'une mission importante attendait son élève. Un bruit courait, incertain, amplifié, contesté, comme tous les bruits. Le brahmane savait trop bien que les bruits couraient d'autant plus vite qu'ils étaient faux. Il craignait un piège. Combien de fois avait-il constaté que, contrairement à l'adage, il y avait bien des fumées sans feu ? Vraie ou fausse, la nouvelle avait de quoi inquiéter. Une sorte de panique l'avait saisi lorsqu'il avait fallu faire le lien entre l'intérêt soudain que l'on portait à son élève et le niveau d'éducation du prince.

La matinée avait été difficile. Sur son ordre, au dernier moment, on avait amené le jeune éléphant de guerre dont le dressage restait à parfaire. Le risque était certain, mais il avait voulu forcer la décision. Jaya avait accepté de grimper sur l'animal. Celui-ci, comme s'il comprenait la situation, s'était montré d'une sagesse inattendue ; le prince avait pu se tenir accroupi et esquisser quelques passes d'armes. Quand serait-il en mesure de se tenir debout sur sa monture dans la fureur des batailles ?

L'exercice des armes au sol avait montré quelques progrès. Mais la veille encore l'apprentissage des textes et écritures avait été désastreux. Le prince se réfugiait dans un monde lointain d'où rien ne pouvait le sortir ; ainsi ne savait-on jamais s'il n'avait pas compris ce qu'on lui disait ou s'il mémorisait en secret les textes qu'on lui demandait de retenir. Le ton épique n'était guère le sien. La poésie le laissait de marbre. Le maniement des armes et la connaissance des traités constituaient les deux volets de l'éducation d'un prince. En ferait-on jamais un kshatriya, un guerrier tel que la caste indienne en formait ?

Le brahmane s'était résolu à consacrer l'après-midi à une promenade à travers la ville dans l'espoir d'éveiller quelque peu les sens de son élève. Après tout, le spectacle de la vie populaire faisait aussi partie des éducations princières. Les deux hommes reprirent leur marche. Le soir venait. Une brise légère annonçait par instants que la chaleur du jour était passée. Ils croisèrent un groupe d'hommes au teint clair, vêtus de robes.

— Des Chinois, expliqua Shikésa. Ils sont nombreux à Angkor. Ils viennent surtout pour le commerce. Sais-tu, mon prince, que le royaume de Chine est plus grand que l'Empire khmer, beaucoup plus grand ? C'est l'empire du Milieu. Les Chinois nomment ainsi leur pays parce qu'ils pensent être au centre du monde. Vois, poursuivait le maître en esquissant dans le creux de sa main les deux idéogrammes qui signifient « milieu » et « pays » : leur écriture est différente de la nôtre, et surtout du sanscrit qui nous vient de l'Inde. Celle que tu as tant de mal à apprendre. Je t'en parlerai.

— Vous m'avez déjà enseigné tout cela, Maître.

— Fort bien. Mais pas le chinois. Nous n'en sommes pas là. Et tu n'en aurais pas l'usage. Je dois dire que ma science ne va guère au-delà du sanscrit, des langues, des dieux, de l'histoire de l'Inde. C'est déjà beaucoup. Et tu connaîtras un jour les secrets des Trois Mondes, quand tu auras appris l'ensemble des traités et leurs annexes, conclut Shikésa en cherchant toujours quelque extrait bien senti à citer.

*

Angkor s'éveillait à la vie du soir. Les activités reprenaient peu à peu dans la chaleur déclinante. Les échoppes rouvraient : marchands de poisson, de riz, de médicaments, les uns et les autres hélant le chaland. Deux jeunes filles appelèrent le brahmane et son jeune apprenti. Shikésa hésita : son élève mêlé au petit peuple, cela se pouvait-il ? Il avait toujours pensé qu'un prince devait connaître dans son intimité le peuple dont il avait la charge ; se promener incognito peut-être, mais de là à s'installer ouvertement pour boire et manger dans un quartier populaire ? La chose n'était pas aisée, car il fallait éviter qu'on reconnût le fils du roi, ce qui n'aurait pas manqué de provoquer prosternements et attroupements. Leur langage pouvait les trahir. Ne risquait-on pas un attentat ? On verrait bien. Au reste, le seul fait qu'on leur fît signe montrait qu'on les prenait pour des gens ordinaires : un jeune homme aux traits fins, certes, mais vêtu comme tout le monde et un brahmane reconnaissable évidemment, comme tous ceux de sa caste, à la cordelette de coton blanc qu'il portait au cou. Il y avait beaucoup de brahmanes à Angkor. Shikésa se décida : Jaya devait avoir faim et soif.

— Quel est ton nom ? dit le précepteur à la jeune fille qui leur proposait des fruits.

— Dhari, et voici ma sœur Kéo.

La nudité seyait à ces beautés, de teint très noir mais de formes exquises, faites pour la danse et le plaisir. Le brahmane pensa que ces filles — Kéo surtout — pourraient fort bien entrer dans un gynécée princier. Il se promit d'y songer… Jaya, si du moins l'information qu'il tenait était bonne, ne pouvait partir sans femmes, musiciennes, danseuses, concubines attitrées ou non. Le prince, croyait-il, était plus doué pour l'amour que pour la guerre ou l'administration : il avait été instruit par ses soins de tous les traités nécessaires, *Kamasutra* et autres. L'éducation qu'il avait donnée était complète. On devait faire confiance : Jaya serait aussi un héros, il fallait s'en convaincre. De toute façon il aurait des femmes. Tous les héros avaient des femmes. La citation qu'il venait de trouver, délicate, peu épique, mais adaptée à la situation, s'échappa soudain de son esprit : les Chinois qu'ils avaient croisés tout à l'heure s'étaient regroupés devant une échoppe. L'un d'eux jetait des regards furtifs en direction du prince.

— Pourquoi ces Chinois nous regardent-ils ainsi ?

— Parce que, mon prince, pour eux nous sommes des sauvages. C'est donc une curiosité qui affirme leur supériorité. Apprends leur point de vue : tout ce qui n'est pas chinois est barbare. Ils nous trouvent de mœurs grossières et noirs de peau. La Chine pense que tous les pays qui l'entourent sont ses vassaux.

— Le Cambodge est-il vassal de la Chine ?

— Oui et non. Il y a longtemps que nous n'avons pas reçu d'ambassade. La coutume veut que le roi donne un tribut aux envoyés chinois quand ils viennent. Ceux-ci repartent et tout le monde est content. Les Chinois aiment surtout à se flatter de leur propre existence qu'ils estiment supérieure à celle des autres. Ils ne viendront jamais nous attaquer. Un tribut leur suffit, et leur orgueil. Ils appartiennent à un autre monde.

— Maître, vous m'en avez parlé tout le jour d'hier.

— Alors pourquoi poses-tu des questions ?

Dhari, la plus âgée des jeunes filles, apportait des œufs couvés avec du lait de coco et un peu de vin de sucre : mets raffiné et boissons populaires. Jaya leur fit honneur. Les fœtus duveteux, agréablement visqueux, glissèrent dans son gosier. Pétri d'austérités et de sévères observances, le brahmane s'abstint. Le vin était bon que l'on buvait dans des petits gobelets d'argile. Les Chinois s'étaient éloignés. Kéo ne se montrait plus. Le prince rota. Il était temps de repartir.

*

Ils se dirigèrent vers la rivière, en un lieu où son cours formait un bassin naturel propice à la baignade. Les Khmers, surtout dans les périodes de grande chaleur, se baignaient plusieurs fois par jour. Par groupes de cinq ou six, les femmes aimaient venir à la rivière, au soir tombé; l'eau bruissait alors de nudités caquetantes et riantes s'éclaboussant gaiement dans des tourbillons de plaisir. La coutume voulait que les âges fussent séparés : d'un côté la jeunesse, de l'autre la maturité. On trouvait là des femmes de toutes les conditions sociales. Jaya ne résista pas à la tentation. Il laissa glisser son pagne et se mit à l'eau. L'heure était tardive et déjà les baigneuses sortaient de la rivière, certaines cachant leur sexe de la main gauche dans un trottinement joyeux.

Le prince s'ébroua. Tous ses muscles se relâchaient. Il inspira longuement, plongea sa tête sous l'eau, étendit les bras et rencontra une main dont les doigts enlacèrent les siens. Alors les regards se croisèrent : c'était Kéo, qui avait dû courir bien vite pour rejoindre la baignade. Il lui sembla qu'il l'attendait. Un front pur, très sérieux, les yeux pétillant d'une malice mêlée de tendresse et une bouche humide appelant le baiser firent bondir le cœur du prince. La voix du brahmane retentit. Il fallait maintenant rentrer au palais.

Les Chinois les avaient suivis. Ils se tenaient sur la berge au milieu des pagnes laissés là par les baigneuses qui n'étaient pas encore sorties de l'eau. Ce spectacle exotique les enchantait, ils le manquaient rarement : des femmes nues et en aussi grand nombre! L'un d'eux fit mine d'enlever sa robe pour se mêler à des ébats si tentants. Ses compagnons le retinrent... Ces gens décidément semblaient surtout s'intéresser au prince. Le crépuscule s'annonçait. Un dernier rayon de soleil se joua dans les arbres où déjà s'animait la faune nocturne. Vint la nuit, brusquement. Un homme se détacha du groupe de Chinois et prit à la hâte le chemin du retour. Dans la pénombre naissante Shikésa crut reconnaître les traits de Santanu.

CHAPITRE 4

Le palais royal était en effervescence. La grande place le précédant à l'est s'animait de mouvements inaccoutumés. Un détachement militaire avait pris place le long du perron de bois dont les marches donnaient accès au portail pratiqué dans l'enceinte. Le peuple assemblé attendait un événement. Certains pensaient que le roi allait paraître, tenant en main l'épée sacrée ; mais il serait alors précédé des processions habituelles de danseuses et de jeunes filles dont rien pour l'instant n'indiquait la mise en place. Il s'agissait d'autre chose ; le roi était-il mort ? On l'eût appris aussitôt.

Les palanquins à brancards d'or ou d'argent se succédaient à l'entrée du palais dans un jeu incessant de parasols écarlates, de gardes et de serviteurs courant en tous sens. Les notables, les mandarins, les princes se pressaient. On entrait dans le palais, on en ressortait. On remontait en palanquin alors qu'on venait d'en descendre. Non loin, face à la terrasse réservée à la crémation des morts, des éléphants bâtés attendaient sous un arbre. Une brise légère venue de l'ouest portait de temps à autre, dans le brouhaha général, le son des conques et des orchestres qui animaient plus que de coutume la vie royale.

Le temps passait. Le bruit courut que le prince Jaya devait arriver d'un moment à l'autre pour recevoir sa consécration de prince royal et une mission d'importance que le roi allait lui confier. Le prince se faisait attendre. Ce retard expliquait la cohue indécise qui régnait. On apprit enfin que l'éléphant du prince était devenu fou furieux.

Santanu descendit de son palanquin et, serré par les porte-parasols qui couraient pour le rattraper, se précipita vers l'escalier. Ses gens ne pouvaient le suivre au-delà de la porte. Il s'engagea seul dans la longue galerie qui menait à la salle d'audience. La garde féminine se rangea pour lui laisser passage, piques hautes et boucliers posés, poitrine ferme et seins bandés dans un garde-à-vous réglementaire. Le ministre, essoufflé, se prosterna en un samboh rapide dont il écourta les trois temps, oubliant les cinq contacts. Le roi fit semblant de ne rien voir de cette entorse au protocole.

Le trône, dont les pieds gainés d'or se relevaient élégamment en forme de naga, était fait de cinq espèces de bois de senteur et orné, disait-on, de sept choses précieuses. Au-dessus s'élevait un pavillon tendu d'étoffes de soie; les colonnes en étaient de bois veiné et les parois d'ivoire parsemé de fleurs d'or. L'ensemble composait un petit palais au fond duquel était suspendu un disque à rayons d'or en forme de flammes. Devant cet appareil royal, un brûle-parfum d'or était entretenu par deux serviteurs.

Dharanvarman prenait ses aises. Assis en biais sur le trône, l'épée d'or négligemment posée sur un genou, il ne montrait aucune impatience. Il avait fait venir des danseuses pour tromper l'attente. L'orchestre battait son plein, réjouissant l'atmosphère, et le bruit, quoi qu'on fît, rendait toute conversation impossible. Le roi affectait d'écouter l'un ou l'autre de ses conseillers et prenait des airs entendus alors qu'il ne saisissait pas le moindre mot. Il lui arrivait de se lever pour faire un petit tour parmi les courtisans, débonnaire et jovial au milieu des courbettes; il se servait alors de l'épée comme d'une canne. Toute la puissance royale s'affirmait dans une absence spontanée d'étiquette. Le dieu-roi jouait à merveille la jovialité du dieu Indra, coureur et bon vivant, siégeant au mont Meru dans un conseil d'État et régnant sur les quatre Orients. L'épée sacrée donnait une légitimité incontestable qui permettait de ne s'embarrasser de rien. Il ne serait que temps de reprendre la pose.

*

Santanu avait été envoyé aux nouvelles. Son retour ne semblait nullement intéresser le roi. Le ministre se risqua à glisser l'information dans l'oreille du prince Injit, son voisin :

— L'éléphant de Jaya a fait des siennes.

— Comment donc ?

— On aurait cru qu'il était fou.

— Comment fou ?

— Ou drogué.

— Qui aurait fait le coup ?

— Le brahmane Shikésa a failli être piétiné. L'animal refusait qu'on lui mît son bât. Il s'est échappé, renversant tout sur son passage. Trop jeune peut-être, ou mal dressé.

— Ou, comme vous le disiez, drogué.

— Mais par qui ?

— Allez-vous ordonner une enquête ?

« Drogué ? Et pourquoi ? » se demanda le prince. Il arrivait que l'on droguât des éléphants à la guerre. Mais la chose n'était pas sans danger : l'animal pouvait se retourner contre ses maîtres et semer dans les rangs amis un désordre qui tournerait à l'avantage des adversaires. C'était le meilleur moyen de perdre une bataille. Qui prendrait un tel risque ? Seuls les Chinois étaient capables d'une chose pareille. Pourquoi droguer l'éléphant de Jaya le jour de sa consécration ? S'agissait-il d'une invention du ministre, toujours porté à imaginer combines ou conspirations ?

Dharan fit enfin signe à Santanu d'approcher et, vaguement attentif, tendit d'un air lointain une oreille qu'ornait une lourde boucle d'or. Le discours que murmura le ministre parut fort long. Le roi opinait. Au fur et à mesure qu'il écoutait, son regard se portait sur le prince Injit. On parlait donc de lui. Que racontait-on ? Le plus grand soin avait été porté au choix de cet éléphant. Il s'en était occupé en personne, allant jusqu'à courir la jungle chez les chasseurs des plaines et des montagnes, afin de découvrir l'animal idéal. Il n'avait pas trouvé ce qu'il cherchait et s'était décidé, à Angkor même, pour un superbe mâle de dix ans dont la puissance et la souplesse l'avaient séduit. Certes la bête était ombrageuse. Mais la monture de son beau-frère ne pouvait figurer que parmi les plus beaux éléphants des écuries princières. Il s'était interdit de tenir compte de la médiocrité du prince dans les exercices physiques, médiocrité qu'il jugeait passagère ; une telle précaution eût été une insulte. Fallait-il voir dans le regard royal l'expression d'un reproche ? Tout à coup il se sentit coupable. Quelle lubie avait saisi cet éléphant ? Comme tous les animaux sensibles, avait-il senti les réticences du prince à son égard, peut-être sa peur, même cachée ? Mordu par un cobra ? Peu probable... Drogué ? Encore moins. Il se promit de faire sa propre enquête.

Soudain le monarque se figea dans la pose de délassement royal, un pied pendant et l'autre replié sur le siège, tête haute, une main sur un genou, l'autre tenant l'épée dressée, immobile. L'étiquette était de retour. Ses traits se durcirent. L'orchestre se tut, les danseuses se retirèrent. Chacun se prosterna. Les gardes rectifièrent leur position. Jaya avança, paré de tous les insignes princiers et militaires d'un commandant en chef, armé comme pour la guerre. D'un pas lent, convenant à la majesté de l'instant, le fils du roi parvint au pied du trône et fit les trois prosternations réglementaires.

Santanu lut l'édit royal, rédigé en un vieux khmer mêlé de termes et d'expressions sanscrits qui constituaient, loin du langage ordinaire, la langue des décrets officiels. Les longues phrases en prose alternaient avec les stances poétiques ; le discours semblait sans fin. Le ton de voix aussi était particulier, placé entre la concentration religieuse propre aux prêtres de Shiva et un martèlement de syllabes évoquant les rythmes des tambourins de guerre. Après avoir décliné les généalogies nécessaires, remontant aux origines, au plus lointain des dynasties lunaire et solaire qui avaient régné dans les royaumes anciens du Funan et du Chen-la bien avant les gloires d'Angkor, puis évoquant les vertus dont tout prince héritier devait s'orner, se montrant sans rival dans les sciences, les arts, l'écriture et le langage, dans les chants, les danses et les jeux, ne se bornant pas à la pratique de la philosophie mais s'attachant toujours avec zèle à pratiquer tous les arts, paré des quatre qualités — l'énergie, la connaissance, la vertu et la méthode —, de sorte que son éclat fût difficile à supporter et que ses ennemis à sa vue hochassent la tête en disant : « C'est le soleil personnifié », le ministre conclut :

— Le prince Jaya, fils du dieu-roi Dharanvarman, est élevé au ministère de Grand Sénapati des armées royales. Il prendra son commandement à ce jour. Il partira vers l'est, à la troisième lune, selon la volonté des astres...

Le roi demeura immobile. Courtisans, ministres, généraux et astrologues se retirèrent à reculons, laissant Dharanvarman seul avec son fils.

*

— Mon fils, vois cette épée, regarde-la bien et prends-la, elle contient le pouvoir royal. Soupèse-la et juge, choisis-en l'équilibre afin qu'elle tienne à l'aise dans ta main. Sache en faire un fétu de paille ou une massue selon l'heure... Elle vit, regarde le frémissement de la lame quand le soleil vient s'y mirer. Tiens, prends-la, essaie-toi.

— Sire, mon père, gardez-la, je ne veux point du royaume.

— Elle te dira elle-même si le royaume veut de toi. Je la confie bien aux uns et aux autres dans ce palais. Mais elle n'en doit jamais sortir autrement que dans la main du roi. Je ne puis m'en charger constamment, au bain, pendant les repas, que sais-je, mais je la garde avec moi dans mon sommeil. Veille toujours à bien connaître les gens à qui tu la remets.

Jaya reçut des mains de son père l'arme sacrée et l'éleva au ciel avec respect comme pour l'offrir. Au terme de la cérémonie le père et le fils étaient revenus au ton de familiarité affectueuse qui restait celui de leurs rapports. Jaya s'était assis aux pieds du roi. Mais il y avait encore de la solennité dans l'air. Le prince avait grande allure dans ses atours de conseil et de guerre, entouré de ses armes et couvert de bijoux. Son diadème était de pierres précieuses.

— Qui tient l'épée tient le pouvoir. Elle nous vient des dieux, des dynasties antiques qui la reçurent jadis sur le mont Mahendra avec le sacrement du pouvoir universel. Il y a quatre siècles, Jayavarman II, ton ancêtre lointain, très lointain, se fit consacrer shakravartin, roi des rois...

— Oui, père, je sais, mon précepteur m'a instruit de tout cela.

— Viens.

Le roi avait envie de poursuivre l'entretien dans la fraîcheur des jardins et des fontaines. La cour s'était retirée et l'on pourrait profiter de ce rare moment de repos à l'ombre d'un arbre, au milieu des fleurs et dans le bruissement de l'eau. Dharanvarman se débarrassa de son encombrant costume de cérémonie, posa son diadème et fit nouer par une femme quelques fleurs dans son chignon. Puis il congédia tout le monde. Jaya cependant avait été prié de conserver, avec l'épée, ses parures et ses armes. Son père voulait vérifier si dans cet attirail il savait se mouvoir avec l'aisance d'un prince. La galerie donnait sur une petite pièce d'eau entourée d'arbres, que l'on n'avait pas encore aménagée ; un sol de sable attendait le pavage de grès qui devait le revêtir ; pour l'instant les jardiniers entretenaient ici et là des fleurs sauvages et un massif de jasmin. Le roi et son fils s'assirent sur la dernière marche de l'escalier, à l'ombre d'un acacia. Dharanvarman poursuivit l'entretien :

— Un roi est dieu, Shiva, Vishnu, ou les deux à la fois, ou Bouddha. Il est l'incarnation de la divinité. C'est pourquoi nous sommes les devarajas. Mais dans le monde céleste chacun de nous choisit le dieu qu'il ressent le mieux dans son âme. Shiva le plus souvent, Vishnu comme ton grand-oncle Suryavarman, et pour moi, je crois, Bouddha.

— Bouddha était un homme.

— Oui, et le roi est d'abord et surtout un homme, un homme au service du peuple. C'est ce service qui le fait dieu. Deux grandes missions, Jaya, rappelle-toi : défendre le royaume par les armes et le nourrir. La nourriture vient des prières dont dépendent les récoltes de riz. La nourriture est le premier souci du roi.

— Réservoirs, bassins, canaux, irrigation... Quatre récoltes par an. J'ai appris les calculs des ingénieurs. Je connais les figures.

Un long silence s'établit. Jaya, perdu dans un rêve, esquissait sur le sol, de la pointe de l'épée, des plans géométriques. Dharanvarman l'observait : son fils semblait avoir conçu dans le secret de son esprit des réaménagements assez complexes de la capitale et des systèmes d'irrigation. L'épée reprenait courbes et tracés, courait d'un point à un autre, dessinait ici un rectangle, là un rond — pourquoi un rond? —, puis un carré qu'entouraient des lignes parallèles qui pouvaient être des douves, ou encore un quadrillage serré. Le visage du prince trahissait une pensée intense. Le roi se garda de poser des questions : il ne comprenait pas très bien ce que tout cela pouvait signifier. Il lui suffisait de constater combien il avait eu raison de faire confiance aux qualités cachées de son fils. Le prince réfléchissait. Il avait oublié ce qu'il tenait en main.

— Vois comme tu manies cette arme avec aisance. Tu t'en sers comme d'un stylet d'architecte.

— Une arme est faite pour la guerre.

— Elle est aussi la réflexion. C'est l'épée d'or que tu tiens là. Aiguisée comme l'esprit d'un prince avisé, polie comme la pensée d'un lettré, réflexion du soleil sur la terre par l'intermédiaire de sa lame. Elle est surtout la première épouse du monarque, celle — souviens-t-en bien — dont on ne se sépare jamais.

— Devi peut-elle m'accompagner?

— Non, elle reste ici, à Angkor. Le conseil a décidé. Elle t'attendra. A côté de l'épée... A côté du monarque...

— Soit, père.

— Combats, mon fils. Sois fort! La force doit précéder la compassion. Nul n'a le droit d'être bon s'il n'a la force d'être méchant.

— Mais, père...

Un bruit étrange venait d'interrompre l'entretien. Quelque chose était tombé, juste à côté, un objet, peut-être un vase d'ornement. Un homme sans doute qui, en se retirant, avait commis une maladresse. Il n'y avait décidément pas moyen d'être seul. Ce palais était plein d'espions. On avait écouté leur conversation. Le roi décida de conclure :

— Le peuple, rappelle-toi, toujours le peuple. Jaya, le pouvoir comme le bonheur du peuple sont fragiles. Il suffit d'un voleur qui passe et prend l'épée. Si l'épée tombe en des mains méprisables, les dieux se fâchent et de dépit se vengent sur les petites gens. L'histoire d'Angkor est une longue histoire de voleurs et de sang. Qui usurpe quoi et qui vole qui ? Avec l'épée c'est le peuple qui est volé.

Le roi s'était levé. Il prit l'épée des mains de son fils, la glissa familièrement sous son bras et s'éloigna d'un pas lent, laissant le commandant de l'armée royale dans les atours de sa puissance nouvelle.

CHAPITRE 5

L'éléphant quitta la forêt et s'engagea sur l'étroit sentier qui séparait deux rizières. Ce fut un éblouissement : le miroir sans fin de la terre inondée s'étendait à l'infini. Le cornac s'empressa de redresser le parasol que l'on avait dû abattre en traversant les bois. Shikésa et le prince Injit cherchèrent le seul coin d'ombre qui restât : bien que placé de biais, le parasol ne protégeait guère que la moitié du bât. Ils s'étaient installés sur la même monture afin de s'entretenir de la grave question qui motivait le voyage.

— Mais comment Jaya approcha-t-il cet éléphant furieux ?

— Prince, je vous le répète. L'éléphant venait de renverser une maison, il piétinait dans un barrissement de fureur le feu et la cuisine, écrasait marmites et instruments. Tout le monde avait fui, cornacs, serviteurs et soldats.

— Êtes-vous sûr que l'animal n'était pas en rut ?

— Pas du tout. La veille encore, il était du plus grand calme et je m'étais dit que son éducation était enfin terminée. Il avait fait sans faute plusieurs exercices.

— Et son cornac, dans tout ça ?

— Disparu derrière un arbre… Je vous l'ai dit… Mon prince, donc, s'approcha de face, à pas lents, les mains tendues. L'animal aussitôt se calma, laissa retomber sa trompe, battit des oreilles, fit deux pas en direction du prince, se retourna brusquement et revint. Un prodige !

— Peut-être un lien soudain, une confiance qui s'est créée entre l'animal et son maître.

— Ils se connaissaient à peine…

— Cela arrive, brahmane, entre gens bien nés. Une amitié immédiate, instinctive.

— Je le pense aussi. Jaya est plus autoritaire qu'on ne croit. Il a de qui tenir. Vous verrez.

On longeait le Phnom Bakeng, dont le temple aux cent huit tours resplendissait au soleil. Il dominait la vieille ville de Yashodharapura dont les maisons et les monastères continuaient de vivre, cœur premier d'une capitale que les temples-montagnes construits depuis, coiffés de cuivre ou d'or, ou plus modestement d'éclatante blancheur, n'avaient su tout à fait remplacer. On devinait, à la lisière des arbres qui bordaient les rizières, ses douves toujours entretenues et le rempart de terre qui, pensa Injit, offrait une piètre protection. Au ras de l'horizon, sur la gauche, les cinq tours blanches, immenses, du temple de Suryavarman II, le Grand Temple de Vishnu, gloire de la capitale. Le cornac accentua l'allure.

— Autoritaire, dites-vous?

— Oui, prince, autoritaire. Peut-être... Dans ce mystère qui l'entoure et souvent fait qu'on le moque, Jaya cache surtout un cœur immense. Il aime tout de la vie. Et surtout les animaux. Je l'ai vu avec des chevaux, des taureaux. Il en devine aussitôt l'émotion. Une confiance s'établit : chacun sent qu'il n'a rien à craindre de l'autre. Le moindre insecte retient son attention. Il se crée une sorte de fluide... Seuls les dieux pourraient l'expliquer.

— Ou Bouddha. Notre prince héritier, brahmane, est bien étrange.

*

On arrivait à un village. Les enfants couraient en tous sens entre les pilotis des maisons dans la joyeuse activité des jours de paix. Les hommes faisaient la cuisine. L'un d'eux découpait un porc au-dessus d'un chaudron. Une ripaille pour le soir? D'autres avaient préparé des brochettes et les disposaient sur la braise, au-dessus des trois pierres qui entouraient le foyer. Assises sur le sol de terre battue soigneusement balayé, des femmes tressaient des paniers. Un peu plus loin un paysan sculptait un grand panneau de bois, sans doute pour une maison princière. Les artisans étaient nombreux dans les villages, tailleurs de pierre ou graveurs sur bois. Ce monde était heureux. Était-on en train de vivre l'un de ces âges d'or qui rythmaient le cycle des mondes ? Toutefois les voyageurs restaient absorbés par la question qui motivait leur voyage :

— Bref, l'éléphant a compris qu'il avait un maître, et que l'un n'avait rien à craindre de l'autre.

— Mais pourquoi la veille encore Jaya en avait-il peur ?

— Peur, mon prince, je n'en suis pas sûr. Du respect sans doute… Mais de la peur ? Seul un dieu le dirait…

— Ou l'éléphant.

Le cornac se retourna pour demander s'il devait faire halte. L'équipage n'était pas particulièrement princier en dépit de l'escorte militaire et du groupe de serviteurs qui suivaient, parfois au pas de course. Cependant quelques villageois s'étaient prosternés. Une femme offrit une jarre de vin de riz. Le prince Injit fit signe d'arrêter, descendit prestement de sa monture et but dans la coupe de terre cuite qu'on lui tendait. La halte serait bénéfique. Les hommes avaient besoin de repos.

On échangea des nouvelles : la dernière récolte avait-elle été bonne ? Oui, mais l'irrigation imposait trop de travail ; le bassin-réservoir, le baray, ne donnait plus ce qu'il avait fourni dans le passé. Il n'y avait parfois qu'un filet d'eau et il fallait sans cesse creuser et recreuser pour assurer une alimentation devenue aléatoire ; qu'on le dise au roi, dont les fonctionnaires, qui n'écoutaient rien, se contentaient d'exiger la même contribution que celle de l'année précédente. Tout le monde parlait en même temps, surtout les femmes : dans ce village, elles semblaient détenir prééminence de parole et de décision.

— Connais-tu un chasseur d'éléphants, nommé Angsha, un peu plus loin sur la route ? demanda Shikésa à la seule femme qui gardait le silence. Est-il chez lui ?

On l'avait en effet aperçu la veille, répondit le chœur de l'assemblée, chacun donnant une information différente… Avec deux, neuf… non quatre petits éléphants. L'un d'eux s'était échappé et avait même saccagé le champ de concombres d'Untel. Non d'un autre. Personne n'était d'accord. Et il ne voulait rien payer. L'homme était riche : il cultivait un riz qui poussait sans qu'on s'en occupât. Un riz qui poussait tout seul ? Cela n'existait pas. C'était un paysan comme les autres. Il travaillait. Et il était aussi sculpteur sur pierre, il avait travaillé là-bas au Grand Temple de Vishnu…

— Très bien, très bien, interrompit le prince Injit. Il nous faut repartir.

— Votre Altesse trouvera Angsha sans difficulté, finit par dire un homme âgé qui venait de rejoindre le groupe. Il est venu au petit matin avec une charrette de fruits en dédommagement des dégâts.

L'éléphant avait compris que c'était le moment du départ : il s'abaissa et mit sa patte avant en forme de marchepied. Aidés par le cornac, les voyageurs reprirent place :

— Merci à tous pour votre accueil, dit le prince Injit. Nous parlerons au roi. Mais Sa Majesté connaît ces problèmes. C'est son souci constant.

— Bon, reprit le brahmane en adressant aux villageois un salut protecteur, reprenons la question. Mon prince avait réussi à calmer l'éléphant ; mon élève, voyez-vous, a des dons. Mais résumons-nous : voilà un animal parfait, dressé aux joutes de guerre, comme il convient à une monture de prince. Le jour même de sa première sortie officielle il devient fou. Impossible de le bâter. Il casse tout…

Soudain, à la sortie du petit bois qui bordait le village, apparut le Grand Temple de Vishnu, le plus beau temple de la capitale, construit par Suryavarman II qui avait voulu en faire sa sépulture, voici presque dix-huit ans. Les murs d'enceinte enfermaient aussi plusieurs monastères et une petite ville dont on entendait la rumeur. Le long portique de la terrasse d'entrée se mirait dans les douves. Ici une pirogue où l'on pêchait à l'épervier ; là un groupe d'éléphants qui se baignaient. Il régnait un calme, une majesté d'essence divine.

— Connaîtrons-nous un jour un roi capable de renouveler ces splendeurs ? interrompit le prince.

— L'architecte est encore en vie. Et quand il sera mort restera la légende. Il me disait, voilà bien des années, qu'il étudiait toujours des plans nouveaux, pour des temples et des villes encore plus beaux que celui-ci. Mais que tout dépendait du souverain qui tiendrait en sa main l'épée sacrée.

— L'épée ! Qui s'en emparera quand Dharanvarman sera mort ?

— Voyez ces gens que nous venons de quitter. Ils vivent une période de paix. Trop de bonheur humain inquiète les dieux. Le cycle des mondes va-t-il reprendre ? Age d'or, destruction, et puis reconstruction pour un nouvel âge d'or...

*

Un geste du cornac attira l'attention du brahmane. A une trentaine de toises, un groupe d'hommes avait brusquement surgi d'un bosquet. Une embuscade ? L'escorte se mettait déjà en position de défense.

— Sont-ils armés ?

— On distingue mal dans le soleil.

— Rien à craindre, qui pourrait nous attaquer ? Voyez, ils s'enfuient.

Une flèche avait sifflé, allant se perdre dans un buisson.

— Ces hommes ont l'air d'avoir quelque chose à se reprocher. Que signifie cette attaque et pourquoi s'enfuient-ils en courant ? Nous les avons surpris.

Injit pensa à lancer à leur poursuite les trois cavaliers de l'escorte. Le brahmane l'en dissuada. A quoi bon ? On était là pour mener une enquête d'État, non pour faire la police. Ces hommes n'étaient probablement que des paysans effrayés par l'arrivée inattendue d'un équipage en armes.

— Bizarre, dit le prince.

— On fera un rapport au retour… Mais reprenons notre enquête. Il y a eu complot. Un de plus dans la longue histoire du royaume.

— Je vous l'ai dit. L'enquête que nous commençons ne mènera peut-être à rien. Mais je connais Angsha. Il doit bien avoir quelque opinion sur la question. D'autant que c'est lui qui fournit la nourriture des écuries.

— Ce ne peut être une question de nourriture, trancha Shikésa. Mais qui en voudrait à mon prince ? Et comment rendre un éléphant fou furieux ?

— Complot cham pour retarder le départ de l'armée ? Mais quel intérêt à ce que le roi choisisse un autre général ?

— L'affaire est plus grave qu'il n'y paraît ! Car un prince royal à la tête de ses troupes, incapable de maîtriser sa monture, à tort ou à raison, ne pourra jamais plus prétendre à un commandement, encore moins au trône ni à tenir l'épée. Le peuple y voit un signe des dieux, un présage ; les astrologues ne manquent pas de se mettre de la partie — après coup — comme souvent. Nous avons les prémices d'une usurpation. Cela sent le sang et la guerre.

— L'épée, toujours l'épée… La conquête de l'épée sacrée. On en revient toujours là.

— Il y a complot, conclut Shikésa. Tu as raison : l'éléphant a été drogué. C'est un grand crime. Santanu m'a fait part du même soupçon.

— Voilà qui l'innocente… Il faut découvrir la vérité et la rapporter au roi qui pour le moment croit à une maladresse de son fils. Le roi est naïf.

— Comme beaucoup de monarques.

Au loin se dessinaient les toits du hameau. On distinguait déjà l'enclos des éléphants. Le prince fit hâter l'allure et envoya un cavalier pour annoncer son arrivée.

*

Jaya sentit qu'elle avait mis sa tête parfumée au creux de son épaule.

— Mais ceci est du muscle, murmura la princesse, en posant la main sur la cuisse de son époux. Comment peut-on dire que tu es gros ? Gourmand peut-être... mais mou et sans force ? et maladroit ? Certes, cela est vrai. Tu es d'abord un grand maladroit.

— Oui, on s'est moqué de moi à l'exercice de tir. Shikésa était furieux. Il est surtout furieux contre Bouddha, en bon brahmane. Et convaincu que je refuse ses élans épiques au nom du nirvana. Tu sais qu'il n'en est pas ainsi. Je ne perds rien de ce qu'il m'enseigne ni de ses discours savants...

— En es-tu sûr ?

— Tu verras. Mais il aspire à ce que je devienne comme lui. Et je résiste. Chaque jour il s'en échauffe un peu plus le chignon.

— Et la barbe ! Oui, il tire sur son cordon blanc de brahmane comme un vieil homme contrarié tirerait sur sa barbe.

Les deux jeunes gens éclatèrent de rire. Ils étaient nus, tendrement enlacés sur une simple natte de paille posée à même le plancher. Jaya se dégagea :

— Toi seule me connais. Et mon père, le roi. Il m'instruit dans l'art de la dissimulation. Il pense surtout au service du peuple. Les dignitaires me connaîtront plus tard. « Ne brille pas, me disait-il, un prince sans éclat provoque moins l'envie, et son accès au trône en est facilité. »

— Ne pas briller ! Tu as bien réussi.

— Mais as-tu vu comment j'ai su dompter mon éléphant ?

— Oui, tu es mon tigre, mon taureau entre les hommes, mon éléphant en rut ! Je viens de m'en apercevoir.

Les yeux de la princesse pétillaient de malice. A nouveau elle se lova contre son prince, ses doigts lui caressant la nuque, tendrement.

— Alors, que voulais-tu me dire ? coupa Jaya. Voilà des jours que nous n'avons pu reprendre cette conversation interrompue au champ de manœuvres, après l'exercice manqué, et qui intriguait tant

Injit. J'avais compris ; tu as l'intention de visiter tous les temples et sanctuaires. Mais dans quel but ? De quoi s'agit-il ?

C'était l'heure la plus chaude de la journée. L'heure du sommeil et du repos. Jaya avait envie de prendre un bain dans le bassin qui jouxtait la véranda. La coutume khmère voulait qu'après l'amour on prît un bain. Mais son épouse à nouveau l'enlaçait…

— De quoi s'agit-il ?… C'était pour avant l'amour, fit-elle, facétieuse. Maintenant que nous y voilà, je ne veux plus te distraire. Tu ne peux m'échapper, insistait-elle, en cherchant de la main l'objet de son désir. Tu dois recommencer. Il fallait m'écouter avant.

— Tu m'intrigues, dit Jaya en rattrapant les doigts de son épouse, qu'il porta à sa bouche et baisa tendrement.

La princesse se redressa et regarda son époux dans les yeux :

— Bon !… Je t'ai dit que Santanu, le ministre de ton père, m'avait confié une mission. Ma sœur Indra m'aidera. Il s'agit de reconstituer dans le secret des traités magiques d'architecture et d'hydraulique perdus depuis longtemps. Des recettes dont dépendrait la richesse du royaume. Santanu les souhaite au plus vite.

— D'où viennent ces traités ?

— On a retrouvé des fragments épars, parfois peu lisibles, dans les archives du Bakong, le temple de l'antique capitale de Hariharalaya, celle des origines, au bord du Grand Lac, à une quarantaine de milles d'ici. Ces documents ont au moins trois siècles, sans doute beaucoup plus. Ils cachent une science qui serait à l'origine de la gloire d'Angkor. Il faut collationner, recouper les informations…

— Voilà qui est fort bien. Tes talents de copiste…

— Oui, mais je n'y comprends rien. Ces calculs et dessins, ces figures me tournent la tête. Il me faut voir sur place ce qu'il en est. Je dois visiter les sanctuaires les uns après les autres. Avec Santanu… Viendrais-tu ?

— Le ministre ? Pourquoi ?

— C'est lui qui oriente mes travaux.

Jaya prit son air méditatif. La princesse le suivrait-elle à la guerre ? Le roi, qui avait tout d'abord refusé, reviendrait peut-être sur sa décision. Auquel cas on n'aurait ni le temps ni l'occasion de visiter ces sanctuaires. On ne pouvait ainsi se présenter dans les temples, quel que soit le dieu desservi, pour fouiller dans tous les recoins. Il fallait des démarches préalables. Les autorisations étaient toujours longues à obtenir, même pour les princes du sang. Les sanctuaires étaient réservés aux prêtres et aux officiants. Jamais le peuple n'y entrait... Et les princes, par exception... Que combinait Santanu? Était-ce là un moyen de retenir son épouse à Angkor? Celle-ci, de son côté, imaginait peut-être, dans sa naïveté et son enthousiasme, que l'armée, après une promenade militaire de routine, serait bientôt de retour à Angkor. Et qu'alors reprendrait la vie princière de chaque jour...

— Et si tu m'accompagnes?

— J'espère bien! Les princes ont toujours emmené leurs épouses à la guerre... Je ne te quitte pas.

Le prince ouvrit les yeux. Son épouse s'était rapprochée et, lui prenant la tête à deux mains, le baisait longuement sur les lèvres lorsque le rideau qui séparait la pièce de l'extérieur se souleva. Devi bondit :

— Indra! Que fais-tu là?

Moins jolie que sa sœur, les lèvres épaisses, le nez court, la figure large et le teint mat, la princesse Indra était plus âgée de trois ans. De toilette souvent volontairement négligée, elle avait jusqu'alors refusé le mariage pour jouer le plus longtemps possible les intellectuelles absorbées par l'étude, éternelle étudiante armée de son savoir et difficile à satisfaire. La finesse de ses attaches n'en révélait pas moins son rang princier. Plantée devant le couple enlacé, elle restait muette, la bouche ouverte, devant le spectacle d'un amour dont elle ignorait les douceurs.

— Je venais pour le travail, bredouilla-t-elle enfin. Les traités... Santanu nous attend.

— Demain, ma sœur. Lors de la promenade... Nous parlerons.

Le rideau retomba.

CHAPITRE 6

Purocana cracha sa chique :

— Ah! quelle belle époque! Voilà des années que le royaume n'avait connu une paix aussi longue. Tout est en ordre.

— Votre fortune vous vient pourtant des guerres. Votre père n'était-il pas général de Suryavarman II, le conquérant?

— L'à-propos est douteux.

— La guerre fait aimer la paix.

La résidence de Purocana s'étendait sur une dizaine de toises le long du grand étang. Entièrement construits en bois, les appartements reposaient sur un ensemble calculé de colonnes finement sculptées de fleurs et entrelacs. Partout la lumière circulait librement, sauf peut-être aux rares endroits où les serviteurs avaient placé des tentures pour créer un semblant d'intimité. Assis directement sur le plancher constitué d'une claire-voie presque invisible mais qui permettait un léger courant d'air d'agréable fraîcheur, le jeune aristocrate était entouré de ses femmes et concubines, de serviteurs, secrétaires, scribes ou astrologues, tous vêtus de la façon la plus légère. La chaleur était étouffante. Un groupe de harpistes s'essayait à quelques notes en attendant le signal du maître. D'un balancement de tête le récitant indiquait à l'avance le rythme qui conviendrait à son histoire. On avait suspendu aux poutres du plafond les parasols et les divers objets qui auraient pu encombrer la pièce. Seuls étaient conservés, aux mains des serviteurs, chasse-mouches et éventails.

Purocana s'adressait à son ami Santanu, le Premier ministre, aujourd'hui son hôte de marque. Celui-ci, qui était arrivé trop tôt, l'étourdissait depuis une demi-heure de propos dont l'inutilité n'avait d'égale que la rapidité, pirouettant d'une idée à l'autre, alternant platitudes et bizarreries, faisant au moindre mot fuser répliques ou insolences.

Les deux hommes se connaissaient depuis toujours. Élevés à la cour où l'enfance, toujours présente et jamais écartée du monde des adultes, apportait par ses bruits et ses jeux la garantie joyeuse d'un bonheur accordé par les dieux, ils avaient grandi dans les compétitions d'arts martiaux — équitation, conduite des éléphants, maniement des armes, escrime et surtout archerie — ainsi que dans l'étude des divers traités dont l'observance constituait la force de la noblesse. C'est dans cette jeunesse dorée que le roi choisissait ses conseillers, ministres ou généraux. Dans ses conversations et ses échanges, ce monde des princes et dignitaires passait avec souplesse de la familiarité d'un langage de camaraderie aux formules de déférence que pouvait imposer l'étiquette à chaque circonstance. On usait tour à tour de pronoms d'amitié ou de termes plus protocolaires, équivalents au passage du tutoiement au vouvoiement, sans compter les occasions où l'on devait parler à la troisième personne. Santanu n'avait pas dit à Purocana qu'il ne serait pas le général en chef de l'armée, le Grand Sénapati. Le roi, malgré ses efforts, en avait décidé autrement. Craignant une réaction trop vive de son ami, le ministre s'efforçait d'éluder la question : il faisait de l'esprit, bousculant les questions et les réponses, affectant de s'amuser de tout. Moins rapide, son interlocuteur avait toujours un temps de retard.

On attendait d'un moment à l'autre le prince Yasho, cousin de la famille royale et sanjak de Sa Majesté, qui devait se joindre à eux pour l'une de ces conversations politiques au bord de l'eau, où se discutait dans l'intimité ce qui serait proposé au souverain dans le conseil du lendemain. Prétexte aussi pour boire et manger, profiter des lotus de l'étang, apprécier le galbe et la souplesse des corps dans la danse et la musique, jouir des sueurs odorantes assaisonnées de parfums forts qui se mêleraient bientôt aux odeurs de cuisine.

— Oui, nous vivons sous le règne d'un vieux roi débonnaire...

— L'épée sacrée n'aura jamais été en aussi bonnes mains.

— Montre-moi les tiennes, ironisa le ministre.

— Voici Yasho !

L'orchestre se mit à jouer. Les harpes égrenèrent des notes aériennes. Hautbois et cymbales, trompettes, gongs et tambourins se mirent de la partie, en un fracas enchanteur. Les danseuses s'animèrent, la cuisse haute et le torse galbé. Les femmes caquetaient et des cuisines, un peu plus loin, au rez-de-chaussée, s'élevait un brouhaha soudain : on s'activait, poussant les feux, remplissant les chaudrons et les jarres, enfilant les brochettes. Les nobles regrettaient toujours de n'avoir pas l'occasion de se mettre aux fourneaux ; cela faisait partie des plaisirs de la vie et tout bon Khmer, de condition noble ou ordinaire, savait s'adonner à n'importe quelle tâche.

— Ah ! quelle belle époque ! radotait Santanu, imitant son compère.

*

La barque princière, surmontée d'un dais et conduite par deux rameurs, glissait lentement sur l'étang, écartant les lotus. Purocana accueillit son hôte à l'embarcadère de bois que gardaient deux lions de pierre. Ce type d'ornement était habituellement réservé aux temples. Le propriétaire des lieux avait parfois des prétentions qui amusaient ses amis.

Le prince Yasho appartenait à ces hommes de bonne lignée qui pouvaient, le plus souvent par les femmes, faire état d'ascendances royales, proches ou lointaines. Il se laissa traiter comme il convenait : musique, danse, petits plats et boissons diverses. On plaisanta beaucoup mais il fallait aussi penser aux choses sérieuses. Sur un signe, le personnel se retira, léger et silencieux. Les trois hommes restèrent seuls. On rappellerait les astrologues au moment voulu. Le conseil commençait et le prince proposa l'ordre du jour :

— Les barays et l'armée, puis quelques affaires à juger. Commençons par l'irrigation. Votre avis ?

La gloire et la puissance du royaume reposaient sur un remarquable système d'irrigation, spécialité du savoir-faire khmer, dont les royaumes voisins — voire lointains — n'offraient aucun équivalent, et qui depuis trois siècles assurait plusieurs récoltes de riz par an. Apparemment, le réseau de réservoirs et de canaux fonctionnait toujours. Mais les experts n'ignoraient pas qu'il s'engorgeait peu à peu. Santanu et Purocana s'affrontèrent :

— L'argent manque, dit ce dernier, et les esclaves aussi depuis qu'il n'y a plus de guerres. Les barays peuvent tenir encore un siècle. Je proposerais plutôt la construction d'un temple.

— Un nouveau temple ? Pour qui ? Et où ?

— Pour notre roi, ou le prochain. Sa Majesté est âgée. Pensons à l'avenir. Depuis Suryavarman, il n'y a plus eu de construction.

— Son temple de Vishnu n'est même pas achevé, ricana Santanu.

— Ne riez pas. Celui de Jayavarman V, le Takeo, non plus, dédié à Shiva. Cela ne gêne personne.

— Que voulez-vous dire ?

— Qu'un temple est achevé dès que le linga est placé et que le culte commence... comme dans tous les temples shivaïtes qui, vous le savez bien, sont ici en majorité, le Grand Temple de Vishnu — celui dont vous parlez — étant le seul d'une certaine importance en ce qui concerne le culte de ce dieu. Et je veux dire aussi que la construction d'un nouveau temple a toujours apporté la prospérité. Vous connaissez le cycle, le cycle d'essence divine, qui fait la gloire de cette terre : les récoltes de riz entretiennent le peuple ; plus nombreux et plus riche, le peuple construit des temples ; grâce aux cultes et au zèle des officiants les dieux apportent leurs bienfaits ; ils donnent la pluie ; la pluie fait croître le riz ; le riz nourrit plus de population ; plus de population met en culture plus de terre et construit de nouveaux temples.

— Donc il faut en premier penser aux barays.

Santanu consultait des plans que lui avaient remis les ingénieurs et qui lui paraissaient incomplets. La légende voulait que, dans les origines du royaume, des brahmanes indiens aient apporté au Cambodge des secrets d'architecture et d'aménagements hydrauliques qu'ils tenaient des dieux. Riant intérieurement, le ministre dissertait volontiers sur ce point. On ne savait plus très bien, insistait-il, comment s'étaient faits les premiers réseaux d'irrigation dont on admirait encore la perfection et qu'on avait du mal à reproduire. Toute trace en était perdue, les archives ayant été détruites dans les incendies successifs provoqués par les guerres civiles. Le royaume manquait d'ingénieurs. Et les brahmanes n'étaient plus ce qu'ils avaient été. Le ministre menait son auditoire avec brio, cachant avec soin l'existence des fragments d'un traité que l'on avait retrouvés et dont il supervisait la restauration. Parler d'un secret sans risquer de le révéler lui semblait le comble du raffinement.

— Récapitulons, poursuivit-il. L'Indratataka, construit il y a trois siècles, est presque hors d'usage ; un jour ou l'autre il faudra le remplacer. De même, mais en moindre proportion, pour le Yashotataka, conçu par le grand Yashovarman Ier : si on ne fait rien, il faudra l'abandonner. Seuls le Rahal, loin de la capitale, et le grand réservoir de l'ouest sont dans un relatif bon état de fonctionnement... Et encore ! Il arrive que l'eau stagne et infeste les environs d'insectes nuisibles, porteurs de fièvres qui déciment la population et par là compromettent les récoltes.

Un silence s'établit. Chacun sentait que le ministre avait raison. Santanu continua en prenant pour exemple l'étang qui s'étendait à leurs pieds. N'y distinguait-on pas un très léger courant ? Une feuille, un pétale de lotus allant au fil de l'eau le montrait. Toute l'ingéniosité du système reposait sur la permanence d'une circulation qui ne devait s'arrêter qu'aux rizières, en fin de course. Sinon, c'était l'engorgement des bassins et des canaux, et bientôt la maladie...

— Ne peut-on, reprit Purocana, procéder à un curage qui rétablirait ce courant indispensable en même temps qu'une meilleure retenue des eaux de pluie ?

— Construire de nouveaux bassins exigerait moins de travail. C'est du moins ce que disent les experts. Personne n'a trouvé jusqu'ici le moyen d'assainir le système par un entretien régulier. Une levée de terre est moins coûteuse que le dragage d'un bassin ancien, qu'il faut assécher, asséchant du même coup les rizières qu'il est censé approvisionner.

— Si les experts sont impuissants, on doit s'en remettre aux dieux. Un nouveau temple, vous dis-je, un nouveau temple, avec des sacrifices, beaucoup de sacrifices, pour Shiva!

— Suryavarman, avec son temple de Vishnu, n'a guère apporté de prospérité. Quant aux barays qu'aurait dû construire ce grand roi...

— Ses douves en tiennent lieu, qui valent bien un baray.

— Alors construisez votre temple, avec des douves encore plus larges, ironisa Santanu. Où trouverez-vous les esclaves?

— L'armée en campagne se chargera d'en ramener.

— Ne rions pas.

On s'échauffait. Yasho s'interposa. Les deux amis risquaient de s'affronter, en toute bonne foi certes, et pour le bien du royaume. Mais ces passes d'armes étaient inutiles. Le prince faisait étudier avec soin tous les dossiers de l'État. Il se tenait au courant de tout et son esprit fonctionnait vite. Il avait l'oreille du roi. Peut-être un jour serait-il appelé au trône : son ascendance lui permettait cette prétention et il en étudiait l'éventualité tout en restant parfaitement fidèle à Jaya, prince héritier, pour l'instant. Au Cambodge on ne savait jamais qui succéderait à qui. Il pensait de son devoir de se préparer et voulut à cette occasion montrer qu'ici comme ailleurs il connaissait son affaire :

— Ne soyons pas trop négatifs. L'irrigation fonctionne encore. Il faut simplement trouver le moyen d'aménager. Il est vrai que nous sommes confrontés à un problème : la forêt disparaît. Il ne reste ici et là que des bois, quelques arbres... Ces défrichements nous sont toujours apparus comme un progrès, car la multiplication des rizières apporte de plus en plus de richesses. Mais, vous l'a-t-on dit? l'absence d'arbres sur de grandes étendues provoque un ruissellement qui peu à peu encombre les cultures d'une terre rouge infertile. Le sol s'use. De plus, les arbres attirent les nuages et la pluie, peut-être mieux que vos sacrifices, ajouta-t-il en regardant Purocana...

— Nos travaux seraient donc le contraire d'un progrès? intervint celui-ci.

— Ne faisons pas injure au ciel. Indra ne sait plus où frapper de son tonnerre. Si les pluies cessent, le royaume disparaîtra.

— Altesse, nous vous parlons sacrifices et vous nous répondez arbres. Les prêtres...

— Vishnu dort. Laissons-le. Son réveil peut être tragique.

*

Le débat tournait court. Santanu donna le change en parlant de l'esplanade royale qui, en fait de construction, ne comportait aucun gradin digne du souverain lors des fêtes et des défilés. Personne ne l'écouta. Au reste, les astrologues n'avaient pas été consultés. De toute façon ces derniers ne semblaient pas avoir grand-chose à dire, apparemment perplexes devant les questions nouvelles. Leur conseil « aviserait », vieille formule fort utile pour consacrer l'indécision. Revenu à l'irrigation, Purocana fit décider qu'on demanderait un complément d'information et proposa au prince de passer au point suivant de l'ordre du jour. Une pause serait bienvenue; une servante apporta des boissons; chasse-mouches et éventails vinrent s'activer autour des convives. Transpirant d'abondance, Santanu s'étira : il aurait bien voulu prolonger ce temps de repos, mais Purocana enchaîna :

— Est-il bon de provoquer les Chams par une expédition militaire? Au moment même où leur ambassade...

— Laissons pour l'instant.

— Ne m'aviez-vous promis le commandement de l'armée? Le prince Jaya...

A nouveau, Santanu interrompit son ami. Les espions rôdaient. A vrai dire les serviteurs s'étaient déjà retirés et seules les femmes du gynécée entouraient leur maître. Mais il fallait être prudent. Les Chams, comme les Khmers, étaient amateurs des traités indiens de gouvernement qui prônaient l'espionnage comme indispensable à toute conduite des affaires. Chacun ici devait être observé, il en était sûr, de près ou de loin, qu'importe, et il valait mieux éviter de débattre dans le vin et la promiscuité domestique des préparatifs de guerre.

— Voyez la beauté des lotus, dit le ministre. Prince, notre hôte nous proposerait-il une promenade en bateau ? Nous serons au frais pour parler.

Purocana possédait un nautonier fidèle qui justement se trouvait là. On embarqua, non sans difficulté car les marins du prince Yasho ne comprenaient pas pourquoi leur maître ne reprenait pas sa barque, plus spacieuse et mieux adaptée au rang des passagers. Santanu insista : un petit esquif était suffisant pour un simple tour sur l'eau, au milieu des lotus, et son étroitesse permettrait de laisser à terre les femmes qui, sinon, n'auraient pas manqué de s'y entasser pour profiter du voyage.

L'embarcation glissa lentement sur une onde que frisottait une des rares brises du matin, et les trois hommes se trouvèrent bientôt en conversation animée : la guerre avec les Chams était imminente ; chacun y allait de son opinion ; que décidait-on ? L'agitation qui régnait à bord indiquait qu'on en était toujours aux conjectures lorsque la barque disparut dans un champ de lotus. Sur la berge les harpistes de Purocana égrenaient les notes d'une complainte. Du milieu de l'étang la vue embrassait l'ensemble architectural que composaient, en une harmonie calculée, les résidences princières, aux toits revêtus de tuiles vernissées et soutenus par des jeux complexes de colonnades de bois finement travaillées, et peintes pour certaines de couleurs éclatantes. Seuls quelques embarcadères, sertis de balustrades et ornés de statues, étaient construits d'une pierre de grès dont la blancheur rosée tranchait sur la verdure des jardins. Ici et là des maisons paysannes révélaient que la beauté du lieu appartenait à tous et que la vie princière pouvait se mélanger à celle du petit peuple. La musique était partout, d'une résidence à l'autre, mêlée aux cris des enfants et aux activités du jour. Une rumeur de bonheur, celle du peuple khmer en paix, émanait de ce matin calme.

On entendit un craquement de bois brisé. Sur la berge les harpes se turent. L'embarcation, à n'en pas douter, venait d'en heurter une autre. On entendit des exclamations, puis des rires.

— Que faites-vous là, Messeigneurs ? Je vous croyais au travail.

Devi était tout à la joie de l'aventure. Sa promenade du matin en compagnie de sa sœur Indra était interrompue par cette rencontre inattendue. On se dégagea des lotus pour naviguer en eaux claires et bientôt les deux barques au milieu de l'étang allèrent de conserve. Santanu repêchait au fil de l'eau une feuille de latanier que Devi avait laissé tomber lors de la collision :

— Un poème, sans doute, princesse… et du sanscrit ! tout mouillé ! Qu'on ne pourra bientôt plus lire ! Tout le monde travaille sur cet étang…

— Vous travaillez ?

— Service de l'État, princesse, nous sommes ses serviteurs fidèles et incorruptibles !

— Incorruptibles ? Allons donc ! Vous prépariez une bataille navale ?

— Sous le sceau du serment ! Voulez-vous que je vous dise, en vers sanscrits et plus secs que les vôtres, ce que vaut à un officier du roi une rupture de serment ?

— Voyons !

— « Si nous nous abaissons à ne pas respecter strictement ce serment, puissions-nous renaître dans le trente-deuxième enfer aussi longtemps qu'existeront la lune et le soleil. »

— Irez-vous en enfer ? C'est un texte bien vieux. Est-il toujours de mise ?

— Pour vous servir, Altesse. Comment connaissez-vous ce texte ?

— Les lettres en sont gravées sur la pierre. C'est une inscription que l'on peut lire, si vous l'ignorez encore, sur le pavillon d'entrée du palais royal. A côté du Baphuon, le temple de Suryavarman Ier, le premier roi bouddhiste. Là-bas. Suryavarman fut sans doute un grand ascète. Il est notre exemple à tous.

Devi indiquait la direction du grand temple-montagne qui bordait le palais royal, de l'autre côté de l'étang. On devinait au loin, à travers les arbres, quelques lueurs de son dôme de cuivre. La rapidité de cet échange désinvolte au milieu des considérations politiques laissa perplexes les autres dignitaires. L'aisance de Santanu était inimitable. Mais la princesse aussi semblait nourrie de cette intelligence des choses et des hommes que seuls les dieux pouvaient donner. Purocana se rendit compte qu'il avait perdu le fil de l'exposé qu'il s'apprêtait à proposer en conclusion de la politique extérieure de l'empire : la question chame avait cédé le pas à une beauté sortie de l'onde. Santanu se félicitait de cette interruption.

La barque des jeunes femmes s'éloignait. Indra laissait aller dans l'eau claire une main fine qui recherchait la caresse des poissons, joueurs et nombreux. Devi avait pris une fleur de lotus entre le pouce et l'index et s'en caressait lentement la poitrine dont les seins à peine nubiles semblaient frémir.

— Ainsi vont les ascétismes naissants, pensa Santanu, qui sentit un léger mouvement animer son sampot.

La politique reprit ses droits.

CHAPITRE 7

Angsha était satisfait. Son élève venait à la raison. Il se laissait approcher, docile, et s'était résolu à accepter peu à peu les caresses de l'homme, cet être étrange et dangereux dont l'odeur insoutenable lui devenait maintenant coutumière. L'argument principal était bien la banane.

Angsha était considéré comme le meilleur dresseur d'éléphants de la capitale et de ses environs, peut-être même du royaume. A ce titre il fournissait les écuries princières. Le prince Injit était allé chercher fort loin ce qu'il avait à sa porte. Que devenait Kako ? le plus bel éléphant qu'il ait jamais dressé et qui appartenait aujourd'hui à un prince qui n'osait le monter, le fils du roi en personne, disait la rumeur publique. Quel gâchis ! Il se promit de prendre des nouvelles.

— Père, nous avons une visite.

Kéo, souple et légère, pénétrait dans l'enclos. Elle était vêtue d'un sampot à une seule fleur. Son teint foncé accentuait l'éclat de son regard et de son sourire discret qu'illuminaient des dents d'une blancheur parfaite. Fille de la nature, elle n'en semblait pas moins venue de ces chœurs d'apsaras qui non loin de là animaient de leur geste divine les murs du plus grand temple d'Angkor.

— Le prince Injit, me dit-on.

— J'y pensais justement.

Le dresseur donna à son élève le reste du régime de bananes et se retourna lentement ; avec les éléphants, comme avec les chevaux, jamais de geste brusque, surtout pendant le dressage.

L'équipage d'Injit avait ralenti son allure et c'est d'un pas solennel que la monture des dignitaires pénétra dans la ferme. Le prince sauta prestement suivi de Shikésa.

*

Angsha n'était pas un paysan ordinaire. Issu d'une famille aristocratique dont les origines remontaient au règne de Jayavarman II, le premier roi d'Angkor, il conservait de ses aïeux une aisance qui ne trompait pas. Mais la fortune des guerres civiles et des querelles de succession qui de siècle en siècle affectaient le Cambodge avait depuis longtemps retrempé dans la glèbe ces prétentions ancestrales. Peu à peu la famille avait remonté la pente. Cependant Angsha restait un paysan. Les biens de ses grands-parents étaient encore réduits au seul lopin de terre qui les avait tirés de l'esclavage. Au temps de Suryavarman II, le jeune Angsha avait obtenu de la cour des concessions nouvelles qui lui avaient permis, au fil des ans, de constituer la ferme modèle que l'on voyait aujourd'hui. C'est de la construction du Grand Temple que lui venait sa fortune. Il avait su se rendre utile en constituant puis en dirigeant des équipes de sculpteurs : le roi, qui était propriétaire de toutes les terres du Cambodge, l'avait récompensé en lui accordant tout ce qu'il demandait. Suryavarman était issu d'un sang qui avait ruiné le sien, très loin dans le passé, au-delà des siècles ; et Angsha avait mis sa fierté à ne jamais parler du rang auquel sa famille pouvait prétendre. En réaction à la foi vishnouiste du roi, il avait consacré sa ferveur à Bouddha et son existence à l'amour des animaux. Il gardait cependant la mémoire des gloires passées. Au reste, le prince Injit lui ouvrait les bras. Il reçut son hôte en seigneur.

On commença par la visite de la ferme. La richesse était grande. On admira les champs de bananiers, les rizières qui assuraient le plus clair des revenus, les carrés de légumes et les arbres fruitiers, sans oublier les eaux poissonneuses qui bordaient les terres, les élevages de chevaux, de volailles, de porcs, de buffles et de ces chèvres qu'il dressait si bien à l'attelage pour la cour et les princes. Angsha ne tarissait pas de commentaires et de projets : il attendait d'un moment à l'autre une vingtaine d'éléphants sauvages que ses chasseurs venaient de capturer dans les montagnes, de bonne race, mais difficiles, et qui feraient d'excellentes montures de guerre. Le riz ? Il n'avait pas de problème particulier et entretenait lui-même les canaux en cas de défaillance de l'État ; il avait en effet une centaine d'esclaves, qui lui venaient des guerres de Suryavarman. Il souhaitait aussi monter une tannerie pour le cuir des chèvres et un atelier de sculptures, encore que la demande en ce domaine eût périclité. Il avait pensé à une plantation de mûriers, mais se méfiait d'une tromperie de ses correspondants du Dai Viêt et du Champa qui devaient lui fournir les plants. Pour la vente, il traitait beaucoup avec les marchands chinois et possédait en ville, pour la consommation locale, une maison et un emplacement de location au marché, où ses filles, une fois par semaine, allaient écouler ses produits.

— C'est donc là que j'ai vu votre fille, dit Shikésa.

— Certes, elle m'a tout raconté, les œufs, le vin, le précepteur, la gourmandise de votre prince, qui a l'air si bon… et ne peut cacher qu'il est prince.

Angsha était toujours agacé par les brahmanes. C'était à eux que sa famille, il y avait certes fort longtemps, devait sa déchéance. De plus les dieux indiens l'indisposaient, Shiva et ses cohortes d'officiants, mais surtout Vishnu et ses prêtres, vieux souvenir de la construction du temple. Tout ce panthéon de dieux pervers, vicieux, imbéciles ou sanguinaires ne valait guère qu'on s'en occupât. Il s'était réfugié dans le bouddhisme, qu'il combinait avec le culte des génies des campagnes, et préférait la compagnie des éléphants à celle des hommes, aussi instruits fussent-ils. Il voulut prendre ses distances mais Shikésa insistait, l'attirant presque de force pour un tête-à-tête. Le prince Injit écouta d'une oreille puis s'écarta : le brahmane entreprenait sans doute le paysan sur ses ancêtres princiers et lui proposait quelque position à la cour, ou autre baliverne qui n'aurait aucune suite. Ces intrigues de cour l'ennuyaient, il préférait lui aussi les éléphants. Au reste, les préliminaires étaient faits, il convenait d'entrer dans le vif de l'enquête et d'interroger Angsha sur Kako. Il se rapprocha :

— Pourquoi ne pas dresser vos chevaux à l'attelage ? plaida le brahmane.

— Comment à l'attelage ? s'étonna Angsha.

— Pour les chars de combat. Arjuna et ses frères, avec Krishna pour cocher, Drona, Karna avec Salya, Bhisma, les kshatriyas, en avaient fait la force de l'armée. Rien ne résiste à un char.

Décidément Shikésa en revenait toujours à ses manies. Injit se retint de rire. Que n'avait-il entendu sur la nécessité d'équiper l'armée khmère en chars ! Comment un homme si lettré pouvait-il être si peu réaliste ? Il radotait chaque jour sur le même thème : l'obligation pour les Khmers d'adopter en tout point ce qui existait dans les épopées indiennes. C'était confondre la poésie et la politique. Angsha semblait excédé :

— Livrez donc la bataille de Kurukshetra sur ce champ de bataille, dit-il en montrant le miroir sans fin des rizières, attelez vos chevaux à des barques, donnez-leur des nageoires... et triomphez de Ravana.

*

On approchait de la maison principale. Des sons de harpe en sortaient, musique princière par excellence, inattendue dans ces campagnes. Les doigts fins de Kéo couraient avec agilité sur les cordes tressées. Dès que les dignitaires furent assis autour d'une petite table d'importation chinoise, elle se mit à chanter une mélodie khmère que l'on n'entendait qu'à la cour et qui célébrait des exploits de guerriers. Cette maison ne respectait guère l'ordre des varnas : une musique de kshatriya chez des vaishyas, voilà qui n'était pas très conforme à la société de castes que les brahmanes visaient à établir depuis toujours. Shikésa chercha les yeux d'Angsha, qui regarda ailleurs. Injit se décida à entrer dans le vif du sujet :

— Kako, l'éléphant de guerre du prince Jaya, fils du roi, est devenu fou furieux d'un seul coup. Il était pourtant dressé par tes soins et fort apte à remplir son service. As-tu une explication ? Le prince aurait pu être tué ou, en tout cas, perdre la face devant le peuple...

— Je sais, Altesse, le brahmane m'a tout raconté.

— Quand ? demanda Injit, étonné d'avoir été tenu à l'écart.

— A l'instant. Mais il s'intéressait surtout à ma fille Kéo qu'il voudrait faire venir à la cour.

— Bien. Je pense que, aussi invraisemblable que cela paraisse, l'animal a été drogué. Aucune morsure de serpent, rien. Aucune explication satisfaisante. Qui fournit le fourrage et les fruits ?

— Drogué ? Cela est possible, même si c'est tout à fait extraordinaire. De quelle drogue pourrait-il s'agir ?... Un responsable ? Oui, peut-être, un esclave, mais un homme de confiance. Je l'ai choisi tout spécialement pour l'approvisionnement de l'écurie du prince. Et l'avant-veille du jour que vous me dites, une commande spéciale a été faite pour Kako, en vue de la cérémonie.

— Où est cet homme ?

— Il travaille assez loin, dans la bananeraie la plus éloignée, voyez, à côté du baray, là-bas, non... un peu plus loin. Il reviendra ce soir ou demain avec le chargement. Je peux l'envoyer chercher. Un de vos cavaliers pourrait s'y rendre ?

Le prince acquiesça. Le soleil annonçait son déclin. Il faudrait sans doute rentrer au crépuscule. Mais l'affaire était trop grave pour qu'on différât. De la pièce principale de la maison on embrassait l'ensemble du domaine. A l'horizon les nuages s'accumulaient sur le baray. On devrait prendre patience. Kéo s'était remise à sa harpe et une servante proposait du vin de canne et des fruits quand une clameur se fit entendre.

— Que se passe-t-il ?

Plusieurs esclaves étaient accourus. Front à terre devant la maison ils balbutiaient en un khmer incompréhensible une nouvelle apparemment alarmante. Angsha se précipita. On finit par comprendre : l'équipe d'esclaves de la bananeraie avait été assassinée, dans la nuit sans doute ; on avait retrouvé leurs corps dans le baray. Le prince pensa aussitôt à la mauvaise rencontre qu'ils avaient faite en venant : cette flèche, ces hommes qui fuyaient. Il avait oublié d'en parler à Angsha.

— Premier sang, murmura Shikésa, premiers morts d'une longue guerre.

*

Purocana s'enhardit :

— Et l'armée ? Quand dois-je prendre mon commandement ? Quand part-on ?

— On ne sait rien. Le roi hésite. Laisse-moi, je t'en prie, mener cette affaire.

— Alors ? Notre projet ! Quand serai-je Premier ministre ?

— Premier ministre ? Tu vas trop vite. Je croyais que tu voulais d'abord être commandant de l'armée, sénapati.

— Tu m'as promis, et ta parole...

— Nous trouverons d'autres moyens. Mais désormais suis mes conseils. Pour l'instant contente-toi de ton grade de général en chef des équipements. Et ne fais point de zèle. Parle le moins possible.

Santanu avait conclu le dialogue d'un rire sec, méprisant. Purocana n'entendait pas en rester là. Les deux hommes se dirigeaient vers la place d'armes du quartier général des garnisons de l'Ouest, à l'intérieur de la caserne, salués au passage par des sections de piquiers au pas cadencé auxquelles ils ne prêtaient aucune attention. Ils s'arrêtaient de place en place, se faisant face pour reprendre une discussion qui devenait de plus en plus vive, puis repartaient sans cesser de gesticuler. Le général était furieux. Il repartit à l'attaque :

— Dis-moi la vérité ! Avoue !

— La vérité ?

La polémique s'envenimait. Mais, selon un procédé qui lui était cher, Santanu affectait maintenant de se mettre lui aussi en colère, accusant plutôt que de se laisser enfermer dans une situation de coupable, posant les questions plutôt que d'y répondre, mélangeant tout et inversant les positions. Pris sous une avalanche d'accusations, Purocana se trouva bientôt désarmé :

— Tu peux compter sur moi, finit-il par bredouiller.

— En attendant, le coup est manqué ! Dois-je t'expliquer encore comment tu devais agir ? Comprendras-tu enfin ?

Après avoir accablé son interlocuteur de sarcasmes et de reproches, le ministre marcha longtemps sans rien dire, d'un pas nerveux. Par ce silence il signifiait une nouvelle fois combien il tenait son ami d'enfance pour un pauvre d'esprit qui n'aurait jamais rien de mieux à faire que de suivre aveuglément ses directives. Armé de sa supériorité intellectuelle, il reprenait l'initiative :

— Alors ?

— Ils ont trouvé la drogue, bégaya le général. Les Chinois...

— Les Chinois t'ont trompé. C'est clair. Jamais je n'aurais dû te mettre en rapport avec eux. Tu es trop stupide pour cela. La drogue était trop douce ! L'éléphant n'a pas réagi comme prévu.

— Les herbes...

— Oui, les herbes ! Mais tu aurais dû vérifier !

Purocana chercha à reprendre l'avantage :

— Qu'a décidé le roi ?

— Ne m'interromps pas. Dis-moi plutôt si tes espions font leur travail.

— Devi...

— De quoi parles-tu ? Du jour de l'exercice de tir et de la joute d'éléphants ?

— Oui. L'homme que j'avais embusqué m'a dit que Devi ne parlait à Jaya que de temples et de restauration, de traités sanscrits qu'elle recopie. Il n'a pas très bien compris. Il disait que la princesse était restée écolière. Elle voudrait visiter les principaux monuments de la ville. Avec son époux...

— Parfait ! Mais elle ira sans son époux.

— Sans son époux ? Mais alors...

— Réponds plutôt... Et l'homme que tu avais placé à l'écoute du roi et de son fils, dans le corridor ?

— Il n'a rien entendu.

— Bravo ! Beau résultat !

Plusieurs officiers en grande tenue venaient vers eux, dans un grand déploiement de parasols et de bannières. Santanu leur fit signe d'attendre. Puis, affectant de se calmer, il revint au bout d'un moment sur la question de l'enquête en cours sur Kako :

— Pour l'éléphant, ont-ils au moins trouvé un coupable ? L'esclave ne parlera plus.

— Le coupable sera le maître de l'esclave, Angsha, tout simplement. C'était facile. Injit...

— Celui-là, nous le connaissons depuis qu'il est enfant. Il ne comprendra rien. Tout dans les bras, rien dans la tête. Un kshatriya, un vrai !

— Dois-je donner l'ordre de commencer l'inspection ? Mes gens attendent. Ils ne comprennent pas. Notre prestige...

— Toi aussi, tu es bien un kshatriya! Tout dans les bras! Appelle-les ! Et fais donner la musique !... Pour Jaya, je n'ai pas dit mon dernier mot : tu recevras mes instructions.

Santanu brisa brusquement l'entretien et s'éloigna à grands pas. L'inspection aurait lieu sans lui. Inutile, se disait-il, de donner à Purocana l'occasion de reprendre ce ton agressif et de l'assaillir de questions. Il avait réussi à cacher l'essentiel : l'importance des traités magiques. Mais son complice chercherait à en savoir plus. Et une indiscrétion pouvait tout perdre. L'homme était si sot ! Et la sottise si dangereuse...

Le ministre sourit intérieurement, satisfait de lui-même. Quoi qu'il arrivât, il conservait l'initiative. Ses rapports avec la princesse étaient excellents. Son charme agissait, il en était sûr. Elle avait confiance en lui et s'amusait de ses propos. Un jour elle serait à lui. Entièrement...

CHAPITRE 8

Devi reposa sur le porte-miroir la plaque d'argent poli aux bordures finement ciselées, essuya les larmes qui inondaient son visage et repoussa la petite table laquée sur laquelle se trouvait disposé dans des pots d'or, d'argent ou plus modestement de terre, tout un assortiment d'onguents, de fards et de parfums. Elle ne jugeait pas utile de réparer par des artifices le chagrin qui altérait la pureté de ses traits juvéniles.

La princesse appartenait à l'une de ces vieilles races khmères que des alliances successives avec des brahmanes d'origine indienne au service de la cour avaient parées d'une culture éminente. De génération en génération, les brahmanes épousaient les filles des rois et ce mélange de sang avait doté le royaume d'une aristocratie où la connaissance des sciences et des lettres devait entrer en harmonie avec celle des armes et de la guerre. Devi et sa sœur avaient été instruites de philosophie, d'arts mécaniques et de poésie. Elles connaissaient à la perfection le sanscrit; leurs exigences et leur purisme ne souffraient aucune dérogation au classicisme des traditions poétiques.

Le sanscrit constituait une langue internationale par laquelle les lettrés des royaumes hindouisés d'Asie pouvaient communiquer : ainsi du Cambodge et du Champa, souvent en guerre, mais que réunissaient une culture commune et souvent des alliances de famille. Par les brahmanes qui, au fil des siècles, avaient offert leurs services à l'une ou l'autre cour, Devi cousinait ainsi avec plusieurs grandes familles du Champa. Ces combinaisons avaient fait du Cambodge l'un des pays les plus civilisés du monde, n'en déplaise aux

Chinois qui s'acharnaient à ne voir dans les populations limitrophes que barbarie et noirceur de peau.

La lune éclairait faiblement l'appartement privé du prince Jaya dont la résidence bordait le palais. L'orchestration parfaite des crapauds-buffles rythmait la nuit de concerts répétés, repris, interrompus, toujours recommencés. Au loin, au-delà de la place, les échos de la ville laissaient deviner la préparation d'une fête; les citadins aimaient vivre la nuit; on entendait des cris et de temps à autre l'explosion d'un pétard.

La princesse était nue. Son corps ambré vint se lover près de celui de Jaya, son époux bien-aimé, dont la respiration régulière et discrète témoignait d'un sommeil serein. Il venait de l'honorer de la posture du lotus à l'endroit.

— Mon taureau parmi les hommes, murmura-t-elle en parcourant d'une langue subtile le torse imberbe de son époux. Tu es dans l'amour comme une montagne en feu. Que seras-tu dans la guerre?

Il lui arrivait de ne penser qu'en fonction des poèmes épiques qui hantaient sa mémoire. Le prince s'anima quelque peu puis se rendormit sur le côté, dans un bien-être où Devi se plaisait à retrouver une image de Vishnu ou de Bouddha endormi. La terrasse de bois donnant sur le canal était inondée de lumière. Devi se releva et s'y rendit pour contempler le clair de lune.

Son époux la quittait donc le lendemain. Elle avait espéré le suivre. Mais, par une sévérité sans doute excessive, ses professeurs avaient jugé que son instruction était loin d'être terminée et qu'elle devait rester à Angkor pour la parfaire. Ses supplications avaient été vaines. Le roi, qui l'avait reçue en audience privée, était intervenu pour qu'elle suivît son époux. Mais les brahmanes restaient maîtres de la décision. Jaya partirait seul. Les larmes de la princesse se remirent à couler.

A l'autre bout de la galerie, plongée dans l'ombre du figuier qui dominait la maison, une forme humaine, la tête en bas et les jambes en l'air, semblait observer la scène. On aurait dit une statue de bronze. Seuls brillaient deux yeux, immobiles et grands ouverts, comme les joyaux de pierre précieuse que les sculpteurs khmers plaçaient en incrustation sous les arcades sourcilières des images sacrées. C'était comme si le temps avait glissé depuis des siècles sur une statue qui aurait toujours été là. Le silence fut rompu par le bruit d'un sanglot contenu. Alors, lentement, la statue se dénoua et Shikésa, quittant son exercice de yoga, s'approcha de la princesse éplorée :

— Ne pleurez pas, Devi, Jaya vous reviendra.

Le brahmane était très contrarié par ce chagrin et ne savait que dire. Parler de poésie, d'épopée, d'ascétisme, de Sita attendant son époux ? A quoi bon ? Le moment n'était pas à un complément d'éducation. Et il savait que la princesse était en proie au sentiment de jalousie : la suite d'un général en chef comportait plusieurs dizaines de danseuses et musiciennes, concubines potentielles, déjà plus ou moins officielles.

— Voyons, ma princesse, tu es première épouse...

Shikésa avait décidé de passer cette dernière nuit en prière auprès de son élève. Mais il était sans cesse interrompu. Il avait dû repousser avec vigueur un assortiment d'aphrodisiaques qu'un colporteur chinois était venu proposer au crépuscule. De toute évidence, l'homme ne s'attendait pas à avoir affaire à un brahmane mais à un serviteur plus facile à convaincre. Son insistance avait paru suspecte, d'autant que cette nuit serait chargée d'amour et que Jaya — chacun s'en doutait — s'apprêtait à honorer au mieux de ses forces sa jeune épouse. Que contenaient ces poudres et décoctions ? L'ensemble coutumier des drogues de l'amour, peut-être : plantes ou reptiles macérés, corne de rhinocéros et autres. N'avait-on pas déjà réussi à droguer Kako ? Bien qu'on n'ait pu encore en apporter la preuve. Le brahmane se reprochait d'avoir trop librement laissé partir le colporteur. Mais il avait hâte de reprendre la position d'austérité qu'il avait choisie pour la nuit.

Puis c'était le prince, son élève, qui était venu courtoisement le prier de quitter la figure de yoga qu'il venait à peine de reprendre, pour l'entretenir des sciences de l'amour : certaines formules du

Kamasutra lui échappaient. Il avait fallu chercher le manuscrit dans la bibliothèque et commenter des images que le prince voulait appliquer dans la nuit pour consoler Devi de son départ. Le brahmane pourtant pensait avoir suffisamment instruit son élève de ce traité antique que tout Khmer de la noblesse se devait de connaître à la perfection. Décidément, avec ce prince, on devait toujours revenir sur ce que l'on croyait acquis ; mais il semblait ce soir plus inspiré par le *Kamasutra* que par le *Mahabharata*... Ils avaient longuement débattu des meilleures positions auxquelles la nuit serait propice en fonction de la lune et des astres. Le brahmane avait enfin repris son yoga lorsqu'il avait fallu une fois de plus se dénouer en raison des pleurs de la belle.

Devi s'apprêtait à rejoindre son prince quand la nuit, qui jusque-là bruissait d'exclamations lointaines, s'emplit d'un fracas d'explosions. La fête commençait : pétards dont le souffle faisait trembler les légères constructions de bois, feux d'artifice avec fusées et illuminations de couleur. Rien de surprenant à cette manifestation, il y avait à Angkor une fête tous les trois jours. Mais tout à coup un vacarme éclata à la porte même de la résidence du prince : des cris, des coups, l'étincelle d'armes entrechoquées, des vociférations de combat, des échos de fuite ou d'assaut.

— Que se passe-t-il ?

Le prince Jaya avait bondi de sa couche. Il se ceignait en hâte de son pagne lorsque Purocana et le prince Injit firent irruption, l'épée à la main :

— Tout va bien ?

— Que se passe-t-il ?

— Une troupe d'hommes cagoulés et armés s'apprêtaient à s'introduire dans les jardins. Ils ont fui.

— Comment ça ?

— Le prince Injit est venu m'informer dans l'après-midi qu'une conspiration se tramait.

— Nous assurions une veille, précisa Injit.

— Sans rien me dire ? intervint Shikésa, mécontent d'avoir été tenu à l'écart.

— Le prince ne voulait pas troubler la dernière nuit du couple princier. La rumeur était incertaine. Il pouvait s'agir d'une diversion.

— Mais il y avait bien là des hommes en armes.

Shikésa avait pris un air sombre. Que d'événements étranges! Que de complots dans cette ville, vrais ou probables! L'éléphant drogué, la fuite de ces hommes armés sur la route qui menait au village d'Angsha, l'assassinat des esclaves de la bananeraie, et maintenant une agression à la résidence du prince; sans compter le choix étrange de Jaya comme général en chef alors que son éducation était inachevée, et l'absence d'amertume de Purocana qui aurait dû avoir la préférence. Et cette façon de le tenir à l'écart d'informations qui l'intéressaient au premier chef, lui le précepteur, guru du prince royal... Que faisait Injit avec Purocana? Pourquoi ce dernier était-il là ce soir? Certes, les deux hommes étaient amis d'enfance, il y avait toujours eu entre le prince et le haut fonctionnaire une complicité amicale. Injit avait du sang cham. Mais il était d'une fidélité à toute épreuve; pétri de dharma, il avait été nourri dans l'observance du code des kshatriyas et il adorait son beau-frère et sa sœur : il ne pouvait y avoir trahison. Qui avait intérêt à empêcher Jaya de partir? Irait-on jusqu'à l'assassinat? Ou méditait-on un enlèvement? Santanu? Le ministre était au-dessus de tout soupçon; il avait donné toutes les preuves de sa fidélité et ses avis étaient toujours suivis avec bonheur. Sauf récemment lorsque Jaya avait été nommé général en chef... Au reste, cette succession d'incidents, aussi bizarres fussent-ils, ces coups d'épingle n'étaient pas de nature à faire changer la décision du roi. Lorsque à Angkor on voulait se débarrasser d'un prince ou d'un dignitaire, voire d'un roi, on l'assassinait et on faisait une révolution de palais; on ne se contentait pas de droguer un éléphant ou de tuer des esclaves. Ces manœuvres incertaines, sans conséquences notables, étaient peut-être les prémices d'un complot établi de longue date, en étapes bien définies, dont on devinait mal la dimension et qui mettrait, à terme, le royaume à feu et à sang. Qui s'amusait à brouiller le jeu? Ce soir on avait peut-être voulu assassiner Jaya; c'était au moins dans la tradition khmère. Il devenait urgent que le prince partît : entouré de son armée, il serait enfin protégé. Mais n'y aurait-il aucun incident, aucun attentat, demain, lors du défilé de départ devant le palais royal ? Le brahmane ne savait que penser.

— Prenez du repos, mes enfants, la nuit avance, dit-il aux deux jeunes gens qui restaient là, nus et décoiffés, ne sachant que faire.

Au loin, la fête battait son plein. Purocana, Injit et Shikésa se retirèrent dans une galerie écartée qui leur permettrait de surveiller les abords de la résidence et d'où leur conversation ne pourrait troubler le couple princier. Les pétarades et feux d'artifice reprenaient de plus belle. Les trois dignitaires gardaient le silence, chacun attendant que l'autre prît la parole.

— Angsha a été arrêté, dit enfin Purocana ; on a retrouvé de la drogue dans les écuries du prince Jaya.

— Voilà qui simplifie tout, ironisa le brahmane. Qui a fait l'enquête ?

— Les policiers chargés de retrouver ce groupe d'hommes dont nous avons signalé le comportement étrange sur le chemin du village.

— Quel genre de drogue ? Comment Angsha serait-il coupable ?

— Une herbe très rare, qu'on ne trouve pas ici. De provenance chinoise, selon toute probabilité. L'herbe était mélangée au fourrage fourni par Angsha.

— Laissez-moi réfléchir, conclut le brahmane.

Mais celui-ci renonça bientôt à résoudre un problème dont personne ne pouvait apporter la solution. Il devait se vider l'esprit et reprit dans son coin d'ombre sa position immobile et austère. Un bon temps de yoga lui permettrait de réexaminer l'affaire. Avec un peu de chance il ne serait plus dérangé. Déjà la lune déclinait.

Jaya, taureau parmi les hommes, avait entraîné Devi sur sa couche. Ils s'enlacèrent avec tendresse, les membres souples de la jeune femme se prêtant avec grâce aux exercices savants dont Jaya, dans tout l'amour qu'il lui portait, sublimait l'application. Il avait choisi la position du lotus inversé. Le conseil du brahmane était bon.

CHAPITRE 9

La bête était superbe. La toilette avait été minutieuse : ses cornes serties d'or étaient ornées de guirlandes de fleurs. D'inquiétude et de fureur, elle tournait sans relâche, allant et venant autour de l'araquier, grattant le sol de son sabot, les naseaux en feu. C'était un buffle de cinq ans que les soldats venaient d'attacher à l'arbre du sacrifice à l'aide d'une corde épaisse qui en faisait plusieurs fois le tour. Les orchestres se turent.

— Attention, le prince va donner le signal ! Regarde ! s'exclama Kéo en se penchant à l'extérieur du petit palanquin où elle avait pris place avec une autre jeune fille.

Le corps des danseuses voyageait confortablement : l'ensemble de l'équipage se composait d'une centaine de palanquins à deux places. La nouvelle bayadère avait déjà lié connaissance avec ses compagnes de travail. Chacune savait que son père allait passer en jugement et se montrait attentionnée. La fille d'Angsha était partagée entre l'enthousiasme pour la cérémonie et les larmes que depuis la veille elle s'efforçait de contenir. Le défilé était arrêté dans l'attente du sacrifice.

Jaya leva sa hache de guerre et, dans un hurlement, la troupe préposée au sacrifice se précipita, lances hautes. Les mugissements du buffle répondaient aux cris de la soldatesque. Baigné de sang, percé de coups multiples que chacun répétait avec acharnement, l'animal s'écroula. Il s'agissait d'un de ces sacrifices sanglants qui prenaient leurs racines au plus profond de la tradition khmère et se combinait sans heurt aux formes brahmaniques des cultes supérieurs. On en attendait une efficacité magique. Le sacrifice du buffle présidait au départ de toute expédition militaire. Le rite accompli, le défilé pouvait reprendre sa marche.

— Tout est normal, murmura le prince Injit, et Kako se conduit à merveille.

— Attends, répondit Purocana dans un souffle. Et surtout ne fais aucun signe qui provoque l'intervention de tes gens avant d'être sûr de ton affaire.

*

Le roi Dharan trônait au sommet d'une estrade de bois que l'on avait dressée devant le palais royal. La cour était assemblée sous une multitude de parasols blancs et écarlates qui se heurtaient très haut dans l'exaltation du moment, tandis qu'éventails et chasse-mouches, que tenaient les serviteurs, se mouvaient de toutes parts, semblables à une mer houleuse. A la gauche du trône, les ministres et dignitaires, à sa droite Yasho, Injit et les autres princes, en grande parure, que côtoyaient certains fonctionnaires d'importance, et plus loin, répartis selon un protocole précis, les chefs militaires et civils, sanjaks, grands officiers, portant les insignes de leur fonction. Les épouses, en coiffures d'apparat, étaient disposées derrière le roi, presque à son niveau, aux meilleures places pour assister au spectacle. Le corps de brahmanes, accompagnés de leurs scribes, avait pris place sur un gradin particulier, à proximité de la colline de crémation ; certains circulaient, allant de part et d'autre, prenaient l'avis des ministres ou des princes, et surveillaient de près l'ordre du défilé, car c'est d'eux que dépendait l'ordonnance de la cérémonie. Shikésa avait pris la liberté de s'installer le plus près possible du prince Injit.

Venait d'abord un grand char à six roues, évoquant la forme d'un palais, muni de brancards d'or dont les abouts se relevaient en têtes de naga et qui permettaient au personnel du temple de participer en foule au transport de l'image sainte, poussant, soulevant, tirant si bien que le véhicule divin semblait porté par une houle. Ici c'était Vishnu, paré d'un diadème d'or, vêtu de soie et couvert de bijoux. Suivaient, dans des équipages rivalisant de splendeur, le char de Shiva, puis les statues de Bouddha et des bodhisattvas. On aurait dit que le panthéon khmer déménageait au grand complet, mêlé à tous les génies des eaux et des forêts dont se nourrissait la foi quotidienne du petit peuple. Il était de tradition que les divinités — et c'eût été une très grande faute que d'en oublier une — accompagnassent l'armée jusqu'à la sortie de la ville. Elles rejoindraient dans la soirée leur résidence.

Injit jeta un coup d'œil en direction des magasins Nord et Sud, dont les deux monuments de grès bordaient la place, à plus d'un demi-mille à l'est du palais. Là, cachés dans les pièces annexes en contrebas, se trouvaient ses féaux : des vétérans, officiers et soldats, de son ancien régiment dont la fidélité était à toute épreuve. Au signal convenu, les fantassins étaient prêts à intervenir au plus vite et, sous la couverture d'archers d'élite qui déjà mettaient en joue les éléments suspects du défilé, à se ruer au secours du Grand Sénapati, le prince Jaya. Injit, plus que jamais, craignait un attentat.

Les fantassins défilaient théoriquement en ordre serré, lance sur l'épaule et boucliers alignés. Mais les lances s'entrechoquaient et les boucliers ondulaient au gré de la marche, trop hauts ou trop bas, dans un laisser-aller qui surprenait les vétérans des guerres passées. On était loin de la discipline militaire de l'ancien temps. Certains soldats parlaient entre eux, d'autres tournaient la tête en tous sens ou s'adressaient aux spectateurs : l'un se grattait, l'autre crachait sa chique, un autre encore semait le désordre dans les rangs en s'arrêtant brusquement. Des cavaliers caracolaient ici et là, négligeant l'ordre qui avait été défini, s'écartant des alignements qu'ils étaient censés encadrer. Montés sur leur éléphant, les chefs de corps ne semblaient pas se soucier de cette absence de discipline. Sur les gradins, Injit avait rejoint Purocana :

— Où est l'armée khmère que l'on voit sur les bas-reliefs du Grand Temple de Vishnu? s'indignait le prince Injit. Alignée, défilant en ordre parfait…

— Jamais le grand Suryavarman n'aurait admis un tel spectacle! renchérit Purocana sur un ton où perçait l'ironie.

— Ou ton père le général. Mais malgré leurs prétentions, leurs guerres contre les Chams n'ont pas été brillantes. C'est à cause d'eux que nous en sommes là, rétorqua le prince, furieux qu'on osât moquer ses dires.

— Je ne pense pas. C'est la paix qui est cause de cette mollesse.

— Ces chevaux de montagne sont trop petits. Je te dis que les Chams sauront s'équiper différemment… Regarde-les, ils pourraient à peine intervenir dans un combat.

— Les Chams n'ont guère mieux.

— Ils se procureront des chevaux en Chine.

— Vous verrez tout cela quand vous rejoindrez l'armée, conclut Purocana de façon à être entendu de tous. Dans quelques semaines, dites-vous?

Injit ne répondit pas. Il avait dû négocier fermement avec Santanu sa participation à l'expédition. Le roi déciderait. Il n'avait pas de réponse ferme. Pour l'instant, le spectacle de l'armée le navrait. Il ne put cacher son inquiétude :

— Pauvre Jaya! Saura-t-il s'imposer à cette horde de gueux hilares et mal instruits?

— C'est son affaire.

— Des soldats indisciplinés ont tôt fait de se retourner contre leur chef.

— Ne crains rien. Ils choisiraient un autre moment.

— Au contraire, la présence du roi à l'extérieur du palais favorise un coup d'État. Imagine : cette troupe, payée par on ne sait qui, attaque soudain son général, ses officiers, puis se précipite ici et assassine le roi. On vole l'épée sacrée. Nous sommes sans défense. Un éléphant devenant fou furieux et semant le désordre aurait été une occasion rêvée. Jaya…

— Le voici!

*

Précédé de son porte-emblème tenant haut l'image de bronze du singe Hanuman, bras levés, le prince Jaya, Grand Sénapati, s'avançait, superbe, sur son éléphant de guerre entièrement paré d'or et de soie. Le comportement de Kako était rassurant : d'un pas souple et rythmé, il longeait maintenant l'estrade où le roi et sa cour se tenaient. Dharanvarman leva l'épée sacrée. Le commandant en chef était entouré de porte-parasols, de soldats et de cavaliers plus ou moins en désordre, le tout dans un tumulte où rires et commentaires semblaient faire bon ménage avec les orchestres de cymbales et tambours qui précédaient ou suivaient l'équipage.

Devi, assise au milieu des dames, ne put s'empêcher de faire un signe de la main. Son époux l'ignora. Il conservait plus que jamais dans sa gloire nouvelle cet air impénétrable qu'il avait dans l'intimité et qui donnait à son regard, toujours tourné vers l'intérieur, une distance à l'égard des spectacles du monde dont on ne savait jamais s'il s'agissait de mépris, d'indifférence ou de sottise. Devi se reprit très vite. Depuis le début du défilé, elle se montrait impassible, sous les regards en coin qui à chaque instant cherchaient à deviner ses réactions. Un silence avait parcouru l'assistance : nobles et dignitaires étaient impressionnés par le grand air de ce prince, fils du roi, si calme au milieu d'un tohu-bohu pareil.

Soudain Kako fit un écart. Le baldaquin vacilla, des parasols se renversèrent. L'attentat ! Le prince Injit se dressa. Il avait confié ses armes à ses serviteurs, qui se tenaient cachés derrière les gradins et devaient accourir au premier appel. Fallait-il donner le signal ? Excellent tireur à l'arc, il aurait le temps de neutraliser de ses flèches quiconque agresserait le prince ou le roi. Son épée ferait le reste. De plus, les vétérans d'élite qu'il avait placés dans les deux magasins de part et d'autre de la place royale prendraient aussitôt les rebelles à revers, courant sus à cette troupe désordonnée qui ne saurait faire face et que la surprise mettrait en fuite. Mais tout rentra dans l'ordre. L'incident était ordinaire : un cheval, par la maladresse de son cavalier, avait glissé et était tombé juste devant Kako qui avait dû se détourner brusquement pour l'éviter, renversant quelques hommes et créant la panique. Le visage de Jaya montrait une indifférence totale. Purocana se prit à rire :

— Un peu de maîtrise, mon prince. Et puis, comprenez bien que toutes ces précautions sont vaines. Vos gens que vous avez cachés ne sauraient intervenir à temps, à supposer qu'il y eût complot. Au reste, soit le prince Jaya a la confiance de ses troupes, et dans ce cas elles sont là pour le protéger, soit elles le trahissent et alors, voyez-vous, l'affaire est entendue d'avance… Êtes-vous bon général ? Vous en feriez douter.

L'assistance riait. Purocana avait parlé à haute voix dans un respect parfait de l'étiquette. Injit donnait le change en reprenant ses appréciations sur l'aspect défectueux de l'armée. Arrivait une cinquantaine d'éléphants, en bon ordre certes, mais qu'entouraient des fantassins sans cuirasse, armés soit de lances, soit d'arcs de mauvaise qualité avec des carquois à moitié vides, certains portant des épées ou des haches de guerre traditionnellement réservées aux officiers. La cavalerie était d'une insuffisance notoire : quelques chevaux montés à cru par des cavaliers maladroits.

— Maintenant des soldats sans cuirasse ! commenta Injit. Et observez l'armement ! Et puis nous n'avons vu aucune baliste, aucune machine de guerre…

— Il n'y en a jamais eu, rétorqua Purocana.

— Comment jamais ? Vous voulez dire qu'il n'y en a plus.

Venaient enfin les femmes et l'intendance, les épouses des officiers, entourées de domesticité, la plupart en palanquins à brancards d'argent attestant une condition modeste, certaines à éléphant dont le bât portait en sus des objets et des vivres de toute sorte ; puis les danseuses et les musiciennes, en grand nombre, également en palanquins, précédées d'orchestres composés de harpes, de hautbois, de trompes ou encore de gongs suspendus à une perche que portaient des serviteurs et sur lesquels s'amusaient à taper des enfants, à grand fracas.

Le palanquin de Kéo passait devant les gradins : l'apprentie danseuse, joyeuse de la parure et des bijoux nouveaux que lui conférait son état, fit un grand signe de la main à Shikésa, qui répondit. Le précepteur précisément s'était levé; il s'apprêtait à rejoindre son élève et maintenant son maître, puisqu'il faisait partie de l'expédition et devait théoriquement obéissance au général en chef. Il aurait rang de chapelain du prince. Un éléphant richement paré l'attendait au pied de la tribune des brahmanes. Selon une coutume qui voulait que les plus jolies jeunes filles du royaume, nobles ou non, trouvassent une place à la cour, Shikésa n'avait pas eu de mal à faire admettre Kéo dans le corps des danseuses de la maison royale. Le choix avait été débattu avec le Premier ministre et on avait sélectionné de très jeunes filles qui auraient tout le temps de s'instruire dans la forêt. Mais la joie de Kéo ne pouvait qu'être assombrie par l'arrestation de son père. Sa gentillesse troubla le brahmane : il n'aurait pas l'occasion de reparler en haut lieu de l'arrestation d'Angsha afin qu'on mît un terme à ce qu'il considérait comme une évidente erreur judiciaire. Il se promit d'envoyer un message à Santanu. De loin Devi avait observé la scène : cette complicité entre le chapelain de son époux et une danseuse la troublait.

Le défilé se terminait par la troupe bruyante des familles des soldats : femmes, enfants, esclaves, charrettes chargées de vivres, troupeaux de chèvres et de vaches. Le roi se leva et présenta au ciel de ses deux mains ouvertes l'épée sacrée. La cérémonie était terminée. Le prince Jaya franchissait maintenant les portes de la cité. Rien ne s'était produit de ce qu'on pouvait craindre. Le mystère demeurait.

CHAPITRE 10

Élégant, raffiné, le corps enduit de pâtes de senteur et couvert de bijoux, vêtu d'un pagne à trois ramages de fleurs impeccablement plissé, Pariksit, envoyé extraordinaire du roi des Chams, était installé avec plusieurs dignitaires khmers dans une pièce attenante à la salle d'audience. Le vieux roi Dharanvarman venait de le recevoir.

L'entretien s'était fort bien passé. L'ambassadeur parlait le khmer. Les services d'un interprète avaient été inutiles, fonction que Santanu avait pensé confier à la princesse Devi que l'on savait versée dans tous les traités de grammaire et de langue, et qui maîtrisait parfaitement le cham. Les oreilles étaient charmées par les discours de ce grand dignitaire du royaume voisin, où chantait un léger accent et qui s'ornaient parfois de tournures anciennes :

— Ainsi, le prince Jaya est en campagne depuis un mois et vous n'avez point de nouvelles... Oncques n'en recevez ?

L'ambassadeur, après être sorti à reculons de la salle d'audience dans toute l'humilité que lui imposait l'étiquette de la cour, s'enhardissait maintenant à poser question sur question, comme s'il était le maître du jeu. Face à sa très complète instruction et à son aisance de grand seigneur, les dignitaires khmers ne pouvaient — du moins en avait-il la conviction — faire le poids. Une carte était déployée, apportée par ses soins. Mais elle était en chinois et sur papier, ce qui avait permis au Cham d'en dévoiler les pliures successives avec des gestes de prestidigitateur sous le regard poli des Khmers. De plus, il trouvait élégant de prononcer les idéogrammes dans la langue du Céleste Empire de telle sorte que les Khmers, ignorant le chinois, ne suivaient qu'avec peine, les uns et les autres se bousculant au-dessus de la carte pour essayer de voir de quel lieu il s'agissait. Pariksit gardait toujours une longueur d'avance. Le doigt sur la carte, il exigeait maintenant qu'on lui donnât des informations sur la position de Jaya :

— Nous en attendons à chaque instant, répondit Santanu.

— Comment, à chaque instant ? L'armée khmère ne possède-t-elle aucune estafette, aucun moyen de liaison ?

— Nous savons que le prince a séjourné quelque temps à Ko Kher dont il devait faire sa base arrière. Depuis, plus de nouvelles.

— Votre roi, Sa Majesté Dharanvarman, me dit qu'il n'y a aucune intention agressive dans cette expédition. Bon ! Certes ! Alors que fait-il sur nos frontières ?

— N'êtes-vous pas sur les nôtres ?

— Simples manœuvres de routine.

— Il en est de même pour nous.

Devi écoutait la conversation avec la retenue que lui imposait son rang princier. Un charme infini émanait de sa personne. Ses maîtres de danse et de maintien lui avaient appris l'art d'être présente en gardant le silence ainsi que les gestes et figures pour se mouvoir dans une apparente immobilité. Elle savait composer spontanément ce sourire dont on ne pouvait discerner l'origine et qui constituait le sceau de la bienveillance princière. Un regard maîtrisé, les yeux se déplaçant lentement, construisait les expressions successives et parfaitement neutres que devait susciter dans son esprit l'attention que méritaient les personnes présentes. Car il convenait de faire comprendre à chacun, quels que soient le nombre et la diversité de l'assistance, qu'il était le préféré et que son existence même impliquait que tout alentour disparût pour ne laisser place qu'à l'intérêt qu'offrait sa présence ou son discours. Ainsi allait, en pays khmer, l'éducation des princes. Devi prit enfin la parole :

— Je sais, nous savons tous, dit-elle en cham, que Votre Excellence est habile dans toutes les armes, versée dans tous les shastras, la grammaire comme l'astrologie, qu'elle connaît toutes les doctrines philosophiques, celle du Mahayana et les autres, qu'elle est habile dans tous les *Dharmashastras*, qu'elle suit le *Naradiya* et le *Bhargaviya*, qu'elle se plaît au dharma...

L'ambassadeur répondit par un poème sanscrit. S'instaura alors entre la princesse et l'envoyé cham une joute poétique où chacun, tour à tour, y allait de son verset, tiré le plus souvent de la grande littérature, sans qu'il y eût jamais la moindre hésitation. On ne pouvait savoir où s'arrêtait la citation et où commençait l'improvisation. L'ambassadeur jouait des divers modes de versification et Devi répondait toujours sur le même registre, ou glissait sur un autre, tout soudain. Pariksit la suivait aussitôt sans difficulté. Il était question d'oiseaux, d'amour, de fleurs, de légendes et de combats. Les musiciens qui avaient reçu l'ordre de se tenir silencieux furent tentés de reprendre leurs instruments.

— Nous cousinons, princesse, interrompit Pariksit, revenant tout à coup à une langue prosaïque. Du moins, par votre grâce, nos deux nations cousinent.

Devi avait repris son maintien. Pour elle la conversation était terminée. Elle aurait aimé prolonger l'échange, mais le lieu ne s'y prêtait plus. Fille de brahmanes mêlés de sang royal, elle appartenait en effet par des liens plus récents à de grandes familles chames. Les deux pays étaient proches, ils connaissaient depuis des siècles les mêmes dieux, les mêmes lois, les mêmes modèles de civilisation indienne qui animaient cette région de l'Asie. Chams et Khmers s'étaient souvent fait la guerre. Mais il arrivait aussi qu'ils fissent alliance contre un ennemi commun, comme par exemple contre le Dai Viêt, qui appartenait à un monde différent puisqu'il était de mouvance chinoise. Devi ne répondit pas à la flatterie du dignitaire. Son silence valait assentiment.

— Bien, enchaîna Santanu, inquiet de cette complicité inattendue, revenons aux affaires.

Le ministre sortait de son étonnement. Un instant, il n'avait pu cacher l'intérêt qu'éveillaient en son for intérieur les cousinages chams de la princesse. Des perspectives nouvelles envahissaient son esprit; comment n'y avait-il pas pensé plus tôt?

— C'est donc la paix, murmura Purocana.

Celui-ci n'avait rien dit depuis le début de l'entretien. C'était toujours son ami le ministre qui tenait le haut du pavé, prenant la parole, brillant de toute l'aisance que lui donnait son intelligence, orientant le cours des choses.

— C'est donc la paix, répéta-t-il à voix haute.

— Oui, la paix, dit Santanu, agacé. Mais Son Excellence demande des facilités commerciales.

— Le commerce fait le bonheur des peuples.

— Platitude, mon ami.

Décidément Purocana ne parvenait pas à placer un mot. L'ambassadeur leva la main pour imposer silence. Il reprenait la négociation.

*

On déploya la carte à nouveau.

Par l'intermédiaire du Dai Viêt et grâce à la configuration de ses côtes, le Champa entretenait des relations constantes avec la Chine. Les routes marchandes pouvaient ensuite traverser le Cambodge et atteindre l'isthme de Ka qui s'ouvrait sur le grand océan et de là sur l'Inde. Les deux pays, khmer et cham, se trouvaient ainsi à la jonction des deux grands mondes de l'Asie. Ils devaient en tirer profit. D'un doigt rapide l'ambassadeur montrait les routes à suivre, les fleuves à franchir, ou à utiliser quand ils étaient navigables. Quelles taxes imposerait-on à ces marchands chinois, présents partout? Il fallait trouver un accord. Certes, il existait au sud un passage, une sorte de détroit difficile à atteindre et où les vents étaient absents. On le connaissait mal. Pour l'instant, il était nécessaire passer par le Cambodge. Angkor conservait son rôle de nœud commercial. C'était là l'objet de la visite chame à Angkor, beaucoup plus que la crainte d'une guerre quelconque :

— Quel riche royaume! conclut l'ambassadeur, se voulant flatteur. Ces rizières, ces canaux, ces grandes étendues d'eau, vos réservoirs, et tous vos temples, ce luxe. Votre roi peut encore augmenter ces richesses.

On apportait du vin et des gobelets d'or : un vin précieux, vin de miel préparé au moyen d'une drogue à fermentation et en mêlant du miel et de l'eau par moitié, le meilleur que l'on pût offrir. Devi allait se retirer. Son rôle s'achevait là. Santanu la suivit, prétextant une urgence. Les conversations reprendraient le lendemain.

— Au fait, dit l'ambassadeur, tout à coup enjoué, votre prince Jaya a eu du mal à partir. On me dit...

— Simples incidents sans conséquence, lança Purocana, soudain loquace. Le coupable est arrêté : un dresseur d'éléphants, vil paysan devenu trop riche, qui a cru bon de vendre au prince un éléphant de guerre mal éduqué. Nous y avons mis bon ordre.

— Et puis, j'ai cru comprendre que votre prince n'était pas un foudre de guerre. Mais où est le ministre?

— Une urgence.

— Une urgence?

— Le coupable subira demain l'épreuve du feu et de l'huile bouillante, s'embrouilla Purocana. Les dieux diront s'il a menti... Pardonnez, Monseigneur, je dois aussi prendre congé.

Pariksit fit un geste d'indifférence et se leva à son tour, bientôt suivi par ses femmes, ses serviteurs et les guerriers de sa garde. Le protocole avait tout réglé.

— Un dernier mot, dit-il aux dignitaires khmers encore présents. S'il se présente à nos frontières, nous recevrons le prince en hôte. N'est-il pas l'héritier du trône? C'est à lui que reviendra l'épée sacrée... Une épée d'or! L'or n'est guère tranchant. Votre roi la tient-il toujours sur ses genoux?

*

L'ambassadeur se retira dans les appartements que lui avait réservés la cour. Il fit signe qu'on le laissât seul et emprunta d'un pas rapide galeries et escaliers qui menaient aux jardins. Soudain, derrière un bosquet de lauriers, le long d'un mur de pierre, il crut voir deux formes animées d'un mouvement étrange : une lutte ? Il s'approcha : un homme cherchait à enlacer une femme. Celle-ci se débattait. Ses bijoux résonnaient dans l'action comme une musique venue d'ailleurs. Elle avait perdu son pagne et s'efforçait de le réajuster d'une main en repoussant son agresseur de l'autre. Cette nudité mettait l'homme dans un émoi croissant : ses mains couraient d'une poitrine petite et ferme, que le toucher faisait frémir, au sexe dénudé qu'un doigt habile au-dessus des cuisses serrées cherchait à décoiffer. Aucun cri, mais un souffle.

Pariksit s'approcha à pas lents et glissa entre les rameaux un œil professionnel : l'homme murmurait des mots doux assortis de vers sanscrits, plus ou moins bien venus, auxquels il s'essayait avec une maladresse essoufflée. Un son rauque : l'enthousiasme de l'homme venait de se perdre dans le vide.

— Voilà un éléphant en rut sur une faible génisse, murmura à part lui l'ambassadeur enchanté du spectacle. Mais il va trop vite en besogne. Cela n'est guère convenu.

La femme s'échappait, serrant son pagne. Le Cham crut déceler une hésitation. Peut-être était-elle prête à céder à des avances si charmeuses. N'avait-elle pas pris rendez-vous ? C'était d'une main molle qu'elle avait résisté à l'assaut, et son mouvement de hanches ne pouvait tromper.

Le dignitaire s'apprêtait à se retirer. Il jeta un dernier regard sur la scène et ses yeux s'arrondirent de surprise. Ce qu'il voyait tenait du surnaturel : le membre de l'homme se détachait maintenant en ombre chinoise sur la blancheur du mur, tenu par une main griffue qui l'animait de soubresauts ; il s'allongeait peu à peu en serpent et semblait vivre de lui-même. Il jetait son venin comme un naja cracheur. Le Cham se frotta les yeux : était-ce l'effet du vin de miel, ou l'avait-on drogué ? Une décoction de champignons hallucinogènes ? C'est alors que la femme tourna la tête, affichant le profil effrayant d'une bête au prognathisme simiesque, aux dents longues et acérées entre lesquelles dardait la fourche d'une langue chercheuse…

« Est-ce une rakshasa, se dit-il, l'un de ces monstres qui hantent les forêts des épopées indiennes, changeant de forme à volonté et se repaissant de chair humaine ? Ici, dans le palais d'Angkor, où tout se veut mesure et beauté, sous la bénédiction des dieux ? »

Il regarda à nouveau et sentit un courant de frayeur parcourir son échine : l'image de Devi venait de lui sauter au visage, telle une gifle dont il sentait encore le souffle chaud… La princesse ! L'exquise princesse, au minois si frais ! Était-ce vraiment Devi ? Impossible !… Mais l'homme à son tour se détachait sur le mur blanc : la silhouette du ministre, parfaitement reconnaissable ! Santanu ! C'était lui ! Et portant des cornes de bouc… Un casque ? Pourquoi porter ici un casque ? Ainsi c'était cela l'urgence ? Il avait devant lui un spectacle étonnant : Devi ruant au rut d'un bouc…

Certes les mœurs des Chams n'avaient rien à envier à celles des Khmers… Mais tout de même ! La princesse héritière ainsi dans les bosquets avec le Premier ministre ! Si c'était le cas, une telle liaison arrangeait bien ses affaires ; sa mission secrète en serait facilitée. L'information était de poids. Pariksit n'en demeurait pas moins choqué : pétri de culture chinoise, il jugeait avec sévérité et tenait pour barbares licence de mœurs, nudités exposées ou fornications déréglées.

Il secoua la tête comme pour en chasser la frayeur que lui inspiraient ces images changeantes et fit un effort pour retrouver la rigueur de son esprit, toujours maître des réalités et entraîné à rire de tout comme à juger des choses de la vie avec une ironie condescendante. Il avait autre chose à faire que s'amuser à se faire peur devant des démons imaginaires. Non, cette femme ne pouvait être Devi. Et pourtant…

— Les Khmères sont chaudes, murmura-t-il, chacun le sait, princesse ou non. Leur voracité sexuelle est connue. Comment passer huit jours sans homme ? Ne dit-on pas que les parturientes recherchent l'homme le lendemain de l'accouchement ? Cela, paraît-il, grâce à un emplâtre de riz qu'elles se mettent sur le sexe pour en raffermir les chairs… Le sexe ! Voilà bien le meilleur endroit où nicher la diplomatie.

Sur cette réflexion, l'ambassadeur extraordinaire referma en silence les rameaux qu'il venait d'entrouvrir, tandis que le fornicateur mystérieux plongeait dans le bassin voisin. Tout rentrait dans l'ordre.

CHAPITRE 11

Jaya prit à deux mains la feuille d'arkinosé artistement pliée en forme de coupe. Il goûta. La sauce était bonne. Le cuisinier arrosa avec soin la portion de riz et de poisson qu'il venait de disposer sur une grande feuille à bords relevés et la tendit au prince, à genoux, avec toute la déférence qu'il lui devait. C'était le repas du soir. Non loin de là, Kako, libéré de son bât, faisait un festin de branches et de fruits sauvages ; à ses côtés les armes du prince que surveillait le cornac. Jaya n'avait conservé que son grand arc. A quelques pas, plantée dans le sol, se dressait la hampe de l'emblème princier, le singe Hanuman aux bras levés, dont la statuette de bronze brillait faiblement dans l'éclat vacillant des foyers. L'air bruissait déjà de la vie nocturne qui s'éveillait. On activait les feux.

— Il n'osera pas s'approcher.

— C'est un vieux tigre, dit Shikésa.

— Ou une tigresse. On distingue mal. Elle n'est pas très proche.

— Le crépuscule amplifie les sons. La nuit, ils deviennent énormes.

Jaya avait installé son campement dans une clairière, non loin d'une cataracte dont l'écho, apporté par le vent, venait et repartait en coups de gong dans l'atmosphère. Shikésa avait insisté pour qu'on évitât de passer la nuit au bord de la rivière : son vacarme pouvait favoriser une approche ennemie. On était donc loin de l'eau. Mais la sécurité primait.

— Faut-il envoyer des éclaireurs ? questionna Shikésa.

— Non, ce ne peut être un tigre mangeur d'hommes... Et puis, si nous nous mettons à avoir peur des tigres !

— Je ne pense pas aux fauves mais aux Chams. Et toi, mon prince, n'oublie pas ton rang et ta lignée. Ne t'ai-je pas appris que tu étais toi-même un tigre parmi les hommes ? reprit le précepteur, dont l'esprit restait décidément peuplé de métaphores indiennes, ce qui plongeait son élève dans un nuage d'épithètes épiques directement issus des gestes héroïques dont les monuments khmers étaient remplis.

— Alors les sentinelles suffisent. Je ferai une ronde.

— On n'entend plus rien.

— Le silence me soucie plus que les tigres. Le silence de la forêt et le silence d'Angkor. De tous nos messagers, aucun n'est revenu.

Les serviteurs dressaient des tentures autour du bivouac du prince, d'arbre en arbre, pour préserver son intimité. Plus tard il y aurait musique et danse. Car le soir on se divertissait. Pour l'instant, l'intérêt allait à la cuisine. Chacun s'y était mis, hommes et femmes, y compris les danseuses qui tout à l'heure allaient donner un spectacle. Un officier vint faire son rapport sur la garde, la défense et les feux : tout allait bien ; un éléphant, pris de panique — on ne savait pourquoi —, avait brisé son attache ; on avait entendu un tigre non loin ; il n'était certainement pas seul, les fauves pullulaient dans la région ; les hommes ne montraient aucune frayeur ; on prendrait des dispositions si nécessaire. L'officier se retira.

— Tout officier en campagne, remarqua Shikésa, devrait savoir que la présence de fauves autour d'un camp prouve que l'ennemi est loin. Les tigres auraient fui depuis longtemps si les Chams approchaient.

— La troupe est fatiguée, elle manque d'expérience et d'entraînement.

— Il faudrait, mon prince, organiser une chasse. Les hommes ont besoin de viande.

— Une chasse ? au cerf ?

— A tout ce qui se mange. Je lèverai les interdits. Et ce serait pour toi l'occasion d'essayer ton grand arc, et de le nommer. Tout arc princier doit porter un nom. Pense à Arjuna et à son arc Gandiva.

— Oui, je sais. Il chassait avant de massacrer ses cousins.

Une jeune fille apporta une bassine d'eau fraîche à Jaya. C'était Kéo, sa danseuse préférée, celle dont le corps parfait éveillait en lui un désir qu'il n'osait s'avouer. En ferait-il un jour une seconde épouse ? Il se lava la main droite, puis la danse commença, lente, un peu fantomatique dans la lueur des feux.

*

La foule hurlait. Attroupé sur la place du palais royal, le peuple d'Angkor attendait son spectacle au pied des douze tours de bois de Suor Prat qui, les jours de fête, permettaient aux funambules de s'exhiber sur les cordes que l'on tendait de l'une à l'autre. C'était jour de jugement.

Les portes du palais s'ouvrirent et le roi Dharan, juge suprême, parut. Il leva l'épée d'or et se dirigea vers la tribune où l'attendait un trône gainé d'or. Aucun jugement ne pouvait être rendu en dehors de sa présence. La rumeur cessa. La séance pouvait commencer.

L'atmosphère s'emplit alors des cris et des gémissements des hommes qui se trouvaient prisonniers au sommet de chaque tour. Ils étaient là depuis plusieurs jours, sans nourriture ni protection contre les ardeurs du soleil, et suppliaient le souverain de mettre un terme à leurs épreuves. Le moment de vérité était arrivé. Certains, atteints de fièvres et couverts d'ulcères, épuisés, étaient reconnus coupables : ils paieraient une amende ; d'autres avaient mieux résisté à la souffrance et se trouvaient innocentés. Ainsi se réglaient les petits différends entre gens du peuple. Au pied des tours, les familles attendaient que le souverain leur permît de reprendre un mari, un père, un frère qui avait dû ainsi plaider sa cause. A nouveau le roi leva l'épée : le ciel avait rendu sa sentence ; les accusés pouvaient descendre de leurs lieux de supplice. Les cris cessèrent...

Vint alors le jugement des cas plus graves, celui des hommes accusés d'un forfait dont on n'avait pu apporter la preuve : voleurs, menteurs, délinquants de toute sorte, prévaricateurs, empoisonneurs probables. Angsha était assis en plein soleil, relié par une corde qui lui enserrait le cou à une file d'hommes soupçonnés de crime. Ils attendaient d'être soumis au jugement des dieux : celui de l'huile bouillante. Les gardes les firent lever sans ménagement et coupèrent le lien qui les unissait de façon que chacun pût être mené individuellement au supplice par le tronçon qui lui restait au cou.

Une grande cuve de bronze avait été disposée devant le gradin royal, à quelques toises. L'huile fumait. Les conques retentirent, les orchestres résonnèrent et à nouveau le roi leva l'épée. Un à un les prisonniers approchèrent, encadrés par deux gardes qui les forçaient à tremper leur main droite dans la cuve et à l'y maintenir pendant quelques secondes. Au milieu des cris de terreur et de souffrance, les juges proclamaient chaque sentence.

Angsha fit signe qu'il n'avait pas besoin qu'on le maintînt, se dégagea brusquement, ferma les yeux et, d'un seul coup, plongea sa main dans l'huile bouillante. Elle ressortit indemne, à peine marquée de quelques rougeurs, sans ces lambeaux de peau brûlée que la plupart des suppliciés retiraient de l'épreuve. Selon le rite à accomplir, le juge saisit le bras d'Angsha et le leva très haut en direction du trône. D'un mouvement d'épée le roi acquiesça. Angsha était libre.

Non loin de là, un guerrier à éléphant en grand apparat, entouré d'un peloton de fantassins, observait la scène :

— Les dieux ont bien jugé, murmura le prince Injit. A nous de jouer.

*

Un galop retentit sur la route, devant la résidence du Premier ministre. C'était un coursier de bonne taille, bien différent des petits chevaux de montagne que l'on voyait habituellement à Angkor. L'homme mit pied à terre.

— Messager du prince Jaya !

Les serviteurs s'étaient précipités, lorsque Santanu, apparaissant à la porte, ordonna que chacun se retirât. Resté seul, l'officier franchit le seuil et grimpa les escaliers.

— Qu'apportes-tu ?

— Le rapport du général.

La peau de cerf, teinte en noir, ne comportait que quelques caractères grossièrement tracés.

— Voilà bien la concision militaire. Ton maître n'est guère disert. Mais il dit l'essentiel. Qu'est-ce que cela ?

— Un poème du prince pour son épouse. Il demande à Votre Excellence de le lui remettre en main propre.

Il s'agissait d'un petit bloc de feuilles de latanier. Santanu l'ouvrit : une lettre sans conséquence, composée de vers très élégamment disposés. Sans doute Jaya s'était-il fait aider par le brahmane. Mais le texte était touchant de naïveté et de tendresse.

— Et ceci ?

L'officier déroula une grande peau de cerf. C'était une carte assortie de croquis indiquant des choix d'itinéraires et de positions le long de la frontière. Chaque dessin était assorti d'un commentaire précis.

— Voilà qui est bien.

— Son Altesse le prince me charge de vous dire qu'aucun messager de la capitale ne lui est parvenu. Et les siens ne reviennent pas. Il est dans l'ignorance de ce qui se passe à Angkor. Il demande au roi son père des instructions.

— Pourquoi ne l'écrit-il pas ? Relève-toi et prends place. Tu dois avoir soif.

Santanu avait fait apporter une jarre de lait de coco et des gobelets. L'homme se servit et but goulûment. La dernière étape avait été longue. Le ministre restait penché sur les documents. Sa réflexion dura longtemps.

— Nos messagers ont dû être interceptés. As-tu remarqué quelque signe d'agressivité sur ton itinéraire ? déjoué des traquenards ? de qui, où et comment ?

L'officier s'écroula. Ses yeux se révulsèrent, un liquide jaune s'écoula de sa bouche. La mort avait été rapide. Santanu frappa le sol de sa main. Un esclave apparut :

— Tu sais ce que tu as à faire.

*

Devi se remit au travail. Elle rédigeait un texte sous le regard attentif de sa sœur aînée Indra :

— Cela est-il conforme au langage sacré ?

— Que ne le montres-tu à ton maître ?

— Mon maître n'aime pas la tristesse. Il trouve que c'est un péché. Il se moquerait.

— Si tes vers sont parfaits, il les appréciera. Peut-être même les reproduira-t-il un jour sur une stèle.

— Une stèle ? Comme tu y vas !

Versée malgré son jeune âge dans tous les traités de lettres et de sciences sanscrites, Devi s'adonnait à l'étude avec une ferveur qui étonnait ses maîtres. Elle avait un professeur de grammaire, un professeur de sciences exactes, un professeur de philosophie et bien d'autres, de façon à couvrir tout ce savoir venu de l'Inde qui faisait la gloire d'Angkor. Mais la princesse excellait surtout dans l'écriture et l'expression très personnelle qu'elle apportait à la tournure de toute phrase. On y sentait une sorte de délicatesse inconnue des modèles sanscrits. Les brahmanes aimaient aussi à l'utiliser comme copiste : son travail était parfait ; les traités les plus précieux lui étaient confiés.

— Pourquoi tous ces gémissements sur ton époux ? Tu n'es point Sita.

— Je l'aime tant.

Indra lisait par-dessus l'épaule de sa sœur. Tout à coup celle-ci cacha son écrit. Un homme venait d'entrer :

— Eh bien, mes sœurs, toujours à l'étude. On fera de vous des prêtresses mieux que des épouses de roi… Les portes de ce monastère ne sont pas faciles à forcer. Enfin, me voici !

Le prince Injit était taquin. Il s'amusa à fouiller dans les livres, remuant, dépliant les rouleaux, faisant semblant de les lire à l'envers et déclamant des vers sur un ton ridicule assorti d'un accent paysan. Devi bondit :

— Rendez-moi cela, mon frère, tout de suite!

Le plaisantin fit mine de s'enfuir, tenant à bout de bras au-dessus de sa tête un rouleau à moitié ouvert où l'on distinguait des écritures, mais surtout des lignes et des cercles. Devi le poursuivit, mi-rieuse, mi-furieuse, mais incontestablement inquiète. Le voleur courut de plus belle, affectant de prendre la porte avec son butin pour une partie de cache-cache dans les dédales du monastère :

— Ignorant, vil guerrier, indigne de la science brahmane! protestait la princesse en sautant pour attraper le rouleau.

Le prince se rendit enfin. D'un bond Devi se saisit du document et l'enfouit prestement dans un coffre :

— Qu'y a-t-il donc de si secret qu'un frère ne puisse connaître? Des amours coupables?

— Ce n'est pas pour vous.

— Que de sérieux, ma sœur!

— Je dois copier ce livre. Confidentiel! Personne ne doit savoir qu'il est ici. Jurez, mon frère, que vous n'en direz rien.

Injit jura, solennel, évoquant les enfers qui l'attendaient s'il trahissait sa parole. Devi savait qu'elle pouvait compter sur ce frère, âme noble nourrie au culte de l'honneur, qui jamais ne romprait un serment. Mais sa curiosité était éveillée :

— Et que contient ce livre?

— Le secret d'Angkor.

CHAPITRE 12

Le combat avait commencé à l'aube, lorsque le général cham avait jugé le moment propice pour donner l'assaut au dispositif khmer. Le camp était endormi. Seuls quelques veilleurs, à moitié assoupis, étaient supposés maintenir une garde. Jaya avait établi une ligne de défense le long d'un ravin qui bordait une grande clairière, et que l'on pensait infranchissable, du moins par une troupe agissant en masse. L'ennemi s'était infiltré en remontant le cours du ravin, par petits groupes, et avait pris lui-même un dispositif de défense. Quelques flèches avaient été tirées, provoquant une réaction générale dans le camp khmer : chaque soldat de Jaya avait cru bon de se ruer à l'assaut du ravin sans attendre les ordres. La défense qui, de l'autre côté, bordait la clairière avait été dégarnie, les hommes s'exhortant mutuellement à prendre part à un accrochage où l'on pouvait tirer du mérite à bon compte. Le principal des forces chames, sortant de la forêt, donnait l'assaut à la clairière. La diversion avait parfaitement réussi.

La déroute khmère était complète. L'infanterie fuyait, s'efforçant de traverser le ravin où les Chams qui se tenaient sur le versant opposé les attendaient. Jaya et Shikésa avaient juste eu le temps de sauter sur leur éléphant. Malgré un tir précis et rapide, le brahmane ne put empêcher l'assaillant de s'approcher de sa monture. L'éléphant tournait sur lui-même, piétinait les fantassins qu'il avait renversés, saisissant l'un ou l'autre de sa trompe et lui cassant les reins, ou chargeant, défenses hautes, en des assauts de foulées calculées qui lui permettaient de se replier au centre pour reprendre aussitôt position. Le cornac avait été tué d'un jet de javelot. Le chignon défait, les yeux rougis de fureur, le brahmane faisait face ; il avait reçu deux flèches dans une jambe et une dans la poitrine. Le combat restait rythmé par le claquement rapide de son arc. Chaque tir était accompagné d'un hurlement d'incantation ; mais les carquois étaient presque épuisés.

Un officier cham réussit à s'approcher, sauta sur les épaules d'un homme et de là sur la croupe de l'animal, l'épée haute et les yeux injectés de sang. Brusquement, l'éléphant du brahmane s'écroula, atteint dans ses centres vitaux par les javelots qui lui perçaient les tempes et par les coutelas de deux fantassins qui l'étripaient. Il les écrasa en tombant. Shikésa ne put se rétablir et, gravement blessé, donna de la tête sur une pierre, tandis que sa jambe droite restait prise sous le poids du colosse mourant, qui dans un long barrissement rendait son âme de serviteur fidèle. Le sort du brahmane semblait scellé.

— Tenez bon, Maître !

Une nuée de flèches atteignit les soldats qui se précipitaient sur le brahmane pour l'achever. Kako arrivait au pas de charge. Debout sur sa monture, Jaya tirait ses flèches avec une précision sans faille ; chaque coup portait, parfaitement ajusté.

Cependant, les Chams se retournaient contre le général khmer, le Grand Sénapati, dont nul ne protégeait l'éléphant. Jaya devenait la cible de tous les tirs. L'infanterie ennemie avait complètement investi les positions khmères qui s'étaient vidées de leurs défenseurs. A leur tour, Jaya et Kako se trouvaient isolés, encerclés par plusieurs sections de lanciers contre lesquels l'éléphant se trouvait sans fantassin pour le défendre.

La cavalerie chame, composée de chevaux rapides, au pied sûr, s'était lancée à la poursuite des soldats khmers, de ceux du moins qui dans leur fuite avaient réussi à franchir le ravin. Elle revenait maintenant en force pour donner le coup de grâce au général khmer et à sa monture. Les cavaliers tournaient autour de l'animal comme autour d'une citadelle, décochant leurs flèches. Les yeux grands ouverts, le front plissé, Jaya s'apprêtait à livrer son premier et dernier combat. Non loin, la masse sanglante de l'éléphant du brahmane se confondait avec celle de son maître.

A l'autre bout de la clairière, le général cham observait la scène, encadré par un corps d'une dizaine d'éléphants. Les Chams avaient regroupé là le butin et les femmes, musiciennes, danseuses, familles des soldats et personnel de l'intendance. Soudain le général décida d'entrer en action. Jusque-là il avait préféré laisser à la piétaille le soin d'exterminer les défenses khmères. Il fit retentir sa conque de guerre, mit sa monture au pas de charge et se précipita sur le lieu où Jaya opposait une ultime résistance.

— Laissez-moi le prince! hurla-t-il aux troupes qui entouraient Kako.

*

Aussitôt commença l'affrontement des deux guerriers à éléphant. Affaibli par ses blessures et ayant pratiquement épuisé ses carquois, Jaya dégaina son épée. Son adversaire l'attaquait à la hache de guerre, en combat rapproché. Jaya para un coup, deux coups, esquiva un troisième qui vint abattre son cornac. Au quatrième, son épée se brisa sous le choc de l'arme que son adversaire maniait en tourniquet, à bout de bras. Jaya était perdu.

Alors, dans la forêt, du côté de la rivière, se fit entendre, accompagné de cris de guerre, un fracas de branches brisées. Trois éléphants, puis cinq, puis huit surgirent au pas de charge, suivis à la course par un corps de fantassins brandissant, dressé haut, l'emblème à l'effigie de l'oiseau Garuda, monture de Vishnu :

— Injit, le prince Injit, mon frère! Enfin!

Un homme debout sur un très grand éléphant à longues défenses menait la charge en aboyant des ordres dans une langue inconnue des hommes et que seuls les animaux semblaient connaître. C'était Angsha, échevelé, furieux, les yeux brillant d'un éclat de cuivre, à la tête de son escadron de choc. Les animaux, qui d'ordinaire ne sortaient pas de leur fonction de simple monture, selon le code des guerriers à éléphant, lançaient leurs forces dans la bataille et prenaient une part active au combat. La tactique avait fait l'objet d'une expérimentation minutieuse : l'éléphant chargeait de tout son poids, tête basse, comme un taureau, visant le flanc de l'adversaire. Sous le choc, le guerrier ennemi basculait dans le vide; la plupart du temps il perdait ses armes. Si l'éléphant d'assaut possédait des défenses suffisantes, il ne manquait pas d'éventrer son adversaire : Angsha avait calculé avec soin l'angle d'attaque. Puis intervenait éventuellement le combat rapproché : le cornac ennemi que le choc n'avait pas désarçonné était enlacé d'une trompe rapide et jeté à terre. Le troisième temps de l'assaut consistait en un piétinement immédiat et systématique des hommes et des armes qui se trouvaient au sol. La difficulté pour les guerriers qui montaient de tels animaux était de tenir en selle : Angsha les avait équipés d'un harnachement spécial et leur demandait d'attendre que l'assaut fût terminé pour se servir de leurs armes.

— A moi, Injit, cria Jaya, dès qu'il eut reconnu l'emblème du prince.

Le général cham fit volte-face et saisit son arc. Percé lui-même de plusieurs flèches par le tir des fantassins, il n'eut pas le temps de s'en servir; une dernière flèche lui transperça le front et il tomba lourdement à terre. Affolé par la charge d'Angsha qui venait vers lui, l'éléphant ennemi se retourna d'un coup et prit la fuite, entraînant avec lui les soldats chams qui se trouvaient encore là. Constatant que leur général était mort, ils passèrent à leur tour le ravin et se perdirent dans la forêt.

La plus grande part de la cavalerie chame, qui avait compté sur sa mobilité pour mieux fuir, fut écrasée par la charge d'Angsha. Les chevaux n'avaient pas eu le temps de franchir le ravin.

*

La clairière était jonchée de cadavres d'hommes, de chevaux et d'éléphants, d'armes éparses et brisées. Déjà les rapaces tournoyaient dans le ciel. L'armée chame avait fui. L'armée khmère avait disparu :

sa cavalerie était entièrement anéantie. Quelques fuyards khmers, désarmés et hagards, repassaient maintenant le ravin, croisant les retardataires chams qui prenaient la fuite.

— Nous avons perdu deux hommes sur trois, constata Jaya, épuisé par l'effort.

— Ces hommes sont morts en fuyant, dit Injit. Cette armée était faite pour se débander.

— Les femmes et les équipages sont saufs. L'ennemi tenait son butin sous bonne garde quand vous êtes arrivés.

— Soigne tes blessures. Je prends le commandement. Où est Shikésa ?

— Je crois que mon maître est mort, répondit Jaya en montrant le cadavre de l'éléphant sous lequel était pris le brahmane et dont les blessures béantes laissaient couler des flots de sang.

La petite troupe conduite par Injit était composée de vétérans rompus au maniement des armes comme aux différentes tactiques de combat. Quelques ordres brefs, et un dispositif de défense fut aussitôt mis en place. L'escadron d'éléphants fut parqué de manière à pouvoir intervenir sans délai en cas de contre-attaque ennemie. Injit ordonna aux rescapés de l'armée khmère de compter les morts et de préparer les bûchers de crémation. Peu à peu, le camp se réorganisait. Les femmes pansaient les blessés. Mais les médicaments manquaient. Le prince s'activait de toutes parts. En bon général, il se préoccupa aussitôt de nourrir les hommes valides.

— Que les femmes se mettent aux cuisines. Pour cette fois les hommes en sont dispensés. Ils ont autre chose à faire.

— L'ennemi a emporté le produit de la chasse d'hier, rendit compte un officier… Plus de viande. Et nos propres hommes sont épuisés par ces trois jours de marche forcée.

— Va voir Angsha, trancha Injit. Il trouvera les ressources nécessaires. Tu apprendras en même temps les trésors que cache la forêt. Il y a mieux que la viande. Tu verras.

Justement le dresseur d'éléphants approchait :

— Le brahmane respire encore.

— Dis aux femmes de venir, répondit Jaya en se relevant avec peine pour aller voir son maître. Viens, Kéo, c'est lui qu'il faut soigner. Mes blessures ne sont rien.

Le prince blessé marchait d'un pas hésitant, s'appuyant avec confiance sur l'épaule d'Injit.

— Tu es mon sauveur. Comment m'as-tu retrouvé ?

— Le soir même où Angsha, accusé d'avoir drogué ton éléphant, fut innocenté par l'épreuve de l'huile bouillante, j'ai décidé de ne pas attendre l'autorisation royale et de partir. J'ai fait appel à mes vétérans les plus fidèles. Ils sont ici.

— Et ces éléphants ?

— Ils étaient réunis à la ferme d'Angsha, sous la garde de sa fille aînée, Dhari, que tu connais.

— Dhari ?

— Oui, Dhari, la sœur de Kéo. Tu l'as vue au marché, avec Shikésa.

— Kéo ? Où se trouve-t-elle ? Ah ! Déjà auprès du brahmane. Hâtons-nous.

— Dhari aussi est une fille remarquable…

— Alors, ces éléphants ?

— Depuis plusieurs semaines, avant son arrestation, Angsha procédait à un dressage spécial : des éléphants d'assaut et une tactique nouvelle qui, d'après ce qu'il affirme, renversera la fortune des batailles.

— En effet ! Mais le roi sera mécontent… Partir sans ordre formel !

— Il se passe de plus en plus de choses étranges à Angkor… Et l'art de la noblesse est aussi de savoir désobéir. Il fallait te rejoindre. Au plus vite. Je t'expliquerai.

— Que fait Devi ?

— Toujours tête haute, pleurant dans le secret sur ton absence. Je crois que jamais une femme n'aura tant aimé son époux. Elle prie les dieux, se plie aux observances et s'applique à un travail acharné sur de vieux manuscrits. Mais de ça je ne puis te parler.

Jaya s'arrêta : une musique timide et frêle répondait aux gémissements des blessés. Au chevet du brahmane, Kéo s'était mise à sa harpe, égrenant quelques notes d'un chant ancien.

— Hâtons-nous !

Dans le ciel au-dessus de leurs têtes tournoyaient les rapaces.

CHAPITRE 13

« La crue est favorable. Nous partirons dans une heure ou deux. »

L'ambassadeur cham était assis sur un ballot de filets de pêche au milieu d'un amoncellement de marchandises de toute sorte, à bord d'une jonque de taille moyenne. Le dignitaire était déguisé en pêcheur. Il n'avait gardé avec lui que deux conseillers et trois serviteurs. Cette suite réduite avait pris place à l'intérieur du bateau. On embarquait à la hâte, les hommes se succédaient sur la planche étroite qui reliait le bordage à un ponton. L'un d'eux glissa et tomba à l'eau, dans un plongeon sonore qui provoqua l'hilarité de ses compagnons de travail.

— Pas de bruit!

— Ne craignez rien. La garde veille.

Les soldats de Purocana étaient postés sur les pontons environnants du village de pêcheurs. L'ambassadeur regagnait le Champa en grand secret et grande hâte. Aucun messager n'avait apporté à Angkor la nouvelle de l'attaque chame, de la déroute khmère et de la mort probable du prince Jaya. Purocana et Santanu avaient pris soin d'intercepter les messagers. Mais la rumeur avait couru plus vite que les chevaux. Santanu s'attendait à ce que la nouvelle éclatât soudain, sans qu'on sût comment, sur la place du marché. Le départ de l'ambassadeur devenait urgent. Et son itinéraire devait être secret. A la lumière d'un falot, Pariksit jeta un dernier coup d'œil sur une grande peau de cerf déployée devant lui : la carte retraçant le cours du Grand Fleuve et de ses affluents.

— ... le Grand Lac, le fleuve où nous attend la jonque chinoise de commerce. Puis le lieu-dit des « Quatre Faces »... De là remonter vers le nord où nous devrions rencontrer des patrouilles chames infiltrées sur la rive est du fleuve... Combien de temps? Un mois, deux mois? C'est imprécis.

— Il faut que vous arriviez là, dit Purocana en pointant son doigt sur la carte.

— J'espérais un chemin de repli plus précis.

— Par voie de terre, vous seriez vite reconnu. J'envoie un messager à pied pour alerter Vijaya, votre capitale.

— Pourquoi à pied?

— L'homme passera inaperçu. De toute façon, le message est codé.

— Bien, dit Pariksit avec un geste dubitatif. Notre sort est entre vos mains.

Purocana se rengorgea. En l'absence du Premier ministre, il lui arrivait de briller.

Par cette nuit sans lune, le léger clapotis qui venait du rivage ne permettait pas d'imaginer l'immensité du lac qu'il fallait franchir. A l'ouest, sur le ciel sombre, on distinguait mal la masse noire du Phnom Krom, la « Montagne en aval ». L'air était lourd. Le ciel restait pour l'instant dégagé, mais il y avait risque d'orage. Pas un souffle. On partirait à la rame.

L'ambassadeur reprenait son ton princier pour commenter la situation politique :

— Il est bon, Purocana, que vous n'ayez pas pris le commandement de cette armée. Ce n'était pas le meilleur moyen de contrarier le projet du roi. Jaya a fait l'affaire. Les événements me donnent raison.

— Oui, mais cette armée, si je la commandais, servirait notre projet.

— Votre roi est trop fin. Je ne l'imaginais pas ainsi.

— Il a aussitôt senti que vos préparatifs militaires, assortis d'une ambassade, avaient quelque chose d'étrange.

— Et il avait lui-même une armée d'observation.

— Santanu n'a pas su le convaincre.

— Il ne vous aurait jamais donné ce commandement… Récapitulons. Un, nous soutenons votre ministre dans ses prétentions au trône, au besoin par une intervention militaire ; pour le reste votre Santanu se trouvera toujours les ancêtres qu'il faut pour légitimer une telle affaire ; nous l'aiderons. Deux, en échange vous nous communiquez les traités magiques, les plans, les ingénieurs et, accessoirement, vous donnez votre agrément aux accords commerciaux que nous voulons ; intéressés dans ces accords, les Chinois aident à nous armer. Trois, votre roi se doute de quelque chose ; il envoie une armée ; cette armée peut être confiée à l'un des nôtres, en l'occurrence à vous, Purocana, ce qui présente un avantage et un inconvénient. L'avantage : cette armée se met éventuellement à notre service, mais, de fait, l'armée chame nous suffit… L'inconvénient : Jaya reste à Angkor ; il a ses partisans, surtout le prince Injit ; il est aimé du peuple ; il faut donc le faire assassiner, ce qui n'est guère aisé et peut avoir un effet contraire à ce que nous voulons… Cinq…

— Vous oubliez le quatre, coupa Purocana, ravi de montrer que pour une fois il avait suivi la démonstration… Le roi par cette nomination a surtout voulu hâter l'éducation de son fils : un commandement militaire sous l'autorité et la surveillance du brahmane Shikésa, son précepteur…

— Votre roi a surtout su soigner ses intérêts : Jaya mort au combat est plus utile que Jaya assassiné à Angkor.

L'échange avait été rapide. Pariksit s'était toujours inquiété de l'incompréhension, de la mésintelligence qui régnait trop souvent entre ses deux complices, Santanu et Purocana, et des erreurs qu'ils pouvaient commettre dans la conduite d'un complot qu'il avait monté de longue date avec le plus grand soin. Il lui coûtait d'avoir à préciser les choses, ce qui était contraire à la diplomatie où tout se comprenait à demi-mot. Purocana saisissait mal ; Santanu était trop fin, d'une finesse qui se retournait contre lui et, paradoxalement, frisait parfois la naïveté : il en était souvent ainsi des hommes trop intelligents, ou se croyant tels. A quoi bon ces propos ? Ce Purocana, décidément, était stupide. L'ambassadeur poursuivit néanmoins :

— Vous-même avez été plus utile à Angkor dans la préparation de l'armée.

— Une armée tout à fait conforme à vos vues.

— Vous avez été adroit. Ni Shikésa ni le prince n'ont eu de doute avant le défilé du départ.

— Il reste que Jaya à la tête d'une armée, même médiocre, aurait pu revenir à Angkor pour faire valoir ses droits.

— Je ne vous le fais pas dire. L'affaire est réglée.

Qu'avait donc Purocana en tête pour regretter ainsi, contre toute raison, ce commandement militaire? Besoin de paraître sans doute, plus qu'intention de trahison, sinon il aurait eu la finesse de se taire et de ne pas insister. Mais le besoin de paraître menait loin dans l'erreur. Pariksit se demanda soudain s'il ne s'était pas mépris en laissant la conduite du complot à deux hommes si peu faits l'un pour l'autre. Il existait une sourde hostilité entre les deux complices. Le plus malin n'était peut-être pas celui que l'on pensait. L'avenir était moins bien tracé qu'il n'y paraissait. L'ambassadeur se décida à poser les questions qui lui brûlaient les lèvres depuis plusieurs semaines :

— Pourquoi ces conspirations successives pour empêcher Jaya de partir? Un éléphant drogué, des esclaves massacrés, un assassinat ou un enlèvement manqué... Autant de jeux d'enfants qui, à supposer qu'ils aient vraiment réussi, ne vous auraient même pas apporté le commandement de l'armée!

— L'attentat était réfléchi. J'étais là en personne pour défendre Jaya. Le change était donné.

— Non, c'était inutile et dangereux!

Pariksit regretta aussitôt d'avoir parlé. Pourquoi tout soudain, lui, diplomate chevronné, se mettait-il à penser tout haut? La fatigue, l'ennui surtout de cette fuite sur un itinéraire incertain qui, de plus, le mettait à la merci de ses alliés khmers. A quoi bon cette conversation? Les Khmers, chacun le savait, ne pouvaient se passer de conspirations inutiles. Il fallait les laisser faire et ne pas chercher à comprendre. Au reste, les dés étaient jetés. Et bien jetés. Il se félicitait d'avoir adressé à sa capitale une dépêche recommandant une attaque immédiate sur l'armée khmère d'observation. Mais la rapidité de l'action l'avait surpris. Ce qui l'obligeait à ce départ en catastrophe. La grande partie de corde raide s'achevait.

Il avait appris la destruction de l'armée khmère par le même messager qui avait porté à Vijaya, la capitale chame, sa recommandation d'attaquer au plus tôt. Un doute le prit : cet homme disait être parti avant la fin de la bataille, au moment où il avait estimé que l'affaire était conclue. La mort de Jaya n'était pas constatée. Le messager avait sauté en selle pour apporter au plus vite la nouvelle de la déroute khmère. Mais non, Jaya était bien mort, ou prisonnier; toutes les probabilités concordaient. Globalement, la mission était accomplie... Mise en place sur le trône khmer d'un souverain favorable aux Chams? Santanu était prêt. Élimination de Jaya? Cela était presque certain. Restait à savoir s'il convenait d'attendre ou de provoquer la mort de Dharan. La guerre ne durerait que le temps de règne qui restait au vieux roi. Et surtout, lui, Pariksit, revenait de son ambassade avec les plans, ces traités magiques, secret de la puissance khmère, qu'il était venu chercher : Santanu les lui avait promis. Ce bilan le rassura : il pouvait s'attendre à une belle promotion de la part du roi cham... Et cette princesse Devi! Elle était vraiment délicieuse. Santanu assurait qu'il l'avait séduite et qu'il l'épouserait sans tarder, affirmant ainsi ses droits au trône : traditionnellement les successions royales se faisaient par les femmes; cet habile ministre avait réussi à retenir la princesse à Angkor et avait obtenu d'elle la communication des traités magiques. Tout réussissait.

L'ambassadeur revint aux réalités :

— Et le ministre?

— On l'attend d'un instant à l'autre.

— Il est en retard.

*

L'embarquement était terminé. Il fallait partir. Le gouvernement khmer ne manquerait pas de constater l'absence de l'ambassadeur. Il soupçonnerait aussitôt une trahison et lancerait des patrouilles à sa recherche. De toute façon la nouvelle de l'agression chame parviendrait au palais royal d'un moment à l'autre. Et Santanu se faisait attendre.

Au loin, l'orage grondait. Le ciel s'illuminait d'éclairs, laissant entrevoir les eaux noires du lac. Les deux hommes gardaient le silence.

— Halte-là !

Le cri du factionnaire se perdit dans le fracas de l'ouragan. Une pluie chaude et serrée s'abattit sur le village lacustre, portée par des rafales de vent qui soulevaient pontons et embarcations. Santanu parut alors, les cheveux collés aux tempes, le chignon défait et l'épée à la main. Le ministre venait d'avoir maille à partir avec les gardes postés par Purocana. Ceux-ci ne connaissaient pas le mot de passe et avaient tué deux de ses hommes. Cette négligence ne le surprenait pas de la part d'un complice qu'il jugeait imbécile : sottise ou trahison ? « Plutôt sottise », pensa-t-il, et il réprima la fureur qui l'animait ; le temps n'était pas aux querelles :

— Le roi a lancé ses patrouilles. Fuyez.

— Où sont les plans ? les traités magiques, hurla l'ambassadeur.

— Je les ferai parvenir bientôt par messager.

— Où sont les ingénieurs ?

— La prochaine fois !

— Vos promesses ?

L'ambassadeur sentit le monde vaciller. Ses yeux s'arrondirent de colère et un pli d'amertume souleva ses lèvres fines. Santanu l'avait-il trahi ou était-ce un simple contretemps ? Fallait-il le tuer sur place, ici, avant de fuir ? A quoi bon ? Il voulut demander des explications.

— Pas le temps ! cria Santanu, fuyez !

Sous l'ouragan qui s'amplifiait, les embarcations s'évanouirent sur les eaux du Grand Lac, tandis que les deux conspirateurs khmers, revenus sur la rive, se perdaient dans la nuit.

CHAPITRE 14

« Le roi est mort! »

La nouvelle se répandit comme une traînée de poudre, murmurée de bouche à oreille. Elle s'amplifia dans l'après-midi pour devenir bientôt un cri immense qui emplit la ville, les palais comme les faubourgs, se répercutant sur les plans d'eau, formant écho dans les futaies, atteignant dans le lointain des rizières la plus petite paillote.

La mort du roi, cela signifiait la fin d'une ère, d'une ère cosmique, ou presque. Car la nouvelle intéressait les forces divines aussi bien que la fourmilière humaine, les petits comme les grands, les hommes comme les dieux ou les démons. En même temps qu'une apothéose, elle annonçait les troubles qui accompagnaient toute affaire de succession royale : guerres, massacres, révoltes de provinces, remise en cause des points vitaux de la capitale et des centres de gravité du royaume. Le nouveau roi, après plusieurs mois de guerres probables, ne manquerait pas de construire un nouveau temple, de bousculer les cultes, d'ordonner des travaux dont on ne savait s'ils seraient à sa gloire exclusive ou conçus dans un souci de bien public. Peut-être abandonnerait-il Angkor, la capitale, pour s'installer ailleurs.

— Qui est l'assassin?

Santanu courait en tous sens, interrogeant les uns et les autres, conseillers, dignitaires, femmes de la garde privée, filles du palais reconnaissables à leur front rasé haut, danseuses et musiciennes qui s'étaient regroupées autour des bassins, à l'extérieur des pavillons et des galeries. Personne ne répondait vraiment au ministre. Celui-ci, pris de court par un événement qu'il n'avait pas prévu, frissonna à l'idée que son temps à lui aussi était passé...

— Qui est l'assassin ?

— Il n'y a pas d'assassin.

Le brahmane qui donnait enfin une réponse était le chapelain privé du monarque défunt. Santanu apprit donc que le souverain avait été victime d'un excès d'amour. Au matin, on l'avait retrouvé mort sur la couche où il devait s'unir à la jeune femme qui, le soir, selon la tradition, tenait le rôle du génie, serpent à neuf têtes, maître du sol de tout le royaume. Chaque nuit, le chapelain choisissait une fille nouvelle. Le rite devait être respecté : il assurait la communion du souverain avec le peuple et sa terre.

Les femmes s'étaient quelque peu inquiétées de ne pas le voir ressortir à la deuxième veille, qui était le temps réglementaire au-delà duquel, son devoir accompli, le souverain pouvait regagner ses appartements privés. Mais il lui arrivait de s'endormir jusqu'au matin dans les bras de la femme-serpent. Le peuple était très vigilant sur l'accomplissement de cette obligation royale. Il croyait que l'union se faisait au sommet de la tour d'or du palais, dans le temple du Phimeanakas, et que si le roi y manquait une seule fois de grandes calamités s'abattraient sur le royaume. Cette nuit-là le choix du chapelain avait été trop bon : la beauté de la fille, ou peut-être l'application de recettes érotiques nouvelles, avait inspiré au vieux roi des assauts répétés. Les médecins étaient formels : le cœur avait lâché.

Santanu s'indignait, croyant qu'on se moquait de lui :

— Impossible ! C'est un assassinat ! Pas de poison ?

— Il n'y a pas de poison, bafouilla le chapelain. Seul un excès d'amour...

— Où est la femme ?

— Disparue ! La honte sans doute, ou la crainte...

— Le palladium ? L'épée d'or ?

— Disparue...

Ainsi l'épée sacrée avait été volée. Comment pouvait-on soutenir qu'il n'y avait pas conspiration ? Ces brahmanes perdaient la tête ! Ils ne songeaient qu'au rite des funérailles et débattaient du nom d'apothéose qu'il conviendrait de retenir pour le roi défunt ! A moins qu'ils ne fussent eux-mêmes auteurs du forfait… Si le peuple apprenait que le roi était mort dans les bras de la femme qui incarnait la prospérité du royaume, s'il apprenait aussi que l'épée sacrée avait été volée, la panique s'emparerait de la capitale.

*

Purocana parut, en grande tenue militaire. Santanu se précipita :

— L'épée a disparu. Volée par la femme-serpent.

— Du calme, mon ami. Ce n'est pas la première fois qu'un devaraja aura égaré son épée. Dharanvarman la laissait traîner ici et là, un peu partout, sans souci de son importance : sous son lit de repos, où il l'oubliait, auprès d'un bassin, après le bain, aux cuisines, à côté des feux, où il aimait se rendre pour goûter les plats et donner des conseils. Il la retrouvait toujours. « Un vrai roi ne doit pas craindre pour son pouvoir », disait-il souvent.

— A-t-on interrogé le gynécée ?

En effet, l'enquête était commencée. La garde, sous la direction de dignitaires, s'était divisée en deux groupes : le premier fouillait le palais dans ses moindres recoins, corridors, pavillons, ateliers, écuries ou cambuses ; le second procédait à un interrogatoire serré auprès du gynécée : le roi portait-il son épée lorsqu'il avait pénétré dans la chambre du génie ? Quel génie ? Mais la femme-serpent, celle qui chaque nuit tenait le rôle du naga à neuf têtes ! Oui ? Non ? L'avait-on vue ? Les opinions divergeaient.

— A-t-on seulement pensé à rechercher le génie ? tonna Santanu. C'est le rôle de la garde. Que l'on fasse le tour de l'enceinte pour savoir si personne n'est sorti et qu'on double les sentinelles !

Sur ces ordres proférés d'une voix forte, Santanu se décida à accompagner en personne les enquêteurs tandis que Purocana quittait le palais où un détachement militaire d'importance composé d'archerie et de cavalerie venait d'arriver. Le général avait pris l'initiative d'envoyer des messagers aux quatre coins du royaume. Les hommes attendaient, alignés au pied de leur monture, recevant successivement leurs instructions : un rouleau serré avec soin et la recommandation orale que leur adressait le général. Tout semblait parfaitement organisé. Dès sa mission reçue, le cavalier partait au galop dans telle ou telle direction. Un escadron d'éléphants de guerre présidait au bon déroulement de l'opération, prêt à intervenir si nécessaire. Trois d'entre eux étaient armés de balistes, tenant le palais dans leur axe de tir.

Le vacarme croissait et la place royale serait bientôt bloquée par la foule qui débordait de toutes parts. Une ligne de fantassins s'était postée le long des magasins et des tours de bois de Suor Prat, bordant la place. Bientôt les messagers à cheval ne pourraient plus franchir les portes de la ville. Pressés de tous côtés, ils devaient maintenant jouer de la cravache, poussant des hurlements pour se frayer un passage :

— Gare ! Messager du roi !

Les officiers durent faire escorter chacun d'eux par quatre cavaliers armés de lances et de massues. On sentait que le sang ne tarderait pas à couler. Un cavalier non escorté qui avait été renversé avec sa monture se relevait, l'épée haute, menaçant un vieillard. Purocana observait la scène lorsque son éléphant de guerre se retourna brusquement : un dignitaire, accompagné d'huissiers, lui demandait de le suivre ; en un instant, l'enceinte du palais s'était garnie d'archers et de piquiers. Le général hésitait.

*

— La reine vous attend.

— A-t-on retrouvé la femme et l'épée ?

— Non. La reine fait demander pour qui sont ces messages.

— Pour les grands des provinces et pour les armées de l'Ouest et du Sud. Nous en aurons besoin.

— Pourquoi besoin ? Tel n'est pas le propos de la reine.

— Que veut Sa Majesté ?

— Avez-vous envoyé un messager au prince Jaya ?

— Pas encore.

— Avez-vous rappelé les patrouilles qui recherchent l'ambassadeur cham ?

Purocana ne répondit pas. Il fit signe à ses officiers d'ordonner à leurs troupes de garder le repos et s'apprêta à descendre de sa monture.

— La reine vous attend, insista le dignitaire.

*

La reine Chudamani, mère de Jaya, avait réuni la cour dans le pavillon des audiences. De part et d'autre du chemin qui menait à son trône, dignitaires, princes et ministres, épouses et concubines, filles du palais étaient disposés selon l'ordre protocolaire. Auprès de la reine se tenaient les astrologues et devins qui venaient d'officier. Santanu et Purocana s'approchèrent.

— Il ne manque ici, dit la reine, que le prince Yasho, notre cousin. Qu'on le fasse chercher. Il recevra les instructions de notre fils, le prince Jaya, que la fortune des armes a pour l'instant écarté du trône. Ministre Santanu et vous, général Purocana, prenez vos éléphants et allez dire à notre cousin le prince Yasho que la reine le demande pour un entretien urgent.

— Quand agissons-nous ? murmura Santanu à l'oreille de son voisin.

— Pas maintenant, souffla Purocana.

— Il faut agir d'urgence. Demain ce sera trop tard.

— Non, il manque l'épée. Sans l'épée point de royauté. Allons chercher Yasho.

CHAPITRE 15

Le prince Yasho avait appris comme tout le monde à Angkor la mort du roi. Usé par les honneurs et fatigué des dissensions intestines dont il était depuis longtemps le spectateur blasé, il n'avait pas jugé utile de se rendre au palais. On viendrait le chercher si, dans cette circonstance nouvelle, on avait besoin de lui. La trahison chame, la défaite de cette armée khmère à moitié débandée dont le malheureux prince Jaya avait dû prendre le commandement, la mort étrange du vieux roi Dharan et la disparition de l'épée sacrée dont il avait appris la nouvelle, tous ces événements se succédant à quelques jours d'intervalle laissaient présager une guerre civile, une de plus dans les annales du Cambodge. Il suffisait d'écouter les rumeurs de la ville, mouvements de troupes et clameur des habitants, pour comprendre que quelque chose de grave se préparait.

Assis sur un tabouret bas, parfaitement à l'aise dans son sampot défait, le prince consultait les plans complexes du nouveau système d'irrigation que les ingénieurs proposaient. L'art de l'irrigation, la domestication de l'eau, était devenu sa marotte. C'était cela, pensait-il, et rien d'autre qui devait constituer le souci premier d'un prince khmer. Yasho avait acquis au fil des ans une compétence que reconnaissaient les meilleurs spécialistes. La royauté ne l'intéressait guère : il en redoutait le rituel et préférait travailler dans l'ombre.

Les épreuves sortaient de l'atelier où étudiait la princesse Devi. Celle-ci les lui avait apportées l'avant-veille, avec ce charme infini que lui valait une éducation raffinée. De plus, les épures étaient parfaites.

Le prince était séduit par l'épouse de son neveu, héritier présomptif du trône. Elle lui avait ouvert son âme. Le prince en restait ému. Devi avait reçu un messager spécial de son frère, le prince Injit : les blessures de Jaya n'étaient pas graves ; en revanche, le brahmane Shikésa était resté entre la vie et la mort pendant plusieurs jours. Grâce aux plantes que connaissait parfaitement Angsha, le dresseur d'éléphants, la gangrène avait été évitée et le brahmane s'était rétabli. L'armée se réorganisait. Les paroles de la jeune femme résonnaient encore dans ses oreilles : « Dans le bonheur comme dans l'épreuve, mon époux garde cette constance d'âme qui fera de lui le plus grand roi du Cambodge. »

Devi lui avait alors parlé du Premier ministre, Santanu, et de l'important travail de copiste que celui-ci lui avait demandé d'exécuter sous le sceau du secret. Seuls devaient en avoir connaissance un ou deux grands dignitaires du conseil, qui n'avaient pas encore été informés, ou lui-même, le prince Yasho, dont les connaissances en hydraulique pouvaient apporter une aide précieuse. Il ne s'agissait nullement des épures qu'elle lui remettait aujourd'hui, mais d'un traité d'astronomie et de magie, accompagné de plans et de figures, qui mettait en rapport les conjonctions astrales avec les mouvements tectoniques du globe. De cette science découlait avec certitude l'art de l'architecture dans ses programmes de construction et de tracés, ainsi que la connaissance des orientations et des choix utiles en matière de domestication de l'eau.

Œuvre des dieux, ce traité magique venait du fond des âges. Il avait été perdu, retrouvé, perdu à nouveau et enfin redécouvert sous forme de fragments. Il consacrerait aujourd'hui une nouvelle fois la gloire d'Angkor. Longtemps les recherches étaient restées infructueuses. On avait organisé une exploration des principaux temples dans l'espoir de trouver une corrélation entre les monuments existants et les parchemins noircis et abîmés à partir desquels on espérait faire une restitution complète. Les résultats de cette exploration avaient été décevants. Mais le travail de restauration en bibliothèque avançait vite. C'est sur lui qu'il fallait compter. On avait fini par trouver la formule : présenté en un document unique, le traité se divisait en fait en trois traités parfaitement distincts et complémentaires; les fragments avaient aussitôt trouvé leur place. Tout s'éclairait et on disposerait bientôt du document dans son intégralité. L'excellent ministre Santanu comptait les faire copier en plusieurs exemplaires et déposer en différents lieux à travers le Cambodge. La princesse avait promis de montrer le sien à Yasho. C'était dans les intentions du ministre qu'elle le fasse :

— Santanu a insisté, avait-elle dit. Mais ma copie n'est pas prête. Je vous la porterai dès que possible.

Devi, malgré son jeune âge, servait bien l'État. Elle serait une grande reine, à l'image de son époux. Mais qu'apportait ce jour même la mort du roi Dharan? Peut-être était-il préférable que Jaya fût loin, à l'abri d'un attentat. Il pensa que lui-même devrait se faire le gardien du trône en attendant le retour de son neveu. Il sourit à l'idée d'une expression qu'il venait de trouver : il pourrait être l'« usurpateur de service », dans une sorte de régence dont la mission serait de garder le trône au chaud, en attendant l'arrivée d'un héritier légitime; une sorte de fonction que l'on pourrait coucher, en bon sanscrit, dans des lois fondamentales du royaume qui, au demeurant, n'existaient pas et n'existeraient sans doute jamais. Légitime! Au Cambodge cela ne voulait rien dire. Tout usurpateur devenait légitime... « Usurpateur de service » pour lier légitimité à usurpation? Cela sonnait bien et valait après tout le ministère des Qualités et des Défauts, celui-là très officiel... Usurpateur tout court?... Si ce n'était lui, c'en serait un autre, et qui se garderait d'être « de service »... Le prince se mit à rire : l'intention était bonne mais la réalisation peu aisée... Au reste, y avait-il vraiment eu complot? Et qui soupçonner? Le roi Dharan s'était entouré d'hommes fidèles prêts à le servir au-delà de la mort. Mais Jaya était loin et on avait besoin d'un nouveau roi. Angkor n'était jamais à l'abri d'une conspiration : la rumeur de la ville le disait aujourd'hui.

D'un geste, le prince Yasho s'efforça de chasser des pensées qu'il savait vaines. Néanmoins son souci restait tenace. Ce n'était ni aujourd'hui ni demain que le Cambodge prendrait goût à des lois fondamentales de succession. Il s'était souvent entretenu avec la reine Chudamani à ce sujet... Pour l'instant, il fallait attendre. L'épée, comme d'habitude, trancherait... Lui-même serait fidèle à sa parole. Il se pencha à nouveau sur les épures du projet hydraulique : là était l'essentiel. Bientôt, les yeux au ciel, incapable de fixer son attention, il laissa son esprit divaguer dans le dédale touffu des généalogies angkoriennes : il était cousin de la reine Chudamani, mère de Jaya, elle-même fille du roi Harshavarman II et cousine germaine du grand Suryavarman II dont son époux, Dharanvarman, était aussi cousin — très simple, oui, tout à fait simple —, ce qui lui permettait de remonter à la dynastie des Mahidharapura et de... Non, il remontait plutôt, par une autre voie, et surtout par les femmes, dont il avait oublié les noms, à ces dynasties antiques, lunaire ou solaire, toujours fort prisées dans les prétentions successorales et qui prenaient leurs racines dans les origines du Cambodge. Les recherches généalogiques ne commençaient qu'après la prise du pouvoir. Comme tout un chacun à la cour, il avait des droits; on en trouvait toujours. Étant cousin de la reine Chudamani, elle-même nièce de Suryavarman II, ne se retrouvait-il pas neveu de ce dernier?... Le neveu? L'était-il? Peu importait. Serait-il roi? Si cela était nécessaire...

Il reprit à partir du début l'étude des plans.

*

— Il faut agir. Tout de suite!

— Non, répondit Purocana.

— Le peuple n'attend qu'une chose, insista Santanu. La proclamation d'un roi. Donnez l'assaut. Vos troupes sont suffisantes.

— Non.

— Vous avez les balistes.

— Mon cher, je le répète, sans l'épée sacrée, point de royauté.

Purocana s'éloigna d'un pas vif. Chaque pas faisait résonner son attirail de guerre. Il était flanqué de dix fantassins d'élite dont les grands boucliers assuraient une protection parfaite.

Le Premier ministre réalisa soudain qu'il était piégé. Lui, le mandarin exemplaire, dont l'intelligence souriante faisait les délices de la cour, lui dont le seul tort était d'avoir toujours raison, lui, Santanu, qui savait tout prévoir, qui comprenait tout avant tout le monde, lui le dignitaire de confiance et le bonheur des dames. Piégé! La brusquerie de la situation le prenait de court. Piégé par un imbécile!

— Où courez-vous?

— J'obéis aux ordres de la reine.

Santanu avait rejoint le général sur le parvis du palais. Ridicule, il trottinait gauchement à ses côtés pour rester à sa hauteur, cherchant à lui parler. Le ministre se sentait nu. Sans armes, loin de sa garde personnelle, il se trouvait à la merci de son complice.

Purocana jubilait, c'était évident. Il tenait sa revanche. Constamment en retard d'une idée, incapable de manier les concepts ou de faire prévaloir une décision, le général était le contraire du politique. Il était resté jusqu'alors dans l'ombre de Santanu, réduit au rôle d'un second qui n'avait jamais pu prendre la parole sans qu'on lui prouvât aussitôt qu'il avait tort. Le pas sonore de sa démarche d'homme de guerre apportait aujourd'hui une réponse à des années d'humiliation.

— Arrêtez-vous, je vous l'ordonne.

En vain. La hiérarchie n'était plus respectée. Précédé de son emblème à l'effigie du taureau Nandin, monture de Shiva, le général marchait droit devant lui, sans un mot. En un éclair, Santanu analysa la situation. Quelques jours avaient suffi pour que sa position passât de la prépondérance à la dépendance. L'alliance chame autour de laquelle il avait construit sa conspiration tenait désormais à la communication des traités magiques et se résoudrait en hostilité ouverte s'il n'honorait pas sa promesse : l'ambassadeur était parti furieux; les Chams reviendraient en force pour le châtier, lui, Santanu, et s'emparer par les armes ce qu'ils n'avaient pu obtenir par la diplomatie. Il dépendait aujourd'hui des forces de Purocana. Pourquoi celui-ci ne procédait-il pas à l'usurpation qui était convenue de longue date et était l'objet de la conjuration ? Son corps d'armée était-il insuffisant ? Peut-être. On avait établi que la prise du pouvoir supposait un appui cham allant jusqu'à l'élimination du prince Injit et de Jaya, et au transfert à Angkor des troupes fidèles des armées du Sud et de l'Ouest. La brusque mort du roi Dharan bouleversait la donne : Purocana se montrait prêt à faire alliance avec la reine, qui elle-même faisait appel à Yasho, le vieux prince qui n'avait eu jusqu'ici aucune place sur l'échiquier où lui, Santanu, s'était cru depuis toujours maître du jeu. On ne le consultait plus. Malgré cette analyse, les événements s'embrouillaient. Purocana cachait quelque chose ; la disparition de l'épée était un prétexte. Conclusion : il fallait se mettre sous la protection de son complice. Il n'avait pas d'autre choix et se reprit à trottiner derrière le général.

A côté de lui, un garde s'écroula une flèche en plein front. Santanu n'eut que le temps de s'accroupir sous les boucliers qui l'entouraient. Le combat commençait.

— Enfin ! hurla le ministre.

L'escadron de Purocana, en position sur la place, et les archers du palais, répartis le long de l'enceinte, se faisaient face depuis une heure. Les nerfs étaient tendus. L'action s'engageait sans qu'il y eût ordre d'attaque. Tout débordement devenait possible. Déjà les éléphants s'avançaient en ordre de bataille.

— Enfin, exulta Santanu, vous attaquez.

Mais Purocana abaissa son emblème. Le combat à peine commencé était interrompu. Simple démonstration de force en préalable à une négociation ? Les archers débandèrent leurs arcs. Les éléphants se remirent en ligne et s'immobilisèrent.

— Que faites-vous ? Une volée de flèches aurait suffi.

— J'obéis aux ordres de la reine.

Emblème haut et parasols dressés, protégé au plus près par le rempart des boucliers de sa garde, suivi à distance par les cavaliers de l'escorte et les guerriers à éléphant, Purocana contournait maintenant l'enceinte du palais. C'était donc vrai ! On se rendait chez Yasho, dont la résidence se trouvait immédiatement au-delà des murs nord, le long d'un grand bassin. Santanu hésita et s'engagea d'un pas soudain martial au côté du général qui paradait tête haute vers une destinée qu'il venait de voler et dont le ministre n'arrivait plus à définir la nature. Il eût été facile d'aller quérir le prince depuis l'intérieur même du palais — une porte donnait en effet accès à sa résidence. Mais Purocana avait choisi un chemin qui permettrait d'étaler sa puissance face au peuple d'Angkor qui attendait en foule silencieuse l'annonce de son sort.

*

Le prince Yasho leva les yeux, puis écarta d'un geste nonchalant les documents qu'il étudiait depuis le matin, indifférent au vacarme qui emplissait la ville.

— Je vous attendais, dit-il simplement en invitant les deux hommes à s'asseoir.

L'escorte avait pris position dans les jardins.

CHAPITRE 16

La vue s'étendait sur le moutonnement infini de la forêt, coupé ici et là par le ruban argenté des rivières. La position était bonne. Le camp ne pouvait être attaqué par surprise.

Pendant une semaine les restes de l'armée de Jaya avaient gravi les pentes abruptes des Dangrek, harcelés par des ennemis chams qui ne cessaient de multiplier les attaques furtives et souvent meurtrières. Le terrain interdisait toute action de masse : l'escadron d'Angsha n'avait jamais l'occasion de se déployer en une de ces charges irrésistibles qui, sans coup férir, culbutaient l'adversaire. Les affrontements se limitaient à de petits combats au corps à corps, à l'épée ou au poignard, dans la pénombre des sous-bois où l'on ne discernait qu'au dernier moment s'il s'agissait de Chams ou de Khmers. L'armée avait enfin atteint les crêtes de l'escarpement et s'était fortifiée sur un point dominant.

— Attaques chames et attaques khmères, dit Jaya, nous sommes trahis de toutes parts.

— Ne bougez pas, mon prince, intervint Kéo.

Le prince était assis sur un rocher, face à l'immense plaine boisée qui se déroulait sous ses yeux. Des guetteurs avaient été disposés dans les arbres pour mieux surveiller les pentes de l'escarpement. Kéo s'appliquait à poser des cataplasmes de plantes sur les plaies de Jaya. La guérison complète était pour bientôt. La science d'Angsha se montrait souveraine : le dresseur d'éléphants faisait répertorier par ses gens toutes les ressources de la forêt et notamment les plantes, écorces, champignons, larves et insectes dont la connaissance ancestrale permettait des préparations adaptées aux diverses affections. Rien de mieux pour les blessures légères que cette herbe cicatrisante, d'une odeur très particulière, dont Kéo trois fois par jour frottait les membres meurtris de son maître et dont elle faisait des compresses.

Au vrai, l'amour dont la jeune fille entourait le prince n'était pas le dernier des remèdes. Et puis, cette vie en brousse, dans le danger et l'ardeur des combats, les besoins de la chasse, la découverte de la faune et de la flore, la compagnie permanente des habitants des bois et la richesse des espèces animales, les arbres immenses, les lianes et les fougères, la pluie et le tonnerre, le vent qui passait, infini, sur la masse bondissante des forêts, le soleil et la sueur avait ouvert le cœur du prince au grand spectacle de l'univers. Il apprenait ici, dans un acte d'amour qui brisait les frontières, la vanité de l'ambition et les joies de la compassion, la tolérance envers chacun et la compréhension de tous. Il n'y a vraiment que l'homme qui vaille, pensait-il en secret derrière ses yeux mi-clos, et toute cette vie dont l'entoure le Créateur. Le monde des nomades et des chasseurs de montagne, jusque-là inconnu, l'avait séduit : ces petites gens vivaient au contact de la nature dans une connaissance intime des animaux et des plantes, des rochers et des sources, dont ils faisaient des génies auxquels une multitude de cultes étaient rendus. Que valait auprès de ces modestes objets de ferveur l'orgueil des dieux du panthéon indien ? Un orgueil qui n'était guère que le reflet de celui qui agitait le cœur des hommes. Il avait appris à respecter le plus infime des pucerons au même titre que le plus imposant des éléphants sauvages. Le prince trouvait dans les épreuves de la guerre et dans la vie en forêt un terrain adapté aux mouvements de son âme.

Shikésa était lui aussi en voie de guérison. Atteint de plusieurs flèches qui avaient pénétré profondément dans sa chair, il était resté longtemps sans connaissance, entre la vie et la mort, le thorax enfoncé par la chaise d'éléphant lors de la chute, une jambe brisée en différents points. Mais le brahmane était un homme solide dont les austérités avaient fortifié la nature. Les plantes d'Angsha avaient contribué à la guérison. On avait évité la gangrène. Le convalescent venait de reprendre ses exercices de yoga et la béquille dont il s'aidait pour marcher deviendrait bientôt inutile. Un signe de bon augure : il retrouvait ses manies. Cette retraite à travers la brousse ne manquait pas de lui rappeler, dans une flatteuse comparaison, l'exil des Pandava dans la forêt avant la grande bataille de Kurukshetra. En fait, cette aventure l'enthousiasmait : l'oubli du luxe et les dangers de la guerre, la faim, la soif, la fatigue et la peur constituaient la meilleure école d'austérité pour l'éducation de son prince.

*

Le camp s'organisait. Les crêtes des Dangrek assuraient une position stratégique idéale. Il ne serait pas mauvais de rester là quelque temps pour refaire ses forces. L'escadron du prince Injit, qui au dernier moment avait sauvé Jaya du massacre, constituait le noyau dur de l'armée khmère en exil. Beaucoup d'hommes étaient blessés ; la cavalerie avait pratiquement disparu, les chariots de l'intendance avaient été pillés par les Chams. On manquait de tout, de flèches et de cordes de rechange pour les arcs, de métaux pour forger les pointes, d'ustensiles et de vivres. On ferait donc appel aux ressources de la forêt : fruits, lianes, écorces, bois d'essences diverses, pierres de silex pouvant remplacer les métaux... La science et l'ingéniosité d'Angsha, les qualités d'organisateur et d'instructeur d'Injit pourvoiraient au reste. Il fallait reconstituer une armée en pleine forêt à partir de rien tout en se défendant contre les attaques d'un ennemi bien équipé et susceptible de s'approvisionner librement dans les lieux civilisés.

De ses doigts déliés, Kéo s'apprêtait à passer un onguent sur les pieds de son maître. Jaya aimait ces caresses. Les soins affectueux que lui prodiguait la jeune fille le portaient aux confidences, lui, le prince entouré de mystère, toujours avare de paroles et ne livrant jamais ses sentiments :

— Nous n'avons plus rien à attendre d'Angkor, dit-il, que coups et trahisons...

— Oui, mon prince, il s'est passé quelque chose. Mais quoi? Tout le camp en parle. Chacun ici s'inquiète des proches qu'il a laissés dans la capitale et dont il n'a point de nouvelles.

— Un complot. C'est évident. J'en étais sûr. Dès qu'il sera remis, Shikésa ira aux nouvelles.

Au cours de sa retraite, Jaya s'était heurté à un corps de troupe khmer qui l'avait vivement pris à partie. Personne n'avait pu définir à qui appartenaient les emblèmes. Mais cette troupe avait dû recevoir l'ordre d'achever le travail commencé par les Chams. Une fois de plus, Angkor était en proie à une guerre civile. Quelle faction avait intérêt à détruire l'armée de Jaya, aux dépens des intérêts vitaux du royaume? Il était hors de question de se replier dans la capitale; ce serait aller au-devant d'une destruction assurée, se jeter sottement dans la gueule du tigre.

Le prince Injit arriva, suivi de Shikésa claudiquant :

— Le camp est bien fortifié. Tout agresseur sera signalé à l'avance, khmer ou cham. J'ai moi-même reconnu les chemins d'accès.

— Les cavaliers et les éléphants peuvent-ils passer? interrogea Jaya.

— Non. Ils seraient abattus au fur et à mesure qu'ils se présenteraient. Les pistes sont étroites, encombrées de rochers. Nous sommes tranquilles.

— Ainsi commence un long exil, dit Shikésa en s'asseyant avec peine. Tu pourras, mon prince, puiser tes forces dans les austérités de l'exil. Ainsi se forgent les bons rois.

— Serai-je roi? Il vaut mieux renoncer…

— Les Pandava, tout au long de leurs douze années d'exil, n'ont jamais renoncé à la royauté. Tu seras roi, après la grande bataille qui consacrera le triomphe du bien sur le mal, la victoire, une fois encore, des dieux sur les démons… Les démons à nouveau se sont mis à rugir.

— Je n'entends rien, fit Injit, affectant de tendre l'oreille.

— Tu ne les entendras que trop durant ce long exil!

— Douze ans, dites-vous, douze ans d'exil ! Nous ne sommes pas de vos héros d'épopée. Nous serons à Angkor bientôt, peut-être à la prochaine lune, protesta le prince, affectant un optimisme auquel il n'osait croire.

*

Les communications avec la capitale avaient été partiellement rétablies. On avait fini par comprendre qu'aucun messager n'arrivait chez le Premier ministre : ils étaient tous interceptés, sans doute assassinés. Un homme, voyageant à pied et incognito, avait donc été envoyé chez la princesse Devi et était revenu avec des nouvelles alarmantes : le roi était mort. Une note de la reine mère indiquait que tout était entre les mains du Premier ministre et de Purocana, nommé par celui-ci général en chef des armées khmères ; l'ambassadeur cham était reparti en secret après avoir fait engager les hostilités contre le Cambodge ; la reine avait appris le désastre de l'armée ; elle avait cru un temps à la mort de son fils ; elle le priait instamment par ce message de rester dans la brousse pour y refaire ses forces et surtout de ne rien tenter sur Angkor où la situation devenait de plus en plus confuse ; elle demandait à son cousin, le prince Yasho, de monter immédiatement sur le trône afin de le préserver de toute usurpation si celui-ci demeurait vacant trop longtemps. Il fallait couper court à une conspiration ; la princesse Devi ne lui semblait plus en lieu sûr ; elle lui demanderait de rejoindre son époux dès que possible ; la nature du complot restait encore obscure, car l'épée sacrée avait disparu, ce qui posait un grave problème pour le sacre d'un nouveau roi ; Santanu et Purocana s'efforçaient de démasquer les conspirateurs ; le prince Injit avait disparu et les soupçons se portaient sur lui.

Shikésa avait parfaitement compris la teneur du message : la disparition du palladium royal ouvrait une ère de crimes et de calamités, et dans les troubles qui s'annonçaient la reine préservait à terme les droits de son fils au trône du Cambodge. Jaya devait renoncer provisoirement à la royauté : un retour à Angkor eût été suicidaire. Le brahmane se promettait, dès que son état de santé le permettrait, de rejoindre la capitale sous un déguisement quelconque afin d'y voir plus clair et peut-être d'en ramener la princesse… Il sentit quelques larmes brouiller sa vue, content de se laisser aller à une sensibilité reposante, dans des rêveries de bonheur dont le tira bientôt le bavardage d'Injit qui ne cessait de faire des commentaires sur le présent et l'avenir :

— Le prince Yasho, s'il devient roi, sera très exposé, me dit-on. Nous devons aller à son secours. Dès que possible. Partons.

— Cette terre sera bientôt lourde de crimes, intervint Shikésa en s'adressant à Jaya. Mon prince, tu devras attendre de longues années. L'exil est une bonne chose.

Injit se reprenait à rire et à moquer le brahmane sur ses incorrigibles manies et ses pontifiants discours, lorsque Angsha se présenta, suivi de plusieurs porteurs qui déposèrent aux pieds de Jaya des ballots remplis de feuilles et d'écorces. C'était la dernière moisson réalisée dans la forêt. Le dresseur d'éléphants exultait :

— Voici ce que je cherchais. Tout ce qu'il faut pour combattre les fièvres. Ceci est la plante qui, mélangée à de la cire d'abeille et à une décoction de…

— Altesse ! Des hommes dans la plaine !

Un guetteur arrivait en courant.

CHAPITRE 17

Purocana s'impatientait :

— Es-tu prêt ?

— La voici, Altesse, encore un coup de polissage et elle est à vous.

— Parfaitement semblable à la première ?

— Comme vous voyez.

L'orfèvre était un vieillard de très grand âge qui avait vu passer plusieurs règnes. Ses traits burinés par les ans, ses mains noircies par un travail peut-être centenaire n'altéraient en rien la vivacité de son regard que faisait luire au coin de l'œil une larme permanente. Il portait une barbe rare dont les poils blanchis se perdaient sur sa poitrine émaciée, luisante de sueur. C'était le plus ancien orfèvre d'Angkor, le plus expert dans le travail de l'or. Il avait pris sa retraite depuis longtemps dans une petite paillote au bord de l'eau.

A la lueur tremblante d'un fanal que tenait dans l'ombre une main dont seuls apparaissaient en transparence trois doigts aux ongles démesurés, Purocana étudiait chaque détail de l'épée :

— Quels métaux as-tu utilisés ?

— Elle est faite d'un bronze dont le poli donne déjà l'aspect de l'or. On pourra la dorer.

— Pourquoi du bronze ? N'était-il pas plus simple de la fondre en or comme la première ?

— L'or se tord et ne se brise pas. Celle-ci se brisera.

— Où est la paille ?

Le doigt de l'orfèvre glissa sur la lame :

— Ici. Donnez-moi votre doigt, que je vous montre… Sentez-vous le ressaut ? Ici. Rappelez-vous, au premier tiers. Invisible.

— En effet. Et indiscernable pour qui ne le sait pas.

La femme posa le fanal sur l'établi, révélant du même coup un visage fin aux yeux mi-clos. Les deux épées apparurent côte à côte.

— Parfait. Les différences ne peuvent se voir que si on les place côte à côte. Et seulement pour un œil prévenu. Où est le moule ?

— Le voici, Altesse. Il est brisé en plusieurs morceaux.

— Fort bien… Tue-le !

La femme se précipita. Son visage s'anima tout à coup d'une expression démoniaque. Les yeux pesants de haine et la bouche abaissée en un rictus sanguinaire, elle sauta à la gorge de l'orfèvre. Les ongles firent jaillir le sang. Le vieillard ouvrit les yeux dans un dernier rebond de vie.

— Tu es bien la femme-serpent. Tu sais frapper comme un cobra ! ricana le général en chef des armées khmères… Premier sacrifice d'un nouveau règne ! Que Kali nous assiste, et Shiva le Destructeur ! Est-il mort ?

— Mort !

— Allons ! N'oublie pas le moule. Nous en jetterons les morceaux. Je prends les épées.

La barque glissa silencieuse sur les eaux noires du canal. A Angkor, lorsque la nuit était sans lune, on pouvait circuler en toute quiétude et en grand secret. Purocana lâcha la pagaie et enlaça sa complice, sexe dressé et bouche baveuse :

— Tu me donnes faim. Tu sens le sang. Tu seras responsable de la récolte du fiel humain que ce règne remettra à l'honneur. Meurtris-moi de tes ongles ! Ah ! je vois ton visage : les démons en retour commencent à rugir…

— Comment me veux-tu ? fit la femme en prenant position et en tendant sa croupe. Jolie, tendre et fine, le regard amoureux, toute rieuse et la peau douce ? Ou makara, naga, rakshasa, la mâchoire forte, me repaissant de chair humaine ? Avec un œil sur le ventre et pour peau des écailles ?… Je puis prendre tous les aspects et donner toutes les jouissances.

— Je te veux en démonesse. En démonesse... haleta l'homme. Garde tes airs d'apsara pour les autres ! Et pour tromper...

— Te rappelles-tu ? L'ambassadeur ! Comme je l'ai trompé dans le bosquet ! Il m'a prise pour Devi, la princesse, la mijaurée, toute de sucrerie, fondante de tendresse, et fidèle... Et toi pour ton ministre ! Santanu ! Avec des cornes de bouc... Il reste convaincu que l'épouse de Jaya copule avec n'importe qui...

— Tourne-toi ! Je te veux à l'endroit ! Et te voir !

*

Ils scrutaient l'horizon. Le soleil était à son zénith. Dans l'intense luminosité qui recouvrait la houle sans fin de la forêt le guetteur s'efforçait d'expliquer par de grands moulinets l'endroit où il avait cru apercevoir des hommes en marche.

— Que vois-tu ? demanda le brahmane.

— Ici, là, répondit l'homme en pointant son doigt successivement dans deux directions différentes. Voyez, ils entrent dans la forêt.

— Là, ici, où donc ? On ne distingue rien. Montre-nous. Prends la canne du brahmane, ordonna Injit en se plaçant derrière le guetteur, et indique-nous enfin la direction.

— Le long de la rivière, Altesse, au deuxième coude... Vers le couchant...

— Tu as raison. Ce sont peut-être des pêcheurs.

— Je ne vois rien, dit Shikésa en mettant sa main en visière.

— Allons, brahmane, souffla Injit, n'êtes-vous point maître d'armes et grand guerrier ? Des pirogues, là : une, deux, entre les arbres. Mais suivez donc la direction que montre votre canne au lieu de regarder ailleurs.

— Et sur la rive, des éléphants...

— Non, ce sont des buffles...

— Des buffles de cette taille ?

— Un homme à cheval... Deux !

— On ne voit point de fantassins.

— C'est une approche !

Un officier se présenta :

— Faut-il envoyer une patrouille de reconnaissance ?

— Oui. Fais prévenir aussi les autres guetteurs sur le pourtour du camp.

— Il peut s'agir d'une manœuvre de diversion.

— Khmers ou Chams ?

— Comment le dire ?

— J'y vais, dit Jaya.

La véhémence d'Injit surprit le prince :

— Pas question ! Tu es général en chef. Et tes blessures sont loin d'être guéries. J'y vais. C'est ma place.

— J'y vais, s'entêta Jaya.

— Ne cherche pas à plaire à la belle.

Kéo rougit. La jeune fille ne s'attendait pas à être mise en cause. Quelle mouche piquait le prince Injit ? Shikésa intervint :

— Ni l'un ni l'autre, Messeigneurs. Une patrouille de reconnaissance n'a pas besoin d'un prince pour la commander.

— J'y vais, trancha Injit. Qu'on prépare mes armes. Et mon éléphant.

— Ton éléphant ?

— Un prince ne combat qu'à dos d'éléphant !

Angsha leva les bras au ciel et se dirigea vers la paillote qu'il venait de construire à mi-hauteur d'un arbre. De là il avait une vue imprenable sur toute la plaine.

*

Injit avait fini par mettre pied à terre. Son éléphant attendrait là avec son cornac. On était encore à bonne distance du lieu où avait été localisé le groupe d'hommes en armes et il convenait maintenant de progresser à pied avec toutes les précautions nécessaires. La patrouille ne comportait pas plus d'une dizaine d'hommes, armés d'épées et de lances pour le combat rapproché.

— Suivez-moi. Pas un bruit. En file indienne.

Le prince s'engagea dans le cours du ruisseau qui descendait par bonds tumultueux vers la rivière où devait se trouver le détachement ennemi. C'était le meilleur moyen de réaliser une approche discrète, progression malaisée dans un fouillis de lianes et de fougères où se coulaient des reptiles au milieu du bourdonnement des insectes et d'un foisonnement de sangsues. De plus, il avait fallu s'arrêter à plusieurs reprises à cause d'une tribu de singes qui donnaient l'alarme au moindre mouvement. Cependant, leur caquètement pouvait se confondre avec celui que provoquait de son côté la présence du détachement mystérieux. On arrivait à l'embouchure.

— Là! murmura le prince se tapissant derrière une fougère.

— Khmers ou Chams?

— Khmers.

— Amis ou ennemis?

Trois éléphants de guerre progressaient d'un pas lent sous les arbres qui surplombaient la rivière, entourés de fantassins marchant en ordre dispersé pour reconnaître les passages. On ne voyait plus les cavaliers.

— Où sont les chevaux?

— Ils ont sans doute pris un itinéraire plus praticable.

— Je crois plutôt que les hommes ont mis pied à terre pour continuer leur approche.

— A combien estimes-tu l'effectif?

— Impossible à dire.

— Attention, nous sommes trop près. Ils peuvent nous contourner.

D'autres éléphants venaient de se présenter sur le banc de sable :

— Deux, trois, quatre, cinq! C'est un escadron complet. Rentrons.

Un hurlement de terreur brisa soudain la torpeur lourde de la forêt. D'un coup de queue qui claqua comme un coup de tonnerre, le crocodile bondit en un remous furieux, gueule béante. Un homme d'Injit venait de se faire prendre. Le cours étale de la rivière s'animait d'un bouillonnement ensanglanté, le corps du malheureux allait déjà au fil de l'eau, emmené par le monstre. En face l'alarme était donnée. La patrouille était découverte. Il n'était plus temps de se replier. L'ennemi attaquait.

L'officier qui se tenait à côté du prince tomba sur la face, la poitrine percée d'une flèche. Déjà les soldats ennemis traversaient la rivière en hurlant leur cri de guerre. Injit dégaina. Trop tard. Il était cerné. Ses pieds s'embarrassèrent dans une liane et il perdit l'équilibre. Une dizaine de fantassins s'apprêtaient à le percer de leurs lances.

— Amenez-le vivant ! cria du haut de son éléphant le commandant ennemi.

CHAPITRE 18

« L'ouvrage est presque terminé. Il restera à mettre les couleurs. »

Devi avait mis son stylet sur l'oreille tandis qu'Indra, sa sœur aînée, déroulait avec délicatesse l'ensemble du traité sur le sol du grand pavillon qui bordait la bibliothèque du monastère. C'était là l'un des principaux ateliers où l'on recopiait, classait, restaurait les archives, codes de lois, textes littéraires ou sommes scientifiques de la monarchie khmère. Le long des murs et au plafond étaient suspendus des peaux de cerf soigneusement tannées, grattées et teintes en noir, des parchemins également noircis, des paquets de feuilles de latanier prêtes à l'emploi ou de simples bouquets de feuilles de palmier… On écrivait sur les peaux avec des bâtons de craie et sur les feuilles avec des stylets. Pour les documents de valeur, on utilisait parfois — fort rarement — du papier importé de Chine; mais il fallait alors apprendre à manier l'encre et le pinceau. Les scribes khmers n'avaient jamais trouvé de procédé qui permît à un ouvrage écrit de survivre à une ou deux générations. Feuilles de palmier, de latanier, cuirs et parchemins se dégradaient rapidement dans le climat humide. On n'avait rien trouvé non plus qui les protégeât des insectes : les archives royales étaient donc régulièrement dévorées par les fourmis ou les vers. Ainsi disparaissaient les documents les plus précieux.

— La reconstitution n'a pas été facile, dit Indra.

— Oui, quand nous avons vu tous ces morceaux épars, venus d'un peu partout, nous n'avons pu nous empêcher de rire! Rappelle-toi! Il n'était pas encore question de nous confier le travail. Aucun scribe n'y croyait. Les brahmanes eux-mêmes étaient sceptiques.

— Mais voilà, le secret d'Angkor est retrouvé…

— Grâce au vieux roi Dharan et à son jeune ministre Santanu. C'est lui qui a décidé qu'il fallait tenter l'impossible et qu'en dépit de tous les avis de scribe et de brahmane le travail serait confié à des élèves copistes.

— Eh oui ! renchérit Indra, cachant un mouvement de jalousie. C'est encore toi qui fus choisie… Sur l'insistance du brahmane Shikésa convaincu lui-même par Santanu que l'enthousiasme de ta jeunesse et ton goût pour l'étude des textes sanscrits apporteraient une garantie de succès. Le roi a hésité puis a donné son accord. Comme toujours en ce qui te concerne.

— La reconstitution des traités dont dépend la puissance du royaume confiée à des jeunes femmes ! Car tu m'as beaucoup aidée… Quelle étonnante mission voulue par le ministre… Les brahmanes n'en revenaient pas.

— Sais-tu que Santanu est amoureux de toi ?

— Je ne le crois pas. J'ai peut-être surpris quelques gestes et quelques soupirs. Mais nos rapports sont d'ordre professionnel. Il voudrait voir ce travail terminé et s'impatiente.

— Je te dis qu'il t'aime.

— Certes, il porte beau… Mais j'aime mon prince, tu le sais bien, mon gentil prince Jaya et son regard toujours perdu dans un autre monde. Jaya qui sait tout faire et n'en montre rien. Crois-moi, je lui serai toujours fidèle. Aujourd'hui perdu dans la brousse, blessé peut-être — on l'a cru mort —, il reviendra, je le sais, victorieux. Ma longue attente sera récompensée.

— Pardonne-moi, ma sœur. Sèche ces larmes. Je voulais seulement te prévenir. Oui, Jaya reviendra et sera roi. La reine Chudamani ne met le prince Yasho sur le trône que pour garder la royauté d'une usurpation toujours possible, qui compromettrait à jamais les droits au trône de ton prince. Les troubles d'Angkor ne sont pas aussi graves qu'on le dit. L'as-tu compris ?

— J'ai mes nuits pour pleurer, et prier.

— Pauvre sœur, dit Indra en entourant Devi de ses bras,

reprends-toi, tu es trop souvent baignée de larmes, et pleurant comme Sita l'époux dont tu es séparée.

— Mes nuits pour pleurer... Et mes journées pour travailler! Regarde le résultat, dit Devi en montrant les rouleaux étalés sur le plancher.

— Oui, je vois. Tu cherches aussi remède à ta douleur dans les pratiques ascétiques du brahmanisme. Garde à Jaya ton amour. Mais considère aussi Bouddha, comme l'objet bien-aimé de tes aspirations. Ainsi tu suivras le chemin calme du sage, qui passe entre le feu des tourments et la mer des douleurs.

— Joli morceau de poésie, ma sœur, répliqua Devi en riant, pleine de gaieté soudaine et de cet enthousiasme qu'elle savait si bien transformer en compétence.

Un long silence suivit cet entretien intime. La princesse s'était remise à contempler son œuvre; les trois rouleaux reconstitués semblaient la fasciner :

— Tout le secret d'Angkor, dit-elle, songeuse.

— Le livre des dieux! reprit Indra. Le traité magique! C'est le roi des dieux en personne qui l'envoya à nos ancêtres... il y a des siècles. L'architecture divine! Ici, à Angkor. Retrouvé...

— Trois rouleaux, trois traités. Aucun ne vaut sans les deux autres.

— L'un pour les conjonctions astrales. L'autre pour les concordances telluriques. Le troisième, d'initiation magique, pour mettre les unes en correspondance avec les autres et, à partir de là, creuser, construire, orienter.

— Le ciel, la terre et, entre les deux, les hommes pour comprendre. Yashovarman sera content.

— C'est le digne successeur du vieux Dharanvarman. Il veut deux autres copies pour assurer la pérennité de ces sciences magiques. L'irrigation est sa marotte.

— Jaya aussi s'y intéresse. Il a conçu un plan de réaménagement complet. C'est pour lui que j'ai travaillé à la redécouverte de ces secrets. A la demande de son père.

— Je sais que le roi Dharan désirait faire de nouvelles copies sur du papier chinois, précisa Indra. Mais aucun scribe n'est compétent… Et nous deux encore moins. Et puis, on craint l'espionnage.

— Plus tard peut-être. Mais j'ignore si le papier chinois résisterait mieux aux injures du temps que nos vieux procédés… Vois comme notre travail est réussi. Comme dans un songe…

La rêverie fut interrompue par un bruit d'armes et de marche rythmée. Un dignitaire se présentait à la porte de la bibliothèque, accompagné d'une escorte. C'était Santanu en personne :

— Le roi Yashovarman m'envoie vous trouver. Joli travail, mes princesses. Quand sera-t-il achevé?

Le ministre contempla d'un air affectueux les deux jeunes femmes au milieu de leur ouvrage et engagea l'une de ces conversations légères dont il avait l'art, en jetant ici et là des œillades de séducteur comblé. Il savait rendre contagieux cet optimisme d'apparat. Sa présence aussitôt inspirait la confiance.

*

Vêtu d'un pagne de soie à deux ramages de fleurs, conforme à son état de général en chef, parfumé, épilé, le chignon soigneusement lissé, Purocana avançait d'un pas rapide dans la galerie qui menait à la salle du trône. Son allure martiale faisait impression. Chacun pouvait comprendre qu'il était l'homme fort du moment. Il ne portait qu'une arme courte, un poignard admirablement ciselé, et les bijoux qui ornaient les diverses parties de son corps — collier, bracelets de bras et cheville, longs pendentifs d'oreille — étaient d'un or massif qui n'avait rien à envier aux panoplies royales. Le roi l'attendait, hiératique, sur son trône serti de pierres précieuses qu'entouraient des paravents d'ivoire à fleurs d'or. Après les incertitudes provoquées par la mort du roi Dharan, la cour avait repris ses fastes coutumiers.

Purocana en était familier. Mais cette fois il fut ébloui par un tableau qui prenait valeur de rêve : la royauté! Il y avait là l'ensemble de la cour : dignitaires de toutes catégories, ministres et secrétaires, chefs de sectes, prêtres et, au côté du roi, le chapelain, un vieillard chevronné qui avait été son précepteur dans sa jeunesse ; puis les épouses royales et les épouses des dignitaires, en grand nombre ; au premier rang la reine Chudamani, épouse du roi défunt et mère de Jaya. L'air était chargé de parfums que brassait lentement le vol souple des chasse-mouches en plumes de paon. Yashovarman portait un diadème d'or constellé de pierreries ; un double baudrier d'or ciselé se croisait sur sa poitrine nue ; ses poignets et chevilles étaient gainés de bracelets ; des bagues d'or enchâssant un œil de chat ornaient plusieurs de ses doigts et un collier de trois livres de grosses perles habillait ses épaules et son cou. La plante de ses pieds et la paume de ses mains étaient teintes au santal rafraîchissant, cette drogue rouge odoriférante dont le souverain partageait le privilège avec les femmes... Au milieu de ces ors et de ces pierreries, le drapé de son pagne lamé à grands ramages se plissait autour de ses reins, brillant avec douceur dans les jeux de lumière.

Le front du général avait touché le sol. Le roi lui fit signe de se relever, prit lui-même la pose de délassement royal et demanda qu'on le laissât seul avec le dignitaire. Chacun se retira.

— Majesté, nous retrouverons l'épée sacrée. Vous pourrez sous peu paraître en public pour les cérémonies d'usage.

— Comment le savez-vous ?

— Il y a eu trahison.

— Trahison ?

— Au plus haut niveau. Santanu, notre ministre intègre, Santanu qui détient tous les secrets d'État, en qui le roi Dharan avait mis sa confiance ! C'est Santanu l'auteur du crime, le voleur de l'épée. Il voulait le trône.

Yashovarman feignit l'étonnement :

— Santanu ? Est-ce possible ?

— Les preuves sont formelles. Je vous apporte la liste des conjurés. Le prince Injit...

— La femme-serpent ?

— Retrouvée morte. Noyée.

— Où?

— Dans un canal.

— Prenez une bonne escorte et arrêtez le ministre. Qui d'autre dans la conspiration?

— Voici la liste, Majesté. Le prince Injit a fui Angkor il y a quinze jours.

— Injit? Impossible!

— Sire, il a fui. Les faits parlent d'eux-mêmes.

— Mais sur quelles troupes Santanu comptait-il?

— Sur les Chams. Après une résistance feinte, il devait leur ouvrir les portes de la ville.

— Les Chams sont loin.

— Ils approchent.

— Quelles nouvelles du prince Jaya?

— Vous savez que son armée est détruite. Lui-même serait vivant.

— L'armée de l'Ouest?

— Fidèle. J'ai procédé à son épuration.

— Y avait-il des éléments favorables au complot?

— J'y ai mis bon ordre.

— Quand les premières troupes arrivent-elles?

— D'un jour à l'autre. Votre pouvoir sera affermi.

— Où est l'épée?

— C'est Santanu qui la détient.

— Qu'on arrête Santanu! Et ajoutez provisoirement à vos fonctions celle de Premier ministre.

Purocana s'inclina. Le roi, aussi calme que si on venait de lui annoncer qu'une de ses concubines avait fauté, jetait maintenant un œil distrait sur la liste des conjurés. Les conjurés? Il sourit et se retint de demander au général pourquoi il ne figurait pas sur ce document autrement que par son sceau. Santanu était donc un traître. La nouvelle ne l'étonnait qu'à moitié. Il était seulement surpris qu'un homme si intelligent se fût laissé prendre au piège par ce général niais, lui-même probablement félon, ou prêt à l'être. La mort de Dharanvarman avait laissé le palais sans défense. Il ne pouvait compter sur aucune troupe : Jaya était loin, vaincu et désarmé ; l'armée de l'Ouest apporterait peut-être la nouvelle d'une trahison. Le roi savait qu'il était à la merci de ce Purocana qui, pour l'heure, réunissait tous les pouvoirs. Il n'avait d'autre choix qu'attendre et feindre la crédulité, composer avec cet homme en attendant qu'il fît un faux pas. Il pensa que cette royauté que lui offrait la reine mère, elle aussi pour gagner du temps, était un cadeau empoisonné et fit appeler ses femmes pour demander à boire. L'avenir lui échappait. Il n'était qu'un jouet entre les mains de dignitaires félons. Mais peut-être un jour parviendrait-il à prendre en main le destin du pays.

Son plus grand vœu était que le prince Jaya, à la tête d'une puissante armée, soit en mesure de revenir. Mais ce serait la guerre civile.

CHAPITRE 19

La cage de bambou était solidement arrimée sur le dos de l'éléphant. Dans cette prison étroite, le tangage et le roulis qu'imposaient à chaque pas les enjambées du pachyderme étaient épuisants. Injit s'était assoupi. Voilà des jours qu'on traversait forêts et marécages. Dévoré par les insectes, atteint de fièvres et couvert de plaies, le prince avait épuisé tous les secrets de survie que lui avaient enseignés ses maîtres. L'art de vaincre la soif, la faim, la fatigue ou la fièvre faisait partie de l'éducation des guerriers.

Dans ce domaine comme dans les autres, Shikésa avait dispensé son savoir immense d'ascète; les princes avaient été instruits au milieu des privations terribles et des méditations savantes dont le brahmane faisait son ordinaire. Mais Injit avait dû renoncer : l'interdiction de tout mouvement, la liquéfaction progressive de ses muscles dans le barattage ininterrompu que subissait la cage, la foulée toujours recommencée du pachyderme frappant sa tête à chaque pas d'un coup de gong dont il ne savait plus s'il était songe ou vérité, la tristesse et l'angoisse, le nœud qui prenait sa gorge ou son ventre avaient eu raison de sa fureur de vivre. Un mauvais signe : il se prenait de haine pour l'animal qu'il chérissait le plus au monde, l'éléphant, devenu aujourd'hui son tortionnaire.

« La mort ne tardera pas », pensa-t-il comme dans un rêve au moment où sa conscience sombrait dans le noir, monde d'obscurités peuplées de démons étranges ou bien illuminées d'éclairs rythmés comme par un tam-tam.

Le code d'honneur voulait qu'un kshatriya vaincu n'acceptât plus la vie. La mort? Ses oreilles bourdonnaient de bruits intenses, bien différents des chants d'apsaras qui accueillaient au paradis les guerriers morts au combat. Mais lui, le prince Injit, n'était pas mort au combat. Quels chants l'attendaient aux portes de l'au-delà ? Les alentours bruissaient : voix d'hommes, barrissements ou borborygmes d'éléphants, entrechoquement d'armes ou d'outils, et surtout en un immense bercement le vent, le vent dans la forêt, venant soudain en ouragan, dans des rumeurs montantes, semblable à la grande voix de la mer. La mort approchait.

Tout à coup il se souvint : il avait dû lutter tout le jour contre deux serpents verts, vrais ou imaginaires, qui, tombant des arbres, s'étaient lovés dans le treillis de sa cage, dardant leur langue à son endroit et le fixant de leurs yeux pers. Venaient-ils le chercher pour le livrer aux enfers des kshatriyas vaincus sans avoir combattu ?

— Altesse, réveillez-vous ! Les vétérans de votre garde sont ici. Votre garde d'Angkor, rappelez-vous. Prenez patience. Nous sommes plusieurs.

Injit sursauta. Le contact sur son genou n'était point celui du serpent, prélude à la morsure, mais l'encouragement chaud d'une main amie qui voulait l'éveiller. Une main amie au travers des barreaux de sa cage ! Il crut reconnaître un de ses officiers qu'il avait laissé à Angkor. Il sentit le long de sa jambe la fraîcheur d'un étui de bambou rempli d'eau et dans ses doigts qu'il referma la consistance aimée des boulettes de riz qu'on venait d'y placer. Il vit enfin le bouquet d'herbes qu'on lui tendait.

*

— Pourquoi Yashovarman ? protesta Yaksa. Monte sur le trône. Tu as l'épée.

Purocana regarda la démonesse dans les yeux, et aussitôt évita son regard. Déjà la femme-serpent lui faisait peur.

— Pas de troupe, le comprends-tu ? Je n'ai pas de troupe. J'attends l'armée de l'Ouest. La garde du palais est fidèle à la reine et à Yashovarman. Et ce ne sont pas les quelques pelotons que je possède ici qui permettraient de remporter une bataille. Le reste est en campagne, à la recherche de Jaya et pour contenir les Chams si ceux-ci s'avisaient de se porter au secours de leur ami Santanu.

— Yashovarman est roi. Tu l'as fait roi. Bien. Mais pourquoi lui remettre une épée ?

— Il faut, il faut absolument un roi... de transition. Je serai roi plus tard. Et sans épée pas de roi !

— Je ne comprends pas. Tu pouvais prendre le trône tout de suite. Santanu était éliminé.

— Tu ne comprends pas ? Alors garde ton rôle de démon de service. Laisse-moi la politique. Il faut un roi tout de suite. Sinon, tous les petits princes des provinces, roitelets de naissance, cousins proches ou éloignés des bonnes lignées, feront valoir leurs droits. Ils vont lever des troupes, se battre entre eux, converger sur Angkor. Il y a déjà des bruits de guerre. Les Chams avancent. On avait besoin d'un roi maintenant, même si le sacre se fait attendre. Yashovarman est nu, il n'a pas d'armée. C'est le roi idéal, celui dont il sera facile de prendre la royauté. Je le tuerai.

— Alors pourquoi lui donner la fausse épée ? Laisse-lui la vraie. Tu la reprendras plus tard avec le trône.

— Pourquoi, pourquoi, que de pourquoi ! Quand les princes, les dignitaires et le peuple verront que l'épée sacrée, tenue par Yashovarman, se brise comme du verre, chacun conclura à une usurpation. Alors, je brandirai la vraie, l'épée d'or. Mais je dois attendre l'armée de l'Ouest.

— Et moi ? Que deviendrai-je ?

— J'ai dit que tu étais morte. On a retrouvé ton cadavre dans un canal. Tu ne seras pas reconnue. Personne ne te cherche. Tu peux agir.

Yaksa s'approcha du dignitaire et le baisa sur la bouche. Purocana s'abandonnait aux effets d'une langue habile. L'homme et la femme jouaient avec une conviction feinte ou spontanée un grand jeu démoniaque. Yaksa, femme-serpent choisie parmi les filles de la cour, avait mené à bien son dessein : acquérir la royauté pour elle et son amant.

L'histoire de Yaksa et de Purocana était ancienne. Depuis plus d'un an le dignitaire, alors simple officier de cavalerie dans le régiment d'Injit, s'était épris d'une fille du palais. Yaksa n'était plus de première jeunesse. Elle était arrivée à Angkor à l'occasion des déplacements de population qui avaient suivi les conquêtes de Suryavarman II. Son pays d'origine se situait dans ces provinces lointaines du Nord-Ouest, aux confins de l'empire. Les femmes y étaient particulièrement belles, animées de charmes étranges et habiles en toutes choses, instruites surtout dans la maîtrise de forces et de rites que le classicisme brahmanique ne pouvait considérer que comme surnaturels, étrangers en tout cas à ce que l'on connaissait en pays khmer. Les généraux avaient décidé de ramener quelques dizaines de ces femmes pour les mettre au service de leur roi. Dharanvarman avait accepté : quelques filles de plus dans le gynécée royal, voilà qui était affaire de routine. La nouvelle arrivée portait un nom d'esclave, Ayak. Mais, devant ses airs changeants et ses allures inquiétantes, les filles du palais l'avaient surnommée Yaksa, la démonesse, ou Raksa, l'ogresse. Le nom de Yaksa lui était resté.

— Tu es bien la femme-serpent.

— Viens que je te prenne, viens, mon roi, souffla la fille, exquise, l'œil exprimant une tendresse telle qu'elle prenait les traits de jeunesse et d'amour, la féminité de la princesse Devi, à laquelle, selon les nécessités du moment, elle parvenait presque à s'identifier. Traits de beauté qu'elle pouvait en un quart de seconde substituer à la grimace vieillissante des démons de la mythologie indienne, rictus bas et œil noir de maléfices sous un cheveu animé de tempêtes.

— Ne me tue pas, ma reine, dit le dignitaire soudain précautionneux.

Très jeune, Yaksa avait été initiée au langage des serpents. Elle avait donc appris à baiser sur la tête un cobra royal, préalablement localisé et cerné dans sa tanière, au fond de ces montagnes lointaines où l'armée khmère ne s'aventurait qu'avec prudence. Le grand serpent solitaire devait être baisé d'un attouchement prolongé des lèvres entre les deux yeux au moment où il prenait sa position d'attaque. Tout dépendait de l'instant choisi en fonction de l'intensité du sifflement de la bête et des apparitions répétées de sa langue dardée. C'était le langage des serpents. Sa connaissance supposait un développement de réflexes inconnu du commun des mortels.

Cette science, propre au pays de Yaksa et réservée aux femmes, se faisait alors universelle, intéressant tous les domaines. Elle ouvrait à l'étude des arts martiaux, redoutables techniques où la gent féminine excellait. Toute personne capable de dominer ainsi un cobra n'avait aucune difficulté à terrasser un adversaire humain. Yaksa était capable de combattre sans jamais être vaincue. Seul un tir de flèches à très grande distance pouvait avoir raison d'une femme-serpent, à condition que celle-ci fût surprise, et il fallait prévoir à l'avance des chemins de fuite rapides en cas d'échec.

L'art martial, dérivé du langage du serpent, se combinait enfin avec un art de l'amour aux performances inégalables. Une femme-serpent savait insuffler à l'homme une puissance sexuelle qui le portait à des excès de jouissance allant parfois jusqu'à la mort. Elle réglait selon son désir le temps et l'intensité des coïts répétés. Le *Kamasutra* n'était en comparaison qu'un petit exercice de besogneux, dépourvu de toute incidence magique. Qui baisait sur la bouche un cobra prêt à mordre ne pouvait que connaître avec une précision extrême les points érotiques du corps de l'homme.

Yaksa était multiple, plusieurs femmes vivaient en elle, et son charme trouble de fleur vénéneuse avait séduit l'officier de cavalerie jusque-là adonné au culte de l'honneur des guerriers khmers. Il vivait depuis dans des pulsions démoniaques, trahissant ses amis et son roi, ce prince Injit avec qui il avait été élevé, le vieux roi Dharan dont il avait scellé la mort la nuit où il avait fait introduire Yaksa dans sa couche, et maintenant Yashovarman qu'il devait assassiner. Dès l'instant où les regards des deux futurs amants s'étaient croisés, ils avaient compris que leurs destins étaient liés. Ils s'étaient aimés en secret dans les recoins du palais, en prenant soin de ne pas être surpris.

Venue de ses montagnes aux mœurs agrestes, la femme avait été séduite par les fastes d'Angkor. Assurée de sa puissance, elle avait décidé d'être reine. Purocana avait suivi la pente sur laquelle l'entraînait sa maîtresse. Il serait roi. Cependant, la conspiration du Premier ministre Santanu l'avait pris de court. Santanu voulait le trône pour lui-même, cherchait à séduire Devi qu'il comptait épouser après l'élimination du prince Jaya, héritier légitime, conspirait avec les Chams à qui il devait transmettre les traités magiques de la gloire angkorienne en échange d'un soutien militaire.

Puis tout s'était emballé : complot pour empêcher Jaya de prendre la tête des troupes, puis pour l'enlever ou l'assassiner, trahison des Chams, débâcle de l'armée khmère, fuite de l'ambassadeur et probablement guerre ouverte, mort de Dharanvarman, puis vol de l'épée sacrée de la propre initiative de sa maîtresse. Il n'avait été jusque-là que le bras droit du ministre félon. Puis la femme-serpent avait pris la direction des opérations. C'est alors, après le vol de l'épée, qu'elle avait poussé son amant à trahir brusquement Santanu et à donner pour son propre compte l'assaut au palais. Mais Purocana avait senti que ses forces étaient insuffisantes. Rien n'était joué, Yaksa préjugeait trop aisément du nombre de ses partisans : Santanu, au dernier moment, risquait de reprendre du poil de la bête et battre le rappel de ses troupes.

Il avait donc accepté l'intervention de la reine, qui préservait les droits futurs de son fils au trône, et il avait consenti à ce que la royauté revienne à Yashovarman. Plutôt Yashovarman que Santanu ! La démarche était prudente. L'attente serait courte : dans quelque temps, il lui serait facile d'assassiner le nouveau roi. Il en eût été autrement s'il s'était agi de Santanu. L'idée de la fausse épée était excellente. L'armée de l'Ouest ne saurait tarder. Le succès des troupes qu'il avait envoyées contre Jaya et le prince Injit était assuré. En attendant, Santanu serait définitivement éliminé : accusé du vol de l'épée, il ne pourrait survivre. Il le livrerait aux ongles de Yaksa qui, dans cette dernière phase de la conspiration, reprendrait alors un rôle essentiel. Il avait besoin de tous les démons dont sa maîtresse était porteuse. Il jouerait fidèlement le jeu de la femme-serpent.

*

Au terme de sa rêverie, Purocana se dégagea des embrassements de Yaksa, très tendrement, avec prudence et raison :

— As-tu compris, ma reine ?

— Je comprends.

— Tu es bien la femme-serpent, répéta le dignitaire pour affirmer sa confiance.

— Angkor est hantée, les démons sont aux portes.

— Tous les monstres de la forêt, avides de chair humaine.

— Ravana et Rahu, l'avaleur du soleil. Et tous les rakshasas des monts et des rivières. Ils seront là demain. Pour te servir, mon roi !

— Injit aussi arrive dans sa cage de bois. Il est vivant.

— Et Santanu ?

— Tu le prendras bientôt. Tu le serreras dans tes ongles. Je te l'amènerai dans une cage de fer.

— N'oublie pas de lui couper les orteils. Tout prétendant au trône qui ne peut être roi perdra ses doigts de pied.

— Tu es ma reine, général des démons ! Tes escadrons sont-ils prêts ? Tes amazones et tes cobras ? Pour Santanu, nous n'attendrons pas l'armée de l'Ouest.

Peu à peu, comme l'ombre d'un nuage prêt à crever progressant sur la terre, les forces démoniques envahissaient Angkor. Les gloires de Suryavarman, la bonté du roi Dharan, la modestie de Jaya et le bonheur d'un royaume où la vie s'écoulait à la lumière des dieux dans l'amour et la joie allaient s'évanouir pour laisser place à la haine. Le temps était venu de la guerre et du sang. Lié aux puissances du mal, Purocana ne pouvait plus se libérer et il devenait pour toujours la proie des diables.

Yaksa bondit sur le dignitaire, dents en avant, sifflant de désir, lui saisissant le sexe à pleines mains :

— Mon serpent ! Le meilleur, dit-elle en le baisant comme elle avait appris à baiser les cobras sur la bouche.

— Mords-moi !

— Le linga de Shiva ne te vaut pas… Les dieux ce soir sont morts !

— Comment était le roi, le vieux Dharanvarman ? gémit l'homme.

— Mieux que ça !

Purocana, se retournant, la saisit par-derrière, brutalement et d'un seul coup. Yaksa poussa un cri qui fit trembler le pavillon tandis que les grands arbres au bord du canal hurlaient comme des bêtes sous la tempête, soudain levée. L'homme haleta :

— Ah, ah ! Les démons, le sais-tu, ont un sexe multiple !

CHAPITRE 20

« Le devoir est la racine de tout. Il représente ce qu'il y a de plus haut dans le monde. En lui reposent les assises de la vérité... Toi qui es ma mère, tu ne peux ignorer la voie sacrée... »

Le comédien s'était tourné vers l'assistance et déclamait avec talent les stances du *Ramayana.* Il s'adressait plus particulièrement aux princes et princesses, aux dignitaires et fonctionnaires qui ce jour-là peuplaient la salle de spectacle, aux murs incrustés d'or et d'ivoire, aux colonnes sculptées et ornées de glaces, l'une des plus belles du palais.

Ainsi Jaya avait donné sa parole.

Le bonheur ne se trouvait que dans l'accomplissement du devoir et le respect de son serment. Un exercice permanent de la vertu, dans l'observance stricte des règles du dharma, apportait seul cette lumière dont s'auréolaient les grands princes.

Il n'y avait point d'acte plus vertueux que la soumission à la volonté de ses parents. Dharanvarman avait éloigné son fils du trône pour une expédition où il avait failli trouver la mort, jeune homme sans expérience confronté soudain aux ardeurs de la guerre. La reine mère lui avait ensuite demandé, par l'intermédiaire d'un messager, de renoncer au trône et Jaya lui avait répondu qu'il repousserait le parasol blanc et resterait dans ses forêts, sa demeure, portant l'habit d'écorce et tressant sa chevelure à l'instar des ermites. Il ne désirait point la royauté et obéissait aux ordres de sa mère. Shikésa avait complété le message par une réflexion personnelle : la privation du trône n'entamait pas la douceur habituelle du prince ; tel celui qui a franchi l'océan des désirs, il ne manifestait aucune émotion.

Devi restait plongée dans ses pensées. Rien ne pouvait la distraire. Assise au premier rang des dames de la cour, au côté de la reine mère, elle n'entendait rien des stances balancées du *Ramayana*, dont une troupe de comédiens célèbres donnait ce soir la représentation. Son front pur était ceint d'un diadème serti de pierreries que surmontait une tiare savamment composée de fleurs sauvages. Aucun de ses traits ne laissait transparaître la désolation qui l'habitait, sauf peut-être ce regard aujourd'hui sans lumière, tourné vers l'intérieur, qui contrastait avec la joie éclatante qu'éveillait toujours dans ses yeux la récitation des poèmes sanscrits. Les paroles de la reine Chudamani résonnaient encore à ses oreilles :

— Non, ma fille, tu ne peux partir. Tu rentreras demain au monastère. Je t'y rejoindrai sous peu… dès que je n'aurai plus de rôle à tenir. Le supérieur te dira tes fonctions. Yashovarman est roi. Considère que ton prince est en exil.

Un exil ! Un exil de combien d'années ? Cela ne se pouvait. Devi venait d'annoncer qu'elle était enceinte. Elle suppliait la reine de la laisser rejoindre son époux :

— Le rejoindre ? Et comment ? Son armée est détruite, ou presque. Les Chams sont partout.

Puis la reine avait attiré sa belle-fille à part et, dans un souffle, lui parlant au creux de l'oreille, elle avait prononcé des paroles décisives :

— As-tu compris ? Ton mari est prisonnier de ses forêts. Il n'a plus d'armée, du moins plus d'armée capable de reprendre une offensive. S'il bouge, à supposer qu'il y parvienne, il sera assassiné. La conspiration est partout, je le sens. Seul Yashovarman est en mesure de nous sauver d'une usurpation. Sa royauté est l'unique moyen de préserver les droits de ton mari au trône. J'ai donc demandé à mon fils une renonciation au trône, officielle certes, mais rassure-toi, tout à fait temporaire… Et surtout ne pleure pas. Je sais qu'un jour il reprendra le parasol blanc et saisira mieux que quiconque les rênes de l'empire. Maintenant va t'asseoir.

— Comment cela est-il possible puisque Yashovarman est roi ? gémit la princesse.

— Tais-toi ! Yashovarman a promis d'abdiquer dès que les circonstances permettraient le retour de ton prince. Yashovarman n'est point homme de pouvoir. C'est un lettré qui aux fastes de la cour préfère le repos des études.

— Majesté, est-ce la vérité ? s'enhardit la princesse.

— Tais-toi, te dis-je, et fais-moi confiance. Quant à ton prince, rassure-toi. Le brahmane Shikésa me dit qu'il fait des progrès chaque jour : c'est aujourd'hui un guerrier de valeur. L'exil lui convient ; il prend les bonnes décisions et se montre excellent général. Tu retrouveras un homme complet, un vrai roi, nourri du code d'honneur qui fait la valeur des princes. Il n'a pas hésité à renoncer à la royauté pour le bien du royaume.

L'orchestre s'était mis à battre une cadence lente et triste :

« Qu'il en soit ainsi, noble reine, disait Rama. Quatorze années j'habiterai la forêt. Il n'est point d'acte plus vertueux que la soumission à la volonté de son père... Que Bharata soit roi ; ce frère excellent saura se faire aimer, je n'en doute pas. Sous son autorité, l'empire oubliera toute vicissitude et des temps fortunés succéderont à son avènement... »

Ainsi s'expliquait le message de Jaya. Pour la reine, sa mère, le code de l'honneur s'assortissait d'une politique pensée. Elle préservait l'avenir en gérant le présent. Mais elle, Devi, que deviendrait-elle dans un monastère, avec son enfant ? Un exil ! Cet exil durerait-il quatorze ans comme pour Rama ou douze comme pour les Pandava ? Et ce ministre Santanu qui ne cessait de la poursuivre de ses assiduités, bel homme et beau parleur, et qui savait si bien verser dans ses yeux noirs la force de son regard ! Y était-elle insensible ? Douze ans d'exil... quatorze, disait Rama. Et cet enfant qu'elle attendait... La reine s'était montrée trop froide, presque insensible, à l'annonce de sa grossesse. Son esprit se brouillait.

Une pensée la traversa : quel était ce complot que tout le monde pressentait sans oser en parler ? La reine était elle-même en proie à des incertitudes tragiques. C'était évident. Son assurance n'était que de façade. Elle comprit en un éclair que, si en revenant à Angkor son époux devait être assassiné, Yashovarman le serait à sa place, et très bientôt, victime consentante d'un calcul diabolique offerte en holocauste. La reine ne l'avait mis sur le trône que pour gagner du temps et pour l'offrir en sacrifice au coutelas des tueurs, à moins qu'il ne réussît à faire face aux tentatives d'usurpation. Mais quels tueurs? Qui voulait prendre la royauté? La reine, en tout cas, jouait une partie serrée, qu'elle avait une chance infime de gagner. Ces craintes expliquaient le ton agressif qu'elle prenait depuis peu à l'égard de sa bru. Devi aimait beaucoup Yashovarman et sa réflexion se transforma tout à coup en panique. Son cœur battait; les larmes lui vinrent aux yeux. Un vertige la prit. Elle retint son diadème.

La princesse fit un effort pour reporter son attention sur les comédiens. La cour avait repris son rythme quotidien et il fallait paraître. Mais ce soir-là l'histoire de Rama et de Sita lui faisait ressentir trop lourdement la morsure lente du malheur : c'était sa propre histoire et celle de Jaya.

« Toujours l'épouse suit la destinée de son mari, disait Sita... Avec toi, j'irai jusqu'à la mort! Tu es ma voie unique. La femme que ses parents ont donnée à un homme lui appartient par-delà la vie. Si tu partais sans moi, je ne devrais voir aucun homme, même par la pensée. Le mari, c'est la divinité pour la femme. Emmène-moi! Avec toi, c'est le ciel; mais sans toi, c'est l'enfer... »

Devi sentit sa gorge se serrer, les larmes à nouveau lui montèrent aux yeux. Une fois de plus le discours de la reine envahissait sa tête. Elle sursauta :

« Allons! lui soufflait la voix connue. Où a-t-on vu une âme forte exhiber ainsi ses sentiments? Ressaisis-toi... »

« C'est le destin, reprenait Rama en scandant bien les strophes, le destin, ce pouvoir mystérieux que rien ne saurait forcer puisqu'on ne saisit jamais rien de lui, si ce n'est le résultat... »

Le résultat? Était-ce bien ce à quoi songeait la reine?

Un dignitaire manquait : Purocana s'était fait excuser, il était retenu par des affaires d'État. On l'attendait d'un moment à l'autre. Et Santanu ? Viendrait-il ?

Les comédiens s'interrompirent. Le roi Yashovarman était entré. Chacun se prosterna. Il tenait à la main l'épée d'or.

*

— A vous, Altesse !

Injit attrapa l'arme au vol, à pleines mains, une forte épée de fer à long manche d'airain qu'il saisit par la garde, et d'un bond souple sauta du haut de l'éléphant, les forces décuplées par la fureur, hurlant son cri de guerre. Le combat commença.

Le prince n'avait eu aucune difficulté à sortir de sa prison mouvante. Depuis trois jours, sous prétexte d'inspecter la cage, le vieil officier d'ordonnance réussissait à lui faire passer boisson, nourriture et médicaments pour combattre les fièvres. En même temps les liens du treillis de bambou avaient été progressivement entaillés de façon à céder à la première poussée.

Célèbre pour la détente de ses muscles et la justesse de ses anticipations, Injit était un bretteur émérite. Ses jarrets puissants rassemblés sous lui comme des ressorts, il sautait en l'air, de place en place et partout à la fois, alternant tourniquets, coups de taille et d'estoc. Il massacra sans peine la garde préposée à sa surveillance. La lame de l'épée sifflait comme un serpent. En trois secondes, il trancha une tête qui roula, effarée, jusqu'au marécage, perça une poitrine et coupa d'un revers le bras d'un colosse grimaçant et hurlant qui se précipitait sur lui la hache haute. Les autres gardes prirent aussitôt la fuite, ainsi que l'éléphant que le cornac, affolé, précipita au plus profond du marécage, la cage brisée pendant sur son côté.

Pour agir, l'officier avait choisi le moment où la colonne venait de traverser un large espace suintant d'eau noirâtre et planté d'herbes hautes. L'éléphant portant la cage était en cet instant séparé du gros de la troupe, hors de portée d'un tir utile des archers d'élite. En même temps il se trouvait encore sur un terrain stable et ferme. Cependant, l'affaire n'allait pas sans difficulté : plusieurs éléphants de guerre retraversaient déjà le marécage au pas de charge et, à l'aide de son bouclier, l'officier s'était mis en devoir de protéger le prince des quelques flèches perdues qui se fichaient dans le sol.

— Les chevaux ! Vite ! Ramassez les armes.

Cinq chevaux étaient prêts, que trois hommes fidèles tenaient par la bride. Pris par surprise, les cavaliers d'escorte avaient été jetés à terre. Injit et sa troupe sautèrent en selle et partirent au galop, laissant la colonne ennemie se débattre dans le marécage. Le temps que la poursuite s'organise, ils seraient loin.

— Où allons-nous ? demanda le prince.

— A Angkor, le roi nous attend.

CHAPITRE 21

Dhari, la fille aînée d'Angsha, le dresseur d'éléphants, avait fort à faire. Le commerce était interrompu. Les rumeurs les plus étranges traversaient la capitale. Parvenues au marché elles ne faisaient que croître et embellir : un seigneur mi-homme mi-démon arrivait d'une province lointaine avec toutes ses troupes pour investir la ville; certains disaient qu'il s'agissait d'un dignitaire venu du sud et qui accourait pour s'emparer du trône; d'autres que c'était Jaya en personne qui revenait du nord pour faire justice et reprendre la royauté; une armée de femmes en furie, échappées on ne sait d'où, chassait à travers bois des hommes nus qui fuyaient à toutes jambes; la rumeur la plus inquiétante portait sur ce qui se passait au palais : tout le monde y avait été assassiné, la royauté n'existait plus, les troupes n'étaient plus commandées et, livrées à elles-mêmes, s'apprêtaient à sortir de leurs cantonnements pour piller et tuer… Les citadins, en masse, se préparaient à quitter la ville.

La jeune femme connaissait le caractère fantasque de ces dires. Mais ils existaient. Il flottait dans l'air comme une odeur de guerre. Chacun y allait de sa petite histoire. Les bavards, conteurs et théâtreux abandonnaient leurs tréteaux pour s'en donner à cœur joie. Les troubles du moment leur fournissaient l'occasion d'évoquer les heures terribles de la dernière guerre civile, il n'y avait pas si longtemps, cinquante ou soixante ans au plus, lorsque le futur Suryavarman II avait attaqué le palais pour usurper le trône; la bataille avait eu lieu au centre de la ville où les guerriers à éléphant s'étaient affrontés en brisant tout sur leur passage; l'affaire était encore indécise…

qui serait le vainqueur ? Dhari se détourna. Elle connaissait la suite. A partir de là, les commentateurs se mettaient à faire force gestes et, reprenant le langage fleuri des aèdes chantant sur les places publiques, contaient l'affaire en termes épiques :

« ... lâchant sur la terre de combats l'océan de ses armées, déclamait l'un, Suryavarman livra une terrible bataille...

« et bondissant sur la tête de l'éléphant du roi ennemi, reprenait l'autre, il le tua comme Garuda s'abattant sur la cime d'une montagne tua un serpent... »

Dhari en avait entendu d'autres et n'écoutait que d'une oreille distraite. Le répertoire était connu, que chacun reprenait pour entretenir sa peur. Les Khmers adoraient le drame et le ton épique : les annales disaient comment la guerre civile revenait régulièrement à Angkor, ravageant la ville du roi vaincu, le vainqueur construisant bientôt une nouvelle capitale avec son nouveau temple le plus souvent à l'écart de l'agglomération qui venait d'être détruite, ce qui expliquait cette juxtaposition ou accumulation de capitales que le temps avait imbriquées les unes dans les autres sur un site de plus en plus étendu. Souvent aussi les affaires de cour se réglaient entre les murs du palais sans que le peuple eût à en souffrir. On apprenait ensuite que tel ou tel dignitaire avait été tué ou même que la dynastie avait changé. Mais dans les rumeurs montantes qui comme aujourd'hui envahissaient le marché on ne savait jamais jusqu'où les choses iraient. S'agissait-il de l'écho d'une simple intrigue de cour ou des prémices d'une guerre sanglante intéressant l'ensemble de la population ? La jeune femme s'attarda un instant pour écouter quelques commentaires nouveaux, cherchant à glaner le plus d'informations possible. Certains riaient et disaient qu'on pouvait être tranquille, qu'il n'arriverait rien. On avait pourtant noté l'absence de l'employé préposé à la location des emplacements de marché. Il allait se passer quelque chose.

— Rangez tout rapidement, embarquez tout dans les charrettes, cria-t-elle à ses serviteurs... direction la ferme, au plus vite. Nous rentrons.

Mieux valait prévenir que subir, et Dhari était trop avisée pour prendre le moindre risque. Après l'ordalie sur la place royale, son père Angsha avait suivi le prince Injit. Sa sœur Kéo était aux armées avec Jaya. Elle restait seule pour conduire les affaires de la famille et avait décidé, en femme de tête, de s'adonner au grand commerce avec les négociants chinois de la ville. N'ayant pas de compétence particulière pour le dressage des animaux, elle avait choisi de confier la gestion de la ferme à un régisseur. Elle se sentait en revanche en possession de toutes les qualités requises par le négoce et resterait en ville au contact des grandes transactions commerciales.

— Laissez les denrées périssables, oignons, poireaux, aubergines, pastèques et autres. Il est trop tard ! Ainsi que les fruits, bananes, grenades et caramboles. Ce sera perdu ! A moins que je ne revienne à temps... Les charrettes sont déjà surchargées... Mais conservez la canne à sucre et les racines de lotus...

La jeune femme contourna les trois charrettes attelées de bœufs à bosse pour voir ce qui se passait de l'autre côté. Elle entendait des cris et percevait une agitation encore plus grande. Ce qu'elle découvrit l'informa aussitôt de la gravité de la situation : un grand chambardement d'équipages d'éléphants dont on équilibrait en hâte les palanches au milieu de charrettes à bras ou à bœufs, entre lesquels trottinaient de multiples porteurs préposés aux chargements.

— Les Chinois, marmonna-t-elle, les marchands chinois. Ils partent. Avec toutes leurs denrées.

Elle perdait la meilleure part de ses clients ou de ses fournisseurs. A Angkor, comme partout ailleurs dans le Sud-Est asiatique, le grand commerce était tenu par les Chinois dont la colonie était nombreuse. Beaucoup arrivaient en qualité de simples matelots puis, saisis par le charme du pays, trouvaient commode de ne plus avoir à mettre de vêtements, constataient que le riz était facile à gagner, les femmes faciles à trouver, les maisons faciles à aménager, le mobilier facile à acquérir, le commerce facile à diriger. Ils désertaient, prenaient femme parmi les Khmères — de surcroît réputées pour leurs aptitudes commerciales — et s'installaient.

— S'ils partent, cria Dhari à ses serviteurs, c'est vraiment qu'il se prépare quelque chose. Ils sont en général au courant de tout avant tout le monde !

Les Chinois étaient en effet en train d'embarquer leurs biens les plus précieux : de gros ballots de soieries, ces soieries si prisées au Cambodge, bigarrées, légères, à double fil ; des étains, des plateaux laqués ou de cuivre, des porcelaines vertes et bleues ; de nombreux coffres d'osier qui devaient contenir les assortiments de peignes de bois, d'aiguilles à coudre et autres articles de luxe dont le trafic se révélait toujours fructueux, des perles d'eau douce, sans oublier les provisions d'or et d'argent qui servaient pour les transactions importantes, le Cambodge n'ayant pas de monnaie et se contentant du troc pour les petits échanges. Beaucoup d'affaires allaient lui échapper. Elle pensa un instant à proposer aux marchands qu'elle connaissait le mieux d'entreposer provisoirement leurs denrées dans la ferme de son père, au-delà du Grand Temple de Vishnu, à l'extérieur de la ville, et de les reprendre après la guerre, si guerre il y avait. Ce qui aurait été de bon commerce. Mais le temps pressait. Elle revint vers son personnel pour hâter le mouvement. Il fallait partir au plus vite.

— Débarquez les vanneries et les peaux !... Une partie seulement ! Et embarquez les cornes de rhinocéros, les blanches et les veinées d'abord, ce sont les meilleures... Puis les noires, ce sont les moins prisées.

Les serviteurs s'activaient.

— Toutes les cornes, vous dis-je, n'oubliez rien !... Puis les défenses d'éléphants... Ensuite vous pourrez placer la cire d'abeilles... Combien de rayons ? Cinquante ? ou plus ? Cela pèsera dans les mille livres. Chargez tout ! N'oubliez pas les paniers de plumes de paon et de martin-pêcheur... Par-dessus ! Puis les peaux encore par-dessus... Sur cette charrette, du bois précieux, autant qu'il se peut... Puis les paniers de cardamone et de gomme-laque. N'oubliez pas le poivre, il tient peu de place... On laisse ici les poteries... trop fragiles ! Et entassez des vanneries, il reste de la place et c'est léger...

Après avoir mis à l'abri ses marchandises les plus précieuses dans la ferme de son père, Dhari avait l'intention de revenir bien vite à Angkor pour assurer une présence dans la petite maison qui bordait le marché et lui servait de centre de transactions. Elle n'aurait pas la lâcheté de laisser la place ! Elle ferait un aller et retour, et maintiendrait en ville un petit commerce de fruits et légumes, poteries légères et vanneries ordinaires en attendant des jours meilleurs.

Elle prenait la tête de sa petite caravane lorsqu'un cavalier au cheval fourbu, allant d'un pas hésitant, approcha :

— Es-tu Dhari, sœur de Kéo, fille d'Angsha ? demanda l'homme.

Le prince Injit se laissa glisser à terre. Il était épuisé.

*

L'ombre passa, furtive, et disparut par une porte latérale le long du mur d'enceinte. Il faisait presque nuit. Le vent tâtonnait dans les arbres, indécis, annonçant un orage qui repartait, sans claquer. Une pirogue de pêche attendait le long du canal, assez inattendue, puisque ni le lieu ni l'heure n'étaient favorables à cette activité.

Santanu y avait placé ses hommes de main, les derniers qui lui étaient restés fidèles dans sa fuite vers le Grand Lac. Il avait décidé de prendre le même chemin que l'ambassadeur cham quelques semaines plus tôt, par le lac et les rivières, dans l'incertitude des patrouilles khmères qu'il risquait de rencontrer. Une fois dans le sud du Cambodge il gagnerait le Champa.

L'affaire était pressante. La veille, à la même heure, alors qu'il prenait son bain du soir, sa résidence avait été attaquée. La plupart de ses gardes avaient trahi. Il s'était donc retrouvé nu et presque seul face à une horde de femmes en furie, armées de coutelas et de crocs, certaines maniant des filets pour mieux saisir leur proie. Il avait cru reconnaître celle qui commandait ce bataillon sorti de l'enfer : une esclave parmi d'autres, venue du nord-ouest de l'empire, ravissante bien que de figure changeante, à la poitrine drue et au regard marqué… Soudain il se souvint : on disait que la particularité de certaines de ces filles, que l'armée ramenait du plus profond de vallées inconnues, était d'appartenir à des cultes sauvages dont les prêtresses, avant d'être consacrées, devaient baiser sur la tête un cobra repéré et traqué au fond de sa tanière. Le palais avait alors besoin de filles neuves pour les besoins du rituel et les plaisirs de la cour. Il l'avait recrutée charmé par la modestie enfantine qu'offrait son visage vu de face. Et il la retrouvait ce soir-là : de profil elle était effrayante, prognathe, les dents en avant prêtes à mordre, les traits ridés par le combat et la fureur, méconnaissable et pourtant reconnue. Une idée l'avait traversé : n'était-ce point la fille que l'enquête avait reconnue comme étant l'auteur de la mort du roi Dharan et qui avait volé l'épée sacrée ? Mais l'urgence était ailleurs. D'un seul élan les femmes avaient sauté sur le mur d'enceinte, dominant le bassin où il prenait son bain, et bondissaient de place en place comme des panthères serrant leur proie.

Santanu ignorait ce sentiment petit qu'est la peur. Son état de kshatriya le lui interdisait. Mais cette fois il avait senti ses cheveux se dresser sur sa tête. La femme s'était ruée vers lui, ongles en avant, pour l'étrangler, tandis qu'une autre le saisissait par un croc et qu'une troisième, juchée sur le mur, s'apprêtait à lancer son filet. Une douleur intense avait failli lui faire perdre le sens : profitant du moment où il s'accroupissait pour mieux bondir, selon la technique classique de combat, une des harpies l'avait attaqué par-derrière et, passant la main entre ses jambes, l'avait saisi aux testicules. Une brusque cabriole l'avait libéré de justesse, endolori et terrifié.

Par bonheur, il avait placé trois archers dans les arbres autour de sa maison. Leur tir ayant blessé les plus proches de ses agresseurs, il avait réussi à s'échapper après s'être emparé d'un coutelas. Ivre de peur et de fureur, il avait égorgé tout ce qui se trouvait sur son passage et laissé un bassin rouge de sang où flottaient des femmes éventrées.

Il s'était alors retrouvé fuyant à toutes jambes dans les bois, entouré de quelques rescapés de la tuerie, le sexe ballottant et son coutelas à la main, les oreilles tintant de clameurs innommables, essayant de rassembler ses esprits : ce n'était point là des soldats normaux, ni la garde féminine du roi, qui ne sortait jamais du palais ;

sûrement une phalange formée par Purocana, ce démon ! Un démon plus fort que lui ! Lui qui avait voulu, dans des intrigues qui devaient le mener au trône, mettre les forces démoniaques au service de ses ambitions, il se voyait battu sur son propre terrain. Angkor s'était soudain peuplée d'êtres maléfiques. Son rival avait appelé des monstres mangeurs de chair humaine et buveurs de sang, mâles ou femelles, qui hantaient les forêts d'épopée, changeant de forme à volonté. Il était pris de folie. L'épouvante avait eu raison de cet esprit précis que rien ne pouvait émouvoir.

Puis la poursuite avait cessé. Il était parvenu à s'avancer vers le canal et, enfin, avait embarqué. Fuir, il fallait fuir au plus loin cette ville devenue maudite. Son échec était total, il avait tout perdu, la royauté, ses gens et sa fortune. Il ne se sentirait en sécurité que chez les Chams où il retrouverait l'ambassadeur. Mais il fallait parvenir à s'enfuir… Il attendrait la nuit, puis se glisserait le long de la rivière, parmi les pêcheurs, jusqu'au lac.

*

Avant cela il avait encore une chose à faire.

Santanu se faufila dans les allées du monastère, le long des murs. Il se tapit pour observer, puis progressa comme un félin. La bibliothèque était gardée par deux sentinelles : la première s'écroula, étranglée par-derrière à l'aide d'un lacet ; la seconde n'eut que le temps de sentir en plein cœur la lame froide d'un poignard. La lourde porte tourna sur ses gonds et Santanu entreprit la fouille.

Où étaient les traités magiques ? Trois traités, trois rouleaux. Comment les retrouver dans la pénombre ? Santanu cherchait en vain depuis un moment quand une faible lumière vacilla. On allumait un fanal et, dans la flamme indécise qui prenait peu à peu consistance, un visage apparut. Le désir l'enflamma :

— Devi, princesse Devi !

— Santanu ! Monseigneur, que faites-vous ici à cette heure ? Et dans ce pagne de pêcheur ?

— Je venais consulter vos traités. Où sont-ils ?

La princesse fit un geste comme pour cacher les documents qui s'étalaient devant elle. Les traités étaient là ! Santanu aussitôt retrouva sa rapidité d'analyse et de décision : il enlèverait la princesse et les traités avec. L'occasion était inespérée ; les traités pour les Chams et la princesse pour lui-même. Il se fit tout soudain aimable, la parole douce et posée :

— Allons, princesse, je connais vos chagrins... Un exil pour longtemps, douze ans, peut-être vingt ! Pauvre petite fille, si jolie et gentille ! Votre époux ne reviendra pas. Oubliez-le. Aujourd'hui la solitude, demain le monastère. Je vous emmène... Venez !

Le temps pressait. Devi baissait la tête, silencieuse.

— Viens !

— Non !

La princesse s'était dressée, regardant l'homme dans les yeux. L'aspect de Santanu la terrifia. Son visage, d'ordinaire si calme, respirant la joie et l'amour, était devenu diabolique. Devi avait devant elle un démon aux prunelles ardentes, aux yeux de cuivre sous des sourcils animés de fureur, au chignon défait dont les cheveux embroussaillés tombaient sur les épaules. Elle nota qu'il ne portait aucun bijou. Sortait-il d'un combat ? L'homme sentait la sueur ; il était sale, une haine féroce luisait dans son regard ; ses mains tremblaient. Il bondit :

— Viens ou je t'assomme !

Mais la princesse fuyait dans la pénombre. Le fanal gisait à terre. Santanu se précipita à sa poursuite, renversant meubles et manuscrits. Ses yeux enfin distinguèrent une ombre dans l'embrasure de la porte. Il bondit à nouveau et la saisit par les cheveux. La jeune femme hurlait.

C'est alors qu'un éclair illumina la scène. L'orage éclatait ; il serait favorable à la fuite. Le coup de tonnerre ne couvrit qu'en partie la galopade d'une troupe au pas de course : alertés par les cris de Devi, les veilleurs de nuit avaient donné l'alarme. Santanu lâcha prise et disparut dans la nuit.

CHAPITRE 22

Le vent se leva en rafales et la luminosité devint trouble. Des hommes en armes affluaient de tous côtés. En longues files, ils franchissaient les portes de la ville et la nature semblait se mettre en deuil. Les éléphants de guerre avançaient à pas lents, silencieux, suivis des bataillons d'infanterie et d'une cavalerie bien montée.

Cette armée qui arrivait des confins de l'empire était en partie composée de mercenaires : soldats siamois que l'on reconnaissait à leur costume et soldats recrutés dans les tribus sauvages des montagnes du Nord-Ouest. On n'entendait aucune musique. La ville était comme investie par une armée ennemie. On était loin des liesses que soulevait le retour d'une armée victorieuse, lourde de butin et de richesses neuves, qui répondait gaiement aux quolibets des citoyens rangés sur son passage. Le long des routes, au bord des canaux, la population observait, inquiète, ces phalanges silencieuses qui entraient dans sa ville comme pour s'en emparer.

Il y avait à cette démonstration étrange, si contraire aux coutumes, quelque motif secret que l'on ne pouvait percer. Les bataillons entraient par une porte pour sortir par une autre. On s'aperçut bientôt qu'il s'agissait du même régiment, qui passait et repassait sans cesse. Le gros de la troupe campait à l'extérieur.

— Que veulent-ils ? dit le prince Injit. C'est une manœuvre d'intimidation. Du jamais-vu dans les annales de la ville.

— On prépare quelque chose contre le palais, répondit Dhari. C'est sûr. Voyez, Altesse. Même la nature est inquiète. Le ciel se charge de lourds nuages et les animaux se sont tus.

— Il vaut mieux ne pas bouger pour l'instant.

La sœur de Kéo avait donc décidé de s'installer en permanence dans la petite paillote qui dominait le canal, non loin du grand marché, celle-là même où Jaya, accompagné de son maître, avait fait la connaissance de la jeune danseuse. Comme prévu, l'exploitation d'Angsha était maintenant confiée à un régisseur qui apportait chaque semaine les denrées à vendre. Injit mesurait à quel point l'inculpation, le jugement, enfin le départ de son père avaient investi la jeune femme d'une lourde tâche. Elle s'en acquittait avec bonheur, mais il avait fallu renoncer au dressage et au commerce des éléphants. Le régisseur n'avait pas les compétences requises. Depuis quelques jours le prince aidait la jeune femme dans son petit commerce, appliqué à sa tâche, parfaitement à l'aise au milieu de tout ce petit peuple qu'il aimait.

A son arrivée dans la capitale sous un déguisement de marchand, Injit s'était gardé de faire la moindre apparition à la cour. Purocana, le nouvel homme fort du régime, avait répandu la rumeur que son départ inopiné correspondait à une trahison. Avant d'être lui-même accusé du forfait, Santanu l'avait ouvertement désigné comme le voleur de l'épée sacrée. Malgré la disgrâce du ministre, il pouvait subsister quelque chose de la calomnie. Quant à Purocana, ami d'enfance avec qui il avait partagé son éducation de kshatriya, il ne l'avait pas vu depuis longtemps, depuis cette nuit où ils étaient intervenus ensemble dans la résidence de Jaya pour le défendre contre un attentat supposé. Son vieil ami avait-il trahi depuis ? Cette récente et fulgurante fortune laissait douter de la loyauté de l'homme. Peu intelligent, le nouveau général en chef et depuis peu Premier ministre avait certainement succombé aux tentations de la trahison. Le spectacle d'aujourd'hui le prouvait. Quoi qu'il en fût, il était préférable d'être prudent.

Le prince attendait donc l'occasion de rencontrer Yashovarman, le nouveau souverain, sans intermédiaires ni témoins afin de lui expliquer les raisons de son départ secret pour l'armée de Jaya et de lui faire part en même temps de ses doutes quant à la fidélité de ses proches. En attendant, il s'était réfugié chez Dhari et menait à travers la capitale une activité souterraine pour retrouver les officiers et les soldats qu'il avait eus autrefois sous son commandement et qui lui restaient fidèles.

C'était la fin de la matinée. Les clients se faisaient rares. Devant cette inquiétante manifestation militaire, chacun préférait rentrer chez soi. La moitié des fruits et légumes étaient vendus; les autres articles, vannerie, poterie, n'avaient pas trouvé d'acquéreur. Injit et Dhari se mirent en devoir de tout ranger. En se relevant, le prince ne put cacher une grimace de douleur.

— Comment vont vos blessures? s'enquit Dhari. Vos ulcères?

— Ils guérissent, grâce à tes soins. Ce n'est point le moment d'en faire état.

— Mon pauvre prince! Vous étiez bien mal, tout sanglant et puant quand je vous vis arriver sur un cheval fourbu.

— Regarde!

Un escadron d'éléphants venait d'emprunter le chemin qui longeait le canal, sinistre et silencieux. C'était la troisième fois qu'il passait là. Les mercenaires siamois qui l'escortaient avaient un regard vide.

— Sont-ils drogués? demanda Dhari.

— Peut-être. Ou leurs chefs les ont menacés de châtiments sévères s'ils faisaient preuve de la moindre humanité.

— Mais sur ordre de qui?

— De Purocana, évidemment, bien que je n'ose y croire. Il cherche dans un premier temps à terroriser la population. Yashovarman est aimé. Cette mascarade est le meilleur moyen pour que chacun reste chez soi. Le peuple khmer a horreur de l'incongru : l'étrange lui semble menaçant; il y voit aussitôt une manifestation d'esprits ou de génies vengeurs, comme s'il s'agissait de revenants. C'est un signal aussi pour dire aux régiments fidèles de rester tranquilles dans leurs cantonnements. Et de fait ils se terrent.

— Que comptez-vous faire?

Un homme arrivait au pas de course. C'était l'officier qui avait permis l'évasion du prince. Il semblait affolé :

— Monseigneur, le palais est investi par une troupe de démons!

— Comment de démons ? Explique-toi.

— Ils sont tous là, Rahu et les autres, hurlant, gesticulant, bondissant de place en place. Ils sont arrivés en escadron serré, à cheval, au galop, sous des oriflammes et des emblèmes inconnus. Tous les acolytes de Ravana, en grand nombre. Écoutez !

Une vaste clameur emplissait l'atmosphère, soudain vidée de la voix des oiseaux et des singes.

— Réunis nos hommes, et vite !

— Nous sommes comme chaque jour postés dans le magasin désaffecté du petit sanctuaire de Prah Palilay. Prêts à intervenir à toute heure, selon vos ordres, cachés parmi les religieux.

— Fort bien, je vous rejoins. Vérifie que l'accès du passage secret est libre.

— Les remparts du palais sont désertés. Terrorisé, le régiment de garde s'est réfugié dans l'enceinte.

— Et le passage secret ?

— Je ne sais.

— Dis aux hommes que ce ne sont pas des démons, mais des soldats faciles à vaincre, vulnérables sous les coups de leurs armes. Va ! Prépare surtout arcs et carquois. J'arrive. Nous avons une chance d'improviser une garde rapprochée du roi. Ces démons ne sont que des bouffons qui ne résisteront guère... Dhari, mes armes !

L'officier était reparti en courant.

— Vos armes, Monseigneur ? Vous serez tout de suite repéré et attaqué, s'affolait Dhari.

— Enroule-les dans un sarong. Je prends mon cheval. Je passerai en lisière, le long du canal. J'ai mon plan.

*

Yashovarman était calme. Il avait décidé, au milieu de la panique générale, de s'installer en majesté dans la salle du trône. Aucun muscle de son visage ne bougeait. L'épée sacrée était posée sur un coussin à côté de sa main. Flamboyant de bijoux, armé seulement d'un glaive court, il maintenait avec négligence la posture d'aise royale qu'imposait l'étiquette dans les circonstances importantes. Impressionnés par la sérénité du roi, quelques dignitaires avaient pris place autour du trône. Étaient restés deux ministres principaux, dont l'inspecteur des Qualités et des Défauts, et le chapelain, ancien précepteur du souverain. Chacun était armé, prêt à donner sa vie pour la défense des Pieds sacrés. On décelait cependant dans les visages et les gestes les prémices angoissées du combat qui s'annonçait.

Les brahmanes avaient donné le signal de la fuite, ainsi que les astrologues et les magiciens qui ne savaient que faire face à une situation transgressant le rituel. Les hommes d'armes, les fonctionnaires et la plupart des membres de la cour avaient suivi le mouvement, épouvantés par ce peuple de démons qui prenaient d'assaut le palais. Les filles, danseuses et musiciennes, servantes et employées aux diverses fonctions, couraient en tous sens. Certaines étaient plus excitées que terrorisées par la présence de ces démons dont on avait tant parlé et qui venaient enfin montrer leur nez : elles étaient partagées entre le besoin de se sauver et le désir de voir le spectacle. Les hommes s'enfuyaient plus vite. La plupart s'étaient réfugiés dans les dépendances du palais ou, plus loin, au fin fond des magasins et des ateliers. Plusieurs avaient réussi à escalader en catastrophe l'enceinte de l'ouest pour se cacher dans les bois avoisinants. Les démons en effet attaquaient à l'est.

— Ils arrivent!

Les femmes de la garde privée étaient restées à leur poste, déterminées à défendre jusqu'à la mort la personne sacrée du souverain. Elles avaient eu le temps de revêtir des cuirasses de combat. L'amazone en chef avait électrisé sa troupe : ce n'était pas tous les jours qu'on avait l'occasion d'en découdre avec le diable; le jeu valait la peine que l'on restât. Échevelée, l'œil en feu, cuisses et mamelles frémissantes, elle brandissait sa lance en attendant l'assaut.

Soudain ce fut le silence absolu : ils progressaient un à un, lentement, le long des portiques et des galeries, marquant un temps d'arrêt à chaque colonnade, montrant ici un visage vermillon aux arcades sourcilières cerclées de bleu, là un monstre à bras multiples, ici encore une figure munie de crocs dans la danse grotesque d'un démon brandissant une épée d'or. La plupart cependant portaient des masques représentant des têtes d'animaux ou reproduisant les traits des grandes figures du panthéon démonique. On avait souvent vu ces visages au spectacle, mais jamais en aussi grand nombre et surtout aussi bien armés : une forêt de piques, de glaives brandis, de haches de guerre et de coutelas en forme de flammes semblait porter cette théorie de monstres, qui peu à peu se regroupaient. Ils s'arrêtèrent, formant une ligne.

Puis, de derrière chaque colonne, et dans un ensemble parfait, surgirent brusquement des reptiles qui se dirigèrent lentement vers le trône avant de se placer en ligne, têtes dressées et capuchons immobiles. Le sifflement des cobras se fit dans un ensemble parfait, comme au commandement. Qui donc avait dressé ces serpents à une parade militaire ?

Alors parut Rahu, le démon qui avale le soleil et la lune lors des éclipses : un colosse rouge, au visage hérissé de crocs multiples, armé d'une hache dont le tournoiement remuait l'air d'un sifflement rauque, sorte de basse répondant au concert aigu des cobras, rompant le silence qui avait accompagné la progression démoniaque. A l'arrière, posté au centre de la galerie, le monstre à l'épée d'or continuait sa danse.

Le roi sursauta : conques, tambours, cymbales et trompettes explosaient en un tonnerre d'une discordance infernale. C'était l'assaut. Le bataillon féminin poussa son cri de guerre et prit l'offensive. La mêlée fut immédiate. Au premier affrontement la tête de l'amazone en chef avait roulé sur le sol, dérangeant les cobras qui se détendirent les uns après les autres pour atteindre plusieurs guerrières de leurs morsures. Dans des giclements de sang, au milieu d'entrailles répandues et de tronçons de serpents se tordant d'agonie, membres coupés et armes brisées volaient de toutes parts. Le sol devenait glissant, animé de remous visqueux. Les démons rugissaient, taillant en pièces les courageuses guerrières qui, la crinière au vent et la prunelle ardente, s'efforçaient de rendre coup pour coup. Il ne resta bientôt plus que deux amazones, combattant pied à pied.

Trois flèches s'étaient fichées dans la cuirasse de Rahu, qui bondit en hurlant. Le roi avait dégainé, assisté par deux dignitaires. Le démon était sur lui, terrible et grimaçant, la hache haute, lorsque son masque explosa, le nez tranché de haut en bas par un premier coup d'épée. Un second coup décalotta le crâne, dont la cervelle gicla, aspergeant le trône de ses débris. Le colosse se renversa de toute sa hauteur sur le coussin où reposait l'épée sacrée.

— Incantez vos flèches! visez juste! tonna Injit, dominant la mêlée.

Percés de toutes parts, plusieurs démons s'écroulèrent, perdant leur masque et hurlant maintenant d'une douleur humaine. Les autres prirent la fuite à travers galeries et pavillons et réussirent à s'échapper. Parmi les combattants avaient survécu au massacre deux guerrières de la garde privée et cinq dignitaires qui entouraient le roi : trois avaient été tués, dont le vieux chapelain royal et l'inspecteur des Qualités et des Défauts. Des cobras on ne retrouva que deux reptiles lovés dans un recoin du palais.

— Étrange affaire, Majesté, murmura Injit en se prosternant devant le souverain et en l'engageant d'un geste à reprendre sa posture d'aise royale sur le trône.

— Où est l'épée? demanda Yashovarman.

Injit poussa du pied le cadavre de Rahu. L'épée apparut, sanglante et brisée en deux par le poids du colosse. Ainsi se précisait le complot : une épée fausse! Mais le prince avait réussi : sa petite troupe d'élite, après avoir franchi par le passage secret l'angle nord-ouest de l'enceinte, était arrivée à temps; il se félicitait d'avoir privilégié les arcs.

— Cet objet n'est que de bronze, dit-il, devant la perplexité générale. Les conspirateurs ont conservé l'épée d'or. Sire, il faudra vous garder.

Debout derrière le trône, la reine Chudamani, impassible, n'avait rien perdu du spectacle : Injit, toujours, saurait servir son fils, le prince Jaya, et la royauté légitime.

CHAPITRE 23

Le ton montait :

— J'avais bien dit que cette idée de démons n'était pas bonne. Tout le monde en a vu dans les défilés et les fêtes.

— Tu étais près de réussir, protesta Yaksa. Seul le prince Injit, qu'on n'attendait pas…

— D'où est-il sorti, celui-là ? Le courrier qui annonçait son évasion affirmait qu'il rejoignait Jaya.

— Eh bien, tu avais mal jugé ! On cherchait en vain à l'intercepter sur les itinéraires que tu indiquais. Il était à Angkor.

— Mais comment s'est-il introduit dans le palais ?

— Le palais n'était plus gardé. Les soldats, épouvantés par mes démons, ont déserté leur poste. Les remparts n'étaient plus protégés. La voie était libre. Preuve de la réussite de mon idée. Certes, on a vu des démons dans les fêtes et défilés, dans les spectacles, mais cette fois-ci tout le monde était terrorisé.

— Soit.

— Le plan, te dis-je, était bon : l'armée de l'Ouest, dont la fidélité ne nous est pas encore acquise, cantonnée à l'extérieur des remparts ; l'escadron dont les officiers t'appartiennent, répandant dans la ville rumeurs et incertitudes ; des nuages pleins à crever et soudain un vent violent. Chacun s'attend à quelque chose : le peuple est prêt à accepter une nouvelle situation ; le roi, on le sait, ne dispose que d'un régiment de valeur médiocre. Voilà pour le premier acte. Deuxième acte : brusque apparition des démons, panique de la garde royale et assaut du palais. Enfin, intervention de mon escouade de najas au pied du trône. Le roi était à notre merci. Alors tu brandissais l'épée d'or et brisais celle de bronze. L'usurpation de Yashovarman éclatait au grand jour : aucun Khmer ne peut admettre une telle félonie : un roi d'Angkor trichant avec le palladium royal. Le trône était à nous. L'armée ne pouvait que t'acclamer!

— Très bien, parfait, mais c'est raté... Il aurait mieux valu que je donne l'assaut par surprise, sans déguisements ni grimaces. Sans tes cobras, qui se sont fait couper en rondelles... Et Santanu qui s'est échappé! Ici aussi, une simple escouade de police aurait été plus efficace : nous l'aurions aujourd'hui dans une cage de fer! Trois archers perchés comme des singes ont tout bonnement décimé ta phalange de femelles, sauvageonnes des montagnes, tes collègues de gynécée, invincibles en combat rapproché. Elles n'ont pas su non plus résister au coutelas du ministre...

— Sauvageonnes des montagnes! Tu les verras à l'œuvre! Que deviendrais-tu sans elles? Et sans moi? Qui te fait roi?

— Qui me fait roi?

— Qui a eu l'idée de voler l'épée?

— J'étais, avant de te connaître, un kshatriya fidèle adonné au dharma. Avant de me faire roi, tu me fais traître!

La dispute tournait à l'absurde. Purocana se reprit. L'heure était à l'analyse politique et non à de vaines considérations sur une opération manquée :

— Santanu va rejoindre les Chams, conclut-il. Et convaincre leur roi de nous faire une guerre à outrance. Aucune patrouille ne le retrouvera. Il est trop habile.

— Par chance, il n'a pas eu le temps de se procurer les traités magiques. Le roi cham risque de le mal recevoir.

— Où se cache Injit?

— Il ne se cache plus. Il va reprendre son rang à la cour.

— Oui, j'oubliais. Il ne peut plus être considéré comme un traître. Au reste, l'a-t-il jamais été? Le roi va lui confier le commandement de sa garde. Il faut se décider. C'est moi l'usurpateur. Chacun maintenant le sait. Bien que personne ne m'ait vu en chair et en os attaquer le roi... Par chance j'ai renoncé, malgré ton insistance, à tenir le rôle de Rahu : il fallait un colosse et je suis trop petit.

— Tu étais mieux en petit monstre lointain agitant l'épée d'or, la vraie. Mais tu devras prendre des leçons de danse.

— Bien! Santanu s'est enfui. Les Chams vont faire la guerre. Le roi est toujours sur son trône. Que faut-il faire?

— Tu as l'épée. Que Santanu possède les traités magiques ou non, qu'importe! Qu'Injit sorte de l'ombre ou y reste, qu'importe! Tu as l'épée. Qui tient l'épée tient la royauté.

Décidément, Yaksa ne se départissait pas de ce persiflage odieux qui lui tenait lieu de raisonnement depuis plus d'une heure. Il valait mieux briser là cet entretien. Le général se leva, se servit lui-même un gobelet de vin de miel et s'éloigna. La femme avait compris : elle jouait maintenant avec ses élèves : deux jeunes cobras à qui elle enseignait la compagnie de l'homme. Sortis de leur panier, les serpents se tenaient droits devant elle, attentifs à ses gestes. Purocana faisait les cent pas à travers la grande salle qui servait de quartier général à l'armée de l'Ouest. Il s'arrêta soudain, revint sur ses pas, hésita et reprit enfin la parole :

— Yashovarman ne dispose plus que d'une épée brisée. Le travail est à moitié fait.

— Es-tu sûr que l'épée est brisée? dit Yaksa en faisant signe aux cobras de se lover.

— Je l'ai vue. Et cela revient au même qu'elle le soit ou non. Il faut redonner l'assaut. C'est le moment. Profiter de l'émotion qui règne encore au palais et de la désorganisation de la garde.

— Et le prince Injit?

— Je le tuerai. Son succès n'est dû qu'à la surprise.

— Tes troupes?

— Mon escadron devrait suffire : quinze éléphants, des balistes qui interviendront en premier. Et je dispose ici, dans ce cantonnement, d'amitiés fidèles. Le reste se ralliera au premier succès.

— Et puis nous tenons…

Les jeunes cobras s'étaient dressés en position d'attaque. Yaksa brandissait l'épée d'or.

— Vois comme ils ont compris ! Mais tu ne peux attaquer tout de suite. Injit a peut-être mis le palais en état de défense.

— Attendre encore ?

— Oui, tu dois d'abord t'assurer une fidélité totale de l'armée de l'Ouest. Nous devons ensuite tenir les points forts de la ville, investir les résidences des principaux dignitaires et interdire tout accès au palais. C'est une affaire de quelques jours. Cette fois-ci il faut agir à coup sûr. En attendant trouvons une cachette.

— Pour nous ?

— Non, pour l'épée, voyons. Un simple commando...

— Cacher l'épée ?

— Rassure-toi. J'aurai de bons gardiens.

*

Purocana sortit à grands pas. Il se sentait nerveux, en proie à des pensées agitées. Ses lèvres remuaient toutes seules. Cette femme l'exaspérait.

— Attention, se dit-il, il ne faut pas qu'on me voie ainsi.

Une inspection improvisée des cantonnements et du matériel de guerre lui ferait du bien. Personne ne l'attendait. Ces visites incognito étaient toujours plus instructives que les grandes parades officielles. Pieds nus, vêtu d'un simple pagne négligemment noué et les cheveux défaits, on le prendrait pour un simple manœuvre. Dans l'exaspération où l'avait porté Yaksa, il avait oublié de prendre ses armes, son casque à cimier et ses attributs de commandement. A la réflexion, cela valait mieux, à condition que, tout en observant, il se tienne à distance.

Il se dirigea vers l'entrepôt où des officiers faisaient procéder sur son ordre à la vérification des machines d'assaut. L'usage en était imminent. Les charrons remontaient et lubrifiaient les roues des chars à bras. C'étaient des engins très efficaces pour investir une forteresse dont on ne pouvait approcher les remparts : un homme, choisi parmi les plus robustes, poussait un chariot protégé à l'avant par un large bouclier de peaux de buffle et que montaient deux lanciers ; ceux-ci sautaient à terre dès que l'on parvenait au pied des défenses et se mettaient à l'abri d'un angle mort, tandis que les archers et les balistes criblaient les défenseurs de projectiles. Mais cela ne valait que pour les secteurs non protégés par des douves. Leur franchissement posait toujours un problème : on devait d'abord les combler avec quantité de fagots de bambou confectionnés à l'avance. Purocana nota que sur ce point on avait probablement pris du retard ; il ne voyait que quelques hommes préposés à cette tâche ; on avait négligé ses ordres.

Les balistes en revanche semblaient en bonne voie de remise en état. Ces grandes arbalètes que l'on ne pouvait bander qu'à l'aide d'un mécanisme lançaient des projectiles capables de transpercer les protections les plus épaisses, invulnérables aux flèches ordinaires et à la pointe des lances. L'objet principal de ces machines restait cependant, par la puissance de jet et le bruit que faisait le claquement de la corde au départ du coup, de semer la panique dans les rangs adverses... « La panique est la meilleure des armes, pensa Purocana se sentant tout à coup fin stratège, quand on arrive à l'introduire dans le cœur des hommes... Mais il faut y parvenir... » La baliste était une arme nouvelle. On en avait récemment emprunté le système à la Chine. Maintenue à dos d'éléphant au moyen d'un bât spécial, elle était servie par un ou deux hommes.

On huilait les cordes, faites de boyaux tressés et dont la résistance n'était pas tout à fait sûre. Plusieurs appareillages de rechange étaient prévus. Lorsque la corde cassait elle pouvait blesser le servant de la baliste. Le changement d'une corde prenait du temps. Le défaut de cette machine résidait dans l'insuffisance de sa cadence de tir. Le général nota qu'on procédait à des essais, en faisant fonctionner le mécanisme à vide, sans projectile, pour tester la résistance des appareillages de cordes dont la détente claquait comme des pétards, emplissant l'air d'un bruit de fête.

Tout allait bien de ce côté. Purocana observa de loin les ateliers en plein air où bourreliers et forgerons remettaient en état les armes cassées ou détériorées. Le fer, d'une teneur assez pure, venait du Phnom Dek, la Colline de Fer. On en avait reçu une livraison récemment. Beaucoup de flèches et de lances avaient perdu leur pointe : les ouvriers s'activaient... Le général tendit l'oreille : il avait donné pour instruction de privilégier le tranchant des armes dont il voulait le fil aussi fin que celui d'un rasoir. Il entendait au loin le crissement des lames sur les pierres d'affûtage. « Parfait, se dit-il, il y aura de quoi couper des gorges. » Ici aussi tout allait bien.

Les armes défensives n'étaient pas négligées. Les hommes entassaient les boucliers par catégories : ronds ou de forme allongée, aux décors plus ou moins élaborés, en cuir, bois, laiton ou simple vannerie de rotin. Les lanières d'attache en avaient été vérifiées. Tout serait prêt pour le prochain assaut... Demain ? après-demain ?... A moins que l'on attende un moment plus favorable encore... Il n'avait pas décidé. Mais le plus tôt serait le mieux. Le soir même il devait réunir ses capitaines.

Cependant, un doute l'assaillit. Certes l'armée semblait bien organisée. Mais qu'adviendrait-il du commandement ? L'influence de Yaksa, à laquelle il sentait ne pouvoir échapper, ne serait-elle pas néfaste ? Que devenait la lucidité d'un général entièrement soumis à l'empire d'une femme-serpent ? Il eut soudain l'impression de courir au désastre.

Du champ de manœuvres, en lisière de forêt, lui parvenait l'écho assourdi des ordres d'exercice. Les officiers commandaient un tir, dans la mélopée si particulière des incantations. Les souvenirs d'un temps heureux vinrent se superposer aux considérations du jour : il se rappelait Shikésa, le précepteur si habile dans tous les arts martiaux, et la fraternité qui l'unissait à Jaya, à Injit et aux princes dont il partageait l'éducation. Il était alors un kshatriya fidèle et valeureux, dévoué aux brahmanes, à ses pairs et à son roi. Époque de bonheur... Il secoua la tête et d'un revers de main en chassa la mémoire.

Une chose l'inquiétait, qui se mouvait dans son esprit, présente et insaisissable, comme une bête rampante qui revenait sans cesse : la fidélité de ses hommes... Pouvait-il compter sur un ralliement total ? Jamais il n'obtiendrait d'eux un serment...

Il essaya de se rappeler les termes du serment que le roi demandait à ses féaux et à ses fonctionnaires et dont une pierre gravée du palais royal conservait le texte pour les générations à venir. Les traîtres étaient voués aux enfers... Les termes exacts lui échappaient, qu'il avait cependant appris par cœur dans sa jeunesse, comme tout bon kshatriya. Oui les traîtres étaient voués aux enfers, au trente-deuxième enfer ou même encore plus loin...

Et les fidèles ? En récompense de leur fidélité, le roi s'engageait à subvenir à leurs besoins et à ceux de leur famille... et il les assurait de la reconnaissance et des récompenses dont le peuple, bien servi, ne manquerait pas de les entourer... Le roi s'engageait aussi à maintenir les fondations religieuses. Jamais il ne pourrait faire un tel serment.

*

Dans le désordre du palais, le roi s'était retiré à l'écart, dans un petit pavillon d'agrément dominant une pièce d'eau que se partageaient avec art lotus et nénuphars.

— Étrange conspiration. Une fausse épée sacrée ! Où est la vraie ?

— Purocana, Sire, je vous le dis, intervint Injit. Elle est entre les mains de Purocana. C'est lui qui a monté le coup. Vous voyez bien qu'il a disparu depuis hier.

— La mise en scène était de qualité : démons, cobras. Tout y était.

Yashovarman resta quelques instants plongé dans ses pensées ; puis, sur un ton de confidence, comme s'il avait compris que le destin d'Angkor était scellé :

— Prince, tu vas partir. Rentre dans l'ombre. Merci pour ton soutien. Rejoins Jaya. Dis-lui, si les forces de son armée le permettent, de marcher sur Angkor. Tu seras plus utile là-bas qu'ici. Que peux-tu faire en effet avec seulement vingt fidèles ? Je commanderai en personne la garde du palais.

Injit se prosterna devant les Pieds sacrés.

CHAPITRE 24

Le palanquin venait de se heurter à un barrage de gens en armes qui interdisaient le passage. La chaleur était étouffante et la nature immobile. Aucun souffle n'animait les immenses figuiers qui bordaient la route. Quelques singes étaient alignés, silencieux et inquiets, le long d'un talus. Le cadre de leur vie quotidienne était sujet à des remous qu'ils n'aimaient guère : ces éléphants en grand nombre, ces chevaux en désordre galopant ici et là, ces gens armés les chassant de la piste, le fracas des armes entrechoquées, toute cette fièvre inusitée ne leur disaient rien qui vaille.

Habitués à vivre en osmose parfaite avec ces humains qu'ils côtoyaient chaque jour et dont ils connaissaient la moindre habitude, les animaux pressentaient mieux que quiconque les bouleversements qui allaient affecter leur ville. Tout s'était tu. Les oiseaux restaient silencieux dans l'attente d'un tumulte annoncé.

La reine Chudamani fit signe à ses porteurs de faire demi-tour. Elle voyageait incognito, sous un déguisement de bourgeoise aisée, sans aucun de ces atours royaux qui d'ordinaire marquaient son rang. Son grand palanquin aux brancards d'or relevés en forme de naga et revêtu de soies précieuses, œuvre des meilleurs artistes, était resté au palais. Celui qu'Injit lui avait procuré ne comportait que des brancards de bois sans aucune décoration.

— Plus vite, dit-elle, nous devons maintenant passer par la vieille ville… si le pont n'est pas coupé.

— Je vous l'avais dit, Majesté, murmura Dhari, il valait mieux prendre une pirogue et emprunter les canaux.

— Non, il y a des barrages à chaque intersection, à chaque pont.

La splendeur de cette ville, composée d'édifices étincelants de blancheur ou de couleurs vives, quand ce n'était de l'éclat du cuivre, de l'argent ou de l'or, parfois de celui des pierres précieuses, toujours en harmonie avec le charme des paillotes rustiques, toutes simples, en bordure des jardins et le long des plans d'eau, accentuait le spectacle de grande misère qui s'offrait maintenant au regard. En files silencieuses, les citadins d'Angkor prenaient le chemin de l'exil, dans un encombrement de charrettes surchargées et une bousculade de femmes et d'hommes portant des ballots, suivis par des marmots en pleurs, de tous âges.

— Pourquoi cet exode? demanda la reine. Les querelles dynastiques n'ont jamais été qu'affaires de cour, entre brahmanes et dignitaires. Le peuple se pliait sans façon aux volontés d'un nouveau maître. Veut-on cette fois-ci vider la ville? Çette panique n'est pas normale.

— Majesté, la réponse est simple, répondit Dhari. Les quartiers sud de la ville sont livrés à une soldatesque de mercenaires qui pillent, violent et tuent. Voyez... Et puis, c'était facile à prévoir. Les marchands chinois, comme toujours, sont partis les premiers... Dès qu'il y a danger...

Une colonne de fumée noire s'élevait à l'horizon, au-dessus des arbres qui bordaient le grand étang. Le faubourg était en feu.

« Ce Purocana est un vrai démon », pensa la reine. Elle se rappelait avec angoisse le kshatriya parfait, camarade de jeu et d'étude de son fils il n'y avait pas si longtemps. Comment en était-il arrivé là? Il avait trahi Santanu, traître lui-même. Il trahissait maintenant, au travers de Yashovarman, Jaya, son fils, héritier légitime. Elle se reprochait d'avoir fait un faux calcul. Mais qu'aurait-elle pu faire? Le pouvoir rendait fou. Depuis toujours le trône d'Angkor était la proie d'ambitions désordonnées : la royauté revenait à qui se sentait la force de la prendre. Mais aujourd'hui les moyens mis en œuvre étaient d'une bassesse affligeante.

Un vrai démon. Le calcul est clair. Les troupes ont reçu de leur général licence de piller une partie de la ville. De quoi les mettre en appétit avant de les lancer à l'assaut du palais. L'homme s'assure par ce moyen néfaste une fidélité dont il n'avait point jusqu'alors l'assurance. L'armée de l'Ouest lui est acquise, du moins dans une proportion suffisante pour lui donner la royauté.

— Hâtez-vous !

On était loin du monastère. Il fallait faire un grand détour. Le palanquin croisa une horde de soldats dont le vêtement et la coiffure indiquaient une origine étrangère : les mercenaires siamois ! Ou des sauvages, venus des montagnes et du plus profond des forêts ! Des hommes sans foi ni loi, qui se comportaient en fauves pour peu qu'on leur en donnât l'occasion. Purocana était donc prêt à brûler la ville et à massacrer ses habitants pour prendre le pouvoir. Le palanquin passa sans heurt : la troupe barbare ne lui portait pas attention ; sous la surveillance d'officiers khmers, qui ne ménageaient pas les coups de fouet, elle se pressait vers les quartiers opposés de la ville.

En passant devant sa maison, que la jeune femme avait dû abandonner et qui serait peut-être livrée au pillage, Dhari ne put cacher son désarroi :

— Majesté, pouvons-nous nous arrêter ? Un instant, un petit instant, supplia-t-elle, bouleversée.

— Que veux-tu voir ? Il est trop tard.

— Le cheval du prince Injit. Je le vois. Il est revenu. A moins que le prince lui-même...

La reine l'interrompit de la main. Son attention venait d'être attirée par un spectacle inattendu dans les rues d'Angkor : trois femmes armées de pied en cap, le chignon relevé à la manière militaire, étaient postées à une croisée de routes. Deux d'entre elles se précipitèrent :

— Sortez, descendez ! Qui êtes-vous ?

Terrorisés, les porteurs stoppèrent. La reine se redressa : l'autorité de son regard fit un instant fléchir les démonesses, qui reculèrent. Mais l'une d'entre elles, se reprenant, planta ses yeux dans ceux de la reine et bondit, renversant le palanquin. La reine resta impassible tandis que Dhari se cachait le visage. Les deux femmes s'attendaient au pire lorsque, bizarrement, la troisième guerrière, qui s'était tenue à l'écart, s'approcha et fit signe aux porteurs de reprendre la route. Une altercation s'ensuivit : ces femmes ne parlaient pas khmer. Elles partirent au pas de course pour rejoindre un groupe qui se tenait plus loin. Il se passait là-bas quelque chose.

« Que de théâtre! pensa la reine, tandis que son palanquin s'éloignait au rythme accéléré des porteurs. Et que signifie tout cela? Une armée fantomatique traversant la ville de part en part. Une mascarade démonique se terminant en bain de sang. Des serpents dressés. Les sauvages des montagnes se livrant au pillage, vociférant en une langue inconnue... Et maintenant des femelles en furie, dangereusement armées et contrôlant les déplacements. Purocana savait créer la panique. Il avait le sens du spectacle! Dire que ce gredin tenait en main l'épée d'or, l'objet le plus sacré du royaume. L'usurpation serait pour demain! »

Le palanquin s'arrêta : le pont était coupé.

*

Indra se hâta de ranger dans la petite cellule qu'on lui avait assignée dans le quartier des femmes le paquetage que l'intendant venait de lui remettre. Les maîtres comme les étudiants recevaient à leur arrivée quelques moyens de subsistance que déterminait le règlement. La jeune femme disposa sa couchette, dont on lui avait dit qu'elle serait renouvelée chaque année, resta perplexe devant les huit noix d'arec et les soixante feuilles de bétel prévues pour la journée, et dont elle n'aurait certainement pas l'usage, soupesa la portion de riz décortiqué, et jeta dans un coin le fagot de bois qui servirait pour sa cuisine. Le règlement était strict : rien de moins, rien de plus. Elle avait aussi reçu quatre cure-dents, un rasoir et des ciseaux qu'elle mit de côté. Son attention se portait plutôt sur les bâtons d'encre que l'on appelait noir animal, sur la craie et les feuillets vierges de latanier préparés pour l'écriture : « Attribués à titre personnel à tout étudiant vertueux », lui avait dit l'intendant. Indra se rendait enfin à son premier cours lorsqu'un employé vint la chercher :

— Princesse, le supérieur vous demande. Immédiatement. Pour une affaire urgente.

— Très bien. J'y vais... Où est ma sœur Devi ?

— Elle est à son cours de danse. Comme chaque jour, depuis son arrivée.

— Est-elle aussi convoquée ?

— Je ne crois pas. Le supérieur ne m'a parlé que de vous.

Le monastère était en effervescence. Le supérieur faisait procéder à un inventaire général de sa richesse mobilière. Les informations qu'il recevait d'heure en heure laissaient en effet présager le pire. L'armée de l'Ouest, récemment arrivée et qui campait de l'autre côté de la ville, se livrait à des actions démoniaques caractérisées ; le nouvel homme fort du pays s'apprêtait à usurper le trône ; il y avait des combats à travers la cité ; les mercenaires étrangers pillaient et tuaient. Et tout laissait craindre que la sainteté du lieu ne fût pas respectée.

Le ministre Santanu avait trahi. Il était en fuite. Il avait le premier médité l'usurpation du trône. Le général Purocana, en qui le roi Dharan avait naguère toute confiance et dont la carrière s'était jusqu'ici déroulée dans le respect du devoir et dans une observance stricte du dharma des kshatriyas, se révélait à son tour dans toute sa fourberie et sa traîtrise. Les démons, disait-on, s'en étaient saisis. Il ne respectait plus les dieux, encore moins les hommes. On parlait à Angkor de la profanation de divers temples ou lieux saints, dont les richesses étaient pillées ; la rumeur ne voulait-elle pas que le Grand Temple de Vishnu, le temple de Suryavarman, eût déjà subi un assaut ? Les rumeurs n'étaient que des rumeurs. Mais il valait mieux se garder.

Le grand monastère bouddhique de l'Est, l'un des plus antiques du royaume, construit dans le quartier bordant la digue sud du bassin oriental, avait été créé par Yashovarman Ier, fondateur d'Angkor.

Il risquait à chaque instant de voir déferler une horde de soudards. Les quelques gardes chargés d'assurer sa protection ne sauraient résister à l'assaut de ces démons. Il convenait donc de trouver des cachettes pour les trésors qui, d'année en année, s'étaient accumulés dans les magasins du monastère. On en profiterait selon la coutume pour faire un inventaire. La dernière fois qu'une telle opération avait eu lieu datait de la guerre civile qui avait donné la royauté au grand Suryavarman II, quelques décennies plus tôt. Mais les événements actuels étaient plus graves : la soldatesque s'en prenait à la population civile et aux institutions religieuses. Pour preuves, ces mascarades de démons qui affolaient le peuple. Les querelles dynastiques n'intéressaient la plupart du temps que deux prétendants ; les armées s'affrontaient et, une fois l'affaire réglée, le vainqueur montait sur le trône et tout rentrait dans l'ordre. Il en était autrement aujourd'hui.

Sur l'ordre du supérieur, Indra avait dû délaisser les cours de philosophie et de grammaire qui la prépareraient à la fonction d'assistante du professeur en titre, un brahmane dont l'âge avancé ne permettait plus de remplir pleinement ses devoirs. L'une des activités essentielles du monastère était l'enseignement. Sur une recommandation écrite de la reine Chudamani, le supérieur venait de recruter à titre exceptionnel la belle-sœur du prince Jaya, dont l'érudition était connue et qui fréquentait depuis longtemps la bibliothèque. A peine arrivée, elle recevait une mission de confiance : superviser l'inventaire des biens du monastère.

— Eh bien ! ma sœur, vous voilà en charge d'un travail important ! L'inventaire ! Vous allez tout connaître de nos richesses.

Indra se retourna : c'était Devi qui venait de quitter son cours de danse.

« Encore elle ! » se dit-elle, cachant mal son courroux.

La princesse Indra était fière de ses fonctions au monastère. Enfin ses compétences avaient reçu une reconnaissance officielle. Mais il arrivait que la présence de sa sœur, par nature enjouée et papillonnante, l'irritât. La reine mère avait trouvé bon, en raison des troubles politiques, de cacher sa bru dans l'anonymat d'un corps de ballet. Fort bien ! Mais cette dernière devait se contenter de son rôle de bayadère.

D'autant plus que comme danseuse elle était ravissante, douée plus qu'il n'était permis. Indra se rappelait leur enfance. Sa sœur savait à peine marcher que déjà elle accompagnait ses babillements de figures de danse qui faisaient l'admiration de tous. Chez Devi le naturel l'emportait sur la science. La gracilité de ses reins, l'aisance de ses gestes, le mouvement parfait de ses membres menus permettaient des écarts qui donnaient à sa chorégraphie une grâce que bien des bayadères expérimentées recherchaient en vain. Indra sentait croître son agacement. « Voilà ! constata-t-elle, elle veut me dire quelque chose et commence par me faire trois pas de danse... » Elle décida d'être directe :

— Merci, Devi ! Mais laisse-moi enfin ! Je dois faire l'inventaire.

— Je désirais simplement t'aider.

— Va danser ! C'est ton rôle. Je me charge de tout. Et le supérieur ne t'a rien demandé.

En réalité, le travail auquel Indra devait participer était considérable. Le monastère était l'un des plus importants et des plus riches d'Angkor. Le service de ses différents établissements occupait plusieurs dizaines de milliers de personnes, prêtres, officiants, assistants, danseuses. Il regorgeait de biens mobiliers, allant d'une abondante vaisselle d'or et d'argent dont le poids se calculait en dizaines de milliers de livres à une multitude d'objets d'usage courant, lots de parasols, lits et autres meubles, sans oublier au passage les sacs de diamants, de pierres précieuses et de perles fines, ou les soieries et vêtements pour habiller les statues des dieux, autant de biens auxquels devaient s'ajouter les denrées alimentaires et produits pharmaceutiques de toute sorte qui remplissaient ses magasins. Les intendants devaient gérer la production des quelques milliers de villages dont le monastère était propriétaire, répartis dans les environs ou dans des provinces lointaines. La richesse était donc immense. Aujourd'hui il ne s'agissait bien évidemment que d'un inventaire rapide des biens contenus entre les murs du sanctuaire principal, ici même, à Angkor. Le travail de comptabilité n'en représentait pas moins une tâche importante. Ensuite, on mettrait tout à l'abri, dans la mesure du possible.

Indra tendit l'oreille. Du voisinage lointain ou immédiat parvenait la rumeur d'une agitation soudaine. La plupart des grands monastères d'Angkor étaient concentrés dans le même quartier, au sud du Baray oriental : ashrams shivaïtes, vishnouites ou bouddhiques assuraient dans la même ferveur des cultes différents. Il en avait toujours été ainsi dans le royaume : quelles que fussent leurs préférences, les rois avaient su maintenir une balance égale entre les cultes qui dominaient la religion d'Angkor : Shiva, Vishnu et Bouddha. Chaque monastère devait se trouver aujourd'hui en proie au même souci : la crainte du pillage… Indra écouta un instant les bruits qui parvenaient des environs. Brusquement, elle tourna le dos à sa sœur et s'éloigna d'un pas rapide. Il fallait voir le supérieur.

CHAPITRE 25

« Sa Majesté la Reine! »

Chudamani descendit du palanquin pour recevoir l'hommage du supérieur. L'attente à la porte du monastère avait été longue : les gardes refusaient de voir en cette bourgeoise se présentant en équipage modeste une personne de sang royal, l'épouse du roi Dharanvarman. La consigne était formelle : ne laisser entrer personne sans l'assentiment préalable du supérieur; la présence de bandes armées en ville autorisait cette mesure.

Le soir tombait. Un crépuscule mordoré teintait d'orange et d'or la pierre du monastère. Chudamani réussissait à cacher sa fatigue. Partie à l'aube, la reine avait mis la journée entière pour parcourir un trajet pour lequel il fallait deux heures habituellement. Les porteurs avaient fait un détour considérable afin d'éviter le pont du sud : on avait traversé la rivière à gué. L'expédition avait été ponctuée de rencontres plus ou moins étranges, voire dangereuses. Chaque fois la prestance de la reine avait sauvé la situation.

— Voici Dhari, dit-elle en présentant la jeune femme au supérieur. C'est une personne pleine de talent et de vertu que vous recommande le prince Injit.

— Faut-il vous préparer des appartements?

— Oui, pour ce soir. Je passerai la nuit chez vous.

— Pour ce soir, Majesté? Je vous en supplie, restez en ce lieu d'asile. Ne retournez pas au palais.

— J'irai où ma fonction m'appelle. Mais vous garderez Dhari, comme vous le faites pour les princesses.

Les appartements où le supérieur conduisit Chudamani étaient luxueux : un pavillon au toit de tuiles jaunes dont la pièce principale, au premier étage, s'ouvrait largement sur un bassin entouré de jardins. Tout ici respirait le calme et le recueillement. Chaque monastère possédait un palais en miniature où la famille royale pouvait être reçue. La prescription était formelle, inscrite sur une stèle au bas de l'escalier : « Si le roi vient ici avec ses femmes, le supérieur prendra soin de l'honorer comme un dieu, suivant les ressources de l'ermitage, car, maître suprême de la Terre, il a été déclaré guru du monde entier. » La reine se retira avec les servantes que l'on venait de mettre à son service.

Le bruit de la présence royale s'était répandu dans les couloirs et dans les cours. Devi et Indra en avaient été averties les premières. Elles délaissèrent aussitôt leurs occupations pour se rendre à la convocation du supérieur. Mais la reine ne quittait pas ses appartements : elle avait besoin de quelques heures pour se reposer et surtout pour réfléchir. Elle fit savoir qu'elle ne rencontrerait les princesses que tard dans la soirée et partirait le lendemain matin, à la première heure.

*

Les ombres de la nuit s'étendaient peu à peu sur les jardins et les cours. Le monastère s'endormait. Mus par une horloge mystérieuse, les crapauds-buffles avaient commencé leur concert répété, soudain interrompu et repris tout à coup, comme à un signal mystérieux. Chudamani prit entre ses mains la coupe de porcelaine que lui tendait Devi et y porta ses lèvres. Sur une table basse, de facture chinoise, était disposé un repas : fruits, galettes de riz, poisson séché et petits récipients d'argent contenant des sauces variées. Reposée, remise des émotions du jour, la reine buvait avec élégance son thé du soir ; l'âge venant, elle avait adopté la coutume chinoise du thé, cette boisson reposante et légère que l'on pouvait prendre à toute heure et qu'elle trouvait préférable aux soupes épaisses dont les Khmers faisaient leur ordinaire du soir ou du matin. Par déférence, Devi et Indra avaient rompu leurs habitudes pour prendre aussi du thé. On venait d'allumer les brûle-parfums qui répandaient déjà des senteurs délicates, utiles aussi pour chasser les moustiques.

— Ce temps sera long, dit la reine après un long silence. De toute façon, Jaya ne saurait arriver que trop tard. Et je lui ai fait dire de ne pas bouger pour l'instant. Il serait massacré... Pourquoi, ma chère, revenir toujours sur ce point? Continue plutôt ton récit.

Devi venait de raconter à la reine comment le ministre Santanu la poursuivait depuis toujours de ses assiduités et combien son air aimable avait caché de perfidie. Elle se reprochait avec honte de n'avoir su démêler à temps le sens de ses manœuvres. La trahison était préparée de longue date : il complotait depuis le premier jour. Son alliance avec Purocana, que l'on croyait aussi d'une fidélité à toute épreuve, avait tourné court. Celui-ci, contre toute attente, l'avait doublé dans la course au pouvoir. Elle poursuivit :

— Santanu a donc volé les plans du traité magique. Mais il s'est trompé. Il n'a que deux livres sur trois. Le troisième — que la pénombre lui a fait confondre avec ce qu'il croyait être le bon — est un ouvrage sans intérêt qui traite d'un projet de nouveau bassin au nord de la ville, paraît-il fort mal conçu. A moins qu'il ne s'agisse d'un traité d'astrologie, également médiocre. Or, les trois livres magiques forment un tout : l'absence de l'un d'entre eux rend les deux autres inutilisables.

— C'est ce soir-là qu'il a tenté d'enlever ma sœur pour l'emmener chez les Chams, précisa Indra en s'adressant à la reine. Seule l'arrivée inopinée de la ronde de garde l'a obligé à lâcher prise. Il avait saisi Devi par les cheveux, et...

— Oui, intervint la reine, Santanu s'est réfugié chez les Chams. Nous savons de source sûre qu'il les pousse à la guerre. Reste à savoir si ceux-ci lui pardonneront ses échecs...

— Ses échecs?

— Par l'usurpation de Santanu, les Chams espéraient mettre sur le trône d'Angkor un roi à leur dévotion : Santanu a échoué. Les Chams pensaient aussi qu'il leur remettrait les traités magiques : ici encore Santanu a échoué; il arrive chez eux en vaincu, nu et les mains vides.

— Ainsi, reprit Devi, les Chams chercheront à conquérir par la guerre ce qu'ils n'ont pu obtenir par un coup d'État.

— Et le succès de Purocana affaiblit le Cambodge. Le moment est propice. Je pense que les Chams garderont Santanu, qui leur apportera des renseignements précieux sur les défenses khmères comme sur les moyens d'obtenir enfin les traités.

— Nous aurons donc la guerre?

— Oui. Le règne de Yashovarman ne peut durer longtemps. Purocana ne recule devant aucun moyen; il usurpera le trône. Et les Chams aussitôt feront la guerre. Santanu est animé d'une haine féroce envers son ancien complice qui l'a trompé : il fera tout pour le détruire; si du même coup il doit anéantir Angkor et sa puissance, il n'hésitera pas. Il saura organiser l'armée chame : ses amis chinois l'aideront; nous savons qu'il avait tissé ici même un réseau d'espionnage avec la communauté chinoise. Un seul recours, mes filles! Jaya et son armée! Mais il faudra attendre longtemps. Le Cambodge connaîtra des heures sombres; il sera peut-être conquis.

*

On allumait les lampes à huile : les petites flammes jaunes hésitèrent et grandirent pour répandre bientôt une lumière blanche, tirant de la pénombre le visage des trois femmes. Au loin, la ville semblait s'être endormie, loin des bruits et des fureurs du jour. Le soir était triste, lourd des incertitudes de l'avenir. Cependant le monastère s'éveillait à la vie nocturne, dans le ronronnement habituel de chaque soir, après les travaux quotidiens. Les monuments de pierre plongeaient dans le silence et l'obscurité de la nuit, tandis que les pavillons d'habitation, s'éclairant peu à peu, s'animaient de rires, de musique et de danse. Devi rompit le silence :

— Majesté, il est temps de prendre du repos.

— Encore un mot, ma fille, et c'est l'objet de ma visite. Le prince Injit est resté à Angkor pour une mission difficile. Tu en apprendras l'objet. Dès qu'il l'aura accomplie, il viendra te chercher.

Tu rejoindras le prince Jaya, ton époux. Dhari pourra vous accompagner si elle le désire ; j'ai insisté, mais je pense qu'en dépit du désir de retrouver son père, Angsha, et sa sœur, Kéo, elle veut rester à Angkor pour préserver autant que possible les intérêts de sa famille. Toi aussi, Indra, tu as émis le vœu de rester dans ces murs tant que durera cette période de troubles : tu veilleras en personne à la conservation des biens les plus précieux du monastère. Devi, tu retrouveras donc ton prince Jaya dans les forêts du Nord. Le prince Injit en connaît le chemin. Il vous faudra tromper la surveillance des troupes mutinées au service de Purocana. Peut-être — mais je n'ose l'espérer — rencontrerez-vous en chemin l'armée de Jaya en route pour Angkor. C'est peu probable, car les Chams risquent d'attaquer. Si c'est le cas, Jaya devra aller à leur rencontre pour leur couper la route.

— Et vous, Majesté, que ferez-vous ? s'enquit Devi, tout à l'étonnement de la nouvelle.

— Je rejoindrai ma place au palais. Yashovarman a encore besoin de moi.

— Restez au monastère, Majesté... je vous en supplie...

La reine ne répondit pas. Elle sentait confusément que cet ensemble de décisions qu'elle était venue porter à sa bru n'étaient peut-être pas les bonnes. L'incertitude l'accablait. Accepter qu'Indra et Dhari restent à Angkor, n'était-ce pas les vouer à terme à une mort certaine ? Dès qu'il le pourrait Purocana prendrait sans doute le monastère d'assaut ; il se vengerait sans pitié sur toute la parenté de Jaya, ses amis et ses proches. Envoyer Devi affronter les dangers d'une longue expédition à travers la brousse, au milieu d'armées ennemies, n'était-ce pas aussi l'envoyer à la mort ? Purocana chercherait par tous les moyens à intercepter le prince Injit, et il avait en fait toutes les chances de réussir. Alors qu'adviendrait-il de sa bru et de ce petit enfant encore à naître ? Ne valait-il pas mieux imposer à Devi de rester sous la protection du monastère ? C'était bien son intention première, mais le tour que prenaient les événements l'avait décidée à éloigner la jeune femme d'Angkor, quels qu'en fussent les risques... La reine songea soudain qu'elle s'était toujours trompée. Elle avait donné une confiance entière à Santanu, puis à Purocana : « Le bon choix! » pensa-t-elle dans un ricanement intérieur. N'était-ce pas elle qui avait poussé le roi Dharan, son époux, à éloigner Jaya d'Angkor en lui donnant le commandement de l'armée? Elle s'était longtemps félicitée de cette décision... Mais aujourd'hui, si Jaya était resté à Angkor, les choses auraient-elles pu prendre si aisément le tour tragique qui mettrait bientôt la ville à feu et à sang? Il aurait pu avec le prince Injit organiser une défense efficace. Elle n'aurait pas été obligée de mettre Yashovarman sur le trône pour préserver les droits de son fils. Étrange pratique en vérité! Et qui relevait plus d'un mouvement de panique que d'une mûre réflexion. Qu'adviendrait-il si Yashovarman, après avoir gagné la partie, trahissait? On n'en était plus à une conspiration près! Oui, elle s'était toujours trompée! Le destin le dirait! Le destin! Son esprit s'emballait. « Le pouvoir mystérieux du destin », comme le chantait la stance du *Ramayana*... Que réservait l'avenir? La reine sentit que tout, autour d'elle, vacillait.

— Qu'avez-vous, Majesté? s'inquiéta Devi.

— Rien, ma fille, rien, dit la reine en recomposant ses traits, confuse d'avoir laissé paraître son émoi.

— Buvez encore un peu de thé. Et puis, il est grand temps de prendre du repos.

— Laissons cela... Vous allez donc rejoindre votre époux. Et vous ferez vos couches en forêt. Vous donnerez à votre prince son premier enfant. Mais encore un mot. Chacun connaît votre amour, ce lien qui vous attache à mon fils et que vous pensez exclusif. N'oubliez pas que, si vous êtes première reine, vous serez entourée des quatre reines qu'impose l'état royal, une pour chaque point cardinal. Je sais que mon fils a choisi Kéo, la sœur de Dhari, pour être un jour l'une de ces reines. Mais, rappelez-vous bien, les reines d'Angkor n'ont pas le droit d'être jalouses. Que l'amour que vous porte mon fils vous suffise...

— Première reine! Jaya sera-t-il vraiment roi?

— Le destin en décidera... Et maintenant, mes enfants, prenez du repos. Et que nos dieux protecteurs débarrassent la ville de cette invasion de démons!

CHAPITRE 26

Le prince Injit avança à tâtons dans l'obscurité du tunnel. L'épée était là. Son intuition ne pouvait le tromper. Encore fallait-il parvenir, sans donner l'alarme, à la pièce centrale de ce sanctuaire antique, depuis longtemps désaffecté, où Purocana avait caché le symbole du pouvoir. L'épée sacrée! Elle était là! Injit en aurait dans un instant la preuve. L'un de ses officiers, qu'il avait affecté au renseignement à l'intérieur même du cantonnement de l'armée de l'Ouest, avait réussi à surprendre une conversation entre Yaksa et son complice, au lendemain de l'attaque du palais par les démons :

— Ce temple est-il fiable? demandait Purocana.

— Rien à craindre. Personne n'aurait idée de le fouiller. Il est en ruine, envahi par la végétation. Et non loin des casernes... Par là! Vois!

— C'est bien. Veille à placer tes sentinelles.

Injit avait compris. Le candidat usurpateur était moins sûr de sa puissance qu'il n'y paraissait. Un simple commando suffirait à reprendre l'épée pour peu que l'on découvrît qu'il était l'auteur du vol et qu'il la cachait chez lui. Il avait donc cherché un lieu retiré pour enfouir l'arme sacrée, en attendant le grand jour, le jour où il donnerait l'assaut au palais. La femme-serpent avait été chargée de trouver la cachette et d'en assurer la garde.

La cachette était bonne. Ce sanctuaire en ruine à l'ouest du grand bassin occidental était abandonné depuis des siècles. Bien malin qui devinerait que le palladium de la monarchie khmère était là.

Injit avança d'un pas et écouta. Un frémissement d'air, un frôlement suivi d'un sifflement prolongé. Un serpent! Probablement un cobra! Le sanctuaire était gardé. S'il progressait encore d'un pas dans ce noir complet, le prince allait à une mort certaine.

*

La vie de la capitale semblait avoir repris son cours normal. Le marché ne désemplissait pas, les canaux connaissaient l'animation habituelle des barques et des pirogues qui longeaient leurs rivages, transportant marchandises et passagers sous les grandes ramures des arbres au milieu desquels on distinguait ici et là les petites paillotes sur pilotis.

L'air, ce matin-là, était léger. Le ciel bleu s'animait du cri des perruches et du caquètement des singes qui sautaient d'arbre en arbre, dans le bonheur de la paix retrouvée.

Cependant, depuis la grande journée des démons — qui continuait d'alimenter conversations et commentaires, mais comme d'une histoire passée, déjà légendaire, dont se saisissaient comédiens et chanteurs —, depuis ce jour donc, le roi Yashovarman n'était jamais sorti de son palais. Sauf peut-être pour quelques promenades en palanquin, tout à fait informelles, parfois incognito, sans déploiement de troupes ni procession des filles du palais, mais avec seulement quelques femmes et dignitaires pour accompagner l'équipage. On n'avait noté aucune de ces grandes sorties officielles où le roi entouré de toute la pompe royale, debout sur son éléphant, brandissait l'épée d'or.

Chacun savait que la situation restait explosive. Le général Purocana s'était retiré avec ses troupes au-delà des remparts, dans les casernes du bassin occidental. Il attendait son heure. On savait le roi sans défense.

L'ermite s'arrêta quelques instants : quel serait le meilleur endroit pour mendier? A la porte de quelque monastère? devant le palais royal? ou ici même, au marché? Il était couvert de cendre, selon la coutume des mendiants shivaïtes, et vêtu d'un pagne ayant perdu toute couleur. Il décida enfin de s'étendre, jambes repliées à la façon du lotus, dans l'allée qui bordait la demeure citadine d'Angsha.

La maison avait été réquisitionnée. Elle était occupée par un piquet militaire, placé là pour assurer la police du marché. Mais personne ne pourrait reconnaître sous les traits d'un ermite ascétique le brahmane de la cour du roi Dharan, précepteur du prince Jaya. Il n'avait retrouvé ni Dhari ni aucun des domestiques. Les propriétaires avaient donc déserté leur demeure. Qu'était-il advenu de la belle ferme des environs du Grand Temple de Vishnu, où il s'était rendu avec le prince Injit lors de l'enquête sur l'éléphant drogué? Sans doute pillée par la soldatesque de Purocana. Il n'aurait pas de très bonnes nouvelles à rapporter au dresseur d'éléphants.

Cependant, l'emplacement était parfait. Shikésa s'installa entre une marchande qui n'avait pour toute marchandise qu'une énorme tortue et un potier qui s'activait sur son tour. Ainsi, il ne perdrait pas un mot des commérages qui l'entouraient et en tirerait des informations nouvelles. Il avait pu constater que les marchands chinois, toujours en grand nombre dès qu'il s'agissait de tractations commerciales, étaient absents, ou presque; il n'en comptait que quatre ou cinq; était-ce lié à la situation politique? A l'époque de Santanu, la communauté chinoise était présente un peu partout; fallait-il y voir un lien avec la fuite du ministre? A proximité, des bateleurs montaient une estrade de théâtre. Il prit la posture de la méditation et se prépara à enregistrer tout ce qu'il entendrait. Il apprendrait tôt ou tard où se trouvait Devi.

Sa mission en effet était de se mettre en rapport avec le prince Injit, qui se cachait à Angkor, d'enlever l'épouse de Jaya et de rejoindre par tous les moyens l'armée khmère qui campait dans les montagnes des Dangrek. Pour le moment, il n'avait retrouvé ni l'un ni l'autre. La reine Chudamani, que Jaya lui avait demandé de rencontrer, était inaccessible; il n'avait pas réussi à lui faire passer de message. Quant au roi Yashovarman, il n'y fallait pas penser. Les accès du palais étaient gardés et Shikésa se doutait que toute tentative pour entrer en contact avec le nouveau roi se solderait par un échec : il se ferait prendre. Purocana était à l'affût et ce n'était pas le moment de montrer le bout de son nez. Le brahmane avait donc décidé de garder son état d'ermite mendiant et de glaner des renseignements dans les rues et le long des canaux. Au vrai, la situation politique était beaucoup plus grave qu'il ne le craignait. Devi ne pouvait être qu'au palais. Quant au prince Injit, il s'attendait à le rencontrer d'un instant à l'autre sous un déguisement quelconque au milieu de ce petit peuple, bruyant et bavard, dans lequel il avait décidé de s'immerger. Une pensée le traversa : si le prince Injit avait été pris, il n'en saurait rien; Purocana l'aurait exécuté en secret sans laisser de trace.

*

La troupe de théâtre avait terminé de monter son estrade, et les acteurs se mirent à jouer devant un public attentif. Chacun était suspendu aux répliques. Le brahmane tendit l'oreille : il ne connaissait pas ce répertoire; il s'agissait d'un combat entre les démons et les hommes dans un contexte assez nouveau : le roi — mais il y avait toujours dans les pièces khmères des rois et des princes —, le roi était abandonné de tous, faible et désarmé face à un démon bondissant qui s'apprêtait à le tuer d'un coup de hache; alors surgissait des coulisses un prince rayonnant de dharma; il affrontait le démon et l'abattait d'un coup d'épée. La langue était vulgaire, mais l'histoire était belle, dite dans les mots simples du khmer populaire; un tel langage n'était pas d'usage à la cour et le brahmane se dit qu'il faudrait mettre un jour en vers sanscrits de belle langue, celle-là même dont on usait pour les inscriptions officielles, les récits d'inspiration populaire. Le récitant commentait l'événement :

« Lorsque Rahu manifesta son esprit de traîtrise contre le roi Yashovarman pour s'emparer du palais royal, toutes les troupes de la capitale s'enfuirent...

« ... Le prince engagea le combat : deux de ses compagnons combattaient à ses côtés pour le défendre.

« … Le prince frappa Rahu au nez et le renversa… »

Les commentaires du public permettaient de comprendre que le fait était récent. Shikésa avait donc appris comment le palais avait été attaqué par un peuple de démons ; comment aussi le roi avait été sauvé de justesse par un prince sorti de l'ombre. Ainsi le peuple n'avait-il pas attendu huit jours pour mettre l'événement au théâtre. La légende allait vite en besogne et le goût du brahmane pour les gestes épiques en était conforté. On parlait ouvertement du roi régnant, Yashovarman. Le brahmane crut comprendre que le prince était présenté comme un parent de Jaya, mais la réplique lui échappa. Cette histoire de démons attaquant le palais avait frappé l'imagination populaire, la rumeur avait fait le reste, si bien que bateleurs et comédiens n'avaient pas manqué l'occasion de tirer profit d'un événement aussi étrange. Les conspirateurs récoltaient ce qu'ils avaient semé : la population avait certes été épouvantée par la présence d'une horde démonique ; mais elle affirmait aujourd'hui sa fidélité au roi Yashovarman, successeur de Dharanvarman, et au prince exilé. Le complot devrait compter aussi avec une opinion qui d'ores et déjà lui refusait la légitimité. C'était peut-être la première fois que, dans une situation de crise, le peuple faisait entendre aussi ouvertement sa voix. Le prince Jaya était aimé ; ses gens ne l'avaient pas oublié et ils attendaient son retour. Un usurpateur ne pourrait se maintenir que dans la tyrannie !

Mais déjà le piquet de garde, au signal de l'officier, se précipitait pour faire interrompre le spectacle. Il s'ensuivit une discussion animée entre les soldats et les acteurs. Dans la bousculade qui suivit cette intervention militaire, Shikésa fut chassé sans ménagement de sa place et prié d'aller mendier ailleurs.

— Ils ne respectent rien, dit une voix. Pas même les religieux.

— Un mendiant est sacré ! ajouta une autre.

— Voyez comme ils traitent nos dieux ! Ils ne respectent même pas les monastères et traquent les ermites jusque dans les lieux sacrés.

— Oui, le monastère bouddhique aurait été attaqué !

— Est-ce sûr ?

— On le dit.

— A quand les autres ? Ils veulent piller les ermitages. Il y avait grand bruit hier dans le monastère de Vishnu.

Les monastères ! Il fallait aller voir. Shikésa décida de s'y rendre et de mendier à leurs portes.

*

Purocana lança son cheval au grand galop. La fumée qu'on lui avait signalée, à l'ouest du bassin occidental, venait incontestablement du sanctuaire désaffecté. Il n'y avait point d'incendie de brousse dans cette période de l'année. Et aucun paysan ne pouvait faire un tel feu. Un sanctuaire en feu ? Comment des briques pouvaient-elles brûler ? Et pourquoi ?

Le général descendit de cheval en voltige et se précipita à l'intérieur de l'enceinte. La fumée était due à des brandons de broussailles qui continuaient à se calciner au milieu de tronçons de serpents encore agités de spasmes nerveux. Un cobra, séparé de la moitié de son corps, trouva la force de se dresser, dans un dernier sifflement d'agonie. Purocana dégaina son épée et d'un revers lui coupa la tête. Une fumée plus dense, noire et grasse, s'échappait de l'orifice du souterrain, ainsi que d'une brèche étroite récemment ménagée au pied de la tour de briques.

La cachette avait été découverte, le tunnel enfumé, les cobras massacrés et la tour éventrée. Sans hésitation, Purocana se mit à plat ventre et s'engagea dans la brèche : le grand cobra, gardien de l'épée d'or, avait été asphyxié ; il gisait au milieu de briques fumantes, découpé en morceaux. L'homme ressortit aussitôt, toussant, le souffle court et les yeux pleins de larmes. Son escorte venait d'arriver :

— Le voleur ne peut être loin, les traces sont fraîches. Deux hommes, au plus vite, vers l'ancienne ferme d'éléphants. Les autres avec moi, sur la route des monastères... Toi, retourne au camp et demande des renforts.

CHAPITRE 27

Tonitruant, bavard, heureux, le prince Injit tenait toute la place. Il exultait. C'était la troisième fois qu'il racontait son histoire.

— Oui, un endroit parfaitement clos, à l'intérieur de la tour du vieux sanctuaire. On ne pouvait l'atteindre que par un tunnel, une sorte de boyau à moitié effondré qui avait dû servir à des pillards pour voler un trésor, ou encore un conduit hydraulique. La cachette était gardée par des cobras. Des serpents de combat, dressés par ces démonesses venues des provinces du Nord et dont Purocana fait maintenant usage... J'ai dû renoncer. Ce n'est que le surlendemain qu'un officier m'a expliqué comment il suffisait d'enfumer ces reptiles pour les faire fuir. Ce que nous fîmes. Mais les cobras ne se sont pas enfuis. A moitié brûlés, ils continuaient le combat.

— Enfin, vous voilà, dit Devi en lui servant à boire. Nous sommes tous réunis.

— Le grand cobra de la tour, celui qui gardait l'épée, nous a donné du mal. Il refusait de sortir du conduit. J'ai décidé alors de faire une brèche dans le mur, ce qui a provoqué un appel d'air : les flammes se sont engouffrées jusqu'au faîte de la tour, comme dans un arbre creux. Puis nous avons attendu. Et le serpent est enfin sorti pour attaquer. La voie était libre.

Décidément, Injit ne se tenait pas de joie. Il contait ses exploits en ponctuant chaque phrase d'un rire explosif. Tout le bonheur des temps passés semblait revenu. Le supérieur avait fait servir nourritures et boissons : brochettes de viande et de poisson, galettes de riz, avec une grande variété de sauces, contenues dans des feuilles pliées en cornet, et du vin de feuilles de kiao, considéré comme ordinaire, mais assez fort et excellent remontant... On partait pour l'exil, et probablement pour la guerre, comme pour une partie de plaisir. Cependant, Shikésa écoutait d'un air grave. Le brahmane avait troqué sa harde de mendiant pour une tenue militaire; il était armé de pied en cap :

— La route sera longue, dit-il, il faut partir.

— Non, brahmane, pas avant que vous ayez renoncé à cet attirail de guerrier. Nous n'en sommes pas à l'épopée, du moins pas encore. Vous en découdrez plus tard. Prenez donc un déguisement de marchand, comme moi-même. Vous étiez mieux en mendiant, tout blanc de poussière et de cendres, sur le bord de la route, à la porte du monastère.

— Mon frère, tout héros que vous soyez, ne moquez pas le saint homme, le précepteur vénéré de mon époux. C'est un bienfait des dieux que nous soyons réunis.

— Je dis seulement qu'il était beau dans sa méditation. Je ne l'aurais jamais reconnu. Heureusement qu'il a quitté ses rêves épiques pour se faire connaître. N'est-ce pas, brahmane, que vous vous êtes précipité vers moi avec une telle soudaineté et une telle force que j'ai failli mettre la main à l'épée?

— Trêve d'ironie, mon frère, Shikésa est un héros qui vous vaut bien.

*

Le brahmane se retira sans mot dire. La réflexion du prince était juste : il ne pouvait se montrer en ville en tenue de combat. Où avait-il la tête? La fatigue, sans doute, ou l'émotion des retrouvailles, le besoin inconscient de combattre aussitôt, de punir les traîtres et de venger son maître. En un instant, il troquerait son attirail de guerre contre un simple sampot. A moins qu'il ne fût préférable de se déguiser en Chinois; mais cela prendrait plus de temps. L'idée du prince Injit était bonne : à la réflexion, un marchand chinois voyageant à cheval, accompagné d'un serviteur et d'une concubine khmère, passerait plus facilement inaperçu ; on camouflerait les armes dans les ballots de marchandises. Un tel déguisement avait des avantages : le brahmane pourrait conserver sa barbe ; seule sa coiffure serait modifiée. A condition de ne pas avoir à soutenir une conversation prolongée, Shikésa maîtrisait suffisamment le chinois pour faire illusion. Son accent khmer n'étonnerait personne : beaucoup de Chinois, installés à Angkor depuis une ou deux générations, parlaient leur langue avec des intonations locales. Un serviteur khmer : c'était parfait ; une concubine khmère : encore mieux, la majorité des Chinois résidant au Cambodge faisait grand usage de femmes indigènes aussi douées pour le commerce que pour l'amour. Vêtue en femme du peuple, Devi saurait tenir son rôle. Un point encore : les troubles présents et l'incertitude d'une prochaine révolution de palais comme les risques de guerre avec le Champa avaient suffisamment effrayé la communauté chinoise pour que plusieurs de ses membres quittassent la ville ; beaucoup se trouvaient sur les routes. Décidément, Injit avait raison : il n'y avait pas de meilleur travestissement.

Justement, celui-ci venait de rejoindre le brahmane dans la cellule que le supérieur lui avait allouée à l'intérieur du pavillon réservé aux visiteurs. On mettait une dernière main aux préparatifs de départ. Shikésa s'appliquait à enrouler des pièces de soie autour de ses armes : on les mettrait avec les bagages. En un tournemain il s'était transformé en marchand chinois :

— Nous partirons tout droit, dit-il, vers le nord. La route du Grand Lac est trop surveillée. C'est là que les hommes de Purocana nous attendent.

— Il faut donc traverser la ville et passer devant le palais.

— Il le faut, quels que soient les risques.

— Les hommes de Purocana sont partout, brahmane. Nous aurons l'occasion de combattre... La route du lac nous imposerait en effet un trop long détour. Et nous devons rejoindre Jaya au plus vite. Le chemin le plus court sera le mieux.

— D'autant plus qu'il est possible que l'armée de Jaya ait fait mouvement vers la ville.

— Dans ce cas, nous pourrions la rencontrer. Allons maintenant prendre congé du supérieur.

*

Conscient de la gravité de la situation, le supérieur avait enfreint quelques règles du monastère pour accueillir ses hôtes. Ceux-ci étaient des fugitifs et il devait les aider. Il avait donc renoncé à l'interdiction de laisser entrer des armes dans l'enceinte du monastère : la seule présence de l'épée sacrée pouvait justifier l'exception. Injit et Shikésa restaient armés comme pour la guerre et le brahmane s'était montré dans tous les atours du guerrier. De plus, la règle formelle qui interdisait les excès de boisson avait été largement transgressée : tout à la joie des retrouvailles, le prince avait bu plus que de raison. Le supérieur n'avait pas eu le courage d'imposer à ses hôtes des règles de conduite qui n'étaient pas de mise en pareilles circonstances : Injit avait demandé à pénétrer dans l'enceinte avec le palladium royal, l'épée d'or. Alors qu'un candidat à l'usurpation d'une espèce nouvelle mettait la ville à feu et à sang, sans respect pour les ordres religieux et pour leurs ermitages — on s'attendait au pire —, le premier souci n'était-il pas d'aider les partisans de la monarchie légitime par tous les moyens ?

Le supérieur avait donc fourni les chevaux et les vivres, les armes — seul le prince Injit disposait d'une épée et d'un poignard — et tout le bagage d'un commerçant chinois ordinaire. L'équipement était complet : des arcs avec des flèches en abondance, glaive et coutelas pour le brahmane ; des ballots de plumes de paon et de martin-pêcheur qui avaient l'avantage du volume et de la légèreté et dans lesquels les armes pourraient être facilement dissimulées ; les vêtements nécessaires au déguisement des voyageurs ; et plusieurs bourses de taëls d'argent pour une somme à peu près équivalente à ce que pourrait emporter un marchand après deux ou trois années de travail : de quoi transformer une hostilité éventuelle en une amitié ouverte !

Le saint homme était maintenant penché sur des écritures; de minces feuilles de papier chinois que préparait Devi et où il traçait quelques caractères rapides :

— Voilà, dit-il au brahmane qui venait d'arriver, cela est pour le supérieur de la Citadelle des Femmes. C'est le plus important. Vous serez approvisionnés et soignés si nécessaire. Les autres messages sont destinés à différents ermitages qui peuvent se trouver sur votre route. Pliez bien ces messages et serrez-les à l'intérieur de ce qui vous tient lieu de sampot.

— N'y a-t-il rien de compromettant au cas où nous serions pris et reconnus?

— Non. Les messages sont très anonymes. Une simple recommandation pour un commerçant chinois qui nous aurait fait des dons. Ce sera à vous de dévoiler votre identité si vous le jugez bon... Voici aussi une carte pour localiser les ermitages.

— Ainsi tout est prêt pour le départ, dit Devi en pliant avec soin les documents... Mais comment laisser la reine dans ces dangers?

Personne ne répondit. On ne pouvait emmener la reine mère. Chudamani avait elle-même défini son destin : elle restait au palais où elle avait mis Yashovarman sur le trône afin de sauvegarder les droits de son fils. Elle attendrait son retour ou périrait dans la tourmente si les troubles venaient à se confirmer. Devi pensait aussi à sa sœur Indra, qui avait décidé de rester; elle ne pouvait se résoudre à quitter ses études. Au vrai, elle ne risquait pas grand-chose : en cas de viol du lieu sacré par les troupes félonnes, il lui serait facile de renoncer à sa fonction de professeur et, comme l'avait fait Devi, de se cacher sous l'anonymat d'une danseuse; on en comptait ici plusieurs centaines. Elle pouvait aussi se réfugier dans un village des environs parmi ceux, en nombre considérable — deux cent mille âmes, disait-on —, qui appartenaient au monastère. Indra prendrait alors les fonctions de simple servante, au même titre que Dhari, que la décision de la reine mettait sous la protection du lieu saint. Devi voulut faire une dernière recommandation :

— Ma sœur Indra…

La princesse n'eut pas le temps de finir sa phrase. Des hurlements se faisaient entendre au-delà de l'enceinte. On se battait à quelques dizaines de toises de là.

— Les ermitages ! dit le supérieur. Ils attaquent les ermitages. Ils seront bientôt ici. Partez.

Les chevaux étaient prêts. Injit passa en bandoulière l'épée d'or enveloppée dans une soierie. La troupe monta à cheval et s'éloigna au petit trot.

Les voyageurs traversèrent la ville sans encombre. Contrairement à ce qu'on avait craint, le palais royal n'était gardé que par de faibles contingents de lanciers. La porte Nord fut franchie sans que personne s'étonnât de ce marchand qui, comme tant d'autres, prenait la route des régions septentrionales. Les chevaux marchaient maintenant au pas comme pour un long voyage. Il fallait cependant faire vite : après avoir fouillé les monastères — et tout indiquait qu'il n'hésiterait pas à commettre ce crime —, Purocana lancerait des escouades sur toutes les routes de l'empire. On reprit le petit trot.

*

— Tes najas sont morts, Yaksa, et l'épée est perdue. Cette défense était mauvaise.

— On ne pouvait prévoir que le secret serait éventé.

— Comment éventé ? explosa Purocana. J'aurais dû, comme je le voulais, conserver cette épée avec moi.

— Que comptes-tu faire ?

— Prendre le pouvoir, dès maintenant, avec ou sans épée sacrée. Vois, Yashovarman en est privé. Il reste dans son palais et ne se montre pas, voilà tout !

— Il a l'épée de bronze, la copie.

— On dit qu'elle est brisée.

— Tes troupes sont-elles fiables ?

— Fiables ? Un seul assaut suffira.

— Nous n'avons qu'à faire fondre une autre copie, et…

— Non, Yaksa, tu le sais. Tu as tué l'orfèvre, et le moule est brisé.

— Alors?

— Le pouvoir! Le pouvoir tout de suite! La royauté! Point d'épée, fausse ou vraie, point de cachette. Plus d'attente. Plus de démons, ou de calcul! Le pouvoir tout de suite… Les troupes marcheront ce soir. Je serai là en tête sur mon éléphant blanc. Et mon épée de fer sera la bonne. Ou mon arc… Et ma cuirasse pour qui voudra m'atteindre.

Yaksa plissa ses yeux et, s'approchant de l'homme, siffla entre ses dents :

— Tu es mon tigre, un tigre entre les hommes!

CHAPITRE 28

La chaleur était étouffante. Deux chevaux étaient morts, l'un d'une morsure de serpent, l'autre d'épuisement. On devait maintenant marcher à pied. Si la sortie de la ville et de ses faubourgs avait été relativement aisée, les fuyards n'avaient pas tardé à se heurter à des barrages militaires. Les officiers procédaient à des interrogatoires pour peu que les voyageurs parussent suspects. La fouille des bagages, où les armes précisément se trouvaient camouflées, avait été évitée de justesse : Shikésa avait distribué les taëls d'argent. A trois reprises, la petite troupe avait été sur le point d'être identifiée. Le prince et le brahmane avaient décidé de contourner ces obstacles en prenant à travers la brousse et la forêt ; la marche était de plus en plus pénible et les chevaux, n'avançant plus, devenaient une charge plus qu'une aide ; en trois jours on avait parcouru quelques milles seulement : sans cesse, à cause de tel ou tel obstacle, il fallait revenir sur ses pas.

Shikésa avait renoncé à son déguisement de marchand chinois, qui ne convenait guère aux situations que l'on rencontrait en brousse. Sur la route, personne ne s'étonnait de voir cheminer un commerçant chinois avec ses domestiques. Mais que ferait un Chinois dans des villages de forêt où il n'y avait rien à acheter et rien à vendre ? Dans cette région on ne trouvait ni plumes de paon, ni cornes de rhinocéros, ni ivoire. Il avait donc repris sa tenue de brahmane, dont le prestige pouvait être utile. Ses armes cependant restaient à portée de sa main, accrochées au bât d'un cheval. Injit n'avait pas hésité à ceindre son épée et à prendre son arc : en brousse, il fallait être prêt à toute éventualité. Devi, malgré sa fatigue, s'était chargée de l'épée sacrée.

Lors d'un passage difficile, dans des taillis inextricables au milieu de rochers, une dispute avait éclaté entre le brahmane et le prince. Celui-ci proposait de se débarrasser des ballots de marchandises dont le volume retardait la marche car à chaque instant le chargement se prenait dans les branches. Shikésa voulait conserver ce qui leur permettrait de se déguiser à nouveau s'ils avaient à reprendre la route et avançait que les plumes de paon, serrées sur le dos d'un cheval, constituaient le meilleur camouflage pour les armes cachées à l'intérieur. On ne renonça donc qu'à trois colis sur quatre, ce qui permit de récupérer un cheval.

Le prince Injit avait une expérience ancienne de la brousse et de la forêt. Ses expéditions de chasse lui avaient appris bien des secrets que les citadins d'Angkor ignoraient. Il avait vécu longtemps dans les montagnes, au milieu de peuplades barbares qui ne parlaient pas le khmer mais dont il connaissait les dialectes. L'apparition de ce guerrier armé de pied en cap, colosse superbe au verbe haut et au sourire bienveillant, faisait forte impression aux villageois. La jeune femme qui l'accompagnait, aux traits fins et au teint clair, bien que le soleil eût depuis quelques jours altéré sa blancheur, ne pouvait être qu'une déesse. Elle était reçue comme telle.

Devi découvrait ainsi une humanité primitive, la vie et l'âme de peuples simples, que les raffinements de la capitale laissaient trop souvent ignorer. Ces gens vivaient en symbiose avec la nature, ils possédaient des cultes en harmonie intime avec les sources, les rivières, les arbres ou les rochers, cultes bien différents et peut-être plus vrais que ceux rendus aux grandes déités des religions d'Angkor. La princesse laissait son âme s'imprégner de ce grand spectacle de la nature ; elle sentait croître en elle un amour infini pour tout ce qui l'entourait, tout ce qu'elle voyait ou entendait, pour les animaux et les hommes, pour les plantes ou les minéraux.

— Voyez, disait-elle, à Shikésa, tous les traités sanscrits dont nous sommes si fiers ne pèsent pas grand-chose face au bonheur simple que nous offrent ces gens. Et vos dieux après tout, dans leur orgueil et leurs exigences, Shiva, Vishnu, Kali, ne savent pas rendre les êtres heureux. Ils n'apportent ni tolérance, ni compassion, ni cet élan et cette communion que donne l'amour de la vie et des autres.

Cependant, l'épreuve était rude pour une jeune femme habituée aux facilités de la vie citadine et enceinte de huit semaines. Elle marchait avec courage. Mais lorsque sa faiblesse devenait trop évidente le prince Injit imposait un long temps de repos ; ou encore, après avoir noué autour de sa taille en sorte de harnais une étoffe pouvant servir de siège, il prenait sa sœur sur son dos ; celle-ci s'endormait, sa tête reposant sur l'épaule du prince.

*

Enfin apparut la Citadelle des Femmes, d'une blancheur rosée, somptueuse dans le soleil levant. Ce sanctuaire avait été construit deux siècles auparavant par un brahmane célèbre. On y trouvait tous les raffinements du génie khmer. Angkor était alors dans l'une de ses périodes de gloire et de splendeur architecturale dont on retrouvait mal l'équivalent dans les réalisations ultérieures. Le style du moins en était très particulier, animé d'une très grande richesse sculpturale ; Shikésa avait hâte d'admirer une nouvelle fois, sur le grès rose finement ciselé qui en composait l'harmonie, les scènes du *Ramayana* et du *Mahabharata* que les artistes avaient représentées.

Le sanctuaire bruissait d'une grande animation. On entendait des cris d'enfants, des chants et de la musique ; et puis, plus loin, en ronronnement incessant, les bruits divers des activités artisanales, forges ou autres, que ponctuaient les ordres de contremaîtres sur fond de crissement de métiers à tisser. Le sanctuaire constituait une petite ville où l'on rencontrait toutes les activités humaines. Des pavillons de bois reliés par un réseau de galeries multiples entouraient le bâtiment de pierre du sanctuaire proprement dit.

C'était là que le prince Injit devait rejoindre les vétérans qui l'avaient si bien servi à Angkor et qui regagneraient avec lui l'armée de Jaya. Ceux-ci s'étaient séparés en plusieurs groupes afin de susciter le moins de soupçons possible. La Citadelle des Femmes était le point de ralliement. Le dernier groupe était parti le soir même où le prince avait retrouvé l'épée sacrée. On avait alors décidé que Shikésa, Injit et Devi voyageraient ensemble, ce qui avait donné lieu à une discussion entre le prince et ses officiers, qui refusaient de laisser leur maître sans gardes dans une opération aussi risquée.

Injit demanda à Devi de rester à l'arrière avec les chevaux, dans un bosquet de bambous, et s'approcha avec le brahmane sous le couvert d'un champ de bananiers qui les protégeait des regards. Ils avaient pris avec eux l'ensemble de leurs armes.

— Il vaudrait mieux attacher les chevaux et emmener la princesse avec nous, murmura Injit. On ne sait jamais.

— D'autant plus qu'elle garde l'épée d'or. Retournez-y. Je vous attends. Je reprendrai alors mon aspect de mendiant et ferai une reconnaissance à l'intérieur de l'enceinte. Vous garderez mes armes.

*

Mais la rumeur ordinaire du sanctuaire s'était tout à coup amplifiée. Il se passait quelque chose. Les deux hommes rampèrent jusqu'à la lisière du champ de bananiers qui offrait un meilleur poste d'observation. Il y avait là des hommes en nombre important. Il ne pouvait en aucun cas s'agir des gens du prince qui avaient pour mission de rester en groupes séparés et de se montrer discrets. De plus ils voyageaient sous l'aspect d'artisans se rendant au sanctuaire pour des travaux; leurs armes étaient cachées et l'ordre était formel : « Aucun mouvement, avait dit Injit, aucun mouvement avant notre arrivée. Ne vous dévoilez pas. » On entendait maintenant à l'intérieur même de l'enceinte, à proximité de la porte, des bruits de métal entrechoqué, des hennissements de chevaux, des voix donnant des ordres : tout le tumulte habituel d'un contingent militaire se préparant à faire mouvement.

— Voyez! s'exclama Shikésa d'une voix assourdie.

Trois têtes étaient fichées sur des pieux à l'entrée du pavillon principal.

— Mes hommes! Ils ont été assassinés! Vite, la princesse! Retournons!

— Ne bougez pas, je suis là. J'ai attaché les chevaux, souffla Devi qui venait à l'instant de rejoindre son frère. Qu'y a-t-il?

— Ils ont tué mes hommes. Je reconnais mon officier d'ordonnance. Ce ne peut être que lui! Et là, mes écuyers!

— Attention! Ils sortent! C'est une attaque! Prince, il faut se retirer, dit Shikésa en esquissant un mouvement de retraite. On nous attendait ici. Nous sommes découverts!

A peine avait-il prononcé ces mots que plusieurs flèches sifflèrent dans leur direction. Injit se retourna : ils étaient cernés; un corps de fantassins accourait vers eux, la lance haute. Des cris de guerre emplirent l'espace, ponctués par les ordres de l'officier commandant le contingent :

— Les voici! Saisissez-vous de ces traîtres! Morts ou vifs, mais vifs de préférence! Sa Majesté le roi Tribhuvarman, Soleil des Trois Mondes, a promis une forte récompense à qui les mettra dans des cages de fer!

L'information était claire : cette fois l'usurpation avait eu lieu. Yashovarman était mort, assassiné, ou peut-être prisonnier, placé dans une cage de fer, torturé, mutilé, les doigts de pied coupés, et sa famille massacrée, ainsi que la reine mère et beaucoup de dignitaires de la cour. L'usurpateur avait mené à terme son funeste dessein. Mais ces cris, ces hurlements correspondaient peut-être à une feinte destinée à provoquer leur reddition... Feinte ou vérité? La probabilité allait vers la seconde hypothèse. La nouvelle les glaça d'effroi. Les étendards dressés étaient bien ceux de Purocana. L'homme avait choisi, pour parfaire son forfait, un nom royal de grand prestige : Tribhuvarman, le Soleil des Trois Mondes.

Shikésa se leva d'un bond et d'un coup d'épée trancha la gorge de deux soldats qui l'assaillaient par-derrière. Les agresseurs surgissaient de partout comme d'un guêpier qu'on aurait dérangé. Injit avait pris son arc et tirait sans relâche, abattant les assaillants qui se trouvaient à distance, tandis que le brahmane se chargeait du combat rapproché. Mais la pression était trop forte. Il fallait fuir au plus vite en utilisant les couverts. Shikésa fendit la tête d'un officier et se retourna brusquement :

— Où est l'épée sacrée ?

— La voici, dit Devi, je l'ai !

— Donne-la, vite, passe-la-moi autour du cou, pas comme ça... Non ! Je préfère la tenir. Viens, cours, reste toujours à mon côté.

Alors commença une course éperdue à travers la jungle, Injit en arrière-garde. Le brahmane avait saisi dans sa main gauche le palladium royal toujours enroulé dans sa soierie. De l'autre il se frayait un chemin à l'aide de son épée, coupant, taillant dans l'épaisseur des broussailles, prêt à pourfendre du même élan tout ennemi qui tenterait un encerclement. Mais plus personne ne se présentait.

Les fugitifs ne devaient leur salut provisoire qu'à la rapidité de leurs réactions et à la science des armes que possédaient le brahmane et le prince. Mais l'affaire n'était pas jouée. Ils se trouvaient entourés, à plus ou moins grande distance, par plusieurs escouades ennemies. Devi, déjà épuisée par les longues marches en forêt, ne suivait qu'avec peine. Le moment allait venir inexorablement, où ils seraient capturés. Tribhuvarman, le nouveau roi, ne laisserait pas échapper une proie aussi importante.

Shikésa remarqua alors un vieil arbre, un koki, qui présentait en son milieu une cavité profonde. Il y enfouit prestement l'épée d'or et demanda à Devi de l'aider, en toute hâte, à combler l'arbre creux de branchages et de terre. Ainsi le palladium du royaume serait-il confié à la garde d'un vieux koki qui balançait sa palme au vent du soir. La course avait duré tout le jour.

Le crépuscule s'annonçait. Les trois fugitifs reprirent leur marche. La nuit apporterait peut-être le salut. C'est alors que quelques cris se firent entendre non loin de là : les hommes de l'usurpateur n'avaient pas perdu leur trace.

CHAPITRE 29

Tribhuvarman Ier, Soleil des Trois Mondes, étudiait sa démarche et chacun de ses gestes. Le ton royal s'imposait. Il s'assit sur le trône avec componction, prit la pose d'aise royale, un pied reposant sur le siège et l'autre pendant, fit tinter les pierres précieuses de son collier, rectifia le pagne lamé d'or qui lui ceignait les reins, et fit en sorte que chacun vît la plante de ses pieds, teinte au santal selon le privilège royal. Sa toilette avait duré plus d'une heure, sous la direction de Yaksa, qui veillait à chaque détail. Elle n'avait pu le décider, pour cette première apparition en public, à conserver sa tenue de guerrier et à porter sous son gilet de combat, à même la peau, un plastron de fer.

En l'absence de l'épée sacrée, dont on ne possédait plus qu'une copie cassée en deux morceaux, il convenait de paraître dans les atours complets de la monarchie angkorienne. Il y avait des précédents. Bien des rois, dans le passé, avaient négligé de tenir l'épée d'or en main, lors des conseils et des audiences. Ils ne la brandissaient que dans les processions officielles à l'extérieur du palais. Le reste du temps ils s'en séparaient. Cette négligence, souvent affectée, était considérée comme un signe d'aisance parfaite et comme une certitude de légitimité. Seuls les usurpateurs, peu sûrs de leur pouvoir, se cramponnaient sans cesse au palladium du royaume. Quand on était Purocana, de moyenne noblesse, et qu'on devenait roi, changeant son nom pour l'occasion en celui hautement prestigieux de Soleil des Trois Mondes — Tribhuvanadityavarman en sa déclinaison complète —, il devenait de première urgence de se montrer tout aussitôt le « Suprême » et d'afficher devant chacun qu'on était bien les « Pieds sacrés ».

Les courtisans s'inclinèrent, front à terre, puis, sur un signe du roi, se retirèrent. Seuls devaient rester les conseillers du trône, ainsi que Yaksa qui venait de recevoir la charge convoitée d'intendante du palais, le nouveau roi ne lui ayant pas moins promis de l'élever au rang de première reine dès que sa propre position serait affirmée. Au reste, aucun ministre n'avait été nommé. L'ancien général ne savait trop comment s'y prendre ni qui choisir. Le conseil des brahmanes se faisait attendre. Aucun n'avait accepté de charge officielle et il n'y avait plus de chapelain. Comment trouver, sans risque de trahison, parmi les anciens dignitaires du roi Dharan ou de Yashovarman, l'homme de caractère, fidèle et compétent, qui pût tenir les fonctions de Premier ministre ? On se contentait pour l'instant de demander leur avis à quelques officiers, camarades de régiment de l'ancien général, reîtres d'occasion, qui avaient permis l'usurpation et espéraient devenir sanjaks, fidèles féodaux, du nouveau souverain.

Yaksa avait cependant fait désigner pour la forme, comme ministre des Qualités et des Défauts, un officier dont les compétences n'avaient rien à voir avec la fonction. Les brahmanes avaient souri de cette unique nomination qui n'était due, disaient certains, qu'au bas-relief du Grand Temple de Vishnu où, parmi les dignitaires et les quatre ministres principaux représentés dans le défilé royal de Suryavarman II, le ministre des Qualités et des Défauts était dûment indiqué comme tel par une inscription. Tribhuvarman n'était pas allé plus loin : il voulait la même chose et s'était donc contenté de cette seule nomination ; les autres ministres étant représentés sans précision sur leur fonction, le roi, ajoutaient les brahmanes en riant sous cape, avait été incapable de les nommer.

Par ailleurs, tout usurpateur devait sans tarder imposer son autorité à une administration complexe, émanation du pouvoir royal jusque dans les provinces les plus lointaines. Il pouvait y avoir révolte et non-reconnaissance du nouveau souverain. Le pays était subdivisé en circonscriptions allant de la modeste commune de village à la vice-royauté. Les titres et les fonctions étaient innombrables. Une armée de fonctionnaires assurait la bonne marche de cette machine strictement hiérarchisée. Certains avaient charge de lever les impôts, d'autres de prélever sur les récoltes une part destinée aux magasins d'État, et utilisée pour le bien de tous en cas de disette ou de famine. Tribhuvarman ne savait trop comment s'y prendre pour étendre son nouveau pouvoir à ce monde de dignitaires et de fonctionnaires.

Changeant d'avis, le roi s'adressa à l'un de ses officiers et, d'un geste de la main, lui intima de rappeler dignitaires, femmes ou soldats qui étaient en train de sortir ; puis il se mit à désigner du doigt un par un ceux d'entre eux qui décidément pouvaient rester. Il s'ensuivit une cohue où ceux qui revenaient et reprenaient les prosternations d'usage se heurtaient à ceux qui ressortaient. Se retrouvèrent ainsi dans la salle du trône plusieurs camarades de Yaksa pressenties pour la recomposition de la garde féminine privée, des militaires de tout grade et des dignitaires qui ne savaient trop pourquoi on les rappelait et qui ne purent cacher un mouvement d'inquiétude lorsqu'ils virent Yaksa se pencher à l'oreille royale pour lui parler. Le roi avait l'air d'approuver. Soudain il se tourna vers sa garde et d'un nouveau geste, aussi peu protocolaire que le premier, s'efforça de faire comprendre aux piquiers qu'ils devaient enlever les boules dont les fers de hampe étaient traditionnellement munis à l'intérieur du palais de peur des accidents : chacun comprit que désormais les piques seraient faites pour piquer et non pour servir d'ornement. On s'exécuta.

Alors, promenant sur cette assemblée composite un regard qu'il imaginait hautement royal, Tribhuvarman prit la parole :

— Nous engageons donc le grand programme de construction dont je vous entretenais tantôt : un temple dédié à Shiva. Je veux le rétablissement des anciens cultes. Que le dieu reçoive en sacrifice tout ce qui lui est dû… Les ingénieurs ont-ils commencé leur étude ?

— Oui, Sire, mais il faudra du temps, dit un officier d'infanterie, promu général la veille et qui cherchait à se faire remarquer dans l'espoir d'une nouvelle promotion. Nous ne pouvons envisager le début des travaux avant plusieurs mois. Nous devons d'abord…

— Pourquoi du temps ?

— Nous apprenons que le prince Jaya marche sur la ville, et…

— Notre armée en aura vite raison.

— Oui, peut-être, mais songez aussi, Majesté, que les Chams ne sauraient maintenant laisser les choses en l'état. Les escarmouches de ces derniers temps ne sont rien au regard de la guerre qu'ils préparent.

— Ainsi nous aurions contre nous Jaya et les Chams…

L'usurpateur n'avait pas prévu qu'on l'entraînerait si vite sur les affaires d'État, un terrain qu'il voulait éviter. C'était son premier conseil. Il ne s'agissait aujourd'hui que de prestige et d'affirmer dans le faste un pouvoir acquis la veille, la confirmation de son triomphe. On parlerait des affaires d'État plus tard, quand il le déciderait. Yashovarman était mort ; il avait succombé dans le combat rapide qui avait suivi l'assaut du palais.

Un froncement de sourcils fit comprendre qu'on devait changer de sujet :

— Je veux que le palais retrouve dès aujourd'hui ses rites et ses fastes. Qu'on efface les traces du combat ! Qu'on lave le sang qui souille encore les abords de ces salles. Que les derniers traîtres soient exécutés, loin d'ici… Yashovarman ?

— Son cadavre a été porté hors les murs avec ceux des dignitaires qui ont subi son sort, répondit d'une voix tremblante le nouveau ministre des Qualités et des Défauts.

— La reine Chudamani ?

— Disparue…

— Peu importe ! La vieille ne saurait nuire. Qu'on la laisse… Les monastères félons ?

— Sous surveillance… selon vos ordres, lança l'officier d'infanterie avant que le ministre puisse répondre. Les troupes ont refusé d'y pénétrer. Mais nous savons qu'ils cachent encore des traîtres fidèles à Jaya. Nous les arrêterons plus tard.

— Injit ?

— Ses hommes ont été pris, non loin de la Citadelle des Femmes. Le prince lui-même ne saurait nous échapper. Il a été localisé. Un piège est tendu. C'est une question d'heures.

— La princesse ?

— Aucune trace. Nous pensons qu'elle se cache dans un monastère. A moins qu'elle ne se soit enfuie. Injit serait accompagné d'un homme et d'une femme. Les dernières informations…

— Qu'on la trouve !

— Les Chams…

— Laissons là !

L'officier tenait à prouver qu'il était homme de caractère. Sans doute se voyait-il déjà Premier ministre. Il y avait des affaires urgentes et l'homme ne voulait pas manquer l'occasion de se faire valoir en obtenant de son maître qu'il acceptât d'en débattre. Il se demandait cependant comment réintroduire la question de la guerre. C'est alors que Yaksa, sortant du rôle qui lui était assigné, vint à son secours :

— Sire, tous les traîtres d'Angkor ont été châtiés. Vous vous êtes rendu maître du parasol blanc. Mais, prenez garde, il reste Jaya. Une alliance de celui-ci avec les Chams serait fatale au royaume. Il faut accepter d'en débattre.

— Une alliance ? Cela se pourrait-il ? Bien, nous en parlerons au prochain conseil. Que l'on mette l'armée en état d'alerte et qu'on procède à des reconnaissances. Et qu'on envoie une ambassade aux Chams pour ouvrir des négociations. Je veux être informé…

— Vous le serez, Majesté, reprit l'officier avec une force affectée. Mais n'oublions pas que votre ancien rival, le ministre Santanu, est à la cour des Chams — nous en avons la certitude ; qu'il convoitait le pouvoir ; qu'il a probablement fait aux Chams des promesses qui sont traîtrise ; qu'il fera tout pour leur procurer ce qu'ils cherchent ; qu'il a été humilié ; et qu'il n'aura de repos avant d'avoir pris sa revanche. Prenons des dispositions, au plus tôt.

— Que faut-il prévoir ? Que veulent les Chams ?

— La guerre !

Une grande clameur interrompit le conseil. Elle venait de l'extérieur. Tribhuvarman, oubliant sa nouvelle dignité et perdant contenance, se précipita en courant à travers les galeries, bouscula les gardes et monta sur les remparts : la place royale était noire de monde, soldats et citadins mêlés.

— Le roi! Le roi! hurlait la foule.

Yaksa venait de rejoindre son maître. Elle observa un instant le spectacle étonnant du peuple d'Angkor réuni pour une manifestation et osant proférer des exigences. Puis, d'une volte-face semblable à la détente d'un serpent se retournant pour mordre, elle repartit en courant, soudain échevelée, l'œil en feu, démoniaque, promenant sa furie à travers les corridors.

Le roi! Le peuple réclamait son roi. Quel roi? Voulait-il son roi... ou un roi? Quel roi? Yashovarman ou lui-même? Tribhuvarman ne savait que faire. Il réalisait tout à coup que le roi, désormais, c'était lui... puisqu'il était vainqueur. Ce devait être lui. Les armes avaient tranché. La cour s'était prosternée. Il fallait donc se montrer, paraître à la grande porte du palais. Mais que faire sans épée? Le peuple réclamait une preuve de légitimité. C'était la première fois peut-être dans l'histoire d'Angkor que le peuple exigeait une telle chose. Jusque-là, au cours des usurpations successives et des misères renouvelées, il n'avait jamais qu'exprimé une inquiétude silencieuse, tempérée du respect que l'on devait aux dieux.

— Que faire sans épée?

Désemparé, Tribhuvarman se retourna. Yaksa tenait en main un objet long, enrobé dans une soierie. C'était la fausse épée. L'épée de bronze, l'épée que la chute de Rahu avait cassée lors de l'assaut des démons. Discrètement, sous la soierie, la femme montra au roi comment placer sa main à l'endroit de la cassure en joignant les morceaux et en serrant le poing de façon à maintenir l'ensemble sans que l'on vît que l'objet était brisé en deux.

Entouré des dignitaires, le roi parut enfin et brandit à deux mains au-dessus de sa tête l'épée d'or. En un long mouvement de houle, la foule se prosterna. Tribhuvarman recevait sa consécration.

*

Haletants, épuisés, couverts de sang et de boue, les fugitifs se laissèrent tomber à terre. De l'endroit où ils étaient, ils dominaient la plaine. Devi s'étendit sur le dos, presque sans connaissance, à côté de l'arc que son frère lui avait donné en guise de canne pour l'aider à traverser marécages et taillis touffus.

Ils avaient été rejoints à l'aube. Le combat avait été terrible. Cernés de toutes parts, Shikésa et Injit s'étaient battus comme des tigres acculés au fond de leur tanière. Leurs cris de guerre avaient glacé les agresseurs et, prenant l'offensive, ils avaient culbuté fantassins et chevaux gênés dans leurs mouvements par l'épaisseur des broussailles. Les hommes du nouveau roi avaient sous-estimé la valeur du prince et la science du brahmane, dont la puissance incantatoire faisait merveille. Injit était capable de tenir tête à vingt hommes ; il sautait de place en place avec une agilité de félin. Et personne ne pouvait résister longtemps aux incantations magiques dont le brahmane, les yeux agrandis comme par des cercles de feu, accompagnait ses coups d'estoc et de taille, fendant les têtes et perçant les poitrines.

— Ils ne lâcheront pas, murmura le prince.

— Les voici !

Plusieurs escouades d'une centaine d'hommes chacune convergeaient vers la crête. De part et d'autre de la grande clairière, à l'est et à l'ouest, quatre pelotons de cavalerie effectuaient un mouvement tournant. Au loin, on distinguait une ligne incertaine de formes grises lançant de temps à autre un éclat d'or ou d'argent : les éléphants de guerre. Toute l'armée semblait être là ; le général procédait à un ratissage ; la région serait passée au peigne fin.

— Quel honneur ! ricana Shikésa. Tout cela pour un prince à moitié désarmé, une princesse épuisée de fatigue et d'angoisse, enceinte de surcroît… et un brahmane qui se relève à peine de ses blessures.

Injit posa son épée, demanda à Devi de lui rendre son arc et attendit. La princesse préparait les flèches, s'apprêtant à les passer une à une afin d'augmenter la cadence de tir ; au préalable, elle lécherait avec soin les empennages pour assurer une plus grande précision. Dès que l'ennemi fut à portée utile le prince entra en action : aucun trait ne manquait sa cible ; l'arme vibrait ; le claquement de la corde faisait ronfler l'air en un roulement continu, semblable à des coups de tonnerre se succédant au plus fort de l'orage. Shikésa tirait aussi, en hurlant. Les fantassins se replièrent en hâte, laissant plusieurs des leurs sur le terrain, tandis que les officiers s'appliquaient à montrer à leurs hommes les angles morts qui permettraient une progression sans risque et un assaut rapide. Injit serra les dents :

— Ils ne nous auront pas vivants, ma sœur et moi. Pas question de tomber aux mains de ces traîtres... Toi le brahmane, reste en vie, si les dieux le permettent. Ils n'oseront tuer un prêtre de Shiva. Menace-les de ta magie. Et retiens tes souffles de vie : tu es le seul gardien du secret de l'épée et de l'arbre creux qui l'abrite. Tu retrouveras Jaya plus tard.

Au reste, les flèches manquaient : il n'en restait que trois. Injit regarda sa sœur : « Il faut que je la tue, se dit-il... Maintenant! D'abord lui éviter la honte! Ensuite, je donnerai l'assaut à ces gens, seul. » Toutes les années de bonheur lui revenaient en mémoire, dans la splendeur d'Angkor, avec Jaya et ses amis, les soirées à boire et à rire, la chasse et la gaieté, les compagnons de lutte et de combat, la fierté de se sentir toujours tenu par le dharma, ce code d'honneur immuable qui donnait une raison de vivre... et Devi, sa sœur préférée qu'il aimait tendrement, sa complice de toujours, sans oublier Indra qu'il chérissait aussi et qu'il avait laissée au monastère... N'y avait-il aucune chance de survie? Un kshatriya ne pouvait tuer un être de son sang avant de se donner la mort. Ce serait lâcheté. Il devait lutter, lutter jusqu'au bout et ne pas se jeter au-devant d'un massacre. Devi, s'il le fallait, saurait mourir à ses côtés.

Alors le groupe reprit sa fuite en direction du nord. Il ne tarderait pas à se heurter à la cavalerie.

CHAPITRE 30

Une pierre roula et ce fut l'alarme. Le grand mâle se retourna, trompe haute, dans toute l'inquiétude que provoquait une présence humaine inattendue, à quelques pas. Devi venait de s'engager la première dans un ravin rocailleux dont la pente menait en droite ligne à une vallée encaissée où luisait à travers les touffeurs de la jungle le tumulte argenté d'un cours d'eau. Une brise légère en montait. D'un seul élan le troupeau répondit au barrissement d'alerte. On venait de surprendre des éléphants sauvages en fin de transhumance : probablement cent à deux cents têtes, peut-être plus. Dans un fracas d'arbres cassés les animaux commençaient à fuir.

Injit comprit aussitôt le parti que l'on pouvait tirer de cette rencontre. Il connaissait à merveille les éléphants pour les avoir chassés pendant de longues années. On était à bon vent, ce qui avait permis aux trois fugitifs de se retrouver pratiquement au milieu du troupeau sans que l'alerte fût donnée. En un éclair le prince jugea d'une possibilité de tactique : il suffisait de progresser dans la même direction ; l'odeur soudaine de l'homme, répartie sur l'ensemble du troupeau, provoquerait une fuite en sens inverse.

Le prince prit Devi par la main et, suivi de Shikésa, dévala le ravin à toute allure, au milieu des éléphants qui s'égaillaient de toutes parts, puis, arrivé au bord du torrent, remonta la pente en courant et en hurlant de toute la force de ses poumons, le tout accompagné de force gestes et vacarme. Le troupeau hésita, et bientôt se dirigea en masse vers la crête, puis de là envahit la plaine. Le calcul était bon :

la panique des éléphants reçut bientôt en écho les hurlements lointains des soldats en déroute devant cette charge inattendue. La désorganisation, même légère, retarderait la progression ennemie de quelques minutes, sinon de quelques heures.

La chance semblait leur sourire à nouveau. Shikésa et Devi avaient découvert une pirogue abandonnée, retenue à un arbre par une simple liane. La manœuvre n'avait duré que quelques instants et Injit revenait, haletant; il fit signe d'embarquer et d'un coup d'épée trancha la liane.

La pirogue dérivait maintenant à vive allure entre des berges escarpées, sous le couvert d'une végétation de plus en plus touffue. Devi avait perdu connaissance, épuisée par ces jours d'épreuves; elle était au bout de ses forces. Les deux hommes, à l'aide d'une perche que Shikésa avait saisie au passage, s'efforçaient de diriger l'embarcation prise dans des tourbillons au milieu de rochers que l'on heurtait à chaque instant. Injit jugea de la direction : on revenait vers le sud, vers la ville, alors qu'il fallait aller au nord. Mais pour l'instant on était sauf.

*

Jaya venait de faire sonner la halte. La décision s'imposait. L'armée allait à marche forcée depuis plusieurs jours. Hommes et bêtes étaient épuisés.

— Renforce les patrouilles de reconnaissance. A tous les points cardinaux. Que chacun juge du meilleur point d'observation. Dis de faire diligence.

— Monseigneur, les chevaux sont fourbus...

— Qu'ils aillent à pied et tiennent les montures par la bride. Ils ne les monteront qu'en cas de nécessité. De toute façon, ils ne peuvent escalader ces crêtes au galop... Ne comprends-tu cela tout seul? Au reste, c'est l'affaire de l'infanterie. Quelques chevaux seulement!

L'armée parvenait en effet à une grande clairière traversée par une rivière qui s'évasait en plan d'eau et que dominait une ligne de collines. L'endroit était convenable pour établir un bivouac rapide où les troupes pourraient récupérer leurs forces. Mais il fallait surtout faire tenir les points hauts par des détachements importants. L'ennemi ne devait pas être loin.

Kako, l'éléphant de guerre du prince, avait fait halte au milieu de la clairière. Un mouvement de trompe affectueux répondit à la longue badine qui lui caressait le front. Un langage particulier, connu d'eux seuls, s'était établi entre le prince et sa monture. Kako présenta son genou en marche d'escalier pour permettre à son maître de descendre. Jaya sauta prestement. D'un coup d'œil il embrassa à nouveau l'ensemble de la situation.

La configuration du terrain présentait un danger certain. Et on manquait de tout : la cavalerie était d'une insuffisance notoire; quelques dizaines de mauvaises juments de montagne que l'on avait trouvées au hasard des villages. Si l'armée rebelle attaquait là ce serait le massacre; au fond de cette cuvette il était impossible de manœuvrer, surtout en l'absence de cavalerie. Jaya sentit que certains officiers hésitaient à exécuter ses ordres.

— Monseigneur, je crois qu'il vaudrait mieux poursuivre.

— Nous ne pouvons nous présenter devant Angkor dans un tel état de fatigue. Ce serait suicidaire, confiait le prince à son officier d'ordonnance.

— Mais le temps presse, Monseigneur. Toute minute de retard risque de coûter la vie au roi Yashovarman…

— Je ne le sais que trop. Mais nous n'avons pas le choix. Les hommes ne sont pas en état de combattre. Nous repartirons demain.

— On parle de combats à Angkor.

— Nous y serons. Que les chefs d'escadron viennent au rapport.

Jaya était fier de la réorganisation de son armée. Les divers engagements qui l'avaient opposé aux Chams avaient aguerri ses hommes. La discipline était rétablie. Il avait dirigé en personne un entraînement intensif : tir à l'arc, en précision et en cadence accélérée, combat rapproché à l'épée ou à la lance, lancer du javelot, moulinets à la hache de guerre, exercices de cavalerie, charges d'éléphants selon la tactique mise au point par Angsha et Injit et qu'il considérait comme son arme secrète que personne jusqu'à présent n'avait pu imiter. Ces hommes vouaient à leur prince un véritable culte; ils le voulaient pour roi et affrontaient sans sourciller la faim, la soif, la fatigue, la peur et la douleur, le sommeil ou la mort. En peu de temps, Jaya avait transformé en une armée d'élite les troupes indisciplinées qu'il avait reçues à Angkor.

— Comme Shikésa me manque, murmura-t-il... Où se trouve-t-il? Et toi, prince Injit, mon frère, vieux compagnon?... Devi...

— Que dites-vous, Monseigneur?

— Rien. Je parlais seul, répondit le prince dont le regard s'était perdu un moment dans des espaces de rêve.

Les chefs d'escadron venaient au rapport. Angsha prit la parole en premier : l'état des éléphants était alarmant; il leur faudrait plusieurs jours de repos.

*

Les sections dépêchées sur les crêtes environnantes avaient maintenant pris position. Les officiers avaient fait débrider les chevaux afin de leur permettre de brouter en tout repos quelque herbe fraîche. On aurait tôt fait de remettre les harnais en cas de nécessité. Un soldat, ruisselant de sueur, tira de sa besace d'écorce une lanière de viande séchée et d'un coup de dent rapide en déchira un morceau : sans goût mais avec beaucoup de « sel de montagne », condiment obtenu à partir d'une herbe spéciale séchée au soleil et pilée fin, ces débris racornis de gibier pouvaient tenir lieu de remontant. Et puis on n'avait rien d'autre. Depuis longtemps on avait oublié le goût du vrai sel... Et les bons ragoûts de citrouille et d'aubergine agrémentés de poisson gras, fumé et fermenté, dont la chair onctueuse faisait l'ordinaire des paysans des environs d'Angkor, n'étaient plus qu'un souvenir lointain auquel on n'osait penser.

L'homme mastiqua longuement, assis sur ses talons, les bras reposant sur ses genoux écartés. Des vallons montait le vacarme de l'armée en train d'établir son bivouac, dans la rumeur mélangée des cris des hommes, des barrissements des éléphants prenant leur bain, de la sonnaille assourdie des clochettes de bambou qu'ils portaient au cou, bruits infimes que perçait de temps en temps le cri des oiseaux aquatiques abondants dans cette région, aigrettes, bécassines, crabiers, hérons que l'on n'avait plus depuis longtemps l'occasion de chasser. Il fallait se contenter des provisions de bouche qui sont le lot des troupes tenues à une marche forcée : quelques boulettes de riz qui finissaient par fermenter et ces lanières de viande, insipides. L'homme mordit à nouveau ; la lanière résistait ; il tira avec force et se remit à mastiquer lentement. La vue s'étendait loin. Un vol de grues sillonna le ciel, se détachant sur les premières lueurs du couchant, le long des crêtes successives, bordées de brume, qui s'étendaient en longues ondulations semblables à des vagues régulières et velues de peluche sombre...

Un officier approchait :

— Rien à signaler ?

Sans tourner la tête l'homme tendit un doigt vers la vallée : on distinguait à peine un point noir se déplaçant sur la rivière.

*

La pirogue tournoya sur elle-même, heurta un tronc d'arbre et reprit sa course. Le choc éveilla l'un des trois passagers que les guetteurs postés sur les hauteurs venaient d'apercevoir, étendus à l'intérieur du frêle esquif.

— C'est la fin, pensa Injit, nous sommes pris.

Le prince découvrait peu à peu l'ampleur du piège. La petite troupe se trouvait cernée par une armée entière. Sur la berge, la silhouette de trois éléphants se dessinait sur le ciel crépusculaire. Aidés de serviteurs, les guerriers s'apprêtaient à débâter leurs montures. Un peu plus loin, des cavaliers abreuvaient leurs chevaux. Et là, tout près, dans des éclaboussements joyeux, une quinzaine d'éléphants couchés dans l'eau se faisaient étriller par leurs cornacs. Enfin, partout, dans une grande clairière, jusqu'aux lisières de la forêt, des feux de bivouac, des armes en faisceaux et le tumulte ordinaire d'une armée prenant position pour la nuit. La pirogue avait mené les fugitifs droit dans la gueule de l'ennemi.

Dans un dernier sursaut d'énergie, le prince bondit sur ses pieds et brandit son épée comme pour donner l'assaut : les hommes de Purocana ne le prendraient que les armes à la main. Shikésa et Devi s'éveillèrent en sursaut.

Sur la berge, les soldats regardaient avec étonnement ce sauvage, noir et crotteux, cheveux épars sur les épaules, qui debout sur une pirogue à la dérive vociférait dans leur direction en brandissant une épée brillante de pierres précieuses. Soudain l'homme se tut. La pirogue tournoya, ralentit en arrivant sur un plan d'eau et heurta un banc de sable. Injit perdit l'équilibre et tomba lourdement dans l'eau, comme mort.

Il venait d'apercevoir l'emblème de Jaya qui se dressait fièrement au côté des éléphants de guerre, entouré d'étendards tout à coup déployés par la brise du soir.

CHAPITRE 31

Jaya avait posé son oreille sur le ventre de son épouse. Il cherchait à entendre les battements du petit cœur qui vivait là tandis que sa main droite, allant et revenant, passait et repassait autour des seins qui bientôt se gonfleraient de lait et dont les bouts sous la caresse frémissaient imperceptiblement.

Devi dormait. Il fallait respecter son sommeil. Le prince se souleva sur un coude et l'observa : les blessures n'étaient que simples contusions qui par endroits bleuissaient la peau, sans gravité; aux jambes, cependant, quelques plaies peu profondes dues aux épines dont il faudrait prévenir l'infection. Elle n'avait rien perdu de sa grâce légère… Elle semblait entièrement détendue… Les narines étroites de son nez légèrement aquilin s'animaient d'une respiration confiante dont le souffle chaud entrouvrait à peine le repli charnu de ses lèvres. Cela laissait présager un bon repos.

Le prince se pencha et baisa avec une infinie précaution cette bouche parfumée qui l'avait si souvent mis en émoi. Il s'étendit sur le côté et, prenant dans la sienne une main fine que les épreuves avaient rendue légèrement calleuse, chercha à s'endormir. On tiendrait conseil plus tard…

*

— Nous n'avons pas de preuves formelles, mais j'en ai la conviction : ils ont tué Yashovarman. Purocana a pris le pouvoir après la fuite de Santanu. Et il est devenu un monstre. Il a été saisi par les démons. Crois-moi, mon prince, c'est un usurpateur sans foi ni loi qui n'hésitera devant rien. Il aurait pris pour nom Tribhuvarman, de son appellation complète Tribhuvanadityavarman, le Soleil des Trois Mondes. Les garnisons d'Angkor se sont rangées sous sa bannière. Nous apprendrons plus tard les détails. Pour l'instant nous devons battre en retraite...

Shikésa terminait son discours sous le regard désapprobateur d'Injit qui, comme souvent, refusait par principe d'entrer dans les vues du brahmane. Le fougueux prince voulait en effet donner un assaut immédiat à la capitale, venger les injures, tuer le traître et mettre Jaya sur le trône. Shikésa lui coupait la parole, prônant la prudence et la raison. Il reprenait l'exposé des faits pour la troisième fois et concluait sur l'évidence qu'un assaut précipité mènerait à un désastre définitif. Il avait eu gain de cause : l'armée commençait sa retraite.

Jaya avait appris en bloc les funestes nouvelles : le roi assassiné, ou du moins prisonnier, en tout cas détrôné, la reine mère prise en otage, peut-être massacrée, l'épée sacrée perdue dans une forêt que tenait l'armée rebelle, la capitale aux mains d'un ancien officier de compétence plus que douteuse, respectueux seulement des puissances démoniaques, prêt à ranimer les cultes sanguinaires d'une religion primitive : celle d'un Shiva destructeur, nourri de sacrifices humains. Tout laissait prévoir le pire.

Le général en chef de l'armée khmère en exil n'avait pu se tenir au courant du détail des événements. Aucun messager officiel ne lui parvenait depuis longtemps; il était sans nouvelles de sa mère dont le brusque silence l'inquiétait; jusque-là elle avait réussi à le tenir informé des derniers rebondissements de la combinaison successorale qu'elle avait imposée... Les choses avaient dû mal tourner. Injit avait disparu, Shikésa, envoyé en mission, ne donnait pas signe de vie. Il n'y avait rien d'officiel, seulement des rumeurs, amplifiées peut-être par l'écho des forêts mais qui n'en demeuraient pas moins alarmantes. On parlait d'usurpation prochaine, d'un mandarin félon. Les villageois répétaient une histoire de démons fort étrange. Jaya avait alors décidé de marcher sur la capitale, sans prendre le temps d'envoyer des espions pour vérifier ces bruits et obtenir des détails. Au reste, les messagers ou espions qu'il envoyait ne revenaient pas. Il lui était apparu tout à coup qu'il devait agir. Le temps pressait. En route, il avait appris qu'une armée entière se dirigeait sur ses troupes.

Shikésa et Injit lui donnaient des détails extraordinaires : les péripéties de la femme-serpent et de son escouade d'amazones, l'attaque des cobras, la mascarade et la mort de Rahu et des démons, l'existence d'une fausse épée sacrée qui s'était cassée en deux lors d'un assaut du palais, la découverte de la véritable épée au fond d'un sanctuaire en ruine gardé par des serpents... Un fatras épique d'aventures incroyables, dignes des fables qui faisaient le succès des théâtreux sur les tréteaux des places publiques. Sans la sagesse du brahmane, qui exposait les faits avec précision, Jaya aurait presque conclu à un débordement d'imagination de la part de son beau-frère, ce prince Injit au ton tonitruant, toujours porté à l'exagération. Cependant cette accumulation d'événements bizarres laissait Jaya sans réaction. Non qu'il n'y croyait point, mais il n'en montrait rien. Son visage avait mûri, mais, comme toujours, il semblait regarder ailleurs. Les circonstances de la vie, dans les rebonds de malheurs ou de bonheurs qui agitaient les autres hommes, ne l'affectaient pas. A ce théâtre permanent, il était spectateur, construisant en lui-même, derrière ses yeux mi-clos, les règles de sa conduite : compassion, tolérance, compréhension des uns et des autres, de chacun et de tous, amour des choses et des gens. Mais toujours sa décision était bonne, au besoin sans appel, découlant sans retard ou réflexion superflue de la richesse immense qu'il avait accumulée au fil des jours dans la solitude des forêts. Le moindre fait inattendu semblait avoir été l'objet d'une réflexion préalable.

*

Kako berçait ses passagers du pas lent des longues étapes, comme vaguement ensommeillé. Tout à la joie des retrouvailles, Jaya avait demandé à Injit et à Shikésa de prendre place avec lui sur son éléphant. On avait aménagé le bât de sorte qu'un supplément de confort fût apporté aux voyageurs. L'armée entreprenait une longue marche de retraite. Il n'était plus question de gagner Angkor. On ne rendrait pas plus la vie à Yashovarman qu'on était de force à châtier l'usurpateur; on ne sauverait pas la reine mère en assiégeant la capitale; on risquait plutôt de livrer à la destruction tout ce qui restait d'honneur et d'honnêteté au Cambodge. A quoi bon livrer bataille à une armée rebelle mieux équipée, disposant de toutes les ressources de la ville et des magasins d'État? La guerre civile ne ferait qu'apporter un regain de misère.

Jaya avait résisté non sans mal aux injonctions de son beau-frère : Injit voulait sur-le-champ tirer vengeance des traîtres, repousser l'armée rebelle, récupérer l'épée sacrée, prêt à pourfendre les montagnes pour retrouver Purocana. Shikésa laissait dire : il savait que le prince livrait là son combat d'arrière-garde et que Jaya avait pris sa décision.

— N'oublie pas, plaida Jaya en livrant son principal argument, que les Chams vont attaquer et qu'il vaut mieux conserver nos forces intactes.

— Pourquoi les Chams attaqueraient-ils demain plus fort qu'hier?

— Parce que Santanu est avec eux. Il les pousse à la guerre. Il voulait la royauté. Il espère ainsi conquérir le trône qui vient de lui échapper. Le contrat qu'il a établi tient toujours : la royauté contre les traités magiques... le secret d'Angkor, le secret des sanctuaires et des aménagements hydrauliques qui font la richesse du Cambodge.

— Les Chams ont déjà les traités. Santanu les a volés avant de s'enfuir.

— Il leur en manque un sur les trois. Et sans les trois traités le secret ne peut être percé.

— Il leur manque un traité?

— Tu le sais bien. Ta sœur Devi ne t'a-t-elle pas conté son aventure? C'est bien pourquoi les Chams profiteront de nos querelles intérieures pour tenter de se le procurer. Ils veulent nos richesses. Ils attendent leur heure. Et Santanu les a convaincus qu'ils ne pouvaient rien faire sans lui.

— Alors pourquoi n'ont-ils pas attaqué dès la mort de ton père, le roi Dharan ? Et…

— Ils ont attaqué, coupa Jaya qui, sans le moindre agacement, répondait surtout pour faire plaisir à Injit. J'ai réussi à les maintenir. Mais je te répète qu'il faut désormais craindre Santanu, sa haine et sa vengeance, Santanu furieux du succès de son rival, Purocana, dont il estime qu'il a pris sa place. Dans ce concours de traîtrise, Santanu a perdu. Il n'hésitera pas à livrer aux Chams le Cambodge et ses richesses, à ruiner la ville pour enfin s'emparer de cette royauté qui lui échappe. Purocana est son pire ennemi. Purocana ? Comment dis-tu déjà, son nouveau nom ? Tribhuvarman.

— Que comptes-tu faire ?

— La guerre aux Chams. D'abord protéger le Cambodge.

Décidément Jaya se révélait fin politique. Il voyait clair. Son analyse était juste et il ne se laisserait en aucun cas aveugler par la haine. Intelligent et charmeur comme on le connaissait, ce Santanu saurait convaincre le roi cham de faire la guerre. Le danger était grand. Purocana était mauvais général. En fait, Jaya avait décidé d'aider l'usurpateur contre un agresseur extérieur. Il sacrifiait sa propre cause à celle de sa patrie. Injit se tut. Les trois voyageurs retrouvèrent le silence dans le balancement indolent de Kako. Chacun revint à ses pensées.

*

Cependant, des cris joyeux attirèrent bientôt leur attention.

— Alors, mes princes, nous retournons dans les forêts profondes ! chanta une voix rieuse.

— Je croyais que nous devions plutôt revenir à Angkor, pour reprendre nos habitudes et donner à la cour un éclat qui lui manque ! reprit sa compagne.

Un éléphant superbement harnaché venait de les rejoindre. C'était la monture de Devi, qui voyageait avec Kéo. La danseuse avait soigné avec la plus grande affection l'épouse du prince, que l'on se plaisait déjà à appeler la première reine. Lorsque les soldats avaient rattrapé la pirogue en dérive, repêché le prince Injit, retrouvé son épée au fond de l'eau et ramené les trois fugitifs sur la berge, les officiers avaient compris qu'il ne s'agissait pas de sauvages. Accouru aux nouvelles, Angsha avait aussitôt reconnu l'épouse du prince héritier, le brahmane et Injit. Nourris, abreuvés, soignés, ceux-ci avaient rapidement repris leurs esprits. Les blessures n'étaient que superficielles. Quelques potions et onguents, agrémentés de fortes boissons, le tout administré par Angsha, s'étaient révélés souverains. La joie des retrouvailles avait fait le reste. Trois jours avaient suffi aux naufragés pour recouvrer toute leur vigueur, avec, cela s'entend, de longues heures de sommeil.

— Vous voilà bien beau, mon frère, cria Devi. Et parfumé ! Nous vous sentons d'ici ! Où est ce joli sauvage que nous avons connu tantôt ? Kéo me dit qu'elle vous préférait ainsi, tout nu, tout noir, et les cheveux au vent.

Les princes riaient. Même Shikésa, dans son austérité, ne pouvait cacher sa tendresse. L'épouse de Jaya était ravissante. Ses jeunes seins avaient repris leur arrogance et une joie lumineuse ne cessait d'animer ses traits. Ainsi dorée par le soleil, elle était plus belle encore que dans la blancheur de jade d'une dame de la cour. Aidée de Kéo, Devi avait mis le plus grand soin à sa toilette ; son air rieur, son bavardage enjoué avaient repris le dessus ; elle se rappelait avec une infinie tendresse comment, malgré sa fatigue, elle avait passé la première nuit dans les bras de son époux après lui avoir annoncé qu'elle attendait un enfant.

Quant au prince Injit, nettoyé, massé, parfumé, oint de pâtes de senteur, les cheveux artistement réunis en chignon, il avait pris plaisir à se parer des plus beaux bijoux de son beau-frère et à porter ses plus belles armes. Seul Shikésa était resté semblable à lui-même, austère et impassible, vêtu d'un simple pagne. Il avait seulement refait son chignon et gardait un air plus sombre que jamais.

— Voilà, mes princes, dit-il d'une voix sépulcrale, tout est perdu. La longue histoire d'Angkor s'achève peut-être ici, ce soir, maintenant que nous avons décidé de ne pas reprendre la ville. Voici venues les douze années d'exil, au loin, dans la forêt. Mais le dharma des kshatriyas est sauf. L'un et l'autre vous vous êtes conduits en héros. Vous êtes les nouveaux Arjuna et Bhima. Nous vivons un nouveau *Mahabharata.* Dans le grand jeu des traîtrises humaines, vous avez vous aussi perdu au jeu de dés. Toi, Jaya, tu compléteras ton éducation de guerrier dans le respect du devoir et de l'honneur, par cet amour du monde qui, je le vois, t'habite chaque jour un peu plus. Toi, Injit, tu resteras le guerrier joyeux et valeureux par qui les méchants sont punis et le peuple défendu. Il nous faudra beaucoup d'autres guerriers de même trempe ; ta mission sera de les instruire... La forêt, Jaya, t'apprendra beaucoup, toi qui aimes tant les hommes, et tous les êtres vivants, les bêtes, les arbres et les plantes. Tu connaîtras ton peuple et ton royaume mieux qu'aucun des rois d'Angkor... Douze ans d'exil, douze ans d'attente... Puis viendra la grande bataille. Bataille entre le Bien et le Mal, entre les dieux et les démons, bataille entre des Khmers divins ou démoniques, issus du même sang...

« Allons, se dit Injit, se retenant de rire et continuant pour lui-même les moqueries qui lui venaient aux lèvres, voilà qu'il nous fait à nouveau le coup de Kurukshetra. Décidément il radote. Ces épopées indiennes lui ont tourné la tête. Il est incorrigible. »

Angsha, qui cheminait non loin sur un jeune éléphant dont il achevait le dressage, s'était rapproché. Injit lui fit signe de venir encore plus près, lui indiquant par force gestes que le brahmane disait des choses susceptibles de l'amuser. Le père de Kéo répondit de la main qu'il préférait ne rien entendre : Shikésa, depuis toujours, l'agaçait. Il avait envers la caste des brahmanes une méfiance qu'il ne pouvait réprimer. Injit, qui espérait se distraire des répliques souvent bien assénées du dresseur d'éléphants, en fut pour ses frais.

— Mes princes, poursuivit Shikésa, douze ans d'exil dans les mystères et les terreurs de la forêt, à guerroyer avec les Chams ou vos frères khmers tombés dans le péché... Moi, je me retirerai au loin, pour méditer, seul, en conversation avec les forces de la nature. J'ai besoin de repos et de sagesse. Mais je vous reviendrai le jour venu. Et vous rapporterai l'épée sacrée, pour toi, Jaya, roi d'Angkor.

La brume du matin s'effaçait lentement, découvrant à la vue les lignes de collines qui se succédaient en ombres pâles. « Le pays de Kambu, pareil au ciel ! » pensa Devi, soudain songeuse. L'armée, en longues files d'éléphants, de chevaux, de chariots et d'hommes à pied, s'en allait vers l'exil, vers les montagnes du Nord.

CHAPITRE 32

Réveillé en sursaut, le prisonnier se jeta avec avidité sur le bol de riz que le gardien passait à travers les barreaux. Il y plongea deux doigts de la main droite et se mit à manger goulûment. Puis il tendit de la main gauche le pot de terre contenant ses déjections.

La cage de fer dans laquelle Santanu attendait sa libération depuis plusieurs semaines offrait un espace relativement grand, d'une demi-toise environ sur un tiers. Les condamnés à mort étaient moins bien traités. Bien qu'il ait appris à se méfier de ses facultés d'analyse et de déduction, le prisonnier avait vu dans ce régime de faveur la probabilité de sa libération prochaine. Les Chams le gardaient en réserve.

L'ancien ministre du roi d'Angkor avait été emprisonné dès son arrivée, non à Vijaya même, la capitale du royaume du Champa, mais aux abords de Sin-Tchéou, son port de mer. Au terme d'une fuite aux péripéties innombrables où il avait failli vingt fois être capturé par les patrouilles khmères lancées à sa recherche, le courtisan aux manières raffinées, arbitre des élégances d'Angkor, avait dû se réfugier chez les peuplades de l'est du Grand Fleuve, au pied des monts Darlac. Son espoir de trouver refuge chez les Chams était en effet compromis : ceux-ci le recherchaient de leur côté, non pour le recevoir avec les honneurs qui sont l'apanage ordinaire des transfuges, mais pour le punir de son échec. Santanu avait compris l'ampleur de son infortune lorsque, enfin parvenu au terme de sa pérégrination, le long d'une frontière plus qu'incertaine, son équipe était tombée dans une embuscade : à sa grande surprise, il ne s'agissait pas de Khmers mais de Chams ; l'officier avait crié son nom en lui intimant l'ordre de se rendre. Tous ses fidèles avaient été tués. Seule une connaissance supérieure des arts martiaux lui avait permis de s'échapper. Décidément, chez les Chams comme chez les Khmers, tout le monde était en guerre avec tout le monde.

Pourquoi s'était-il livré ? Une fois de plus il reprenait son analyse.

Fort mécontent de Pariksit, son ambassadeur revenu bredouille du Cambodge, le roi du Champa avait dû entrer dans une grande fureur ; il n'avait sans doute pas manqué de châtier l'ambassadeur qui n'avait pas su lui rapporter les traités magiques. Il en serait de même pour lui, Santanu, s'il se présentait au pied du trône cham : on lui ferait partager l'échec de Pariksit, dont il avait été à Angkor le compère malchanceux, et on exigerait de lui la communication des traités ; c'est pourquoi on avait essayé de le capturer... Les traités ! Il n'en avait que deux sur trois ; le troisième était faux : un médiocre plan d'astrologie sans rapport avec les deux premiers.

Le risque était grand de se présenter à la cour chame, la honte au front et les mains vides. Mais voyant se prolonger un séjour inutile au milieu de gens qu'il considérait comme des sauvages tout juste bons à faire de mauvais esclaves, l'ancien ministre avait pensé que deux traités sur trois valaient mieux que rien et, poussé par un certain goût du défi qui ne manquait pas de panache, s'était résolu à jouer le tout pour le tout et à se constituer prisonnier. Le roi l'avait fait attendre quelque temps puis l'avait reçu avec une feinte amabilité avant de le faire enfermer dans une cage de fer. Depuis trois semaines, il attendait soit le supplice réservé aux traîtres, soit que la roue de la fortune lui devînt à nouveau favorable.

— Pourquoi ce Pariksit n'est-il pas avec moi dans cette cage ? murmura-t-il entre ses dents. Après tout, notre échec est commun. Le roi a dû le faire tuer...

Il jeta avec rage le bol de riz à moitié achevé. En lui croissait la haine, une haine qui le pénétrait jusqu'aux os : haine de soi pour n'avoir pas été à la hauteur de ses ambitions, haine de sa naïveté, haine des Chams qui lui mettaient le nez dans son échec, haine des Khmers qui l'avaient trompé, haine de ses anciens amis et anciennes amours, Purocana le traître, qui lui avait volé le trône, et Devi qui n'avait pas compris le sens de ses avances, haine de l'intelligence bafouée contre toute attente par la sottise, vaincue par la niaiserie… La haine! Le meurtre habitait son âme. Son esprit vacillait, aveuglé de rancune. Il lui semblait marcher dans un désert sans fin, dont l'horizon fuyant transformait les espoirs en mirages, et où il ne pouvait guère se retourner que sur les ossements blanchis de ses illusions. Lorsqu'il rêvait ainsi l'esprit perdu dans un lointain inutile, des images de sang lui traversaient les yeux. Il ruminait sa vengeance, qu'il imaginait terrible au cas où l'on aurait l'imprudence de le laisser en vie. Mais quelle vengeance? Il voulut frapper les barreaux de sa cage mais arrêta son poing… Un frisson le parcourut : saurait-il vraiment, si la fortune un jour le ramenait aux honneurs, reprendre l'air enjoué, tout scintillant de charisme et d'esprit, qui autrefois faisait sa force? Il craignait que la noirceur de son dessein fût à jamais gravée dans son regard. Il s'exercerait au miroir.

La porte de la cage grinça sur ses gonds. Les yeux du prisonnier se levèrent sur trois dignitaires entourés de gardes.

— Venez, Monseigneur, le roi vous mande.

*

— Il est temps de reprendre les affaires en main. Je veux aussi les cartes du Dai Viêt et des provinces limitrophes chinoises. Notamment de l'île de Hainan… C'est de là que viendront nos approvisionnements.

Le roi cham scrutait les cartes que ses officiers d'état-major tenaient disposées devant lui. Plusieurs tables basses de facture chinoise occupaient presque tout l'espace de la salle du conseil. Depuis quelques jours le palais connaissait une effervescence inhabituelle. Tout retentissait de bruits de guerre, dans des allées et venues continuelles d'estafettes au galop et de réunions précipitées où se bousculaient dignitaires et officiers, rivalisant de jactance. Tout respirait le pouvoir neuf, au terme d'une de ces révolutions de cour qui affectaient régulièrement les successions royales. Le nouveau roi paradait.

— Les Khmers se moquent de nous, reprocha-t-il au chef d'état-major. L'armée de Jaya n'est pas détruite. Elle refuse le contact, multiplie les coups de main, ne cesse de se renforcer au milieu des populations montagnardes ; elle s'y trouve comme un poisson dans l'eau, recrute et s'approvisionne. Jaya et son armée vous ridiculisent. Le commerce est bloqué, nos objectifs compromis. Toute la politique chame est un échec... Vos rapports sont faux. Mes agents secrets sont formels. Saviez-vous seulement que j'avais plusieurs hommes infiltrés dans les rangs ennemis ?

— Nous ne sommes pas en guerre... officiellement...

— Nous ne sommes pas en guerre ? Nous y serons bientôt et vous verrez comment...

Le chef d'état-major à qui s'adressaient ces reproches était l'un des principaux dignitaires de l'ancien souverain. C'était un officier sans âge, vieillard blanchi sous le harnais dans les campagnes militaires qui avaient opposé les nations chame et khmère sous le règne du grand Suryavarman II, roi d'Angkor, terrible guerrier et constructeur du Grand Temple de Vishnu. Les Khmers s'étaient alors lancés dans des guerres de conquête qui avaient donné au Cambodge sa plus grande expansion territoriale, englobant la Malaisie, le Siam, le Laos et, par intermittence, des portions du Dai Viêt. La terre chame avait été envahie à plusieurs reprises et les batailles successives, dont le général cham s'était montré le maître d'œuvre et stratège averti, avaient fini par bouter hors des frontières l'envahisseur khmer ; celui-ci s'était retiré, laissant sur le terrain des milliers de morts et un butin considérable. Le prestige du général demeurait immense et, les années passant, les souverains chams lui avaient conservé son titre de chef d'état-major, dans l'idée qu'il faudrait un jour prendre une revanche sur l'agression dont la terre chame avait été victime. Le Cambodge à son tour devait être envahi et soumis.

— Les intérêts du Champa passent par le pays khmer, insista le roi. Voilà des années que je dis qu'il faut préparer une offensive d'envergure… Où sont vos plans ?

Le vieil homme ne pouvait répondre. Depuis quinze ans ou plus il s'était endormi dans les honneurs, le luxe et la bonne chère, vivant dans le souvenir des campagnes et des triomphes passés. Cela lui suffisait. Il s'était bien gardé de faire le moindre plan pour l'invasion du Cambodge. Les troupes et le matériel avaient vieilli avec lui. Sa seule présence à la cour, ses cheveux blancs et ses grands airs suffisaient à la protection militaire du pays. Il avait accepté d'un air distant d'engager l'armée chame sur des coups de main ponctuels en territoire khmer. Mais rien n'était prévu pour la remonte en éléphants et en chevaux, l'acquisition d'armes et de matériel ou le recrutement et l'instruction de troupes neuves.

Récemment monté sur le trône, le roi voyait les choses d'un autre œil. Depuis longtemps il inspirait la diplomatie chame. Le moment était venu d'en atteindre enfin les objectifs, cette fois-ci par la guerre. Il voulait une offensive générale soigneusement organisée. Le vieux général n'était plus l'homme du moment.

— Avez-vous fait chercher l'ancien ministre du roi d'Angkor ? demanda le roi.

Le vieillard s'était assoupi.

*

La mer s'étendait à perte de vue sous le soleil du matin, légèrement soulevée en vagues immaculées par la mousson d'hiver. Ce fut un éblouissement. Santanu cligna des yeux, mit sa main en visière et laissa son regard se perdre dans l'immensité qui s'offrait à lui. Il aspira à pleins poumons l'air du large.

— Enfin ! murmura-t-il, enfin la liberté…

La mer ! C'était la première fois que le dignitaire voyait la mer. Il sentit tout à coup son âme se laver des rancunes et des haines. Ce vent, cette lumière, ce mouvement infini… Un autre monde s'offrait à lui. Il revivait. Il lui était donné de contempler ce qui faisait depuis toujours la force du royaume cham : l'activité du port, le va-et-vient d'embarcations multiples, simples barques ou jonques de haut bord. Les Chams avaient établi leur puissance sur la maîtrise de la mer et des côtes. Commerçants et pirates, ils contrôlaient la mer de Chine occidentale. Les actes de piraterie avaient provoqué de nombreux affrontements avec l'Empire céleste et le Dai Viêt. Le Champa cherchait maintenant à conquérir les voies commerciales qui passaient par le Cambodge et lorgnait sur les secrets d'irrigation de l'Empire khmer, prometteurs de richesses. L'esprit du politicien s'ouvrait à nouveau aux constructions d'avenir : son échec n'était que passager; il avait beaucoup d'atouts en main; sa connaissance des dossiers khmers ferait l'objet d'une négociation; il se savait maître en la matière; les Chams voulaient faire la guerre au Cambodge; ce sont eux qui le mettraient sur le trône d'Angkor.

Entouré de gardes que précédaient les trois dignitaires, l'ancien ministre marchait d'un pas vif. Il affectait d'imposer son rythme, bousculait les mandarins dont la démarche lui paraissait trop molle, rectifiait la formation de la troupe, montrant ainsi qu'il reprenait de lui-même son rang de grand dignitaire. Il sentait revenir toutes ses facultés d'analyse et de séduction. Il saurait parler au roi. Mais qui était le roi? Le courtisan était trop fin politique pour n'avoir pas pressenti, du fond de sa prison, que des événements importants venaient de secouer le palais royal. Un coup d'État sans doute, comme si souvent, et une usurpation, comme toujours. Il ne retrouverait pas le vieux souverain qui l'avait fait enfermer dans une cage. Celui-ci l'y aurait laissé. Que lui avait-on dit? « Le roi vous mande... » : vieille formule par laquelle on faisait convoquer les plus hauts conseillers et ministres. « Le roi vous mande... » ; et on l'avait appelé « Monseigneur » ! Il ne pouvait s'agir que d'un nouveau roi. Un roi qui connaissait sa valeur et avait compris que ses talents d'ancien ministre du roi khmer constituaient pour le Champa un trésor inestimable. N'était-il pas le seul ici à connaître suffisamment le dédale des sanctuaires khmers, avec leurs monastères et leurs bibliothèques, pour qu'on pût espérer, à l'occasion d'une guerre, retrouver un jour le traité magique manquant? Santanu hâta encore le pas.

On longeait le port. Des pêcheurs déchargeaient des paniers débordant de poissons dont la nacre et l'argent frétillaient au soleil matinal, tandis que d'autres étendaient sur le quai des filets encore ruisselants où s'animait ici et là le reflet d'une prise oubliée. La pêche avait été bonne. On carguait les voiles de rotin. Les équipages de retour prenaient leur repas du matin, assis en rond sur leurs talons. Quelques barques aux couleurs vives se balançaient, poupe et proue relevées, un haut mât s'appuyant sur le rouf : barques de seigneurs attendant leur maître. Plus loin, avant la montée qui menait aux résidences princières, parmi des chars attelés de petits bœufs qui venaient à l'approvisionnement, dans les cris et les rires que perçait l'aigre note des grincements d'essieux, des éléphants se frayaient un chemin, lourds et débonnaires, entre des maisons qu'ils dominaient parfois de leur masse grise. Maisons coiffées de chaume et blanchies à la chaux pour les gens du commun, ou peintes de couleurs éclatantes, rehaussées d'or et dont les toits de tuiles, retroussés en cornes, indiquaient le rang social de leurs occupants.

Santanu ne se trouvait pas dépaysé. Les Chams comme les Khmers devaient leur civilisation à l'Inde. Mêmes dieux, mêmes principes politiques, mêmes institutions ou modes de vie. Seules différaient quelques coutumes et la langue. Le peuple allait et venait dans une activité bruyante. Des femmes d'âge mûr, quelque peu épaissies par le labeur et les années, le buste nu et les hanches serrées dans un pagne qui leur tombait jusqu'aux pieds, maintenaient sur leur tête dans une démarche altière des corbeilles de poissons, de fruits ou de riz, ou trottinaient avec lenteur le balancier sur l'épaule. Les jeunes filles, parées de leur jeunesse, la poitrine drue et le rire éclatant, se joignaient au mouvement du jour dans la gracilité de leurs reins cambrés, actives et décidées. Les hommes, vêtus d'un pagne court, portaient des bijoux plus lourds que ceux des femmes : disques de bois, de cuivre ou d'étain fixés dans le lobe distendu de l'oreille, pesants bracelets de métal ou colliers de verroterie. Beaucoup, comme au Cambodge, avaient le nez droit et saillant, les yeux profonds et les cheveux noirs et frisés, relevés en un chignon volumineux que maintenait un peigne de bois ou de métal, parfois richement travaillé. Bien qu'il regardât droit devant lui, Santanu ne perdait rien des scènes qui s'offraient à lui. Les Chams lui étaient sympathiques : ils assistaient à ses premiers instants de liberté. Certains jetaient des regards obliques vers ce prisonnier, nu et sale, qui semblait commander son escorte.

Au fur et à mesure que l'on approchait du palais, on rencontrait des seigneurs à la démarche affirmée par le souci de leur rang, précédés ou suivis par des essaims de serviteurs affairés, brandissant parasols, chasse-mouches et éventails en plumes de paon, certains portant avec cérémonie les services à bétel et les crachoirs d'or ou d'argent. On croisa un palanquin somptueux, aux brancards d'or artistement relevés en forme de naga où un dignitaire obèse, le nombril largement exposé, couvert de bijoux, le front orné d'un diadème de pierreries et les doigts chargés de lourds anneaux, laissait balancer l'importance de ses chairs comblées. « A moi bientôt tous ces honneurs, le luxe et le pouvoir », pensa Santanu. Il avait maintenant dépassé les dignitaires préposés à sa garde qui le pressaient avec une sorte de déférence. L'escorte suivait au petit trot.

CHAPITRE 33

Lavé, parfumé au santal, les dents propres et le teint lisse, épilé avec soin et luisant d'onguents rares, Santanu fit son entrée dans la salle d'audience. Les femmes l'avaient largement consolé de ses derniers déboires. Il s'avançait d'un pas assuré, les reins artistement pris dans un sampot de soie à ramage simple se relevant à la mode khmère en culotte bouffante. Cependant il ne portait aucun bijou, indice de son état récent de prisonnier. Le roi seul pouvait remédier à ce dénuement, le pire qu'un dignitaire khmer pût connaître : comment montrer sans honte une oreille démunie de pendentif, le lobe nu, démesurément allongé, atteignant presque le haut de l'épaule et offrant aux regards, en spectacle impudique, la longue fente destinée à recevoir de lourds joyaux ?

Santanu fit les cinq salutations protocolaires, le front, les mains, les coudes, les genoux et les pieds devant toucher le sol en même temps, tint la pose quelques secondes et se releva aussitôt sans attendre l'ordre du souverain ; il avait décidé d'opter pour l'insolence. C'est alors seulement que son regard croisa celui du roi. Le choc qu'il reçut faillit lui faire perdre contenance : le roi était l'ancien ambassadeur cham à Angkor, Pariksit, celui-là même avec qui il négociait quelques mois plus tôt. Des images récentes l'assaillirent : la finesse de l'homme, la recherche des traités magiques, et surtout cette nuit d'orage qui avait vu l'ambassadeur fuir comme un voleur, à travers le Grand Lac, pour rejoindre son pays.

Pariksit était donc devenu Rudravarman IV, roi du Champa. Il avait usurpé le trône. Probablement après avoir assassiné le souverain légitime… Affaires courantes ! Ainsi allaient les choses en pays cham ou khmer : tout usurpateur devenait légitime pour peu qu'il se trouvât quelque ascendance — imaginée ou non — dans les dynasties antiques, lunaire ou solaire, et de préférence par les femmes : lunaire par référence à l'ancien royaume du Funan, solaire par référence à celui du Chen-la. Lui-même, le moment venu, se trouverait bien quelque ancêtre utile. La princesse Devi, s'il parvenait à la séduire, lui serait d'un grand secours… Au reste que voulait dire « légitime » ? Il suffisait d'avoir de la force et de l'astuce, et il en avait à revendre! Tout mandarin, chanceux ou inventif, pouvait devenir roi. Ainsi Pariksit avait réussi : il était Rudravarman IV. Et qui était le dernier roi du Cambodge? Purocana, cet imbécile, devenu Tribhuvarman? Santanu se sentit envahi d'un sentiment de frustration.

— Je vous ai fait mander, dit le roi. Nous connaissons vos talents. Êtes-vous prêt à prendre des fonctions dans mon gouvernement?

Santanu avait du mal à maintenir son assurance :

— Sire, que voulez-vous de moi? Vos soldats m'ont traqué, un peu partout à travers la jungle. J'ai dû chercher refuge chez des sauvages. Je suis enfin venu, nu et sans défense, et vous m'avez mis… en cage.

— Pour vous empêcher de fuir, comme les oiseaux de prix, dit le roi en riant aux éclats. Vous êtes trop précieux… Laissons cela. Vous voici, c'est l'essentiel. Soyez heureux. Votre réponse?

Un courtisan s'approcha et tendit à deux mains un coffret précieux. Le couvercle en était relevé. Santanu le reçut de même et resta ébloui par les joyaux qu'il entrevit, en grand nombre et de grande richesse. L'humiliation était immense.

— Votre réponse, demain, dans mon cabinet privé, à la première heure, conclut le roi en sortant.

Santanu s'appliqua à renouveler la prosternation des cinq contacts.

*

— Voici vos traités. Je les ai fait étudier par des experts. Aucun ne peut en déchiffrer le sens. Où est la clef?

— A Angkor.

Santanu subissait un interrogatoire serré. Cependant, le roi ne montrait aucune impatience, bien que la question des traités magiques lui rappelât cruellement l'échec de son ambassade à Angkor. Sûr de lui, il restait convaincu de parvenir un jour à ses fins : on ne trompait pas un homme de sa trempe, instruit de toutes les sciences et versé dans toutes les techniques. Il lui manquait celle-ci, il l'aurait : il était toujours parvenu à ses fins.

Trois rouleaux de parchemin étaient disposés sur la table, à moitié ouverts. Ils avaient été saisis sur l'ancien ministre khmer lors de son arrestation. Depuis, les brahmanes se perdaient en conjectures.

Rudravarman prit brusquement l'un des rouleaux et le brandit sous le nez de Santanu :

— Je comprends donc que celui-ci, que vous dites avoir été substitué par félonie — quelle félonie ? et félonie de qui ? de la princesse ? De qui se moque-t-on ? —, que vous avez donc, dis-je, substitué au document complémentaire, n'a rien à voir avec les deux premiers. Où est ce troisième traité, qui paraît-il est indispensable ? Pourquoi cette tromperie ? Tromperie qui vous a valu ce séjour en cage... Où est-il ?

— A Angkor. Je viens de vous l'expliquer.

Santanu ne savait comment sortir du piège : le roi voulait le confondre et lui faire dire qu'il n'aurait jamais le troisième traité. Il joua les niais et prit un ton humble :

— Sire, je vous l'ai dit, c'est la princesse Devi qui m'a trompé. Lorsqu'il m'a fallu fuir...

— Vous n'aviez pas droit à l'erreur. Notre accord était formel.

A l'humilité succéda l'insolence. Santanu fit tinter en sorte de défi les bijoux que le roi lui avait offerts la veille et dont il était couvert : large sautoir d'or serti de pierres précieuses ; pendentifs d'oreilles assortis, qu'agrémentaient de longs glands de fils de soie sombre, la pâte de verre le disputant à de modestes rondelles de nacre ou pierres n'ayant pas subi de taille et offrant une sourde transparence bleu-noir ; anneaux de chevilles ; bracelets d'or et brassards montant en pointe jusqu'aux épaules, finement ciselés dans le même métal ; bagues multiples à tous les doigts, où rubis et saphirs alternaient avec de simples anneaux de cornaline. Le dignitaire était étincelant.

Les serviteurs apportaient le service à bétel. Le roi laissa passer quelques minutes. Il reprit enfin avec un détachement affecté :

— Récapitulons. Le troisième livre, celui auquel la princesse aurait substitué ce traité quelconque d'astrologie, est resté à Angkor. Que comptez-vous faire ?

— La guerre ! dit Santanu. Une guerre qu'il fallait faire plus tôt, conformément à nos accords. Vos petites escarmouches n'ont servi qu'à renforcer l'armée du prince Jaya. Vous avez dû fuir. Cela a compromis nos conventions. Je vous en rappelle la teneur : pour vous les traités magiques, que vous désiriez tant et que je vous aurais acquis, ainsi que le contrôle des routes commerciales ; pour moi la royauté. Cette royauté m'a échappé au profit d'un homme que votre échec diplomatique a bien servi ; vous avez fui au lieu de me soutenir...

L'homme avait parlé d'un seul souffle. Face à ce morceau d'insolence, le roi laissa passer quelques instants, lourds d'incertitude. Aucun trait de son visage ne bougeait. Seuls un regard fixe et des sourcils froncés attestaient la permanence de son courroux.

— Soit ! Admettons ! Nous devons chercher le livre manquant là où il se trouve. A Angkor ?

— Certainement dans un monastère. Les Khmers conservent leurs manuscrits et archives en trois exemplaires et en trois lieux différents : ces bibliothèques sont situées dans les sanctuaires ou dans les monastères. Et ce en cas d'incendie. Vous savez que Devi a participé à la restauration et à la copie des traités magiques. Après mon départ, la princesse a dû cacher tous les exemplaires en des lieux dont elle garde le secret. Je la connais.

— Certes ! Et pour cause ! Vous êtes le trompeur trompé ! Par tout le monde ! Vous me disiez que vous obtiendriez tout de la princesse.

— Tout !

— Et comment ?

— En la faisant prisonnière. Elle parlera.

— Le moyen pour cela ?

— La guerre, Sire. Vous devez conquérir le Cambodge. Intensifiez la guerre.

— C'est bien mon intention.

— Et le seul moyen de trouver ce traité.

— Mais ne peut-on simplement enlever la princesse?... Un commando...

— Non, Sire, faites la guerre. Nous prendrons la princesse. Je m'en porte garant.

Santanu craignit un moment que le roi ne lui ordonnât de prendre la tête d'un commando pour rechercher Devi en territoire khmer et la ramener au Champa. Mission qui comblerait peut-être le roi cham mais qui, en cas de succès, ruinerait son propre projet. Son but ultime était la royauté. Pousser le Champa à une guerre totale était le seul moyen de parvenir à ses fins : renverser le roi d'Angkor et monter sur le trône. Il voulut enchaîner sur la faiblesse des défenses khmères :

— L'armée de l'usurpateur est inexistante. Quant au prince Jaya...

— La guerre ! coupa le roi. Je vous invite à voir. Venez.

Les choses allaient plus vite que Santanu ne l'avait espéré.

*

C'était à Vijaya, la capitale, qu'était concentré le plus gros de l'armée chame. Les palanquins s'arrêtèrent un moment à la sortie de la ville. Puis on suivit les remparts, longues murailles construites de moellons de terre mêlée de paille et colmatés de bouse de vache. En dépit de quelques temples dont la beauté rivalisait parfois avec celle des monuments khmers, les modestes constructions chames ne pouvaient être comparées aux fastueux monuments d'Angkor.

Au loin s'étendait la plaine, vaguement mise en valeur par des cultures sur brûlis qui peu à peu épuisaient le sol. On comprenait pourquoi les Chams, désireux d'acquérir les mêmes richesses que les Khmers, cherchaient par tous les moyens à se procurer les secrets hydrauliques qui faisaient la gloire et la puissance de l'Empire angkorien. Le grand canal qu'ils avaient creusé de l'autre côté de la ville pour l'irrigation des rizières ne donnait aucunement les résultats escomptés; rien à voir, de toute façon, avec les immenses bassins-réservoirs, les barays, et les techniques d'irrigation dont les Khmers possédaient la maîtrise.

On parvenait aux cantonnements militaires. Tout bourdonnait d'activité. L'armée était en pleines manœuvres. L'attention de Santanu fut attirée par une dizaine de chevaux, fort grands et charpentés pour la course, qui tournaient dans un manège. Le roi arrêta les porteurs.

— Voici l'essentiel, dit-il en faisant signe à un officier d'avancer son cheval, un pur-sang gris qu'il maintenait avec peine. L'essentiel! Les chevaux en provenance de Chine... Voyez ces aplombs, la robustesse des membres, et la taille. J'en veux des milliers.

— Des milliers? s'étonna Santanu.

— Oui, cinq mille pour le moins. La cavalerie sera le fer de lance de l'armée. Ces chevaux viennent du Nord. Mais il y a plusieurs élevages dans l'île d'Hainan. Je vous confie la mission de vous y rendre et de mener à bien, dans les meilleurs délais, la remonte de l'armée chame.

— Pourquoi moi?

— Je vous le dirai tantôt.

Santanu remarqua que plusieurs instructeurs étaient chinois. Ainsi, le nouveau roi avait réussi à faire appel à des conseillers militaires de l'Empire céleste.

— Comptez-vous faire monter ou atteler ces chevaux?

— Les deux. Monter pour la plupart. Je veux une armée rapide, prête à des mouvements qui surprendront l'adversaire.

— Combien d'escadrons?

— Environ quatre-vingts. Mais je veux aussi une unité de chars de combat.

— Des chars de combat ? Comme chez les Aryens ? Le terrain ne s'y prête pas. Seuls quelques brahmanes un peu fous, récemment arrivés de l'Inde, nostalgiques de leur pays ou grisés d'épopée…

— Je sais. Mes chars seront démontés et transportés sur des chariots. Ils ne seront remontés et engagés dans l'action que sur terrain favorable. Leur intervention devrait être définitive. Le choix de ce terrain dépendra des mouvements de la cavalerie. Les chariots serviront aussi de transports de troupes. Le mouvement ! La rapidité ! Je veux une guerre éclair. Ce qui implique une préparation et un entraînement intensifs. De là ces instructeurs chinois. Les instructeurs viennent avec les chevaux : vous y veillerez.

Santanu ne put cacher son scepticisme. Soit ce roi était mégalomane, soit c'était un tacticien de génie. Il nota qu'à aucun moment il ne faisait allusion aux forces de Jaya. Rudravarman IV s'aperçut du trouble de son interlocuteur.

— Oui, poursuivit-il, je transporterai cette armée sur des chariots. Les chars d'assaut, rassurez-vous, ne seront engagés que dans des figures de combat utile. C'est une arme de réserve. Nous aurons, admettons, une chance sur cinq de la mettre en action. Mais si le cas se présente, et nous ferons le nécessaire pour le provoquer, ce sera la victoire assurée : les chars fauchent tout sur leur passage.

— Et les éléphants ? demanda Santanu.

— Uniquement pour la parade, le panache. Je n'y crois guère. Ils ne sont bons qu'à mobiliser des bataillons entiers de fantassins pour leur protection. Trop fragiles, trop lents, trop chers, trop gourmands. Leur masse n'est bonne qu'à faire impression. Pour les princes, à la rigueur, pour le prestige, ou comme observatoires.

— Ainsi, vous pensez que rien ne résistera à des mouvements de cavalerie, et à une intervention, tout à fait éventuelle, de chars de combat de type indien ?

Le roi ne répondit pas. Une section de fantassins manœuvrait au pas cadencé. Troublé par les ordres rauques que proféraient les officiers, le grand cheval gris fit un écart et se cabra. Ces chevaux n'étaient pas faciles ! Il nota les coiffures en forme de lotus renversé :

l'uniforme aidait à la discipline. Ainsi les Chams procédaient à une complète réorganisation militaire.

— Il va sans dire, reprit le roi, que l'infanterie reste l'arme principale. Il faudra donner l'assaut aux remparts de la ville : pour cela, des échelles et des pontons mobiles de bambous pour franchir vos fossés peuplés de crocodiles. Je sais que le roi khmer revient à ce vieux procédé de défense, abandonné depuis longtemps. Angkor sera donc bien défendue. Notre étude est confiée à des ingénieurs. Rien ne sera laissé au hasard... Et maintenant, je voudrais vous voir monter ce cheval.

Santanu frémit. Il n'était plus entraîné. Ces chevaux chinois étaient particuliers. Le roi lui lançait un nouveau défi ! Où voulait-il en venir ?

D'un bond, l'ancien ministre fut en selle. Instruit dans tous les arts martiaux, il saurait faire face à la situation. Le grand cheval aussitôt se cabra, puis se mit à bondir sur place, lançant ruades sur ruades. « En avant ! se dit Santanu en saisissant la cravache que lui tendait l'officier, en avant ! Seule ressource ! Seule voie de salut !... » Le roi riait.

Lâchant les rênes, Santanu cravacha. Surpris, l'animal exécuta encore quelques défenses sur place, puis d'un seul coup se lança en avant, au galop, dans le plus grand désordre, mais il fut bientôt rattrapé par la main habile de l'homme, rééquilibré et mis en cercle. C'était gagné. Vainqueur, le cavalier décida d'adopter une allure vive. Puis, parfaitement à l'aise et bien en selle, saluant de la main comme s'il était en tournée d'inspection, il ramena sa monture en un petit galop arrondi, sous les acclamations des troupes, le long des lignes où les différents corps d'armée manœuvraient, sauta un fossé, virevolta, prit un trot cadencé, enfin revint au pas, rênes longues et parfaitement détendu. L'officier reprit en mains une monture couverte d'écume.

— Fort bien, dit le roi, vous êtes mon chef d'état-major. Vous partirez sous peu pour la Chine afin de procéder à la remonte de la cavalerie, pour l'île d'Hainan, à quelques jours de navigation. Le choix et le dressage des chevaux vous appartiennent. Ramenez des instructeurs de valeur. Nous gagnerons du temps.

Santanu joua le tout pour le tout :

— Que me donnerez-vous en échange, dit-il d'une voix ferme, quand nous aurons conquis la ville et le troisième livre ?

— En échange ? Dites ! Que voulez-vous ?

— La royauté.

— Je sais, dit le roi en riant. Vous l'aurez.

CHAPITRE 34

Tribhuvarman, Soleil des Trois Mondes, ci-devant général Purocana, cracha bruyamment. Le cornac baissa la tête : le jet de salive rouge venait de lui passer au ras des oreilles. Depuis deux heures, le roi mâchonnait chique sur chique et crachotait un peu partout, nerveux.

On était loin des raffinements du palais : dignitaires et courtisans se faisaient suivre en tout lieu par un service à bétel, comprenant un crachoir, le plus souvent d'or massif, où la noblesse expectorait ses surplus de chique; seuls les gens du peuple pouvaient parsemer leur chemin de petites flaques rouges de jus de bétel.

— Prends la route de la rivière, à l'est, dit le roi à travers sa chique en retenant une grimace de douleur.

Il souffrait depuis plusieurs semaines des suites d'une opération chirurgicale manquée. Tribhuvarman, craignant à chaque instant d'être assassiné, avait accepté de se faire insérer sous la peau du thorax des plaques de métal, sorte de cuirasse interne ; l'idée venait de Yaksa, toujours en verve d'inventions diaboliques et qui prétendait à une science magique. Son insistance avait triomphé des réticences des médecins qui diagnostiquaient un phénomène de rejet immédiat. On avait opté pour un essai. Il s'agissait de pièces de fer sacré, insérées dans le corps, et qui devaient détourner par magie jets de flèche, coups de couteau ou d'épée; mais il n'y avait rien de magique dans les résultats en dépit des allégations de Yaksa; rien qu'une douleur atroce. La pose de la première plaque avait en effet provoqué une infection. Au reste il s'était révélé impossible de placer une feuille d'épaisseur suffisante pour assurer une protection utile, puisque la magie ne fonctionnait pas : un coup d'épée, de lance, ou une flèche aurait percé sans difficulté cette cuirasse interne dont la stupidité apparaissait à tous, sauf au roi lui-même, de plus en plus subjugué par sa démonesse. Il avait donc fallu rouvrir, désinfecter à l'alcool, cautériser et recoudre. Une douleur fulgurante accompagnait maintenant chaque geste du malheureux. Le souffle court, la sueur au front, le roi souffrait.

Il ne se déplaçait que fortement armé, convaincu qu'on ne songeait qu'à le tuer. Privé de l'épée d'or qui consacrait le pouvoir des souverains d'Angkor, il osait à peine quitter le palais et, le cas échéant, il sortait toujours incognito et protégé par une escouade de guerriers d'élite. Les citadins d'Angkor pouvaient ainsi penser qu'il s'agissait d'un chef de guerre se rendant à quelque occupation de service.

Le souverain cachait ainsi son identité. Il y avait loin de cet état indigne au faste qui entourait les sorties des rois d'Angkor et dont le spectacle grandiose impressionnait tant les visiteurs étrangers. Enfant, il avait assisté aux sorties du grand Suryavarman II. Le royaume était alors à son apogée.

Les troupes étaient en tête d'escorte, précédant les étendards, les fanions, la musique. Trois à cinq cents filles du palais en étoffes à ramages, des fleurs dans le chignon, formaient une troupe à elles seules ; même en plein jour leurs cierges étaient allumés... Suivait la procession de celles qui portaient les ustensiles royaux d'or et d'argent et toute la série des ornements... Puis arrivaient les amazones tenant en main lance et bouclier : c'était la garde privée du roi, formant une troupe uniforme et disciplinée, bien différente, songeait Tribhuvarman, de la horde de démonesses dont le palais se trouvait désormais peuplé... Enfin, on assistait au défilé des charrettes à chèvres et à chevaux, toutes ornées d'or. Les ministres, les princes étaient là au complet, montés à éléphant, précédés loin devant d'innombrables parasols rouges. Après eux, les épouses et les concubines royales, en palanquin, en charrette, à cheval, à éléphant ! Elles étaient entourées d'au moins cent parasols tachetés d'or. Enfin, derrière elles, le souverain, Suryavarman II, debout sur son éléphant, et tenant à la main l'épée d'or. L'épée d'or ! Rageur, Tribhuvarman lança un grand jet de salive rouge. Les défenses des éléphants étaient dans des fourreaux d'or! Il y avait plus de vingt parasols blancs tachetés d'or et dont les manches aussi étaient d'or! Des éléphants nombreux se pressaient autour de lui, puis, à nouveau, des troupes et la cavalerie pour le protéger...

Les images se succédaient... Souvenirs d'enfance! Jeune garçon, il s'était souvent vu, debout sur son éléphant, brandissant l'épée sacrée. Il s'était alors promis de tout entreprendre pour devenir roi. Le rêve s'accomplissait mais dans des circonstances qu'il n'avait pas prévues.

La rage au cœur, il bouscula le cornac d'un coup de pied afin de lui faire hâter l'allure. Comment récupérer l'épée sacrée? Il n'y avait aucune chance pour l'instant... Du moins réussirait-il à élever un temple.

— Le temple de Tribhuvanadityavarman, murmura-t-il, le temple du Soleil des Trois Mondes... !

Un temple qui rivaliserait de splendeur avec les monuments que chaque roi d'Angkor avait érigés à la gloire d'un dieu, au centre d'une nouvelle ville. Un temple qui rivaliserait avec le Grand Temple de Vishnu, celui de Suryavarman II. Alors Tribhuvarman deviendrait un grand roi du Cambodge, peut-être le plus grand.

Il lança un nouveau jet de salive et regarda alentour. On laissait sur la gauche le temple-pyramide de Jayavarman V, le Takeo, éclatant de blancheur et de géométrie parfaite.

— Inachevé! dit le roi. Le mien sera entièrement décoré. Rien ne manquera...

Dans quelques instants on passerait la rivière, et puis, plus loin, au-delà du Baray oriental, on étudierait l'emplacement qu'avaient désigné les astrologues. Il devenait difficile, dans la capitale khmère, de trouver un endroit libre où construire un nouveau temple-montagne.

Le roi devait retrouver un très vieil homme, qu'il avait fait rechercher : l'architecte du Grand Temple de Vishnu, le grand Pisnokar, surnommé l'architecte des dieux, qui sous le règne de Suryavarman II avait bâti le plus bel ensemble architectural d'Angkor. Mais le temple de Tribhuvarman, son temple à lui, serait encore plus somptueux…

*

— Regardez ! J'en suis sûre. C'est le roi.

Chudamani arrivait, essoufflée. Elle plissa les yeux et regarda intensément :

— Je ne vois rien… sinon un gradé quelconque en service commandé, comme il en passe vingt par jour.

— C'est le roi, insista Indra.

— Dans cet équipage ?

— Je l'ai reconnu.

En arrivant dans le quartier des monastères et ermitages, le long du grand bassin oriental, Tribhuvarman avait ouvert le rideau qui était censé le protéger du soleil comme des regards indiscrets. Il vérifiait si l'on respectait bien ses instructions : blocus des monastères — et notamment de celui où résidait la vieille reine, mère de Jaya, et la princesse Indra, sœur de Devi —, où des postes militaires étaient établis aux portes afin de surveiller les allées et venues.

Indra avait été prévenue par le portier : un équipage inusité passait devant le monastère. La princesse en avait aussitôt informé la reine. Se cachant avec soin, les deux femmes observaient la scène d'une terrasse surplombant les murs qui entouraient la petite ville du monastère.

— L'assaut n'est toujours pas pour aujourd'hui, constata la reine mère.

— On ne comprend pas cette attente. Pourquoi hésite-t-il ?

— Il se contente de nous empêcher de fuir. Nous sommes prises au piège.

— Que veut-il ?

— Notre mort, mais plus tard. Il nous tient en otages.

— S'il nous tient en otages, il ne nous tuera pas.

— En effet, il aurait pu me tuer le jour de l'usurpation avec tous les membres de la famille de Yashovarman. Ou me faire empoisonner. Ou me faire couper les doigts de pied et m'enfermer dans une pièce sombre. Au lieu de quoi il a veillé à ce que je sois reconduite ici avec tous les honneurs. Et ses efforts pour me faire dire où se trouve Devi ont été vains. Il a peu insisté. Étrange.

— Il vous préfère vivante, prête à servir de monnaie d'échange contre la neutralité de Jaya, votre fils.

— Voilà. Il est passé. Rien de nouveau ! Quel piètre prince pour le trône d'Angkor !

— Il ne nous reste plus qu'à attendre… Attendre. Toujours attendre…

— Qu'avez-vous, Majesté ?

La reine avait un malaise. Le sang semblait s'être entièrement retiré de ses veines. Elle faillit tomber sur le sol et s'appuya sur la princesse.

— Rien, ma fille, dit-elle doucement… Ce n'est rien. Une syncope, cela m'arrive souvent depuis quelque temps. La chaleur, l'émotion, les soucis… Parfois je crains d'avoir failli à ma tâche.

*

— Ce vieux veut me berner !

— On ne berne pas le roi.

Revenu au palais, Tribhuvarman ne décolérait pas. Il venait de subir toutes les humiliations. Décidément, il ne tenait qu'à grand-peine son nouveau rang de souverain. Les gens du peuple ressentaient d'instinct à travers cette absence d'aisance l'évidence de l'usurpation. L'homme n'était pas fait pour le trône. Il ne parvenait pas à être roi.

Le vieil architecte s'était montré condescendant : un temple ? Pourquoi pas ? Quel style ? « Comment quel style ? » avait répliqué le roi. Le grand style, enfin le style de Suryavarman II ! Quelque chose de grand, de très grand, plus grand, avec cinq tours, comme partout, sur une montagne, très haute, avec des pierres précieuses, de l'argent, du cuivre, et de l'or, plutôt de l'or, que cela brille. Et un linga, un beau linga, haut comme ça, tout en or, image du dieu, de Shiva le Destructeur, dans lequel il devait se fondre lors de l'apothéose. Suryavarman avait choisi Vishnu. Lui choisirait Shiva, et Shiva le Destructeur, celui qui fait peur, celui qu'on voit avec des têtes de mort en collier… celui qui aime les sacrifices humains et qu'Angkor néglige depuis si longtemps. Enfin, un temple comme partout, construit pour un grand roi…

L'architecte jouait à l'ignorant. Il affectait de ne pas comprendre. Des pierres ? Quel genre ? Il n'y en avait plus depuis longtemps. Parlait-on des pierres de construction ? On en manquait également.

— Sire, les choses ne sont plus ce qu'elles ont été, affirmait l'homme.

Plus personne ne saurait extraire les grands blocs de grès des carrières du Phnom Kulen, au reste en partie épuisées. Et puis, comment les transporter ? La main-d'œuvre manquait : plus de guerres, plus d'esclaves !

A certains moments le roi avait l'impression de parler à un sourd. L'homme tendait l'oreille, opinait du chef, éludait la question. Dès qu'on lui parla de plan, il partit en levant les bras.

— Les traités ! Les traités ! hurla-t-il.

L'architecte du Grand Temple de Vishnu, ce Pisnokar, qu'il avait fait rechercher à grand-peine, n'était plus qu'un vieux fou.

*

— Châtie-le, dit Yaksa. Qu'il obéisse !… ou qu'il meure !

— Lui seul peut construire un temple. On le nomme l'architecte des dieux !

— Architecte des dieux, peut-être. Mais il se moque du roi. Comment croire qu'il ne reste à Angkor aucun emplacement disponible pour construire un temple ? Te faire courir, en grand secret, tout au bout du bassin oriental, et plus loin encore, à plus d'une heure d'ici ! C'était une humiliation délibérée. Une de plus…

Tribhuvarman retint une grimace de douleur. Sa blessure le faisait atrocement souffrir. Cette expédition à éléphant l'avait épuisé. Chaque foulée semblait devoir rouvrir sa plaie.

— Il faut de la place pour construire une montagne, dit-il enfin.

— Une montagne ? On peut en construire n'importe où.

— Il faut de la place aussi pour une nouvelle capitale.

Yaksa reposa le rasoir et se regarda dans le miroir : elle ressemblait à un serpent ; au travers de la fente oblique des paupières, ses yeux luisaient d'une lueur opaque ; son front, rasé selon la coutume des femmes du palais, paraissait marbré d'écailles dont les plaques alternées, mates et brillantes, composaient un masque changeant.

— Une nouvelle capitale ! siffla-t-elle. C'est bien vous, les Khmers ! Noirs, frisés, laids et ne songeant qu'à paraître… Au moindre changement de dynastie, de règne, une nouvelle capitale ! Il y en a plus de six, que dis-je, dix, douze, les unes sur les autres, se chevauchant. A chacun son temple, sa capitale… Si tu veux un temple, construis-le ici, à côté du palais, de l'autre côté du dôme de cuivre.

— Mais le quartier est habité. Les maisons ? les jardins ?

— Tu as le pouvoir ! Détruis-les. Prends-les.

— Et le cours d'eau ?

— Détourne-le ! Les rois d'Angkor font ce qu'ils veulent. Être roi à Angkor, cela consiste à construire. Construire d'abord ! Régner ensuite ! C'est le temple qui fait le roi. Il s'entoure ensuite de sa ville. Sa capitale ! Il cherche à effacer les villes de ses prédécesseurs, les bouscule, les rejette. Chez vous, les Khmers, aucune continuité… Construis-le ton temple, là, à côté ! Mais je vois bien que Suryavarman II a gagné : son temple est insurpassable. Construis le tien. On verra bien.

Yaksa se laissait aller à une rancune qu'elle accumulait depuis longtemps. Aucune promesse n'était tenue. Quand aurait-elle enfin le rang de première reine ? De plus, cet homme ne savait pas régner. Soudain, elle explosa :

— Tu me déçois. Le devoir d'un roi est de faire la guerre, d'agrandir son royaume, de conforter sa puissance. Un roi puissant n'est pas celui qui construit le plus beau temple, c'est celui qui accumule conquêtes et richesses. La gloire ne vient qu'après. Tu sais par tes informateurs que les Chams s'apprêtent à attaquer. C'est le roi cham qui saura conquérir. Tu ne fais rien, l'armée est négligée, tu ne tiens pas tes promesses, tu renonces à l'autorité, la décision t'échappe... Le roi Tribhuvanadityavarman ! Le Soleil des Trois Mondes, toujours en proie à l'infamante indécision ! Le moindre général félon pourrait bientôt te renverser et Jaya est peut-être à nos portes, en quête de vengeance.

— Je compte sur les défenses que tu m'as promis d'établir.

— Les crocodiles ! Certes. Les douves en seront remplies, comme dans les temps passés. C'était un excellent procédé de défense que vous aviez abandonné, à tort, depuis longtemps, du jour où, grâce à vos conquêtes et à votre richesse, vous vous êtes crus invulnérables. C'est à moi que reviendra l'idée de le remettre à l'honneur. Des crocodiles ! Des mangeurs d'hommes. Je tiendrai ma promesse, moi. Des sauriens comme tu n'en as jamais vu. Mais ce n'est pas pour demain. Il faut les élever, par centaines. Certains sont encore dans l'œuf.

— Dans l'œuf ?

— Oui, ils sont élevés dans plusieurs fermes. Nous irons les voir. Les paysans ont reçu l'ordre de collecter les œufs qui sont acheminés de tout le pays. La question de la nourriture se posera dans peu de temps. Une nourriture spéciale.

— Et les najas ? Tes femmes-serpents ?

— Elles seront là, accompagnées de tous leurs élèves. Ici aussi, un élevage est nécessaire.

— Tes cobras n'ont guère fait leurs preuves.

— Leurs preuves ? Pas encore... Apprends, mon roi, qu'il ne suffit pas de se défendre. Il faut attaquer. Réorganise ton armée, recrute des hommes et des éléphants. Ne compte plus sur ce morceau de métal incrusté dans ta peau pour te protéger. Manie les armes, et sacrifie au dieu destructeur. Ce dieu a soif !

Tribhuvarman regarda avec un sentiment de crainte une statuette de bronze doré que la démonesse avait placée sur un autel improvisé : Shiva, mais dans ses attributs maléfiques, uniquement représenté sous l'apparence farouche du Destructeur, oublieux du sourire qui toujours dans sa danse cosmique venait effleurer ses lèvres, n'étant plus maintenant que Hara, « celui qui emporte », ou Bhairava, « l'épouvante », et se moquant sans doute des offrandes de riz et d'alcool — piètres sacrifices — que l'on avait disposées à ses pieds. L'homme se promit de faire mieux. Les faveurs de ce dieu lui étaient nécessaires. Yaksa, grisée par l'empire qu'elle prenait sur le souverain, s'était mise en tête de remeubler le palais à son goût : elle avait fait fondre plusieurs statues du Destructeur paré de ses insignes de mort et les exposait un peu partout, ce qui effrayait fort les Khmers dont ce n'était pas la coutume. Ils y voyaient mauvais présage et maléfices. Le peuple avait toujours donné sa préférence à Shiva le Bénéfique. Mais Yaksa décidait.

— Exerce ta vengeance, poursuivit-elle. Attaque ce monastère où ces femmes ennemies te narguent. Tue... et règne !

Leurs regards se croisèrent, heurtés, séparés comme par une barrière invisible. Yaksa était la première responsable des lâchetés reprochées au roi : c'était elle qui, par ses exigences financières et les orientations insensées qu'elle donnait à la conduite des affaires, empêchait la réorganisation de l'armée. Elle voulait Angkor pour elle seule, elle voulait être reine... et peut-être régner ; c'était elle qui avait fait fuir les brahmanes ; et comment gouverner sans les brahmanes ? Elle enfin qui l'avait convaincu d'insérer sous sa peau ce métal soi-disant magique qui le faisait tant souffrir...

Tribhuvarman soutint un moment son regard de reptile, puis baissa les yeux. Mais il avait compris : la femme se doutait de son plan, elle savait pourquoi il ménageait ainsi la reine mère et la princesse Indra, combien il lui répugnait de s'attaquer aux monastères, craignant les dieux encore plus que les démons, Bouddha aussi fort que les divinités du panthéon brahmanique. Mais perçait-elle son vrai secret ? En ménageant la reine et la princesse, il caressait le rêve de les voir un jour accepter sa royauté. Alors il se débarrasserait de Yaksa. Il épouserait la princesse. L'image d'Indra traversa sa pensée : qui donc lui donnerait la légitimité ? Le nouveau roi sentait bien que les habits qu'il voulait revêtir étaient trop grands pour lui. Poussé inexorablement vers le crime, il avait dû trahir tous ses amis. Yaksa était la première responsable : consacrée depuis toujours aux dieux, Angkor ne pouvait s'accommoder d'une royauté asservie aux forces démoniques. Tribhuvarman était roi, mais seul, réduit à n'accorder sa confiance qu'à une sorcière étrangère dont les aspects physiques l'épouvantaient de plus en plus. Elle passait en un instant de la jeunesse à la vieillesse, d'une forme à une autre, divine ou démoniaque ; au lit, elle le poussait à des excès de sexe qui faisaient hurler les alentours : jamais d'amour, jamais d'enlacements dans le sourire ou l'humide contact des peaux et des odeurs, mais des orages violents allant en ouragans qui faisaient craquer ses os, claquant dans un feu de tourments. Il avait peur. Il avait le sentiment d'être précipité dans un abîme. On ne défiait pas ainsi impunément les dieux d'Angkor.

Les dieux le condamnaient puisque l'épée sacrée lui échappait. Il lui semblait parfois en ressentir physiquement l'absence, comme d'un membre dont on l'aurait amputé. Il n'y avait point de roi sans le pouvoir magique du palladium. Il était à jamais enfermé dans le cloaque où l'avaient jeté ses crimes. Quelle puissance assurerait son rachat ?

Il chercha à nouveau le regard de Yaksa et sentit ses testicules se rétracter. La lâcheté l'envahissait.

— Tu as raison, dit-il… Mais je construirai mon temple.

— A quoi penses-tu ? rétorqua la femme. Je vois tes lèvres bouger. A quoi penses-tu ? Tu as promis de me prendre pour reine.

— D'abord l'épée. Tu l'as perdue. Retrouve-la.

CHAPITRE 35

Le soleil était au zénith et la chaleur écrasante. L'ermite posa son bâton et s'assit à l'ombre d'un aréquier. Il marchait depuis plusieurs jours, allant de village en village et quêtant sa nourriture, sans parvenir à trouver l'endroit où il pourrait se fixer pour enfin méditer en paix.

Un ermitage ne s'improvise pas : il se choisit dans la conjonction d'éléments impalpables, dès que peut se saisir un rapport ponctuel et pourtant fugitif des impulsions du ciel avec celles de la terre, en fonction de l'haleine du vent et de la circulation de la lumière, en raison d'un arbre centenaire qui se trouve là, protecteur comme un père immobile, ou d'un rocher dont la forme inspire l'attente, d'une source dont la mélodie donne le contrepoint du silence, des animaux au souffle chaud qui vivent là, passent, chantent et s'aiment, apportant tout à coup à l'esprit la paix et la méditation. C'est alors seulement que l'ermite s'arrête et établit son gîte. L'esprit de l'homme se brouillait quelque peu... Un ermitage ne se choisit pas, conclut-il, il s'impose.

Pendant ces longues marches, Shikésa ne s'était pas protégé du soleil. Il était noir de peau, brûlé, craquelé comme une terre desséchée, creusé de rides le long desquelles la sueur coulait comme des ruisseaux. Dans ses étapes il s'exposait volontiers aux rigueurs du ciel. A cette austérité s'ajoutait celle du jeûne. Il ne mangeait que de quoi survivre. Les veines de son cou saillaient comme des racines de bois tordu soutenant sa tête, ses côtes étaient semblables à des arêtes de poisson sous une enveloppe translucide et la peau de son ventre pouvait presque toucher sa colonne vertébrale.

On aurait cherché en vain à reconnaître en lui le brahmane de cour, instruit dans les raffinements princiers et le mécanisme savant des combinaisons politiques. Mais ces austérités ne lui servaient de rien. La paix, il cherchait la paix, s'efforçant à chaque pas de vider son esprit des impuretés qui encombraient sa mémoire. Il voulait méditer et n'y parvenait pas, marchant toujours plus loin dans l'espoir de rencontrer enfin le lieu qui lui apporterait l'illumination. Son esprit restait hanté par le bruit des batailles, les calculs politiques, meurtri par toutes les infamies qui remuaient la ville d'Angkor. Il radotait, parlait tout seul, animé de dialogues intérieurs avec un interlocuteur imaginaire qu'il s'acharnait à confondre, et qui n'était autre que lui-même.

— En fait, murmura-t-il en se laissant tomber sur le sol, je suis un brahmane de cour, ou plutôt un brahmane guerrier. J'aime la guerre et les combats.

Il fit un geste de son bâton comme s'il maniait une épée.

— Ma vie, c'est l'instruction militaire, mieux encore que l'argument des lettrés ou la combinaison politique.

Il regrettait parfois d'avoir laissé Jaya, son prince bien-aimé, en proie à l'infortune et aux périls de guerre sur cette terre qui chaque jour s'alourdissait de nouveaux crimes. Sa place était auprès de lui. Des images traversaient son esprit : Jaya et son sourire énigmatique, Devi aussi gracieuse que courageuse, Injit, l'éléphant Kako, et Kéo, la concubine tant aimée.

Non, la méditation n'était pas pour aujourd'hui. Tout le ramenait à l'action et à l'impérieuse nécessité de sa présence parmi les hommes, de son engagement dans le siècle.

Il s'étendit sur le dos et regarda le ciel, si bleu, où se jouait un nuage au milieu d'un vol de grues. « Le pays de Kambu, pareil au ciel, pensa-t-il, si beau, si calme, et où réside le bonheur... Clair Cambodge qui dispense à chacun ses bienfaits... riche de pluie et de soleil. » Il se souleva sur un coude et observa les environs : au loin quelques collines, qu'il crut reconnaître, et là un bouquet de palmiers à sucre en forme de cercle... Mais où se trouvait-il au juste ? Il réalisa que sa longue marche le rapprochait peu à peu d'Angkor. Il ne pouvait en être loin… C'est alors que le sommeil le prit : il retomba comme une masse.

*

Angkor brûlait. Les grands arbres qui bordaient le palais se tordaient dans une tourmente de flammes. La capitale était la proie de tout un peuple de démons, dans des volutes de fumée, au-dessus du brasier. Ils hurlaient leur haine des dieux. Ils pullulaient et leurs grimaces emplissaient l'atmosphère. Il y avait là Ravana, aux têtes multiples, dont les bouches à l'envi, d'un souffle rougeoyant, attisaient le brasier, et ses cohortes de serviteurs.

Plus haut dans le ciel, allant et venant, virevoltant comme un vol de colombes ou se regroupant pour fuir, un nuage d'apsaras piaillaient de détresse dans de grands mouvements de jambes, comme des naufragées s'efforçant de remonter à la surface. Certaines perdaient leur diadème et leurs bijoux, qui tombaient sur le sol à grand bruit, explosant comme des pétards. D'autres réussissaient à prendre leur envol, tout sourire et le sampot en feu.

Soudain surgit Tribhuvarman, bandant son arc, tirant les apsaras au vol et les manquant, et plus loin Santanu qui saisissait Devi par les cheveux, nue, ensanglantée, entourée de cobras dont les anneaux se transformèrent bientôt en un magma informe de vers glissant de l'un à l'autre pour saisir les damnés de l'enfer et les précipiter la tête la première dans la trappe ardente dont ils s'efforçaient de sortir. Au milieu de ceux-ci, il y eut un grand cri et Jaya, toujours serein dans son sourire céleste, décharné et perclus de douleurs, tendit la main à son maître, qui ne put la saisir…

La scène s'agrandissait comme vue du sommet d'une tour, au-delà des flammes. Les trente-deux enfers ! Tout était là : les greffiers Shitragupta et Dharma déterminant les supplices, les condamnés jetés au feu, les voleurs de riz affligés d'un ventre énorme que l'on marque au fer rougi, les voleurs de fleurs du jardin de Shiva la tête lardée de clous, puis ceux qui dégradent le bien d'autrui dont on brise les os, et les gourmands que l'on scie en deux, grands châtiments pour de grands crimes, surtout pour les brahmanes impies qui ne respectent pas leurs vœux et que d'autres damnés, au service de l'enfer, empêchaient de fuir en les traînant par leur chignon défait vers le lieu des tourments. Seul manquait le Juge suprême, sans doute caché par la fumée.

Alors une grande épée, immense, une épée d'or, plus haute que la cime des arbres qui flambaient, se planta dans le sol, et prit feu à son tour, transformée en torche. Quand le prince Injit arriva au galop, montant un buffle, brandissant de ses bras multiples sa massue qu'il faisait tournoyer de l'un à l'autre, dieu improvisé de la mort, l'épée se brisa en mille morceaux, comme si elle était de terre, et disparut en un feu d'artifice dont les étincelles retombèrent sur le brahmane. Shikésa put enfin saisir la main de Jaya, mais celle-ci n'était plus qu'un long ver blanc qu'on ne pouvait lâcher et dont le mouvement de succion l'entraînait dans le magma grouillant.

*

Le brahmane s'éveilla en sursaut, visqueux de sueur. Quel cauchemar ! Il sentit une chose froide glisser sur son bras : un petit serpent vert qui s'enfuyait. Au mouvement qu'il fit, celui-ci se retourna, darda sur lui une langue affectueuse et le regarda de ses yeux arrondis. Shikésa le chassa d'un revers de la main : la bête était inoffensive.

« Pour une méditation, c'est une méditation ! songea le candidat ermite, la paix n'est pas pour aujourd'hui. Quel cauchemar ! Ce lieu est moins favorable que tout autre. »

Il huma l'air. Cela sentait le feu. Une odeur âcre de bois et de terre brûlée. Un brûlis sans doute, comme partout dans les régions boisées du Cambodge. La grande agriculture intensive qui faisait la richesse du royaume était limitée aux environs immédiats des villes principales, là où l'autorité royale avait réalisé les travaux nécessaires à l'établissement de bassins-réservoirs et de systèmes d'irrigation. En forêt, on brûlait des portions de terrain pour pratiquer de place en place des cultures éphémères.

Shikésa reprit son bâton et se dirigea vers la crête d'une colline d'où venait l'odeur. On distinguait à travers les arbres quelques fumerolles indécises. Un feu ancien sans doute, qui couvait depuis longtemps... Mais à quoi bon cette curiosité ? Un brûlis en forêt, quoi de plus ordinaire ?

Le brahmane hâta le pas. Il se sentait poussé comme par une force extérieure, en proie bientôt à une folle impatience confinant à la panique. Il devait voir de façon urgente ce qui se passait de l'autre côté de la colline.

C'était un paysage ordinaire comme il en traversait tous les jours. Un océan de grands arbres se balançant sous une brise insensible, qu'anima soudain en une houle longue l'un de ces souffles brusques que soulevaient les heures chaudes. Shikésa s'attarda. Le brûlis était plus récent qu'il ne l'avait cru : la terre fumait encore, vaguement, répandant cette odeur qui avait provoqué son rêve. A distance, difficile à distinguer à travers un rideau d'arbres, un petit monument dont la blancheur rosée tranchait sur la verdure environnante.

Tout à coup le brahmane comprit. Ce monument était la Citadelle des Femmes... Et cette grande clairière, et cet alignement de palmiers à sucre ! Plus loin la dépression creusée par la rivière ! C'était là qu'il avait livré, au côté du prince Injit, un combat désespéré contre les forces de l'usurpateur... Et c'était là que se trouvait cachée, dans le tronc creux d'un koki, l'épée sacrée, la vraie. L'ascète se rendit compte avec effroi qu'il l'avait presque oubliée. L'épée d'or, le palladium du royaume ! Mais il y avait eu tant d'événements terribles, de troubles, la guerre était si présente ! Il comprit que la méditation le fuyait, qu'il venait d'être rattrapé par l'action. Ce rêve étrange n'était pas fortuit : il le rappelait à ses devoirs.

Il se précipita. Oui, c'était bien là que le prince et lui-même avaient fait face à l'armée que le traître Purocana, devenu roi Tribhuvarman, avait lancée à leurs trousses. Là qu'il avait relevé la princesse Devi épuisée par la course. Il s'arrêta : une flèche était restée fichée dans un tronc d'arbre ; au pied gisait une lance brisée ; plus loin un carquois vide. C'était bien le chemin de leur fuite. Shikésa se mit à courir.

L'itinéraire, que le brahmane reconnaissait de plus en plus nettement, menait à l'espace brûlé. Les images de son rêve le glacèrent : l'épée d'or avait-elle péri dans l'incendie ? Non, le koki était là, reconnaissable à l'orifice ovale où il avait introduit l'arme sacrée, et à cette branche crochue qu'il avait essayé alors de fixer dans sa mémoire.

Il lâcha son bâton et plongea son bras dans la cavité. L'épée n'y était plus.

CHAPITRE 36

Cop! Cop!

Les conversations, qui dans la nuit naissante n'étaient plus qu'un murmure, s'étaient interrompues. Le cri du tigre en chasse! Il avait jailli, juste à côté, tout près, derrière les pieux de l'enceinte. Un cri aigu, déchirant la nuit, glaçant le sang...

Cop!

Cette fois le cri s'était fait pressant, encore plus proche, plus fort, presque immédiat. Les éléphants, entravés pour la nuit, cessèrent brusquement leur remue-ménage. Ils écoutaient, leurs grandes oreilles placées en pavillon, la trompe haute prenant le vent ou rasant le sol pour capter les effluves, cherchant à percevoir le moindre indice du fauve qui, dans les herbes, par bonds pressés, engageait sa chasse... Cop! un dernier cri, lointain; il s'éloignait. Son aire de chasse était plus loin du côté des marais. Les éléphants reprirent le sourd concert de leur activité nocturne.

A la lueur immobile des braises indiquant les foyers où venait de cuire le repas du soir répondait le ballet des lucioles, qui passaient fugitives, sillonnant le rideau obscur et angoissant des heures nocturnes. La nuit était tombée, d'un seul coup, noire et profonde. Bientôt peut-être, dans l'ouate des nuages gris qui couraient sous la brise, la lune répandrait sa lueur opaline, d'une transparence de porcelaine, froide et unie, caressant d'une clarté sans relief la surface étale des herbes de brousse. Alors, dans la brume indécise, entre les fûts noirs des grands arbres, se dessinerait à nouveau la masse sombre des éléphants arrachant les touffes d'herbes qu'ils battaient avec soin sur leurs genoux massifs. Ils étaient innombrables, l'équivalent de plusieurs troupeaux. C'étaient des individus jeunes que l'on pliait peu à peu à la domesticité. Ils occupaient un espace important à l'extérieur du camp, à la limite des marais où le tigre, regagnant son aire de chasse, avait poussé sa dernière note. Le silence se referma.

L'armée princière avait établi ses quartiers depuis plusieurs semaines au milieu des tribus du Nord-Est, les Tchong, dont l'expérience millénaire assurait en abondance vivres, médicaments, matières premières pour le matériel et les armes, sans compter un savoir-faire ignoré des civilisations urbaines et qui ne trompait jamais. Grâce à l'ascendant et au charisme du général en chef le recrutement indigène avait considérablement augmenté les effectifs de l'armée : fantassins, et surtout cornacs nécessaires au dressage et à l'entraînement des éléphants récemment capturés.

C'était l'heure précise où les moustiques engageaient leur ronde agressive, dans un susurrement continu que couvrait par instants la note des grillons ponctuant le silence d'un concert répété. La journée avait été rude. Assis sur leurs talons les apprentis cornacs, drapés dans leur couverture d'écorce, mâchaient leur dernière chique de bétel. Ils regardaient passer deux ombres furtives, celles de leurs chefs, se dirigeant vers la palissade.

*

— Oui, Monseigneur, ces éléphants seront prêts à la prochaine lunaison.

Angsha, le chasseur d'éléphants, s'adressait au prince Jaya sur un ton de joyeuse familiarité. Il y avait dans sa voix une gaieté triomphante, dans son être, dans ses gestes, dans son regard l'éclat d'un homme dont le cœur était une fête continuelle. Tout devenait simple, tout réussissait. Cette vie dans les montagnes, au milieu des forêts, lui convenait parfaitement. Il rayonnait de bonheur et d'activité.

— Combien sont-ils? demanda le prince.

— Environ trois cents. Mais les effectifs ne cessent de grossir. Chaque jour apporte un nouveau lot d'éléphants capturés. Demain devrait être un jour important : les chefs reviennent d'une chasse de plusieurs semaines.

— Le dressage ?

— Imparfait, si l'on s'en tient aux normes. Mais le prince Injit est bon instructeur. Les jeunes cornacs feront merveille. Voyez, ils se reposent. Ils possèdent un sens des animaux que les excès de civilisation, dans le luxe de la capitale, nous avaient fait oublier…

— Je sais, Angsha, tu n'aimes guère la vie urbaine, les fêtes, les cérémonies.

— Je l'ai toujours dit. Les Indiens, avec leurs brahmanes savants et tout-puissants, coupent la ville de tout ce qui fait les forces vives du Cambodge.

Jaya s'engagea dans la chicane qui permettait de franchir la palissade. Une forte odeur d'écurie montait de la clairière.

— Monseigneur, poursuivit Angsha, je vous répète qu'il faut prévoir une protection pour ces jeunes éléphants. Un coup de main de l'ennemi serait facile, et pour nous désastreux.

— Quel ennemi ? Les Khmers ? Les Chams ? Je crois qu'il n'y a rien à craindre.

— Rien à craindre ?

— Je t'expliquerai. Les Chams, à coup sûr, rechercheront notre amitié. Quant à Tribhuvarman…

Le cri du tigre retentit à nouveau. Le fauve s'était rapproché ; ses feulements sourds et rapides dénotaient l'agacement. La présence de ce contingent de pachydermes sur son ancien terrain de chasse le troublait. Il venait aux nouvelles.

— Où est-il ? Le vois-tu ?

— Non, mais il est là, dans les fougères. Regardez ! Elles bougent.

Un jeune éléphant récemment capturé se mit à barrir de frayeur, créant l'agitation parmi ses congénères qui ronflèrent d'inquiétude en faisant grincer leurs entraves de cuir de buffle tressé. L'alarme était donnée. Les deux hommes écoutèrent. Soudain tout s'assoupit dans la grande paix des nuits de jungle : la masse imposante de Kako venait d'apparaître au-dessus de la palissade, ses longues défenses luisant au clair de lune sous un ciel devenu libre de brumes, illuminé d'étoiles. Angsha sourit d'enthousiasme et de tendresse.

— Les cornacs ont dû expliquer à leurs élèves que l'éléphant du prince était aussi leur chef. Sa seule présence apporte le calme et entraîne la soumission des éléments les plus rétifs.

— Oui, mais le dressage est loin d'être achevé. Tu me dis que ces éléphants seront prêts à la prochaine lune et que tu en attends d'autres.

— Monseigneur, faites-moi confiance. Nous n'avons plus — ou presque — de cavalerie. Mais ces contingents d'éléphants de guerre constitueront une force de frappe à quoi rien ne pourra résister. Dès la prochaine bataille. Et pour reprendre Angkor…

— Reprendre Angkor… A qui ?

Les desseins du prince portaient plus de mystère que les nuits de la jungle.

*

Le jour se levait. Le ciel revêtait des couleurs de plus en plus vives : verts indécis, ors violents striés de raies rouges passant peu à peu du carmin au vermillon, bleus timides cherchant leur place. Enfin les teintes se fondirent, l'or puis le vert en un orange rouge virant au mauve que domina bientôt le bleu. C'était l'aurore.

— Nous approchons. Prenez garde.

Le dignitaire cham, précédé d'une escorte de fantassins puissamment armés, venait de pénétrer dans le village.

Les soldats utilisaient le terrain avec soin, progressant par bonds, de maison en maison, pauvres paillotes branlantes sur leurs faibles pilotis précédés d'une bille de bois s'appuyant sur l'avancement d'une solive et dont les encoches formaient les marches d'une échelle. C'était la saison sèche, temps de repos après la récolte des maigres cultures sur brûlis. Le village était animé et bruyant. Hommes et femmes jacassaient. Les chasseurs n'étaient pas encore repartis pour la chasse. Ils préparaient leurs arcs rustiques, leurs arbalètes courtes et leurs longues lances. Les femmes s'appliquaient à suspendre à des perches les lanières de viande qui sécheraient au soleil. Les enfants avaient quitté leurs jeux, criant et courant dans tous les sens comme pour faire fête aux visiteurs, au milieu des cochons et des volailles qui s'égaillaient ici et là. Curieusement, personne ne fuyait. Le dignitaire constata avec étonnement que son intrusion ne provoquait aucune panique.

Un vieillard vêtu d'un étroit pagne d'écorce se présenta. Il portait de longues boucles d'oreilles en ivoire atteignant presque ses épaules et de grands colliers de verroterie lui tombant sur la poitrine. Son chignon était traversé d'une longue épingle double en fil de laiton passée horizontalement et d'où pendaient diverses amulettes ; sur le sommet, incliné vers le haut du crâne, un peigne d'étain en forme de fer de hache complétait la parure. L'homme s'appuyait sur une longue lance ; à son côté un sabre court dans un fourreau de rotin. Il se campa avec fierté.

— Pourquoi ne fuis-tu pas ? demanda le dignitaire en dialecte local. Ne crains-tu pas que nous prenions en esclavage tes femmes et tes enfants ?

— Le prince Jaya, notre roi, ne le permettrait pas. Il vous massacrerait à mon premier appel.

— Il n'est donc pas loin. Où se trouve son camp ? Donne-nous des guides, il nous faut des éclaireurs.

— Le prince est prévenu. Il vous attend. Nous vous observons depuis longtemps.

— Bien ! Dépêche de nouveaux informateurs pour dire qu'il s'agit d'une ambassade et qu'en aucun cas nous ne voulons combattre. Le roi cham m'envoie pour négocier. Fais prévenir Jaya. Nous attendrons ici. Et prépare des jarres d'alcool. Nous avons soif et venons avec des intentions de paix.

Le village n'était pas aussi pauvre qu'il y paraissait.

*

Injit ôta la corde de son arc et observa. La chasse était mauvaise. Il avait beau se placer à bon vent et se glisser dans la brousse sans faire le moindre bruit, le gibier semblait prévenu de son approche par une force inconnue.

— Un cerf, deux sangliers. Maigre tableau !

— Notre maître sera content, dit en riant le compagnon du prince, un montagnard tchong qui commençait à parler quelques mots de khmer. Le roi n'aime pas qu'on tue les animaux, bien qu'il ne dise rien. Il faut bien nourrir les hommes, ajouta-t-il, en imitant la voix étale de Jaya.

Pour les peuplades montagnardes éloignées d'Angkor, dont les Tchong étaient l'une des plus importantes tribus, Jaya était devenu le protecteur par excellence. Elles le considéraient comme leur roi, un roi que consacrait le verdict populaire, bien loin des finesses successorales qui ont cours dans la capitale. Ce prince toujours à leur écoute et soucieux de leur bien-être ne pouvait être que leur roi.

— Certes, poursuivit le Tchong, le roi n'aime pas la chasse. Alors, il y a toujours le miel des ruches, si abondantes aux abords du camp, les fruits, les racines. Sans nous, les sauvages, comme vous dites, votre armée khmère, vos soldats, princes ou non, seraient morts de faim depuis longtemps. Vous êtes nourris, logés, habillés, armés, soignés par nos soins.

— Bientôt, ironisa Injit, nous serons grâce à toi réduits aux serpents, aux porcs-épics et aux tortues, que l'on déniche en brousse un peu partout dans les fourrés ou que l'on traque en leur terrier. C'est maigre pitance pour tout ce monde. L'armée ne cesse de grossir. On ne peut se passer des produits de la chasse au gros gibier.

— Alors, piégeons. Pour les gros animaux, cerfs, chevreuils, daims, rien de mieux que les pièges dont je vous ai enseigné différentes sortes. Le khao...

— Je sais, cette lancette actionnée par un bambou retenu par une corde et formant détente. Rien de nouveau : c'est le principe de l'arc et de la flèche ; sans l'archer, qui lui au moins peut manquer sa cible. D'où traîtrise... En passant, le pauvre animal brise la corde : il est alors transpercé par l'avant-train.

Le prince affectait de réciter sur un ton d'écolier une leçon qu'il connaissait par cœur. Chaque jour, ses compagnons de chasse lui en rebattaient les oreilles.

— Je sais, conclut-il, et c'est traîtrise.

— Ou le ghung, pour les lièvres, les agoutis, les paons, outardes, coqs et poules sauvages, insista le chasseur qui se lançait dans une nouvelle conférence sur l'art du piège, répétant à l'envi ses démonstrations techniques.

Le khao était réservé aux cerfs et aux sangliers ; pour les petits animaux, le ghung consistait en un tronc d'arbre suspendu à quelques pieds au-dessus du sol par un dispositif de lanières de rotin et de bambou ; le passage était étudié de façon à ne pouvoir être évité ; en passant, le gibier brisait la lanière qui maintenait l'ensemble du système en équilibre, laissant alors retomber le tronc d'arbre dont la masse l'assommait. Il y avait aussi les profondes fosses de capture, recouvertes de branchages et de terre afin de les rendre invisibles, et où chutaient sans espoir d'en sortir rhinocéros et éléphants ; puis le kdong, petit piège fait de bambou servant à capturer les petits oiseaux… ; enfin, à ne pas oublier, les signes de reconnaissance qui seraient utiles au prince pour éviter lui-même ces pièges : pour l'un un morceau de bois posé en croix sur l'entaille d'une branche, pour l'autre une encoche bien visible ménagée à hauteur d'homme sur le tronc d'un arbre, ou un arbuste à demi coupé à un pied au-dessus de la base…

A chaque démonstration, le chasseur s'arrêtait dans l'attente d'une approbation.

— Je sais, je sais, disait Injit. Tout cela est traîtrise.

De temps en temps, le prince affectait de reprendre la leçon ou n'acquiesçait que d'une grimace dubitative. Il connaissait bien tous les subterfuges utilisés par les montagnards pour capturer les animaux.

— Les pièges, poursuivit son compagnon, ou encore mieux, pour les armes de jet, le poison.

— Le poison ! Jamais ! coupa Injit.

— Le kham, rien de plus simple ni de plus foudroyant… On

fait épaissir la sève en la chauffant, et c'est prêt. Il suffit d'y tremper les pointes de flèche.

— Point de poison, te dis-je. C'est indigne de l'arme des guerriers. L'arc est l'honneur du kshatriya. Il ne saurait s'accommoder de vilenie.

— Rien de mieux, encore, qu'un mélange avec des dards de scorpion et des crocs de serpents, insista l'homme qui aimait taquiner son compagnon de chasse. Foudroyant sur les petits animaux... Quelques minutes pour les gros.

Injit avait tout l'aspect d'un Tchong authentique. Noirci par le soleil, les membres marqués par des croûtes de sang séché dues à l'attaque des bambous épineux ou des herbes de brousse coupantes comme des couteaux, voire à la morsure des sangsues, il portait le même pagne d'écorce que ses compagnons de chasse. Il avait même adopté les lourds bijoux des peuplades : longs disques d'ivoire, d'os ou de métal en pendentifs d'oreilles, colliers et bracelets de dents ou faits de ces verroteries que les trafiquants chinois échangeaient contre l'ivoire ou la corne de rhinocéros. Sa chevelure était longue et grasse, libérée de tout lien.

Il était ainsi à la chasse, ne voulant pas se distinguer de ses compagnons. Mais pour les armes il gardait son arc, son bel arc de guerrier, superbement travaillé et dont la corde claquait comme des coups de tonnerre. Au milieu de ces gens qu'il aimait, plus instruits que lui-même des secrets de la nature, il conservait mieux que jamais son âme noble de kshatriya et refusait tout subterfuge, pièges ou poisons, moyens honteux de la facilité.

De retour au camp il se faisait laver, s'enduisait d'onguents, lissait sa chevelure, la fixait en chignon et, couvert de bijoux, paraissait devant son prince comme un prince.

*

Mais pourquoi la chasse était-elle ce jour-là si mauvaise? Injit se reprit à observer le paysage. La plupart de ses hommes s'étaient regroupés à l'écart; certains s'assoupissaient. Un cri de paon se fit entendre. Un vol de grues, puis de canards, passa dans le ciel, au-dessus d'un amoncellement de collines escarpées que séparaient des marécages luisants et fétides. Les fonds vallonnés semblaient inaccessibles, coupés de bambouseraies géantes, d'herbes hautes comme un éléphant ou de roseaux dressés en lignes rouges, formant barrière. Il pensa que les dieux, devenus paresseux, oubliant l'harmonie, eux qui partout ailleurs avaient si bien doté le pays de Kambu de proportions divines et de richesses humaines, avaient déversé là en vaste dépotoir les restes de leurs œuvres. Il ne voyait qu'un amas de débris. Mais le ciel était si clair, le vent si frais. La nature chantait son bonheur. Au-delà, son regard atteignait un horizon étale. Il crut distinguer une chaussée. Là-bas, on rejoignait la plaine. La chasse l'avait éloigné du camp. Il fallait rentrer.

— Attendez-moi! cria-t-il à ses compagnons.

Le prince posa son arc et s'écarta derrière un rideau d'arbres où il se posta sur une roche afin de satisfaire un besoin qui le tenait depuis plusieurs heures... De là il distinguait encore mieux la chaussée : la route menant à Angkor, sans doute, déserte. Injit resta un long moment, puis rejoignit ses compagnons. Le chasseur, comme l'homme de guerre, devait savoir observer, longtemps.

— Les chiens rouges! murmura le maître piégeur dès que le prince l'eut rejoint.

Dans un ravin encaissé, immédiatement en contrebas, une meute de chiens progressait en file indienne. On entendait le halètement des bêtes.

— Combien sont-ils?

— Sept, Monseigneur, comme toujours; les meutes vont toujours par sept.

— Les fameux chiens rouges! D'une férocité sans égale! C'est la première fois que j'en vois! Ces chiens qu'Angsha voudrait un jour capturer, domestiquer, dresser pour en faire des chiens de chasse qui prennent le gros gibier sans coup férir, ou même des chiens de guerre, pour l'attaque ou la garde...

— Voyez-vous le chef?

— Lequel est-ce?

— Le dernier, celui qui a la queue touffue, reconnaissable entre tous. Observez comme il la tient en panache, elle lui sert de signe de commandement. C'est un privilège de chef. On ne peut pas ne pas le reconnaître. Il est toujours en arrière-garde. Et pourtant, bien qu'elle ne le voie pas, la meute comprend les ordres qu'il donne... Les six chiens filent devant eux sans hésitation, leur queue longue et droite comme celle des chiens domestiques. Ils connaissent parfaitement leur chemin... Attention! ils viennent vers nous...

— Non! Ils ne nous ont ni vus ni sentis. Le vent est pour nous. Ils s'engagent dans le ravin, vers le ruisseau.

— Ils vont boire. Regardez bien, Monseigneur. Le chef va tremper sa queue dans l'eau... Non! Il reste à l'écart et observe... S'il avait soif il tremperait sa queue dans l'eau, longtemps, afin de l'imprégner, et se retournerait ensuite pour la sucer. C'est ainsi qu'il se désaltère. Celui-ci n'a pas soif. Il préfère observer. Quelque chose l'inquiète.

— Sont-ils aussi féroces qu'on le dit? Ils semblent fuir quelque chose.

— Redoutables! Jamais le tigre ne s'attaque à eux. Il fuit dès qu'il les voit. Mais ils traquent surtout le chevreuil et le cerf, le poursuivant pendant des heures, parfois des jours entiers. L'homme très rarement... Mais s'il vous arrive de les rencontrer seul, soyez prudent. Leur urine est un poison aussi violent que celui dont nous usons pour nos armes et pièges. Comme le serpent cracheur sait jeter son venin, ils pissent aux yeux de leur proie dès qu'ils l'ont rejointe, avec une précision extrême, l'un après l'autre. Puis ils se ruent à la curée. Ils commencent par dévorer les yeux, précisément, puis le ventre et les entrailles. La bête doit rester vivante le plus longtemps possible. En principe le chef ne prend pas part au combat... Il se poste et observe. Il sait que les meilleurs morceaux lui seront réservés.

— Tais-toi!

Un grondement sourd montait de la plaine. Tout à coup apparurent dans des volutes de poussière de longues files de chevaux, par centaines, peut-être par milliers ; des bataillons de fantassins et quelques éléphants ; enfin des chariots et des chars, innombrables, des chars de combat comme dans les épopées indiennes. Les armes et les parures étincelaient, lançant par instants en réponse au soleil l'éclat de leur richesse.

— Les Chams ! s'exclama Injit dans un souffle contenu. Voilà pourquoi le vent était mauvais. Voilà pourquoi les chiens ont fui. Les Chams ! Avec une cavalerie de grands chevaux ! et des chars ! Leur roi se prend-il pour Ravana pour ainsi transporter son armée sur des chars ? Le spectacle plairait à Shikésa, toujours féru d'épopée... Ils vont attaquer Angkor ! La guerre ! Cette fois, la vraie ! Enfin la guerre !

CHAPITRE 37

Angkor s'était éveillée dans la fraîcheur des matins calmes de janvier. La capitale semblait ronronner de plaisir, dans la gloire de ses monuments où la blancheur des pierres alternait avec les couleurs vives qui les revêtaient en partie, se combinant au vert des grands arbres se balançant sous la brise. L'or de la tour du Phimeanakas, au centre du palais royal, le bronze du Baphuon, les tuiles vernissées des résidences princières étaient comme des joyaux sertis dans la verdure, que reflétait ici et là l'eau des bassins et des canaux. Déjà le soleil était éblouissant. Les habitants vaquaient à leurs occupations du jour. Le marché fourmillait de chalands, riche de denrées. La vie paraissait avoir repris son cours normal.

— Ordre du roi!

Le commandement avait claqué comme un fouet. Les cris et les lamentations succédaient à l'ahurissement des habitants. Les forces de police faisaient évacuer tout un quartier, au nom de la raison d'État. Les citadins étaient chassés de leurs logis. Il s'agissait d'un quartier pauvre, situé étrangement à deux ou trois centaines de toises au sud de la place royale.

— Ordre du roi!

Une quinzaine d'éléphants des travaux publics et plusieurs escouades d'ouvriers se tenaient prêts à raser les habitations dès que leurs occupants les auraient évacuées. Plusieurs sections de soldats et de femmes de la garde privée avaient été mobilisées pour l'opération.

Un vieil homme, de la caste des brahmanes, se tenait à l'écart, prostré sur un banc, la tête entre les mains. C'était Pisnokar, l'architecte du Grand Temple de Vishnu à qui Tribhuvarman voulait confier la construction du sien dans l'intention de le surpasser.

— Ce vieux fou ne fera rien, tempêtait le roi. Il ne veut pas construire mon temple, c'est évident. Il observe l'opération comme si c'était l'affaire d'un autre. Regarde-le. Il est absent!

— Rien ne doit résister au roi, dit Yaksa en rabaissant le rideau du palanquin fermé où elle avait pris place au côté du souverain. Il faudra le forcer.

Tout miel jusqu'alors, la femme venait de prendre son ton de démonesse. Ses yeux jetaient des flammes, sa chevelure semblait se hérisser sous l'effet d'un souffle subit. Le roi la regarda et frémit : de profil elle affichait un prognathisme effrayant, la mâchoire tendue comme pour mordre. Le roi toujours changeait d'avis selon qu'il la regardait de profil ou de face...

— La cour m'a fait connaître son opposition au projet et surtout au lieu choisi pour la construction du temple. Les astrologues ont donné des avis néfastes.

— L'emplacement? Il n'y en a pas d'autres!

Soudain, des cris de terreur retentirent : les femmes-soldats s'acharnaient sur une famille; le père gisait dans une mare de sang; la femme hurlait de désespoir; une amazone saisit un jeune enfant par les pieds, prête à lui fracasser le crâne sur un tronc d'arbre; elle écarta la mère d'un revers de bras et lui planta son épée dans le ventre.

Ému par les hurlements, Tribhuvarman voulut écarter le rideau de la portière, que Yaksa referma aussitôt d'un geste violent, crispant ses mains sous le nez du roi comme si elle s'apprêtait à sortir ses griffes.

— Voilà! gémit le souverain... Les rois d'Angkor ont toujours eu le souci de leur peuple. Tu fais de moi un monarque assassin. Vois ces femmes, ces enfants morts de la main du roi, ces familles exilées, chassées de leurs foyers.

— Tu es le roi, hurla Yaksa. Un roi faible! Un roi doit supporter le spectacle du sang!

— Le sang de ses sujets!

— Tu veux ton temple, ricana Yaksa en cherchant à s'emparer du sexe royal. Et voilà ton linga… Allons, un peu de vigueur sans qu'il soit nécessaire que je l'aille chercher. Dresse-toi ! Tu seras Tribhuvarman, le destructeur. Il faut détourner une rivière ? Détourne-la ! Il n'y a plus d'emplacement convenable ? Impose ton choix ! Il n'y a pas de colline ? Construis une pyramide ! Il n'y a plus d'esclaves ? Fouette tes gens et qu'ils travaillent ! Ton architecte traîne les pieds ? Enferme-le avec ses plans sans nourriture… et fouette, il réalisera ton œuvre. Ces citadins te gênent ? Chasse-les ! Vois ! La meilleure place, ici, à côté du palais, pour le plus grand temple du plus grand roi d'Angkor…

Le roi se sentait mou et sans ressort. Cette femme l'anéantissait. Elle lui imposait des décisions dont elle condamnait ensuite l'exécution, cherchant toutes les occasions de le traîner dans la boue. Une larme coula le long de son visage. Il songeait aux inscriptions que les monarques se plaisaient à faire graver lors de la consécration des temples et sanctuaires. Il y était question des grandes actions royales, et parmi celles-ci du souci de la prospérité du peuple, premier devoir d'un roi. Des inscriptions qui ne pourraient être les siennes. Il ne serait jamais qu'un roi maudit ! Le dharma des kshatriyas l'avait pour toujours abandonné.

Il regarda par une fente du rideau : la troupe massacrait femmes et enfants ; l'architecte avait disparu.

*

Le vieil homme prit appui sur la table basse et s'assit avec peine. Il était épuisé. Une longue et pénible marche l'avait mené à petits pas de son domicile, à l'ouest de la ville, jusqu'au monastère, situé au plus loin dans les faubourgs de l'est.

— Remettez-vous, lui dit Indra en lui faisant servir du vin de riz par le seul serviteur qui se trouvait là. Que se passe-t-il en ville ?

— Rien, et tout est calme dans les faubourgs, répondit Pisnokar d'une voix essoufflée. Mais la place royale est en émoi.

— En émoi ?

— Tribhuvarman veut construire un temple aux abords mêmes du palais.

Indra fixa le vieil homme avec attention :

— Que me dites-vous là ?

— Un temple aussi grand et plus beau encore que celui que j'ai érigé pour Suryavarman II quand j'étais dans la force de l'âge. Pour obtenir l'emplacement qu'il veut, il chasse ou tue les habitants qui s'y trouvent. Il me demande d'exécuter les plans et d'organiser les travaux.

— Que ferez-vous ?

— Je ne puis.

L'architecte souffla bruyamment, s'essuya les yeux et tendit son gobelet pour redemander à boire :

— Je ne veux point être complice d'un tel forfait, dit-il enfin. Les astrologues y sont opposés. De plus, les pierres manquent, les esclaves aussi. J'apprends en outre que les Chams vont nous attaquer. La guerre est à nos portes… Et je suis vieux, trop vieux.

— Ce roi ne fait que des folies. On ne sait que trop bien sous quelle influence démoniaque il est tombé. Les brahmanes se mettent à fuir la ville, après les commerçants chinois.

— Il veut m'enfermer, confia l'architecte. Et me torturer jusqu'à ce que je réalise ces plans, des plans de folie, comme vous dites, pour un monument que personne ne souhaite et que condamnent tous les experts, astrologues, conseillers, ingénieurs ou autres. C'est impossible !

Le vieil homme dénoua les cordons d'un paquet qu'il avait posé à son côté et en sortit trois rouleaux qu'il jeta sur la table, d'un mouvement si brusque qu'il renversa son gobelet de vin. Le serviteur se précipita pour éviter que le liquide ne souillât les documents.

— Voici les traités. Ils ont permis la construction d'Angkor. Je ne m'en servirai en aucun cas pour plaire à Tribhuvarman. Le roi Suryavarman m'en avait confié la garde, comme du trésor le plus précieux. Princesse, prenez-les. Ils tomberaient sinon en de trop mauvaises mains. Le roi s'en emparerait de force et…

— Les traités magiques !

Indra fit signe au serviteur de se retirer et attendit un instant. Puis elle se mit à effleurer les documents du bout du doigt, comme on fait d'un objet rare et précieux dont on apprécie la délicatesse. Ainsi le vieil architecte était-il le premier détenteur du secret. Elle aurait dû s'en douter. Sa sœur Devi avait réalisé des copies à l'aide de textes trop anciens qu'on avait peine à déchiffrer. Trois exemplaires que l'on avait cachés dans des monastères différents. On ignorait si Tribhuvarman en connaissait l'existence.

— Sans ces traités, point de plan qui vaille, commenta l'architecte. Le roi sera incapable de construire son temple. Sans doute réalisera-t-il quelques fondations, mais elles n'auront pas de suite… De toute façon la guerre menace. Et ce roi ne pense qu'à défendre la ville avec des crocodiles et des serpents. Le saviez-vous ?

— Oui. Une armée chame dirigée par Santanu est en route. Angkor ne pourra se défendre.

*

— Les petits vont grandir vite.

— Et il y a encore plusieurs centaines d'œufs à éclore.

Les gardiens commentaient leur travail.

D'un coup de queue violent, la femelle se débarrassa du mâle qui glissait vers elle, projetant l'intrus dans la mare noire et huileuse qui composait le fond de la fosse. Après plusieurs heures d'immobilité totale, les sauriens s'animaient : jeunes crocodiles en quête de nourriture, galants en mal d'amour, vieux mâles étendus immobiles, gueule ouverte, se décidant à lever une patte, puis une autre, pour progresser de quelques centimètres. De temps en temps, deux monstres s'affrontaient en un combat court et rapide, dans des gerbes de boue.

La ferme de crocodiles se composait de plusieurs fosses, profondément creusées et closes de murs. Des passerelles de bambou, disposées en ponts suspendus, permettaient d'approcher les animaux.

Ainsi les gardiens pouvaient-ils suivre de jour en jour les progrès de l'élevage.

Cette masse inerte ou grouillante de sauriens enchevêtrés, couleur de boue, destinés aux douves du palais royal comme des villes sanctuaires qui composaient la capitale, aurait donné le frisson au plus intrépide des guerriers. C'était du reste le but de l'opération, savamment combinée par Yaksa : des crocodiles en grand nombre, affamés à la demande et habitués à la chair humaine dont ils reconnaîtraient l'odeur et le goût, constituaient le meilleur des remparts. Yaksa avait aussi songé à droguer les animaux pour les rendre plus agressifs ; mais l'expérience restait pour l'instant sans résultat.

Il montait de l'ensemble une odeur froide et putride, aux effluves vaguement acidulés. Le plus grand des fauves bâilla, un monstre de six toises, aux écailles ternes. La troupe grouillante attendait son repas.

La passerelle vacilla sous les pas d'un nouvel arrivant.

— Le roi ne viendra pas. L'inspection est remise, annonça le responsable de la ferme. Vous pouvez distribuer la nourriture... La femelle guerrière, concubine de Sa Majesté, viendra seule, plus tard. Elle verra peut-être les crocodiles, mais plus certainement ses serpents.

Yaksa n'était pas populaire. Ses allures changeantes inquiétaient les hommes. On la craignait autant qu'on la méprisait. Elle incarnait le contraire des valeurs qui faisaient le prestige des guerriers. L'armée la surnommait « la femelle du roi » ou « la femelle aux serpents ».

Les hommes apportaient des quartiers de viande jetés aussitôt en pâture. La fosse se mit à grouiller : les blocs de boue jusqu'alors immobiles se transformèrent soudain en monstres enchevêtrés et furieux, se livrant des combats sans merci.

— Donnez la chair humaine aux plus jeunes, spécifia le commandant. Ils doivent y prendre goût... Ordre du roi !

Les débris de viande s'amoncelaient dans la fosse, quartiers de toute sorte, buffle, chèvre, singe, sans compter les volailles, au milieu desquels on distinguait des membres humains. Les sauriens se disputaient les morceaux à grands coups de gueule et de queue avant de les enfouir dans la vase au fond de l'eau.

— Fort bien ! dit le commandant. Les mères protègent leurs petits. Ils grandiront vite. Allons voir les serpents.

— Les serpents ? protesta un assistant. Plus personne ne veut s'en charger. Ils sont de plus en plus nombreux et agressifs. Le travail devient dangereux. Attendons la femelle-serpent.

*

Non loin de là, sur le bas-côté de la route menant à Angkor, Shikésa avait repris sa pérégrination. Il marchait à pas lents, son bâton à la main. Les faubourgs étaient à deux ou trois journées de marche. Là il recueillerait des informations qu'il rapporterait à son prince, le moment venu.

— Décidément, se répéta le brahmane, incertain des sentiments qui l'agitaient, cet exercice permanent de la vertu ne me convient pas. Fi des austérités ! Le temps n'est plus à la méditation mais à l'action. Il me faut le combat. La guerre aussi est une école de vertu. L'observance et la fermeté dans les vœux ? Certes. Mais il y a mieux à faire.

Le découragement le gagnait. Chaque jour, il sentait sa résolution se dissoudre dans le doute. Sa vie perdait son sens. Il n'avait pas retrouvé l'épée sacrée. Qui l'avait dérobée ? Sans doute un paysan du voisinage. Il avait passé quelques jours dans le village le plus proche. La famille qui vivait à proximité du vieux koki à moitié calciné l'avait reçu avec les égards dus à un ascète.

C'est alors que l'abondance de fruits, poissons, légumes, le tout préparé avec soin pour les besoins de la famille, avait eu raison de ses vœux : il avait fini par faire bombance, mangeant de plusieurs plats arrosés d'alcool de riz. Que de bonnes choses chez les gens simples de la campagne ! Et les femmes ! Il y avait dans ce village des jeunes filles aussi belles que des apsaras. Bien nourri, il avait senti monter en lui l'irrésistible besoin d'honorer de telles beautés. Il revivait avec nostalgie — se promettant d'y revenir — l'allégresse avec laquelle il s'était livré aux plaisirs de l'amour. Les filles du village avaient hurlé d'extase. L'austérité avait cela de bon que lorsqu'on la rompait, les joies du monde étaient multipliées.

De toute façon, son enquête tournait court. Le chef du village, un vieil homme rusé, n'avait livré aucun secret. On lui donnait vivres et femmes pour faire taire ses questions.

— Une épée ? Quelle épée ? répétait l'homme en le regardant du coin de l'œil.

— L'épée royale. Une épée d'or... Le roi donnera une récompense à celui qui la rendra. Il vous couvrira de richesses.

— Quel roi ? Le roi d'Angkor ?

Le brahmane ne pouvait répondre. Au reste son prestige d'ascète était fortement compromis. Un ermite goinfre, amateur de femmes et d'alcool, et recherchant une épée d'or ! Personne ne le prendrait au sérieux. L'homme avait fini par dire qu'il ne répondrait qu'au roi en personne ou à un prince. Devant de telles fanfaronnades Shikésa avait décidé de partir.

La route était longue. La fatigue se faisait sentir. Le brahmane retint un hoquet. La tête lui tournait. On ne rompait pas impunément un si long jeûne. Il hésita à s'arrêter, prit appui sur son bâton et lentement poursuivit son chemin. La route quittait un bosquet d'amandiers.

C'est alors qu'au détour du chemin il rencontra quatre éléphants bien harnachés. Plusieurs chariots suivaient, tirés par des bœufs. Soudain il comprit.

— Les brahmanes ! Ils ont quitté la ville.

Ainsi les corps d'élite fuyaient-ils la royauté d'Angkor. Privé d'épée sacrée, sujet à des pulsions contradictoires, affichant à qui voulait le voir son incapacité à régner, Tribhuvarman faisait le vide autour de lui.

Craignant d'être reconnu, Shikésa baissa la tête et hâta le pas. Il y avait là tout ce que la cour comptait de savoir et de vertu. Parvenu au dernier chariot il se retourna sur le spectacle désolant qui annonçait la ruine d'Angkor : le départ des brahmanes.

Son regard devint fixe. Un nuage rose s'élevait au-dessus de la ligne d'horizon, entre les palmiers à sucre, bien au-delà des arbres de la forêt. Un nuage de poussière… Il hésita quelques instants et retourna sur ses pas ; il suivrait le convoi à distance. Cette poussière ne pouvait qu'indiquer la présence de corps militaires en marche. Les brahmanes rejoignaient une armée. Celle de Jaya ou celle des Chams ?

CHAPITRE 38

Le bébé était né. Il avait maintenant plus d'un an. C'était une petite fille à la face large et au sourire radieux que Kako l'éléphant surveillait d'un œil tendre. Devi avait accouché selon la tradition montagnarde, en position accroupie et cramponnée des deux mains à la branche basse d'un arbre. Les matrones des tribus tchong étaient toutes là.

On avait craint pour la vie de la parturiente, très affaiblie par les épreuves récentes de la guerre. De plus, la jeune femme versait depuis quelque temps dans un mysticisme bouddhiste et des pratiques d'ascétisme qui nuisaient à sa santé. Mais la forêt avait procuré tous les médicaments nécessaires à son rétablissement. On lui avait appliqué dès le premier jour un emplâtre de riz gluant, souverain pour le resserrement des chairs. Vieille coutume khmère que complétaient avec avantage les connaissances ancestrales des montagnards : le kouh, gros arbre que l'on rencontrait fréquemment en forêt, fournissait une écorce dont la décoction, introduite dans le vagin, s'était montrée d'un effet remarquable. Les infections possibles avaient été combattues par des infusions de prak, sorte de liane rampante. Enfin, le meilleur fortifiant, lors de la convalescence, avait été fourni par l'urine de rhinocéros qui, mélangée à de l'alcool, constituait un remontant réputé. Cet animal se montre en effet friand de plantes et de racines qui possèdent de merveilleuses vertus curatives et dont les éléments se retrouvent dans ses excréments. La digestion en assure la concentration et l'alcool la conservation.

Le prince Jaya avait assisté à l'accouchement et une joie profonde avait illuminé son visage quand il avait constaté que c'était une fille. Depuis lors, il ne manquait pas une occasion de prendre l'enfant dans ses bras. Le bonheur le faisait sortir de sa réserve :

— Nous ferons de toi une grande princesse, exultait-il. Tu recevras très vite les sacrements de l'enfance, bientôt tu seras apte au maniement des armes et je t'enseignerai la science quadruple de l'archer. Tu apprendras aussi la lutte, l'équitation et l'escrime à l'épée ainsi que l'art de conduire les éléphants et la science de la conduite royale. Je veillerai à ce que tu sois versée dans tous les traités de sciences et de lettres. Shikésa t'instruira des chroniques et des récits des origines ainsi que diverses doctrines. Tu connaîtras l'essence des Védas et de leurs sciences auxiliaires. Tu vivras dans une constante dévotion au dharma, aussi bien le dharma supérieur que le dharma inférieur, à appliquer en cas de détresse... Que chacun, jour après jour, de saison en saison, te renouvelle sa bénédiction, afin qu'ayant atteint la force de l'âge tu deviennes dépositaire de toutes les sciences divines et humaines, avec leurs divisions et leurs subdivisions.

Jaya était fou de joie.

*

On était au milieu de la journée. C'était l'heure du repas. Le prince jouait avec sa petite fille lorsqu'un officier vint lui annoncer que des événements importants exigeaient la réunion du conseil. Kako avait donc été prié de remplacer son maître pendant quelques instants. Il était préposé à la garde. Prêt à toute éventualité, le grand éléphant de guerre observait du coin de l'œil une bande de gibbons fort intéressés par la présence de l'enfant. Des trois doigts de sa trompe, il jouait délicatement avec les petites mains qui se tendaient vers lui. Étendue sur une natte à l'ombre d'un parasol blanc, l'enfant riait.

— Ainsi, tonitruait Injit, nous manquons l'occasion de reprendre Angkor. Il fallait accepter cette proposition des Chams. Rattrapons-les et donnons notre accord !

Entouré de ses officiers et des femmes de sa suite, Jaya restait de marbre. Il semblait se désintéresser du débat, ce qui provoquait la fureur d'Injit. Angsha se taisait. Les chefs de tribus, que Jaya avait tenu à joindre au débat, comprenaient à demi de quoi il s'agissait : beaucoup de mots khmers leur échappaient ; ils se sentaient étrangers à une dispute qui ne les intéressait que de loin : affaire de princes où il était question d'Angkor, la capitale, lointaine et mystérieuse.

— Allons, réveille-toi, insista Injit. Voilà les Chams qui viennent en ambassade t'offrir leur alliance. Et tu refuses ! Tu les renvoies ! Ne vois-tu point que c'est le meilleur moyen de s'emparer enfin de la royauté qui te revient ?

Comme à son habitude, le prince ne convainquit personne. Angsha prit enfin la parole :

— L'alliance chame n'est pas le seul moyen de restaurer la royauté légitime. Notre armée ne cesse de croître en nombre et en puissance. Nos défenses sont si bien établies que personne ne peut nous surprendre. Tous les abords du camp sont gardés et piégés. La science que nous apportent les tribus est précieuse : armes, pièges, médicaments, ressources en nourriture, techniques de survie, science de l'approche, souplesse et rapidité de mouvements... Aucune armée ne possède un tel potentiel.

Injit se sentit à court d'arguments. Il chercha en vain le regard de Jaya :

— Une armée qui reste sur la défensive est une armée vaincue. Et...

— Qui vous dit, prince, que nous resterons sur la défensive ? protesta Angsha. Mais nous ne sommes pas prêts.

Injit bondit :

— Comment, pas prêts ?

Jaya avait l'air de plus en plus absent, les yeux mi-clos, perdu dans les sphères lointaines d'une pensée apparemment inaccessible au commun. Il n'entrouvrait les yeux que par instants pour observer le vol d'une mouche qui se posait un peu partout, sur son nez et ailleurs, sans qu'il fît le moindre geste pour la déranger. Les facéties de l'insecte l'intéressaient au plus haut point. Angsha nota l'agacement croissant d'Injit.

— Prince Injit, reprit-il, vous savez aussi bien que moi que nous ne disposons que d'une centaine d'éléphants vraiment aguerris, susceptibles d'entrer dans un combat sans créer de désordre. Les jeunes éléphants récemment capturés sont en cours d'instruction, avec leurs cornacs, trop jeunes aussi et sans expérience. Ces éléphants risqueraient de se retourner contre nos propres troupes…

Il s'adressa à un officier :

— Combien d'éléphants opérationnels ? En as-tu le compte exact ?

— Quatre-vingt-sept parfaitement confirmés. Cent vingt-trois autres seront prêts dans les semaines à venir. Le reste du troupeau compte environ trois cents individus. Nous ne pouvons dire quelles seront les pertes : beaucoup de jeunes n'acceptent pas d'être montés, il faudra en faire des animaux de bât. Certains ne seront jamais domestiqués. Je pense qu'un éléphant sur trois ne pourra pas devenir un animal de combat.

— Cinquante éléphants suffisent à établir une charge, tonna Injit. Sans compter que certains approchent de la période du rut et que, dans une bataille, le rut…

— Certes, prince, nous en avons l'expérience. Une charge de cinquante éléphants ? Parfait ! Nous avons suffisamment combattu ensemble. Mais vous venez de décrire l'armée chame telle que vous l'avez vue. Ne risquons pas une défaite… Quant au rut, je rappelle à Votre Grâce que ces périodes sont imprévisibles… Dois-je vous l'apprendre ?

— Fort bien. Alors, acceptons l'alliance chame ! Je n'ai jamais dit qu'il fallait les attaquer… Mais nous les associer. Shikésa nous manque. Son avis serait précieux.

— N'oubliez pas, rétorqua Angsha, que cette armée est commandée par Santanu, l'ancien ministre, traître au roi Dharan et fort intelligent. C'est un homme redoutable.

— Alors, trancha Injit avec hauteur, que décidons-nous ?

Le conseil fut interrompu par l'éléphant du prince qui arrivait de son pas pesant. Il tenait dans sa trompe roulée en forme de berceau la petite princesse et la ramenait à son père. L'enfant et le colosse jouaient. De l'extrémité de sa trompe Kako chatouillait la petite fille ; tout sourire, celle-ci cherchait à saisir l'énorme masse, rugueuse et tendre, qui courait sur son corps.

Le visage du prince s'illumina. D'un mouvement d'une délicatesse extrême, l'éléphant lui remit son précieux fardeau. Éblouie par le soleil, l'enfant se mit à pleurer. Aussitôt, Jaya l'entoura de sa tendresse.

— Merci, vieux compagnon, dit-il à l'éléphant.

Puis se tournant vers l'assistance :

— Merci à vous aussi pour vos conseils. Nous partirons demain au milieu du jour. Injit, répartis les tâches et les missions auprès des officiers. Angsha, vérifie le recensement des éléphants de guerre. Tu es chargé aussi de l'intendance. Que l'on réunisse les hommes, les armes et les bêtes. Nous laisserons ici femmes, enfants et bagages inutiles. Nous serons à Angkor sous quinzaine. Voici mon plan.

*

Les conques résonnaient à travers la jungle, donnant le signal du rassemblement et du départ, repris de village en village par les tambours des tribus. C'était le branle-bas de combat. Les sanjaks attachés à la suite du prince, féodaux de toujours liés par les serments, continuaient de tenir conseil ou veillaient à l'exécution des ordres. Les officiers, vétérans fidèles de Jaya ou d'Injit qui avaient fui Angkor pour les rejoindre dans les montagnes, réunissaient les troupes auxiliaires, hommes des tribus qui depuis plusieurs mois recevaient un entraînement intensif : tir à l'arc, à l'arbalète, jet du javelot et combat rapproché à la pique ou au sabre.

— Quarante-huit flèches pour un arc, hurlait l'officier d'intendance chargé de la distribution des armes en passant d'un peloton à l'autre. Un bouclier de rotin par piquier et un sabre. Les boucliers de cuir ou de métal sont réservés aux officiers.

La distribution se déroula dans l'ordre et la discipline. Chaque fantassin reçut son lot. Un seul oubli : tout homme était censé fournir son propre carquois, mais ceux-ci se révélèrent trop petits. Il fallut donc lier le surplus de flèches en bottes qu'une bretelle de rotin permettait de porter sur l'épaule.

— Nous pouvons compter huit flèches supplémentaires par homme, vint dire l'officier après avoir fait ses calculs.

— Le complément est d'importance, constata Angsha. Fais lier chaque lot en un faisceau de réserve.

— Que caches-tu là ? demanda brusquement l'officier à un soldat qui se dissimulait derrière ses camarades.

L'homme interpellé se mit à rire niaisement. C'était un grand gaillard, noir de peau et aux cheveux frisés, vêtu d'une bande de peau d'antilope passée entre les jambes et maintenue par un lien de cuir tressé lui ceignant les reins et d'où pendaient des pendeloques et diverses amulettes. Ce cache-sexe semblait encombré d'une excroissance sans rapport avec ce qu'il était censé maintenir. Le sachet de cuir qu'il en retira contenait une poudre brune.

— Du poison ! Point de poison. Le prince interdit le poison pour les armes de guerre. Nous n'allons pas à la chasse. Le poison est contraire au dharma, au code d'honneur des guerriers khmers.

— Fais une vérification générale, spécifia Injit qui arrivait. L'ordre du prince est formel : pas de poison.

CHAPITRE 39

Dans la clairière à l'orée du camp les cornacs se hâtaient. Les jeunes éléphants seraient utilisés pour le transport des vivres. Jaya ne disposait pas de chariots et encore moins d'animaux d'attelage. Les quelques buffles resteraient au camp avec les femmes, les enfants et les vieillards, ces animaux n'étant guère utilisables à la guerre. Quant aux petits chevaux de montagne, leur nombre ne dépassait pas la quinzaine. Ils serviraient aux estafettes, pour la transmission des ordres, lors de reconnaissances ou au cours des combats.

C'est avec de grandes difficultés que les cornacs disposèrent sur leurs éléphants les bâts ou les cages destinés à recevoir armes de rechange et provisions de bouche. L'armée de Jaya reposait sur trois forces : un très grand nombre d'éléphants, plus ou moins bien dressés, mais dont l'effet de masse rendait redoutables les charges frontales dont Angsha avait mis au point la tactique; une infanterie, également nombreuse, armée à la légère, composée d'hommes des tribus, voltigeurs rompus à l'art de se glisser dans la jungle et d'assaillir un ennemi avec une souplesse de fauve; enfin une abondance en vivres, et surtout en armes de jet que l'on avait fabriquées sur place à un rythme intensif à partir des techniques ancestrales des tribus; cette abondance en flèches et en javelots était indispensable à la tactique des tirs de concentration imaginée par Injit et Jaya contre les troupes conventionnelles trop lourdement armées, qu'il s'agisse de la machine de guerre traditionnelle khmère ou des chars de combat que les Chams voulaient introduire sur un champ de bataille. On aurait tout le temps de procéder à des exercices lors de la marche sur

Angkor : les éléphants progressaient très lentement — c'était là le point faible de l'armée princière.

Angsha venait d'arriver à la clairière où régnait un grand charivari. Les hommes couraient de toutes parts. On hurlait des ordres, souvent contradictoires. L'anxiété était à son comble. Ainsi partait-on tout soudain pour la guerre ! Volonté du prince ! Et surtout on laissait les familles, ce qui était contraire à toutes les traditions khmères.

La nervosité des hommes se communiquait au troupeau. Affolé par cette agitation qui tranchait avec le rythme quotidien des séances de dressage, un jeune éléphant avait brisé ses entraves de cuir tressé, semant le désordre parmi ses congénères. Son cornac aurait pu être tué sans l'intervention active d'un éléphant de guerre chevronné. On comptait un individu d'expérience pour cinq jeunes en cours d'instruction.

« L'affaire ne va pas sans embarras, pensa Angsha qui sans intervenir assistait à la scène… Mais nous y parviendrons. Les jeunes jettent leur gourme. Laissons faire. La longue marche qui nous attend calmera tout le monde, hommes et animaux. Rien ne vaut une bonne fatigue pour parfaire une instruction. »

Peu à peu le calme revenait. Les bâts et les palanches étaient en place, solidement arrimés par des liens de rotin et de fortes lanières de cuir. Le chargement commençait. Bientôt l'immense troupeau serait prêt pour le départ.

Le dresseur d'éléphants laissa aux officiers le soin de superviser l'opération et se dirigea vers les lignes de défense extérieures. Celles-ci devaient être améliorées. Un groupe de femmes était occupé à tronçonner et à tailler en pointe des tiges de bambou qu'on leur apportait par brassées.

— Voilà de quoi vous défendre en notre absence, dit-il. Mais hâtez-vous. Tout doit être prêt à l'heure du départ.

Les accès du camp seraient aménagés selon un dispositif de défense bien connu des tribus : on piquerait obliquement en terre, pointe dirigée vers le côté d'où pouvaient venir des visites inopportunes, des rangées de lancettes de bambou très effilées, longues d'un pied environ; ces engins, plus meurtriers qu'il n'y paraissait, pouvaient faire aux pieds et aux jambes des blessures d'autant plus redoutables que les fibres de bambou envenimaient les plaies. D'autres lancettes, hautes de deux à trois pieds, disposées de la même façon, visaient l'ennemi au bas-ventre; dissimulées dans les fourrés, elles pouvaient faire reculer d'éventuels assaillants. D'autres enfin, en très grand nombre, composées d'éclats de bambou taillés en losange et hautes de quelques pouces, étaient destinées à percer la plante des pieds : sur les passages principaux, on les enfoncerait perpendiculairement de façon à les rendre invisibles dans les herbes; aux endroits sans végétation, elles seraient enfouies dans la terre, la pointe au ras du sol. On tenait en réserve des engins formés de trois courtes lancettes réunies et liées en leur centre au moyen d'une encoche et qui, se maintenant sur trépied, tombaient toujours de façon à présenter un faisceau de pointes meurtrières. En cas d'attaque, on en jetterait par brassées, ici ou là, en des points jugés stratégiques. Ces armes défensives causaient des blessures profondes, douloureuses et difficiles à soigner.

Angsha avait dû plaider longtemps avant que Jaya accepte le principe de ces pièges. Tout piège de cette sorte était contraire au dharma. Mais il importait de bien protéger le camp. Les Khmers de Tribhuvarman comme les Chams de Santanu pouvaient faire une diversion soudaine en attaquant par surprise le faible contingent qui resterait au camp avec les femmes, les enfants, les vieillards et les bêtes. Il fallait à tout prix les mettre à l'abri d'un coup de main, surtout de la part des Chams dont la cavalerie permettait des déplacements rapides. Les éléphants de Jaya seraient alors trop lents pour intervenir.

L'armée était prête. Les lancettes seraient placées avant le départ.

*

— Tout beau, mes chiens! Je m'occuperai de vous à mon retour. Point de grognements!

Injit s'adressait à trois chiens rouges enchaînés à un arbre. A son retour de la chasse, il avait eu la surprise de trouver au camp trois spécimens de cet animal mythique qu'il avait précisément observé l'avant-veille peu avant de découvrir l'armée chame. C'était un cadeau d'Angsha. Celui-ci connaissait le désir du prince d'acquérir une meute. Cette fantaisie l'amusait et il avait réussi à faire capturer trois jeunes individus par un chasseur expert dans tous les piégeages. Les fauves se débattaient avec fureur.

— Je m'en charge, dit Devi. La douceur aura raison de leur hargne. Dommage que Kako ne puisse rester avec nous... Il leur ferait la leçon.

— Bien, je vais m'armer. Enfin la guerre! Mais à qui la faisons-nous? Aux Khmers? aux Chams? Ton époux ne veut rien dire. Plus secret que jamais! conclut Injit en jetant une œillade à Jaya. Tiens-toi prêt, mon prince. Arme-toi. Tu m'as demandé de sonner le départ dans une heure.

Assis sur une natte à même le sol, Jaya et Devi se tenaient par la main, avec toute la pudeur qu'imposait la circonstance. Ils ne s'en faisaient pas moins les adieux les plus tendres, se murmurant à l'oreille des mots dont on devinait la douceur lorsque venaient les interrompre de courts baisers. Devi essuya une larme et posa sa tête sur l'épaule de son époux. Une fois de plus, la guerre les séparait.

— Injit ne décolère pas, dit Devi en souriant. Quel homme! Il n'imagine pas une armée sans sa suite habituelle, femmes, enfants, serviteurs, concubines, chanteuses, danseuses, familles de soldat au complet, et animaux de toute sorte. Bref, le déménagement coutumier des Khmers en campagne militaire!

— Injit est un frère. Il proteste toujours aussi bien qu'il obéit.

— Et sans musique! « Une armée sans musique! me disait-il à l'instant. On n'a jamais vu ça de mémoire d'homme... » Il a festoyé toute la nuit, comme toujours à ses retours de chasse ou avant de partir au combat... Danseuses et concubines. Il en a engrossé au moins quatre ou cinq.

— C'est bien. Il ne montre aucune fatigue.

— Il enrage surtout de voir ton dessein si secret. Lui, mon propre frère, n'est mis dans aucune confidence.

— Le secret est la force des princes... Devi, te voilà responsable du camp. Je t'en donne le commandement. Protège ce peuple montagnard qui nous a fidèlement servis et tant appris. Je reviendrai dès que j'aurai gagné la bataille.

— Prendras-tu Angkor? dit la jeune femme en se dégageant pour regarder son époux dans les yeux.

Non loin, Kéo avait pris la petite fille dans ses bras pour la présenter une dernière fois à la garde rapprochée du prince. L'enfant se débattait en riant, cherchant à saisir la lance où un piquier avait accroché un carquois en guise de hochet, le secouant avec bruit. L'homme était fier de ce jouet improvisé. Tout sourire, il ouvrait une bouche édentée, rouge de bétel, et semblait en adoration.

— Angkor? poursuivit Jaya après avoir observé la scène. Je ne sais... Veille sur cette enfant. C'est notre bien le plus précieux. Angkor? La capitale est la proie des démons. J'ai mes informateurs. Sans l'épée sacrée, ce faux roi se fait l'expression du mal. Il a remis en honneur la récolte du fiel humain. On me dit qu'il s'apprête à sacrifier des femmes et des enfants sur l'autel de Shiva le Hurleur, celui qui répand l'épouvante. Il ne veut que ce culte et ne vit que de mort. Terre lourde de crimes... Ce roi néglige l'armée, méprise le peuple et bafoue nos coutumes. Il vit dans la crainte de ses sujets et ne sort que caché. Il compte sur une armée de crocodiles et de najas pour le défendre et veut un temple de folie, consacré au Destructeur, que le peuple refuse de construire. Je sais qu'il détruit les abords du palais, déplace ou tue les habitants, et persécute l'un des hommes les plus prestigieux du Cambodge, le vieil architecte de Suryavarman II, Pisnokar. Il cherche lui aussi les traités magiques. Sans eux, point de plans et sans plans point de temple.

— Alors il faut prendre Angkor? Tu le peux. Les crocodiles et les serpents...

— Ce roi est le jouet d'une démonesse, meurtrière de mon père et du roi Yashovarman. Les dieux ont abandonné Angkor. Le dharma n'y est plus qu'un vain mot. Les brahmanes ont fui la ville. Le Champa aussitôt a décidé d'attaquer.

— Faudra-t-il considérer les Chams comme des envahisseurs ou des libérateurs ? demanda Devi dans un souffle.

— Tu verras. Mais Santanu, qui conduit les troupes d'invasion, compte sur le roi cham pour le mettre sur le trône, en échange des traités magiques, que ce roi convoite depuis toujours et qu'il pense retrouver après avoir pris la ville. Il veut nos richesses mais surtout nos secrets.

Devi réfléchit longuement. Elle avait confié à Jaya, et à lui seul, où se trouvaient cachées les copies des trois traités. Le prince avait alors reçu l'information avec une apparente indifférence, n'entrouvrant les yeux que pour les refermer sur son éternelle méditation.

— Tu dois prendre Angkor, dit-elle enfin. Avant les Chams.

— Je ne puis faire la guerre aux miens.

— As-tu au moins des nouvelles des traités ? J'espère qu'Indra a su garder le secret des cachettes, au nez et à la barbe de l'usurpateur. Ce roi aurait-il osé s'attaquer aux monastères ?

— On ne sait. Indra, ta sœur si savante dans toutes les sciences, reste notre seule alliée dans la place. Elle conserve la tradition d'Angkor, avec ma mère, la reine. Les retrouvera-t-on vivantes ?

La conque d'Injit résonna. Jaya baisa Devi sur la bouche, tendrement, et appela Kéo. Il prit sa fille dans ses bras et la remit à son épouse :

— Gardez-vous bien, mes bien-aimées. Je vais m'armer.

Harnaché pour la guerre, Kako attendait son maître. On partirait à la nuit.

*

La petite fille s'était mise à pleurer. Elle sentait que quelque chose de grave se préparait et se serrait avec désespoir contre la poitrine de sa mère. La vue du prince en armes vint accroître son émotion. Ses cris redoublèrent. Elle avait du mal à reconnaître son père et se demandait comment ce visage au sourire constant, si calme de coutume, pouvait prendre des airs aussi farouches. Les larges épaules à la peau douce contre lesquelles elle aimait se blottir pour en respirer la chaleur et l'odeur disparaissaient sous l'armement. Jaya portait un casque monté d'une tête d'animal fantastique, au masque grimaçant, et une cuirasse de peau de buffle teintée en noir. Il s'approcha en faisant résonner ses armes.

Alors Kéo alla chercher sa harpe et, s'installant devant la famille princière, joua longuement les airs préférés de l'enfant.

CHAPITRE 40

Tous feux éteints la pirogue glissa en silence le long du grand canal qui menait au palais. La ville semblait déserte dans cette nuit triste et profonde que rythmait d'heure en heure la cloche de bambou des veilleurs de la tour, marquant le temps. Les familles restaient enfermées dans leur maison comme par un couvre-feu spontané. Seule, de place en place, une lueur indécise, vite cachée, indiquait que la vie était là. L'ambiance était fantomatique.

« La troisième heure, se dit Indra. Je suis en avance. »

Elle observa les étoiles. Le ciel d'Angkor était illuminé du firmament des saisons sèches. Une splendeur. Les constellations s'affichaient avec une netteté sans pareille. Il y avait si longtemps que la princesse n'avait pas consulté d'astrologue. Que lirait-on dans ces étoiles ? Quel nouveau destin ? Elle avait connu la vie brillante de la cour, dans les banquets, la poésie, le culte des beaux-arts, la musique et la danse. Chaque jour était une fête. Alors chacune de ses amies avait pris un époux. Devi, sa sœur cadette, avait épousé le prince Jaya. Mais pour elle point de mariage.

C'était le temps du roi Dharan. Elle avait fait la difficile, opposant son dédain aux prétendants possibles. Ses talents pour la littérature et la philosophie la plaçaient au-dessus du commun. Les années avaient passé et la cour avait fini par considérer que son intelligence suffisait à son bonheur. Elle passerait ses nuits avec des livres.

Mais maintenant ? Elle sentit son ventre se pincer. Elle était professeur, très émérite certes, et savante, et mieux versée dans les traités que beaucoup de brahmanes des mieux instruits. Professeur dans un monastère, loin de la cour et des fastes royaux, cela ne présentait plus d'intérêt. L'intelligence, fort bien ! Mais l'intelligence ne valait pas un homme gentil dans un bon lit. Sa supériorité ne lui avait donné qu'une vie de recluse.

On approchait.

— Que me veut cet homme ? siffla-t-elle entre ses dents. Je le hais. Il est l'auteur de nos malheurs. Que me veut-il ? Tribhu ! Tribhuvanadityavarman, du nom royal qu'il s'est trouvé.

L'entendant parler à mi-voix le piroguier s'était retourné :

— Qu'y a-t-il ?

— Rien. Va tout droit.

« Tu seras gardienne des traditions et de la civilisation d'Angkor », lui avait dit sa sœur Devi le jour où le prince Injit était venu la chercher pour l'emmener rejoindre son époux, la laissant seule au monastère, pauvre Indra, toujours seule, et sans personne à qui parler. Elle s'aperçut qu'elle s'apitoyait sur elle-même. Cette nuit sombre, ce silence, et ce ciel immense qui gardait son secret ! Une rage secrète montait en elle.

On distinguait maintenant les deux lions de pierre, gardiens de l'embarcadère, qu'éclairaient faiblement les étoiles. Un léger remous à la surface de l'eau précédé d'un point sombre et luisant : un serpent, sans doute un cobra. Puis, d'un seul coup, les crapauds-buffles brisèrent le silence de leur meuglement.

— Laisse-moi là. Attends-moi, dit Indra en sautant sur la première marche.

La princesse disparut dans une sente étroite bordée de fromagers géants.

*

Les crapauds s'étaient tus.

Indra s'immobilisa, glacée d'effroi. Un cri de bête venait de percer la nuit, suivi de vociférations humaines. Il y avait à Angkor des endroits déserts que la superstition des habitants désignait comme hantés de maléfices : vieille légende des rakshasas, démons hôtes des forêts et se repaissant la nuit de chair humaine. Puis ce fut un cri de souffrance, atroce et prolongé. Une faible lueur vacillait entre les arbres, indécise dans la brume nocturne du sous-bois. On distinguait un monument de pierre entièrement moussu et qui semblait abandonné. Des silhouettes s'agitaient autour d'un banc, formant table. Indra s'apprêtait à fuir lorsqu'elle se sentit saisie par les cheveux et entraînée de force.

— Traître, hurla-t-elle, les yeux agrandis de terreur.

Lorsqu'on la relâcha elle se trouvait en face d'un homme masqué, un couteau de silex à la main. Tout respirait le crime. Sur le banc de pierre gisait un adolescent ; le malheureux baignait dans son sang, le ventre ouvert à la hauteur du foie, agonisant. Assis à quelques pas, la corde au cou, trois hommes, pieds et poings liés, attendaient leur tour, souillés de peur.

— Du fiel de femme ! dit l'homme masqué à un être noir et frisé, homme ou démon, qui semblait être son adjoint. Du fiel de femme ! Il en manquait.

— La chasse est bonne. La jarre sera bientôt remplie. A qui le tour ?

— Celui-ci. Prends-le.

— Attention, il est plein de merde. Il a tout lâché. La merde gâcherait le fiel. Maintiens-le. Pousse-le. Là ! A côté ! sur la pierre.

Un hurlement. En un instant l'homme se retrouva étendu sur le banc. Le hurlement s'étouffa sous le sac qui soudain enserra sa tête, serré au cou. D'une main experte, le bourreau fit une incision, plongea la main, saisit le foie, cherchant la vésicule, finit par extraire le tout, pinça la poche à fiel, la coupa et la jeta dans une jarre. Quelques secondes avaient suffi. Indra sentit l'odeur du sang frais. La victime se débattait de toutes ses forces.

— Laisse-le, il est déjà entre les dents de la mort.

— La femme à présent ?

— La femme ! Un peu de fiel de femme qui donne de la douceur au médicament. Il en faut.

« La mort ignoble ! » pensa Indra. Ainsi s'accomplissait son destin. Que valait la philosophie face aux puissances démoniaques ? Le film de sa vie défilait. Puis tout se brouilla. Une peur immense l'engourdissait. Elle vit les étoiles entre les arbres, puis le masque immonde qui la dévisageait, recouvrant tout de sa grimace, puis le sac qu'on allait lui passer sur la tête.

Soudain tout disparut. Les étoiles à nouveau. Un bruit mat. Une giclée de sang inondant son visage. La tête masquée avait rebondi sur la pierre. Une main la relevait.

— Tribhuvarman, murmura-t-elle en découvrant son sauveur. Pourquoi cette traîtrise ? Pourquoi ce rendez-vous ? Ici, chez les chasseurs de fiel ?

— Pardonnez-moi, princesse, je l'ignorais. Ce n'était pas un guet-apens. Une simple erreur.

Le roi rengainait son épée, poussant du pied le corps décapité.

— Vous autres, ne fuyez pas, dit-il aux acolytes du bourreau. Continuez votre travail. Et pas un mot de tout cela.

Mais personne ne l'avait reconnu. On le prenait pour un guerrier, un simple kshatriya sans doute, défendant sa belle. Tribhuvarman prit Indra dans ses bras et l'emmena dans la nuit.

*

— C'est Yaksa qui lance ses hommes dans les campagnes comme à travers la ville pour récolter le plus de fiel possible. Elle intensifie l'opération. Elle veut en offrir une pleine jarre au roi cham. Aussi imagine-t-elle qu'en échange d'un si beau cadeau il renoncera à sa conquête. Monnaie d'échange, dit-elle.

— Elle ! Elle ! Yaksa ! Toujours elle. Qui prétend régner ? Toi ou elle ?

— Le fiel est doué de merveilleuses propriétés curatives et constitue une médecine très recherchée. Elle a raison.

— Un présent aux Chams ? Joli présent.

— Oui. Mais j'ai mieux…

Tribhuvarman essayait de s'expliquer et bredouillait des mots incohérents sur l'honneur, les traités magiques et la paix. La princesse était couverte du sang qui avait jailli du tronc de l'homme décapité. Le roi avait apporté une bassine d'eau claire et, avec toute la délicatesse que lui permettaient ses manières de soudard, passait un linge humide sur le visage, les épaules et la poitrine de la princesse. Il s'appliquait. Les seins étaient d'une rondeur parfaite. Il arrivait au ventre, un petit ventre arrondi qui se maintenait avec grâce dans les bornes de l'élégance. « Pas jolie, pensa-t-il, mais bien faite. » Ses doigts lâchèrent le linge, coururent avec légèreté le long des hanches, parvinrent à l'aine, hésitèrent...

— Pardonnez-moi, répéta-t-il. Je ne pouvais prévoir que ce lieu de rendez-vous était aussi celui des chasseurs de fiel... Il nous fallait un lieu désert et ignoré. Un lieu sûr.

— Un lieu sûr, certes! Mais que me veux-tu?

Le regard d'Indra était opaque, tout en surface. Elle cherchait à comprendre ce qui lui arrivait. A quoi décidément servait l'intelligence? Toute lueur d'esprit avait disparu de ses traits. Nue, souillée de sang, encore épouvantée, à demi livrée, caressée par cet homme devenu soudain son sauveur, ce même homme, traître, assassin, usurpateur, qui se disait roi d'Angkor, destructeur du Cambodge, possédé des démons. Ses yeux se couvraient d'un voile.

— Que me veux-tu? répéta-t-elle.

— Du bien, Indra, rien que du bien. Je suis un kshatriya. Regarde-moi, ici, en face... Voilà.

Il l'avait prise par les épaules. Elle le fixa d'un regard lointain, comme s'il était transparent.

— Un kshatriya?

— Oui, un kshatriya. Regarde-moi! Rappelle-toi! J'étais ami de ton frère, Injit, et du mari de ta sœur, Jaya. Nous vivions dans l'honneur, le culte du dharma et le service du roi... Le roi d'Angkor! Rappelle-toi nos jeux, nos rires et notre joie. Nous étions bénis des dieux... Puis la traîtrise, Santanu le ministre. Et les démons...

— Que me veux-tu?

— Que tu m'aides à redevenir un guerrier d'honneur et de parole. Que tu fasses de moi un vrai roi.

— Comment ?

— Voilà, ma princesse, je vais tout te dire...

Il tentait de lui prendre la main.

— Yaksa est-elle au courant de ce rendez-vous ? coupa Indra. Yaksa, ta démonesse, que tu veux pour reine.

— Certes non.

— Ce rendez-vous était-il vraiment secret ?

— Secret ! Parole de kshatriya.

La paillote isolée que Tribhuvarman avait choisie pour cet étrange entretien ne tenait que sur trois pilotis branlants, l'ensemble étant adossé à un arbre. Le moindre mouvement la faisait vaciller. Aucun meuble : la maison était abandonnée. Un singe gris se présenta à la fenêtre et repartit d'un bond. Que faisait-il en pleine nuit ? Était-ce l'annonce de l'aube prochaine ? Pas encore. Les crécelles sonnèrent une heure, dont Indra ne sut compter les coups.

Une bougie unique éclairait la pièce. L'homme l'éteignit. Indra frissonna. Une faible lueur traversa enfin le plancher ajouré fait de lamelles de bambou tressées. Cette fois, c'était l'aube. Indra frissonna. Des cloisons ruinées sortaient des milliers d'araignées au corps minuscule porté sur des pattes longues et minces comme un fil, dont des bataillons peuplèrent en un instant le sol, fuyant de toutes parts. Les mains de l'homme quittèrent le corps de la princesse pour les chasser.

— Mais je dois ménager la démonesse, reprit-il après plusieurs minutes de silence, la laisser constituer ses provisions de fiel, terroriser le peuple, élever ses cobras et ses crocodiles mangeurs d'hommes. Elle me tient. Sa puissance démonique est trop grande.

Il serra Indra contre son épaule. Ses yeux brillaient dans la pénombre.

— Que me veux-tu ? Ton message parlait d'affaires d'État urgentes, pour l'honneur et la prospérité du Cambodge. Ce rendez-vous...

— Indra, le royaume est au bord de la ruine. Je ne pourrai résister aux Chams. Aide-moi. Je te promets de rentrer dans l'honneur et le dharma des kshatriyas... Il me faut les traités.

— Quels traités ?

Tribhuvarman se décida :

— Les traités magiques. Ceux que le roi cham, alors ambassadeur, était venu chercher grâce à la traîtrise de Santanu. Je sais que c'est toi qui les as. Donne-les-moi. Je les remettrai aux Chams contre la paix. C'est ce qu'ils cherchent. Ne vois-tu pas que c'est le seul moyen de sauver Angkor ? C'est ce qu'ils cherchent, te dis-je. Pas la guerre, ils ne sont pas sûrs de la gagner. Désires-tu sauver Angkor ? Le désires-tu ?

Il avait parlé d'un seul trait. Indra se taisait. Ainsi, le souverain était au courant. Il avait des espions partout. Personne, excepté elle, ne savait que Pisnokar, l'architecte des dieux, avait gardé chez lui un exemplaire des trois traités magiques, le seul qui fût en parfait état de conservation. Soudain elle se rappela : le jour où le vieil homme, épuisé par la marche, était venu lui remettre en secret les précieux documents que le roi allait lui arracher par la torture, il y avait là un serviteur, celui qui avait apporté les boissons. L'homme était donc acheté. L'époque était à la traîtrise. Elle avait commis une imprudence.

Le roi exigeait maintenant qu'elle lui remît les traités magiques pour les donner aux Chams et ainsi sauver Angkor. Mais le calcul lui semblait spécieux. Comment écarterait-on Santanu de la tractation ? Et Santanu voulait la guerre, pour se venger de Tribhuvarman et acquérir la royauté. Elle rentra la tête dans les épaules : le souffle chaud de l'homme passait sur son cou :

— Et puis, dit-il, je serai un bon roi. Plus de démons, plus de crimes, plus de haine, plus de fureur. Mais de l'amour. De l'amour, Indra... Je te veux pour reine. Rends-moi l'honneur et donne-moi la légitimité.

Alors la princesse réalisa que le roi était la proie d'une folie amoureuse. Il l'enlaçait. Elle sentit son corps brûlant, son haleine acide et soudain, tout contre elle, ce qu'elle réalisa être la gloire de l'homme en rut, fou de désir. « Enfin ! » lui clamait une voix intérieure.

— Que ne puis-je céder, s'entendit-elle gémir.

Un tigre, un taureau, un éléphant en rut, comme dans les poèmes. Un phallus, un vrai, la gloire des hommes et la faiblesse des femmes ! Un membre chaud, animé, qui n'avait plus rien à voir avec les descriptions littéraires, mais qui se trouvait bien là, réel, dur, long, puissant. Le mariage ! Un époux !

Alors elle se rappela son dépucelage. Le dépucelage rituel des filles d'Angkor, dans la fête et la musique. Elle crut sentir les doigts du brahmane de service s'introduire en elle, la déchirer, sanglante, pour le plus grand honneur de ses parents et de sa famille. Elle n'avait que sept ans. Ainsi le voulait la loi. Par ce rite on engageait les filles dans une vie d'honneur. Le soir on buvait de l'alcool teinté de leur sang. Le souvenir douloureux des doigts du brahmane se combina avec la crainte d'un forfait à venir : elle se raidit.

Pouvait-elle maintenant se livrer à un démon, traître, assassin, prêt à l'ensorceler ? L'homme l'avait mise sur le dos et lentement lui écartait les jambes.

— Non, cria-t-elle, épouvantée. Non, pas maintenant. Ramène-moi à ma pirogue.

— Oui, ma reine, car tu seras ma reine, gémit Tribhuvarman. Je suis, tu vois, ton serviteur.

Le calcul politique l'emporta. Le roi se ressaisit. Il réalisa que s'il violait Indra son sort serait définitivement scellé dans le monde des démons.

CHAPITRE 41

Le radeau heurta un rocher, stoppa brusquement et reprit sa course en tournoyant. La rivière se transformait en torrent. Les trois hommes qui dirigeaient l'embarcation à l'aide de longues perches avaient failli perdre l'équilibre. Ils ne maîtrisaient plus la situation. Le chargement était trop important : plusieurs blocs de grès, mal arrimés par des liens de rotin qui lâchaient peu à peu, risquaient à tout instant de faire chavirer le frêle assemblage de bambou.

Le roi exigeait que son temple fût construit dans des délais impossibles à tenir ; les carrières de Kulen ne fournissaient plus que des blocs d'un accès difficile, la main-d'œuvre était trop peu nombreuse et sans qualification. De plus, les hommes sentaient qu'aucun des maîtres d'œuvre n'avait la compétence nécessaire pour superviser une telle entreprise et coordonner les opérations.

— Encore un roi mégalomane, grogna le maître d'œuvre. Mais cette fois, il y va fort ! Les moyens ne sont plus à la hauteur de la folie !

Le second radeau ne put éviter l'écueil. Il transportait une grande statue du dieu Shiva à l'effigie du roi, réalisée sur le site de la carrière. Le choc désarticula l'assemblage de rondins et l'embarcation bascula, projetant les manœuvres à l'eau. Brisée en plusieurs morceaux, la statue gisait dans le fond du torrent au milieu des rochers.

Depuis des siècles, la rivière permettait d'acheminer du Phnom Kulen au site d'Angkor les pierres de grès nécessaires à la construction des monuments. L'opération supposait une organisation précise et parfaitement coordonnée que la science des brahmanes avait mise au point et qui ne souffrait aucune faille : choix de l'emplacement, accomplissement des rites pour écarter les calamités, choix et hiérarchie des architectes, établissement des plans selon les critères qu'imposaient les traités. Plus rien de tout cela n'existait. Les brahmanes peu à peu avaient fui la capitale et le gouvernement royal était sujet à des élans d'incohérence qui compromettaient toute action de longue haleine.

— Les eaux sont trop basses, dit un manœuvre. Tout sera brisé.

— Ce roi s'imagine que son seul bon plaisir suffira à la construction d'un temple égal à celui de Suryavarman, vociféra le maître d'œuvre, inquiet du châtiment que lui vaudrait la catastrophe. Mais il n'y parviendra pas, ou finira par réduire en esclavage la moitié de la population pour parvenir à ses fins. Autant fuir tout de suite!

Il se retourna pour chercher un chemin et resta figé par la peur. Plusieurs cavaliers étaient postés sur la hauteur de la berge surplombant la rivière. Montés sur de grands chevaux, coiffés d'un casque en forme de lotus renversé, armés à la légère de grands arcs, ces hommes ne pouvaient être que des Chams. Une flèche siffla et vint ricocher sur la poitrine brisée du dieu émergeant de la surface.

— Les Chams!

Pris de panique, les manœuvres se mirent à traverser la rivière en courant dans des jaillissements d'écume et des hurlements de terreur. Lorsque, arrivé hors d'haleine sur la berge opposée, le maître d'œuvre osa jeter un coup d'œil en arrière, les cavaliers avaient disparu. Le peloton de reconnaissance venait de tourner bride.

*

— Les matériaux manquent, gémit Pisnokar. Je dois interrompre la construction.

— J'avais bien dit qu'il ne fallait pas bâtir ce temple, hurla Yaksa, en toute mauvaise foi.

C'était pourtant par ses soins que, contre tous les rites et coutumes du royaume, l'emplacement aux abords de la place royale avait été entièrement nettoyé des habitations qui s'y trouvaient; par ses soins aussi que le vieil architecte avait été contraint d'imaginer un plan sans rapport avec les traditions qui jusque-là avaient fait la splendeur des monuments d'Angkor ; par ses soins enfin que le vieillard avait été torturé dans le but de lui arracher le secret des traités magiques.

L'échec était complet : on avait réalisé des fondations incohérentes, de proportions étriquées et d'ordonnance anarchique. On ne retrouvait rien du génie khmer ni de la science des brahmanes. Quelques pierres sculptées, de facture grossière, gisaient ici et là sans que personne ne sût à quel élément de construction elles devaient se rapporter. Et on apprenait à l'instant que la rivière charriait des débris de radeaux brisés.

— Il faut tuer cet architecte, poursuivit Yaksa.

Ses traits étaient tordus de haine. Elle arpentait la place comme une furie de légende, en insultant et bousculant les ouvriers qui, à son passage, se prosternaient front à terre et bras croisés. Jamais encore on ne l'avait vue dans ce rôle d'ogresse d'épopée. On l'eût prise pour une de ces rakshasas qui hantaient les forêts, se nourrissant de chair humaine.

— Où est le roi ? Où se cache-t-il ? cria-t-elle en abattant sa canne sur le dos d'un malheureux.

Car Tribhuvarman avait disparu, au moment même où elle constatait l'échec de tous ses projets. Ses serpents n'étaient pas prêts, l'élevage de crocodiles ne donnait pas les résultats escomptés. La jarre de fiel humain qu'elle voulait offrir au roi en échange de la paix ne se remplissait pas. Que faisaient ses sbires ?

Les Chams seraient bientôt aux portes de la ville. Et son roi Tribhu lui échappait. Depuis plusieurs jours il était distant, évasif, et n'opposait à ses démonstrations qu'un rictus niais. Sans doute avait-il peur ! Ou alors quoi ? Où était-il ? Le pouvoir lui échappait, à elle, Yaksa, qui pouvait tout : elle le sentait, le roi aimait une autre femme. Mais qui ? Quelle démonesse aurait le front de se croire sa rivale ? Et ce temple ridicule ! Il n'en resterait pas pierre sur pierre. De fureur elle poussa une colonne de pierre, qui s'écroula. Un coup de vent enfla sa chevelure. Elle abattit à nouveau sa canne, cette fois sur la tête du dieu de la mort, Yama, dont la statue attendait qu'on lui assignât une place : la démonesse, défiant l'usage des artistes khmers, l'avait voulu entièrement nu, sans pagne, afin qu'on vît ses parties génitales; le sculpteur avait désobéi et le dieu nu ne portait à la place du sexe qu'une platitude disgracieuse.

— Ils veulent émasculer les dieux, ricana-t-elle, en s'acharnant de sa canne sur l'œuvre d'art, au reste fort médiocre. On me désobéit...

Quand elle se redressa, épuisée par la rage, un officier se tenait derrière elle, un message à la main. La démonesse n'attendit pas de le lire :

— Aux remparts! Aux remparts! se mit-elle à hurler, reprise de fureur. Aux remparts! Laissez cet ouvrage imbécile! Tous aux remparts, vous les maîtres d'œuvre et vos manœuvres! Les Chams arrivent.

En un éclair la place se retrouva déserte. Terrifiées, les équipes d'ouvriers avaient pris la fuite. Seul restait le vieil architecte, prostré sur un tronc d'arbre. L'ouragan s'était levé, portant au loin les imprécations de Yaksa, premier orage annonciateur de la saison des pluies.

— Les Chams arrivent!

*

Sous l'œil vigilant de Tribhuvarman, l'officier serra les rouleaux de parchemin sertis d'un cordon de soie dans la sacoche de cuir qu'il portait en bandoulière. La mission était claire : aller au-devant du roi Cham, précédé des enseignes prescrites, et lui remettre les documents en main propre. Tout était prêt; quatre hommes à cheval, en grande tenue, brandissant enseignes et étendards, et un sonneur de conque pour annoncer de loin l'approche d'une ambassade. Revêtu de sa plus belle cuirasse, coiffé d'un casque à tête de lion, portant jambières de cuir et sampot à ramages, l'officier prit aussitôt le galop.

D'après les dernières informations, l'armée chame se trouvait à quelques milles de la capitale, au nord-est. La petite troupe franchit la porte Nord et galopa jusqu'à la rivière, qu'elle traversa à gué. On ne tarderait pas à rencontrer les avant-postes chams.

— Au pas ! ordonna l'officier. Apprêtez-vous à chaque instant à faire connaître que nous sommes en ambassade. Nous arrivons en lisière.

Une vaste plaine s'étendait au loin, baignée de soleil.

— L'armée chame ! Nous y sommes !

Des milliers de cavaliers manœuvraient en bon ordre. Les étendards flottaient parmi les emblèmes des officiers généraux, très haut au-dessus des parasols de couleur et des chasse-mouches. Les bataillons d'infanterie se rassemblaient avec précision pour prendre un ordre de marche. Les officiers de génie faisaient procéder au montage des chars de combat. On distinguait au centre du dispositif un petit escadron de huit éléphants entourés de parasols blancs. Un éléphant sortit du groupe, tache claire sur les masses grises de ses congénères.

— L'éléphant blanc ! L'éléphant royal ! L'état-major et la musique. Houle ta conque. Vous autres, hissez emblèmes et étendards… Houle ta conque, dis-je… Plus fort.

L'attente dura longtemps. Les signaux restaient sans écho. Les Chams semblaient vouloir ignorer la présence d'un détachement khmer et sa qualité d'ambassade.

Enfin, six cavaliers se détachèrent de l'état-major royal et prirent le galop dans leur direction.

« Que veulent-ils ? » se demanda Santanu en éperonnant son coursier noir.

Il avait tenté de convaincre le roi cham, Rudravarman IV, que cette ambassade n'était qu'un leurre, destiné à retarder l'ordre de marche de l'armée. Mais refuser de recevoir une ambassade se présentant dans les formes prescrites était contraire à tous les usages. Santanu avait enfin obtenu d'aller voir en personne de quoi il s'agissait.

— Que voulez-vous ?

— J'apporte un présent.

— Qu'est-ce ?

— Un manuscrit précieux. Trois rouleaux. Je n'en sais pas plus.

Un manuscrit précieux ! Le sang de Santanu ne fit qu'un tour :

— Donne-le !

— Mes ordres sont de le remettre au roi en personne…

— Inutile ! Donne-le !

— Non, Monseigneur. Menez-moi auprès du roi.

Décidé à faire fi de tous les usages, Santanu dégaina son épée.

L'officier para le premier coup, qui dévia sur l'encolure de sa monture, la tranchant au niveau du garrot. Santanu avait frappé trop vite. Le Khmer se révélait être un bon escrimeur, rapide et expérimenté. Mais son cheval s'écroula, blessé à mort. D'un bond l'homme se dégagea, para un deuxième coup de taille qui lui aurait fendu la tête, saisit la jambe de son adversaire et le désarçonna.

Santanu était rompu aux acrobaties de combat. Il se reçut sur ses deux pieds et s'élança en l'air comme mû par un ressort. Le duel reprit à terre. L'officier khmer battit en retraite en direction de la forêt, parant coups de taille et d'estoc. Santanu hésita : aurait-il le dessus ? Un moulinet bien ajusté fit sauter le cimier de son casque.

— A moi, les archers ! hurla-t-il, ivre de fureur à l'idée que son adversaire pourrait lui échapper.

L'officier khmer s'écroula, atteint de plusieurs flèches. Santanu bondit, le saisit par sa coiffure, lui trancha la tête et s'empara de la sacoche : elle contenait bien trois rouleaux qu'il entrouvrit avec fébrilité.

— Les traités magiques ! murmura-t-il, soulevé d'enthousiasme et retenant un cri de triomphe. Enfin ! Et surtout le troisième, celui qui manquait.

Il se félicita. Son flair ne l'avait pas trompé. L'officier khmer n'avait pu accomplir sa mission et remettre le document directement au roi, comme l'avait prévu Tribhuvarman. Il avait réussi à l'intercepter. Il tenait sa monnaie d'échange : Rudravarman IV ne recevrait le troisième traité que lorsque lui, Santanu, deviendrait roi d'Angkor.

Alors il aurait gagné.

CHAPITRE 42

« Qu'attend mon prince pour intervenir ? »

La question hantait le brahmane.

C'était le milieu du jour. Depuis la veille la bataille faisait rage. Rien n'était décidé. Au terme de son périple qui l'avait mené à la suite des Chams jusque sous les murs d'Angkor, Shikésa avait réussi à franchir les portes et se retrouvait maintenant mêlé à une équipe d'ouvriers travaillant au rempart de terre improvisé que l'on consolidait hâtivement au nord de la ville, dans l'espoir de retarder l'avance ennemie. Un bataillon d'archers khmers venait en catastrophe d'y prendre position. La bousculade était complète mais le brahmane avait là un bon poste d'observation.

Manœuvres et terrassiers avaient été réquisitionnés pour améliorer les défenses de la capitale. Épouvantés par la rumeur des combats et l'imminence de l'assaut ennemi, ils trottinaient de toutes parts, bousculant les archers, se prenant les pieds dans les armes, et renversant n'importe où les paniers de rotin remplis de terre et les fagots de bambou ou de buissons épineux dont ils étaient chargés. L'ouvrage n'avançait pas. Une femme, armée de pied en cap, dirigeait les opérations.

— Hâtez-vous, maladroits, paresseux, cria-t-elle. Aussi lents dans cette besogne que dans la construction d'un temple… Toi, imbécile ! c'est par ici et non ailleurs !

Dès son entrée à Angkor, deux jours avant la bataille, Shikésa avait pris place dans la foule hébétée des hommes employés à la construction du nouveau temple, au centre de la ville. Il s'était chargé de paniers de terre réunis par un balancier, affectant le zèle et trottinant comme les autres. Sur le site, il avait aussitôt reconnu Yaksa, la démonesse aux serpents. Ce ne pouvait être qu'elle. Tout à coup, dans le plus grand désordre, il avait dû courir avec son équipe à l'extérieur des murs pour élever un rempart de terre : la pression chame se précisait. La démonesse avait disparu quelques heures puis était revenue. Elle brandissait maintenant sa canne sans parvenir à se faire obéir.

— Allons, pressons, siffla la femme.

« Que de haine ! pensa Shikésa en remettant son fardeau sur son épaule. Mais la haine n'a jamais protégé une nation. Qu'attend Jaya ? De quel côté va-t-il intervenir ? Et que fait encore là cette femme dont le regard est un venin ? »

Un regard qu'il évitait de croiser de peur qu'il ne le brûlât, de peur aussi que Yaksa ne découvrît son identité. Mais un regard qu'il saurait soutenir ! Le sien aussi pouvait brûler, s'il le voulait ! Son rôle d'observateur lui pesait, le faisant bouillir d'impatience… Il avait dans les bras des démangeaisons de bretteur.

Le tempérament épique de Shikésa était exacerbé par le spectacle de la guerre. La guerre ! Il en aimait le vent et la fureur. Un temps pris de remords, il avait renoué avec les pratiques de l'ascétisme. Il était à nouveau maigre et sale. Mais les voix intérieures lui disaient de revenir aux plaisirs de la vie. Au reste, rien ne lui enlèverait la supériorité intellectuelle et morale que lui assuraient les austérités de jadis : il resterait toujours le guru, le précepteur respecté de son prince. Mais aujourd'hui la méditation n'était plus de mise.

Chaque jour il se sentait plus guerrier que brahmane. Était-ce son karma ? Expiait-il dans cette vie les forfaits commis dans une autre ? De l'ermite il n'aurait jamais que le masque. Traître à son état d'ascète, il avait fait le vœu de ne pas rejoindre son prince avant de retrouver l'épée sacrée. L'épée !… Il reprendrait sa quête plus tard. Pour l'instant, séduit par le mouvement de la guerre, il se voyait poussé, sans orientation, à travers le pays par une force inconnue, comme un bateau sans pilote sous l'effet de vents contraires. La curiosité l'avait conduit à suivre les brahmanes de la cour fuyant

Angkor, devenue ville maudite ayant renoncé aux dharmas au profit des démons. Puis les brahmanes s'étaient joints aux Chams dans l'espoir de retrouver leur rang une fois la ville conquise. Alors Shikésa avait décidé d'entrer dans la cité pour voir les démons à l'œuvre. Sa qualité d'ermite mendiant lui avait permis de passer sans encombre du côté cham au côté khmer. Cette fois il avait pris le masque d'un maçon. Il n'était plus qu'un pauvre manœuvre, sans identité : il avait défait son chignon et caché dans le morceau d'étoffe passé entre ses jambes en guise de pagne son cordon blanc de brahmane. Ne conservant de fesses que deux plaques flasques sans vigueur, les cheveux en désordre, amaigri, le teint noir sous son regard de souffrance, on ne saurait le reconnaître, lui le brahmane raffiné, souriant et disert, couvert d'onguents et de bijoux, le précepteur, guru du prince héritier, expert en littérature et professeur d'arts martiaux.

L'offensive chame progressait. Une pluie de flèches vint s'abattre sur le rempart en construction, tuant archers et terrassiers. Les conques et tambours de guerre retentissaient, annonçant l'arrivée des chars de combat. Les chars de combat ! Ainsi se présentait dans la réalité, sous un soleil de plomb, au grand jour, ce dont le brahmane avait toujours rêvé : une armée d'épopée, avec des chars de guerre attelés brillamment de coursiers blancs ou noirs, soulevant la poussière des chemins et des aires de bataille, dans le grincement des essieux et le martèlement des galops ; et des guerriers à char, superbes, armés d'arcs, de massues, d'épées et de javelots de métal, brillant d'or et de joyaux, tenant haut leurs enseignes. Ils s'apprêtaient à charger.

C'était une première dans l'histoire d'Angkor. Les cheveux du brahmane se dressèrent d'exultation.

— A vos postes, hurla Yaksa. Ils se concentreront sur la chaussée.

*

Shikésa se rappela ce que lui disait Angsha, le dresseur d'éléphants, sur la possibilité d'utiliser des chars de combat au Cambodge. Il fallait un champ de bataille adapté. On était loin de

Kurukshetra, le champ de bataille du *Mahabharata*, au nord de l'Inde, que les artistes khmers se plaisaient à représenter sur les bas-reliefs des monuments, notamment sur ceux du Grand Temple de Vishnu ; le Cambodge était parsemé de rizières et de forêts.

Peut-être les grandes clairières situées au nord de la capitale pouvaient-elles à la rigueur se prêter à des manœuvres rapides d'engins à roues. Ces espaces étaient en effet réservés au pacage des animaux — éléphants, chevaux, bœufs ou chèvres. Il n'y avait en bordure de plaine que quelques rizières, rares et petites, bien différentes des grandes rizières coupées de digues, aux récoltes annuelles multiples, que les experts en hydraulique et en irrigation concentraient au sud de la capitale.

La bataille aurait donc lieu au nord de la ville. Le roi Rudravarman IV avait dû étudier le terrain lorsqu'il n'était que Pariksit, ambassadeur cham à Angkor. Un de plus à avoir usurpé une royauté ! L'époque n'était pas tellement lointaine ; le temps avait passé si vite... On avait compris trop tard comment ce dignitaire cherchait alors à obtenir par ruse des documents que la princesse Devi s'appliquait à reconstituer dans la confidence des bibliothèques : les traités magiques, secret de la gloire d'Angkor, conservés pendant des siècles, perdus, peut-être retrouvés. Mais le dignitaire avait également prévu de se saisir un jour par la force des richesses du Cambodge. C'est alors qu'il avait choisi son champ de bataille pour la conquête de la ville : une plaine où il attirerait le plus gros des défenses khmères, les obligeant à combattre en terrain découvert, ce qui permettrait aux chars de combat de manœuvrer librement et d'écraser une armée composée essentiellement d'infanterie et occupée à protéger des éléphants dont l'effet offensif serait alors anéanti. Voilà pourquoi il avait créé ce corps de bataille. Rudravarman IV avait tout prévu. Le calcul était bon.

Shikésa fut tiré de ses pensées par une nouvelle volée de flèches qui cloua au sol un bon tiers des archers et des terrassiers khmers, le reste de la troupe s'égaillant dans toutes les directions comme un troupeau d'antilopes devant l'attaque d'un tigre en chasse... Le souffle épique revenait avec ses belles métaphores… ! Seuls restaient à leur poste une vingtaine d'archers parmi ceux qui avaient pu trouver protection derrière une palissade de bambous. Le bastion avancé, simple motte de terre improvisée au dernier moment dans l'imminence de l'attaque chame, était destiné à protéger la grande chaussée qui menait à la porte Nord. C'était le point le plus vulnérable. Tribhuvarman en avait dégarni les défenses au profit des riches monastères bordant le Baray oriental où était attendu le principal assaut.

Les archers se mirent à tirer, mollement, sans précision ni cadence, en direction des fantassins chams qui approchaient. Aucun trait ne portait. Shikésa constata tout à coup l'état désastreux de l'armée khmère : une fois les brahmanes partis et en l'absence d'instructeurs d'expérience connaissant les traités militaires, plus personne à Angkor ne savait incanter les armes. C'était pourtant une base essentielle des arts martiaux, surtout dans les traités d'archerie. La guerre était un art divin. Et, livrée aux démons, Angkor ne savait plus se battre. Sans doute était-ce pour pallier cette carence que le nouveau pouvoir royal avait imaginé de faire appel à des serpents.

Shikésa regarda en arrière. Yaksa n'était plus là. Un éléphant était venu la chercher. Il s'éloignait de son pas pesant. La démonesse rejoignait son roi dont un faible escadron d'éléphants avait pris position à la porte Nord.

Une rumeur lourde, presque un silence, celui de l'instant précédant les batailles, annonciateur de mort, avait empli la plaine. On croyait entendre l'angoisse des hommes. Les chars avançaient au pas. Puis retentirent les conques et, les uns après les autres, les cochers lancèrent leurs chevaux au galop.

Alors, dans un tumulte assourdissant pareil au grondement de l'orage, la charge commença. Armés d'arcs ouvragés, de javelots à hampe de métal, brillant de pierreries et de joyaux, brandissant leurs emblèmes incrustés d'or, les guerriers à char convergèrent vers la porte Nord. Les cris des blessés emplissaient l'air d'un concert de terreur. Le sang inondait la chaussée de ruisseaux rouges. L'infanterie khmère fut écrasée en un instant tandis que la cavalerie chame, montée sur ses grands chevaux à la robe noire ou argentée, surveillait les abords et poursuivait les fuyards. Le tertre de défense où se trouvait le brahmane avait été négligé par l'assaut.

*

— Le bruit est pareil à celui de l'océan déchaîné à la fin de l'âge d'un monde et le cri des guerriers semblable à des rugissements de lion, clamait Shikésa.

Il exultait. Il vivait enfin la bataille de Kurukshetra. Il avait son épopée. Il s'aperçut alors qu'il ne pensait plus qu'en sanscrit, en prose, puis en vers, en silence puis à voix haute, hurlant bientôt dans le vent et la poussière des strophes bien rythmées et conformes aux mètres des épopées classiques. Enthousiasmé, il voulut ramasser l'arc d'un archer mort, hésita, brandit l'arme, s'apprêta à tirer et se reprit : il ne pouvait participer au combat tant qu'il ignorait dans quel camp son maître, le prince Jaya, se rangerait. De plus, il livrerait son identité car le claquement de son arme et la précision de son tir ne manqueraient pas d'être remarqués. Mais que faisait Jaya ? On distinguait au loin dans la poussière la masse grise et mouvante de ses divisions d'éléphants.

Cependant, l'infanterie khmère n'était pas entièrement anéantie et les chars ne réussissaient pas à percer les dernières défenses de la porte Nord. La plupart avaient quitté la chaussée pour s'engager dans les terrains environnants où ils éprouvaient quelques difficultés à manœuvrer, cahotant sur des surfaces plus ou moins accidentées, jonchées de bois mort, entre des palmiers à sucre qui dressaient vers le ciel leurs fûts rectilignes, coupées de place en place de buissons épineux qu'ils devaient franchir en voltige au galop de chevaux affolés, dans un fracas de caisses renversées, de timons désarticulés et de roues qui se disloquaient.

Mais l'ensemble de la manœuvre était une réussite. Les bataillons khmers ne présentaient plus de cohésion. Encerclés, étourdis par le tournoiement des chars, assaillis par des nuées de flèches ou sabrés au plus près par les massues, les épées ou les haches de guerre, les fantassins ne savaient plus de quel côté tourner leurs armes. Les boucliers se brisaient sous l'assaut.

— Voyez ces coursiers rapides comme le vent, décorés de guirlandes d'or, joyeux ou enivrés par le combat, hurlait Shikésa au comble de l'excitation.

— Tuez, tuez, entendait-on crier de toutes parts.

Ces chars étaient comme la bouche ouverte de la mort. Cachés par la poussière, ils surgissaient soudain pour disparaître aussitôt. Shikésa avait de quoi nourrir son ton épique.

*

La porte Nord ne serait bientôt plus défendue. C'est alors que Tribhuvarman tenta une sortie. Quatre éléphants surgirent au pas de charge. Celui du roi ne se distinguait par aucun apparat particulier. Seuls trois parasols blancs indiquaient une présence royale. Au début des combats, ne sachant de quel côté elle devrait porter son action, la défense khmère avait laissé son état-major au centre de la ville, sur la place royale, dans l'attente de précisions. On pensait que la pression la plus forte se situerait sur le Baray oriental et au sud, là où se trouvaient les riches monastères et le Grand Temple de Vishnu — là où étaient gardés les biens les plus précieux du royaume.

Yaksa exigeait de participer aux conseils d'état-major. Elle orientait les décisions, coupait la parole aux officiers les plus expérimentés et voulait imposer sa propre stratégie comme si elle était la souveraine d'Angkor. Elle était en grande partie responsable de la confusion qui régnait. Le roi laissait faire, subjugué, comme toujours, par le pouvoir de la démonesse.

Tribhuvarman s'était rendu en catastrophe à la porte Nord dès qu'on avait appris que l'ennemi y concentrait ses forces, suivi — apprenait-on — à grande distance de plusieurs divisions d'éléphants, sorte de troupeau mal armé pour la guerre et que l'on n'arrivait pas à identifier. Le roi khmer avait sauté sur le premier éléphant venu et, dans la panique, avait ordonné à Yaksa de sortir de la ville pour en améliorer les premières défenses. Bientôt il avait assisté à l'offensive des chars et à la défaite de ses troupes. Il s'était alors réfugié derrière les murs. Moqué par Yaksa qui le traitait de lâche et ivre de fureur, il tentait une sortie.

— Viens par ici, roi maudit, hurla-t-il. Viens donc te mesurer au roi d'Angkor, roi des rois, protégé de Shiva, Soleil des Trois Mondes !

Shikésa comprit : le roi cham faisait son entrée sur le champ de bataille. Tribhuvarman le défiait dans les formes prescrites en déclinant ses titres. Sa voix un instant avait dominé le fracas des combats. Maintenant le brahmane n'entendait plus rien. Il déserta le rempart de terre d'où il avait jusque-là observé la bataille, progressa de buisson en buisson vers la zone des combats et se cacha dans un bosquet. De là, clignant des yeux au milieu de la poussière, il porta son regard sur la plaine. Où était Rudravarman ?

Enfin il aperçut l'équipage du roi cham. Un coup de vent venait de plaquer la poussière au sol. Les éléphants de combat avançaient d'un pas mesuré, luxueusement équipés. A l'arrière suivait l'éléphant blanc. Le spectacle était digne du *Mahabharata.* Les réminiscences épiques venaient d'elles-mêmes à la bouche. Shikésa ne résista pas à la paraphrase ; les yeux écarquillés d'admiration, il commenta la scène en citant les versets :

— Le voilà ! Voyez le roi du Champa monté sur son éléphant, un magnifique et excellent croc à la main !... les sept éléphants de sa suite, grands comme des montagnes, équipés de machines de guerre, de lances, d'arcs et de carquois, ornés de bannières, sont splendides. Rudravarman ! Voyez, scanda le brahmane à voix haute, voyez comme le roi resplendit avec son bel étendard de feu, son parasol blanc, son pendentif en or et son chasse-mouches en poils de yack. Il est, conclut-il en éternuant à cause de la poussière, il est sur le champ de bataille comme le soleil parmi les nuages... Mais où est l'éléphant blanc ? Ah ! le voici ! Il ferme le cortège.

Rudravarman avançait sans hâte, affectant — insulte suprême — de ne faire aucun cas des défis que lui lançait le roi khmer. De plus, ce dernier semblait cloué au sol avec sa monture. Ne pouvant progresser, il tonitruait et gesticulait en vain en direction du somptueux équipage.

A peine sorti de la ville, Tribhuvarman s'était heurté aux chars couverts de poussière sanglante dont le tournoiement continuait d'anéantir ses troupes parmi les armes brisées et les corps mutilés. Juché sur sa monture, un colosse gris sombre aux défenses courtes, entouré de tous côtés par les chars, le roi khmer fumait de rage. « Une fureur, pensa Shikésa, pareille au feu couvant dans une forêt au sommet d'une montagne… » Soudain pris de peur, l'éléphant, un simple éléphant de rang sans expérience, refusa d'aller plus avant et se retourna d'un seul coup pour fuir. Fou de haine, le front plissé et le regard de cuivre, Tribhuvarman vociféra, tournant sa hache de guerre en tous sens :

— Lâche! Roi lâche! Arrive donc! Roi maudit!

Un brusque écart de sa monture faillit le jeter à terre. Ne sachant plus que dire, le roi passait sa langue sur ses lèvres et sifflait tel un serpent, cherchant à projeter sa virulence au loin, comme un venin.

Alors du cortège cham s'éleva un grand éclat de rire qui s'enfla, se communiqua au reste de l'armée, portant ses ondes au-delà des collines. Parasols, emblèmes, étendards et chasse-mouches vacillaient de gaieté. Mêmes les éléphants, trompe dressée et œil brillant, de leur bouche ouverte sous les défenses gainées d'or, semblaient secoués d'hilarité. Les orchestres royaux, conques, tambourins, harpes et flûtes, commencèrent à jouer comme pour scander les rires.

Debout sur un char renversé, non loin du rempart de terre où l'on ne comptait plus que des cadavres, Shikésa gesticulait, hurlant dans la cohue :

— Honte sur nous! Honte sur Angkor, à jamais! Angkor lourde de crimes et de honte! Où est l'honneur des kshatriyas? Angkor, risée de l'Univers!

Alors dans le lointain, surgissant de la poussière des combats, l'armée de Jaya, dans un immense barrissement, se mit en marche.

CHAPITRE 43

Le roi cham s'était dressé. Son rire tournait à la grimace :

— Que se passe-t-il ? Envoyez des estafettes. Qu'on observe les manœuvres du prince. Qu'on découvre ses intentions !

Trois officiers de l'escorte partirent au galop.

La situation devenait confuse. Dans les nuages de poussière soulevés par l'ardeur des combats, il était difficile de suivre dans leur ensemble les mouvements des différents corps de troupe. Rudravarman sentit les rides de l'inquiétude envahir ses traits. Aurait-il commis une erreur ?

Lettré, fin politique, rompu aux raffinements de la culture indienne, versé dans les traités de stratégie et de gouvernement, philosophe et poète à ses heures, il se savait l'homme le plus averti du Champa. C'était un intellectuel, homme de cabinet dont la pensée souvent abstraite voulait changer le cours des choses. Sa décision était toujours la bonne : la vie des hommes ne pesait guère face à un manuscrit bien pensé. Il comptait ses échecs sur les doigts de la main. Toujours il les avait retournés à son avantage. Son objectif : les traités magiques et les richesses d'Angkor. Il les aurait.

— Aurais-je été trompé ? murmura-t-il, furieux. Où est le général en chef ?

Il reprit ses réflexions. Trahison du général ? Plutôt trahison de ses conclusions… Il avait misé sur le fait que l'armée de Jaya n'interviendrait en aucun cas. Que pouvait-il craindre du ramassis de sauvages armés d'arcs et de pieux, sans discipline ni observance des règles de la guerre, dont ses espions avaient fait la description ? Ou de ces troupes d'éléphants de tous âges, mal dressés, sans harnais dignes de ce nom ni machines de guerre, balistes ou autres ? Une armée sans musique, sans parasols, sans emblèmes ni chasse-mouches n'était pas équipée selon les préceptes.

Jaya l'avait suivi de loin. Il n'était là que pour observer. Sans doute viendrait-il se mettre à ses pieds le jour où il aurait pris Angkor pour mendier les fruits de la victoire chame comme s'il ne s'agissait que d'une reconquête khmère. On aurait de quoi rire ! Des miettes ! Il n'aurait que des miettes... Mais l'homme restait insaisissable. Rudravarman IV se rappelait le prince muet, aux yeux mi-clos, impénétrable, risée de la cour, gauche et souvent ridicule, ce prince toujours absent qu'il avait connu quand il était ambassadeur à Angkor.

— Au rapport ! hurla-t-il à un officier qui passait au galop.

Sa voix se perdit dans le vent. L'officier prenait une autre direction.

Après le refus poli qu'avait opposé Jaya à sa proposition d'alliance, plusieurs messagers avaient été dépêchés auprès du prince pour lui demander ses intentions. Ils avaient tous été renvoyés dans les formes prescrites, avec les honneurs prévus dans les traités, et pour toute réponse des cadeaux. Et quels cadeaux ! Des cadeaux de misère ! Pièces de soie grossière d'artisanat local, poteries, jarres d'alcool imbuvable, armes de chasse de facture rudimentaire... Rudravarman les avait reçus en riant, comme une manifestation de niaiserie plus que d'insultante ironie.

Les yeux plissés, il récapitulait les indices qui auraient pu le mener à l'erreur lorsque des hurlements le tirèrent de sa réflexion. Le vent de la panique s'était mis à souffler. Des ordres contradictoires fusaient de toutes parts.

— Faites amener un escadron de chars !

— Trop tard !

— Attention, Sire, ils arrivent !

— Deux éléphants et une section d'infanterie pour protéger le roi !

— Demi-volte ! Balistes en batterie !

— Ne tirez pas. Laissez-les approcher !

— Sauve qui peut ! Ce sont des éléphants en rut. Rien ne peut leur résister.

La terre tremblait. La confusion était totale, la belle ordonnance de l'équipage royal rompue, l'orchestre débandé. Officiers, soldats, musiciens couraient en tous sens ; certains s'efforçaient d'atteindre les branches basses d'un arbre pour s'y réfugier.

Les éléphants d'escorte de l'équipage royal prenaient le pas de charge, fuyant en des directions opposées. Les divisions d'infanterie et de cavalerie qui avaient été dépêchées au début de la bataille pour contenir Jaya au cas où celui-ci s'aviserait d'intervenir venaient d'être débordées. L'état-major cham était à la merci d'une horde furieuse qui parvenait à son niveau.

Tout à coup, le roi aperçut un grand éléphant gris, harnaché de rotin, qui fonçait sur le sien, oreilles basses, trompe roulée entre deux défenses à moitié recourbées. Il reconnut l'emblème, le bel emblème à l'oiseau Garuda, le seul qui parût dans le désordre de la charge !

— Injit ! cria le roi, ce ne peut être que lui ! Le prince Injit !

Les yeux révulsés de colère, il se mit en position de combat.

*

Injit stoppa à moins de deux toises du roi cham. La monture de ce dernier était la meilleure. La légende disait qu'aucune autre ne pouvait l'affronter au combat. Habile et insensible à la fatigue, elle était capable de se placer hors d'atteinte des armes qu'on lui jetait ou de les supporter sans dommage. Rudravarman décocha plusieurs traits qu'Injit réussit à parer à l'aide de son croc, la seule arme dont il disposait pour l'instant, n'ayant pas eu le temps de se saisir de son arc ou de ses javelots. Le duel s'annonçait difficile.

Injit prit sa décision : d'un bond il fut à terre et s'engouffra sous le corps de l'éléphant ennemi. Placé entre les membres du colosse il le frappait de son arme à coups redoublés. L'animal commença alors à tournoyer à toute vitesse comme la roue d'un potier, entraînant

Injit avec lui et le projetant au-dehors. Le prince khmer était à la merci de son adversaire.

Échevelé, couvert de sueur, Shikésa assistait à la scène. Enfin la situation devenait claire : Jaya attaquait les Chams. Transporté par le tour que prenait la bataille, il utilisait le terrain avec adresse, sautait d'un char brisé à un monticule de cadavres pour rejoindre au plus vite l'endroit où le combat était le plus ardent. Il avait reconnu l'emblème du prince et se précipitait à son secours : la situation d'Injit était désespérée ; mais les traités d'arts martiaux avaient prévu le cas ; il y avait une parade :

— Injit ! Injit ! tiens bon ! hurla-t-il. Souviens-toi ! L'anjalikaveha ! Souviens-toi du traité. Passe à nouveau sous l'éléphant.

« Qui parle ? se dit Injit… Est-ce un appel céleste ? »

A cette voix sortie de la tourmente, où il lui semblait reconnaître le ton du précepteur, maître en arts martiaux, comme aux jours anciens de l'instruction, le prince avait tourné la tête. L'éléphant profita de l'instant pour le frapper de ses genoux, abaissa sa trompe et l'enlaça violemment par le cou, s'apprêtant à le tuer. Le prince était perdu.

— Malheur ! Injit a été tué, se lamenta le brahmane en cherchant une arme parmi les cadavres et en bondissant vers le lieu du combat.

Entre-temps l'éléphant d'Injit avait chargé. Le choc donna un son mat qui fit trembler la terre. « Les deux masses se sont heurtées comme deux montagnes lors de la fin d'un monde », pensa Shikésa, reprenant espoir en même temps que son ton épique. Dressée sur son arrière-train, la monture du prince khmer avait posé ses deux membres avant sur le dos de l'animal ennemi. Le roi cham assistait à la destruction de la chaise et de son attirail de guerre ; armes, boucliers, carquois, parasol et emblème furent brisés, le roi échappant de justesse à la trompe qui voulait le saisir et aux coups de pied qui tentaient de l'écraser. Il perdit l'équilibre et se rattrapa à la sangle, suspendu dans le vide. Le cornac était mort.

Surpris par cette attaque, l'éléphant royal avait lâché prise. Injit put alors obéir à la voix du brahmane et se précipita à nouveau sous le ventre de l'animal, refuge utile qui lui permit un court instant de reprendre ses sens. Puis, sentant que la situation changeait, il sauta sur le dos de sa monture. Son croc était resté à terre. Il se hâta d'encorder son arc et prit une flèche armée de fer, lourde et bien équilibrée, au bel empennage de plumes de héron.

Les deux colosses se tenaient maintenant par la trompe, écrasant dans leur lutte tout ce qui se trouvait sous leurs pas. L'éléphant khmer, plus petit, aveuglé par le sang qui lui coulait du front, reculait, dérapant de ses quatre membres sur le sol jonché d'armes brisées. Injit banda son arc et incanta le trait. La flèche atteignit l'animal au front comme la foudre frappant une montagne et pénétra son corps jusqu'à l'empennage, tel un serpent entrant dans une termitière.

— Victoire! hurla Shikésa, ne sachant plus à quel chant du *Mahabharata* il devait se rapporter pour célébrer l'action d'éclat.

Alors l'éléphant d'Injit se retourna, prit du recul, revint à la charge, transperça de ses défenses courbes le flanc de son adversaire et l'étendit à terre. Le robuste animal expira en poussant un barrissement de détresse. L'épée au poing, Injit s'apprêtait à bondir sur Rudravarman lorsqu'un char de combat lancé au grand galop surgit de la mêlée. Alentour, la bataille faisait rage. C'était le général en chef qui volait au secours de son roi.

— Santanu! Traître! Par ici, cria Injit qui l'avait reconnu.

— Plus tard, Injit, plus tard! Nous aurons l'occasion de nous revoir.

Le char arriva comme la foudre, puis ralentit au niveau de l'éléphant mort. D'un geste acrobatique Santanu saisit la main du roi, l'embarqua en voltige et, reprenant sa course au grand galop, disparut dans la poussière.

Shikésa se mit à rire :

— Nous voilà repartis pour une guerre. Injit, tu as encore beaucoup à apprendre. Il faut être plus rapide. Rapide comme la pensée. Au combat, c'est une question de survie et de victoire.

Le prince gardait les yeux rivés sur la direction qu'avaient suivie les fuyards. Alors le brahmane se retira et observa le champ de bataille. Au loin, le prince Jaya, très calme, allait au pas majestueux de Kako l'éléphant, distribuant ses ordres à des estafettes qui allaient et venaient. L'affaire n'était pas terminée. Aucun parasol, étendard ou chasse-mouches. Seul l'emblème du singe indiquait la position du prince. Plus loin, Angsha sans doute, toujours lui, qui regroupait ses éléphants pour une nouvelle charge. Il restait beaucoup de chars à détruire et l'infanterie des tribus n'était pas encore entrée en action.

L'emblème du singe, l'emblème de Jaya ! de Jaya victorieux ! Shikésa voulut se précipiter. Puis il se rappela son vœu : ne pas rejoindre son prince tant qu'il n'aurait pas retrouvé l'épée sacrée. Il se cacha de sorte qu'Injit ne pût plus le voir. Dans les décombres d'un char, il trouva cependant un arc, un très bel arc ciselé d'or et décoré de plaques d'ivoire ainsi que plusieurs carquois bien remplis. Il l'encorda, puis l'essaya, le bandant à l'extrême. Par précaution aussi il s'empara d'une épée admirable, sertie de pierreries et sûrement de lame excellente. Avec les carquois cela ne serait pas lourd à porter.

Alors il choisit un poste de tir et commença à décocher des flèches sur les chars qui passaient à sa portée.

« Enfin, se dit-il, la guerre ! et la jouissance des armes ! Que de guerriers ont été aujourd'hui engloutis dans l'autre monde… »

Tous ses coups portaient. Le bruit de la corde heurtant la paume de sa main claquait comme le tonnerre. Et il se mit, scandant ses tirs, à réciter des vers :

« On voyait des centaines et des milliers de chars aux essieux et aux équipements brisés, d'autres aux roues broyées…

« … de chars démolis avec leurs parois protectrices brisées et leurs guerriers morts, de flèches, de belles cuirasses fendues, de lances

« … de massues, de javelots, de flèches à tête de pierre tranchante, de fonds de char, de carquois, de roues cassées, d'une multitude d'arcs, d'épées, de têtes ornées de boucles d'oreilles

« … de courroies protectrices, de protège-doigts, d'emblèmes effondrés et d'arcs

« … réduits en morceaux… Des centaines et des milliers de chevaux avec les guerriers qui les montaient gisaient sans vie… »

CHAPITRE 44

La porte Nord était refermée. L'infanterie khmère se massait en désordre sur les remparts. Le spectacle était grandiose.

— Voilà la victoire, dit le roi à Yaksa.

— Il conviendra de laisser croire au peuple que tu étais de connivence avec Jaya... Car c'est bien de lui qu'il s'agit.

— Cela valait certes mieux que tes bataillons de cobras pour l'offensive et tes douves remplies de crocodiles pour la défensive.

— Ils seront bientôt prêts, rétorqua Yaksa sur un ton offensé. Et tu verras qu'ils te seront utiles un jour.

Sur les remparts les citoyens d'Angkor venaient de plus en plus nombreux se mêler aux hommes de troupe. Le champ de bataille les soulevait d'enthousiasme : de clairière en clairière il s'étendait jusqu'à la rivière, jonché des débris de l'armée chame. Leur ville était sauve et le roi Tribhuvarman triomphait. Le petit peuple ne manquerait pas de lui attribuer le bénéfice de la victoire.

Les charges d'éléphants touchaient à leur fin. Les chars de Rudravarman n'avaient pas résisté à la tactique développée par Angsha; tout s'était passé comme prévu : au moment voulu, on avait lancé à vive allure et en grand nombre des éléphants à moitié dressés sur un ennemi bien armé certes, mais encombré de parasols, de chasse-mouches, d'orchestres, de bagages et de personnels de tous ordres, paralysé surtout par les préjugés venus d'un respect aveugle des formes prescrites par les traités de tactique militaire dont le code des kshatriyas refusait la transgression.

Angsha privilégiait un seul point du dressage : le rappel des animaux à coups de conque et leur regroupement rapide en vue d'un nouvel assaut. Leur seule masse occupant le terrain interdisait à l'adversaire toute possibilité de mouvement. Hommes et chevaux étaient culbutés.

Il restait cependant quelques points de résistance. A l'ouest, l'action n'était pas entièrement terminée. Devant la tournure que prenaient les combats, les guerriers à char les plus avertis trouvaient le moyen de se mettre à l'abri des éléphants. Plusieurs escadrons avaient réussi à franchir une succession de ravins dont la barrière arrêterait l'élan des charges. Certains avaient emprunté une large digue qui menait au Baray occidental et se terminait dans les rizières ; au-delà, ils retrouveraient un terrain favorable à leurs évolutions et, en faisant un détour par le nord, revenir sur le lieu du combat.

C'est alors que l'infanterie de Jaya, composée des hommes des tribus jusque-là tenus en réserve, entra en action. Ces hommes frustes, habiles à la course et rompus à l'art de la chasse étaient armés d'arcs de moyenne portée et d'une très grande provision de flèches munies d'une pointe de pierre dure solidement ligaturée et bien empennées de plumes de héron. Bien que de fabrication rudimentaire, de tels projectiles n'en étaient pas moins meurtriers.

La tactique mise au point par Injit allait à son tour faire ses preuves : chaque chef de section repérait dans la confusion du combat un élément ennemi qu'il voulait attaquer : cavalier, officier supérieur à éléphant ou, en l'occurrence, char de combat. Il désignait sa cible par le tir d'une flèche enduite de résine et enflammée au feu que portait à ses côtés un assistant. Il criait au préalable le mot de reconnaissance de sa section afin d'attirer l'attention de ses hommes et annonçait : « Alerte ! Concentration ! Observez mon tir ! » Tous les hommes de sa section tiraient leurs flèches en même temps, puis en cadence accélérée sur la cible ainsi définie.

Au début, lors des premiers exercices, les officiers s'étaient moqués de cette nouvelle tactique qu'ils disaient contraire aux règles de la guerre ; il en fallait plus, affirmaient-ils, pour neutraliser un ennemi bien armé et déterminé. Aujourd'hui ils en reconnaissaient l'efficacité : incapables de résister à ces volumes d'impacts, les chars étaient détruits les uns après les autres ; les chevaux étaient aveuglés et blessés, les guerriers perdaient la maîtrise de leurs armes et les cochers celle de leur attelage. S'ils ne prenaient la fuite à temps — pour aussitôt tomber sous un nouveau tir de concentration —, ils étaient dans l'instant assaillis et tués.

La grande idée de Rudravarman d'utiliser des chars de combat sur le sol du Cambodge se soldait donc par un échec. Comme beaucoup d'hommes trop instruits, le roi cham avait préféré les connaissances livresques au réalisme quotidien : les traités de stratégie auxquels il se référait étaient indiens, et il était impossible d'adapter à la géographie du pays khmer la tactique militaire qui avait permis le triomphe des Aryens dans le nord de l'Inde. Incapables de manœuvrer avec rapidité en dépit du choix du terrain, au reste plus ou moins favorable et beaucoup trop étroit, les chars avaient été écrasés par les charges d'éléphants.

Les derniers escadrons étaient maintenant mis hors de combat par les tirs de concentration. Les corps de fantassins commis à la protection rapprochée des chars étaient insuffisants : bousculés par les charges, ils ne pouvaient manœuvrer, et plus nombreux ils auraient embrouillé une situation déjà inextricable. La supériorité numérique de Jaya était écrasante.

A l'ouest du champ de bataille, les archers tchong terminaient le travail commencé par les éléphants. Les tirs de concentration fusaient avec une efficacité redoutable. Le succès était complet.

*

Après avoir sauvé Rudravarman IV de la vengeance d'Injit, Santanu avait constaté l'ampleur du désastre subi par l'armée chame. Il donna aussitôt l'ordre de dételer les chevaux et de les laisser libres, partout où ses estafettes pourraient atteindre les quelques escadrons de chars disséminés dans la plaine. On espérait que ces chevaux pourraient rejoindre les forces chames se repliant vers l'est. Ordre était transmis à un peloton de cavalerie de tenter de les regrouper en évitant le contact avec les Khmers; mission : leur faire traverser la rivière, à l'est, et rejoindre la colline du Phnom Kulen où l'état-major royal pensait trouver un refuge provisoire.

Le soir tombait. La plaine était parcourue par des hordes de chevaux fous fuyant la tourmente, les uns libres de leurs traits, les autres traînant à leur suite des timons renversés de chars brisés dont les débris se répandaient de place en place au rythme des galops qu'aucun frein n'arrêtait et des obstacles qu'il fallait éviter ou franchir en cascade, fossés, talus, éléphants morts, champs de cadavres et buissons.

Des lueurs apparaissaient à l'ouest, ici et là. Dans ce secteur les tirs de concentration se faisaient intenses. Les flèches enflammées des chefs de section avaient mis le feu à une jungle desséchée. Une brise annonciatrice d'ouragan plaqua la poussière au sol avant de la soulever en nuages. Bientôt l'horizon s'embrasa. Puis les mèches se mirent à courir en direction de l'est, ajoutant à la tourmente.

Le gros de l'armée princière se repliait au nord. Des remparts Tribhuvarman pouvait distinguer au loin entre des panaches de fumée le grand éléphant gris de Jaya, toujours très calme au milieu de ses troupes. Les restes de l'armée chame se hâtaient vers l'est pour passer la rivière.

Santanu avait mis son cheval au pas. Il était à trois portées de tir des remparts et observait la retraite des chevaux fous qui, l'œil en feu et couverts d'écume, se laissaient conduire par des cavaliers. Lui-même ne tarderait pas à se retirer. Sa monture enjambait des cadavres. Alors il se surprit à sourire méchamment au spectacle de la bataille perdue :

— La défaite aussi a son esthétique, ricana-t-il.

Soudain son rictus se changea en rire à la pensée que la princesse Devi était restée seule au camp, dans les montagnes, avec les femmes et les enfants. Chacun avait remarqué que l'armée de Jaya n'avait ni intendance ni chariots, rien de la cohue qui d'ordinaire suivait les armées avec orchestres, danseuses, concubines et autres. Jaya avait bien dû laisser ce monde-là quelque part. Il irait voir. Alors, il aurait tout loisir d'enlever la princesse : ses chevaux seraient toujours plus rapides que les éléphants. Son rire redoubla.

Sa main gauche chercha sous sa cuirasse de cuir l'épaisseur des traités magiques qu'il avait confiés à la chaleur de sa poitrine. Ils étaient toujours là. Son secret, sa force et bientôt son triomphe.

C'est alors que son cheval se cabra. Il venait de sentir le choc de plusieurs flèches ricochant sur sa poitrine. Sa monture était touchée.

*

Du haut des remparts, Yaksa et Tribhuvarman observaient la scène :

— Vois ce fou qui parlait seul au milieu des cadavres, dit Yaksa. Il a tiré sur le général.

— Il fait des gestes comme au théâtre. On dirait qu'il déclame.

— Ah ! le général est touché. Son cheval s'écroule !

— Qui est ce cavalier ? Il se promenait comme pour passer une inspection. Lui aussi semblait parler tout seul. On entendait une sorte de rire.

— Attention, le gueux brandit un arc ! Ça y est, il tire encore !

*

Shikésa avait hésité à tirer. Lui aussi se demandait qui était ce cavalier isolé, cet officier, prince peut-être, qui passait là sans protection et sans emblème. Le dharma interdisait de combattre un homme désarmé ou qui passait sans emblème. Les Chams étaient vaincus et il n'avait plus que son prince à protéger. Pourquoi ce démon du combat ? Il devait à son tour se retirer. S'accroupissant pour se cacher, il se prit à murmurer des versets adaptés à la circonstance.

Tout à coup Santanu fut sur lui, l'épée haute et toujours riant. Le brahmane roula de côté, évitant le coup, et dégaina. Son arc était brisé. D'un bond, il s'était relevé. Les lames s'entrechoquèrent.

Alors commença un combat étrange dans la lueur crépusculaire de l'incendie se mêlant au couchant. Chaque coup était paré, de taille, d'estoc, en tourniquet, accompli dans les règles prescrites par l'escrime la plus savante. La parade était un art égal à celui de l'attaque, l'escrime une science égale à celle de la danse. Aucun des combattants ne prenait l'avantage. A l'est, des nuages aux formes fantastiques s'amoncelaient au-dessus des faubourgs désolés de la ville, progressant peu à peu sous l'effet de la brise vers le ciel sanglant de l'ouest dont on ne savait plus s'il devait son éclat aux dernières lueurs du jour ou aux flammes de l'incendie. Les combattants bondissaient sur place, prêts à s'envoler pour mieux fondre sur l'adversaire.

— Qui es-tu ? siffla Santanu dans l'effort du combat. Qui es-tu sous ce masque de gueux ? Tu as tué mon cheval. Ah ! Tu ne m'attendais pas si vite !

— Ne me reconnais-tu donc pas ? répondit le brahmane en une succession de souffles accompagnant ses coups. Ne me reconnais-tu pas ? Toi, ministre félon, traître à ta patrie, assassin de ton roi, prince sans emblème ! Regarde-moi ! Je te tiens ! Tu as tué le divin Dharanvarman, père de mon prince Jaya ! Tu fus complice de Purocana, l'usurpateur, devenu Tribhuvarman, qui se dit Soleil des Trois Mondes ! Rappelle-toi tes crimes, et expie.

Santanu sifflait de plus belle, dardant sa langue comme un serpent prêt à jeter son venin :

— Qui es-tu donc ? Car je te vois versé dans la science des armes mieux que quiconque ! Prince ? kshatriya ? ou brahmane ?

— Ne reconnais-tu point le précepteur ? C'est moi, Shikésa, le précepteur, moi qui t'ai instruit aussi dans l'art des coups que tu veux me porter.

Pendant qu'ils combattaient le soleil se coucha, et vint le moment terrible du crépuscule, quand, jusque dans la paix, la nuit fait frissonner les créatures. Les combattants se trouvaient maintenant au milieu de chevaux qui, épuisés, allaient au pas, recherchant leur chemin. Le tonnerre gronda, puis claqua, illuminant le champ de bataille d'un feu blanc, et l'on sentit l'odeur de la foudre rose comme sortie d'un poumon sulfureux. Santanu était à terre. Shikésa lui tenait son épée sur la gorge.

— Retourne chez ton maître, murmura le brahmane d'un ton de compassion. Et accomplis ta traîtrise. Je te laisse la vie. Quant à moi, j'irai vers mon karma. Nous nous retrouverons peut-être et reprendrons ce combat.

*

Tandis que Santanu disparaissait dans la nuit en tentant de rattraper un cheval, le brahmane prit le chemin du nord. La lune à l'instant se levait. L'incendie faisait rage. Alors Shikésa prit son souffle et tout en parcourant le champ de bataille, enjambant les cadavres et les armes brisées, chanta une nouvelle fois le *Mahabharata* :

« ... ils resplendissent d'un tel éclat que les morts eux-mêmes semblent vivants. Vois la terre jonchée de leurs flèches à tige d'or, de leurs diverses armes tranchantes, de leurs montures et de leur armement. La terre est magnifique avec ces armures, ces boucliers, ces rangs de perles, ces têtes parées de boucles d'oreilles, ces turbans, ces diadèmes, ces joyaux de couronne... La terre scintille comme un ciel d'automne parsemé d'étoiles. Les princes dorment sur cette terre qu'ils étreignent de tout leur corps comme une femme aimée. Vois ces guerriers qui enlacent la terre de tous leurs membres, les cheveux couverts de poussière, le corps transpercé de flèches... Vois comme la surface de la terre est repoussante, pleine d'éléphants, de guerriers à char et de chevaux abattus, couverte d'une épaisse boue de sang, de graisse et de chair qui fait la joie des rôdeurs de nuit... »

Il venait d'apercevoir quelques ombres : pillards déjà, fauves, rapaces, chasseurs d'un fiel facile à prendre sur des cadavres chauds? Ici il n'était point besoin d'ensevelir les morts comme en d'autres contrées. Depuis toujours, on laissait les cadavres en pâture aux animaux de la jungle.

Il se détourna. Son karma le poussait ailleurs. Il tremblait de toutes les fibres de son corps, son esprit embrouillé comme tout au long de la bataille dans les vers d'épopée qui lui venaient aux lèvres. Il ne pouvait être ascète, il aimait trop la guerre où la mort donne un sens à la vie, et aussi le péché qui donne à la vertu son regain.

Il était fait pour les grandes actions. Précepteur et maintenant guru du prince Jaya, il le pousserait à la gloire. Pour l'instant il lui fallait reprendre la quête de l'épée. Sur cette terre des princes et des rois venaient de s'affronter pour la conquête d'une épée qui peut-être n'existait plus. Il se mit à chanter cette bataille en vers sanscrits, improvisés en longues strophes de bonne métrique. Ce serait la bataille du Preah Khan, la bataille de l'épée sacrée.

CHAPITRE 45

Plusieurs équipes d'ouvriers s'activaient sur la place royale, en face du palais.

— La fête est pour ce soir ! Allons, de l'énergie ! dit le contremaître. Il est temps de se mettre au travail.

Le montage de la grande estrade de bois dur, assemblée par tenons et mortaises, était presque terminé. Elle était finement sculptée de sujets divers où l'on reconnaissait, au milieu d'entrelacs de feuillage, des nagas, des garudas, des lions et des monstres de toute sorte. Elle était si large qu'elle pouvait accueillir un millier de personnes. Les ordres des contremaîtres, les altercations des manœuvres, les coups de maillet ou d'herminette, les cris des charretiers et des cornacs, les jurons et les rires emplissaient l'atmosphère du tumulte des jours heureux.

La fête ! Angkor renouait avec ses traditions.

En face de l'estrade, un peu plus loin, à une distance de vingt toises, se dressaient six échafaudages de bambous solidement liés avec du rotin. On y placerait les pétards et les fusées qui le soir réjouiraient la population. Les Khmers aimaient le bruit et la lumière.

Dhari descendit de la charrette surchargée de fleurs blanches sur laquelle elle avait pris place. Elle menait un convoi d'une dizaine de ces légers véhicules à deux roues retenus par des arceaux de bois, au bâti triangulaire reposant sur un essieu, et munis sur les côtés de patins destinés à maintenir l'équilibre lors du passage de régions inondées. Attelées à deux bœufs au joug de garrot et menées par un bouvier expérimenté, ces charrettes pouvaient passer partout.

Le déchargement commençait.

— Enfin les fleurs ! et les lanternes ! Il était temps, s'impatienta le contremaître.

— Vous en avez plus qu'il n'en faut, répliqua Dhari en riant. Je parle des fleurs. Les lanternes viendront plus tard.

Traditionnellement, l'estrade devait être entièrement recouverte de lanternes et de fleurs. Mais cette fois, pour la renaissance des beautés de la ville et dans un esprit de retour au bonheur, le petit peuple et la noblesse avaient voulu que la fête fût particulièrement splendide. On ne lésinerait pas sur la décoration. Il n'y avait pas eu de réjouissances depuis si longtemps.

— Tout est là, dit Dhari en compulsant la feuille de palmier sur laquelle les comptes étaient inscrits. Les fleurs sont fraîches, coupées de ce matin. Les cierges et les lanternes seront livrés tantôt, les mandarins et les nobles s'en chargent.

— Tantôt, tantôt ! gronda le contremaître, il les faudrait tout de suite.

— Vous les aurez à temps, ainsi que les noix d'arec... La dépense, comme vous le constatez, a été considérable.

Depuis la victoire sur les Chams, Dhari avait repris ses activités de commerce dans la petite maison aux abords du marché. Elle ne se rendait plus au monastère qu'à l'occasion, pour informer la reine Chudamani et la princesse Indra des nouvelles de la ville. Les affaires redémarraient. Le marché ne désemplissait pas et il convenait de profiter de cette nouvelle boulimie des Khmers pour les bienfaits de la vie. Commerçante dans l'âme comme beaucoup de femmes khmères, Dhari ne cessait de multiplier les transactions commerciales, achetant et vendant de tout.

Dès la fin de la guerre, elle n'avait pas manqué de se rendre à la ferme familiale, abandonnée depuis si longtemps et qu'elle avait trouvée en piètre état : il n'y avait plus d'éléphants ; le système d'irrigation était hors d'usage et les rizières ne donnaient plus qu'une maigre récolte par an ; des bandes de soldats insoumis, appartenant officiellement à l'armée royale mais n'agissant que pour leur propre compte, avaient enlevé le bétail qui restait. Le régisseur avait fui. Du moins l'exploitation avait-elle échappé au pillage lors de l'invasion chame. On n'avait aucune nouvelle d'Angsha depuis le passage d'Injit à Angkor, aux jours funestes de l'attaque du palais par les démons, lorsqu'on avait dû se réfugier dans le monastère, avec la reine mère et les princesses; puis le prince était reparti pour la brousse, emmenant avec lui Devi et Shikésa. Il y avait de cela déjà bien longtemps. La rumeur disait que le dresseur d'éléphants occupait une place importante dans l'armée du prince Jaya. Dhari cependant n'avait aucun détail et, prenant son mal en patience, s'appliquait à restaurer les affaires de la ferme. Mais, il fallait au préalable retrouver une aisance financière. La paix était revenue. L'enthousiasme des citadins pour la fête et la ripaille offrait une occasion à ne pas manquer. Dhari s'y employait avec talent. Tous les soirs elle faisait ses comptes avec soin.

— Où sont les pétards et les fusées? s'inquiéta à nouveau le contremaître en désignant au milieu de la place les échafaudages de bambous auxquels les ouvriers mettaient une dernière main.

C'est de là que partirait le feu d'artifice, avec explosions de bombes grosses comme des pierriers et dont le fracas ébranlerait la ville, à la grande joie du peuple. Le matériel était importé de Chine.

— Il les faut avant la nuit, insista le contremaître, on ne peut les installer au dernier moment.

— Les Chinois sont de retour depuis peu, expliqua Dhari. Sollicités de toutes parts, ils reprennent peu à peu leurs activités dans la plupart des secteurs commerciaux. Les routes terrestres étant coupées, les approvisionnements se font par voie de mer, puis par le fleuve et le Grand Lac. Les jonques de commerce ne sont arrivées que depuis trois jours. Comptez sur les Chinois, ils sont toujours là quand il y a quelque argent à gagner.

— La paix les fait accourir aussi vite que la guerre les fait fuir, ajouta le contremaître, ne voulant pas se trouver en reste devant les commentaires de son interlocutrice.

Dhari resserrait son sampot qui, dans son agitation de femme d'affaires, s'était à moitié défait. Ces nouvelles activités la rajeunissaient. Il faisait chaud. Le soleil déjà haut illuminait la place. Des gouttes de sueur perlaient sur sa poitrine dont les seins brunis, d'un arrondi parfait, gardaient une fermeté qui résistait aux gestes dont elle ponctuait ses discours. Elle s'essuya le front, roula sa feuille de palme et rangea son boulier. Les comptes étaient bons. Tout était en ordre.

Le contremaître ne semblait pas insensible à cette jeune femme qui menait si bien ses affaires et dont le regard étincelait d'une intelligence vive. Il s'attardait auprès d'elle. Ce soir, après le bain, elle mettrait son plus beau sampot et ceindrait sa coiffure d'un diadème de fleurs blanches. Il espérait la rencontrer à la fête. Avec gentillesse Dhari lui offrit une feuille de bétel et une noix d'arec. L'homme remercia et se mit à chiquer.

— Je compte sur vous, dit-il.

— N'ayez crainte, tout sera en place.

— Je compte sur les pétards, certes... Mais aussi sur vous. Viendrez-vous à la fête ?

— Je pense que oui.

— Les dignitaires se sont-ils montrés généreux ?

— Ils contribuent avec des cierges et des noix d'arec. Mais cette fois-ci peut-être plus que de coutume.

— La fête sera magnifique... Grâce à vous. Et avec vous...

Le contremaître fut interrompu par le fracas d'un échafaudage de bambous qui s'écroulait. Il devait aller voir. Dhari avait fini son travail. Elle prit appui sur une charrette et s'attarda quelques instants au spectacle de la ville qui renaissait.

L'air semblait plus léger et le soleil plus vif. Une brise légère animait les ramures des grands arbres bordant canaux et plans d'eau. Les perruches annonçaient bien fort le temps de la paix retrouvée. Les gibbons multipliaient ici et là cabrioles et facéties. Le marché ne désemplissait pas. Les canaux connaissaient une animation nouvelle avec un nombre grandissant d'embarcations qui se croisaient au milieu des rires et des commentaires. Angkor retrouvait son bonheur de vivre. La population était en liesse.

Tribhuvarman, Soleil des Trois Mondes, assurait au royaume paix et prospérité. Il avait chassé les Chams. Du moins le peuple en jugeait-il ainsi. Dans sa naïveté il lui attribuait le bénéfice de la victoire. Le souverain étendait maintenant sur son royaume la protection et les bienfaits d'un roi shakravartin, roi des rois, béni des dieux. Peu importait qu'il fût usurpateur ou non : cela était l'affaire des princes et des maisons nobles. Le peuple, lui, voulait la paix, du riz, du spectacle et des fêtes.

Ce soir on fêtait le jour de l'an. Ce n'était qu'un début. La fête durerait quinze jours : danses, joutes sur les canaux, combats de porcs et d'éléphants, exhibitions de lutteurs et spectacles nocturnes, pétards faisant vibrer la ville, fusées que l'on apercevait à plus de cent milles... Dès la nuit tombée on prierait le souverain de venir assister au spectacle. Toute la cour serait là, avec les ambassadeurs étrangers, que le roi ne manquait jamais d'inviter.

L'année s'annonçait bien. Chaque mois avait sa fête : au quatrième mois on jetait la balle, spectacle très amusant qui remplissait le peuple de joie; au cinquième mois on rassemblait les statues des dieux de tous les points du royaume, on apportait de l'eau et, en compagnie du souverain, on les lavait; au sixième mois on faisait naviguer les bateaux sur la terre ferme et le souverain assistait au spectacle depuis un belvédère; au septième mois on allait chercher du riz mûr au-delà de la porte Sud et on le brûlait en offrande aux dieux — cette fête déplaçait un monde considérable; on venait de partout en charrette ou à éléphant; les femmes surtout étaient nombreuses; le huitième mois était consacré à la danse : acteurs et musiciens désignés se rendaient en grand nombre au palais royal; le neuvième mois était la fête du recensement, qui consistait à rassembler dans la ville la population du royaume et à la passer en revue devant le palais royal, fête symbolique mais fort belle...

« Que de festivités en perspective, se disait Dhari en récapitulant sur ses doigts le programme de l'année. Et que d'argent à gagner! »

A chaque fête il fallait fournir fleurs, accessoires, boissons et nourriture. Il convenait de prévoir dès maintenant ce qui serait nécessaire à la prochaine.

Tout à coup le ton des conversations monta. On courait de toutes parts. Un remous traversait la ville. La foule qui assistait à la préparation du spectacle fut soulevée par une immense acclamation :

— Le roi ! Le roi !

Dhari se retourna. Tribhuvarman sortait de son palais.

CHAPITRE 46

La reine Chudamani reposa avec délicatesse sa tasse de thé sur la table basse. Elle aimait ces heures tardives dans la pénombre croissante du crépuscule, lorsque le jour finissant annonçait le temps du repos et de la réflexion. Son regard légèrement voilé par une cécité naissante se posait sur les jardins du monastère. Les moustiques susurraient leurs premières notes. Une servante alluma les brûle-parfums destinés à les écarter.

— Le roi vient de faire le tour de la ville. Partout il est acclamé.

La reine sursauta. Ce n'était cependant qu'Indra qui, comme chaque soir, lui rendait ses devoirs.

— Entrez, ma fille asseyez-vous. Voulez-vous de ce thé de Chine ? Dhari en a fait livrer récemment. Elle est plus belle que jamais. Les affaires prospèrent.

La reine était vieillie. En quelques mois ses cheveux étaient devenus entièrement blancs. A la mort de son époux elle s'était fait tondre ; le rituel le voulait ainsi. Sa belle chevelure d'un noir de jais avait repoussé grise. Elle était maintenant toute blanche. Ses dents tombaient. Chaque jour ajoutait à son angoisse. Que devenait Jaya ? Elle constatait dans l'amertume l'échec de sa politique. Jaya manquait toutes les occasions de saisir la royauté. Tribhuvarman triomphait.

— Mais pourquoi n'a-t-il pas pris la ville ? gémit-elle.

— Majesté, nous en avons parlé. Notre prince ne veut pas faire la guerre aux Khmers. Il préfère l'exil à un royaume conquis au prix du sang des siens.

— Je sais. Je l'ai instruit ainsi. Déjà, à la mort de son père, j'avais mis Yashovarman sur le trône afin d'éviter une guerre civile. Mal m'en a pris. Tout a échoué. Mandarins et généraux ont tous trahi.

Chudamani prit quelques bouchées de riz gluant et mastiqua longuement. C'était son seul repas du jour, mais son goût pour les thés de Chine n'avait pas faibli. Elle se resservit une tasse. Indra respecta son silence.

— Où en est notre secret ? souffla-t-elle enfin en se penchant à l'oreille de la jeune femme.

Indra hésita. Elle regardait le fond de sa tasse de thé.

— Majesté, je ne veux point trahir le prince Jaya, ni prendre la place de ma sœur Devi comme première reine d'Angkor. Je veux seulement user de mon pouvoir pour rendre le royaume à ses dieux et à leur culte, à sa richesse aussi et à sa joie de vivre. Je veux le libérer des démons qui l'occupent. Je veux restaurer la piété. Voyez, Tribhuvarman a renoncé à son temple. Il a enfin compris que le temple d'un roi succède à sa gloire et non l'inverse. Du moins est-il conscient qu'il faut attendre des jours meilleurs pour reprendre un tel projet.

La reine restait silencieuse.

— Les ouvriers ont été tués dans la bataille, reprit Indra. Seul survivrait un contremaître qui vient d'être affecté à la préparation des fêtes... Voyez aussi, les brahmanes sont de retour. Ils réorganisent nos rituels à la cour et dans les sanctuaires.

— C'est Jaya qui leur a demandé de se mettre à nouveau au service de l'usurpateur. Ce ne peut être que lui. Il sait bien que la ville ne peut survivre sans l'ordre des brahmanes, sans leur science et leur sagesse... Les brahmanes s'étaient ralliés aux Chams. Après la bataille Jaya les en a dissuadés. J'ai aussi mes informateurs.

— Oui, mais c'est moi, Majesté, qui ai convaincu Tribhuvarman de les rétablir dans leurs fonctions.

Chudamani sentait qu'Indra lui cachait quelque chose. Son esprit se brouillait. La jeune femme saurait-elle résister aux avances d'un homme qui avait tous les pouvoirs ? Indra lui faisait-elle entièrement confiance ? Certes elle était venue la voir au lendemain de cette nuit où elle s'était retrouvée dans les bras de l'usurpateur, après avoir échappé aux chasseurs de fiel. Elle s'était confiée à elle. Mais avait-elle tout dit? Son attitude et ses paroles la trahissaient. Elle connaissait trop de détails sur ce qui se passait au palais. Sans doute voyait-elle Tribhuvarman en secret. La reine avait su lire l'amour dans ses prunelles : Indra serait folle des plaisirs de la chair pour peu qu'elle y goûtât. Alors elle donnerait une légitimité à ce faux roi d'Angkor. Que deviendrait Jaya?

La nuit était maintenant complètement tombée. Une servante apportait une lampe à huile. Chudamani la renvoya. Le noir convenait mieux aux confidences. Indra ouvrit la bouche pour parler, mais se tut, affectant de regarder dans la pénombre le fond de sa tasse à thé. Elle n'avait jamais osé dire à la reine comment Tribhuvarman lui avait extorqué les traités magiques afin de les remettre au roi cham pour un marché plus que douteux : la paix contre le secret d'Angkor, le bien le plus précieux du royaume; ni pourquoi le messager n'était jamais revenu. L'aveu était trop difficile.

— Et que devient la démonesse? demanda brusquement la reine.

— Yaksa?

— Oui, Yaksa! Ta rivale!

— Elle tient toujours le roi Tribhuvarman entre ses griffes. Les chasseurs de fiel continuent leur récolte. Chaque nuit ils hantent les faubourgs. Le roi la craint. Il lui a promis le royaume, comme à moi.

— Ses serpents?

— Il y en a une fosse entière. A l'intérieur du palais, dans une arrière-cour close de murs, parfaitement aménagée. Chaque jour ont lieu des séances de dressage. Ses acolytes, qu'elle instruit dans le langage des serpents, toutes des femmes guerrières, sont une vingtaine. Certaines font également partie de la garde privée du roi. Celui-ci est convaincu que ces serpents constituent une force déterminante contre un ennemi. Yaksa le rassure.

— Ton Tribhuvarman est naïf.

— Sans doute, Majesté, mais tout est parfaitement organisé : les serpents peuvent prendre place dans un combat et attaquer en cohortes disciplinées ; chacun d'eux possède aussi son panier individuel, un panier d'osier rond dans lequel il peut être transporté et placé là où il faut pour une action ponctuelle, par exemple pour déjouer une intrigue de palais…

— Et tous ces crocodiles dont tu m'as parlé ? interrogea la reine en souriant.

— Ils peupleront bientôt les douves. Mais pour l'instant les gros mangent les petits. Yaksa s'efforce de régler le problème. Elle prétend que ces animaux assureront une excellente défense…

— Le roi la croit-il ?

— Majesté, il ne saurait faire autrement.

Indra décidément n'était pas près d'être reine. Elle serait vite déçue par ce dignitaire imbécile qui avait réussi à prendre le trône. Et la démonesse était bien là avec tous ses pouvoirs. L'homme restait sous son emprise. Il fallait craindre surtout une nouvelle attaque des Chams : Santanu et Rudravarman étaient trop avisés pour en rester là. La connivence des deux hommes serait redoutable. Le Cham voulait Angkor. L'ancien ministre khmer aussi. Ce dernier était connu pour son génie du renseignement et il était probable que rien de ce qui se passait ici ne lui était étranger. Il avait des espions partout et savait comment l'influence de la démonesse menait Angkor à sa ruine ; sans doute connaissait-il aussi les relations d'Indra avec l'usurpateur… Rien ne lui échappait. Il mesurait de loin l'affaiblissement progressif du royaume, attendant son heure pour attaquer au bon moment. Jaya interviendrait-il à temps ?

— Alors, ce roi, demanda-t-elle d'un ton soudain enjoué. Comment était-il pour cette sortie officielle, quelques heures avant la fête ?

— Superbe, Majesté, s'exclama Indra, soudain enthousiaste…

— Tenait-il l'épée d'or ?

— L'épée sacrée ? La vraie ?

— Mais non, la fausse, tu le sais bien, protesta la reine. Où astu la tête ? Il ne peut avoir qu'une fausse épée sacrée. Et nous ne sommes… voyons… que… huit à connaître la forfaiture : Injit,

Devi, Jaya, Shikésa, l'usurpateur et sa démonesse. Toi et moi. Peut-être aussi le supérieur. La tenait-il en main ?

— On aurait dit. Je ne l'ai vu que de très loin. Oui, l'épée ! Il brandissait un objet qui y ressemblait. Tribhuvarman brillait de tous les feux de son corps et…

— Et de son esprit !

La reine s'assoupissait. Images et souvenirs traversaient son esprit : Jaya, ce fils bien-aimé, reparti pour l'exil après avoir gagné cette bataille sous les murs mêmes de la ville au seul profit du roi félon. Elle le revoyait enfant… Indra, qu'elle avait connue toute petite, maintenant amoureuse de ce monstre — elle en était sûre. Et puis Yaksa, la démonesse, qui vivait au palais, et qui un jour peut-être serait reine. Les Chams qui préparaient une nouvelle guerre… Sous le poids de l'échec elle sentait venir les douleurs du grand âge. Bientôt elle ne pourrait plus marcher. Elle n'était plus qu'une vieille femme que les chagrins précipitaient entre les griffes de la mort.

Soudain l'air trembla. Les pétards explosaient, ébranlant la ville. Puis les fusées illuminèrent le ciel. La fête commençait. La reine sentit combien Indra aurait aimé s'y trouver. Le roi n'osait pas l'inviter. Les démons étaient là.

*

L'étalon franchit avec aisance le tronc de figuier qui barrait la route, un deuxième plus petit, un troisième enfin qui avait gardé ses branches, véritable muraille de verdure, et se reçut dans une gerbe d'eau. Il avait plu toute la nuit. Les terres étaient entièrement inondées. Santanu rétablit l'équilibre de sa monture et la mit au pas. Décidément ces chevaux chinois faisaient merveille.

On arrivait aux contreforts de la région montagneuse. L'escalade ne serait pas aisée. Le soleil était torride comme toujours après la pluie. On resterait à cheval aussi longtemps que possible en prenant garde de ne pas compromettre le succès du coup de main. Rapidité et effet de surprise en étaient les conditions.

L'escadron qui suivait menait moins grand train. Dès qu'il fut rejoint par ses hommes Santanu cravacha et reprit le galop, brisant dans des jaillissements d'écume le miroir de la zone inondée.

— Allons ! Ne prenez pas de retard ! Pas de désordre. Cadencez vos chevaux. La montée sera rude et il faut arriver vite !

L'ancien ministre khmer, général en chef de l'armée chame, était vêtu d'un pourpoint épais qui le faisait transpirer. Sans casque, les cheveux en bataille, couvert d'écume, la fine moustache collée par la sueur, une lueur étrange allumant son regard, il étudiait avec soin l'itinéraire qu'il conviendrait de prendre. Là, entre ces deux amas de roches, les chevaux pourraient passer ; plus haut il y avait un plateau que l'on traverserait sans encombre, à moins qu'il ne fût coupé de ravins ; ensuite on mettrait pied à terre et on atteindrait le camp en quelques minutes. Son emplacement était indiqué par les fumées des feux de cuisine, au loin, derrière le contrefort. C'était le milieu du jour, l'heure où les Khmers prenaient leur repas : toute activité était alors interrompue. On y serait vite. Santanu pressa l'allure. On prendrait le temps de faire boire les chevaux avant d'engager l'escalade.

Il se retourna : ses hommes suivaient. Au loin, dans la brume, l'armée chame poursuivait sa retraite ; on distinguait les files de chariots et l'ombre mouvementée des divisions de cavalerie. Jaya n'avait pas attaqué, soucieux de ne pas remettre en question une victoire qu'il jugeait sans doute suffisante. Pendant plusieurs semaines, à quelques quinzaines de milles d'Angkor, au pied du Phnom Kulen fortifié à la hâte, les Chams avaient pu se regrouper, réunir les hommes et les chevaux survivants, réparer leurs chariots et organiser une retraite tactique en bon ordre. Les pertes n'en étaient pas moins considérables.

Jaya n'était pas intervenu alors qu'il pouvait infliger des pertes encore plus importantes pour peu qu'il engageât une poursuite. Ses décisions étaient toujours imprévisibles. Les défis que lui avait lancés Rudravarman restaient sans réponse. Le prince khmer se contentait maintenant de suivre la retraite chame à bonne distance. De toute façon ses éléphants étaient trop lents.

CHAPITRE 47

Devi s'inquiétait.

— Plus de nouvelles du prince depuis sa victoire.

— Je suis sûre qu'il viendra vite, affirma Kéo en rattrapant la petite fille qui voulait jouer avec les braises du foyer.

— Pourquoi tarde-t-il tant?

Le repas se terminait. Le chef du village s'approchait pour recevoir les ordres de la princesse, suivi de deux chiens rouges qui se couchèrent aussitôt aux pieds de leur maître en tirant la langue. La chaleur à cette heure était intense. L'enfant s'échappa à nouveau des genoux de Kéo pour jouer cette fois avec les chiens. L'un d'eux lui lécha la figure.

— Pas les chiens! s'exclama Kéo, terrifiée.

— Ne craignez rien, princesse, ils sont bons, dit le chef tchong en riant de ses dents rougies de bétel. Ils connaissent l'homme depuis longtemps. Bien différents de ceux que l'on vient de capturer et que je dresse. Le prince Injit sera content. Ainsi que le prince Angsha. La meute comprend maintenant douze chiens.

Pour cet homme simple, tout était prince ou princesse du moment qu'il s'agissait des gens d'Angkor, de la prestigieuse capitale. Il pouvait dire quelques mots de khmer. Quant à Devi et Kéo, elles parlaient couramment les dialectes des montagnes.

Devi se laissait baigner avec délice dans ces civilisations primitives qui lui apportaient plus de richesses que l'orgueil des raffinements d'origine indienne en vogue à Angkor. Chaque jour lui donnait un goût nouveau pour ces gens simples qui vivaient au contact de la nature. Elle avait connu la gloire, l'aisance, le plaisir et les vanités des rituels de cour, la souffrance, la peur, la jalousie, l'exil. Le ciel la comblait désormais en lui montrant la vérité du monde. Elle s'en souviendrait si d'aventure le destin portait Jaya à la royauté : reine, elle saurait apporter au peuple les bienfaits de la vie qu'elle apprenait aujourd'hui. Une seule religion traduisait quelque vérité : le bouddhisme, qui promettait à chacun le bonheur et accordait une même valeur aux riches et aux pauvres, aux avisés et aux niais, à tous les êtres vivants, hommes, animaux ou plantes. Les dieux du panthéon indien n'avaient plus pour elle qu'une valeur d'apparat.

— Où en est la préparation des médicaments ? demanda-t-elle. La bataille a dû être rude. Beaucoup d'hommes auront été blessés. Aurons-nous de quoi les soigner quand ils arriveront ?

— Tout est prêt : grande provision de petits oignons à écraser pour les ophtalmies ; pour les infections, sève de l'arbre à furoncles ; lianes à serpent pour les piqûres et…

— Très bien. La nourriture ?

— Tout ce qu'il faut. Légumes, viande séchée, sans compter…

— Je sais.

Ainsi, tout était prêt pour recevoir le prince victorieux. On ferait un grand banquet de viandes, ragoûts et légumes. Pour la fine bouche et en extra les hommes des tribus se régaleraient de lézards, d'iguanes, de jeunes couvées, le tout ingurgité sans préparation particulière, ainsi que de rats rapidement passés au feu, d'insectes divers, rampants ou volants, avalés simplement, ou encore d'omelettes d'abeilles. Sans oublier le miel des ruches, abondant et très prisé. De tout cela on avait fait ample provision. On avait aussi préparé une grande quantité de jarres d'alcool d'un riz cuit à l'étuvée et séché à l'air avant d'être mélangé à des ferments composés de certains tubercules broyés avec l'écorce d'un arbre, le ziam, qui a le goût du bois de réglisse. Le jour venu, on ajouterait de l'eau dans la jarre et on boirait en aspirant par un tuyau en roseau. C'était la coutume entre amis : l'un mettait l'eau, l'autre buvait.

Les hommes avaient réussi à trouver du bois d'aigle, du ki-nam, denrée rare et précieuse que l'on réservait aux fêtes et qui donnait en brûlant un parfum délicieux. Et on ne manquerait pas de noix d'arec, de feuilles de bétel, ni de la chaux nécessaire à la composition des chiques et que fournissaient les coquilles de marécage pilées et passées au four.

Toutes ces activités absorbaient l'attention des tribus. On ne pensait qu'à la fête à venir et, depuis l'annonce de la victoire du prince, on négligeait la défense du camp. Chacun croyait qu'il n'y avait plus grand-chose à craindre. Le bonheur était là.

Devi songeait qu'un jour peut-être elle pourrait réformer la coutume angkorienne qui ne voyait dans les gens des montagnes que des esclaves considérés comme des sous-hommes. On les appelait les « sauvages ». La tâche serait rude. Maintenant qu'elle connaissait ces hommes, elle n'accepterait plus qu'on les traitât ainsi. Ils l'avaient nourrie, soignée, entourée d'affectueuse bonté et leur sourire apportait à la vie un bonheur inconnu ailleurs. Elle en ferait le sourire d'Angkor.

Tout à coup, les deux chiens dressèrent les oreilles et se mirent à grogner, montrant les dents :

— Un tigre qui passe, sans doute, dit l'homme. Le vent vient de là.

On signalait des cavaliers dans la plaine.

*

— Et maintenant, montre-nous le chemin !

Santanu pressait la pointe de son épée sur les reins de l'homme.

— Le chemin !

Le montagnard roulait des yeux épouvantés. Il avait été capturé lors de la bataille. Interrogé par les officiers chams, puis par Santanu en personne, il avait fini par donner une description précise du camp de Jaya et de ses défenses. Les lancettes de bambous cachées dans la végétation étaient disposées de façon à ménager quelques passages, marqués de place en place par des signes de reconnaissance, brisées sur les arbustes ou pierres indiquant un chemin.

— Enfin ! Te décides-tu ?

Les pluies de ruissellement avaient fait disparaître les repères. L'homme était de plus en plus terrorisé. La peur accroissait encore son indécision.

Furieux, Santanu lui assena sur le dos un grand coup du plat de sa lame, qui le projeta en avant, le poussant vers le haut de la pente où il s'écroula le pied transpercé par une lancette. Santanu bondit à son tour, suivi de toute la troupe en file indienne, et poussa un hurlement de douleur. Son pied droit venait d'être victime de la même traîtrise. Il était immobilisé.

— A l'assaut! hurla-t-il. Il n'y a pas de défense; prenez la femme, seulement la femme, la princesse. Laissez le reste. Allez vite! Écourtez le combat. Ne tuez que ce qui est nécessaire.

L'escadron se lança à l'assaut. La voie était libre. Armés d'arcs et d'épées, les Chams se retrouvèrent à l'intérieur du camp khmer.

*

Le vol de charognards s'abattit à grands coups d'ailes sur les cadavres de chevaux, sans doute blessés dans la bataille et qui n'avaient pas survécu à la retraite. Les Chams avaient traversé là. Effrayés, les éléphants refusaient de passer la rivière, remontaient brusquement la berge et s'emballaient dans la prairie.

— Ramenez-les, cria Angsha, ils passeront. Les vieux donneront l'exemple. Toi ! Approche ! Essayons encore.

Poussé par les cornacs, l'éléphant descendit la rive, tenta une enjambée, tâta de la trompe et recula en barrissant.

La rivière avait grossi. On ne trouvait pas de gué. Il faudrait passer à la nage, ou presque. Depuis deux jours les troupes de Jaya suivaient la vallée, couverte d'une herbe à paillote géante, coupée de ruisseaux serpentant au creux de fossés vaguement marécageux, sortes de pièges encombrés de joncs, de bambous ou de feuilles en décomposition, et bordés d'arbres dont on ne voyait pas la cime. Les éléphants se frayaient péniblement un passage dans ce paysage désolé, se libérant avec peine dans des gerbes de boue de la fange fétide qui retenait leurs membres. Les masses de verdure éclataient sous l'assaut des colosses.

Le paysage s'était peu à peu adouci, puis on était tombé sur un coude de la rivière encombré de matériel abandonné et de cadavres d'animaux : le point où les Chams avaient réussi à passer, mais avant la crue.

— Traversons ici, avait dit Jaya. Nous avons perdu trop de temps. Injit, engage d'abord les tiens, à titre d'essai.

— Plutôt les vieux, avait protesté Angsha. Les jeunes ne passeront pas.

— On verra bien ! Alors, vas-y le premier avec ta troupe !

Mais les éléphants renâclaient, ne s'aventurant qu'à pas comptés le long de la berge abrupte et glissante. Le vol des charognards ajoutait à la panique.

— Bon, dit Jaya, j'y vais.

Kako avança avec précaution, s'agenouilla, se laissa glisser, reprit son équilibre et d'un bond sauta dans l'eau. Le cornac tomba le premier, suivi de Jaya qui s'accrocha aux traits de rotin et à l'oreille de sa monture. Kako réussit à se dégager de la vase, poussa un long barrissement et bientôt nagea lourdement jusqu'à l'autre rive. Le prince sauta prestement à terre et se mit aussitôt en devoir d'attacher à un arbre le premier des câbles de cuir de buffle que l'on tendrait d'une rive à l'autre et qui serviraient au passage du matériel et des radeaux construits en gros bambous mâles, presque pleins.

Angsha et Injit suivirent avec leurs escadrons. Au milieu de la rivière les animaux étaient entièrement submergés ; seul le triangle terminal de la trompe émergeait comme une grosse mouche noire nageant dans l'eau, en avant d'un petit îlot mobile qui était le sommet du front et semblait aller à la dérive. Enfin les têtes apparurent, puis les défenses. Un à un les éléphants atteignirent l'autre rive.

Les Chams avaient une avance considérable. Jaya ne cherchait pas à les rejoindre. Il voulait au plus tôt retrouver son camp. L'armée se remit en marche. Dans les grands marais que voilait le crépuscule, sous la frondaison des grands arbres ou à travers les bambous nains, les éléphants reprirent leur chemin, pesamment, leurs jambes massives se mouvant à nouveau avec une régularité parfaite.

CHAPITRE 48

A peine débâtée, la jeune femelle, à bout de forces, se coucha sur le flanc, refusant de manger. Le pauvre animal haletait, brisé de fatigue. Toute la troupe était exténuée. Injit tempêtait :

— Donne-moi des chevaux, je trouverai le moyen de rejoindre ce criminel.

— Je sais, mon prince, lui rétorqua Jaya, mais tu ne pourras pas. Nous n'avons que quelques juments de montagne. Tu les connais mieux que moi. Ces montures sont trop petites pour prétendre rivaliser avec la cavalerie chame. Ce sont des animaux de bât.

— Santanu est blessé. Le messager de Kéo nous l'affirme. Sa marche est ralentie.

— Un pied blessé n'empêche pas de monter à cheval. Les Chams sont loin.

— Alors j'irai à pied ! clama Injit.

— Non, tu resteras.

— Que comptes-tu faire ?

Jaya ne répondit pas. Pour la première fois il semblait désemparé. Deux jours plus tôt, un Tchong envoyé par Kéo avait apporté la nouvelle : après un bref combat la princesse Devi avait été enlevée ; un coup monté de main de maître ; surprise totale ; seul le chef de la troupe ennemie s'était blessé au pied sur un piège de bambou. A la description de l'homme, Jaya avait compris qu'il s'agissait de Santanu en personne.

— Ainsi Kéo reste seule avec notre enfant, murmura le prince...

— Que comptes-tu faire ? répéta Injit.

Angsha se leva lentement et s'approcha du feu autour duquel l'état-major était rassemblé. Malgré la température il était bon de trouver un peu de chaleur sèche. Les brumes du matin se dissipaient à peine. Le dresseur d'éléphants essuya la sueur de son front :

— Je pense, dit-il, qu'il faut rejoindre le camp au plus tôt. Nous aurons des nouvelles plus précises. Un chef de tribu s'est lancé à la poursuite des agresseurs. Les montagnards sont rapides comme des fauves ; ce sont des coureurs des bois hors pair. Ils sont capables de marcher des nuits, des jours entiers, en alternant le pas et la course. Les chevaux, eux, sont obligés de faire étape.

— Avec les pluies, ils ont perdu la trace, dit Injit.

— Non, les chiens rouges sont avec eux. Une meute complète.

— Les Chams n'en feront qu'une bouchée.

— Détrompez-vous, prince, ces chiens ne perdent jamais la voie qu'ils sont en train de suivre. Et ils s'attaquent même à des tigres !

— Veux-tu dire qu'ils ont repris Devi et exterminé les Chams ? ironisa Injit.

— On ne sait jamais. En attendant, nous ne pouvons poursuivre à ce rythme.

Les hommes et les bêtes avaient besoin de plusieurs jours de repos, surtout les éléphants. Seuls les hommes des tribus avaient supporté sans fatigue la marche forcée. Ils avaient installé leur camp en lisière de forêt, chantaient et dansaient après avoir rendu leur culte aux génies.

— Allons, dit Injit, surexcité. Regardez ces gens ! Sont-ils fatigués ? Il faut repartir.

Angsha explosa, perdant soudain tout contrôle :

— Enfin ! prince, avez-vous tout oublié ? Seriez-vous une jeune recrue sans expérience ? Vous demandez bien trop ! L'éléphant, qui vous semble devoir porter des poids énormes, ne peut guère être chargé qu'à cinq cents livres... C'est un animal délicat, douillet, sensible à la fatigue, aux taons, aux moustiques, agacé par les insectes, petits ou grands ; il craint la moindre chose, les coups et les piqûres ; il se blesse à chaque instant ; il lui faut matin et soir un bain complet, en pleine eau, et un pansage minutieux qui le débarrasse des parasites. Avez-vous vu sa joie quand il est au bain, ses jeux de trompe, sa langueur, et le regard de reconnaissance qu'il porte à son cornac? Que croyez-vous? Après une période de marche suivie, il exige un jour ou deux de repos qui lui permettent de paître en liberté; dans les meilleures conditions, en terrain plat, un éléphant rapide ne dépasse pas une dizaine de milles à l'heure, et en région accidentée et par mauvais temps...

— Veux-tu que j'appelle les chefs de tribus? dit Injit qui regardait les nuages, le nez en l'air, et affectait de ne rien entendre du discours d'Angsha pour ne s'adresser qu'à Jaya... Jaya! m'écoutes-tu?

— Non, prince, c'est vous qui m'écoutez! intervint avec force le dresseur d'éléphants, furieux et se haussant de toute sa petite taille. Répondez-moi! Combien de rivières, de ravins avons-nous franchis? Dites-le-moi! L'éléphant? Allons, regardez-moi, connaissez-vous cet animal? Savez-vous le travail que nous lui demandons? Sur des journées, parfois des nuits entières, en tout terrain? A chaque instant il doit saisir les tiges de bambou ou d'arbustes, qui glissent, échappent ou explosent en répandant un liquide visqueux, s'appuyer de la trompe sur les arbres qui gênent et qui résistent à sa poussée, lui faisant perdre l'équilibre. Il se heurte sans cesse à des obstacles de toute sorte, joue de ses défenses, écrase de ses pieds, fait pression de ses genoux, franchit des ravins, contourne les trous qui piègent le chemin. Vos oreilles n'ont point entendu ces craquements de branches éclatées, ces giclements, ces gargouillements de verdures désarticulées quand ses défenses s'engagent dans leur masse? Combien un seul éléphant a-t-il dû abattre d'arbres pour que la marche continue? Et dans les marais, chaque pas qui fait ventouse, collant les pieds au sol!

Jaya s'était levé :

— Oui, Angsha, tu as raison. Nous t'écoutons. Viens, Injit! Allons voir les chefs. Ils seront de bon conseil. Un prince doit aller à ses gens après une longue route. Un prince est sans fatigue. Viens.

*

Injit buvait à la jarre, tirant avec entrain sur la pipette. Un peu d'alcool lui ferait du bien. Un Tchong lentement ajoutait de l'eau claire dans le récipient. Cette dégustation s'agrémentait d'un régal d'amuse-gueules divers : insectes variés, frais ou séchés, allant du cafard confit au mille-pattes « épilé » de ses pattes, craquant sous la dent, acide à souhait. Le prince ne pouvait s'empêcher d'admirer l'intendance et l'organisation des montagnards. Ces gens n'emportaient que peu de choses : pour vêtement un pagne d'écorce, des amulettes, des bijoux grossiers, du bétel et des armes; comme toit pour la nuit, les étoiles, ou en cas de pluie quelques branchages garnis de feuilles. La chasse leur permettait de n'avoir aucun problème de nourriture et d'échanger au gré de leurs déplacements du gibier contre un bien quelconque : ainsi la jarre d'alcool appréciée par Injit avait été acquise lors de la traversée d'un village.

On était loin des bagages écrasants et des troupes désordonnées des armées khmères : éléphants, chariots de toute sorte, femmes, enfants, musique et corps de ballet. Jaya se félicitait de n'avoir emporté pour cette expédition à Angkor que ce qui était nécessaire à la guerre : le superflu avait été laissé au camp, dans les montagnes. A cette évocation le prince ressentit un pincement au cœur et ferma les yeux pour cacher sa douleur : c'était aussi pour cette raison qu'il avait perdu Devi. Il prit une pipette de roseau et, à son tour, but quelques gorgées à la jarre. L'alcool le porterait à l'optimisme.

Les Tchong avaient cessé leurs danses et leurs chants. Ils s'appliquaient maintenant à découper les surplus de gibier en fines lamelles noires qu'ils suspendraient à des branches basses pour les faire sécher au soleil, en provisions de bouche pour les étapes, tandis qu'autour des feux de bivouac, sur lesquels cuisaient d'énormes quartiers de viande, les chefs palabraient. Jaya venait de leur annoncer que l'on resterait là quelques jours pour reposer hommes et bêtes. L'infanterie mercenaire était indispensable à la protection de la colonne, très vulnérable lorsqu'elle était en ordre de marche; on ne devait pas la séparer des éléphants. Mais le prince demanda aux meilleurs coureurs de se joindre à lui pour poursuivre les ravisseurs de Devi pendant que le reste de l'armée rejoindrait le camp. Il plaida :

— Cinquante hommes d'élite, rapides et bons chasseurs. Je serai avec eux. Pas d'éléphants.

— Monseigneur, reprenaient les chefs les uns après les autres, vous ne pouvez. Il vous faudrait courir.

— Je courrai.

— Un prince, un roi ne doit pas courir.

Les montagnards vouaient au prince une vénération absolue. C'était leur roi, le vrai roi du Cambodge ! Jaya de son côté voyait en eux la crème de l'humanité. Il en aimait la sagesse et le courage, l'absence de fourberie, les cultes qui les liaient à leurs génies. Leur pauvreté et souvent leur misère éveillaient en lui un immense mouvement de compassion. Il se sentait en communion totale avec ce peuple simple. Il en percevait la grandeur.

Le silence avait succédé aux palabres. Vint le temps de la réflexion, toujours très longue, prise sans hâte du fait de la gravité de la situation. Jaya courtoisement remercia et se leva. C'est alors que des cris étranges emplirent la forêt : au loin, de l'autre côté de la vallée, un homme appelait à l'aide.

Injit bondit :

— Cette voix ! La même que celle que j'ai entendue pendant la bataille !

*

Shikésa se cramponnait. Parvenu en haut de l'arbre il n'avait plus aucun recours. La branche ployait, ses muscles l'abandonnaient, il était prêt à tout lâcher et sentait le moment où ses entrailles allaient se vider. « Pourtant, pensait le brahmane, les fauves ne s'attaquent jamais aux ascètes, du moins aux vrais ascètes. Celui-ci a dû flairer le péché et l'imposture. » La tigresse progressait le long du tronc lisse. L'homme lâcha un pet de terreur puis le souffle chaud du mufle sur son arrière-train provoqua un réflexe au fond de sa gorge : il s'entendit hurler encore plus fort. Le fauve hésita : parvenu au point où le malheureux se tenait en équilibre, il jugea que la branche casserait sous leurs poids réunis et l'entraînerait dans sa chute. Lentement, il entreprit de redescendre à reculons.

— Ne tirez pas, dit Jaya.

Le prince s'avança seul. Sur son ordre, Injit et les archers étaient restés en retrait. Ils virent avec étonnement la tigresse se coucher sur le dos, prête à recevoir le prince comme s'il était un compagnon de jeu.

*

— Comment as-tu apprivoisé cette tigresse ? s'étonna le brahmane en dévorant à belles dents une deuxième outarde.

Il avait passé deux jours dans son arbre et éprouvait le besoin de se sustenter. Jaya, comme de coutume, restait silencieux. La tigresse attendait avec discipline les morceaux de viande que le prince lui jetait de temps à autre. Les yeux jaunes, agrandis de tendresse, ne cessaient de le fixer.

— Vous n'êtes pas aussi maigre que votre ascétisme pouvait le faire espérer, ironisa Angsha en se saisissant de la brochette de viande qu'on lui tendait avant que le brahmane ne l'attrape.

Shikésa rota et pour toute réponse prit un morceau qui lui emplit la bouche. Il aurait de quoi mastiquer. Comment expliquer la philosophie nouvelle qu'il développait depuis plusieurs semaines ? L'austérité lui paraissait décidément trop simple : elle donnait à bon compte un prestige inutile. Les renonçants n'étaient pas sérieux ! Il y avait aussi de la force dans la renonciation à la gloire. Il radotait : cette renonciation au devoir des renonçants lui semblait aujourd'hui le comble de la renonciation. Il créait un ascétisme nouveau. La tigresse n'avait rien compris. Et comment expliquer cela à ses princes, ses élèves, lui, le précepteur respecté ? Dans ses pérégrinations il avait joui des bienfaits de l'ivresse, buvant l'alcool à la jarre dans les maisons paysannes, repu de porc confit et de canard, se livrant à la douceur des peaux ambrées, des poitrines drues dressées sous le désir, des bouches arrondies d'extase, des cuisses humides qu'il honorait prestement d'un seul élan, jetant son péché à la face du cosmos, des trois mondes et du reste, semant à tout va ses essences vitales au bord des routes et dans les villages.

« L'ascétisme consiste aussi à s'inonder de péché », se disait-il, radotant de plus belle. Il en éprouvait le bienfait, une force nouvelle. Certes il avait failli se faire dévorer par cette tigresse ! Mais dans l'état actuel du royaume son prince n'avait pas besoin d'un ascète, d'un parangon de vertu, mais d'un homme dans la plénitude de sa force physique et de son intelligence. Sans rancune il jeta à la tigresse la carcasse de l'outarde et se saisit d'une brochette. Il s'apprêtait à mordre et se ravisa : tout à coup il se décida, et se tournant vers chacun :

— Je regrette aujourd'hui, dit-il, d'avoir suivi les chemins trop reposants de la vertu… L'amour de la vie et l'action comportent le péché, et l'alternance entre la faute et son rachat donne à l'existence ce ressort permanent qui doit aussi nourrir l'action des grands. Les grands brahmanes furent souvent de grands pécheurs. L'amour des femmes favorise les jeux d'esprit. Un brahmane doit tout connaître de la pâte humaine, il doit aimer, haïr, jouir, souffrir, remettre en permanence sur le gril des passions humaines ses sens et son esprit…

Le discours était énoncé en un sanscrit parfait. Éberlués, ses auditeurs restaient bouche bée.

— Ces brahmanes ! finit par dire Angsha entre ses dents. Il n'y en a pas un pour racheter l'autre. Hypocrites, jouisseurs et stupides !

— Bravo ! brahmane, bravo ! hurla Injit de son côté en donnant dans le dos du précepteur une claque qui le fit vaciller, bravo ! Je reconnais là un frère d'armes, mon vieux frère d'armes. Ne retourne pas en forêt. Reste avec nous. Il y a à faire. Nous aurons l'occasion de combattre.

— Eh oui ! reprit Shikésa, soudain conforté dans sa nouvelle philosophie et voulant poursuivre son discours. L'action charnelle donne à la politique une consistance que lui refuse l'abstinence ! Et grâce à quoi j'ai retrouvé l'épée sacrée.

Le visage d'Injit se fit de marbre :

— Où est-elle ? L'as-tu reprise ? Était-elle dans le koki ?

— Oui… non… Pas encore. Elle est chez un paysan.

— L'as-tu vue ?

— Non. Mais je sais qu'elle est là.

— Pourquoi ne l'as-tu pas ?

— L'homme ne veut la remettre qu'au roi, ou à un prince, en mains propres. Il l'a découverte dans le tronc du koki à l'occasion d'un brûlis. Il ne me l'a avoué qu'après une nuit où nous avons bu à la jarre… Jamais, conclut le brahmane un peu gêné de sa mauvaise foi, jamais il ne l'aurait remise à un ascète ascétique.

— Bien ! Allons la chercher.

Jaya écoutait sans rien dire. Chacun sentait venir une décision difficile. Sans attendre le prince devait aller chercher l'épée d'or, palladium du royaume, qui conférait la légitimité. Mais alors il fallait renoncer à poursuivre Santanu et à libérer la princesse. Shikésa ignorait la situation. Injit le prit à part et lui parla longuement à l'oreille. Il semblait être revenu à la révérence que l'on devait à un brahmane.

Au même moment, le chef de tribu était de retour. Oui, disait-il à Jaya, un détachement de cinquante hommes armés à la légère et rapides à la course était prêt à prendre les devants pour rejoindre les Chams. On pouvait partir à l'instant.

Jaya se retourna vers l'assistance :

— Maître, dit-il au brahmane, nous partons. Injit, je pense, vous a appris le malheur qui nous touche : Devi a été enlevée et nous devons d'abord la secourir. Nous reprendrons l'épée plus tard. Vous m'accompagnez. Injit et Angsha rejoindront le camp. Notre course sera rude. Armez-vous de courage.

CHAPITRE 49

Indra s'éveilla couverte de sueur. Depuis sa rencontre avec Tribhuvarman sa vie avait changé. Elle se sentait devenir une autre. Avoir un homme ! A elle ! Laisser là sa science et ses prétentions intellectuelles et se livrer tout entière aux assauts de l'amour. Elle se tourna, humide et languissante, cherchant ici et là quelque chose à baiser. Cette nuit avait été peuplée de rêves sublimes, aux étreintes multiples, répétées d'heure en heure.

Tribhuvarman ! Qui voulait la prendre pour reine ! Qui avait failli la prendre tout court la nuit où il l'avait sauvée des chasseurs de fiel ! Mais son esprit et son corps s'étaient fermés... Elle aurait dû lui céder ! Le souvenir la fit se retourner de nouveau, ouverte, en quête de caresses. L'odeur âcre de l'homme en rut la mettait en émoi.

Elle se leva, décidée à prendre un bain ainsi que les Khmers en avaient l'habitude après l'acte d'amour. Un bain ! Puis elle se rendrait au palais. Le roi enfin l'avait fait demander. Ses étudiants patienteraient. Au reste, depuis plusieurs semaines, elle négligeait son enseignement. Les lettres et les sciences ne l'intéressaient plus.

Elle allait procéder à sa toilette. Ses pots d'onguent étaient prêts, ainsi qu'une panoplie de peignes en bois de fabrication chinoise. Son miroir attendait sur son présentoir : une apsara aux bras levés. Elle le prit et se regarda : son visage n'était pas aussi ingrat qu'elle voulait bien le croire ; il y avait là de l'éclat et un regard de feu qui rehaussait son teint trop noir ; un teint mat, cela non plus n'était pas dépourvu de charme ; et cette bouche épaisse, aux lèvres larges, loin des canons de la mode, n'en dénotait pas moins une gourmandise qui pouvait plaire... Elle avait du piquant et de l'esprit. Après tout, elle n'avait que faire de ces lectures pleines de princesses au teint de jade et aux yeux de lotus qui lui disaient qu'elle était laide.

Elle soupesait ses seins et cherchait à se voir de profil lorsque son attention fut attirée par un glissement feutré. Son sang se glaça. L'argent poli lui renvoyait, juste derrière elle, le regard noir et la langue dardée d'un cobra en position d'attaque. Elle avait oublié Yaksa ! La démonesse, sa rivale ! Elle ferma les yeux, sans force, sentant se refermer sur elle les dents de la mort. Ainsi s'achevait son rêve.

*

Le soleil était haut dans le ciel et le palais retentissait de chants et de musique. Depuis plusieurs semaines la fête battait son plein. Le programme du jour annonçait des festivités diverses : combats de sangliers, spectacles de lutteurs, démonstrations d'acrobatie, danses sacrées et représentations théâtrales que devait clore dans la soirée un combat d'éléphants. Des faubourgs on apercevait les étendards déployés au-dessus des maisons princières, et du lointain des campagnes on devinait la rumeur de la ville, semblable à la grande voix de la mer.

Tribhuvarman descendit en courant la volée de marches qui menait à la dernière arrière-cour du palais. C'est là qu'officiait Yaksa. L'élevage de serpents était une réussite. La démonesse s'inclina.

— Merci, Sire, merci d'être là. Viens voir mes pensionnaires. Ils t'attendaient.

Des cages grillagées avaient été aménagées le long des murs, grouillantes de reptiles. Le roi passait de l'une à l'autre comme dans une revue militaire.

— Voici les cobras royaux, commenta Yaksa, les plus grands, les plus beaux, mais pas toujours les plus agressifs. Ce ne sont pas les meilleurs combattants. Ils préfèrent la défensive à l'offensive. De plus, ils sont individualistes et n'ont guère le sens d'un ennemi qui leur serait commun, à attaquer de conserve. Ils auraient plutôt tendance à se battre entre eux dès qu'on les met sur le terrain. Vois!

— Non, dit le roi, c'est inutile.

Mais Yaksa avait entrouvert la porte de la cage. D'une voix douce, en mélopée étrange qu'accompagnait une gestuelle précise, elle appelait son cobra préféré, le plus ancien de tous, celui qui servait de tuteur aux autres, incontestablement leur chef.

— Rama! siffla-t-elle, appelant le monstre par son nom. Viens et salue ton roi.

Elle avait dit ces derniers mots en khmer. Elle fit un signe de la main. Le reptile glissa lentement hors de la cage, gagna le centre de la cour et déploya soudain son capuchon, superbe et frémissant comme un paon faisant la roue. Ses yeux noirs et sa langue mobile suivaient les déplacements du roi. Il semblait fasciné par le fourreau d'or ciselé que le souverain tenait à la main et dont, à la différence de ses prédécesseurs, il n'acceptait jamais de se séparer.

La cage s'était mise à grouiller et à siffler dans des crissements d'écailles, chaque individu se dénouant pour retrouver son indépendance et se lover le long du grillage, tête haute, comme au spectacle.

— Vois, dit Yaksa, Rama fait déjà des jaloux, car il fait le beau! Il est ton protecteur, ton bouclier. Il restera là jusqu'au moment où je lui dirai de rentrer chez lui. Personne en ce moment ne saurait l'approcher, sauf moi.

Yaksa fit plusieurs pas en direction du reptile, en laissant ses pieds glisser sur le sol, lentement, précautionneuse et marquant chaque temps, puis s'inclina, s'agenouilla et, arrivée à portée de langue de son élève, se baissa pour déposer sur son front un baiser prolongé, sans hâte.

— Pourquoi donnes-tu à ce serpent le nom d'un dieu? demanda le roi.

— Ce serpent est un dieu. Tous les serpents sont des dieux. Les démons ne sont jamais que des dieux qui s'ignorent. Il y a là tout le panthéon brahmanique. Voici Rama et ici...

— Et à quoi bon des combattants qui ne peuvent combattre puisqu'ils sont incapables de servir en cohorte ?

— Les cobras royaux sont utiles pour les actions ponctuelles afin de neutraliser dans le secret tel ou tel personnage. Sache-le, mon roi. Je peux tuer ainsi quiconque me déplaît. Chaque cobra est transportable dans un panier couvert qui est le sien. Il me suffit de le faire disposer au bon endroit. Chacun reçoit sa mission et reconnaît entre plusieurs personnes celle qu'il doit mordre. Et tuer... Toi, dit-elle à l'une de ses femmes auxiliaires, montre donc à Rama son panier, qu'il y rentre. Je reviendrai plus tard.

Yaksa indiquait maintenant à Tribhuvarman les cages où se trouvaient les femelles, nombreuses, qui savaient combattre en bataillon et charger, puis les petits dont le dressage en cours était confié aux institutrices apprenties, toutes des femmes, enfin les cages du secteur expérimental où grouillaient plusieurs espèces de reptiles au venin foudroyant et dont la reproduction était aisée.

— Et ceux-ci ? demanda le roi.

— Les najas cracheurs qui aveuglent avant de tuer. C'est une espèce particulière qui vient d'un continent lointain. Très efficaces. Les Chinois les achètent à des marchands arabes. J'ai réussi à m'en procurer plusieurs.

Le roi passa ensuite en revue l'équipe de Yaksa, uniquement féminine, qu'elle instruisait dans l'art de manier les reptiles. Ces femmes composaient en grande partie la garde privée du roi, qui avait été entièrement recomposée après l'affaire de Rahu et la mort de Yashovarman. Elles avaient pour mission, sous les ordres de Yaksa, d'assurer la protection rapprochée du roi. Les serpents ne devaient intervenir que dans des cas extrêmes.

*

Tribhuvarman hésitait. Yaksa lui avait fait clairement comprendre qu'il était entièrement à sa merci. Les amazones de la garde étaient à ses ordres, ainsi que ces escouades de reptiles dont il évaluait à présent le danger. La détente de ces animaux était trop rapide pour que l'on imaginât une riposte efficace ; les archers n'auraient pas le temps de tirer.

Au vrai, le roi était terrorisé. Pourtant, au terme d'une réflexion de plusieurs jours, il avait pris sa décision : il verrait la démonesse dans le but précis de lui annoncer son intention d'appeler à la cour et de choisir pour première reine une princesse de sang royal et antique, Indra, sœur de Devi, épouse de Jaya, qu'il avait bien connue dans leur enfance. On rétablirait aussi les dieux d'Angkor dans les cultes d'autrefois. Ainsi, la monarchie angkorienne reprendrait son cours normal.

Il s'aperçut alors qu'il tremblait.

— La victoire sur les Chams a conforté la royauté, commença-t-il, et je veux…

— Aucun roi n'a jamais été aussi bien défendu, coupa Yaksa. Vois tes gardiens : il suffira de les lâcher pour provoquer la fuite de la troupe la plus aguerrie… quel que soit l'ennemi.

— Il y a des hommes courageux qui pourraient…

— N'importe qui sera impressionné. Le cobra est un dieu. Ce n'est point tant la crainte de la morsure que la terreur de la divinité qui permettra de l'emporter. Chacun verra dans le spectacle soudain de cette multitude de serpents une manifestation du génie de la terre et des eaux, brandissant ses sept têtes et frémissant d'un corps multiple ! Le naga est l'animal tutélaire des Khmers. Regarde ! Il est partout, dans les esprits, dans les cœurs, sur les murs, le long des chemins et des douves. Devant l'apparition de mes serpents le peuple croira à l'expression d'un courroux divin. Il fuira.

— Mais les guerriers ne sont point le peuple.

Le roi se demandait s'il s'agissait là de pure niaiserie, tirée d'un conte, ou d'un calcul savant de démonesse. Son esprit vacillait. Il ne savait trop que croire. L'intelligence lui manquait. N'était-il pas victime avant tout de la voracité sexuelle de cette femme et des extases qu'elle lui donnait ? Des serpents pour défendre la royauté d'Angkor ! L'empire le plus puissant de la région ! Plutôt un spectacle de foire.

Les brahmanes qui revenaient peu à peu à la cour auraient facilement raison, par quelques sacrifices, des démons qui peuplaient la ville. Il se retourna, décidé à parler :

— La princesse…

— Tu as aussi les crocodiles, trancha Yaksa. Nous commençons à peupler les douves. Personne ne les franchira, éléphants, hommes, chevaux, machines…

— Les éléphants ne craignent pas les crocodiles, et je veux…

Tribhuvarman resta coi. Ses yeux venaient de croiser ceux de Yaksa, qu'il avait jusque-là évités. Elle avait le même regard que le cobra préposé à sa garde.

*

Le soir même le souverain se dirigea d'un pas nerveux vers la porte ouvrant sur la place royale. Il était furieux contre lui-même : ainsi le courage lui manquait ; il lui était viscéralement impossible de parler à cette démonesse. Son cœur vacillait, les mots lui échappaient.

Elle seule au palais se permettait de répondre sans en être priée, de lui couper la parole, au mépris de tout protocole. Il n'était qu'une marionnette dont elle tirait les ficelles. Au lit, pas plus qu'ailleurs, il n'osait lui parler. C'était elle qui toujours provoquait ses extases — il s'efforçait de lui rendre la pareille, mais en vain, faute de temps —, il n'était entre ses bras qu'un orgasme gémissant, vidé de ses essences vitales, livré aux yeux rieurs qui le dominaient, ironiques, tandis que des doigts serpentins parcouraient ses endroits les plus intimes, transformant ses discours en hoquets. Il lui semblait alors que les ongles de la démonesse, dont elle savait user comme de poignards, s'étaient rétractés. Au reste, ses érections devenaient de plus en plus incertaines : il avait trop peur.

Il fit un geste comme pour se débarrasser de tentacules imaginaires qui l'auraient enserré, donna du pied sur un piédestal de bronze et dissimula une grimace de douleur. Puis, rageur et ivre de vengeance contre ces objets qui osaient l'agresser, il brisa, du fourreau d'or qu'il tenait à la main, les brûle-parfums de jade qui bordaient son chemin.

Pourtant Tribhuvarman avait pris de l'assurance. Sa peur du peuple avait laissé place au mépris. Ses sujets n'étaient plus qu'un troupeau d'ahuris, qu'il convenait de berner puisqu'il se laissait mener. Il brandissait maintenant sans crainte l'épée brisée que Yaksa avait fait grossièrement ressouder par un artisan chinois de passage dont on avait aussitôt coupé la tête. Ou plus simplement il se contentait de la laisser dans son fourreau, à l'abri des regards, un fourreau d'or dont l'éclat suffisait. Les Khmers, à son passage, ne s'en retrouvaient pas moins front à terre. Seuls quelques mandarins avaient murmuré devant ce qu'ils appelaient une excentricité de prince parvenu, comme Angkor en avait tant connu.

Se reprenant, le souverain affecta de rire de sa propre maladresse. Après tout, que risquait-il ? Il assassinerait Yaksa, voilà tout ! Privés de leur maîtresse, les serpents ne vaudraient plus rien ! Et il épouserait Indra ! Décidément il se sentait bien dans sa peau, au sens propre, libéré des plaques de métal qui l'avaient tant fait souffrir au lendemain de l'usurpation, quand il n'osait sortir de peur d'un attentat. Il régnait. La pose de délassement royal qu'il devait prendre sur le trône lui était devenue naturelle. La gaucherie avait disparu. Seule lui manquait cette légitimité que dans la monarchie angkorienne une épouse de bonne lignée conférait aux usurpateurs de petite volée s'ils voulaient créer une dynastie.

Dans un grand mouvement de houle, le peuple se prosterna. Le roi paraissait. Les exploits des lutteurs, les combats de sangliers, de dogues et de coqs venaient de prendre fin. Tribhuvarman allait maintenant présider au combat des éléphants. Deux grands mâles allaient s'affronter.

CHAPITRE 50

Santanu ricana :

— Tu es ma prisonnière. Et nous prendrons Angkor ! Et tu seras ma reine !

Depuis le matin Santanu répétait sans cesse la même chose, alternant les sarcasmes à l'égard de Devi et les insultes qu'il adressait au médecin chinois chargé de soigner son pied malade.

— Arrête ! Brute ! Songe que tu soignes là un pied royal, celui que baiseront mes sujets.

La plaie s'était infectée et il avait été sérieusement question d'amputation. Mais le roi cham avait dépêché son médecin personnel, expert en toutes sortes d'onguents et surtout dans l'art d'introduire au plus profond des chairs des drains susceptibles d'évacuer les humeurs les mieux cachées. Le pied puait. L'enflure remontait à la cuisse. Les assistants apportèrent un bassin d'argent plein d'un liquide rouge dont la composition était gardée secrète. Aidé du médecin, Santanu y introduisit lentement son membre blessé.

— Et toi, princesse, ma prisonnière, de ton côté, fit-il en retenant une grimace, de ton côté, où en est ce joli petit derrière ?

Devi ne pouvait répondre, encore moins bouger. Meurtrie, épuisée, presque sans connaissance, elle était étendue sur un grand lit d'ébène. Santanu exigeait qu'elle fût soignée dans la même chambre que lui. Raison d'État ! avait-il rétorqué à un vieux domestique qui protestait. Le même médecin et les mêmes onguents étaient commis aux soins de son pied et des fesses de sa prisonnière. Celles-ci n'étaient plus que deux plaies sanglantes, également infectées ; les chairs étaient profondément entamées.

La princesse n'avait pas supporté la chevauchée de plusieurs jours, à toute bride, qui avait permis à son ravisseur de gagner au plus vite la capitale chame, laissant loin en arrière l'armée en retraite. Santanu n'avait ménagé personne, Devi encore moins que ses hommes. On avait épuisé plusieurs chevaux, la remonte étant assurée par un troupeau mené par des cavaliers : non montés, les animaux conservaient plus facilement leurs forces, notamment lors du franchissement des montagnes.

Deux femmes venaient de disposer la princesse sur le ventre, nue et jambes écartées. Un premier assistant plantait ses aiguilles d'argent en plusieurs points de son corps, tandis qu'un second les tournait avec rapidité afin de provoquer une anesthésie locale. Mais le gras des fesses ne constituait pas un point que pouvait traiter efficacement l'acupuncture. Un troisième assistant, penché sur les blessures, s'efforçait de sonder les endroits les plus atteints.

Santanu avait refusé pour lui-même toute intervention par acupuncture et s'était fait administrer contre la douleur une drogue dont les effets expliquaient sans doute son excitation proche de la démence. Il hurlait maintenant :

— Cela vaut mieux que la pisse de rhinocéros réchauffée dont me badigeonnaient les sauvages ! Espérons-le, sinon ton compte est bon, sauvage de Chinois toi-même !

Le médecin restait de glace. Il constatait tout simplement la supériorité de sa science. En effet, lors de cette randonnée éperdue, les soins donnés en hâte dans les villages avaient eu un effet négatif : médicaments trop vieux, surtout cette urine de rhinocéros même si, en certains cas mais à condition d'être fraîche, elle pouvait se montrer bénéfique. De plus, les infections s'étaient aggravées dans l'humidité croissante de la saison des pluies. Il fallait faire vite et bien si l'on voulait éviter l'amputation… ou la mort.

— Alors ! Ce petit cul ! Que je le voie de plus près !

Santanu s'était levé ; il se précipitait vers le lit d'ébène, marchand à cloche-pied, son membre malade laissant une traînée de boue rouge sur le plancher.

— Le joli petit cul ! Tout rouge ! Les jolies petites montagnes ! Toutes rouges ! Ma prisonnière ! Ma reine ! Quand nous prendrons Angkor... Et là entre les deux, le petit œillet parfumé ! s'exclama-t-il en se penchant sur les jambes écartées tandis que les assistants le repoussaient. C'est là que nous irons voir puisque tu ne veux pas de moi de l'autre côté ! Voyons ! Laisse-moi essayer, du bout du doigt...

Devi ne tressaillit même pas. Elle était évanouie. Son fin visage d'apsara reposait sur le côté, noirci par le soleil et ravagé par la douleur. La fièvre était tombée. « Elle rêve sûrement à son destin étrange », songea le médecin attendri. Enlevée en l'absence de son époux, comme Sita par le démon Ravana ; transportée de force en une capitale étrangère, comme Sita à Lanka ; et sans doute serait-elle violée, dès sa guérison, par ce sauvage qui se croyait civilisé... A moins que son époux, le prince khmer, ne réussisse à jouer les Rama... Décidément ces Khmers, dans leur existence comme sur les murs de leur temple, ne cessaient de jouer les épopées indiennes.

La résidence de Santanu à Sin-Tchéou, le port de mer de Vijaya, était superbe. Au-delà de la véranda qui jouxtait la chambre, la mer s'étendait à l'infini. « Demain sera un jour meilleur », pensa le médecin. On avait sans ménagement remis Santanu sur son siège et son pied dans le bassin d'argent. Il refusait la potion calmante qu'on voulait lui faire absorber.

— Le joli petit cul ! hurla-t-il à nouveau.

*

— Ces médecins chinois sont des sorciers. En quelques jours, la guérison ! Rien ne vaut la science chinoise.

Santanu marchait avec une canne, frais, reposé, le corps parfumé d'onguents et couvert de bijoux qui résonnaient à chaque pas.

— Alors, ma princesse, poursuivit-il, votre prison vous convient-elle ? Ne vaut-elle pas vos montagnes escarpées et la compagnie des sauvages ? Voyez, vous avez tout ce qu'il vous faut. Jouissez de la vie !

Les mets les plus fins, les boissons les plus rares étaient disposés sur une table basse que surmontait une coupe d'or débordant de fruits artistement présentés à la chinoise. Santanu s'approcha et, posant sur le bord de la table un coffret finement ciselé, en ouvrit le couvercle : parures, pierres précieuses, bracelets, pendentifs, diadèmes étincelèrent au soleil levant dont les rayons en cet instant venaient d'inonder la pièce.

— Pour vous, dit-il.

La princesse refusait obstinément les avances de son ravisseur. Les vêtements de soie qu'il lui avait offerts n'avaient pas quitté leur housse. Elle mettait un point d'honneur à porter le même sampot que lors de son enlèvement, une pièce d'étoffe cramoisie, de facture indigène, que les péripéties du voyage avaient transformée en loque informe. Le médecin s'était inquiété de la saleté de cette étoffe, qui pouvait ranimer l'infection. Car les plaies étaient en voie de cicatrisation : chaque jour, l'homme de science se penchait sur les croûtes qui recouvraient les fesses de Devi en petits dômes bruns sous lesquels la peau repoussait rapidement. Elle serait bientôt guérie et retrouverait l'usage de son corps tout entier. Ce jour-là lui semblait redoutable : que ferait Santanu ?

Pour l'instant elle n'osait encore s'asseoir. Mais ce qui la faisait le plus souffrir était bien l'interdiction de prendre un bain que lui imposait la médecine. Les femmes du gynécée la lavaient avec un peu d'eau et une éponge ; elles nettoyaient aussi son vieux sampot, dont elle était privée le temps du séchage.

— Venons-en au fait, dit Santanu après quelques minutes de silence. Savez-vous que j'ai le dernier traité magique, le troisième, celui que vous m'aviez refusé ? Le voici.

D'un revers de bras il balaya ce qui se trouvait sur la table et déroula un parchemin noirci. Plusieurs figures géométriques apparurent, entourées de formules mathématiques où caractères sanscrits et chinois se mêlaient.

— Le traité a été détérioré pendant le voyage : la sueur de mon corps, princesse, car je le portais sur moi en permanence, et l'humidité de la saison. Pouvez-vous le restaurer, car certaines formules sont maintenant peu lisibles ?

— D'où le tenez-vous ? demanda Devi, se décidant enfin à parler.

Santanu ricana :

— De votre sœur Indra.

— Indra ? Impossible ! Traître, tu mens !

— Ne m'insulte pas, Devi, ce n'est plus le moment. Tu es ma prisonnière et je peux faire de toi ce que je veux.

— Comment Indra… ?

— Indra et son amant, le roi Tribhuvarman, ont fait remettre les trois traités au roi cham en échange de la paix. Le roi a préféré la guerre.

— Tu mens. Comment l'aurais-tu su ?

— J'ai mes secrets. Et mes espions. Rien de ce qui se passe à Angkor ne m'est inconnu. Je sais tout !

— Indra et Tribhuvarman ! Tu inventes !

— Je sais tout, te dis-je. La vie réserve des surprises.

Le général éclata d'un rire méchant. Il pourrait raconter à la princesse comment sa sœur Indra avait failli finir dans une jarre de fiel, ou du moins la partie qui intéressait les chasseurs. Il hésita. La provocation était inutile. Inutile aussi de dévoiler l'efficacité de son réseau d'espionnage… Devi s'était dressée. Il la défia :

— Oui, je sais tout ! Je sais aussi que plus personne ne croit à ton prince. Il ne sera jamais roi. Jaya ne sera jamais Jayavarman.

— Ton esprit est rempli de mensonge ! rétorqua-t-elle en laissant fuser un petit rire hésitant. Tu mens pour arriver à tes fins, me faire souffrir et m'affaiblir. Indra ne peut avoir trahi. Quant à mon prince qui, dis-tu, ne sera jamais roi, c'est pourtant lui le victorieux ! Lui qui a gagné la bataille. Les Chams sont vaincus, et toi avec, traître !

— Tais-toi, Devi… Regarde ce plan et dis-moi ce qu'il veut dire.

La princesse était trop intriguée pour se réfugier dans le mutisme.

— Alors, reprit-elle, pourquoi ce traité est-il entre vos mains et non dans celles du roi ? Rudravarman le sait-il ?

Santanu éclata de rire :

— Je ne suis pas si sot ! La possession de ce traité sera mon sauf-conduit. Par lui je tiens Rudravarman. Je négocierai ce trésor au dernier moment, après la prise d'Angkor. Et, crois-moi, le roi cham ne me l'arrachera pas de force, j'ai pris mes précautions... Si je meurs, le traité meurt avec moi ! Mais quand nous prendrons Angkor... je te ferai reine ! Ce parchemin pour nous représente la royauté...

Il s'était mis à caresser la nuque de la princesse. L'homme était trop parfumé et il avait l'haleine chargée. Devi souffla bruyamment des narines, se dégagea et le repoussa avec force. Santanu faillit perdre l'équilibre.

— Où sont les deux autres traités ? reprit-elle, se retournant vers son adversaire comme une tigresse prête à mordre.

— Indra a remis les trois. Je les avais pendant la bataille. Deux d'entre eux ont été détruits au cours de la retraite. Brûlés ! brûlés par ma sueur ! par ma peau, princesse, cette peau que tu connaîtras bientôt, souffla l'homme en faisant mine de la serrer contre lui. Mais il reste celui-ci, celui qui nous manquait. Car Rudravarman possède la copie des deux autres. Les trois traités sont ici : deux chez le roi et un chez moi.

Devi admirait malgré elle l'astuce de l'homme. De plus, la chance le servait. Le but de guerre du roi Rudravarman était, entre autres, de s'emparer des traités. Santanu attendrait son heure. Il négocierait la remise du troisième traité contre la royauté d'Angkor. C'était son intention depuis toujours. Mais il fallait une nouvelle guerre et, cette fois, prendre la ville.

— Alors, rugit Santanu, vas-tu te décider ?

L'homme devenait menaçant. Au vrai, il surestimait les connaissances de la princesse. Devi ne pouvait apporter une interprétation précise de ces formules et figures. Certes, elle reconnaissait ce plan puisqu'elle était l'auteur de la copie. Elle était à même de rétablir de mémoire les parties manquantes. Mais la mise en application de l'ensemble lui échappait. Le secret en avait été gardé par des brahmanes disparus. Elle avait entendu dire que le vieux Pisnokar, surnommé l'architecte des dieux, auteur du temple de Suryavarman II, le Grand Temple de Vishnu, en conservait une connaissance précise, qu'il dissimulait. Il ne répondait aux questions que par des considérations volontairement imbéciles. Et était-il encore en vie?

Elle comprit soudain où se trouvait sa chance. Il lui suffirait de feindre et de laisser croire à son ravisseur qu'elle était prête à lui faire les révélations qu'il attendait. Elle agirait comme Pisnokar, sans en avoir la science. Santanu croyait avoir besoin d'elle. Elle obtiendrait ainsi ce qu'elle voulait, y compris le respect de son corps.

*

Le général s'était dirigé vers la véranda. Il observait le port. Au loin, la mer s'animait de plusieurs jonques de haut bord : la flotte chame était sortie, toutes voiles dehors. Des manœuvres sans doute, ordonnées par le roi. Il n'avait pas été consulté. Depuis la défaite chame sous les murs d'Angkor, Rudravarman lui battait froid, le rendant responsable du désastre. Il était mis à l'écart. C'est pourquoi la possession du traité manquant assorti du code de déchiffrage que pouvait lui communiquer Devi prenait une valeur plus grande encore. Il lui fallait absolument convaincre la princesse :

— Princesse, soyons sérieux, dit-il en se retournant.

Sa voix s'était faite douce et affable. Devi crut retrouver le ministre khmer toujours aimable et souriant, plein d'aisance et de joie, qui semblait dispenser le bonheur à chacun.

— Pourquoi, reprit-il, votre sœur Indra aurait-elle remis ces traités secrets si ce n'est pour la défense d'Angkor? Il n'y a point trahison, mais collaboration. Vous connaissez votre sœur. De plus, elle vit avec Chudamani, la mère de votre époux. Elle a fait la paix avec Tribhuvarman.

— Que voulez-vous dire?

— Que l'avenir est à une alliance étroite entre les Chams et les

Khmers. Indra l'aura sans doute compris. Ainsi que Tribhuvarman. Je vous le dis, ils sont très bien ensemble.

Cet homme mentait. C'était impossible autrement. Devi décida d'entrer dans le jeu et de jouer le tout pour le tout. Elle inventerait le secret d'Angkor, celui de sa richesse et de ses constructions, celui des travaux d'irrigation et des mystères de leur efficacité, et puis le rapport architectonique entre l'harmonie des constructions de pierres et l'orientation des canaux, et les formules incantatoires pour rendre la magie opérationnelle : comment soulever des pierres énormes, où trouver l'or, l'argent, les perles et l'ivoire avec des formules susceptibles d'en multiplier le poids, comment lier la forme des canaux aux lois de la fécondité, leur direction aux forces qui, du fond de la terre et des eaux, venaient du monde souterrain des nagas.

Sa facilité à inventer l'étonnait elle-même. Elle avait enfin trouvé un mot pour qualifier la science qui permettait d'établir un lien de compréhension entre les trois traités : l'« architectonie », comme cela sonnait bien ; on y mettrait de la magie et du mystère ; elle saurait imaginer des formules à consonance ésotérique. Ce jargon l'enchantait. Mais encore fallait-il être plausible. Santanu était trop fin pour ne pas déceler la moindre faille.

Elle se pencha sur le parchemin :

— Ici, dit-elle, le rapport aux conjonctions astrales ; le premier astrologue venu saura la lire. Là, ne reconnaissez-vous pas la carte du ciel ? A chaque conjonction un équivalent terrestre. Et surtout, une hypothèse : la rotation de la Terre... le grand secret... En voyez-vous le signe ? Il y va d'une lecture architectonique. Mais pour cela il faudrait les deux autres traités... Faites apporter des feuilles et des poinçons, je vais essayer de retrouver les conjonctions. De toute façon, sachez-le bien, je ne puis donner qu'une première approche...

Un officier entra :

— Général, le roi vous mande d'urgence pour un conseil de guerre.

Santanu se redressa d'un bond :

— Enfin ! murmura-t-il.

CHAPITRE 51

Selon son habitude, Rudravarman IV, roi du Champa, tenait conseil à grand fracas, sans ordonnance ni protocole. Cela lui permettait d'agir vite et de ne jamais perdre la clef des décisions, prenant de court conseillers hésitants ou bavards.

— Demande-lui comment il connaît ces passages et pourquoi il en parle si tard.

Parmi d'autres langues, le roi maîtrisait bien le cantonais, mais il avait pour principe, lors d'interrogatoires ou de négociations avec des étrangers, de se réserver les temps de traduction : il augmentait ainsi ses marges de réflexion. L'interprète traduisit, écouta la réponse et reprit :

— Il dit que vos cartes sont fausses. C'est la première fois qu'il voit ce genre de carte.

Le roi décida de s'adresser directement à l'homme :

— Comment fausses ? Viens !

Le Chinois leva son front de terre, glissa un œil inquiet en direction du roi et se mit à progresser à genoux, par glissades.

— Lève-toi et viens. Viens ! te dis-je.

Une carte chinoise de l'embouchure du Grand Fleuve était disposée sur le sol. Le roi pointait un doigt interrogateur :

— Où sont tes passes ?

Les gardes-côtes chams avaient capturé la veille trois Chinois, pirates ou contrebandiers, dont la jonque avait fait naufrage. Interrogés, ils avaient dit venir du pays khmer et notamment du Grand Lac. L'un d'eux semblait particulièrement averti : il parlait volontiers et avait donné des détails troublants ; c'était probablement le capitaine. L'information avait été aussitôt transmise en haut lieu. Mensonges, avait tranché l'amirauté, en cette saison le fleuve divague et se répand partout, les chenaux deviennent introuvables, ils changent de jour en jour ; une jonque de cette taille ne pouvait venir des lacs. Prévenu, le roi avait demandé qu'on lui amenât le naufragé.

Enhardi, celui-ci s'exprimait avec volubilité, traçant du doigt des itinéraires sur la carte :

— Il existe, traduisit enfin l'interprète, un nouveau bras de fleuve, au nord, qui ne figure pas sur cette carte. Ici. Les eaux en sont toujours profondes et régulières, quelle que soit la saison, mais plus précisément au terme de la saison des pluies. Ce passage est gardé secret. Seuls quelques marins cantonais le connaissent, dont cet homme, qui prétend l'avoir découvert.

— Un passage secret ! coupa le roi. De qui se moque-t-on ? Cela n'existe pas.

— Secret, Sire, poursuivit l'interprète, ou du moins peu connu. C'est en tout cas ce qu'affirme cet homme.

Interrogé à nouveau, le Chinois répondit par un long discours. L'interprète reprit sa traduction :

— Ce passage n'existait pas il y a quelques mois. Il s'est créé à l'occasion d'une crue soudaine qui a emporté une digue et remis en eau un ancien lit du fleuve. La crue a submergé des rizières dont on connaissait le niveau, ce qui permet de déduire par rapport au paysage la profondeur de ce nouveau chenal, qui se présente large et droit. Le passage s'ouvre sur la mer dans une baie étroite et cachée, fermée de récifs que l'on ne peut franchir que par un jeu de chicanes repérables grâce à quelques rochers apparents et parfaitement reconnaissables. C'est le seul point de navigation difficile, de jour comme de nuit…

— De nuit ! Cette voie ne saurait être praticable… Et de jour les patrouilles khmères interviendront. Mais poursuis, dit le roi.

— Le passage peut se faire de nuit. Les Chinois qui l'ont découvert, et tiennent à le garder secret pour s'assurer un monopole de transport, ne le pratiquent que de nuit. Il n'y a pour l'instant dans la confidence que trois armateurs, dont celui-ci.

— Comment pratiquent-ils cette navigation de nuit ?

Mais le naufragé ne voulait plus répondre. Il regrettait déjà d'avoir trop parlé et s'inquiétait de l'intérêt croissant de ce roi pour un petit avantage qui n'intéressait jusque-là que quelques commerçants besogneux. Le roi cham cherchait à lui voler son négoce.

— Il ne veut plus répondre, dit l'interprète. Il craint qu'on lui vole son secret.

— Comment son secret ? Ici, il n'y a point de secret pour le roi ! Qu'il parle ! Sinon…

— Il demande une récompense.

— Il l'aura.

Le Chinois tremblait. Sur l'insistance de l'interprète et après quelques secousses convaincantes de la part des gardes, il continua ses explications. L'interprète prenait des notes afin de mieux traduire :

— Il dit que c'est simple. Une embarcation est mise à la mer et va placer sur chaque rocher un homme avec une torche. Le chenal est balisé. Il l'a fait plusieurs fois. Sire, il se propose comme navigateur si le passage vous intéresse et si vous payez bien ses services.

Le roi se dirigea vers le trône et prit la pose d'aisance royale.

*

— Que l'on embarque aussitôt ce Chinois et ses deux compagnons sur la jonque royale, ainsi que toute personne présente ici. Toi aussi l'interprète. Cette jonque restera mouillée au plus loin avec interdiction à qui que ce soit d'aborder… Ah ! Voici notre chef d'état-major… Il était temps !

Santanu fit son entrée dans la salle du conseil. Il claudiquait. Il posa sa canne et se prosterna selon les règles du protocole, mais le roi lui fit signe d'approcher. Santanu écouta sans broncher le discours assez long que Rudravarman lui tint en aparté. Il constata qu'il était rentré en grâce et conservait son rang de chef d'armée. Cependant l'enthousiasme royal le prit de court.

— Sire, dit-il enfin, que de hâte! L'armée n'est pas prête.

— Je ne reviendrai pas sur ma décision. Nous attaquons Angkor par surprise. Par la mer et le Grand Lac.

— Ces Chinois ne vous trompent-ils pas?

— C'est un risque à courir.

— La flotte est-elle en état?

— Elle manœuvre depuis ce matin, sur mon ordre. Tout sera vérifié.

— Les effectifs?

— Trois mille hommes. Pas plus. Uniquement des fantassins avec du matériel pour assiéger la ville.

Le coup était audacieux. Rudravarman ne reculait pas devant les projets les plus fous. Pourtant, sa dernière lubie avait mené au désastre.

— Rappelez-vous, Sire. Vous pensiez que les chars de combat rendraient votre armée invincible. Ils ont causé notre défaite.

— Certes. Le terrain s'est mal prêté aux manœuvres prévues. Et les pluies sont venues trop tôt.

— Même en terrain sec...

— L'échec n'est pas militaire, il est diplomatique. Le prince Jaya a refusé notre alliance et est intervenu au cours de la bataille. Sans quoi nous prenions Angkor.

— Il interviendra à nouveau. Ses forces sont intactes. Son infanterie de sauvages et ses éléphants...

— Non, car, cette fois, tout repose sur l'effet de surprise.

Les deux hommes gardèrent un moment le silence. Le roi avait décidé. Mais cette fois l'aventure était de taille. Tout s'appuyait sur la parole de ces naufragés, plus ou moins pirates. Rudravarman était coutumier de ces coups d'audace. Il poursuivit :

— Et la princesse, votre prisonnière, a-t-elle parlé?

— Non, Sire, elle se remet de ses blessures.

— Rappelez-vous le troisième traité. Il me le faut! Sinon...

— Sire, elle est la seule à savoir où se trouvent les traités. A Angkor même, dans la ville, ou dans les monastères des faubourgs. C'est alors seulement que nous la ferons parler. Pour le moment, ménageons-la.

— Alors, soignez-la bien. Elle embarque avec nous. De plus, elle constituera une monnaie d'échange utile si d'aventure Jaya se mettait à nouveau sur notre route. Allez! Réunissez les corps d'infanterie. Nous partons dans deux jours.

*

La troupe ne se nourrissait plus que d'insectes, de larves et de fruits. Elle attendait le moment propice pour entrer dans la ville et retrouver Devi, et il fallait absolument maintenir une immobilité totale. La moindre erreur, le moindre mouvement intempestif donnerait l'alerte.

— Notre cachette est bonne, dit Shikésa.

— Oui, mais nous ne pouvons plus attendre. Les hommes sont épuisés. Ils n'ont plus de quoi se nourrir.

— Certes, mon prince, mais où veux-tu passer?

— Là-bas... Regardez! C'est moins haut. Et le repli de terrain permet une approche... En suivant le ruisseau...

Le brahmane écarta les branchages et observa une nouvelle fois les remparts de la ville dont le ruban sombre courait le long de la colline, à deux ou trois milles, en contrebas. Les longues murailles couleur de sang séché, percées de meurtrières horizontales ou carrées et surmontées de tourelles, se teinteraient tout à l'heure, dans le crépuscule, d'une noirceur inquiétante.

— Peut-être. Essayons.

C'était l'heure la plus chaude de la journée. Les Tchong dormaient. Dès le crépuscule les nuages de moustiques, porteurs de fièvres, rendaient le repos impossible.

— Ce sera pour cette nuit, décida Jaya. Voyez ces nuages qui courent dans le ciel. La pluie ou le vent nous seront favorables.

L'attente commençait, angoissante. Le prince et le brahmane n'arrivaient pas à trouver le sommeil. Couchée sur le dos, les pattes en l'air, la tigresse ronflait doucement. Laissée à la garde d'Injit, elle avait rejoint le prince quelques heures après le départ de l'expédition. Depuis elle ne le quittait plus. Shikésa rompit le silence :

— Tu vois, mon prince, je t'ai instruit depuis toujours des grands principes de la foi.

Et le brahmane parla longtemps. Il évoqua les années où il s'était dévoué à l'instruction du prince, laissant transparaître pour la première fois l'affection profonde qui l'avait uni à son élève. Il parla à nouveau des grandes épopées, et particulièrement de la *Bhagavad-Gita*, de la dimension qu'elle donne à l'homme et des principes de vie qu'elle contient, avec pour principal facteur la volonté de croire, d'être, de connaître, de vivre et de représenter la vérité. Il en cita plusieurs passages, surtout ceux où l'on voit l'homme confronté à ses faiblesses et à ses doutes. Il dit alors combien il regrettait d'avoir un temps rompu ses vœux, et rappela comment on devait craindre la punition des dieux qui se vengeaient d'un tel forfait en privant les coupables de leur lucidité.

Le prince se laissait porter par cette voix de bronze dont le timbre rappelait des temps de bonheur. Elle avait ce soir-là un goût d'enfance.

*

Santanu ne sentait plus la douleur de son pied. Les affaires reprenaient ! Et avec quelle accélération ! La guerre ! Il ne pensait pas reprendre sa cuirasse de sitôt. Et cette fois il avait deux atouts majeurs en main : le troisième traité qu'il conserverait avec lui sous son pourpoint, et Devi, la seule personne capable d'en donner une interprétation. Rudravarman tiendrait sa promesse : la royauté contre les traités. Alors lui, Santanu, tuerait Jaya et prendrait Devi pour épouse… D'excitation il en oubliait sa blessure.

Il arpentait les quais d'embarquement, donnant des ordres, se servant de sa canne comme d'un bâton de commandement, se faisant remettre les états d'intendance et d'armement, imposant partout sa présence et son autorité. Tout pliait devant ses talents d'organisateur.

Le roi lui avait ordonné de lancer une campagne de désinformation. Le général était expert en la matière. Ses agents répandaient partout la nouvelle selon laquelle le Champa préparait une démonstration de force à l'intention du Dai Viêt, au nord, ainsi qu'une action contre les pirates qui infestaient la mer de Chine. Les éventuels espions khmers trouveraient le renseignement plausible. Personne ne devait se douter que ces préparatifs visaient une nouvelle fois Angkor. Au reste, le coup était trop audacieux pour qu'une telle information, parvenue à Tribhuvarman ou au prince Jaya, pût être prise au sérieux. Le secret de l'affaire reposait sur sa propre folie. On comptait en outre sur la déliquescence des services de renseignements khmers.

Toutes les personnes présentes la veille au conseil de Rudravarman avaient été mises au secret sur la jonque royale mouillée au large.

Le départ était prévu pour le lendemain soir, à la nuit. Le général disposait d'une journée supplémentaire pour prévoir le matériel nécessaire au camouflage de la flotte lorsque celle-ci atteindrait les eaux du Grand Fleuve. Le défi était de taille : comment remonter le Grand Fleuve sur plus d'un millier de milles, puis le Grand Lac, sans éveiller la méfiance des Khmers ?

CHAPITRE 52

Les ombres se profilèrent un instant sur les remparts de la ville endormie. Les premiers souffles de la mousson du nord-est soulevaient la mer en un moutonnement étincelant. La lune en était à son dernier croissant que voilaient tour à tour des nuages de longue traîne. La ville grinçait sous les rafales.

— Attention à la prochaine ronde, souffla Shikésa.

— Le vent nous est favorable. Ses sifflements et son tumulte créent la confusion. Tout s'agite.

Vêtu d'un simple pagne, Jaya se fondait dans la nuit. Son maquillage le rendait pratiquement invisible. Seul brillait par instants le feu de son regard. Les montagnards étaient maîtres dans l'art du camouflage : charbon de bois et terres de couleur mélangés avaient transformé le prince en une ombre indistincte.

Le commando se composait de quatre hommes : le prince, le brahmane et deux chefs tchong, équipés de cordes de cuir tressé munies de crampons avec pour seules armes des coutelas de jet. La lune fit une brève apparition et disparut à nouveau ; la ville s'étendait des pieds intérieurs des remparts jusqu'à la mer.

— A la prochaine éclaircie, dit Shikésa, montre-nous la résidence de ton général. D'après tes descriptions, elle ne saurait être loin.

Le brahmane s'adressait au transfuge cham qui les accompagnait, un petit homme entièrement nu recroquevillé près de lui et qu'on aurait pu prendre pour un singe. Tombé de cheval et fait prisonnier pendant la retraite, il devait sa vie au prince Jaya qui s'était interposé au moment où les montagnards s'apprêtaient à l'exécuter.

En échange de sa vie, le soldat avait promis de fournir les renseignements qui lui seraient demandés. Il savait que toute tentative de trahison signifierait la mort. L'un des montagnards le tenait en laisse, à l'aide d'une lanière de cuir passée au cou. La lune se faisait attendre.

— Jamais Santanu n'aurait eu le front de l'enfermer ailleurs que dans sa propre résidence, comme une vulgaire prisonnière, s'inquiéta Jaya.

— On verra.

— A moins qu'il ne l'ait remise à Rudravarman.

— Je ne pense pas. Il est trop fin politique. Nous allons la trouver, souffla le brahmane, qui cherchait à cacher sa propre inquiétude.

— De toute façon, elle est sous bonne garde. Le combat ne sera pas aisé. Et espérons que ce Cham ne nous trompe pas.

— Tiens-toi prêt. A la prochaine éclaircie.

La lune s'apprêtait à sortir d'un nuage lorsque le brahmane réalisa qu'une forme claire, souple et soyeuse, venait de le frôler.

— Qu'est-ce ?

— La tigresse, dit Jaya. Elle nous a rejoints. Nos hommes n'ont su la garder. Mais comment a-t-elle franchi le rempart ?

Le fauve s'était couché à ses pieds. Il émettait un feulement de satisfaction dont l'ampleur croissante risquait de trahir le commando.

— Allons, tais-toi ! Du calme ! dit le prince en la caressant.

Mais il n'eut pas le temps de faire taire la nouvelle arrivée. Venant à contre-vent, une multitude de formes noires armées de filets venaient de tomber sur eux, comme sorties d'un nuage, semblables à des chauves-souris géantes. Shikésa comprit :

— Les fei-chas ! Gardez-vous ! Au coutelas !

Ces acrobates de combat, entraînés aux arts martiaux chinois, étaient capables de bondir si haut qu'ils semblaient voler. Ils étaient célèbres dans l'empire du Milieu et leur présence dans un combat donnait un avantage définitif. Ils agissaient toujours en silence : aucun cri, aucun ordre, aucun bruit. La capitale chame était mieux gardée qu'on aurait pu le croire.

Personne n'avait eu le temps de se mettre en garde. Le combat s'engageait dans le monde irréel d'un peuple de démons tombant du ciel.

Jaya se sentit enserré dans des filets, immobilisé et traîné le long du chemin de ronde. Ses compagnons subissaient le même sort. Toute gesticulation était inutile. Il entendait les rugissements de la tigresse. Dressée sur ses pattes arrière, elle avait réussi à éviter les filets qui lui étaient destinés et passait à l'offensive. Bondissant de place en place, elle cherchait à saisir dans ses griffes ces formes qui fuyaient, contre-attaquait dans le vide, revenait, repartait, acharnée à protéger le paquet informe que devenait son maître. Aussi désordonnée fût-elle, l'intervention du fauve donna cependant à Jaya le temps de saisir son coutelas et de couper ses liens. En un instant, il fut sur pied.

— Shikésa ! hurla-t-il, Maître ! Où êtes-vous ?

— Fuis !

— Jamais !

— Fuis !

Le cri s'était mué en étranglement : le brahmane était pris à la gorge.

C'est alors que la lune apparut et Jaya constata que ses compagnons étaient tous pris, ne formant qu'un amas de bras, de torses et de jambes se débattant en mouvements convulsifs sous des filets superposés. On eût dit un banc de poissons pêchés à l'épervier. Ils étaient perdus. Les fei-chas, toujours silencieux, s'appliquaient à resserrer les rets de cette masse compacte d'où ne sortaient plus que des grognements d'impuissance. Seul avec sa tigresse le prince ne pouvait avoir raison de cette armée d'ombres qui, tombant du ciel, reprenait ses assauts. Jaya évita un filet, puis un autre. Il lança son poignard et manqua sa cible. Une autre ombre surgit, évanouie aussitôt, suivie par d'autres tout aussi éphémères. On ne pouvait combattre que le vide. La tigresse se prit les griffes dans un filet, rugit de fureur, se trouva entraînée sur le dos, se débattit avec rage, et revint. La lune, à nouveau, se voilait.

On entendit crier des ordres en cham puis une cavalcade et un cliquettement d'armes. La garde venait aux résultats.

— Bravo ! Ils sont pris !

— Vite, avant qu'ils ne se libèrent ! Allons ! Courez !

— Laissez les arcs ! Inutile ! Les lances et les épées !

Jaya sauta dans le vide.

*

— Prends garde, empêche-la de s'approcher.

La tigresse léchait les plaies sanglantes de Jaya.

— Elle va aggraver la blessure. La langue râpeuse des tigres n'est pas faite pour la peau des hommes.

— La langue des chiens guérit et cicatrise.

— Oui, mais pas celle des tigres.

L'homme hésita et s'enhardit enfin à tirer la tigresse par la queue. Celle-ci se retourna en rugissant, puis se mit à tourner à petite distance du corps, émettant le feulement d'inquiétude de la mère cherchant ses petits.

Le prince était blessé. Il s'était rompu le poignet droit en sautant du haut des remparts, ce qui se soignerait aisément avec des attelles de bambou. Mais dans la chute la peau de son torse avait été arrachée jusqu'au sang. Son menton n'était plus qu'un magma de chairs écrasées. Les montagnards s'inquiétaient de plaies aussi larges qui, dans les miasmes de la saison des pluies, risquaient de s'infecter. On craignait la gangrène. Cependant aucune blessure profonde n'était à déplorer.

Jaya n'avait rejoint qu'avec peine la vingtaine de montagnards qui constituaient la base arrière du commando. Il fallait maintenant battre en retraite au plus vite. L'alerte était donnée et d'un instant à l'autre les Chams se lanceraient à leur poursuite.

Le prince était étendu sur le dos. On ne savait s'il avait perdu connaissance ou si ses yeux mi-clos exprimaient cet état de méditation intense qui lui était propre. Autour de lui les Tchong se livraient à des discussions sans fin. Leur chef n'étant pas revenu de l'expédition, ils se trouvaient désorganisés. De plus, la longue course à la poursuite de Santanu qui les avait menés jusqu'à la capitale du Champa avait, malgré leur entraînement, fini par avoir raison de leur résistance. Les hommes se sentaient à bout de force.

Deux d'entre eux restaient penchés sur la blessure qui couvrait presque la totalité de la poitrine du prince. Une torche de bois résineux éclairait insuffisamment la scène. On l'éteignit peu après de crainte qu'elle ne fournît un indice aux Chams. Personne n'était d'accord sur les soins à donner. Dès l'aube on irait chercher les plantes nécessaires. Mais cela prendrait du temps et il fallait partir, fuir au plus vite, gagner les escarpements du Darlac où les montagnards retrouveraient un milieu plus familier. Là, on pourrait reprendre des forces, donner aux malades les soins nécessaires et déjouer les attaques des poursuivants éventuels.

A l'est une première lueur dessinait sur le ciel le contour des remparts. L'aube venait. Le vent brusquement s'était tu. Et les palabres reprenaient. La confusion était complète.

— Tout beau, les chiens, tout beau! disait l'un.

— Tais-toi, tu vas les exciter.

— Essaie d'éloigner la tigresse.

— Fais-le toi-même!

Les chiens rouges grognaient. Couchés à distance respectable, ils observaient la scène. Jamais ils ne s'étaient habitués à la présence de la tigresse. Une ignorance réciproque avait jusque-là évité l'affrontement. Mais Jaya était seul à pouvoir préserver une paix précaire. L'excitation présente du fauve qui tournait autour du prince, montrant les dents et retroussant les babines, comme pour en défendre le corps inerte, soulevait les chiens d'inquiétude. Le poil hérissé, ils s'apprêtaient au combat, rampant en des approches hésitantes, aussitôt rompues. Quelques jours après le départ pour cette course effrénée à la poursuite du ravisseur de Devi, Jaya avait eu la joie de rencontrer une troupe de Tchong envoyée par Kéo dans le même but et qu'accompagnait la meute de chiens rouges dressés par le chef de village. Le détachement de Jaya s'était vu augmenté d'autant. Mais les chiens apportaient pour l'instant plus d'embarras que d'avantages. Lors des retrouvailles, on avait évité de justesse un combat entre la meute et la tigresse.

Le temps passait et les palabres s'amplifiaient. Personne ne prenait de décision.

C'est alors qu'une voix saccadée, scandant fortement chaque mot d'une prière, s'éleva au-dessus du tumulte. De plus en plus appuyée, elle passa insensiblement du murmure au cri pour dominer bientôt les vociférations de l'assemblée. Le sorcier, un très vieil homme au visage ridé, le seul du groupe à avoir jusque-là gardé le silence, lançait une invocation aux génies. Aussitôt chacun se tut, hommes, chiens et fauve, tandis qu'un ouragan se déchaînait avec une violence extraordinaire. Le vent hurlait avec rage, les arbres se tordaient, fouettés par une pluie violente sous un ciel revenu à la nuit. L'aube se fit opaque. Jaya remua faiblement. Les génies avaient entendu le message.

— Partons, dit le sorcier, les génies nous le disent. Partons à la faveur de cette nuit nouvelle. Faites un brancard de branches pour transporter le prince. Il vivra. Tenez vos armes prêtes. Et maintenant, empoisonnez vos traits. J'en prends la décision. Nous n'obéirons plus au prince Jaya que pour le sauver. Voilà ce qu'il faut.

Le vieil homme brandissait une gourde : le poison! Celui-là même dont Jaya avait interdit l'usage et que le vieux sorcier avait conservé en cachette. En cette extrémité, il permettrait peut-être de sauver la vie du prince.

— Allons! L'ouragan couvrira notre retraite.

Il fallait franchir à la course les collines proches de la côte, coupées de cols, puis la forêt, très dense, où l'on se taillerait un passage dans des herbes et des bambous infestés de sangsues, enfin la ligne bleuâtre des montagnes, crêtes semées de dents rocheuses, perdues dans la brume. Là seulement on serait à l'abri.

L'aube à nouveau paraissait. Jaya tremblait. Il était pris de fièvre et délirait à voix haute en une langue qu'ignoraient les montagnards.

Ce n'était point du khmer, mais sans doute la langue savante des brahmanes et des princes d'Angkor. Ils entendaient cependant répéter les noms de Shikésa et de Devi et se doutaient que le prince, en plus de sa souffrance, était pris du remords d'avoir abandonné son maître et son épouse. Mais il fallait fuir. La fuite aussi était un acte de combat.

Dans une discipline retrouvée, la meute de chiens allait au petit trot le long des sentes, sous la pluie battante. La tigresse avec soin escortait la civière.

*

— Soignez-le bien !

Santanu exultait. Ainsi tenait-il le brahmane, le guru de Jaya, si savant en lettres et en sciences, si expert dans le maniement de toutes les armes, Shikésa, le précepteur des princes, qui l'avait vaincu à l'épée sous les murs d'Angkor. D'un geste il dit au majordome de revenir.

— Je veux pour lui ce qu'il y a de meilleur. Des pièces de soie pour l'habiller, à trois ramages, comme pour les princes, du vin, des fruits et de la nourriture royale… Et des onguents ! Je le veux parfumé, coiffé, épilé, reposé, sentant bon le luxe et les dents propres ! Et couvert de bijoux ! Je le veux oint d'huiles parfumées et luisant de plaisir !

Le majordome frappa le sol de son front, se retirant à reculons.

Sa forme recouvrée, Santanu se sentait homme d'État. Il prit un fruit dans une coupe d'argent que lui tendait une servante, mordit dans la pulpe juteuse et se mit à cracher les pépins à travers la pièce, comme pour un jeu, comptant les coups :

— Du vin ! Et d'un. Du parfum ! Et de deux ! Des délicatesses de bouche ! Et de trois. Tout pour la jouissance ripailleuse… La vie et ses plaisirs ! Ah ! J'oubliais, fit-il en éclatant de rire. J'oubliais l'évidence… Et des femmes ! Reviens ! J'ai une idée.

Le majordome leva la tête pour prendre les nouveaux ordres de son maître :

— Qu'on lui amène du corps des danseuses... et pourquoi pas du gynécée, parmi mes concubines — j'en ai trop — les plus jeunes, les plus blanches, chaudes, profondes et juteuses, des femmes à la peau de jade, qui connaissent la musique et la danse, et savantes dans les acrobaties de l'amour...

— Bien, Monseigneur, combien ?

— Une douzaine, pas moins ! Renouvelable... Je sais de source sûre, poursuivit l'homme d'État pour lui-même, à haute voix tant son exaltation était forte, je sais qu'il est particulièrement bien membré, inépuisable dans ses jets de semence, et qu'il sait combiner les joies de l'ascétisme avec les râles du plaisir. Le brahmane ! L'ascète ! L'ermite ! Une semence d'ascète, abondante, coulant à flots ; elle est épaisse et douce, paraît-il, quand elle reste nourrie de plusieurs mois d'observance des traités d'austérités. Cela, dit-on, va bien avec la guerre ! Eh bien, ils seront servis ! Une semence explosive, comme ces pétards chinois, qui fusent avant de claquer... Une semence concentrée par le barattage de plaisirs trop longtemps écartés et soudain de retour. Eh oui, conclut-il en prenant un autre fruit, je connais maintenant son point faible. J'ai ma botte secrète. Je viderai cet homme.

Santanu fantasmait. Les mots s'entrechoquaient dans sa bouche, mêlés aux pépins qu'il crachait, son imagination débordait, le succès le portait à des excès de verbe... Il était enchanté de la vengeance qu'il venait de trouver à l'égard de ce brahmane qui depuis toujours le défiait et qui, non content de le battre en duel, avait joint à son triomphe l'audace de lui laisser la vie. Le récit des espions qu'il avait commis à sa surveillance lui donnait des idées : plutôt que de punir son ennemi en le torturant, en l'enfermant dans une cage de fer, en le privant de nourriture et de boisson ou en lui coupant les doigts de pied, il se vengerait en l'enfermant dans l'excès même de son péché. Le brahmane à jamais serait interdit d'ascétisme. Il deviendrait un homme mou et sans ressort. On allait ainsi lui infliger la pire des mutilations.

Le réseau d'espions de Santanu était l'un des meilleurs que le royaume du Champa eût connu. L'art de l'espionnage était un art indien, établi par plusieurs traités et dont la connaissance était indispensable à tout homme d'État. Il avait donc réussi à faire suivre Shikésa dans ses pérégrinations d'ascète tombé dans le péché. Les femmes qu'il avait connues et honorées avaient été interrogées avec adresse; elles avaient dit leur admiration pour les performances érotiques de cet ermite errant qui donnait si bien du plaisir.

Grâce à son service de renseignements, le coup de main sur Sin-Tchéou était attendu. Le général comptait que Devi servirait d'appât et espérait une bonne prise. Il avait su à bon escient et au bon moment faire déserter les remparts. Le corps de mercenaires chinois, experts dans l'art martial le plus secret, avait fait merveille. Le piège avait fonctionné. L'un des meilleurs moments avait été la découverte de ce qui se trouvait dans les filets : on avait donc retiré deux sauvages et, contre toute attente, le brahmane. Le guru de Jaya! La prise était excellente.

Deux points restaient obscurs. On ignorait l'identité de l'homme qui avait réussi à s'échapper grâce à l'intervention de ce tigre non prévu au programme : Injit, un kshatriya quelconque, le prince Jaya en personne ou un troisième sauvage? Il y avait une faille dans le renseignement; officiellement, Jaya et Injit n'avaient pas quitté l'armée khmère. Autre point obscur : les espions ne donnaient aucune explication au séjour prolongé du brahmane dans un village des environs de la Citadelle des Femmes, à une soixantaine de milles d'Angkor; sans doute une histoire de sexe — cela correspondait à la période de débordement du brahmane —, mais il serait plus prudent d'élucider l'affaire. Il donnerait des instructions dans ce sens.

Le général en chef de l'armée chame fit un geste d'insouciance. Il tenait Shikésa, c'était l'essentiel. Devi et ce brahmane perverti formeraient un couple de prisonniers hautement utile. L'idée de neutraliser l'homme par des excès de plaisirs, de luxe et de bombance était parfaite; rien de plus facile que de le séduire par ses nouvelles faiblesses. Sans ascétisme la science d'un brahmane n'était rien. Bon prince, il lui laissait comme serviteurs les deux Tchong devenus esclaves. Enfin il avait ordonné de ne pas poursuivre les assaillants, dont il connaissait au demeurant la position et les itinéraires de repli. Mieux valait garder toutes ses forces pour l'opération en cours. On n'avait pas de temps à perdre avec ces sauvages.

Ainsi, tout se présentait à merveille. Devi acceptait ses cadeaux, ce qui engagerait le brahmane à en faire autant. La princesse semblait aussi se décider à dire tout ce qu'elle savait sur les traités magiques. Elle avait réalisé des plans et des dessins, établi des calculs et des interprétations qui paraissaient plausibles. Le brahmane compléterait. Le jour venu, il aurait de quoi proposer son marché : la royauté d'Angkor contre une science dont les Chams recherchaient le secret depuis longtemps. De plus, Devi avait du sang cham. On pourrait sans doute faire jouer une corde patriotique… Qui sait ? On ferait miroiter pour la gloire de tous l'union des royaumes khmer et cham en un seul État. L'esprit du général fonctionnait à grande vitesse.

Plusieurs femmes entrèrent, interrompant la récapitulation de ses succès. On allait faire sa toilette : toilette de guerre. Santanu se laissa dévêtir et installer sur un lit de repos. Son pied était guéri. Il se passait de canne. Il serait épilé, gratté, massé. Ses muscles reposés seraient prêts pour l'expédition. Dans un coin de la pièce, le tailleur chinois attendait pour procéder à l'essayage de son nouveau gilet de guerre, une veste à longues manches à la mode militaire chame et dont une poche intérieure recevrait le troisième traité, soigneusement plié et serré dans une vessie de porc imperméable :

— Est-il prêt ?

— Oui, Monseigneur, et tel que vous le désiriez.

— Attends, nous verrons ça dans mon cabinet privé.

Étendu sur le ventre, Santanu sentit ses muscles se détendre. Oui, tout irait au mieux. Pour mettre Devi dans son lit, il attendrait son heure, comme pour tout. L'art de l'homme d'État consistait à savoir attendre. Un viol ou un empressement trop vif mènerait à l'échec. Et pourtant ? Pourquoi se priver de la princesse puisqu'il était le maître ? Il grogna de plaisir sous l'effet du massage.

Une main douce, partie de la nuque, parcourait son dos, grattant, s'arrêtant, revenant, atteignait la naissance des reins, glissait avec lenteur dans l'entrejambe. L'homme écarta les jambes et sentit son sexe en émoi. Il imaginait Devi nue dans ses bras.

« Ce n'est point le moment ! se dit-il en s'efforçant de relâcher tous ses muscles. Plus tard ! Plus tard ! »

Il écarta l'image de la princesse et se remit à penser... Une seule crainte : que la jeune femme ne livrât son secret directement au roi ; celui-ci devait ignorer jusqu'au dernier moment que lui, Santanu, était en possession du document recherché. En fait, il fallait jouer serré.

Quelques instants auparavant, ses espions l'avaient informé de la situation exacte d'Angkor. C'était le moment d'attaquer. On appareillerait dans la soirée. Tout était prêt. Il se retourna vers sa garde :

— Que l'on fasse appeler la princesse !

CHAPITRE 53

Indra ouvrit les yeux. D'un seul coup le soleil couchant avait envahi la cellule. La caresse lui parut délicieuse. Éblouie, elle se retourna, laissant retomber ses paupières. Une douleur lancinante continuait d'habiter son bras gauche et son torse restait couvert de plaques noires, mais la brûlure avait disparu ; seuls demeuraient des picotements passagers, un fourmillement incertain de douleurs éphémères que donne la cicatrisation.

Depuis des jours, peut-être des semaines, elle avait l'impression de dormir, se réveillant un court instant pour sombrer à nouveau dans l'inconscience. Depuis cette nuit où elle avait rêvé de Tribhuvarman. Soudain elle se souvint : le miroir, le cobra, la terreur, la morsure. Elle transpirait abondamment. Mais les gouttes translucides qui perlaient sur sa peau n'étaient pas dues à la fièvre. Seule la chaleur du soir en était responsable. Une chaleur douce, telle qu'en crée la vie. A nouveau elle ouvrit les yeux.

— Vous voilà guérie, dit Dhari. La fièvre a disparu. Le médecin est formel.

— Que s'est-il donc passé? murmura la princesse.

Elle se sentit submergée par une vague de confiance en reconnaissant la fidèle amie de la reine, toujours empreinte de bonté, aux décisions simples et douces, à la parole rassurante. La jeune femme avait laissé ses activités commerciales pour s'occuper de la malade. Assise au bord du lit, elle racontait :

— C'était au petit matin. Je surveillais la préparation du repas lorsque, attirée par vos cris, je me suis précipitée. Le grand naja venait de vous mordre au bras. Déjà vous étiez sans connaissance.

— Pourquoi ne suis-je pas morte ?

— C'était un naja cracheur.

— Ce sont les plus dangereux.

— Oui, mais ils jettent leur venin sur ce qui brille. Souvent les yeux. Celui-ci a d'abord été attiré par votre miroir. Nous l'avons compris plus tard. Il a craché tout son poison dans cette direction, sans doute à plusieurs reprises, le répandant en même temps sur votre poitrine. Voyez les traces : vous êtes toute brûlée. Il ne lui restait que très peu de venin quand enfin il vous a mordue. Sinon…

La servante apportait des baquets d'eau pour laver la princesse.

— Alors vous voilà réveillée, continua Dhari. Et cette fois-ci bien réveillée. Montrez votre mine. Vous avez repris des couleurs. Et ces brûlures ? Où en sont-elles ? Oh… ! Mais cela va très bien !

— Ensuite ? Que s'est-il passé quand tu m'as crue morte ?

— J'ai appelé. Le serpent restait dressé au milieu de la pièce. Il attaquait toujours, lançant sa tête à droite et à gauche, se sentant cerné. Personne n'arrivait.

— Qu'as-tu fait ?

Dhari se mit à rire :

— La peur parfois porte conseil. J'ai bombardé la bête avec ce que j'avais sous la main : le brûle-parfum de bronze, vos pots d'onguents, votre miroir. En vain. Alors je suis allée chercher la batterie de cuisine. Tout y est passé. Enfin la marmite d'eau bouillante. Le naja n'a pas résisté. Il s'est tordu en tous sens, puis s'est échappé par la fenêtre. Les jardiniers l'ont retrouvé dans le jardin et l'ont tué.

— Tu es bien courageuse ! Mais comment est-il entré ? ajouta Indra comme s'adressant à elle-même. Ou qui a pu l'introduire ?

Subitement, ses traits se crispèrent d'inquiétude :

— As-tu retrouvé un panier d'osier ?

Dhari ne répondit pas. Ce n'était pas le moment de tourmenter la convalescente. Et c'était l'heure de la toilette. Un peu d'eau fraîche seulement, de peur de raviver les blessures.

— Allons, levons-nous ! Il faut revenir aux choses de la vie. Avez-vous faim ?

Tendrement, Dhari vêtit la jeune femme d'un sampot court, de simple toile. Elle disposait le rabat de la ceinture lorsqu'une servante se présenta en haut de l'escalier.

— Qu'y a-t-il ?

— Un visiteur, qui demande à voir la princesse Indra.

*

Tribhuvarman était déguisé en colporteur.

— La princesse ne peut recevoir, dit Dhari en se dressant de toute sa hauteur. Qu'as-tu à vendre ?

— Laisse-nous !

Le visage d'Indra, dont l'ordre avait claqué comme un fouet, venait de se figer. Le ton était d'une sévérité extrême. Dhari hésita. Elle n'avait pas reconnu le roi.

— Laisse-nous, te dis-je. Que me vaut l'honneur de cette visite ? Et pourquoi ce déguisement ? poursuivit-elle en se tournant vers l'homme.

Le roi cachait difficilement sa honte. Il semblait incapable de proférer une parole. Savait-il seulement qu'Indra avait été mordue par un serpent dans des circonstances plus qu'étranges ? La princesse l'attira sur la terrasse, l'invitant à s'asseoir. Un long silence s'ensuivit dans le crépuscule naissant.

— Indra, dit-il enfin, Indra, ma bien-aimée, je viens à vous. Je vous ai attendue longtemps. Avez-vous reçu mon invitation au palais ? J'ai besoin de votre conseil.

— Mon conseil ? Quel conseil ? Et votre invitation ? Certes, je l'ai reçue, et m'étonne aujourd'hui que vous n'ayez pas insisté. De qui avez-vous peur ? Toujours de votre démonesse ? Et puis, je ne suis pas votre bien-aimée... Mais d'abord dites-moi qui a voulu m'assassiner.

— Vous assassiner ? De quoi voulez-vous parler ? Les Chams n'attaqueront plus, si c'est ce que vous voulez dire. Ils ont ce qu'ils désiraient.

— C'est-à-dire ?

— Les traités. Ils ont les traités, fit le roi en détournant les yeux.

Il venait d'apercevoir sur le corps de la jeune femme d'étranges traces noires et hésitait à en demander l'origine. Sa démarche tournait court. Il ne savait comment présenter sa requête.

— Les traités ! s'étonna la princesse, vaguement inquiète. Les traités magiques ? Je le sais, puisque c'est moi qui vous les ai remis dans ce but. Vous vouliez sauver Angkor... Je n'ai pas de copie, si c'est là ce que vous venez chercher.

Elle aussi avait du mal à dissimuler son trouble. Apparemment Tribhuvarman ignorait l'agression qui l'avait laissée entre la vie et la mort. On en parlerait plus tard. Mais qu'avait-il en tête sous ce déguisement indigne ? Tout était incohérent : elle parlait d'assassinat, il répondait par les Chams et les traités. La conversation s'enlisait. Aucun des deux n'avait le courage de regarder l'autre en face. Ils étaient côte à côte, ne sachant que faire de leurs mains, osant à peine bouger, sans trouver le moyen d'engager un dialogue. La jeune femme rompit le silence :

— Mais les Chams s'intéressent toujours à nos richesses. D'après vos dires il suffisait de leur remettre les traités magiques pour les faire partir. En fait, cette lâcheté n'a servi à rien ; il a fallu livrer bataille. Et ils n'ont pas renoncé. S'ils pouvaient prendre Angkor... Notre or ! nos pierres précieuses ! les biens de nos temples et de nos monastères. Mais que voulez-vous dire ? Vous le savez, Jaya et ses éléphants veillent à nos portes !

— Oui, fit brusquement Tribhuvarman en faisant un effort pour regarder son interlocutrice dans les yeux, oui, mais Angkor est plus que jamais la proie des démons. Vous devez...

Indra avait sursauté. Ses yeux restaient fixés sur un coin de la terrasse. Il y avait là un panier rond avec son couvercle. Un panier à serpent, un de ces paniers dont se servait Yaksa la démonesse pour transporter ses reptiles. Le roi avait suivi le regard de la princesse et reconnu l'objet. Un cobra allait en sortir ! Terrifié, il se leva d'un bond, suivi d'Indra, convaincue de son côté que l'homme allait l'assassiner.

— Une arme! hurla le roi. Un sabre! Vite!

Dhari accourut. Elle se trouva devant un homme désemparé, qui réclamait une arme — et pour quoi faire? —, en proie à une panique inexplicable devant un simple ustensile d'utilité ménagère. Elle n'avait jamais pensé que ce panier avait pu contenir le cobra. Après le drame elle avait mis l'objet sur la terrasse. D'un coup de pied elle l'expédia par-dessus la balustrade, faisant sauter le couvercle.

— Que se passe-t-il? dit-elle. Ce panier est vide. De quoi avez-vous peur?

Tribhuvarman et Indra se trouvaient face à face, aussi interloqués l'un que l'autre. Un tremblement agitait le roi. Dhari se demandait qui décidément pouvait bien être cet homme. Un colporteur? ou un prince déguisé?

— La princesse n'est pas encore rétablie, protesta-t-elle. Ménagez-la. Asseyez-vous. Reprenez vos places si vous avez à parler. Je vous apporterai un repas. Ou plutôt, en attendant, allez vous promener dans les jardins, avant la nuit. Une convalescente a besoin de prendre l'air et de marcher.

*

Très faible, Indra descendit l'escalier avec peine et fit quelques pas. Elle se mit alors en devoir de raconter l'attaque du cobra, surgi on ne sait d'où, un matin, dans sa cellule, et comment elle était restée entre la vie et la mort; comment ce reptile était nécessairement sorti du panier qui venait de leur faire si peur. Quelle main mercenaire avait déposé l'objet dans la cellule? On ne le saurait probablement jamais. Mais l'évidence s'imposait : Yaksa avait voulu tuer Indra.

A son tour Tribhuvarman se décida à parler. Les mots se bousculaient dans sa bouche, sans que l'on décelât si c'était d'indignation, de résolution ou de peur. Prise de vertige, Indra s'était appuyée sur le bras du roi qui racontait, d'une voix longue et saccadée que rien ne pouvait plus interrompre.

Le palais était occupé par des serpents. On en était à chaque instant cerné, comme par ces balustrades en forme de nagas qui, dans les temples et les palais, couraient le long des terrasses, des péristyles ou des bassins, non plus de pierre ou de bois mais bel et bien vivants, dressant ici et là leurs têtes multiples pour garder les passages. Partout des paniers ronds, disposés dans les encoignures, d'où pouvait surgir la mort. Ils étaient là, disait Yaksa, pour protéger le roi. On finissait par avoir peur des pierres. Aucun lieu n'était sûr : les pavillons de bois, les galeries, les chambres et les appartements privés pouvaient à chaque instant faire apparaître un monstre. Voilà pourquoi il avait fait appel à elle pour mieux lutter contre la démonesse. Il comprenait maintenant pourquoi elle n'était pas venue : on était en train de l'assassiner.

Un instant leurs regards se croisèrent et Indra vit dans l'œil du roi la lueur honteuse de la panique. Il poursuivit.

Yaksa régnait. Elle commandait la garde d'amazones, le souverain ne pouvait plus faire un pas en dehors de leur présence ou de leur permission. Partout Yaksa imposait sa présence. Les mandarins étaient à son service, et personne n'était capable de soutenir son regard car elle possédait le don d'hypnotisme et changeait de visage à volonté, passant de la démonesse à l'apsara, du tréfonds de l'enfer à la clarté des anges. Les ministres étaient prêts à trahir pour obéir à un pouvoir devenu sans partage. Angkor allait à sa ruine.

La princesse sentait sur elle l'odeur de l'homme, cette odeur dont la mémoire avait hanté ses nuits. Elle réalisa que sa tête reposait maintenant sur l'épaule du roi et retint de justesse le baiser qui venait, animant ses lèvres, prêtes à goûter les délices de cette peau si douce, sentant la sueur et le musc. Elle huma l'air du soir.

— Et le peuple, demanda-t-elle?

— Le peuple est endormi par les fêtes. Yaksa fait dépenser sans compter les trésors accumulés par des générations de rois.

Le couple marchait lentement le long des allées bordées de fleurs. Soudain l'odeur du roi se mêla à celle du jasmin. Penché sur son oreille, l'homme racontait tout, très bas, très vite et en désordre, dans la chaleur de son haleine.

Il avait dû renoncer à son temple. Yaksa n'en voulait plus. Les travaux étaient interrompus. On s'était contenté d'esquisser les soubassements de seize chapelles, sans ordonnance particulière, et sans savoir à quelles divinités elles étaient destinées. Impossible de construire une pyramide. Quant aux douves… Au reste, le vieil architecte était gâteux. Il radotait.

— Et l'épée sacrée ?

— Yaksa ne la donne que quand elle veut. Elle m'hypnotise. Moi et les grands. Et le peuple. Elle calcule mes sorties… Mais alors chacun reste le front au sol devant le roi et l'épée d'or.

— Ne cherche pas à me tromper, lança Indra en se tournant pour regarder l'homme dans les yeux. Je sais que cette épée n'étonne personne. Mais elle est fausse. Ta démonesse a peut-être légitimé la forfaiture… Méfie-toi ! Les traités de gouvernement disent que celui qui règne dans le faux, trompant le peuple qu'il doit servir et le moquant, ne détient qu'une royauté d'illusion. La fausse épée enlève le pouvoir à jamais, plus sûrement encore que la vraie ne le donne. Alors le pouvoir échappe au mystificateur pour aller aux démons. Les démons accentuent la mystification, ce qui est leur rôle. Ils rendent les hommes aveugles. Et la tromperie du peuple vient à se nourrir d'elle-même, elle ne fait que croître et la foule bientôt applaudit le mensonge. Mais tromper le peuple équivaut à tromper les dieux et, quand on trompe les dieux, on se livre aux démons et on accepte leur règne. C'est le cas aujourd'hui.

Pour Tribhuvarman le discours n'était pas très clair. Il secoua la tête, puis acquiesça :

— Oui, l'épée d'or, la vraie ! Je sais maintenant que sans elle on ne peut régner. Il me la faut. Yaksa…

— Lui as-tu promis le trône ?

— A Yaksa ?… Non, murmura Tribhuvarman en hésitant.

Il mentait. Chaque nuit il retrouvait la démonesse, parfois au sommet de la tour du palais, où elle l'attendait, femme-serpent, selon la tradition des rois. Les assauts d'amour devenaient de plus en plus terribles et épuisants. Il se sentait alors complètement absorbé, corps et âme. Et elle exigeait qu'il la choisît pour première reine. Rien ne l'arrêterait. Il promettait.

Indra sentit que l'homme l'avait prise par la taille et la serrait contre lui. Sa main remontait lentement, lui caressant du bout des doigts le sein gauche. Elle gémit : ce sein lui faisait mal; toujours la brûlure du venin. La douceur d'un baiser sur la nuque contrebalança la sensation de douleur.

On arrivait au grand bassin du monastère. Les crapauds-buffles qui avaient depuis peu commencé leur concert se turent.

— C'est toi, ma reine…

Indra s'abandonnait. Tribhuvarman expliquait que Yaksa empêchait la réorganisation de l'armée. Plus de recrutement; les fabriques d'armes tournaient au ralenti; les officiers s'adonnaient aux plaisirs; les crédits étaient consacrés aux fêtes, aux élevages de cobras, aux fermes de crocodiles, au culte des démons, à la récolte du fiel.

— Elle affirme qu'elle en a maintenant plusieurs jarres. Elle dit qu'elle les négociera face à un ennemi éventuel, cham ou khmer. Je crois qu'elle ment. On ne peut en quelques mois récolter plusieurs jarres de fiel.

Une idée aussi, que Yaksa voulait reprendre : un procédé pour droguer les éléphants de combat au moment des batailles. La démonstration des éléphants de Jaya lors de la dernière bataille lui avait mis cette idée en tête.

— Est-ce elle qui, avant ces malheurs, avait drogué Kako, l'éléphant de Jaya?

— C'est elle. Tout ce qui est honte, crime ou forfaiture vient de la démonesse. Les dieux, Shiva, Vishnu…, tous les dieux ont déserté la ville.

— Que faire?

La conversation fut interrompue par des explosions lointaines. Puis des fusées de toutes les couleurs illuminèrent le ciel. Décidément les Chinois étaient bien de retour.

— Encore une fête, dit le roi. Vois. Cela rassure le peuple… J'oubliais : la flotte est négligée; plus de construction de jonques ou de pirogues de guerre; l'indiscipline des soldats et des marins va croissant; les jonques étrangères, les contrebandiers et les pirates règnent sur le Grand Lac.

— Que faire? répéta Indra.

Tribhuvarman se pencha et la baisa légèrement sur la bouche.

— Me rendre mon honneur. Rendre Angkor aux brahmanes et aux kshatriyas, que l'on vive à nouveau dans les lois du dharma. Rétablir le culte des dieux. Débarrasser la ville de Yaksa et de ses démons.

— Et pour cela, que dois-je faire?

— Va et retrouve Jaya. Dis-lui de revenir. Lui seul peut nous sauver.

— Jaya? Ton ennemi? Et la royauté?

— Nous la jouerons aux dés, selon la tradition épique, comme dans le *Mahabharata*, dit le roi, soudain gai. Je ne veux plus d'une royauté de forfaiture. Que Jaya revienne avec toutes ses forces. Qu'il rapporte à Angkor l'épée sacrée, la vraie, je pense que c'est lui qui la détient. Je me joindrai à lui. Tu partiras à éléphant, dans le secret, dès que tu seras guérie, ajouta-t-il en l'enlaçant. Yaksa ne sait rien.

Indra réalisa à nouveau que le roi avait pris un déguisement pour venir la voir. Il était essentiel que sa démarche restât secrète. C'était un bon indice. Il disait la vérité. Elle se serra contre l'homme et le baisa sur la bouche avec fougue.

A la lueur des fusées, dont le tir venait de reprendre, une ombre se détacha sur l'escalier de pierre menant au bassin. Le couple vit apparaître une femme à la tête chenue, appuyée sur deux cannes : la reine Chudamani qui, elle aussi, se promenait.

*

— Alors, dit Yaksa, l'entretien fut-il bon?

— Excellent.

C'était l'aube. Couché sur une peau de tigre, le roi Tribhuvarman gémissait de plaisir sous les caresses de la femme.

— Jaya viendra-t-il ?

— Il viendra. Il tombera dans le piège. Sois-en sûre.

Yaksa éclata de rire.

— Ces kshatriyas ! Il suffit de leur parler de dharma pour les rendre niais. Et voici Indra, la savante, la lettrée, devenue notre ambassadrice !

CHAPITRE 54

Le vent avait forci d'un seul coup. La mer se soulevait en vagues courtes et heurtées, blanches d'écume, puis en un gonflement de houle longue semblant monter du fond des eaux. Au sud, la ligne d'horizon disparaissait sous l'écran opaque des masses indécises où se mêlaient les nuages et les flots. Les hommes d'équipage s'efforcèrent aussitôt de réduire la voilure. Les jonques risquaient de se disperser. La mousson du nord-est soufflait avec une violence inhabituelle.

— L'équipage parle d'un typhon, dit Santanu au milieu d'un haut-le-cœur. Nous sommes perdus !

Le roulis était effrayant. Jusque-là le bateau avait une stabilité relative en prenant appui sur le vent. La réduction des voiles le mettait à la merci des vagues qui le faisaient rouler d'un bord à l'autre au point de risquer de le faire chavirer. Et l'on n'apercevait aucun point de la côte où l'on pût se mettre à l'abri.

— Voilà trois semaines que nous sommes partis. Le calme plat d'abord et maintenant la tempête !

Santanu avait perdu toute contenance. Son cœur chavirait. La peur lui tenaillait le ventre. La peur ! Un sentiment qu'il avait toujours ignoré dans les combats, même les plus chanceux, lorsqu'il s'était senti aux portes de la mort. Rien ne l'intéressait plus que sa propre angoisse, il était incapable de donner un ordre et les mots chams qu'il entendait, hurlés dans la tourmente, se bousculaient dans sa tête, parfaitement dénués d'intérêt puisqu'ils étaient étrangers à sa situation personnelle. Il n'essayait plus de comprendre, encore moins de raisonner. Peu lui importait que la flotte entière sombrât. Seule comptait sa nausée. Il se surprit à appeler la mort comme seul remède à son état. Son esprit de décision, ses facultés d'analyse et de raisonnement, sa superbe, toute sa personne se liquéfiait dans ce barattage odieux qu'imposait la mer. Il se rua vers le bastingage et vomit longuement, accueillant avec reconnaissance la honte qui l'envahissait comme si elle prenait part à son soulagement.

— Remettez de la voilure, ordre du roi, cria le quartier-maître. Envoyez les signaux pour dire à la flotte d'accélérer la course.

Que faisait donc Rudravarman ? Depuis deux jours il restait enfermé dans la cabine royale avec ses femmes dont on entendait de temps à autre, perdus dans la tourmente, les piaillements de frayeur.

Augmenter la voilure ! Quelle folie ! Tout craquait. Et l'on irait s'échouer droit sur la côte. C'était le naufrage assuré.

— Augmentez la voilure, entendit-il crier. Plus vite ! Le typhon nous rattrape !

A l'ouest le ciel était de plus en plus noir, marbré d'éclairs, habité de couleurs étranges.

Un craquement sinistre fit vibrer le vaisseau. Santanu faillit passer par-dessus bord et se cramponna au bastingage. Une lucidité nouvelle envahit son esprit : ce roi était fou ; son savoir livresque l'emportait sur les réalités ; il prétendait avoir toujours ce qu'il voulait ; tout concordait en un faisceau de sottises. Comment avait-il imaginé qu'une armée de chars de combat pourrait envahir le Cambodge et permettrait de prendre Angkor ? Dans la boue, sur des terrains coupés de rizières et de taillis, où aucune roue ne pouvait rouler ? Il avait lu ça dans les livres ! C'était bien la prétention des lettrés ! Malgré ses grands airs de diplomate averti, il agissait comme un imbécile. Et cette idée de proposer une alliance à Jaya ! Comme si celui-ci allait accepter ! Une simple charge d'éléphants mal dressés avait suffi pour culbuter ses constructions théoriques.

Santanu vomit à nouveau, à grands raclements de gorge, de plus en plus furieux contre Rudravarman, habité d'un dialogue intérieur dont il ne définissait pas l'interlocuteur. Que valait cet homme, ce roi ? Un dignitaire moyen, dont l'instruction cachait la médiocrité... Et quand il n'était qu'ambassadeur à Angkor, avant qu'il usurpât le trône cham, quand il voulait les traités magiques sans rien obtenir ? Un ambitieux sans envergure. Il avait dû fuir, chargé seulement du poids de ses échecs. Et, aujourd'hui, cette navigation pour prendre Angkor par surprise ! Non, ce roi était fou. Comment lui, Santanu, avait-il pu accorder le moindre crédit à ce lettré incapable ? Et que valaient ce pirate chinois et ses connaissances supposées ? On courait au désastre !

Il tâta son pourpoint : le traité était toujours là, à l'abri, serré dans sa gaine en vessie de porc. Le geste était de trop. Une nouvelle nausée le surprit au moment où il se retournait. Un long jet inonda les pieds des deux hommes qui se trouvaient derrière lui. Dans le hurlement du vent il comprit quelques mots de chinois. C'étaient le pilote et le capitaine.

— Nous approchons des côtes.

— La passe ne peut être loin. Là, voyez, dans la brume, cette forme en tête d'oiseau. Nous pourrons nous mettre à l'abri dans une crique protégée. La passe est à quelques milles au sud.

— Pourquoi ne pas la franchir aussitôt ?

— Impossible avec ce temps. Elle est cernée de récifs.

Santanu se tourna, décidé à faire préciser l'information. A la place du pilote se trouvait Shikésa. Le brahmane rattrapait par la main la princesse Devi qui perdait l'équilibre, ayant glissé dans son vomi.

La princesse ! Qui le voyait dans cet état !

Il chercha à sourire, ouvrit la bouche pour parler et d'un seul coup se pencha sur la mer, hoquetant. Le hoquet resta dans sa gorge. Il n'avait plus rien à vomir.

*

Juchée sur les épaules du montagnard, la petite fille riait aux éclats. L'homme s'approcha et la déposa aux pieds de Kéo qui voulut à son tour la prendre dans ses bras. Mais l'enfant s'échappa et se jeta au cou de son père.

Dès leur plus jeune âge, les enfants partageaient les travaux et les jours des adultes. Ils accompagnaient les armées à la guerre. L'enfant de Jaya était donc parfaitement à l'aise dans ce monde d'adultes. Mais depuis l'enlèvement de sa mère, elle était l'objet d'un soin particulier de la part de tous les habitants du camp, et surtout de Kéo qui lui consacrait le plus de temps possible.

Jaya était en pleine santé. Amaigri, élancé, il pouvait courir des heures sans fatigue. Le rythme imposé par les Tchong, à la poursuite de Santanu et de Devi, à travers bois, plaines et montagnes, avait fait de lui un athlète. Ses bras, ses jambes, son torse rayonnaient de force neuve. Il avait appris à bondir comme un fauve, à se glisser sous des taillis inextricables, à grimper aux arbres les plus lisses, à maîtriser le rythme de son cœur sur les versants les plus abrupts sans ralentir sa course. Ses pieds étaient de corne et ses jambes d'acier.

Les blessures reçues lors du coup de main manqué sur les remparts de Sin-Tchéou n'avaient été qu'une péripétie sans gravité. La science du sorcier en avait eu rapidement raison, ainsi que de la fièvre qui l'avait envahi dans cet instant de faiblesse.

Il plaça l'enfant sur son genou droit et se tourna vers Injit :

— Tu me dis que tout est prêt pour le départ.

— Oui, nous avons vraiment de quoi prendre Vijaya, la capitale, ou Sin-Tchéou, son port, ou les deux à la fois. Angsha a intensifié le dressage de plusieurs escadrons d'éléphants de combat et notre infanterie est de plus en plus performante. Le matériel de siège est peut-être insuffisant, mais les remparts ne résisteront pas à un tel assaut. Les Chams seront écrasés. Et nous délivrerons Devi.

Jaya resta impassible. Certes, sa forme éblouissante était le signe de la bénédiction des dieux. Les Khmers voyaient dans la santé d'un homme l'illustration des actions accomplies dans cette vie comme dans les précédentes. La maladie punissait les méchants et elle épargnait les bons. L'aspect physique n'était jamais qu'un reflet de l'âme. Mais le prince gardait une blessure que rien ne refermait : l'enlèvement de son épouse bien-aimée et la perte de son guru. Que réservait l'avenir ? Après avoir maîtrisé son corps et son esprit, il apprenait à maîtriser son âme pour en éteindre les douleurs. Et il se répétait comme une prière la profession de foi qu'il se promettait d'inscrire un jour sur les monuments d'Angkor : « Le roi souffre des maladies de ses sujets plus que des siennes ; car c'est la douleur publique qui fait la douleur des rois et non leur propre douleur. » Service du peuple, devoirs des rois... Mais que devenait Devi ?

Il sentit sa gorge se nouer et ravala un sanglot :

— Bien, dit-il. Nous partirons. Oui, Angsha a bien travaillé. C'est un homme bon, remarquable organisateur et tacticien émérite. Je l'ai constaté une fois de plus lorsque mes hommes et moi, après l'échec du coup de main sur Sin-Tchéou, avons rencontré le détachement que tu envoyais à notre recherche. Angsha avait tout prévu.

— Jamais je n'aurais dû te laisser partir seul avec ces sauvages. Tu n'avais aucune chance.

— Ne les traite pas de « sauvages ». Ce sont des montagnards, des hommes de guerre et de cœur. Ils m'ont tout appris de la forêt, des forces de la nature, de la présence des dieux et des génies. Ils m'ont soigné...

— Tes blessures ?

Mais Jaya faisait signe à Injit de se taire. La tigresse, étendue à ses pieds, grognait comme pour annoncer un danger. De son côté Kako poussa un barrissement d'alerte.

L'enfant se serra contre la poitrine de son père.

— Ne crains rien, dit celui-ci en riant. Je t'emmènerai. A la guerre. Cette fois-ci je ne laisserai personne.

— Encore heureux que les chiens rouges ne soient pas là, fit Injit en se levant. Ils ajouteraient au concert. Je vais aux nouvelles.

La tigresse s'était dressée : sous escorte des hommes des avant-postes, un éléphant étranger au camp venait de passer la chicane qui fermait le camp.

Indra, écartant les rideaux de l'habitacle, faisait aux princes un grand sourire.

*

Santanu se réveilla. Rien ne bougeait. Il avait la tête lourde; il lui semblait que tous ses membres étaient rompus.

Il sursauta et porta la main à sa poitrine. Le traité était toujours là. Il fit un effort pour se lever et retomba, épuisé. La coque et les cordages grinçaient faiblement.

Il se trouvait sous l'entrepont. Toute la nuit, impuissant sur sa natte, à demi inconscient sous l'effet des drogues que lui avait administrées le médecin chinois, il avait entendu comme dans un songe le vacarme des coques froissées et des ordres hurlés dans le tumulte du vent. On entrait dans la passe. Le roi n'avait pas voulu attendre. Santanu avait cru comprendre que les torches devant servir de balises s'éteignaient au fur et à mesure qu'on les allumait. On devait haler les embarcations dans des craquements qui annonçaient à chaque instant le naufrage. Alors peut-être avait-on trouvé prudent d'attendre le jour pour franchir la passe. Il n'avait plus conscience du temps. Était-ce le jour ou encore la nuit? Les quelques éclairs de lucidité pris entre les intervalles de sommeil ne lui permettaient pas de juger de la situation. Où était-on? Que faisait-on? Ses oreilles résonnaient encore de tumulte et d'angoisse.

Il se leva enfin et monta sur le pont. Entre deux rives rapprochées s'étendaient les eaux calmes du fleuve, que frisottait une brise légère. La flotte paraissait au complet, un peu diminuée peut-être, mais l'horizon coupé de mangroves pouvait cacher des embarcations. Santanu leva les yeux : le ciel restait animé de mouvements inquiétants. Mais on était à l'abri. Jusque-là le pari royal semblait gagné.

— Eh bien! dit le roi, voici notre général en chef. Toujours armé comme au combat. Un gilet cuirassé! Que ne vous mettez-vous à l'aise comme nous tous!

Rudravarman IV était d'excellente humeur. Torse nu au milieu de son état-major, confortablement installé sur son siège pliant de campagne, il se moquait du pourpoint matelassé que Santanu ne quittait jamais. Ce dernier s'efforça de reprendre son assurance et, malgré le désordre de sa toilette et sa conduite honteuse de la nuit, s'inclina avec respect, prêt à parler.

— Bon ! coupa le roi en se tournant vers ses officiers, combien de bateaux manquants ?

— Sept, Majesté, perdus corps et biens. Et cent vingt-cinq hommes morts d'épuisement ou tombés à la mer pendant la traversée.

— C'est peu. Je m'attendais à plus. Le typhon est parti aussi vite qu'il était venu. Il a rebroussé chemin.

— A moins, Sire, que nous ne soyons dans l'œil du cyclone, avança un officier.

— Je ne pense pas. Doublez les sacrifices ; les dieux nous sont favorables. Et dites au pilote qu'il recevra son propre poids en or. Dès que nous serons arrivés... dans les murs de la ville.

Le roi exultait. Il donnait à son général en chef le temps de retrouver sa contenance et affectait de n'avoir rien remarqué du mal de mer pitoyable qui avait transformé l'orgueilleux dignitaire en une loque terrifiée, incapable d'assurer le moindre commandement. Santanu croisa son regard et, sur un signe du souverain, prit enfin la parole.

— Sire, respectons notre plan. Navigation à la rame. Une embarcation toutes les deux heures. La jonque royale au centre. A partir de maintenant, nous sommes tous des bateaux de pêche ou de commerce. Camouflage prévu. Je fais transmettre les ordres à la flotte. Navigation uniquement de nuit ; la lune arrive à son premier quartier, comme prévu.

— A-t-on aperçu des patrouilles ennemies ? interrompit le roi.

— Aucune, Sire, répondit un officier. Le pays est désert. Des éléments d'infanterie sont à terre pour s'en assurer.

— Le rendez-vous ? reprit le roi en se tournant vers Santanu.

— Comme prévu. Pour la jonque royale et les trois jonques amirales, à la grande île, avant les Quatre Faces. Puis, pour l'ensemble de la flotte, successivement, regroupement au dernier coude qui précède l'entrée dans le Grand Lac. Chaque capitaine possède une carte et un pilote.

Santanu s'interrompit. Il venait d'apercevoir, solidement arrimé à la poupe, une cage de fer. A l'intérieur, Shikésa et Devi se tenaient en méditation. Le brahmane avait fière allure dans les applications de l'ascétisme. Il était resté sourd aux propositions du général et avait opposé un silence méprisant aux discours onctueux par lesquels lui étaient offerts boissons, mets raffinés, vêtements de luxe et femmes à foison. Le seul résultat avait été de le replonger dans une observance absolue des traités d'austérité.

— Sire, murmura-t-il en se penchant vers le roi, il faut les libérer. Une évasion est impossible. Et la princesse me livre jour après jour des secrets importants. Pour l'ascète nous aviserons plus tard.

Sur un signe du souverain, Santanu se rapprocha. Le roi voulait l'entendre en cachette. Rudravarman tendait l'oreille et acquiesçait en jetant de temps à autre un regard en direction de la cage. Dans sa prison, le brahmane ressemblait à une statue.

*

— C'est bien de prendre Vijaya, mais nous devons d'abord sauver Angkor.

Indra plaidait depuis trois heures.

Pour son apparition dans le camp de Jaya, la jeune femme avait voulu se montrer dans les atours d'une vraie princesse, élégante et raffinée, ce qui détonnait un peu avec la rusticité ambiante et les incommodités du voyage. La jupe moulant les jambes était faite d'une étoffe transparente laissant apparaître une petite culotte à pan rabattu que maintenait une ceinture ; ses cheveux étaient artistement tirés vers le haut et réunis en une mèche rigide qui formait un nœud sur le dessus de la tête ; piquée dans ce nœud, une grosse branche de fleurs ; autour de son cou un triple rang de perles ; entre ses seins un lourd pendentif d'or serti de rubis, attaché par un cordon. Incontestablement elle avait pris goût aux toilettes. Elle avait l'air heureuse. Elle était jolie. Elle plaidait, usant maintenant de tous les charmes de sa parole.

Injit et Angsha approuvaient, séduits par le discours de la princesse qui, en cette occasion, retrouvait dans le développement d'une argumentation parfaite ses réflexes de lettrée et ses talents de professeur. Un moment ébranlée par la nouvelle de l'enlèvement de Devi, elle reprenait l'avantage.

— Pour libérer notre terre, lourde de crimes, insista-t-elle, la libérer de cet océan d'infortune où elle est aujourd'hui plongée. Pour chasser les démons qui règnent sur la ville. Pour la prospérité du peuple et le retour de son bonheur. Tribhuvarman fait amende honorable. Il vous attend. Je m'en porte garante.

Jaya, les yeux fermés, pensa que le destin était comme ces vents qui, dans les ciels de tempête, chassent en sens contraire des nuages chargés de foudre, accumulant les douleurs et les peines. Que ferait-il ? Il devait choisir entre Devi et Angkor.

CHAPITRE 55

La partie se terminait. Le roi était échec et mat. Un sourire de bonté éclairait ce soir-là le visage de Rudravarman. Il se sentait empli d'indulgente compassion pour cette princesse dont il plaignait le malheur et admirait le courage. Il se plaisait parfois à l'appeler « ma cousine » à cause d'une parenté lointaine, car Devi avait du sang cham. Il l'avait bien connue, toute jeune fille, lorsqu'il était ambassadeur à Angkor, et gardait le souvenir ému de cette joute littéraire où ils avaient rivalisé de talent… On était à l'ancre. Le courant du Grand Fleuve clapotait avec discrétion sur la coque de la jonque royale. Et Devi lui contait en langage savant l'histoire des Khmers. Une histoire qu'il connaissait depuis longtemps mais qu'en cette circonstance il affectait d'ignorer. Santanu prenait des airs distraits, vaguement approbatifs.

— Alors, dit Devi, sur un ton de récitant d'épopée, le grand Jayavarman II, celui dont mon époux porte le nom, arriva de Java, dont le Cambodge était vassal. Il y a de cela plusieurs siècles… Il alla régner à Mahendraparvata et le brahmane Shivakaivalya s'établit lui aussi dans cette capitale afin de servir le roi.

— Où se trouvait cette capitale ?

— Au Phnom Kulen, un lieu qui ne vous est pas étranger, répondit Devi, laissant le ton épique pour le ton ironique. C'est là que vous avez fui après que mon époux eut détruit tous vos chars.

— Et que fit ce roi ? Est-ce lui qui fonda Angkor ?

— Angkor ne fut fondée que par son descendant, Yashovarman, qui créa la ville avec toutes ses richesses, telle que vous la connaissez, ou presque.

— Pourquoi donc cette gloire accordée à Jayavarman ?

— Écoutez-moi ! Un brahmane nommé Hiranyadama, savant dans la science magique, vint alors de l'Inde, son pays, parce que le roi Jayavarman l'avait invité à célébrer un rituel afin que le pays des Kambujas, le Cambodge, ne fût plus dépendant de Java et qu'il n'y eût plus qu'un seul souverain qui fût shakravartin, monarque universel, roi des rois, celui qui fait tourner la Roue de la Loi.

— Et que fit pour cela cette science magique ?

— Le brahmane procéda à un rituel selon le saint Vinashikha, le Nayottara, le Sammoba, le Shiraccheda. Il les récita du début à la fin pour les écrire et les enseigner au seigneur Shivakaivalya, auquel il demanda de célébrer le rituel du dieu-roi.

— Et d'où vous viennent ces richesses dont Angkor fut plus tard comblée ?

— Les pouvoirs magiques de Hiranyadama étaient grands. Après avoir donné le pouvoir universel, il donna le pouvoir des richesses. Il établit aussi un rituel pour enseigner l'art de construire des temples afin que les dieux, servis et honorés, répandissent leurs bienfaits. Un secret longuement gardé. Il fit écrire un traité en trois parties pour que le secret se conservât. Ce traité comportait aussi des formules de conjonctions : ainsi la terre, bien servie, serait-elle arrosée de façon à obtenir d'immenses récoltes. Angkor, c'est le secret des dieux.

Santanu écoutait sans rien dire. Il avait retrouvé toute sa superbe des grands jours, dans les onguents, les parfums, les bijoux et surtout la certitude de son intelligence rétablie. Il opinait du chef, tout sourire et onction, cachant avec adresse l'inquiétude qui l'envahissait. Devi semblait portée aux confidences les plus complètes. Elle s'adressait au roi plutôt qu'à lui. Elle l'avait battu aux échecs, et maintenant, étourdissante de discours, reprenait à l'envi les formules et les noms savants, s'amusant de tout, comme une adolescente prise de rire à chaque instant, et racontait dans le feu de sa gaieté tout ce qu'elle savait sur les traités magiques.

— Il y eut trois traités. Un pour le ciel. Un pour la terre. Le troisième est la clef pour interpréter les deux premiers.

— Où se trouvent-ils ?

Santanu frémit. En un éclair il réalisa combien sa situation était fragile. Et que risquait Devi à donner le secret ? Sa liberté à elle, et sa condamnation à lui. Alors qu'attendait-elle ? L'amour l'avait aveuglé.

— Où se trouvent-ils ? reprit la princesse comme pour un jeu, se donnant l'air d'interroger des yeux les uns et les autres.

Cette fois-ci, elle le trahissait. Elle allait dire au roi dans un rire que le traité se trouvait là sous le pourpoint de son général en chef. De quoi se réjouir !

— Sire, dit-il en hâte, portant instinctivement la main à son épée, prêt à vendre chèrement sa vie. La nuit tombe. Donnez vos ordres. Il faut partir.

Mais Devi renchérissait :

— Où se trouvent-ils ? A Angkor, toujours à Angkor. Les traités sont gardés dans les bibliothèques des temples et monastères. Perdus pendant des siècles, ils ont été retrouvés, restaurés, copiés et classés… Quelques copies ont disparu.

— Disparu ?

— Disparu ! Je vous dirai comment plus tard, conclut Devi en faisant mine de s'échapper dans un mouvement de danse.

Elle virevoltait et, dans cet enthousiasme affecté, heurta par inadvertance un officier qui venait au rapport.

— Majesté, dit celui-ci, des fanaux signalent la présence de plusieurs embarcations en ligne. Nous n'avons pu les identifier.

— D'où viennent-elles ? demanda Santanu, trop heureux de la diversion.

— Du Grand Lac.

*

Jusque-là le plan s'était déroulé à merveille. Tout allait comme prévu et on touchait au but. La flotte devait se regrouper au sud-est du Grand Lac, en un lieu dont les capitaines avaient reçu avec précision les points de repère. Il s'agissait d'une région de forêt inondée par les grandes eaux de la saison des pluies et qui constituait une cachette idéale, parfaitement déserte, ignorée des patrouilles khmères. De là, on naviguerait de conserve, à toutes rames, vers l'embouchure de la rivière qui menait jusque sous les murs d'Angkor. Aussitôt débarqués, on donnerait l'assaut.

La progression comme le plan d'attaque avaient été conçus par Santanu. Rien n'avait été laissé au hasard. Chaque capitaine d'embarcation connaissait son rôle. Le général avait pris soin de faire répéter à chacun sa mission.

— C'est notre premier ennui depuis les Quatre Faces, dit le roi à son général. Tribhuvarman aurait-il des informations ?

— Aux Quatre Faces, nous avons réussi à passer sans encombre. Le poste de surveillance était endormi. Sa neutralisation a été complète. Notre assaut s'est fait en quelques minutes : aucun survivant, aucune trace de notre présence. Si un rapport est parvenu à Angkor, le roi khmer n'a pu conclure qu'à un acte de piraterie.

— Que disent nos espions ?

C'était là le défaut de la cuirasse. Santanu, d'ordinaire si bien renseigné par l'armée d'espions qu'il entretenait à travers le pays, ne recevait plus d'informations. Comment un espion aurait-il pu venir faire son rapport au milieu de la mer de Chine ou même sur le Grand Fleuve ? Depuis que l'on avait quitté le Champa, Santanu était sans nouvelles. Si un événement imprévu s'était produit, il l'ignorait.

— Sire, je suis sans aucun renseignement. Vous le savez. Il y a risque à tout. Il y a deux mois, l'armée et la flotte khmères étaient en pleine anarchie. Les eaux du fleuve n'étaient plus surveillées. Depuis, pas de nouvelles.

On distinguait dans la brume, de l'autre côté du fleuve, le long de la rive ouest, les fanaux de cinq bateaux disposés en ligne. La nuit était noire.

— Ce sont peut-être des jonques de commerce chinoises, avança le général. Mais la formation indiquerait plutôt une escadre armée allant vers le sud.

Des bruits d'armes le firent se retourner : les hommes se préparaient au combat. Furieux, Santanu signala aux officiers de faire taire leurs gens ; surtout aucun bruit.

— Que préconisez-vous ? dit le roi.

— D'abord un silence complet. Et l'extinction des feux. Grâce aux dieux, à votre partie d'échecs et aux facéties de la princesse, notre départ a été retardé. Restons immobiles. Dans l'ignorance de son identité, nous pourrions envisager de rejoindre cette formation et de la détruire. Mais le courant nous deviendrait contraire. Les eaux remontent vers le Grand Lac et c'est pourquoi nous attaquons en cette saison. Sans le courant nous n'aurions pu progresser aussi vite... Votre Majesté le sait aussi bien que moi... Ne bougeons pas.

Un officier vint au rapport :

— Les hommes sont prêts au combat.

— Bien ! Surtout, silence ! La surface de l'eau porte loin et la brise nous est contraire. En revanche, poursuivit Santanu en s'adressant au roi dans un murmure, si cette escadre se retourne pour nous donner la chasse, nous l'attendrons ici. Sa destruction sera aisée.

— Oui, mais nos jonques ne sont guère armées pour une telle rencontre. Ce sont des transports de troupes camouflés par vos soins en jonques de commerce ou de pêche.

— Sire, nous aurons raison de ces Khmers, s'il s'agit bien de Khmers et s'ils nous cherchent querelle. Nous avons l'avantage de la nuit et du secret. En attendant, pas de bruit et extinction de tous les feux.

Soudain, à la proue du bateau, un groupe d'hommes se mit à vociférer bruyamment. Santanu se retourna, furieux ; l'épée à la main, il se rua vers les hommes qui osaient transgresser ses ordres. De quoi s'agissait-il ? Une mutinerie ?

Un officier, les traits décomposés, lui montrait le gouffre noir du fleuve, entre la jonque et la rive.

Santanu comprit : Devi s'était jetée à l'eau.

*

C'est alors qu'apparut le brahmane, comme une ombre géante, dans toute la splendeur de sa puissance. Dans le noir de la nuit seul luisait son regard. Il combattait à mains nues. Le son mat de ses coups faisait vibrer le pont.

Santanu se précipita, s'efforçant de dominer la cohue.

« Encore lui ! » se dit-il, ivre de rage, avant de perdre l'équilibre en se prenant les pieds dans plusieurs cadavres qui déjà encombraient le sol.

L'ombre passa au-dessus de sa tête et il entendit un plongeon. L'ascète s'évadait à son tour.

— Des torches ! entendait-on crier. Allumez des torches ! Mettez une pirogue à l'eau !

— Non ! tonna Santanu, se lançant en avant pour plonger à la poursuite des fuyards et se rattrapant de justesse à un cordage... Une pirogue !

Il avait réalisé au dernier moment que l'eau risquait de détruire le traité si fragile serré sous son pourpoint. Au reste, on entendait des clapotis inquiétants autour du bateau sans que l'on pût entrevoir ce qui les provoquait.

— Les crocodiles ! cria un homme. Ils chassent de nuit. C'est un signe des dieux.

Rudravarman s'était penché sur le bastingage. Un sourire ironique ne quittait pas ses lèvres. Des jets d'écume, ici et là, localisaient en des lueurs fantomatiques les assauts des sauriens. Les souvenirs l'assaillaient : qui était Devi, la princesse lettrée, épouse du prince Jaya, prétendant au trône d'Angkor ? Était-elle fidèle à son prince ? S'apprêtait-elle vraiment à livrer le secret des traités magiques ? Était-ce elle qu'il avait cru voir un soir, après un entretien diplomatique, dans les jardins d'Angkor, se débattant dans les bras d'un homme ? Et qui était cet homme ? Santanu, le ministre d'alors, Santanu déjà, aujourd'hui son général en chef, si compétent et si malchanceux, traître à toutes les causes... ? Et la femme ? Était-ce vraiment Devi ? On ne pouvait le croire... Une nostalgie poétique empreinte d'épopée envahissait le roi. Il ressentait soudain dans son cœur le pincement de l'affliction… La princesse au teint de jade, aux traits si fins, qui maniait si bien les mètres sanscrits. Non, dans les jardins d'Angkor, ce ne pouvait être elle ! Plutôt l'une de ces démonesses qui régnaient sur la capitale et qui avait pris ses traits. Une fois de plus, il avait été trompé. La princesse au teint de jade ! Ce soir, il assistait à sa mort.

— Sire, il nous faut combattre, dit une voix que cassait la fureur. Voyez !

On distinguait maintenant les ombres des cinq vaisseaux, tous feux éteints. Ils approchaient.

CHAPITRE 56

Le combat faisait rage. Cachés au fond d'une pirogue abandonnée où ils s'étaient réfugiés, dans le dédale inextricable des roseaux, Devi et Shikésa reprenaient leur souffle en observant la scène.

Les trois jonques chames avaient soudain avancé, à pleines rames, et accostaient les embarcations khmères, de bordage moins élevé, qu'elles immobilisaient aussitôt avec des grappins. L'infanterie chame se lançait à l'abordage, armée de lances et d'épées, à la lueur de torches qui s'étaient allumées comme par enchantement.

— Tuez ! tuez ! entendaient-ils crier.

— La manœuvre est remarquable, souffla Shikésa. Quelle rapidité d'exécution ! Et c'est un festin pour les crocodiles.

— Comment avons-nous réussi à leur échapper ? s'étonna Devi, impressionnée par les coups de queue des sauriens en chasse, que l'on entendait claquer comme des battoirs, et par les cris d'angoisse des soldats khmers tombés à l'eau.

— Grâce à ton adresse, princesse, et au hasard de cette pirogue qui nous a offert un rempart contre eux. Sinon…

Shikésa oubliait de dire qu'il avait combattu au sabre le grand mâle qui les attaquait dans les roseaux, au moment où ils abordaient dans le frêle esquif. Grâce aux dieux, avant de plonger, il avait pu s'emparer d'une arme.

A nouveau la brise apportait le bruit du combat :

— Pas d'incendie ! Tuez les équipages, mais ne mettez pas le feu aux navires. Pas de survivants ! Tuez les hommes avant qu'ils aient le temps de sauter à l'eau. Attention ! Il risque d'en réchapper.

Devi reconnaissait la voix de Santanu.

La grande jonque royale prenait en chasse les deux embarcations khmères restantes. D'un instant à l'autre ce serait l'abordage et le massacre, puis un nouveau banquet de crocodiles. La victoire chame était complète.

— Ils ont gagné... ils prendront Angkor, prédit le brahmane, curieusement absent, comme dans un rêve... Les Khmers ont été surpris. Partons! La terre ferme n'est pas loin. Les crocodiles ne quitteront pas la curée; la voie devrait être libre.

— Pas de survivants! entendait-on crier de loin en loin, de plus en plus faiblement au fur et à mesure que les deux fugitifs s'éloignaient, tantôt à la nage, tantôt pataugeant parmi les herbes folles et les lianes qui enlaçaient leurs jambes. Shikésa tenait Devi par la main.

*

De longues files de masses grises se profilaient sur le ciel du couchant, dont les teintes multiples et changeantes donnaient au crépuscule une beauté poignante. Après plusieurs heures de repos, dans la chaleur du milieu du jour, l'armée de Jaya se mettait en marche pour la nuit. Les éléphants paraissaient innombrables, se profilant sur le disque solaire qui peu à peu s'enfonçait sous la ligne de crête. On distinguait la silhouette des corps de fantassins qui, lances hautes, assuraient la protection rapprochée des escadrons.

L'homme lança son cheval au galop. C'était bien l'armée de Jaya. En quelques foulées il serait auprès du prince. Le message qu'il avait à délivrer était clair et sa mission très simple, encore qu'elle fût malaisée : convaincre le prince de se rendre à marche forcée avec un effectif limité à quelques hommes et dans le plus grand secret au rendez-vous proposé par le roi Tribhuvarman, en laissant le gros de l'armée à l'arrière, le plus loin possible d'Angkor, en observation. Le roi mettait le prince en garde contre les réactions que ne manquerait pas de susciter, si elle venait à se répandre trop vite, la nouvelle d'une armée entière en marche vers la capitale. Si les démonesses avaient vent de l'affaire, elles détruiraient la ville. Il fallait à tout prix ménager l'effet de surprise. Un autre message, personnel, à l'adresse de la princesse Indra, la suppliait d'exposer à nouveau la gravité de la situation. Il y allait ni plus ni moins de la destruction complète d'Angkor.

Cette fois, l'armée de Jaya avait toute la lourdeur des armées khmères traditionnelles en campagne : des équipages complets se succédaient, avec femmes, enfants, serviteurs, bétail, charrettes attelées et bagages de toute sorte; le peuple des montagnes semblait migrer vers les riches plaines du Sud.

Dès qu'il fut à portée de tir, l'officier houla sa conque.

*

Devi riait aux éclats :

— Je les ai bien trompés!

— Personne n'était dupe, rétorqua l'ascète. Ni toi, ni le roi, ni Santanu sans doute.

— Oui, mais ils chercheront longtemps le secret des traités magiques. J'ai pris soin de mêler des événements historiques connus de tous aux inventions de mon cru.

Deux jours d'efforts épuisants avaient permis à Shikésa et à Devi de sortir enfin des zones inondées. La princesse semblait en bonne santé : la liberté lui donnait des ailes. Quant au brahmane, son retour aux règles de l'ascétisme lui avait permis de retrouver sa vigueur. Il rayonnait de force et de vertu. Il s'agissait maintenant de rejoindre par la terre ferme, en petites étapes, le camp de Jaya, sur les escarpements du Nord, au-delà des plaines et des collines, à plusieurs jours de marche.

Après quelques heures de repos, à l'ombre d'un bouquet d'arbres dont l'épaisse frondaison formait comme une cabane, Devi se montrait enjouée. Elle ne cessait de se réjouir de l'art avec lequel elle avait enjôlé Santanu, ce ministre félon, ce grand niais, et sans doute aussi son petit prétentieux de roi, ce Cham lui-même usurpateur, assez naïf pour croire qu'elle lui livrerait le secret d'Angkor.

— J'ai dû imaginer bien des figures de géométrie, dit-elle, échafauder bien des calculs. Je pense qu'ils m'ont crue.

— Quoi qu'il en soit, nous devons à ces fantaisies notre liberté...

— N'oublions pas d'alerter Angkor rapidement. Les Chams doivent progresser d'autant plus vite que nous nous sommes évadés.

Shikésa crut recevoir un choc dans la poitrine... Alerter Angkor? Pour quoi faire, lui soufflait une voix intérieure? Son esprit s'embruma : le Bien, le Mal, les directions à prendre se confondaient. Il réagit :

— Alerter Angkor? Pourquoi? Rien à craindre!

— Si nous ne pouvons y aller nous-mêmes, prévenons un monastère ou un ermitage. Et faisons envoyer un messager, un homme à cheval. Il faut prévenir la ville d'une attaque imminente. C'est le plus urgent : « Les Khmers d'abord, et le service du peuple », comme dit toujours mon prince. Et protéger Angkor...

— Non, Devi, proféra avec force le brahmane sur un ton inhabituel, comme s'il avait soudain une révélation. Non, il n'y a rien à craindre. Angkor se défendra! On ne prend pas la ville avec quelques barques et des fantassins. L'alerte sera donnée bien avant que les Chams n'entrent dans le Grand Lac. Et à supposer qu'il y ait siège, celui-ci durera des semaines. Ce roi cham est un fou! Allons trouver Jaya. C'est lui qui reprendra Angkor.

Il avait parlé d'un trait, impatient, presque furieux, donnant à Devi l'impression d'avoir dit une sottise. Shikésa était le maître, le précepteur incontesté, le guru de Jaya. On devait toujours se rendre à son jugement, garanti par ses observances d'ascète. Elle se tut.

Cependant le brahmane, tout prestigieux qu'il fût, paraissait soucieux. Il hésitait sur les chemins à prendre, suivait une sente, puis une autre, revenait sur ses pas, et observait de point en point le paysage.

— C'est là! dit-il soudain.

Devi poussa une exclamation. Elle aussi reconnaissait l'endroit. Oui, c'était là, face à cette grande clairière, que le brahmane et son frère, le prince Injit, avaient combattu seuls les forces du général félon, Tribhuvarman, alors Purocana; là, dans ce koki blanchi dont il ne restait que quelques pans de bois que le brahmane avait caché l'épée sacrée. La princesse réalisa qu'ils n'étaient pas sur le chemin des montagnes; Shikésa avait fait un grand détour vers l'est; il recherchait d'abord l'épée sacrée; on rejoindrait Jaya plus tard. Devi se sentit trompée. Sa gaieté tomba brusquement.

— Le village n'est pas loin, dit le brahmane en prenant la princesse par la main. Il faut convaincre le vieil homme de livrer sa cachette et de rendre l'épée. Viens.

— Pourquoi ne l'avez-vous pas prise, de gré ou de force, lorsque vous avez su qu'elle était là?

— Devi, je te le répète, il ne veut la donner qu'à une personne de rang royal. Je ne pouvais torturer cet homme pour le faire parler. Quant à moi, je ne ressemblais plus guère à un brahmane, encore moins à un ascète, mais plutôt à un mendiant vicieux, esclave de ses désirs. Devi, je t'ai raconté...

Tapi sous le couvert de bouquets de palétuviers dominés sur leur pourtour par des palmiers à sucre, le petit village bruissait des activités du jour. Entre les pilotis des paillotes, parmi le matériel agraire et domestique, les outils, la charrette ou le métier à tisser, les animaux s'étaient mis à l'abri de la chaleur caniculaire : chiens, porcs, volailles, non loin de la mare où, placide et pourtant ombrageux, restait vautré le buffle de la maison, richesse du Cambodgien. L'endroit respirait la paix. En attendant la saison des semailles, hommes et femmes réparaient les outils, consolidaient les paillotes, tressaient des paniers. Les enfants jouaient en criant.

Devi se sentit émue. Pourquoi, dans ce Cambodge sans cesse agité par les turpitudes des grands, le bonheur était-il plus accessible aux gens modestes qu'aux princes et aux dignitaires? Plus tard, si la fortune venait à inverser le cours de ses décrets, elle et Jaya se consacreraient au bonheur de ce peuple, si simple et attachant dans son sourire de tous les jours. Une petite fille, âgée de quelques mois, marchant à peine, s'approcha d'elle et prit sa main. La princesse retint ses larmes. Que devenait sa propre enfant?

Shikésa s'approcha d'une paillote, au centre du village. Assis sur la terrasse, au sommet de l'échelle, simple tronc d'arbre entaillé d'encoches formant des marches, se tenait un vieil homme.

— Me reconnais-tu ? dit le brahmane. Je t'amène une princesse, de sang royal, comme tu le voulais. Rajajayadevi, l'épouse de Jaya, le prince héritier du trône.

L'homme répondit par un grand jet de salive rouge et se mit à dévisager la jeune femme. Une princesse n'était pas ainsi ! Une princesse portait diadème et bijoux, sampot de soie, elle avait la peau blanche, n'allait jamais à pied mais à éléphant ou en palanquin, entourée de domestiques, sous l'ombre des parasols dans le balancement des chasse-mouches. Que voulait donc cette noiraude, brûlée de soleil et de fatigue, aux pieds usés par la marche, sans bijoux ni parfums, aux reins serrés dans une guenille la couvrant à peine ?

— C'est toi l'ascète ? dit-il enfin en ouvrant une bouche transformée par les chiques en un trou rouge informe. Tu nous as fait bien rire, l'ascète, buvant l'alcool à la jarre la nuit durant, ivre, volubile et vorace, dévorant viandes et poissons, faisant crier nos filles de plaisir, jusqu'au matin.

— As-tu l'arme d'or ? Indique-nous ta cachette ! coupa Shikésa, sentant ses yeux rougir de fureur et haussant vainement sa stature qu'il espérait redevenue noble et ascétique. Rends-nous l'épée ! Je te dis que c'est là la princesse Rajajayadevi.

L'homme regarda le ciel, comme distrait, puis baissa la tête, visa et lança un nouveau jet de salive rouge qui vint s'écraser aux pieds de Devi. Son discours devenait d'une insolence extrême.

— Est-il toujours aussi bien membré ? plaisanta le vieillard. Princesse ! Viens donc, ascète ! Et fais-nous rire encore ! Qu'on apporte la jarre, les pipettes et de l'eau fraîche pour la nuit d'amour du brahmane !

Par dérision, il affecta de se courber, hilare, mimant un rituel de cour, tapant son front trois fois de la main, avant de croiser ses bras en signe de soumission.

— L'affaire ne sera pas aisée, murmura Shikésa. Montons à

l'échelle. Parle en sanscrit. Nous voilà partis pour une nouvelle joute poétique. Mais, crois-moi, cette fois-ci j'aurai l'épée.

— Si vous voulez des princes et des princesses, reprit l'homme, joignez l'armée, par là, en direction d'Angkor... Des milliers d'éléphants, des hommes d'armes, entourés de sauvages aux longues lances, des hommes venus des hauteurs. Ils sont passés il y a trois jours. Avec un prince, sur un grand éléphant, aux défenses recourbées, dominant tous les autres... et des princesses, vous en aurez.

Shikésa s'arrêta au milieu de l'échelle; il avait compris : l'armée de Jaya faisait mouvement sur Angkor! En un éclair, aussitôt absorbé par un brouillard d'incertitude, il regretta de ne pas s'être rendu aussitôt à la capitale pour prévenir de l'approche de la flotte chame. Puis une voix intérieure lui cria très fort, comme dans un tonnerre, qu'il fallait d'abord craindre pour la princesse et reprendre avant tout l'épée sacrée puisqu'il était dans les parages. Il eut le sentiment bizarre que, par instants, ses facultés de jugement se liquéfiaient. Il secoua la tête, se frotta les yeux et reprit sa progression sur l'échelle.

*

— C'est un piège! Méfie-toi!

Une fois de plus, Injit ne décolérait pas, gesticulant avec véhémence pour convaincre Jaya de ne pas se rendre au rendez-vous de Tribhuvarman.

— Cet homme est un traître.

— Oui, intervint Indra, un traître! Mais qui veut retrouver son honneur.

— Nous aurions mieux fait d'aller prendre Vijaya. Songe d'abord à libérer ton épouse et ton guru plutôt qu'à délivrer des griffes de sa démonesse ce Tribhuvanadityavarman, au nom usurpé, Soleil des Trois Mondes. Angkor sera toujours Angkor, et si l'usurpateur tombe de lui-même, tant mieux!

Une fois de plus Indra plaidait. Tribhuvarman était un faible qui s'était fait manipuler, par Santanu d'abord, au temps du roi Dharanvarman, puis par Yaksa et son armée de démonesses. Mais le fond de son âme restait fidèle au code d'honneur des kshatriyas. Il voulait revenir au dharma. Il avait pris la royauté par mégarde. Il se montrait prêt à la rendre. Il n'y avait pas eu de couronnement : il n'était ni consacré ni ondoyé selon les rites ; les brahmanes hésitaient encore à procéder aux cérémonies. Il n'avait ni l'épée pour affirmer sa légitimité ni les traités magiques pour construire son temple. C'était un homme honnête que les circonstances avaient porté au péché.

— Te moques-tu ? tempêta Injit.

Autant le prince avait donné son agrément pour que l'armée au complet se portât sur Angkor, autant il s'opposait maintenant à ce que Jaya se séparât du gros de ses troupes pour tomber dans un piège probable.

Réunissant toute sa science de lettrée rompue aux joutes oratoires, Indra parla alors du sort qui attendait Angkor si Jaya se présentait avec toutes ses forces devant la capitale. Rien n'était plus dangereux que des démons cernés par une armée supérieure à la leur ; ils se déchaîneraient ; brahmanes et dignitaires seraient assassinés, les monastères et sanctuaires mis à sac, ruinés, avant qu'on eût le temps de pénétrer dans la ville. On devait prendre Yaksa par surprise, ainsi ne pourrait-elle lâcher ses forces maléfiques, et pour cela une entrevue secrète entre Jaya et Tribhuvarman était indispensable pour coordonner les opérations. Elle parla du pouvoir démonique effrayant dans lequel baignait la ville, sans que le peuple s'en rendît vraiment compte, de la récolte du fiel, des serpents par milliers prêts à investir les quartiers nobles livrés à la racaille et aux démons, de la destruction assurée des temples, de la ruine des barays et des systèmes d'irrigation. Angkor ne serait plus qu'un lieu désert envahi par la végétation. Alors Jaya devrait aller chercher très loin une autre capitale, loin des démons et de leur mémoire.

— Il faut d'abord sauver Angkor, conclut-elle. Allons au rendez-vous de Tribhuvarman. Je m'en porte garante. Injit viendra avec nous. Nous aurons la tigresse et les chiens rouges. S'il y a vraiment traîtrise, nous pourrons nous fortifier sur la colline, le Phnom Krom, et nous défendre en attendant le gros de l'armée. Pour l'instant, celle-ci restera en réserve, ici même, de ce côté du Phnom Kulen.

Jaya songeait que les arguments d'Indra étaient bons. D'abord sauver Angkor. Même s'il y avait traîtrise, son devoir de prince n'en consistait pas moins à prendre tous les risques lorsque la prospérité et le bonheur du peuple étaient en jeu. Il irait au Phnom Krom. Là, on allumerait le feu de fumée blanche que l'émissaire de Tribhuvarman avait donné comme signe de reconnaissance.

CHAPITRE 57

Le prêtre reçut en pleine poitrine le coup de poing que lui assenait le roi :

— Tes dieux doivent accueillir le roi d'Angkor partout où celui-ci trouve bon de se rendre, hurla-t-il, le regard de cuivre.

— Sacrilège ! gémit le prêtre, sacrilège ! Ce lieu est consacré.

— Tais-toi !

— La soldatesque a envahi le temple. Personne n'est autorisé à entrer ici, excepté les prêtres, les desservants et le roi ; pour celui-ci, à des dates précises et dans l'équipage qu'impose le rituel... Les hommes en armes...

— Tais-toi !

— ... et leurs femmes...

— Tais-toi, te dis-je, cria Tribhuvarman en tirant l'arme de son fourreau d'or pour en frapper le prêtre.

L'épée se brisa dans le corps de l'homme. Alors, s'efforçant de remettre au fourreau le tronçon sanglant qui lui restait à la main, le roi se retourna vers sa compagne. Aussi loin que le regard portait, le désastre était immense. La surprise avait été totale.

Depuis l'esplanade la plus haute du Grand Temple-cité de Vishnu, au sud de la ville, où ils avaient passé la nuit afin d'apercevoir aux premières heures du matin les feux de reconnaissance allumés par Jaya, Tribhuvarman et Yaksa constataient qu'Angkor était entièrement investie. Les Chams avaient débarqué dans la nuit. La garnison du sud s'était réfugiée en désordre dans la vieille ville, que dominaient le Phnom Bakeng et les cent huit tours du temple de Yashovarman. On distinguait sur les parvis les plus élevés des prêtres et des brahmanes courant en tous sens, sans doute en vue d'ultimes sacrifices pour réconcilier la ville avec ses dieux.

« Bien tard! » se dit Tribhuvarman en poussant dans le vide le brahmane expirant qu'il venait de pourfendre.

Le temps était parfaitement clair, après cette nuit d'orage dont le vacarme avait permis aux Chams de progresser impunément par la rivière et les canaux et d'atteindre le cœur de la capitale sans que l'alerte fût donnée. Les citadins s'étaient réveillés dans une ville investie de toutes parts. Les assauts avaient commencé aussitôt. Les fortifications des divers temples-cités cédaient les unes après les autres. Seuls résistaient encore la ville du Phnom Bakeng et le Grand Temple-cité de Vishnu, où Tribhuvarman avait fait halte la veille avec un fort détachement armé. Paniqués, les soldats avaient déserté leur poste et envahi en désordre les galeries qui encadraient le temple. De là, ils assistaient au spectacle de la prise d'Angkor.

— Pourquoi as-tu tué cet homme avec l'épée sacrée? demanda la démonesse. Était-ce nécessaire?

— Oui!

Pour la première fois, le roi vit luire au fond des yeux de sa compagne l'éclat transparent de la peur. L'heure était à la vengeance des dieux. Il porta son regard alentour.

On voyait pointer au loin vers le nord, entre les arbres, le dôme de bronze du Baphuon, à côté du palais royal. Point de nouvelles de ce côté, mais on pouvait penser que l'ennemi avait déjà franchi les murs et progressait vers le centre en longeant les canaux. Des fumées d'incendie ne tarderaient pas à s'élever.

— Que vois-tu? cria le roi à un homme acrobate qu'il avait posté au sommet de la grande tour.

L'homme ne répondit pas. La voix se perdait dans le tumulte. A nouveau le roi hurla. Rien : l'homme regardait ailleurs, au sud. Tribhuvarman regretta de ne pas s'être installé au Phnom Bakeng dont les hauteurs, mieux que les tours de Vishnu, dominaient la région. Il se tourna vers Yaksa.

— Ni or ni fiel, dit-il dans un souffle en grinçant des dents. Le roi cham refuse toute offre de paix et de négociation. Il ne veut ni de l'or des temples ni de tes jarres de fiel humain, bien précieux entre tous, dont les Chams sont d'ordinaire si friands. Il veut que je lui livre Angkor sans combat.

— Ce qui est fait, ricana Yaksa. Ton messager est arrivé quand la ville était prise.

De l'ouest, du côté du grand baray étincelant au soleil, parvenait cependant la rumeur d'un combat. La garnison avait réagi, mais, surprise dans ses cantonnements et privée de ses éléphants, en pacage à l'extérieur, elle n'avait aucune chance de reprendre l'avantage. Il s'agissait sans doute d'une série de combats individuels. Soudain des cris de femmes parvinrent en écho : l'ennemi était à l'intérieur du camp ; le massacre avait commencé et on ne tarderait pas à voir défiler les vaincus emmenés en esclavage, en longues files, la corde au cou.

*

— Regarde, dit Yaksa en fixant l'horizon vers le sud. Jaya est arrivé.

Un filet de fumée blanche s'élevait dans le ciel, indiquant l'emplacement du Phnom Krom, la colline dominant le Grand Lac, à l'embouchure de la rivière.

— Le signal de reconnaissance ! Il est à l'heure ! Et au jour dit ! Ainsi est-il pris au piège ! A moins qu'avec les Chams…

— Pour le moment, c'est toi qui es pris.

— Trahison ! hurla Tribhuvarman.

— Non, mon roi, Jaya ne trahit pas. Il ne peut être de connivence avec les Chams.

Le roi se tut. Un frisson lui parcourait l'échine. La peur le prenait dans ses griffes. Les dieux se vengeaient ; les dieux avaient permis aux Chams d'arriver jusque-là sans que l'on donnât l'alarme ; les dieux avaient placé Jaya bien à l'abri, dans le sanctuaire de Shiva couronnant le Phnom Krom, au lieu et au jour même où les démons devaient l'assassiner ; les dieux les avaient enfermés, lui et sa démonesse, dans ce temple, le plus beau que les hommes eussent jamais élevé à la gloire de la divinité, entouré de belles douves aujourd'hui grouillantes de crocodiles sournoisement tapis et friands de chair humaine. Il était cerné. Là même où la veille il avait décidé de faire étape avec ses forces démoniques sur la route du Phnom Krom, attendant la fumée blanche qui lui permettrait de cerner le prince et de le massacrer. Il avait voulu prendre Jaya. Mais les dieux en avaient décidé autrement.

Tout à coup, en un geste de folie, il se tâta le visage : n'était-ce point des crocs de démon qui lui sortaient de la bouche ? Ses cheveux se hérissèrent. Il se racla la gorge et lança un long jet de salive. Le crachat vint s'écraser auprès du corps du prêtre gisant en contrebas sur les pierres blanches. Tribhuvarman constata que l'homme bougeait encore.

— Crois-moi, les démons n'ont pas dit leur dernier mot. Mes escouades sont aux portiques de la chaussée d'entrée, intervint Yaksa qui devinait les pensées de son homme.

— Jaya va peut-être nous secourir.

— Non ! Les démons ou les dieux ne donnent jamais deux fois la même chance... Et Jaya ne trahit jamais.

A l'est, la rivière disparaissait sous un tapis d'embarcations. Les Chams débarquaient en foule compacte. Plus loin des fumées noires souillaient le ciel : les monastères, le long du Baray oriental, commençaient à brûler. Le pillage était presque terminé. Bientôt jailliraient les flammes de la destruction.

— Le roi ! souffla Yaksa.

Tribhuvarman se tourna vers l'ouest. Entouré d'une cohorte d'officiers, protégé du soleil par une multitude de parasols blancs et environné du jeu incessant des chasse-mouches parmi les étendards levés, Rudravarman IV s'avançait en grand équipage vers la large chaussée d'accès au temple. A ses côtés, reconnaissable à sa démarche, le général en chef en pourpoint de guerre paradait.

— Où a-t-il débarqué ? s'étonna Tribhuvarman. On ne l'a point vu.

— C'est le moment! Allons-y, coupa la démonesse.

— Tes escouades et mes éléphants tiennent le parvis. Pour l'instant…

— Allons-y! Il faut combattre.

*

Tête et membres coupés jonchaient le pavement de la cour principale du monastère. Au pied de l'escalier menant au sanctuaire, le supérieur agonisait, une épée plongée dans le ventre. La mort rôdait. La soldatesque avait tué tout ce qui résistait.

Au commandement de leurs officiers, les soldats chams amassaient maintenant, au milieu de la cour centrale, rouge de sang et couverte de cadavres, ce qu'ils réussissaient à extraire des magasins du monastère.

Une dizaine de scribes s'efforçaient de classer à la hâte des denrées de toute nature, riz dans de grands paniers d'osier que l'on apportait par centaines, mélasse, huile, cire, miel, santal, camphre, sésame, moutarde noire, cumin, muscade, coriandre, aneth, contenus dans des jarres scellées ou dans des coffres, plusieurs centaines d'ensembles vestimentaires pour habiller les statues, des lits de soie, des voiles de Chine, des lots de parasols. Dans un coin de la cour, deux experts en pharmacie accumulaient les denrées nécessaires à la fabrication de médicaments : plusieurs centaines de livres de cardamone, des milliers de noix muscades, des pots et des boîtes innombrables contenant fébrifuges et onguents divers. Le seul butin en biens ordinaires et denrées consommables était considérable.

Restait le trésor. Au milieu de la cour se trouvèrent bientôt entassés, en grand désordre malgré les vociférations des officiers qui ne parvenaient pas à faire face à un afflux aussi grand de biens précieux, plusieurs milliers de livres de vaisselle d'or, presque autant de vaisselle d'argent, trois gros sacs de perles et cinq de pierres fines, au milieu desquels se trouvait perdu un petit sac de soie rouge où un officier vint compter trente-cinq diamants de tailles diverses. Tout ce que le monastère avait accumulé de richesses depuis des dynasties.

— Attention où tu mets les pieds! cria un officier.

Le soldat arrivait, portant avec peine un énorme bol d'or. Il perdit l'équilibre et s'écroula avec fracas, le bol roulant avec une résonance de cymbale sur la vaisselle disposée en vrac.

L'encombrement de la cour devenait impossible à gérer. Les ordres fusaient :

— A mon commandement, chaque homme se charge d'un objet. Ensuite ordre serré jusqu'aux embarcations. Le butin doit être embarqué au fur et à mesure dans l'heure.

— Dépêchons! Le feu va gagner.

— Pourquoi l'avoir allumé si tôt?

— Ordre du général en chef! Brûler au plus vite toutes les bibliothèques!

— Imbécile! Ne jamais exécuter un ordre avant le contrordre.

— Faut-il éteindre?

— Non! Évacuez le butin!

Chacun se bousculait dans l'ivresse de la victoire.

Les flammes des premiers incendies rougeoyaient de plus belle. Un coup de vent les rabattit dans le sens opposé. Parqués dans une cour adjacente s'ouvrant largement sur la première, les survivants, choisis parmi les plus jeunes et les plus robustes, attendaient qu'on leur passât la corde de l'esclavage. Il y avait là plusieurs centaines de danseuses, d'officiants, d'assistants, d'étudiants, de professeurs et de prêtres, et parmi eux, en dépit de son âge, un vieillard qui, de sa bouche édentée, souriait vaguement au spectacle : l'architecte de Suryavarman II, le vénérable Pisnokar, qui était venu chercher refuge au monastère. Tous partiraient aussitôt en file indienne pour rejoindre les lourdes jonques de la flotte chame, ancrées sur le Grand Lac, à l'embouchure de la rivière.

— Mettez le feu aux habitations restantes! Ordre nouveau du général!

— Inutile! Tout brûle! Rattrapez cette femme.

D'un coup de coude à l'estomac, Dhari venait de se débarrasser du soldat qui lui passait la corde au cou. D'un bond elle fut au milieu de la cour, glissa dans une flaque de sang, se rattrapa, franchit dans un grand tintamarre les amas de vaisselle de la première cour, contourna le bassin, gagna le jardin et disparut dans la fumée qui sortait en tourbillon du pavillon des hôtes.

— Majesté! Majesté! Ne restez pas, l'entendait-on crier. Le prince Jaya nous délivrera.

Les soldats hésitaient. Le bâtiment était en flammes. Ils distinguèrent au centre de la pièce une silhouette altière, agenouillée dans la sérénité de la méditation. Aucun muscle de son visage émacié de vieille femme ne bougeait. Au-delà de la mort, la reine Chudamani rejoignait son époux, le roi Dharanvarman, dans le mépris des turpitudes qui aujourd'hui accomplissaient la ruine d'Angkor, que l'on avait livrée aux forces démoniques.

Lorsque Dhari réapparut, le pavillon s'écroula dans des gerbes d'étincelles, projetant vers le ciel une flamme immense.

*

Au même instant Tribhuvarman allait livrer son dernier combat. Il gardait à son côté le fourreau d'or contenant le tronçon du palladium maudit : la fausse épée ne le quitterait pas. Il monta sur son éléphant de guerre, armé d'une hache et d'un glaive d'acier, et, dominant la grande chaussée du temple, constata qu'elle était vide. Les Chams s'étaient retirés, laissant place libre à l'affrontement des deux champions. Tout au bout du long pavement de pierre se tenait un guerrier à pied, cuirassé et casqué, armé de javelots et d'une épée droite : Santanu, reconnaissable à son allure, mais les traits tirés par la fureur et gesticulant dans une pantomime de défi. Derrière lui, à plusieurs pas, trônait Rudravarman IV dans la pose de délassement : le roi donnait son agrément au combat singulier.

Yaksa avait rappelé ses démonesses et fait disposer ses paniers d'osier le long du portique dominant la douve. Un lourd silence venait de succéder à la rumeur des combats. Tribhuvarman chercha des yeux la démonesse, voulut sourire, croisa un instant son regard et sentit son sang se glacer : la femme avait pris les traits d'un monstre, d'un de ces makaras que l'on voyait représentés sur les linteaux des portes des sanctuaires, monstre à tête d'oiseau ou de fauve et à corps de crocodile, et dont la gueule ouverte laissait passage à des serpents.

Halluciné, il détourna la tête et, poussant son cri de guerre, mit sa monture au pas de charge. L'animal barrit, leva sa trompe comme pour humer l'air puis l'enroula entre ses défenses, plaqua ses oreilles et chargea. Santanu l'attendait de pied ferme. Son vœu le plus cher s'accomplissait : il affrontait enfin en combat singulier l'ancien ami, le camarade de jeu et d'étude, le compagnon d'exercice et de plaisir, le général fidèle, le traître enfin, le démon, le couard, oublieux du dharma, l'imbécile à succès qui lui avait volé la royauté. Hurlant de fureur, l'œil arrondi de haine, les dents vibrant sous le choc des insultes qui se bousculaient dans sa bouche, il prit le pas de course en direction de son rival et, au dernier moment, bondit de côté, sauta sur un lion de pierre qui, au centre de la chaussée, le long de la balustrade, dominait la douve, et de là, en deux mouvements de voltige, se retrouva sur la tête de l'éléphant qui, désorienté, cherchait à faire volte-face sans savoir de quel côté se tourner.

Surpris, Tribhuvarman ne put parer le coup qui fendit son casque. Il glissa de la chaise et tomba. Les deux hommes se regardèrent un instant, immobiles, puis, d'un seul bond, se jetèrent l'un sur l'autre. A quelques passes d'armes, permettant de reprendre souffle, succédèrent des assauts furieux. Le silence était déchiré par des hurlements innommables. C'est le moment que le roi cham choisit pour mettre en action son orchestre de guerre afin de soutenir le combat : cymbales, gongs, flûtes, tambours et harpes se mirent de la partie, attisant la fureur et suivant de leurs rythmes les péripéties de l'action.

D'un coup de taille Tribhuvarman manqua de peu la tête de Santanu : l'arme glissa et fendit du haut en bas le pourpoint du général, puis, revenant en coups de pointe répétés, s'appliqua à détruire la cuirasse. Santanu recula et vit alors un objet tomber à terre : le traité! Il avait perdu le traité! Celui-ci, toujours serré dans sa gaine de cuir, rebondissait sur la pierre. Tribhuvarman poussait son avantage et se baissait de place en place pour s'emparer de l'objet quand la lame de Santanu, sifflant comme un serpent, lui coupa le bras.

Le roi khmer, épuisé, perdant son sang à flots et privé de son arme, se dirigea vers la balustrade et s'effondra sur le lion de pierre, dont la queue se brisa. Alors, d'un coup de pied, Santanu envoya son adversaire par-dessus bord et hurla son triomphe. Ivre de rire, il s'appuyait maintenant sur la balustrade, comme au spectacle : attirés par le sang, les crocodiles faisaient mouvement, lents et sûrs, cherchant leur proie. L'orchestre s'était tu.

Yaksa avait attendu ce moment pour lâcher ses reptiles. Ils progressaient, innombrables, au centre de la chaussée, le long des balustrades, s'arrêtant pour redresser leur capuchon, tête haute et anneaux tendus, dardant leur langue avant de reprendre leur marche. Seul le sifflement de leur fureur perçait le silence.

Alors Yaksa, de sa canne brandie, donna l'ordre d'attaque et poussa elle aussi son cri de guerre, un cri aigu et prolongé qui transperça le ciel, revint, porté au loin par les plans d'eau pour se répandre en crissements qui firent frémir l'espace. A ce signal, les cobras se précipitèrent, chargeant de toute l'agilité de leurs anneaux. Quand leur masse grouillante atteignit l'homme il était trop tard pour fuir. Santanu voulut saisir le traité qui gisait au sol, renonça et, cherchant un repli, sauta sur la tête du lion de pierre, seul refuge immédiat d'où il s'efforça de chasser les reptiles par de grands moulinets d'épée. Debout sur la statue, atteint en plusieurs points par la détente rapide des monstres qui le cernaient, rendant vaines ses passes d'arme, il perdit l'équilibre et tomba dans la douve, les bras en croix, à la renverse, les traits tirés par une haine désormais impuissante.

Le roi cham avait assisté sans broncher à ce ballet fantastique. Sur son ordre l'orchestre se remit à jouer; au troisième coup de cymbale, il fit signe d'arrêter. Yaksa rappela ses serpents qui vinrent l'entourer comme des chiens fidèles. Sa gestuelle était précise. Elle approchait, sans hâte, esquissant sur la chaussée des pas de danse inusités. Le traité était toujours à terre. Elle s'en saisit et le brandit :

— Pour le roi cham, siffla-t-elle. Le traité magique, pour le nouveau roi d'Angkor, Rudravarman, roi des Chams !

Rudravarman avait frémi : les serpents reprenaient leur progression.

— Choisis ta flèche, dit-il à son officier le plus proche, incante-la, bien et longuement, sans te presser, et vise l'esprit vital. Une seule flèche. Les autres seraient vaines.

Atteinte en plein cœur, Yaksa vacilla, tournoya en tous sens, bondit en direction du roi et, heurtant la balustrade, bascula dans le vide. La douve était semblable à l'océan soumis à des vents de tempête dont le souffle soulevait en jets d'écume rouge le festin des crocodiles arrachant en claquements de gueule et de queue les membres des hommes tombés quelques instants plus tôt. Yaksa les rejoignit, bientôt suivie en foule par les escouades de cobras qui sautaient pardessus les balustrades ou glissaient le long des piliers afin de partager le sort de leur maîtresse, à leur tour dévorés par les sauriens dans un ballet de queues dressées et d'anneaux tordus de rage.

Le lion de pierre riait de toutes ses dents au spectacle que lui offraient les hommes dans ce combat toujours renouvelé des dieux et des démons. Sa crinière frisottée semblait frémir et l'on aurait dit qu'il passait sa langue sur le sang dont il était rougi.

Alors l'orchestre cham reprit son tintamarre de guerre. On pouvait maintenant donner l'assaut au Grand Temple de Vishnu, perle d'Angkor.

CHAPITRE 58

Le détachement khmer installé sur le Phnom Krom, à côté du sanctuaire à trois tours, assistait à la prise d'Angkor. Il faisait encore nuit quand Jaya avait donné l'ordre d'allumer le feu d'herbe à fumée blanche, signal de reconnaissance convenu qui devait préluder à la rencontre de l'usurpateur et du prince héritier légitime. Le plus tôt serait le mieux.

Étrange rendez-vous, qui laissait présager la trahison. Mais, contrairement à ce que lui recommandait son entourage, Jaya n'avait pas voulu négliger cette chance, même infime, de libérer la ville des démons qui l'habitaient au cas où le cœur dévoyé de son roi viendrait enfin à s'animer de remords et de sincérité. Un guerrier digne de ce nom n'hésitait pas à permettre au dharma de triompher, même si la cause demeurait sans espoir. Ainsi l'exigeait le code d'honneur. Yudhisthira n'avait-il pas accepté une partie de dés qu'il savait perdue d'avance et qui devait le priver de son royaume et de ses biens ? Au terme de douze années d'exil, il avait néanmoins, dans la gloire, recouvré sa couronne. Au reste Jaya avait perdu son épouse et son guru. Que lui importait l'existence s'il ne pouvait laver Angkor de la boue du péché dont elle était emplie ?

Il avait emmené avec lui sa petite fille, Kéo, son éléphant et sa tigresse. Injit avait exigé à grand bruit de se joindre au détachement, avec ses chiens. Il allait de soi qu'Indra serait au rendez-vous avec Tribhuvarman puisqu'elle se portait garante de son esprit de paix. Angsha était resté avec le gros de l'armée.

— Si Tribhuvarman veut trahir, avait commenté Injit, il aura mal calculé son affaire. Nous sommes peu nombreux, mais chacun de nos guerriers en vaut cent. La place peut être défendue par une poignée d'hommes. Tu as ton éléphant et ta tigresse. J'ai mes chiens. Et, rappelle-toi, j'irai chercher ce Tribhuvarman en personne. Il viendra ici, sans escorte, te parler seul à seul.

Mais les événements avaient tourné tout autrement. La nuit durant, les abords du Grand Lac avaient retenti de bruits sourds : craquements, cris lointains et étouffés, comme si une armée entière cernait la colline.

— Ces bruits ne me disent rien qui vaille, commenta Injit. Faut-il envoyer un message à Angsha ? Il me semble que la trahison se concrétise.

— Nous verrons au matin, dit Jaya. Demain sera jour de vérité. Ne bougeons pas. Angsha est trop loin, et laissons toute sa chance à Tribhuvarman.

Aux premières clartés de l'aurore, la nouvelle avait éclaté : les Chams ! Le Grand Lac, dans son immensité, brillait au soleil levant, couvert de jonques de guerre et d'embarcations diverses qui manœuvraient en tous sens pour débarquer des troupes. Les Chams ! Le spectacle était inouï. Et, dans le lointain, au nord, les premières fumées d'un incendie. Angkor brûlait. Sans coup férir, les Chams, à la faveur de la nuit, avaient pris la ville.

— Voici, dit Jaya, les turpitudes et les douleurs qu'apporte à un royaume un roi indigne. Les dieux bien avant nous viennent venger l'affront.

Au loin, dans le soleil, de nouvelles escadres arrivaient.

— Il faut intervenir, insista Injit.

— Non, te dis-je. Les éléphants ne peuvent être là avant trois jours. Et que peuvent des éléphants contre une flotte armée ? Les Chams devraient se retirer dès le pillage accompli. Angkor est prise. Aujourd'hui s'ouvre le temps d'une longue guerre. Nous saurons attendre. Conservons nos forces.

*

La rivière était maintenant encombrée d'une multitude d'embarcations qui redescendaient vers le Grand Lac, chargées d'hommes et surtout de biens de toute sorte, provenant du pillage des magasins royaux, des temples et des monastères : bateaux débordant d'objets précieux, de statues et de lingas d'or arrachés aux sanctuaires, de vaisselle de métal rare dont le soleil reflétait l'éclat ici et là en des éclairs fulgurants, de diadèmes, de rivières de pierres précieuses, de vases ornés de rubis, d'émeraudes ou de pâtes de verre, de mobilier de bois rare, jusqu'aux tuiles dorées des pavillons royaux. Et sur les routes qui longeaient le cours d'eau, des files sans fin d'hommes, de femmes et d'enfants que reliaient de longues cordes, sous l'escorte de soldats chams armés de lances, reconnaissables de loin à leur coiffure en forme de lotus renversé : la population d'Angkor qu'on emmenait en esclavage. Les malheureux seraient embarqués et prendraient la mer pour le Champa, peut-être sur cette nouvelle escadre, encore une, dont on voyait poindre à l'horizon les premières voiles. Sans doute d'autres convois prendraient-ils la route terrestre : les éléphants d'Angsha pourraient peut-être entrer en action ; mais trop tard ; la ville était conquise, les dieux l'avaient punie. De la plaine montaient les cris de détresse des populations asservies mêlés aux hurlements de triomphe des vainqueurs, tandis que vers le nord le ciel se couvrait des fumées noires de l'incendie.

Jaya sentit son cœur bondir dans sa poitrine et les larmes lui monter aux yeux. « Non, se dit-il, pas maintenant ! Il n'est point temps de montrer son émotion ! » Il était fautif sans doute de n'être pas revenu à Angkor plus tôt, mais à quoi servirait désormais la compassion ? Il se surprit à faire une prière à Bouddha, Bouddha, le meilleur de tous, celui qui comprenait les hommes, homme lui-même, qui sauverait peut-être Angkor de la ruine. La compassion : « C'est la douleur publique qui fait la douleur des rois et non leur propre douleur. » Il se répétait sa devise.

— Le roi cham ! s'exclama Injit, fou de rage et d'impuissance, faisant des moulinets de son épée. Où se trouve-t-il ? Allons le provoquer !

— Non, mon prince, pas encore.

— Alors quand ?

— Plus tard ! Aujourd'hui ce serait la fin du peuple khmer. A partir de ce jour je suis son seul recours.

— Qui arrive ? coupa Injit en se levant brusquement.

Un petit groupe escaladait la colline, poursuivi par quelques soldats chams.

— Allons ! Pour un dernier combat !

— Vas-y seul, dit Jaya. Prends deux chiens et la tigresse. Cela suffira et nous évitera d'être découverts.

*

Quand Shikésa et Devi atteignirent enfin le sommet du Phnom Krom et se jetèrent aux pieds du prince, Jaya sentit que les dieux déjà adoucissaient leur sentence. Bouddha peut-être, qui lui rendait son épouse et son maître. Avait-il entendu sa prière ? Le prince prit Devi sur son genou, et l'enfant, reconnaissant sa mère, courut se serrer contre le couple. Kako sortit de l'ombre où on l'avait caché, pour venir aux nouvelles.

— Attention, dit Shikésa, haletant de fatigue. Point de bruit. Dis à ton éléphant de rentrer sous son arbre.

Puis, dans la tourmente de la guerre et les rumeurs mêlées de détresse et de gloire qui montaient de la plaine, à voix basse, comme dans un souffle, le brahmane raconta son histoire, longuement, lentement, évitant les détails et les émotions. Les yeux fixés sur le spectacle d'horreur qui se déroulait au bas de la colline, il conta la captivité, l'expédition à bord de la flotte chame et l'évasion, puis la quête à travers les forêts et les plaines pour retrouver l'armée du prince, puis le prince lui-même, ici, jusqu'au Phnom Krom.

— Maître, quand avez-vous compris que j'étais là ?

— En brousse. Nous avons appris que l'armée avait quitté le camp en direction d'Angkor. Nous sommes venus à marche forcée. Je t'expliquerai...

— Pourquoi, après votre évasion, n'avez-vous pas fait le nécessaire pour prévenir la capitale de l'approche des Chams ? Le peuple d'abord. Avant toute chose. Un messager...

Tout à coup Shikésa réalisa qu'il avait été aveuglé. Il n'avait songé qu'à rejoindre son prince et à lui remettre l'épée. Il avait oublié Angkor et son peuple. Sans doute les dieux, par cet étrange aveuglement, demandaient-ils le salaire des péchés commis dans son temps de jouissance. Un ascète, surtout chargé des responsabilités qui étaient les siennes, ne reniait pas impunément ses vœux. La pénitence était alors l'aveuglement, un trou noir creusé dans l'esprit, où la sottise aussitôt s'engouffrait. Et comme toujours les dieux se vengeaient sur le peuple de la forfaiture des grands. Chez les Chams, dès sa captivité, il avait pourtant repris son ascèse ; mais c'était insuffisant. Il se promit de se livrer dans l'avenir à de terribles austérités, dans une observance absolue de sa foi. Alors il retrouverait ses esprits. Angkor flambait : c'était sa punition. Il garda longuement le silence, cherchant à sortir du vertige où le jetait la révélation de son erreur. Plus tard il s'en ouvrirait au prince. Pour l'instant il fallait agir, quitte à donner de mauvaises raisons :

— Oui, mon prince, sans doute ai-je péché. J'ai peut-être surestimé les défenses de la ville. Angkor aurait dû tenir au moins douze jours. Je pensais plusieurs semaines. J'avais le temps...

— Mais les Chams ont pris la ville.

— On ne prend pas ainsi Angkor, même par surprise, même quand son roi est indigne.

— Ils l'ont prise. Justement le roi était indigne et Angkor la proie des démons — par conséquent sans défense. Les dieux ne la protégeaient plus. Et sans l'épée sacrée, Maître, vous le savez, un roi n'apporte que malheurs. Aucun rempart ne tient en son absence.

— Je sais. Pour cela j'ai voulu d'abord te retrouver. Et j'avais à accomplir une mission sacrée.

Alors, le brahmane déroula la natte de paille qui constituait son bagage.

— Prince, dit-il, se décidant à dévoiler le trésor qu'il cachait, prince, je t'apporte la royauté.

Jaya baissa les yeux et aperçut l'épée sacrée.

— Ainsi, vous l'avez retrouvée...

— Je l'ai cherchée longtemps. C'est aussi la raison pour laquelle je n'ai pu te rejoindre plus tôt. Le paysan qui la cachait ne voulait pas la rendre. Il a fallu attendre.

Les Chams procédaient maintenant à l'embarquement des esclaves et du butin. On apercevait Rudravarman au milieu d'une foule de courtisans : sans doute faisait-il dresser par ses scribes l'inventaire de ses rapines.

— Angkor sera vengée, murmura le prince.

— Tu es désormais notre roi, le roi d'Angkor, dit Shikésa, Jayavarman. Tu seras Jayavarman VII.

Précédé par les deux chiens, babines rougies de sang et langue pendante, Injit revenait. En contrebas, la tigresse progressait par bonds saccadés, formant arrière-garde. Une quinzaine de fuyards, soldats ou citadins, de la troupe où Shikésa et Devi s'étaient trouvés mêlés avant de gravir la colline, avaient suivi le prince.

— Il a presque suffi, annonça-t-il en reprenant son souffle... il a presque suffi que la tigresse se montre pour mettre les poursuivants en fuite. Ainsi du reste que ces fuyards. Mais j'ai rappelé le fauve et ils m'ont rejoint. Les chiens ont fait merveille. Et j'ai quand même combattu... Les Chams...

Shikésa avait bondi à sa rencontre :

— Y en a-t-il d'autres ?

— Je ne pense pas. Mais il vaut mieux se préparer à une attaque. Le Phnom Krom constitue un point d'observation utile. Il est étonnant que l'ennemi n'ait pas cherché à s'y poster dès son débarquement.

— Ils sont trop absorbés par les pillages. Et il n'y a rien à prendre ici : quelques statues gardées par quelques prêtres. Quoi qu'il en soit, ne nous montrons pas. Dis à ces gens de se cacher. Pas de bruit.

— Plus de poursuivants ? reprit Injit. Je n'en suis pas sûr. Et j'espère...

— Vois ! Regarde en bas... Ils ne songent qu'à embarquer leur butin. Et le pillage continue. Je crois qu'il n'y a rien à craindre. Angsha a peut-être fait mouvement. Et Rudravarman ne peut l'ignorer. Celui-ci tient d'abord à engranger le fruit de ses rapines.

— S'il faut combattre, on combattra... J'en ai déjà tué huit...

Injit s'apprêtait à conter la suite de ses exploits lorsque la vue de l'épée sacrée, étendue sur la natte aux pieds de Jaya, le laissa sans voix :

— L'épée ! murmura-t-il. L'épée ! Comment l'a-t-on retrouvée ?

D'épuisement Devi s'était assoupie sur la poitrine de son époux. La voix d'Indra la fit sursauter.

— Ma sœur, dit-elle, qu'avez-vous appris dans la plaine ?

Shikésa répondit à sa place :

— Avant de parvenir ici, nous avons dû traverser les faubourgs. Déjà les Chams donnaient l'assaut. Et nous cherchions toujours l'armée du prince. Les fuyards affluaient de partout, pressés par l'ennemi. Risquant à chaque instant d'être pris, nous nous sommes cachés dans un repli de terrain, non loin de la rivière, à l'est du Grand Temple de Vishnu. Là, plusieurs hommes, civils ou militaires en fuite, nous ont rejoints : certains venaient de la porte est du temple qu'ils avaient pu forcer ; on donnait en effet l'assaut de l'autre côté, sur la grande chaussée, et la pression sur la porte Est était plus faible ; d'autres, miraculeusement, avaient pu traverser la rivière, pourtant encombrée d'embarcations ennemies ; ils fuyaient les monastères en proie au pillage. Nous étions réunis dans ce repli de terrain, ne sachant que faire. C'est alors qu'un soldat a crié : « Au Phnom Krom ! Seul refuge ! Allons au Phnom Krom ! » Sur le moment, je n'ai pas compris... Nous avons fait un détour par l'ouest pour éviter les abords de la rivière. Seuls quelques Chams nous ont pris en chasse jusqu'au pied de cette colline. Les dieux guidaient nos pas. C'est là, dans ce sanctuaire, qu'ils avaient voulu nous réunir.

— Mais qu'avez-vous appris dans la plaine ? insista Indra d'une voix angoissée. Tribhuvarman…

— Tribhuvarman voulait trahir. Le rendez-vous était un piège. Le prince Jaya devait être assassiné… Certains des fuyards, échappés du temple, devaient participer au coup de main sur le Phnom Krom. Ils le savaient ; ils me l'ont dit. C'est par eux que nous avons enfin appris où se trouvait le prince, et combien la traîtrise était grande.

Indra se laissa tomber sur le sol. Ainsi elle avait été trompée. Les larmes inondèrent son visage. Seule Devi pouvait comprendre les sentiments qui animaient la princesse. Lentement elle quitta les genoux de son époux pour aller consoler sa sœur. Elle l'embrassa et lui parla longuement à l'oreille, caressant de la main ses joues et ses cheveux.

— Et Tribhuvarman ! Qu'est devenu Tribhuvarman ? l'entenditon gémir.

— Ne pleure pas. C'est ainsi. L'essentiel est que nous soyons réunis.

Le brahmane continua son récit à voix basse par respect pour la douleur d'Indra. Les nouvelles qu'il allait apporter n'étaient pas pour lui plaire ; elle ne les apprendrait que trop tôt. Le bruit courait que le roi Tribhuvarman et le général Santanu étaient morts au cours d'un duel, ainsi que la démonesse et ses serpents. Les soldats khmers l'affirmaient. A cette occasion le roi cham se serait saisi d'un document que possédait Santanu et qui pourrait être le troisième traité magique. On en reparlerait plus tard.

— La confirmation des événements ne tardera pas à venir, conclut-il. Et on interrogera ces hommes : ils prétendent avoir tout vu. Et puis…

Shikésa hésitait à poursuivre. Il regardait les hommes dont il avait partagé la fuite et qui lui avaient donné ces informations. Ils restaient accroupis à l'écart, dans l'attente des ordres d'Injit. L'un d'eux avait assisté au pillage et à l'incendie du grand monastère bouddhique. Prêt à être emmené en esclavage il avait réussi à s'échapper ; il ne pouvait mentir.

— Et puis, mon prince, dit-il enfin, ta mère n'est plus. Son âme s'est envolée dans l'incendie du monastère. Dhari, sa fidèle gouvernante, a été emmenée en esclavage.

Ainsi tout était consommé. Pendant le récit du brahmane, le prince était resté le regard vide, comme plongé dans sa méditation habituelle, cherchant à dominer sa douleur. Chacun, les yeux baissés, respecta son silence. Longtemps on n'entendit que le vent sifflant dans les arbres au-dessus de la rumeur de guerre qui montait de la plaine et du lac. Ainsi le prince Jaya devenait Jayavarman, le roi d'Angkor, protecteur de son peuple, son bouclier et sa victoire. L'épée sacrée lui conférait la royauté. Il était désormais le Suprême, le roi shakravartin, le roi des rois, consacré sur cette colline dominant la ville dans une grande cérémonie silencieuse.

Quelques notes légères, fragiles dans l'écho de la clameur lointaine, vinrent se joindre aux voix du vent : Kéo s'était mise à sa harpe et, pour distraire la petite fille dans ces instants de grande intensité où se jouait le destin de ses parents, faisait semblant d'aider les petits doigts à courir avec les siens sur les cordes de l'instrument. Elle reprenait une vieille romance que l'enfant aimait. Un sourire hésitant éclairait son visage et Kéo, les larmes aux yeux, l'engageait à chanter.

Indra avait quitté les bras de sa sœur, voulant à nouveau être seule face à son désespoir. Plus tard, elle demanderait pardon pour ses erreurs de jugement. Le prince, aujourd'hui roi, comprendrait combien elle n'avait jamais souhaité que le bien d'Angkor. Ainsi allaient les pulsions de la guerre, dans la fureur, le mensonge, l'erreur et la traîtrise. Ses larmes continuaient de couler. Elle se leva pour se retirer à l'écart afin de se mettre en prière au moment où l'assemblée, dans un même mouvement, se prosternait devant Jayavarman, front à terre, les bras croisés sur les épaules.

Le nouveau roi d'Angkor venait de prendre l'épée d'or.

— Il faudra attendre longtemps, dit-il, mais je laverai de la boue du péché cette terre lourde de crimes. Je châtierai les Chams. Je restaurerai l'empire dans sa splendeur et sa puissance. Je le couvrirai de monuments et mon premier souci sera le bien du peuple. Alors, un jour, j'épouserai Angkor.

Devi se leva à son tour et, se serrant contre son époux, ajouta en un sanscrit très pur et de bonne métrique :

— Oui, mon roi épousera Angkor, et chacun pourra lire sur les inscriptions de notre capitale que la ville de Yashodharapura, telle une jeune fille de bonne famille, bien assortie à son fiancé et brûlante de désir, ornée d'un palais de pierres précieuses et comme vêtue de ses remparts, fut épousée par le roi en vue de la procréation du bonheur des créatures, au cours d'une fête magnifique, sous le dais de la gloire déployée.

Au loin, les fumées de l'incendie envahissaient le ciel. Jayavarman VII recevait la royauté au moment même où le royaume était conquis. Quel serait son règne ?

Postface

DONNÉES HISTORIQUES ET FANTAISIES ROMANESQUES

Le propos du présent ouvrage fut de retracer, dans la fiction, les premières années de la vie de Jayavarman VII avant son accession au trône, ce roi étant considéré aujourd'hui comme le plus grand souverain du Cambodge, notamment à cause de l'extraordinaire programme de constructions qu'il a réalisé et dont les ruines prestigieuses constituent au moins la moitié des sites touristiques actuels. Angkor était alors la capitale du Cambodge. Les restes de sa splendeur ne cessent d'impressionner les visiteurs. On peut soutenir que ce groupe archéologique est à l'Asie orientale ce que les pyramides et les temples d'Égypte sont à la Méditerranée et à l'Europe. Le règne de Jayavarman VII est assez riche pour se prêter à plusieurs fictions historiques et le roman proposé aujourd'hui annonce une suite.

Il faut cependant noter que l'on connaît peu de choses sur l'histoire d'Angkor. C'est un lieu où règne le silence. Silence des textes, silence des pierres. On s'est néanmoins résolu à construire un roman avec intrigues, suspenses et rebondissements sur un fond fragile de vérité historique.

Les sources historiques

Dans ses très grandes lignes, l'histoire d'Angkor commence au IXe siècle de notre ère et se termine aux XIVe-XVe siècles. Mais on considère aujourd'hui que la capitale a perduré bien au-delà de ces deux derniers siècles. Contrairement à ce qui a souvent été avancé, les Khmers n'avaient pas oublié leur gloire ancienne. Angkor resta présente dans leur histoire, géographiquement et politiquement.

Les sources sont assez faibles par rapport à ce qui peut exister pour d'autres civilisations. Les annales chinoises n'accordent la plupart du temps que quelques lignes au Cambodge, le plus souvent en simple référence à une ambassade, citée pour mémoire ou presque, assorties d'informations limitées sur les pays « barbares » limitrophes de la Chine ou de la relation en quelques mots de faits historiques que l'on sent sujets à caution. On peut citer en exemples : l'*Histoire des Léang*, l'*Histoire de Tsin*, l'*Histoire des Ts'i méridionaux*, l'*Histoire des Souei*, la *Nouvelle Histoire des Tang*. Ces chroniques ont été collationnées au début du siècle par Paul Pelliot dans *Textes chinois concernant l'Indochine hindouisée.* La relation de Ma Thouan-lin, chroniqueur du XIIIe siècle, apporte cependant des informations essentielles pour la période qui intéresse le présent ouvrage. Mais la principale source écrite chinoise pour la société, les institutions et la description de la ville reste les *Mémoires sur les coutumes du Cambodge* de Tchéou-Ta-kouan, rédigés sans doute à des fins commerciales au terme d'une ambassade envoyée au Cambodge en 1297 et dont le volume en traduction ne dépasse pas une trentaine de pages dactylographiées avec interligne, traduits par Paul Pelliot en 1901 et réédités chez Maisonneuve en 1997.

Il n'y a aucune archive cambodgienne. Tout a disparu dans les troubles civils, les incendies, les guerres étrangères, la négligence, l'humidité ou sous les mandibules des insectes. Les *Chroniques royales cambodgiennes*, retranscrites aux XIXe et XXe siècles, sacrifient à un goût poétique et ont longtemps été considérées comme dénuées de toute rigueur historique. Aujourd'hui les progrès de l'épigraphie — lecture et interprétation des inscriptions sur pierre que l'on trouve dans les temples — et les possibilités de recoupements permettent de revenir sur un jugement aussi sévère.

La source d'information principale réside en effet dans ces inscriptions lapidaires, sur stèles ou sur les côtés des portes des temples, qui donnent des renseignements historiques et des informations précieuses sur la civilisation khmère, limités cependant à l'essence même de ces textes dont l'objet est de célébrer une fondation religieuse, sous une forme souvent poétique. Ces inscriptions sont au nombre de mille deux cents environ, en sanscrit ou en vieux khmer, la plupart ne dépassant pas quelques mots ou quelques lignes, certaines composant de longs poèmes sanscrits qui, une fois traduits, peuvent représenter plusieurs pages. Elles constituent les seules sources locales écrites. Leur traduction est due à Georges Coedès (1886-1969) dans huit tomes du bulletin de l'École française d'Extrême-

Orient ; elle est réétudiée aujourd'hui par des épigraphistes contemporains, notamment par Claude Jacques, directeur d'études à l'École pratique des hautes études.

L'avancée des recherches en la matière est en bonne voie grâce à l'activité de ces chercheurs qui reprennent et complètent les anciennes interprétations, recoupant les informations et réalisant des synthèses, en attendant que de nouvelles découvertes viennent appuyer ou orienter leurs hypothèses. De plus, les fouilles archéologiques ont repris — notamment dans le palais royal d'Angkor —, les résultats se montrant aujourd'hui très positifs. La particularité du site d'Angkor est d'être constitué de plusieurs capitales juxtaposées ou superposées. Le programme de fouilles d'Angkor Thom, ville de Jayavarman VII, la seule cité angkorienne qui ait conservé ses remparts et la mieux connue aujourd'hui, offre un champ d'investigations lourd de promesses. Fouilles archéologiques et recherches épigraphiques laissent espérer, pour les années à venir, une bonne progression des études khmères, malgré la tentation de privilégier plus qu'il ne faut les périodes disposant de sources aux dépens de celles qui n'en ont pas, au risque d'amener ces dernières à se diluer dans l'oubli. Cette difficulté est d'ailleurs loin d'être spécifique à la civilisation khmère.

Reste la source essentielle d'information qu'apportent les bas-reliefs des temples, principalement d'Angkor Vat, le plus célèbre, construit par Suryavarman II au milieu du XIIe siècle, du Bayon et de Banteay Chmar, érigés par Jayavarman VII à la fin du XIIe siècle ou au début du XIIIe. Les superbes bas-reliefs d'Angkor Vat s'étendent sur plus d'un kilomètre, ceux du Bayon et de Banteay Chmar sur des centaines de mètres. Ils figurent la vie princière et populaire dans des scènes parfois très variées qui laissent deviner comment vivait le peuple khmer à l'époque d'Angkor. On peut consulter les reproductions photographiques des bas-reliefs d'Angkor Vat et du Bayon dans l'ouvrage exhaustif d'Albert Le Bonheur, *Des dieux, des rois et des hommes.* Ceux du temple de Banteay Chmar, éloigné du site d'Angkor, restent moins accessibles en raison des troubles qui ont affecté le Cambodge dans les dernières décennies.

A moins de découvertes nouvelles particulièrement fracassantes, il est probable que l'histoire d'Angkor restera pour longtemps empreinte d'un certain mystère d'où la poésie n'est pas absente. C'est pourquoi on s'est permis de la livrer aujourd'hui aux fantaisies de la fiction, au travers d'un roman dont l'avantage sera peut-être d'éveiller la curiosité du lecteur et de le porter à la lecture d'ouvrages plus sérieux.

Les événements historiques

L'action se passe dans le troisième quart du XIIe siècle, sur une quinzaine d'années, entre 1160-1165 environ et 1177, peu après le règne de Suryavarman II (1113-1145), constructeur d'Angkor Vat (le « Grand Temple de Vishnu » du roman). Il existe très peu d'informations sur cette période : les dates sont rares ; une chronologie précise est impossible.

On se demande aujourd'hui si Dharanindravarman II (le roi Dharanvarman du roman), successeur présumé de Suryavarman II et père du futur Jayavarman VII (le prince Jaya du roman), était vraiment roi d'Angkor, monarque suprême, « roi des rois », ou simplement souverain d'un royaume secondaire parmi les principautés dont l'ensemble et la complexité constituaient alors le royaume angkorien. Il n'y a aucune preuve formelle.

Yashovarman II (le prince Yasho du roman, puis roi Yashovarman), qui aurait succédé à Dharanvarman comme souverain d'Angkor, régna un nombre indéterminé d'années avant d'être assassiné, en 1165, par un dignitaire qui usurpa le trône sous le nom de Tribhuvanadityavarman (le général Purocana du roman, devenant le roi Tribhuvarman). Mais que signifiaient, dans le royaume d'alors, les notions de légitimité ou d'usurpation ? L'existence de lois successorales précises reste entourée d'obscurité : il semble que l'« usurpation », si fréquente dans l'histoire des rois khmers, donnait la « légitimité ». Le prince Jaya, qui se trouvait alors aux armées, guerroyant contre le Champa — à moins, d'après les dernières hypothèses, qu'il ne se fût trouvé à la cour chame, ou aidant un prince cham à faire valoir ses droits —, était revenu à Angkor pour défendre Yashovarman, mais était arrivé trop tard : le roi avait été assassiné et le trône usurpé. On ne sait si le prince Jaya voulait alors faire valoir ses droits au trône. Le fait est qu'il n'alla pas jusqu'à Angkor et se retira « sur ses terres », ou ailleurs, attendant son heure. L'attente dura quinze ou vingt ans.

Une inscription étrange, mêlant l'histoire à la mythologie, relate un épisode du règne de Yashovarman II : le palais aurait été attaqué par le démon Rahu, démon qui dévore le soleil et la lune lors des éclipses, et le roi défendu par un prince que l'on a supposé, sans preuve absolue, être un fils du prince Jaya (le roman donne ce rôle de défenseur du roi au prince In, personnage historique, beau-frère du prince Jaya, le prince Injit du texte). En tout état de cause, on ignore quel était l'âge du prince Jaya, sa date de naissance restant inconnue (pas avant 1125 d'après certaines déductions).

Postface

Sous le règne de l'usurpateur Tribhuvarman, le Champa, royaume hindouisé voisin et rival du Cambodge, attaqua Angkor. En 1166, le trône du Champa venait d'être usurpé par un mandarin, que certaines inscriptions tiennent pour un fin lettré, et qui régna sous le nom de Jaya-Indravarman IV (l'ambassadeur cham Pariksit, devenant Rudravarman IV dans le roman). Une première offensive chame par voie terrestre fut repoussée par les Khmers en 1170. Une inscription indique que le roi cham « présomptueux comme Ravana, transportant son armée sur des chars, vint combattre le pays de Kambu, pareil au ciel », mais il est invraisemblable que des chars de combat aient été utilisés dans le Sud-Est asiatique (voir à ce sujet l'étude de Michel Jacq-Hergoualc'h, *Armement et organisation de l'armée khmère aux XIIe et XIIIe siècles*, Oriens, 1979). Seuls le goût des Khmers pour les épopées indiennes et les combats représentés sur les bas-reliefs d'Angkor Vat permettent de prendre à la lettre, pour les besoins du roman, la formulation de l'inscription. On pense qu'il y eut une bataille entre les Chams et les Khmers sur le site du futur temple de Preah Khan, le temple de l'« épée sacrée », l'un des plus grands monuments construit à Angkor quelques décennies plus tard par Jayavarman VII, mais on en ignore la date. Cette bataille, qui dans le roman prend place lors de la première invasion chame, intervint plus probablement après la prise d'Angkor par les Chams en 1177, lors de la reconquête du royaume par Jayavarman VII.

En 1177, les informations données par un naufragé chinois permirent au roi cham de reprendre une offensive, cette fois par mer. Sa flotte longea les côtes de Cochinchine, remonta le Mékong et le Tonlé Sap, et surprit Angkor. Malgré des offres de négociation, le roi khmer Tribhuvarman fut tué et la ville pillée. On ignore où se trouvait le prince Jaya pendant ces événements. D'après un chroniqueur chinois du XIIIe siècle (Ma Thouan-lin), « il avait juré de tirer de ses ennemis une vengeance éclatante, ce qu'il parvint à exécuter après dix-huit ans de patiente dissimulation ».

Le prince Jaya avait épousé une princesse, peut-être de sang cham, Jayarajadevi (Devi dans le roman), sœur du prince Injit. Les deux époux étaient très épris l'un de l'autre : une inscription célèbre, attribuée à Indradevi, sœur de Devi (Indra dans le roman), la montre « baignée de larmes, pleurant comme Sita l'époux dont elle est séparée, faisant des vœux pour son retour, cherchant à sa douleur, dans les pratiques ascétiques du brahmanisme, un remède qu'elle trouva facilement dans le bouddhisme. Instruite par sa sœur Indradevi, considérant le Bouddha comme l'objet bien-aimé de ses aspirations, elle suivit le chemin calme du sage, qui passe entre le feu des tourments et la mer des douleurs ». Devi retrouva son époux et l'engagea « à retirer la terre de cet océan d'infortune où elle était plongée ». Elle eut un enfant de Jaya. Toujours d'après les inscriptions, sa sœur Indra, professeur dans un monastère, était une fine lettrée : « Aux femmes qui avaient pour volupté la science, elle étendait la faveur du roi comme un délicieux nectar sous la forme du savoir… et surpassait par sa science la science des philosophes. »

On connaît le nom du chapelain du roi Jayavarman VII. Il s'agit d'un brahmane venu de Birmanie, Hrishikesha (Shikésa dans le roman). On ignore à quelle date il arriva à Angkor, et il est probable qu'il ne fut jamais le précepteur du prince Jaya.

Les besoins du roman : entorses historiques et inventions

Les noms cambodgiens de l'époque angkorienne sont longs et compliqués, difficiles à prononcer et à mémoriser. Il a donc fallu les simplifier pour les besoins de la lecture. On présentera une première fois les personnages sous leurs noms historiques. On retiendra ensuite les noms simplifiés, qui permettent un rapport plus facile au roman.

Les personnages historiques du roman, dans leurs noms simplifiés, sont donc les suivants : Jaya, Injit, Shikésa, Dharanvarman, Yashovarman, Tribhuvarman, Devi, Indra, Rudravarman, Chudamani.

Les caractères et les rôles qui leur sont prêtés sont évidemment fictifs. Néanmoins, tout ce qui est connu historiquement a été respecté, ou interprété dans le sens des portraits qui sont tracés.

L'humanisme du roi Jayavarman VII serait attesté par l'inscription suivante que l'on ne retrouve pas dans les textes relatifs aux autres monarques et qui lui serait donc spécifique : « Le mal qui afflige le corps des hommes devenait chez lui mal de l'âme et d'autant plus cuisant ; car c'est la douleur de leurs sujets qui fait la douleur des rois, et non pas leur propre douleur. » Mais la formulation est sans doute classique, et prendrait place parmi les qualités relatives au roi khmer en général, présenté comme un monarque à l'indienne, avec toutes les vertus que les traités exigent du « bon roi ». Il reste que le seul souverain auquel elle est appliquée, du moins dans les inscriptions connues, est Jayavarman VII. Ce roi est par ailleurs le seul dont on possède des portraits présumés, célèbres par la méditation intense qui semble l'habiter. Cependant ce n'est pas parce que la statuaire représente Jayavarman VII en méditation que le personnage l'était aussi souvent que l'imagine le roman, ni parce qu'une inscription, sans doute toute formelle, atteste le souci qu'il avait de ses sujets que ce prince était plus qu'un autre animé d'humanisme.

On ne sait rien du roi Dharanvarman, que la fiction présente comme un roi bon, astucieux et débonnaire. Le prince Injit, le guerrier fidèle, valeureux et impulsif, tel qu'on s'est plu à le décrire, était peut-être tout autre. On prête à Shikésa, guru de Jaya, des goûts assez niais pour l'épopée, une activité guerrière ou ascétique et des aventures érotiques qui sont pures inventions. On ignore également tout du roi Yashovarman — son goût pour les études hydrauliques, son mépris du pouvoir sont fictifs —, ainsi que de la reine Chudamani, mère du prince Jaya.

Quant à Devi, en dehors de l'amour qu'elle portait à son époux — attesté par les inscriptions, avec cependant la réserve qu'implique l'essence formelle et poétique des formulations de rigueur —, son caractère est imaginé de toute pièce. De même pour ses relations avec sa sœur Indra dont on ne connaît les qualités intellectuelles que par des inscriptions, sans doute également formelles. La tentation amoureuse de la princesse Indra envers le roi usurpateur Tribhuvarman ne répond par ailleurs qu'à un souci romanesque de fiction osée. Ce dernier, dont on ne sait rien sinon qu'il usurpa le trône, tua Yashovarman et trouva la mort dans la prise d'Angkor en 1177, devient dans le roman un être diabolique dont la faiblesse et l'incompétence mènent le royaume à sa perte : pure invention.

Le personnage sur lequel on aura peut-être le moins inventé serait le roi cham Rudravarman IV, encore que la prise en compte de l'inscription « [...] transportant son armée sur des chars » pour imaginer une armée de chars de combat lancée à l'assaut du Cambodge ne soit qu'une invraisemblance utile à l'action romanesque. Il convient cependant de spécifier qu'avant d'usurper le trône du Champa ce dignitaire ne fut certainement jamais ambassadeur à Angkor. Cette dernière fantaisie ne découle que d'un besoin de commodité dans l'articulation de l'histoire, mais le fait reste plausible.

Sont inventés dans leur totalité les personnages suivants : Santanu, le ministre félon; Angsha, le dresseur d'éléphants et sa tactique de charges d'éléphants à moitié dressés; Dhari et Kéo, filles de ce dernier, l'une femme d'affaires avisée, l'autre gentille concubine de Jaya, assez conformes aux caractères décrits dans certains textes; Pisnokar, l'architecte des dieux dont l'existence légendaire devient ici réalité; Yaksa, la démone, femme-serpent, pure fiction, encore que la création de ce personnage puisse se référer à une initiation en vigueur dans certains cultes birmans, rapportée par l'ethnologie; cette initiation, réservée aux femmes, consistait à toucher des lèvres la tête d'un cobra repéré au préalable dans sa tanière.

Parmi les faits principaux inventés, nécessaires à l'action du roman, figurent un certain nombre de péripéties où l'imagination garde certes la meilleure part mais qui reposent presque toujours sur une donnée légendaire ou historique, l'aménagement d'un fait, une ambiance, un ensemble d'éléments mythiques, géographiques ou ethnologiques.

Le serpent est omniprésent dans la civilisation khmère. C'est l'animal tutélaire du Cambodge, le gardien de la terre et des eaux. Il s'agit du cobra : le naga, cobra mythique, souvent représenté avec sept têtes. On trouve le naga partout, dans la statuaire et l'architecture, dans les décors de la vie quotidienne, jusque dans la courbe des timons de charrettes ou les excroissances des toits. Il surgit à chaque instant, ici ou là, têtes dressées en position d'attaque ou de protection, il court avec les balustrades le long des parvis ou des chaussées des temples, sort de la bouche des monstres marins et répand ses anneaux sur les frontons et les linteaux de portes parmi les entrelacs de feuillages ciselés ou les bas-reliefs retraçant les scènes mythologiques. Ses anneaux enroulés servent de piédestal à Bouddha et son capuchon multiple, dressé au-dessus de sa tête, le protège. C'est dans cette omniprésence que la fiction romanesque du dressage des serpents par des femmes démones et leur utilisation en cohortes guerrières a cru pouvoir trouver sa justification, ou du moins son inspiration.

Le personnage de Yaksa, la démone, est construit autour de ce contexte. La mort du roi Dharanvarman, rendant son dernier souffle dans les bras de la femme-serpent, est inspiré de la relation de Tchéou-Takouan, chroniqueur chinois : « Pour ce qui est de la tour d'or à l'intérieur du palais, le souverain va coucher la nuit à son sommet. Tous les indigènes prétendent que dans la tour il y a un génie qui est un serpent à neuf têtes [l'auteur aurait pu écrire aussi : à sept têtes], maître du sol de tout le royaume. Ce génie apparaît sous la forme d'une femme. C'est avec lui que le souverain couche d'abord et s'unit. Même les épouses du roi n'oseraient entrer. Le roi sort à la deuxième veille, et peut alors dormir avec ses épouses et ses concubines. Si une nuit le génie n'apparaît pas, c'est que le moment de la mort du roi est venu. Si le roi manque une seule nuit à venir, il arrive sûrement un malheur… » La légende populaire est évidente, ne serait-ce que pour l'endroit où le roi s'unissait au génie, la tour d'or du Phimeanakas, temple situé au centre du palais royal, ne pouvant être un lieu d'habitation. Il était néanmoins tentant de l'intégrer dans le cours du roman.

La place donnée aux éléphants trouve également sa justification dans le prestige de cet animal auprès des Khmers ; il est omniprésent. La terrasse des Éléphants, construite plus tard par Jayavarman VII en bordure est du palais royal, est l'un des plus beaux sites d'Angkor, et on peut imaginer que le roi ordonna cette superbe figuration en bas relief en souvenir du rôle qu'auraient joué ces animaux en temps de guerre. Les épisodes relatifs aux éléphants, quelle que soit la proportion d'invention, notamment en ce qui concerne l'éléphant drogué et surtout la tactique des charges pour renverser un adversaire, prennent une place légitime dans une fiction sur Angkor.

Dans le même registre, l'essence démoniaque des actions de Tribhuvarman et de sa comparse Yaksa relèvent d'un parti pris dû à la présence importante des démons dans la mythologie indienne et, partant, dans l'art khmer. On peut se référer aux bas-reliefs du Bayon, le grand temple aux cinquante tours à visages que construira Jayavarman VII à proximité du palais royal et au centre de sa ville future, Angkor Thom. Ceux-ci retracent en effet les actions guerrières de Jayavarman VII contre les Chams et reprennent ainsi le thème de la lutte entre les dieux et les démons, entre le Bien et le Mal ; par extension, le roman établit que tout ce qui entoure Jaya est divin, et que tout ce qui s'oppose à lui est démoniaque.

Il est probable que la présence de crocodiles dans les douves des villes fortifiées constituait une défense. On a donc imaginé que le procédé, dont on peut supposer qu'il était plus ou moins abandonné dans les périodes de paix un peu prolongées, fut remis à l'honneur par Tribhuvarman sous l'influence de la démone Yaksa face aux risques de guerre. Mais il y a un souci romanesque évident en ce qui concerne l'établissement d'élevages spécialisés de façon à ouvrir l'appétit des sauriens à la chair humaine.

Les chiens sauvages, les chiens rouges, figurent dans la faune indochinoise, avec la légende qui leur est attachée. Mais de là à imaginer leur domestication…

Enfin, l'épisode de la tigresse apprivoisée par le prince Jaya est de pure invention : il n'existe à ce sujet aucune figuration sur des bas-reliefs ni de référence dans les textes.

Le séjour de Jaya chez les « sauvages » et la recomposition de son armée donnent l'occasion de décrire un Cambodge profond par rapport à la civilisation angkorienne ; mais on ne sait pas où se trouvait Jaya pendant ces événements, ni s'il avait avec lui son épouse, dont l'enlèvement par le ministre félon Santanu est également fictif.

Les descriptions de la vie en brousse et dans les montagnes sont inspirées des récits des explorateurs européens au XIXe siècle. On peut supposer que les coutumes de ces tribus ont perduré au cours des siècles. Le bas-relief du défilé historique d'Angkor Vat représente, entre autres, des guerriers bizarrement vêtus et parés, marchant en désordre. Certaines interprétations portent à penser qu'il s'agirait des habitants des confins nord de l'ancien pays khmer, les Syam, que les érudits hésitent à traduire par Siamois (?) ou « gens à peau sombre ». Tchéou-Ta-kouan parle des « Tchong », sauvages des montagnes que les Khmers prenaient en esclavage. On a donc retenu cette appellation, qui apparaît comme la moins compromettante. Ici encore la fiction romanesque est assez forte.

La récolte du fiel humain répond à un fait attesté. « Avant ce temps-ci [soit avant la fin du XIIIe siècle], note Tchéou-Ta-kouan, dans le courant de la huitième lune, on recueillait le fiel : c'est que le roi du Champa exigeait annuellement une jarre contenant des milliers et des myriades de fiels humains. A la nuit, on postait en maintes régions des hommes dans les endroits fréquentés des villes et des villages. S'ils rencontraient des gens qui circulaient la nuit, ils leur couvraient la tête d'un capuchon serré par une corde, avec un petit couteau leur enlevait le fiel au bas du côté droit. On attendait que le nombre fût au complet et on les offrait au roi du Champa. Mais on ne prenait pas le fiel des Chinois. C'est qu'une année on avait pris un fiel de Chinois et on l'avait mis avec les autres, mais ensuite tous les fiels pourrirent et on ne put pas les utiliser. Récemment on a aboli la pratique de la récolte du fiel... » Cependant cette étonnante coutume semble avoir perduré jusqu'au milieu du XIXe siècle. Les voyageurs occidentaux la mentionnent.

En ce qui concerne l'épée sacrée, Tchéou-Ta-kouan relate les faits suivants, prenant place à la fin du XIIIe siècle, soit plus d'un siècle après notre histoire : « [...] Le nouveau prince est le gendre de l'ancien souverain. Primitivement il avait la charge de diriger les troupes. Le beau-père aimait sa fille; la fille lui déroba l'épée d'or et la porta à son mari. Le vrai fils fut par la suite privé de la succession. Il complota pour lever des troupes, mais le nouveau prince le sut, lui coupa les orteils et le relégua dans une chambre obscure. » Par ailleurs, à la fin du XVIe siècle, lors d'une guerre civile, l'épée sacrée de la royauté cambodgienne fut bel et bien cachée dans le tronc creux d'un amandier; un général félon en fit faire une copie. C'était donc bien la possession de l'épée sacrée qui assurait la royauté. Les péripéties relatives à l'épée sacrée, volée, retrouvée, reperdue, et de sa copie brisée, ressoudée, etc., que l'on rencontre dans le roman, ne seraient pas de pure fiction, mais plutôt décalées dans le temps.

Également mentionné par Tchéou-Ta-kouan, on a repris pour le roman le fait qu'un souverain, probablement peu sûr de sa légitimité ou du moins de sa popularité, se serait fait insérer des pièces de métal sous la peau en guise de protection. « Dans le corps du nouveau prince, écrit le chroniqueur, est incrusté un morceau de fer sacré, si bien que même couteaux et flèches, frappant son corps, ne sauraient le blesser. S'assurant là-dessus, le nouveau prince ose sortir… » Il était tentant d'appliquer cet étrange procédé de protection à Tribhuvarman, qui reste le seul souverain mentionné comme « usurpateur » par les inscriptions. Cependant l'attribution de cette invention à la démone Yaksa est fiction.

Les techniques de construction des temples ont donné libre cours, depuis plus d'un siècle, à diverses hypothèses, ainsi que les techniques d'irrigation qui font aujourd'hui l'objet de recherches nouvelles. On pense que la richesse légendaire des royaumes angkoriens était due à une possibilité de multiplication des récoltes de riz grâce à ces techniques d'irrigation. Il n'y a pas pour le Cambodge de texte d'architecture connu, encore moins de traité relatif à une domestication de l'eau. Le mystère de la « cité hydraulique d'Angkor » reste entier. Un tel « mystère » est propre à l'intrigue romanesque. L'existence de traités magiques, perdus et recherchés, est évidemment de pure fantaisie, propice à une intrigue à rebondissements.

Les fouilles ont révélé des fondations antérieures au Bayon. Les recherches sur la datation de ces fondations sont sans conclusion définitive. De là à pouvoir les attribuer à Tribhuvarman, il y a loin, mais la péripétie peut entrer dans le caractère que le roman veut donner à un usurpateur doté d'une mégalomanie imbécile et d'un mépris complet du peuple. Le roman s'est donc permis de prêter à ce souverain le projet de construire son temple sur le site même où s'élèvera le Bayon.

Quant aux statues que la démone Yaksa ferait sculpter pour le temple de Tribhuvarman, il n'y a là aucune référence historique possible, sinon qu'elles sont dans le style de celle du roi lépreux, figuré nu et asexué. Cette statue doit son nom au lichen qui la recouvrait. En fait, elle figure le dieu de la mort, Yama. La statue est l'une des plus célèbres de la statuaire khmère. Il était tentant de bousculer les choses pour lui donner ici une place.

La bataille du Preah Khan (qui signifie « épée sacrée ») et les péripéties des charges d'éléphants ou des « tirs de concentration » des archers sont sans références historiques. On connaît mal les techniques de guerre de cette époque. De plus, cette bataille eut certainement lieu plus tard, lors de la reconquête du royaume après la prise d'Angkor. Elle est ainsi nommée parce qu'elle aurait pris place sur le site du futur temple du Preah Khan, construit par Jayavarman VII en hommage à son père et qui figure aujourd'hui parmi les plus beaux monuments d'Angkor.

La présence de Jaya sur le Phnom Krom, colline dominant le Grand Lac ou lac du Tonlé Sap, à quelques kilomètres d'Angkor, pendant la prise d'Angkor, est imaginée. On ignore certes où était Jaya, mais sans doute ailleurs. D'autre part le Phnom Krom ne pouvait offrir qu'un point d'observation assez lointain. Il était tentant de placer là le prince Jaya, avec vue sur le lac envahi par la flotte ennemie, et au loin sur Angkor en proie au pillage et aux flammes pendant sa prise par les Chams. Il faut pardonner cette distorsion géographique...

En revanche, la plupart des scènes relatives à la société, aux institutions et à l'économie sont aussi fidèles que possible aux connaissances établies.

A l'image de la société indienne, la société angkorienne était officiellement divisée en quatre castes : les brahmanes, détenteurs de la connaissance, les kshatriyas, détenteurs de l'autorité et tenus à un devoir de protection, les vaishyas, éleveurs, agriculteurs ou commerçants, les sudras, artisans et ouvriers. Mais cet emprunt semble s'être libéré progressivement des interdits ou des privilèges qu'entraîne en Inde l'appartenance à une caste. Il reste que ce sont les brahmanes qui adaptèrent au Cambodge une civilisation qui fit la gloire et la richesse d'Angkor. Ils apportèrent le principe monarchique, les institutions et les codes de l'Inde, sans doute aussi un certain nombre de coutumes. Leur présence et leur rôle important à la cour des rois khmers avec lesquels ils s'alliaient par des mariages sont attestés. Leurs noms sont cités et on connaît leurs œuvres, notamment en ce qui concerne les constructions de temples. Le roman fait cependant peu de cas de la division de la société en castes, car on ne sait pas avec certitude si ce qui apparaît dans les inscriptions lapidaires des temples correspond à autre chose qu'à une référence formelle.

On a déjà indiqué comment ces inscriptions, le plus souvent relatives à une fondation religieuse, ne donnaient que des informations ciblées sur les titres et les vertus formelles du fondateur, la relation de ses exploits, les circonstances et les dispositions de la fondation, la richesse du temple ou du monastère concerné, le nombre et parfois les noms des esclaves à son service — qui sont plutôt des serviteurs —, et laissaient dans l'ombre les réalités de l'ensemble de la société et des institutions khmères. On apprend cependant grâce à de fréquentes mentions que les dignitaires, fonctionnaires et employés étaient très nombreux et soumis à une hiérarchie compliquée : chef des gardiens de la chambre à coucher, chef des secrétaires intimes, inspecteur de la couche royale ou des insignes royaux, chef des magasins royaux. Le roman s'est voulu discret sur ces complexités hiérarchiques dont on connaît mal l'articulation.

La vie quotidienne, princière ou populaire, est évoquée plus largement sur les bas-reliefs des temples : Angkor Vat, Bayon, Banteay Chmar, dont on a souligné l'importance. La plupart des scènes un peu précises du roman sont inspirées de ces représentations — exercices de tir à l'arc, combat de coqs, défilés militaires, sacrifice du buffle, scènes nautiques, harnachements des éléphants et moyens de transport, costumes militaires et civils, scènes de marché, de cuisine en plein air, de chasse, combats de sangliers, scènes de foire avec bateleurs et lutteurs, bivouac princier dans la forêt, ascète échappant à un tigre en grimpant sur un arbre, vie des ascètes, princesse se coiffant devant un miroir, joueurs d'échecs sur une jonque, etc.

Les *Mémoires sur les coutumes du Cambodge* de Tchéou-Ta-kouan ont permis de nourrir la fiction de descriptions et scènes diverses. Par exemple, en plus des descriptions et scènes que l'on a signalées plus haut : les habitations, les costumes des dignitaires et fonctionnaires, la coutume qui veut que les jeunes filles soient déflorées par des prêtres selon un rite précis, le nombre, la répartition et la provenance des esclaves, la description des monuments, les techniques d'écriture (activités de copiste de Devi), la justice (ordalie d'Angsha trempant sa main dans une cuve d'huile bouillante), les boissons fermentées et diverses catégories de vin, le goût des Khmers pour les bains et le bain des femmes dans la rivière, sujettes au voyeurisme des spectateurs chinois (bain de Jaya et Kéo), les charrettes, palanquins, parasols et emblèmes, les immigrés chinois, la compétence des femmes en matière de commerce, le nombre et l'organisation des fêtes (activités de Dhari), les audiences du souverain et la procession accompagnant ses sorties, etc. Tchéou-Ta-kouan donne beaucoup d'informations sur l'économie : productions, commerce, marchandises chinoises prisées par les Khmers, ou produits cambodgiens recherchés par les Chinois, flore et légumes, faune, poissons et reptiles, le tout en désordre, dont les éléments sont repris çà et là dans le récit. Certains produits cités par le mémorialiste chinois sont figurés sur les bas-reliefs des temples. Le roman a intégré le plus possible d'éléments précis.

Le lecteur n'aura pas manqué de noter que, par souci d'alléger le récit, on ne traite que de loin, et fort partiellement, du syncrétisme religieux qui régnait à Angkor. Les Khmers étaient partagés entre trois cultes officiels, le culte brahmanique de Shiva, le culte brahmanique de Vishnu et le culte de Bouddha, auxquels il convient d'ajouter le culte des génies locaux, antérieur à l'hindouisation et très présent dans la tradition populaire.

Annoncée dans le présent ouvrage, la question religieuse a été réservée pour le prochain volume qui décrira le temps où Jayavarman VII, bouddhiste, engagera son grand programme de constructions et de fondations religieuses. Le lecteur peut du moins satisfaire dès à présent sa curiosité en cherchant dans le glossaire qui sont Shiva, Vishnu et Bouddha.

A propos de Shiva, il est donné à Yaksa dans le roman la volonté de privilégier la fonction négative de ce dieu, identifié à la mort et à la destruction, aux dépens de sa fonction bénéfique qui le fait présider aux jeux de la création. Il y a là une entorse à la nature même de cette divinité dans une fantaisie qui ne relève que du besoin de parer la démone d'un rôle particulièrement destructeur. Au vrai, on ne peut scinder Shiva en deux, le bon d'un côté et le mauvais de l'autre. Sa fonction reste double en même temps qu'unique et trouve son expression dans le célèbre symbole de la danse cosmique dans lequel il est souvent représenté.

La chronologie des faits qui alimentent le roman et l'âge des personnages principaux ont été passablement chahutés. L'action, qui d'après les sources s'étend sur quinze ou vingt ans — les quinze ans de « patiente dissimulation » du futur Jayavarman VII —, est resserrée sur trois ou quatre ans, la naissance et la croissance de l'enfant, fille de Jaya et de Devi, pouvant seules donner des points de repère. En fait, il se passe au moins cinq ans entre l'usurpation de Tribhuvarman et la première offensive chame, et sept ans entre cette dernière et la prise d'Angkor en 1177. Jaya, qui ne montera effectivement sur le trône que quatre ans plus tard, en 1181, avait environ cinquante ans ; il est probable aussi que Shikésa, présenté comme son guru, futur chapelain, ne vint à la cour de Jayavarman VII que beaucoup plus tard, puisqu'il aurait conservé ses fonctions sous les successeurs de ce roi, mort vers 1220. Le roman procède donc à une concentration d'événements qui ne peut en aucun cas entraîner l'assentiment d'un historien soucieux de rigueur établie.

Il faut enfin confesser que bien des éléments d'information relatifs à d'autres époques ont été intégrés dans cette fiction, en dépit des entorses historiques que supposent de tels transferts. Du moins peut-on dire que par ces audaces le lecteur s'informera de détails dont il pourra vérifier la véracité sur place ou dans des ouvrages savants. Tant il est vrai aussi que pour la civilisation angkorienne il est souvent plus juste de parler d'incertitudes que d'erreurs. Le plausible l'emporte sur le crédible, les sources étant si faibles et Angkor si emplie de mystère.

Table des citations

Par souci de fidélité, certains passages des ouvrages cités ci-dessous ont été intégrés dans le texte, y compris dans les dialogues, parfois après avoir été légèrement aménagés. Il s'agit principalement des inscriptions, des *Mémoires* de Tchéou-Ta-kouan, du *Mahabharata* et du *Ramayana*.

Georges Coedès (dir. et trad.), *Inscriptions du Cambodge*, École française d'Extrême-Orient, coll. « Textes et documents sur l'Indochine », t. I et II, Hanoi, 1937 et 1943, t. III-VIII, Paris, 1951-1966.

P. 34-35 : Sur les qualités formelles d'un souverain khmer : fragments de texte empruntés en partie à des inscriptions exposant des qualités royales (Yashovarman Ier, Xe siècle).

P. 56 : Sur la citation donnée par Devi : fragments de l'inscription célèbre du « serment des fonctionnaires » (Suryavarman Ier, XIe siècle).

P. 80-81 : Sur les qualités de Pariksit, citées par Devi : texte tiré d'une inscription du Champa, concernant un dignitaire cham qui deviendra plus tard roi du Champa sous le nom d'Indravarman IV, appelé dans notre histoire Rudravarman IV de peur de créer une confusion avec le nom de la sœur de Devi, Indra (cette inscription a été traduite par Louis Finot, citée par G. Coedès dans *Les États hindouisés d'Indochine et d'Indonésie*, Paris, De Boccard, 1964, p. 302).

P. 133 : Sur le chagrin de Devi et son recours à la religion : fragments de texte empruntés à l'une des inscriptions les plus célèbres d'Angkor dont la rédaction est attribuée à Indra.

P. 153 : Le texte cité provient de fragments d'une inscription relatant la prise du pouvoir par Suryavarman II, au début du XIIe siècle.

P. 178-179 : Sur le matériel et le mobilier dont dispose un étudiant dans un monastère : documentation tirée des inscriptions de fondations de monastère par Yashovarman Ier (Xe siècle).

P. 181 et 431 : Sur la richesse des monastères : textes tirés des inscriptions des temples de Ta Phrom et du Preah Khan, fondés ultérieurement par Jayavarman VII.

P. 192-193 : Le texte cité provient de fragments d'une inscription célèbre relatant l'attaque du palais de Yashovarman par le démon Rahu et l'exploit d'un prince dont certains spécialistes pensent qu'il s'agissait d'un parent du prince Jaya, futur Jayavarman VII, tout en restant perplexes sur le mystère que soulève une telle agression par un démon.

P. 412 : Ces faits du règne de Jayavarman II, premier roi d'Angkor (début du IXe siècle), sont attestés par une inscription dont les termes sont ici repris sous forme de dialogues, les références aux textes sacrés indiens ayant été conservées dans un propos décoratif ou pour illustrer l'érudition de Devi — inscription citée par André Migot (*Les Khmers*, Paris, Le Livre contemporain, 1960, p. 127).

P. 446 : Sur la dernière réplique de Devi : texte tiré d'une inscription célébrant la reconstruction d'Angkor par Jayavarman VII, après sa victoire sur les Chams.

TCHÉOU-TA-KOUAN, *Mémoires sur les coutumes du Cambodge* (début du XIVe siècle), trad. Paul Pelliot, 1901, rééd. Maisonneuve, 1997.

P. 85-86 : Sur les accouchements et l'appétit sexuel des femmes khmères (p. 16).

P. 135 : Sur la salle du trône et les parures du roi : fragments de texte empruntés à Tchéou-Ta-kouan (p. 35), et à Georges Coedès qui s'en est inspiré.

P. 154 : Sur les immigrés chinois (p. 34).

P. 247 : Sur le fait curieux de l'insertion d'un fer magique dans le corps d'un souverain (p. 34).

P. 248-249 : Sur les sorties du souverain khmer (p. 34).

P. 303 : Sur l'étrange rituel de dépucelage des filles par les brahmanes (p. 17-18).

P. 337 : Sur l'organisation et le nombre des fêtes à Angkor (p. 21-22).

Ramayana, trad. Charles Lebrun, Paris, Dervy, 1994.

P. 146 *sq.* : Tous les fragments de texte reproduits dans les pages de ce chapitre sont empruntés au *Ramayana*, épopée indienne très en vogue dans la civilisation cambodgienne et souvent représentée au théâtre.

Table des citations

Mahabharata, trad. Jean-Michel Péterfalvi, Paris, Flammarion, 1986.
P. 284 : Sur les mots prononcés par Jaya tenant sa fille dans ses bras (t. I, p. 55, 71 et 77).
P. 322 : Sur l'anjalikaveha, technique de guerre (t. II, p. 85).
P. 324 : Sur la description du champ de bataille du Preah Khan (t. II, p. 35 et 43).
P. 331 : Nouvelle description de champ de bataille du Preah Khan (t. II, p. 99-100).

Henri MAITRE, *Les Régions Moï du Sud indo-chinois*, Paris, Plon, 1909.
P. 263 : Sur le cri du tigre et la scène de bivouac (p. 13 et 16).
P. 268-270 : Sur les techniques de piégeage du gibier (p. 110 et 119).
P. 271 : Sur les détails du paysage de brousse, lors de la chasse d'Injit (p. 175).
P. 272 : Sur les chiens rouges (p. 328).
P. 283 : Sur les accouchements en brousse et les médicaments (p. 95 et 155).
P. 291 : Sur les lancettes de bambou pour piéger les abords du camp (p. 114).
P. 346-347 : Sur la nourriture et les médicaments des tribus des montagnes (p. 93, 95, 126, 154, 156, 199 et 206).
P. 349 : Sur les éléphants (p. 211, 218 et 250).

Jeanne LEUBA, *Les Chams*, Paris et Bruxelles, G. Van Oest et Cie éd., 1923.
P. 236 : Sur la description du port de Sin-Tchéou (p. 74-75).

Sapho MARCHAL, *Costumes et parures khmers*, Paris, L'Harmattan, 1997.
P. 409 : Sur le costume d'Indra : documentation tirée de plusieurs dessins de Sapho Marchal.

André MIGOT, *Les Khmers*, Paris, Le Livre contemporain, 1960.
P. 32 : Sur le pavillon et le trône du roi : description tirée de l'*Histoire des Souei*, chronique chinoise. A noter que cette description reste antérieure de plusieurs siècles à l'époque du roman, bien qu'elle puisse s'y adapter (citée p. 40).
P. 209-210 : Sur le nombre, les titres et les fonctions des fonctionnaires (p. 168).

Chronologie simplifiée des royaumes khmers

Les royaumes pré-angkoriens

Le Cambodge a été hindouisé à partir du Ier siècle de notre ère. Il correspond alors, dans ses grandes lignes, au royaume du Funan, de 220 à 500 environ, puis au royaume du Chen-la, de 550 à 800 environ.

Les royaumes angkoriens

Les rois khmers installent leur capitale au nord du Grand Lac, sur le site d'Angkor, et prennent la succession des rois du Chen-la (dont les noms n'ont pas été mentionnés ci-dessus). Il y a donc continuité.

Les noms indiqués après celui de chaque roi sont tout d'abord celui de sa capitale, puis ceux des monuments construits sous son règne. Mais ces données sont parfois incertaines ; elles sont alors suivies d'un « ? ».

Tous les rois sont shivaïtes ou (rarement) vishnouistes (cultes brahmaniques), sauf indication contraire.

Jayavarman II (802-v. 835) : roi suprême (shakravartin), sur le Phnom Kulen, puis à Hariharalaya.

Jayavarman III (v. 835-?) : roi à Hariharalaya ; Bakong et Prei Monti.

Indravarman Ier (877-889) : roi à Hariharalaya ; Indratataka (baray), Preah Ko, suite du Bakong.

Yashovarman Ier (889-910) : premier roi d'Angkor ; Baray oriental, Lolei, Phnom Bakeng, Phnom Krom, Phnom Bok.

Harshavarman Ier (910-922) : roi à Angkor ; Baksei Chamkrong, Prasat Kravan.

Ishanavarman II (922-928) : roi à Angkor.

Jayavarman IV (928-940) : quitte Angkor pour fonder une capitale à Ko Kher, à une centaine de kilomètres à l'est-nord-est d'Angkor ; temple de Ko Kher, Rahal (baray).

Harshavarman II (940-944) : roi à Ko Kher.

Rajendravarman II (944-968) : revient à Angkor ; Pré Rup, Mébon oriental, Sras Srang, Bat Chum, Banteay Srei.

Jayavarman V (968-1000) : roi à Angkor ; Takeo, Kléang Nord.

Udayadityavarman Ier (1000-1001 ?) : roi à Angkor ?

Suryavarman Ier (1002-1050 ?) : roi à Angkor, bouddhiste ; palais royal, Baray occidental, Baphuon.

Udayadityavarman II (1050-1066) : roi à Angkor ; Baphuon, Mébon occidental.

Harshavarman III (1066-1080) : roi à Angkor.

Jayavarman VI (1080-1107) : roi à Angkor ?

Dharanindravarman Ier (1107-1113) : roi à Angkor ; Thommanon ?

Suryavarman II (1113-1145) : roi à Angkor ; Angkor Vat, Chau Say Tevoda, Beng Mealea, Banteay Samré ?

Dharanindravarman II (milieu du XIIe siècle) : roi à Angkor, ou ailleurs ? Bouddhiste.

Yashovarman II (v. 1150-v. 1165 ?) : roi à Angkor ?

Tribhuvanadityavarman (v. 1165-1177) : roi à Angkor ; aucune réalisation connue.

Jayavarman VII (1181-v. 1220) : roi à Angkor, bouddhiste ; Ta Prohm, Preah Khan, baray du Preah Khan, Neak Pean, Angkor Thom, Bayon, terrasses du Roi lépreux et des Éléphants, Banteay Kdei, Ta Som, Ta Nei, Banteay Chmar.

Indravarman II (v. 1220-1243) : roi à Angkor.

Jayavarman VIII (1243-1295) : roi à Angkor ; réaction brahmanique contre le bouddhisme.

Shindravarman (1295-1307) : roi à Angkor.

Jayavarmadiparameshvara (1327 ?).

Après ce dernier roi, la chronologie devient encore plus indécise. Angkor est prise par les Siamois au milieu du XIVe siècle et abandonnée comme capitale au milieu du XVe.

Bibliographie

Ouvrages d'initiation

DAGENS Bruno, *Angkor, la forêt de pierre*, Gallimard, coll. « Découvertes », 1989.

DELVERT Jean, *Le Cambodge*, PUF, coll. « Que sais-je? », nouv. éd., 1998.

GARNIER Francis, *Voyage d'exploration en Indo-Chine*, La Découverte, coll. « La Découverte illustrée », 1973.

GITEAU Madeleine, *Histoire d'Angkor*, Kailash, coll. « Civilisations et sociétés », rééd. 1996.

GITEAU Madeleine et GUÉRET Danielle, *L'Art khmer, reflet des civilisations d'Angkor*, Somogy/Asa, coll. « L'art et la manière », 1997.

GLAIZE Maurice, *Les Monuments du groupe d'Angkor*, 4e éd., Maisonneuve, 1993.

JACQUES Claude et HELD Suzanne, *Angkor, vision de palais divins*, Hermé, 1997.

LE BONHEUR Albert, *Des dieux, des rois et des hommes : bas-reliefs d'Angkor Vat et du Bayon*, Olizane, 1995.

Mahabharata, trad. Jean-Michel Péterfalvi, Flammarion, coll. « GF », 1986.

MOUHOT Henri, *Voyages dans les royaumes de Siam, de Cambodge et de Laos*, Olizane, 1989.

Ramayana, trad. Charles Lebrun, Dervy, coll. « Mystiques et religions », 1994.

THIERRY Solange, *Les Khmers*, Kailash, coll. « Civilisations et sociétés », 1996.

ZÉPHIR Thierry, *L'Empire des rois khmers*, Gallimard, coll. « Découvertes »/Réunion des Musées nationaux, 1996.

Bibliographie

Les ouvrages suivants n'étant plus disponibles, ils peuvent être consultés en bibliothèque :

JACQUES Claude, *ABCdaire de l'art khmer*, Flammarion, 1997.
JACQUES Claude et DUMONT R., *Angkor*, Bordas, 1990.
MIGOT André, *Les Khmers*, Le Livre contemporain, 1960.

Pour aller plus loin

BOISSELIER Jean, *Manuel d'archéologie d'Extrême-Orient : Asie du Sud-Est, le Cambodge*, Georges Coedès (dir.), Picard, coll. « Manuels d'archéologie et d'histoire de l'art », 1966.
Chroniques royales du Cambodge, École française d'Extrême-Orient, coll. « Textes et documents sur l'Indochine », 1981-1988.
COEDÈS Georges, *Les États hindouisés d'Indochine et d'Indonésie*, De Boccard, 3e éd., 1989.
Dossier d'archéologie, n° 221, 1997, Dijon, Éditions Faton.
FOREST Alain, *Le Culte des génies protecteurs du Cambodge*, L'Harmattan, coll. « Recherches asiatiques », 1992.
JACQUES Claude et HELD Suzanne, *Thaïlande : vision de capitales royales du Siam*, Hermé, 1998.
MARCHAL Sapho, *Costumes et parures khmers*, L'Harmattan, 1997.
TCHÉOU-TA-KOUAN, *Mémoires sur les coutumes du Cambodge*, trad. Paul Pelliot, 1901, Maisonneuve, rééd., 1997.

Les ouvrages suivants n'étant plus disponibles, ils peuvent être consultés en bibliothèque :

AYMONIER Étienne, *Le Cambodge III, Le Groupe d'Angkor et l'histoire*, Ernest Leroux, 1904.
COEDÈS Georges (dir. et trad.), *Inscriptions du Cambodge*, École française d'Extrême-Orient, coll. « Textes et documents sur l'Indochine », vol. I et II, Hanoi, 1937 et 1943, vol. III-VIII, Paris, 1951-1966 (les vol. IV et V sont encore disponibles).
COEDÈS Georges, *Pour mieux comprendre Angkor*, Hanoi, 1943 et Paris, 1947.

Dossier Histoire et Archéologie, n° 125, mars 1988, Dijon, Archeologia.
GROSLIER Bernard-Philippe, *Angkor, hommes et pierres*, Arthaud, 1966.
GROSLIER George, *Recherche sur les Cambodgiens*, Augustin Chabanel, 1921.
JACQ-HERGOUALC'H Michel, *Armement et organisation de l'armée khmère aux XIIe et XIIIe siècles*, Oriens, 1979.
LEUBA Jeanne, *Les Chams*, G. Van Oest et Cie éd., 1923.
MAITRE Henri, *Les Régions Moï du Sud indo-chinois*, Plon, 1909.

Pour ceux qui lisent l'anglais

CHANDLER D. P., *A History of Cambodia*, Boulder, 1992.
CHANDLER D. P. et MABBETT I., *The Khmers*, Oxford (UK) et Cambridge (USA), 1995.
JACQUES Claude et FREEMAN Michael, *Angkor, Cities and Temples*, Thailand, Rivers Books, 1997, distribué par Weatherhill.

Glossaire

Angkor : d'après le mot sanscrit *nagara*, qui signifie « capitale ».
Anjalikaveha : littéralement le « jet de flèches magiques » ; ici pris dans un sens très général de science militaire ; cité dans le *Mahabharata* à l'occasion d'un combat de guerriers à éléphant.
Apothéose : déification d'un souverain après sa mort ; les rois khmers prenaient alors un nom posthume en rapport avec le dieu dont ils avaient privilégié le culte, Shiva ou Vishnu s'ils étaient brahmanistes, ou un nom de Bouddha s'ils étaient bouddhistes.
Apsara : danseuse céleste, ange incarnant les plaisirs du ciel.
Arjuna : voir *Mahabharata*.
Aryens : peuplades de l'Asie centrale qui firent la conquête de l'Inde au IIe millénaire avant J.-C. ; ainsi donne-t-on le nom d'Aryens aux populations les plus anciennes de l'Inde.
Ashram : monastère hindou, soit brahmanique (cultes de Shiva ou de Vishnu), soit bouddhique (culte de Bouddha) ; sous le règne de Yashovarman Ier, au IXe siècle, soit environ trois siècles avant notre histoire, la plupart des ashrams étaient situés au sud du Baray oriental ; on peut supposer qu'ils étaient toujours là au XIIe siècle.

Bakong : temple-montagne, situé à Hariharalaya (dans le groupe archéologique de Roluos), première capitale de la royauté angkorienne avant son installation à Angkor. Il fut construit à la fin du IXe siècle, sous Indravarman Ier.
Baliste : machine de guerre servant à lancer des projectiles, en l'occurrence un ensemble de flèches de grandes dimensions ; dans le Moyen Age européen, les balistes lançaient des boulets de pierre ou autres projectiles.
Baphuon : construit au milieu du XIe siècle par Suryavarman Ier, puis par

Udayadityavarman II ; temple-montagne à trois étages immédiatement au sud du palais royal, avec une grande tour de bronze ou de cuivre décrite par Tchéou-Ta-kouan. De culte hindouiste.

Baray : grand réservoir utilisé pour l'irrigation, lac artificiel.

Bhagavad-Gita : l'un des épisodes les plus célèbres du *Mahabharata*, au cours duquel Arjuna, le héros principal de l'épopée, et Krishna, avatar de Vishnu, dissertent longuement sur des thèmes philosophiques et religieux. Sans doute le texte le plus connu du mysticisme indien.

Bharata : dans le *Ramayana*, frère de Rama. Ce dernier lui cède son trône et part pour l'exil avec sa femme Sita.

Bhargaviya : voir Mahayana.

Bhima : voir *Mahabharata*.

Bodhisattva : homme qui renonce au nirvana pour se réincarner afin d'aider l'humanité.

Bouddha : littéralement, l'Éveillé ou l'Illuminé. Celui qui est parvenu à la connaissance suprême, à la délivrance du mal. Désigne plus particulièrement le Bouddha historique, Shakyamuni, fondateur du bouddhisme. Sa vie s'acheva dans le nirvana.

Brahmane : membre de la caste des brahmanes, la première des castes hindoues ; prêtre et enseignant ; le rôle des brahmanes a été déterminant dans l'élaboration de la civilisation angkorienne.

Brahmanisme : système religieux et social de l'Inde ; ici pris dans un sens religieux et concernant les cultes de Shiva et de Vishnu par rapport au culte bouddhique.

Caste : groupe social, héréditaire, composé d'individus partageant un même statut social ; les Khmers avaient adopté le système des quatre castes indiennes (varnas) : les brahmanes (prêtres et enseignants), les kshatriyas (princes et guerriers), les vaishyas (marchands et agriculteurs) et les sudras (artisans et serviteurs).

Cham : nom sanscrit du royaume hindouisé du Champa, situé aujourd'hui dans le centre du Viêt Nam.

Chen-la : royaume hindouisé, ayant pris la succession du royaume du Funan et précédant le royaume khmer d'Angkor.

Citadelle des Femmes : ce temple fut consacré en 967 après J.-C., sous Rajendravarman II ; son nom khmer est Banteay Srei. Ce monument est situé dans la forêt, à vingt-cinq kilomètres au nord-est d'Angkor. Construit en grès rose, la finesse de son ornementation est célèbre. De culte hindouiste.

Glossaire

Conque : grande coquille en spirale de certains grands mollusques, utilisée comme instrument musical ou lui servant de modèle ; il peut ainsi y avoir des conques en bronze.

Dai Viêt : royaume situé entre le Champa et la Chine ; correspond au nord du Viêt Nam actuel.

Dangrek : escarpement rocheux bordant le Cambodge au nord, et formant frontière avec l'actuel Laos.

Darlac : chaîne de montagnes bordant le centre du Viêt Nam à l'ouest.

Défense (d'un cheval) : désobéissance violente d'un cheval en cours de dressage ou au cours d'une action.

Délassement royal (pose de) : d'origine indienne, attitude du roi khmer sur son trône, une jambe repliée, l'autre pendant, très largement représentée sur les bas-reliefs. On dit aussi pose d'aisance ou d'aise royale.

Démonesse : le terme « démone » serait plus exact. « Démonesse » est un néologisme, retenu ici pour donner plus de force à l'expression d'une nature démoniaque.

Démonique : le terme « démonique » semble être un néologisme, mais peut être utilisé dans le langage mythique pour déterminer ce qui ressort ou relève des démons. Il y a les dieux (devas) et les démons (asuras). On lit dans le *Mahabharata*, en traduction : « un roi asurique », c'est-à-dire qui relève du monde des démons par rapport à celui des dieux, sans qu'il y ait une connotation définitivement péjorative. Le terme « démonique » voudrait donc dire : qui tient son existence du monde des démons de la mythologie indienne, ce qui n'indique pas que ce soit forcément « diabolique » ou « démoniaque ». On pourrait dire un prince « démonique », ayant des procédés « démoniaques ».

Devaraja : dieu-roi. En sanscrit *deva* signifie « divin » et *raja* signifie « roi ». Les rois khmers ont pu se considérer comme une incarnation de Shiva, de Vishnu ou de Lokeshvara, l'une des expressions de Bouddha, selon le culte qui retenait leur préférence. On a tendance aujourd'hui à remettre en question cette appellation de dieu-roi pour un roi khmer.

Dharma : ordre socio-cosmique, ensemble des lois qui permettent aux trois mondes, ciel, terre et régions infernales, de subsister en harmonie. Pris plus simplement dans le sens de code de l'honneur, code de conduite.

Dharmashastra : voir Mahayana.

Fei-cha : terme retenu par le roman pour désigner en toute fiction des

guerriers volant dans les airs ; littéralement en chinois « fourche volante », fourche à crocs utilisée comme arme de jet.
Funan : le royaume du Funan, comme plus tard celui du Chen-la (voir Chen-la) qui lui a succédé, est antérieur au royaume khmer d'Angkor ; les souverains cherchaient toujours une certaine continuité dynastique ; la dynastie du Funan était de race lunaire et celle du Chen-la de race solaire.

Garuda : oiseau mythique ennemi des serpents, monture du dieu Vishnu. Très largement présent dans la statuaire khmère.
Grand Fleuve : c'est ainsi qu'est nommé dans le roman, par souci de simplification, le système hydrographique fluvial du Mékong et du Tonlé Sap. L'une des particularités géographiques du Cambodge, unique au monde, est l'inversion du courant du fleuve Tonlé Sap, affluent du Mékong, au terme de la saison des pluies, en novembre. Le fleuve Tonlé Sap, qui coule vers le Mékong dans lequel il se jette, voit ses eaux envahies et repoussées par celles de ce dernier, grossies par les pluies, à tel point que son courant est renversé et remonte vers le Grand Lac du Tonlé Sap (le fleuve et le lac portent le même nom).
Grand Lac : le lac du Tonlé Sap, dans lequel se jette la rivière qui traverse le site d'Angkor, l'actuel Siem Réap. Angkor est située à une douzaine de kilomètres de ce lac.
Grand Temple de Vishnu : temple le plus célèbre d'Angkor, Angkor Vat, dont l'appellation est très postérieure à notre récit. Dans la suite du roman, Angkor Vat est toujours nommé « Grand Temple de Vishnu », du nom du dieu auquel il est dédié ; construit par Suryavarman II au XIIe siècle, quelque trente ou quarante ans avant notre histoire.
Guru : maître spirituel hindou ; maître à penser.

Hainan : grande île située au sud de la Chine.
Hanuman : voir *Ramayana.*
Hariharalaya : première capitale, choisie au début du IXe siècle par Jayavarman II, fondateur de la royauté angkorienne, située à une quinzaine de kilomètres au sud-est d'Angkor ; constitue aujourd'hui le groupe archéologique de Roluos.

Incantation : l'« incantation » des armes revient régulièrement dans les combats épiques du *Mahabharata.* Elle est appliquée ici aux techniques de combat des Khmers, mais sans que l'on sache précisément s'ils avaient effectivement adopté cette technique.

Indra : roi des dieux du panthéon brahmanique.
Indratataka : bassin artificiel d'irrigation, ou baray, construit par Indravarman Ier. *Tataka* signifie « bassin ».

Ka (isthme de) : c'est par cet isthme, situé au centre de la péninsule malaise, que transitait l'ensemble des échanges avec l'Inde; plus tard, la voie la plus utilisée passa par le détroit de Sumatra.
Kali : « la Noire », aspect redoutable de l'épouse de Shiva.
Kamasutra : traité de philosophie et d'érotisme indien.
Kambu (pays de) : le Cambodge, du nom d'un brahmane, Kambu, qui, venu d'Inde, aurait abordé sur ses côtes avant de s'unir à la fille du roi des nagas.
Karma : la relation de cause à effet qui produit les renaissances successives.
Kaurava : voir *Mahabharata.*
Ko Kher : ancienne capitale choisie par le roi Jayavarman IV, au milieu du Xe siècle, et située à une centaine de kilomètres à l'est-nord-est d'Angkor. Chaque roi khmer avait tendance à fonder une nouvelle capitale, soit dans le site même d'Angkor, soit à l'extérieur, comme c'est le cas pour Ko Kher; Jayavarman IV fit élever un temple-montagne colossal avec un linga gigantesque et fit creuser un baray d'irrigation, le Rahal; ses successeurs revinrent à Angkor.
Kshatriya : membre de la caste des rois et des guerriers, venant en ordre hiérarchique après celle des brahmanes, détenteurs de la connaissance; les kshatriyas représentent l'autorité et ont un devoir de protection envers le peuple; ils obéissent à un code de chevalerie.
Kurukshetra : voir *Mahabharata.*

Linga : symbole phallique du dieu Shiva, de pierre, de bronze ou d'or, de tailles diverses, emblème de fécondité, placé en particulier au centre des temples-montagnes où il exprime la présence et la puissance du dieu, et par extension celle du dieu-roi.

Magasins Nord et Sud : il s'agit des Kléangs, situés à l'est du palais royal, et construits à partir du début du XIe siècle par Jayavarman V et Suryavarman Ier. Ce sont deux constructions similaires, aux fonctions indéfinies; on pense qu'il s'agissait de magasins.
Mahabharata : célèbre épopée indienne relatant l'histoire des cinq frères Pandava qui jouent et perdent leur royaume aux dés avec les Kaurava, leurs cousins. Les Kaurava prennent le royaume et les Pandava partent

pour l'exil. Au bout de douze ans, les Pandava reviennent et livrent bataille aux Kaurava : c'est la bataille de Kurukshetra, décrite dans la *Bhagavad-Gita*, qui leur permet de recouvrer le royaume. L'épopée abonde en péripéties. Les personnages sont très nombreux ; certains sont cités dans le roman. Du côté des Pandava : Yudhisthira, le roi ; Arjuna, le héros principal avec qui Krishna, avatar (incarnation) du dieu Vishnu, a fait alliance ; Bhima, troisième frère, héros aux prouesses nombreuses. Du côté Kaurava : Bhisma, ancêtre commun aux deux clans ennemis, Drona, brahmane guerrier, Karna, héros qui défie Arjuna. Les scènes les plus classiques de cette épopée indienne sont abondamment représentées sur les bas-reliefs des temples khmers d'Angkor.

Mahayana : doctrine bouddhique du « grand moyen de progression », appelé aussi « grand véhicule », tendant à rapprocher le bouddhisme du brahmanisme ; en opposition avec le Hinayana, doctrine bouddhique du « petit moyen de progression » ou « petit véhicule » qui privilégie le rôle du Bouddha historique. Le *Bhargaviya* et le *Naradiya* sont des traités sacrés. Les *Dharmashastras* sont les « traités sur la loi ».

Makara : monstre à tête d'oiseau et à corps de crocodile ou d'animal marin, très largement représenté dans la statuaire angkorienne ; il porte parfois une sorte de trompe d'éléphant.

Mandarin : fonctionnaire chinois. Dans un souci de simplification, le terme est utilisé ici, comme dans beaucoup de traductions et dans les ouvrages savants sur Angkor, pour désigner les dignitaires et fonctionnaires khmers.

Mer du Sud : golfe du Siam ; appellation due au fait que le Siam n'existait pas à l'époque du roman.

Meru (mont) : montagne mythique à cinq sommets, lieu de résidence des dieux. Les temples khmers à cinq tours sont une figuration du mont Meru.

Mille : on a choisi comme unité de mesure le mille chinois, ou li, qui est d'environ 400 mètres (par exemple, 20 milles = 8 kilomètres), par souci de rester dans un contexte asiatique.

Monastère : voir Ashram.

Naga : serpent mythique, à têtes multiples, divinité de la terre et des eaux, animal tutélaire du Cambodge, universellement présent dans la mythologie khmère et très largement représenté, en particulier dans la statuaire.

Naradiya : voir Mahayana.

Nirvana : désigne la perfection ultime, la libération des renaissances au terme du cycle des réincarnations.

Palladium : objet sacré dont la possession était considérée comme un gage de sauvegarde du royaume.
Pandava : voir *Mahabharata*.
Pas : unité de mesure ; ici le pas chinois, correspondant approximativement à deux enjambées.
Phimeanakas : le palais royal était entouré d'un mur d'enceinte en latérite haut de cinq mètres ; au centre de cet ensemble se trouve le Phimeanakas, pyramide à trois étages, chapelle privée du roi, construite au XIe siècle par Suryavarman Ier, et complétée par Udayadityavarman II. De culte hindouiste.
Phnom Bakeng : colline située au centre du site d'Angkor. Elle est dominée par un temple construit à la fin du IXe siècle par Yashovarman Ier : le temple aux cent sept tours, plus une au milieu, implanté au centre de la première capitale. Cette dernière formait un carré d'environ quatre kilomètres de côté, entouré de douves dont seul le quart sud est encore visible.
Phnom Krom : l'une des trois collines d'Angkor, située au sud d'Angkor et dominant le Grand Lac ; les deux autres collines sont le Phnom Bakeng et le Phnom Bok.
Phnom Kulen : importante colline située à une quarantaine de kilomètres au nord-est d'Angkor. C'est de cette colline que provient le grès des principaux monuments du site.
Pisnokar : personnage légendaire qui aurait édifié Angkor.

Quatre Faces : site de Phnom Penh, la capitale actuelle du Cambodge, situé au point de jonction d'une part du haut Mékong et du Tonlé Sap, venant tous deux du nord, et d'autre part du bas Mékong et du Bassac, allant tous deux vers le sud, ce qui forme un système de quatre artères fluviales se réunissant en un grand plan d'eau sur les rives duquel s'est construite la ville ; on l'appelle aussi les Quatre Bras.

Rahal : nom du baray de Ko Kher, ancienne capitale située à une centaine de kilomètres à l'est-nord-est d'Angkor.
Rahu : démon qui avale la lune et le soleil lors des éclipses.
Rakshasa : démon anthropophage, hantant les forêts et changeant de forme à volonté.
Rama : voir *Ramayana*.
Ramayana : célèbre épopée indienne qui conte l'histoire de Rama, avatar (incarnation) de Vishnu, et de son épouse Sita qu'il aime tendrement. Celle-ci a été enlevée par le démon Ravana qui la retient prisonnière dans son royaume de Lanka (Ceylan). Rama fait alliance avec la tribu des singes

dont le personnage principal est Hanuman, prend Lanka, tue Ravana et délivre Sita. Les scènes principales de cette épopée, très populaire chez les Khmers comme dans tout le Sud-Est asiatique, sont régulièrement représentées dans la statuaire d'Angkor.
Ravana : voir *Ramayana.*
Remonte (des chevaux ou des éléphants) : consiste à maintenir ou à reconstituer par un élevage ou par des achats les effectifs en chevaux d'un corps de cavalerie.
Réservoir de l'ouest : Baray occidental.

Samboh : prosternation par laquelle le front, les mains, les coudes, les genoux et les pieds doivent tous toucher le sol.
Sampot : vêtement khmer, non cousu, consistant en une étoffe qui fait le tour des reins, passe entre les jambes et se noue en culotte bouffante.
Sanjak : seigneur féodal, attaché au souverain par des liens particuliers de fidélité et par un serment.
Sanscrit : langue de l'Inde ancienne; beaucoup d'inscriptions sur stèles, dans les temples et les monuments d'Angkor, sont en sanscrit. Langue officielle des brahmanes.
Sarong : vêtement non cousu, faisant le tour de la taille et allant jusqu'aux pieds.
Sénapati : général en chef.
Shakravartin : celui qui détient l'autorité suprême; fait suite à une consécration religieuse.
Shastra : « traité » dans un sens général. Les shastras comprennent les *Dharmashastras* ou « traités sur la loi », les *Shilpashastras* ou « traités sur les arts », les *Vastushastras* ou « traités sur les maisons », les *Kamashastras* ou « traités sur l'amour », etc.
Shitragrupta : un des deux greffiers de Yama, dieu et juge des morts, le second étant Dharma (la loi).
Shiva : dieu de la trinité hindoue, avec Brahma et Vishnu. Il est à la fois créateur et destructeur; souvent représenté avec un troisième œil sur le front, il est figuré par le linga, emblème phallique, symbole de fécondité. Il accomplit la danse cosmique par laquelle il alterne création et destruction. Sa monture est le taureau Nandin. La plupart des temples d'Angkor sont shivaïtes.
Sin-Tchéou : port de mer de Vijaya, capitale du Champa; à l'emplacement de Qui-Nhom, dans l'Annam actuel.
Sita : voir *Ramayana.*

Suor Prat : les douze tours de latérite de Suor Prat, situées à l'est de la place royale d'Angkor, sont postérieures à notre histoire ; le roman imagine qu'elles existaient déjà, mais en bois.

Takeo : imposant temple-montagne à cinq étages, entouré de douves. Construit en grès au début du XIe siècle par Jayavarman V, on suppose qu'il fut au centre d'une capitale. Situé immédiatement à l'ouest du Baray oriental, il comporte peu d'ornementations, ce qui laisse supposer qu'il est resté inachevé. De culte hindouiste.

Tchong : nom donné par le chroniqueur chinois Tchéou-Ta-kouan, dans ses *Mémoires sur les coutumes du Cambodge* (fin du XIIIe siècle), aux esclaves d'Angkor pour la plupart originaires des montagnes du nord et de l'est du Cambodge.

Toise : on a choisi comme unité de mesure la toise chinoise, le tchang, qui mesure 3,2 mètres, par souci de rester dans un contexte asiatique.

Trois Mondes : le ciel, la terre et les espaces infernaux dans la cosmologie indienne.

Upanishads : commentaires en prose des Védas (voir Védas).

Vaishya : voir Castes.

Varman : le suffixe *varman* signifie « protecteur » ; accolé à un nom propre il signifie la royauté ; Dharanvarman : le roi Dharan. Mais la chose n'est pas si simple : le titre est parfois donné à des dignitaires que le roi veut particulièrement honorer.

Varna : voir Castes.

Véda : mot sanscrit qui signifie « savoir », « connaissance » ; premiers textes religieux et poétiques de l'Inde, rédigés en sanscrit archaïque ; il y a trois Védas : le Véda des strophes, le Véda des formules cérémoniales, le Véda des mélodies, auxquels s'est ajouté plus tard un quatrième Véda comprenant les Brahmanas et les Upanishads, commentaires en prose, les Sutras, compléments rituels, et le Védanta, doctrine des Védas.

Vijaya : capitale du royaume du Champa, sur le site de Binh Dinh, dans l'Annam actuel.

Vishnu : dieu de la trinité hindoue, avec Brahma et Shiva ; protecteur du monde. Coiffé d'une tiare à sept têtes, il régit les cycles de l'univers, qui passe par une série de phases de sommeil et de réveil alternées ; entre deux périodes cosmiques, ou kalpas, Vishnu dort, allongé sur le serpent Ananta, qualifié de serpent éternité ; lorsque Vishnu s'éveille, il constate le chaos du monde et fait une descente sur terre ; il s'incarne alors en un être vivant ou avatar, comme Krishna dans le *Mahabharata* ou Rama dans le *Ramayana* ; il rétablit la souveraineté du bien, menacée par les méchants. Sa monture est Garuda, oiseau mythique. Le plus célèbre temple d'Angkor, Angkor Vat (Grand Temple de Vishnu dans le roman), est vishnouite.

Yama : dieu de la mort ; juge des défunts.
Yashodharapura : première ville d'Angkor, fondée par Yashovarman Ier autour du Phnom Bakeng ; le nom est demeuré dans les inscriptions ultérieures.
Yashotataka : bassin artificiel, ou baray, construit par Yashovarman Ier ; c'est le Baray oriental. *Tataka* signifie « bassin ».
Yudhisthira : roi des Pandava ; voir *Mahabharata*.

Table des matières

LE ROMAN

Liste des personnages 5
Prononciation des mots sanscrits 5
Cartes de l'Empire khmer et d'Angkor 6
Chapitres 1 à 58 9

L'HISTOIRE

Postface : données historiques et fantaisies romanesques 447
Table des citations 461
Chronologie simplifiée des royaumes khmers 464
Bibliographie 466
Glossaire 469

Illustration de la couverture : Les lecteurs avertis pourront s'étonner du choix de cette représentation de démons qui, bien que restant dans l'esprit du roman, est indienne plutôt que khmère. De fait, les figurations khmères, sur bas-reliefs ou autres, posent un problème esthétique de reproduction. On peut cependant justifier un tel emprunt en rappelant combien la civilisation angkorienne a été influencée par l'Inde. L'image qui orne la couverture est donc à prendre au deuxième degré, comme une expression quelque peu osée de fiction romanesque, qui reste l'esprit même de la collection.

Impression réalisée sur CAMERON par
BRODARD ET TAUPIN
La Flèche

pour le compte des Éditions Fayard
en février 1999

Imprimé en France
Dépôt légal : mars 1999
N° d'édition : 3510 – N° d'impression : 6460V
ISBN : 2-746-50009-4
41-76-2009-01/3